KB024092

영국인
발견

영국인 발견

문화인류학자 케이트 폭스의 영국 문화 읽기

ⓒ 케이트 폭스

2010년 1월 30일 초판 1쇄 발행
2014년 6월 10일 초판 4쇄 발행
2017년 5월 29일 개정판 1쇄 발행

지은이 케이트 폭스
옮긴이 권석하
펴낸이 우찬규 박해진
펴낸곳 도서출판 학고재
등록 2013년 6월 18일 제2013-000186호
주소 04034 서울시 마포구 양화로 85 동현빌딩 4층
전화 02-745-1722(편집) 070-7404-2810(마케팅)
팩스 02-3210-2775 | **이메일** hakgojae@gmail.com
블로그 blog.naver.com/hakgobooks
페이스북 www.facebook.com/hakgojae

ISBN 978-89-5625-351-0 03840

• 잘못된 책은 구입한 곳에서 바꿔드립니다.

영국인 발견

문화인류학자 케이트 폭스의 영국 문화 읽기

케이트 폭스 지음
권석하 옮김

학고재

차 례

제 2 부
행동 규정

일러두기

1. 이 책은 2010년 출간된 『영국인 발견』의 개정증보판입니다.
   원서 *Watching The English*(2004)가 2014년 개정 출간되면서,
   이에 따라 한국어판도 개정증보 작업을 거쳐 새롭게 펴냈습니다.

2. 이 책에서 말하는 '영국인'은 영본국(United Kingdom of Great Britain and Ireland)의
   인구 6500만 명 전체가 아니라, 스코티시(Scotish), 웰시(Welsh), 북아이리시(Norhern Irish)를
   제외한 잉글리시(English) 5000만 명을 가리킵니다.
   익숙한 우리말 표현에 따라 '영국인'으로 통일했습니다.

   > 영국(英國): England
   > 영본국: U.K.(The United Kingdom)
   > 전영국(全英國): Britain
   > 전영국인(全英國人): British

3. 각주는 저자의 원주입니다. 본문 속 부연 설명에서 저자가 쓴 것은 ( )로,
   옮긴이가 쓴 것은 [ ]로 구분했습니다.

서문

이건 전형적인 영국인의 괜한 겸손으로 비칠 것 같은데, 절대 그렇지 않다. 사실 나는 『영국인 발견』이 대단한 베스트셀러가 되었을 때 진짜로 많이 놀랐다. 여전히 식지 않는 인기에 지금도 놀라고 있다. 책은 50만 권 넘게 팔렸고 여러 언어로 번역되었다. 격찬을 받았을 뿐만 아니라 악평도 받았다. 언제나 나오게 마련인 떠들썩한 감탄도 따랐다.

왜? 영국인의 행동에 관한 이 통속적인 문화인류학 책 한 권에 쏟아지는 관심을 어떻게 설명할 수 있을까?

의심할 여지없이 순전히 행운일 터다. 10년 전, 이 책을 쓰도록 영감을 불어넣은 무엇인가와 관련된 행운. 나는 왜 이 책을 썼는지를 스스로 되묻고는 한다. 괴짜라 할지도 모르지만, 내가 영국인의 특성을 이해하지 못해 자주 밤잠을 설쳤기 때문이라고 솔직히 말할 수밖에 없다. 쓸데없는 데 신경 끄고 정신 좀 차리라는 신호로 여겨야 했는데 대신에 영국인의 특성을 다룬 온갖 책과 논문, 조사서를 읽었다. 그럼에도 더 헷갈렸고, 답답한 나머지 잠을 제대로 못 자서 퉁명스러워질 정도였다. 해결책은 하나뿐이었다. 내가 진짜로 영국인의 특성을 알고 싶고 정의를 내리고 싶다면 직접 조사하고 분석해야 했다.

정말로 많은 사람들이 나와 마찬가지로 영국인에게 당혹해하고 있으리라 생각했다. 수백만 수천만의 영국인 자신들도 포함해서. 그들이 모두 나처럼 심각한 불면증이 걸릴 정도로 궁금해하지는 않았을지 몰라도, 최소한 이 작고 축축하고 수수께끼 같은 섬의 주민들을 이해하는 데 도움이 되는 책 한 권을 사려고 지갑을 열 정도는 될 것 같았다.

우리 영국인들이 정체성 혼란에 빠져 있을 때 이 책이 나온 것도 내게는 행운이었다. 하지만 누군가 말한 '국가적인 정체성 위기' 수준의 혼란은 아니었다. '위기'라고 부를 만한 정말 진지하고 쓸데없는 대혼란은 없었을뿐더러 '위기'란 말은 애초에 전혀 영국적이지 않은 개념이다. 그래서 나는 이를 '혼란' 정도로 정리하기로 했다. 그러나 스코틀랜드와 웨일스의 분리독립 가능성, 세계화와 이민 같은 요인들이 국가 정체성을 둘러싼 불확실성에 어느 정도 영향을 미쳤다고 생각한다.

물론 내가 '진지하지 않기의 중요성Importance of not being earnest'[오스카 와일드의 연극 〈진지해지는 것의 중요성Importance of being earnest〉을 비틀어 영국인의 특성 중 하나를 설명하고 있다]이라고 부르는 영국인의 기본 특성 중 하나에 충실했던 점도 이 책이 베스트셀러가 되는 데 도움이 되었을 것이다. 영국인의 특성을 너무 진지하게 다룬 책들은 내용은 훌륭했지만 정체성 혼란이 일어나는 와중에도 별로 인기가 없었다. 혹은 바로 그렇기 때문에, 자기 의심과 불안정의 시대에 영국인들은 유머를 피난처로 삼은 듯하다. 또 이 책은 비교적 심각한 주제를 다루었고 장시간 충실한 조사를 실행했지만, 동료 문화인류학자들에게 인정받기 위해서가 아니라 보통 지식인 독자에게 즐거움을 주기 위해 썼다. 어떤 일에도 크게 심각해지기 어려운 순수한 영국인인 내게는 별로 힘든 일이 아니었다. 또 길지 않은 글을 쓰면서도 우스개를 한두 개 넣지 않고는 못 견디는 내 성향도 한몫했다.

나는 진지한 학자들에게 인정받으려는 노력은 전혀 하지 않았다. 그렇지만 『영국인 발견』이 유명 대학에서 인문학 강의 교재로 쓰인다(내가 애초에 의구심을 품었듯이, 문화인류학 연구를 이렇게 하면 안 된다는 사례로 쓰이는 것이 아니라)는 이야기를 듣고 놀라 자빠질 수밖에 없었다. 또 나 자신마저도 옥스퍼드, 브라운, 런던 대학UCL, 서식스, 피사 대학 등에서 강의와 세미나를 하고 있음을 발견했다. 그뿐만 아니라 왕립지리학회에서 생각만 해도 겁나는 성탄절 강연을 하기도 했다. 내가 강의를 하는 어떤 대학의 학과장은 신입생의 50퍼센트가 『영국인 발견』에서 영감을 얻어 문화인류학을 공부하겠다는 결심을 했다고 알려줬다. 다행히도 다수의 순수 문화인류학자들이 나의 이 '경망스러운' 책을 심히 못마땅해해서 그나마 독불장군 국외자 지위가 흔적으로나마 조금 남아 있는 듯하다.

나는 이 개정판에서 내 책을 못마땅해하는 일부 순수 문화인류학자들의 비위를 맞추려는 어떠한 시도나 사과도 하지 않았다. 그들의 마음에 들려면 반드시 폭넓은 독서를 하고 화려한 전문용어를 구사하고 난해한 개념을 장악하고 단순한 내용을 애매하게 만드는 능력을 자랑해야 하는데, 나는 절대로 그러지 않을 것이다. 사실 많은 분야에서 뻐기고 싶었지만 마땅한 지식이 없었을 뿐, 일부러 수준을 낮춘 것이 아니다. 아주 무지했기 때문이다. 나는 학계의 심오한 이론이나 관점이 비전문가들도 이해하고 더 나아가 즐길 수 있게 쓰여야 한다고 굳게 믿는다. 독자들이 나의 흥미로운 관점을 함께 나누고 즐길 정도로 명확히 표현했다고 확신할 수는 없지만, 적어도 나는 노력했다.

나는 힘든 일을 즐기는 편이긴 한데, 출판사 측에서 『영국인 발견』이 출간된 지 거의 10년이 지난 시점에서 개정판을 내자고 권해 고민이 되었다. 나는 일단 망설였다. 그리고 "미안하지만 지난 10년간 세상의 아래위가 뒤집히고, 안팎이 아주 많이 바뀌고, 여기 영국에도 폭탄 테러, 경제 위기, 정치 격변, 올림픽 등이 있었지만 영국인은 변하지 않았다. 이 책에서 나는 '영국인의 특성 정의하기'를 주제로 삼아 연구했다. 당연히 이런 특성은 시간을 초월하므로 고작 10년 동안에 갑자기 변했을 리도 없다"고 말했다.

계속해온 조사나 다른 이들의 연구 혹은 여러 사건을 검토했지만 내 책의 결론을 바꿀 이유는 찾을 수 없었다. 사실은 반대이다. 영국인 행동에 대한 나의 지속적인 조사, 다른 학자들의 연구, 과거 10년 동안 일어난 사건에 대한 영국인의 반응으로 원래 '진단'이 옳았음을 다시 확인했을 뿐만 아니라 확신할 수 있었다.

반면에 새로운 조사로 드러난 증거와 관찰 결과도 흥미로운데, 기존 독자나 새로운 독자들도 재미있어할 거라는 생각이 들었다. 예를 들면 또 다른 영국적 특성에 대한 새로운 데이터는 내가 원래 했던 현장조사 결과에 무게를 더해주는 것이다. 또, 나는 기존 관찰과 직감을 보완해주는 더욱더 집중적인 현장조사 경험을 쌓았다. 또 내 경험을 모방해본 일부 용기 있는 독자들의 조사 결과를 발표할 수도 있었다. 어쨌거나 결정적인 영국적 특성은 거의 변하지 않았다. 하지만 새로 고려해야 하는 조건, 전에는 감지할 수 없었던 민감하고 미묘한 차이, 새롭게 생겨나는 행동 양식을 해독해야 할 필요성이 있었다.

내 책 발행인은 슬기롭게도 압력을 가하지 않고 이런 저런 개정판을 낼 필요성을 설명하고 내가 나 자신과 논쟁을 하도록 가만히 내버려두었고, 마침내 내가 새로운 내용을 추가한 개정판을 내야 한다는 결론을 내자 매우 기뻐했다.

영국적인 특성에 대해 새롭고 폭넓게 조사했음에도, 지난 10년 간 여기저기서 일어난 변화로 인해 세부 사항을 많이 빠뜨렸음을 고백한다. 나는 영국인에 대한 연구를 계속하면서도 다른 조사 연구와 업무를 게을리할 수가 없었다. 또 나를 괴롭혔던 건강 문제 등으로 인해 내가 조사 연구에서 다루었던 하위문화와 영국인 삶에 대한 세세한 항목을 다시 검토해볼 여유가 없었다. 하지만 불행 중 다행으로 건강 문제로 인해 되레 '참여관찰자'가 되어 오랫동안 영국 병원에서 현장조사를 하면서 지낼 기회를 얻었다. 이런 현장조사는 엄청나게 경직된 관료 체제의 승인 절차를 거쳐야 겨우 얻을까 말까 할 기회였다.

개정판을 내는 작업은 간단한 일이 아니었다. 100개가 넘는 사항을 수정 보완해야 했고 새롭게 150쪽가량을 추가했다. 초판을 읽었던 독자는 최소한 새로 더해진 분량을 봐서라도 속았다 싶어 "별 것 아니네"라고 투덜거리진 않으리라 확신한다. 물론 내용의 충실함은 독자들이 판단하겠지만 말이다.

언젠가 누가 말하길 인류학의 목적은 '생소한 것을 익숙하게 만들고 익숙한 것을 생소하게 만드는 것'이라고 했다. 나는 영국으로 온 이민자, 영국인과 결혼한 외국인과 방문객에게 수많은 편지와 이메일을 받았다. 그들은 모두 이 책 덕분에 어리둥절했던 생소한 문화를 이해하게 되었고, 영국 친구, 동료, 고용주, 애인과 배우자 들의 아주 이상한 행동을 이해하게 되었다며 고마워했다. "당신의 책은 결혼 생활의 파국을 막아주었다. 나는 내 영국인 남편/아내가 정신적으로 문제가 있다고 생각했는데 이제는 그/그녀가 단순히 영국인답게 행동했음을 깨닫게 되었다"라고 편지에서 털어놓았다.

영국인에게도 수많은 편지를 받았다. 그들은 이 책을 읽음으로써 자신들이 무심코 했던 일, '정상적인' 영국인의 행동을 새롭게 보았고 우리가 사실 얼마나 이상한지를 깨닫게 되었다고 했다. 그중에는 "이 책을 읽으면서 '기막혀! 나도 이런 짓을 하는데?' 혹은 '아이구! 저게 바로 나야!'라고 탄식하며 부끄러워서 움찔움찔한다"고 털어놓은 사람도 있었다. 이렇게 자신에게 조소를 보내는 것은 영국인들의 즐거운 소일거리이기도 하다. 개중에는 앞에서 말한 대학 신입생처럼, 폭소를 터뜨린 데서 머무른 게 아니라 영감을 얻어 실제로 문화인류학을 공부하게 된 사람도 있었다.

비록 미흡한 부분이 많지만, 이 책은 최소한 문화인류학 서적의 의무는 다한 것 같다. 나는 보완되고 추가된 이 개정판이 앞으로도 '생소한 것을 익숙하게 만들고 익숙한 것을 생소하게' 만들기를 바랄 뿐이다.

소개

영국 문화인류학

나는 지금 패딩턴역 퍼브에 앉아 브랜디 한 잔을 손에 들고 있다. 이제 겨우 아침 11시 30분이니 한잔 하기에는 좀 이른 시간이긴 하다. 그러나 이 한잔이 꼭 필요하다. 이것은 나 자신에게 내리는 상이기도 한데, 술기운을 빌려 용기를 내기 위해서라도 마셔야겠다. 스스로 상을 내리는 이유는, 사람들에게 일부러 부딪쳤을 때 과연 몇 명이나 "미안합니다"라고 사과하는지를 세느라 아침 내내 정말 힘들었기 때문이다. '술기운을 빌려 용기'를 내야 하는 이유는 기차역으로 다시 돌아가 앞으로 서너 시간 동안 저지를 '지독한 죄', 즉 새치기 시험을 치러야 하기 때문이다.

　나는 정말, 정말이지 이 짓을 하고 싶지 않다. 사실은 그동안 해오던 쉬운 방법대로, 아무것도 모르는 연구 조교로 하여금 이 숭고한 사회 규칙을 어기게 하고 나는 적당한 거리에서 지켜보고 싶다. 하지만 이번에는 내가 실험 대상이 되기로 했다. 그런데 용기는커녕 겁부터 난다. 지금껏 여러 사람에게 일부러 부딪쳐온 터라 내 팔은 이미 멍투성이다. 정말 나는 이 멍청한 영국인다움Englishness이란 기획을 당장 때려치우고 집으로 가서 차 한잔을 마신 뒤 일상으로 돌아가고 싶다. 정말이지 오늘 오후를 새치기나 하면서 보내고 싶지 않다.

내가 왜 이 짓을 하고 있나? 이 우스꽝스러운 부딪침과 새치기를 해야만 하는 이유가 있나? 내일 해야 할 거의 비슷하게 멍청한 일들은 군이 거론하지 않더라도 이건 좋은 질문이다. 지금부터 이유를 설명해야 할 것 같다.

영국적인 것의 원리

우리는 영국인이 국가 정체성을 잃어버렸다는 얘기를 계속 듣고 있다. 이제는 영국인다운 것은 더이상 존재하지 않는다고들 한다. 사실 정체성 상실 위기를 애도하는 책들이 여럿 나왔다. 제목도 구슬픈 『영국을 위해줄 사람이 아무도 없나요? Anyone for England?』에서부터 눈물을 참기 어려울 정도로 애절한 『영국: 비가 England: An Elegy』에 이르기까지. 나는 지난 20년간 여러 영역에 걸쳐, 예를 들어 퍼브, 경마장, 상점, 나이트클럽, 기차, 길모퉁이, 그리고 여러 사람들의 집에서 영국 문화와 사회적 행동 양식을 조사해왔다. 이를 통해 '영국인다움'이 여전히 존재할뿐더러 이것이 사라졌다는 각종 연구 보고가 대단히 과장되었음을 확신했다. 이 책을 집필하기 위해 나는 드러나지 않고 알려지지 않은 영국인다움 법칙을 찾으려 했고, 예의 법칙들이 말해주는 국가 정체성을 알고자 했다.

내 목표는 규칙의 규제를 받는 영국인의 행동에서 공통점을 찾아내는 것이다. 계급, 나이, 성별, 지역, 하위문화 집단, 소수 집단을 모두 아우르는 비공인 행동 규칙 말이다. 예를 들면 영국여성협회 회원들과 가죽점퍼 차림의 오토바이족 사이에는 공통점이 별로 없어 보인다. 그러나 이른바 '민족지학적 현혹ethnographic dazzle'[1]이라는, 겉모습에 기인한 편견을 무시하고 보면, 영국여성협회 회원들이나 오토바이족은 물론 다른 사회 구성원들 모두 우리의 국민 정체성과 성격을 특징짓는 불문율에 따라 행동하고 있음을 발견한다. 이 정체성은 조지 오웰이 말했듯이 "살아 있는 생명체 속에 과거와 미래에 걸쳐 계속 존재하는 것"이다. 나는 이러한 입장을 견지한다.

나는 영국인 행동의 '원리'를 규명하고 싶었다. 원래 원어민은 자기 언어의 문법을 잘 설명하기 어려운 법이다. 특정한 문화 의식, 관습, 전통 등이 몸에 익은 사람은 이 규칙을 객관적인 입장에서 지적인 방법으로 설명할 필요성을 못 느낀다. 그래서 인류학자가 필요하다.

사람들은 자기가 속한 사회의 불문율을 본능적으로 따르게 마련이다. 예를 들면 당신은 파자마를 입고 일하러 가서는 안 된다는 규칙을 굳이 상기하지 않더라도 아침에 일어나면 별 생각 없이 옷을 차려입는다. 그러나 인류학자는 당신을 계속 관찰하면서 "당신은 왜 옷을 갈아입습니까?" "만일 파자마 차림으로 직장에 가면 어떻게 됩니까?" "일하러 갈 때 입으면 안 되는 옷이 있나요?" "왜 금요일에는 평소와 다른 옷을 입습니까?" "왜 당신 상사는 금요일의 평상복 규칙에 따르지 않습니까?"라고 묻는다. 정말 당신이 지쳐서 죽을 지경이 되도록 계속 질문을 던진다. 그러고 나서 당신이 속한 사회의 또

---

1 나의 아버지인 문화인류학자 로빈 폭스Robin Fox가 처음 쓴 말로, 눈에 보이는 뚜렷한 차이 때문에 인류 각 집단과 문화의 근원적인 공통점이 보이지 않는 현상을 가리킨다.

다른 구성원들도 지켜보면서 취조하듯이 수백 가지나 되는 질문을 요란하게 쏟아낸다. 그렇게 하여 결국은 당신네 사회의 옷과 옷을 입는 방법에 대한 '원리'를 해독해내고야 만다('옷의 규칙' 참조).

참여관찰법 유감

문화인류학자들은 '참여관찰법participant observation'으로 알려진 연구 방법을 사용하도록 훈련받았다. 연구 대상의 관습과 행동을 진정한 내부자 관점에서 보기 위해 그들의 삶과 문화에 실제 참여할 뿐 아니라 독립적이고 객관적인 과학자 입장에서 관찰하는 방법을 말한다. 물론 이론이 그러할 뿐이고, 실제로는 머리를 두드리면서 동시에 배를 문지르는 아이들 놀이와 같다. 문화인류학자들은 일시적인 직업병 비슷한 '맹목적인 현장제일주의field-blindness' 때문에 비난받곤 한다. 자신들이 관찰·연구해야 하는 원주민 문화에 너무 깊이 빠져들어, 과학자로서 연구 대상과 적절한 거리를 유지하지 못해 편견을 갖는 현상 말이다. 이러한 호감일색의 민족지학의 예는 당연히 마거릿 미드Margaret Mead를 들 수 있고, 뉴욕이나 디트로이트보다 살인율이 높은 원주민에 대해 『무해한 사람들The Harmless People』이라는 책을 쓴 엘리자베스 마셜 토머스Elizabeth Marshall Thomas도 마찬가지다.

　일부 문화인류학자들은 참여관찰법의 연구 방법과 관찰자의 역할 때문에 심히 괴로워한다. 내 책 『경마족The Racing Tribe』에서 나는 너도나도 입에 올리는 싸구려 심리학 전문용어를 빌려 내부 참여자inner participant이자 내부 관찰자inner observer라는 위치와 역할로 인해 끊임없이 생겨나는 심적 갈등을 소재로 농담을 한 적이 있다. 승마족의 명예회원이라는 지위와 그것에 거리를 두어야 하는 사회과학자라는 두 가지 역할이 충돌을 빚을 때마다 마음속에서 벌어지는 말다툼을 묘사한 것이다(정말로 심각하게 이런 논쟁을 벌이는 학계 분위기에 비추어, 농담으로 이런 문제를 다루는 태도는 불손함을 넘어 이단에 가깝다. 그래서 어떤 대학교수에게 『경마족』을 참여관찰법의 교과서로 쓰고 있다는 편지를 받았을 때 상당히 놀라고 괜히 약이 좀 올랐다. 독불장군식 우상파괴자가 되려고 안간힘을 썼는데 그들은 나를 영웅으로 만들어 교과서 안에 집어넣어버린 격이니까).

최신 유행에 따르면 당신 책이나 박사학위 논문 중 적어도 한 장章을 참여관찰법의 윤리적, 방법론적 어려움에 대한 자학이나 채찍질에 할애해야 한다. 이 연구 방법은 원주민의 관점에서 문화를 이해하려는 노력임에도, 자기 민족 중심의 무의식적인 편견과 각종 문화적 방해물 때문에 이 작업이 거의 불가능했음을 고백하는 데 적어도 서너 쪽을 반드시 허비해야 한다. 이 관찰법의 전반적인 도덕적 기초에 의문을 표해야 하고, 더 나아가 무언가를 이해하는 방법의 하나인 현대 서구 과학의 유효성에도 심각한 의문을 표하는 것이 관습처럼 되어 있다.

이 대목에서, 순진한 독자는 왜 도덕적으로 의문스럽고 방법론도 믿을 수 없는 조사 수단을 계속 쓰느냐고 물을 만하다. 나 자신도 이 비탄의 낭송이 위험하고 악마 같은 참여관찰법을 보호하는 일종의 주문임을 깨닫기 전까지는 그런 의문을 품었다. 이런 전례문 낭독은 아주 매력적인 의례의 하나로 흡사 미국 인디언들이 사냥이나 벌목을 나가기 직전에 이제 곧 죽이거나 쓰러뜨려야 하는 동물이나 나무의 영혼을 달래는 의식과 같은 것이다. 이런 문화인류학자의 자기 비하를 선의로 보지 않으면 흡사 자신의 잘못을 먼저 털어놓음으로써 비난을 미리 피해 보려는 아주 약아빠진 시도로 보인다. 돼먹지 못한 애인이 "오, 나는 이렇게 이기적이고 무심한 나쁜 놈인데 너는 왜 나를 참아주는지 이해를 못하겠다"고 얘기하는 식이다. 자신의 잘못을 먼저 깨닫고 뉘우치는 일을, 아예 잘못을 전혀 저지르지 않은 것과 비슷한 미덕으로 여기는 우리의 믿음을 이용하는 것이다. 오스카 와일드는 이를 두고 "자책에는 쾌락이 있다. 우리가 자신을 비난할 때면 다른 누구도 우리를 비난할 자격이 없다고 생각한다"라고 말했다.

하지만 동기나 의도가 무엇이든 간에 참여관찰자 역할을 고통스럽게 인정하고 자책하는 이 의례의 장은 지루하고 시시해서 고통스럽다. 그래서 나도 이런 선제공격이나 다름없는 자인과 자책으로 무엇을 얻을지 모르나 다음과 같이 고백하고자 한다. 한마디로 참여관찰법은 분명 한계가 있다. 조사 대상들과 섞여서 그들을 잘 이해하고 파악해야 할 뿐만 아니라 조사 대상을 제삼자 입장에서 보아야 한다는 모순된 상황에 맞닥뜨린다. 그래도 아직은 인간 문화의 복잡함을 탐구하는 가장 좋은 수단이기에 이걸 사용할 수밖에 없다.

좋고 나쁘고 불편한

내가 속한 고유문화의 복잡성을 연구하기로 한 터라 참여자가 겪게 마련인 어려움은 많이 줄어들었다. 본질적으로 다른 문화보다 더 흥미롭다고 여겨 영국 문화를 선택한 것이 아니다. 용감한 동료들이 연구하는 흙, 설사, 살인 곤충, 형편없는 음식, 엉성한 화장실 등이 특징인 움막살이 부족사회에 겁을 집어먹었기 때문이다. 억센 기질이 요구되는 민족지학에서, 조그만 불편도 못 견디고 현대 문명의 편리함만 좇는 내 태도는 절대 인정받지 못할 허약함 자체인지라 최근까지 건강에 가장 좋지 않은 장소만 골라 연구해 이런 약점을 메우려 애썼다. 주로 거친 퍼브, 평판이 좋지 않은 나이트클럽, 다 허물어져가는 도박 상점 등을 다루었다. 나는 동료인 움막집 민족지학자들보다 더 위험하고 무질서하고 폭력 사태가 일어날 뿐만 아니라 범죄와 각종 일탈이 난무하는 불쾌하기 짝이 없는 장소에서, 남들 다 쉬는 시간에 수년간을 연구 조사했음에도 그들보다 더 인정받지 못하고 있다.

그런 험난한 현장 조사 시험에 실패한 이후 나는 생각을 고쳐먹고 이제는 흥미를 느끼는 쪽, 이름하여 '좋은 행동good behavior의 원인'에 관심을 돌리기로 했다. 매혹적인 의문의 현장인데도 사회과학자들은 최근까지도 이 분야를 그냥 방치하다시피 했다. 몇몇 눈에 띄는 예외를 제외하고는 사회과학자들은 바람직한 행동보다 문제점에 더 집착하는 경향이 있다. 바람직하거나 권장할 만한 행동이 아닌, 우리가 막으려 하는 행동을 연구하는 데 모든 정력을 쏟는다.

나와 사회문제조사센터SIRC: Social Issues Research Centre의 공동 대표를 맡고 있는 피터 마시Peter Marsh도 문제점에만 관심을 기울이는 사회과학의 본질에 환멸과 실망을 느꼈다. 우리는 인간의 상호교류에서 긍정적인 면에 집중하기로 결심했다. 이제 폭력적인 퍼브를 의무적으로 찾아다녀야 할 이유가 없어졌고 유쾌한 데서 시간을 보낼 수 있게 되었다(이런 데는 찾기도 쉬웠다). 우리는 가게 좀도둑과 기물 파괴자의 행동을 조사하기 위해 경비원과 감시원들을 만날 필요 없이, 법을 지키는 평범한 시민들이 쇼핑하는 모습을 지켜보면 된다. 나이트클럽에서 벌어지는 싸움이 아니라 시시덕거리는 남녀를 보러 가면 된다. 나는 보기 드물게 사교적이고 예의 바르게 교류하는 경마장 관객을 보고는 무엇이 그들의 좋은 태도에 영향을 미쳤는지를 연구하기 시작했다(3년이 걸렸다). 우리는 또 여러 가지 긍정적인 주제를 연구했다. 예를 들면 축하, 가상공간 데이트, 여름휴가, 미용과 몸매, 사회적 유대 관계, 창피, 기업 접대 연회, 애국심, 차와 운전자, 모성, 폐경, 모험, 울음, 휴대전화, 온라인 소셜미디어, 섹스, 가십,

냄새 심리학, 감자튀김chips의 의미 그리고 차와 손수 하기DIY: Do It Yourself의 관계('영국 남자는 선반 하나를 거는 데 평균 차 몇 잔을 마시나'라는 화급한 사회문제) 등등.

나는 문화인류학자로서 영국의 사회문제와, 이보다 더 흥미로울 뿐 아니라 긍정적인 측면, 이 두 가지를 연구 조사하는 데 비슷한 시간을 할애했다(세계 각국의 문화를 비교 연구하는 작업도 병행했다). 그래서 우리의 좋은 면과 나쁜 면 모두를 살피는 균형 있는 시각으로 특별 조사를 시작한다고 자부해도 좋을 듯했다.

나의 가족과 연구실의 쥐들

나는 '원주민' 신분이기에 참여관찰 임무의 참여자 요소라는 면에서는 남들보다 유리한 위치에서 연구를 시작했다. 그러면 관찰 요소는 어떨까? 나는 객관적인 학자로서 초연하게 뒤로 물러나 나 자신의 문화를 관찰할 수 있나? 비록 잘 알지 못했던 '하위문화sub-culture'를 조사할 때 오랜 시간 함께한 구성원들도 당연히 나와 같은 민족이었다. 그래서 '그들을 단순한 실험용 쥐로 취급할 수 있는가' 하는 물음은, 비록 내가 민족지학자 이중인격 중의 반쪽만 가지고 있다 하더라도 부당하지 않다고 생각한다. 여기서 이중인격 중의 반쪽이란 머리를 두드리는 관찰자 또는 배를 쓰다듬는 참여자 입장을 의미한다.

하지만 나는 별로 걱정하지 않았다. 어찌 되었건 다섯 살부터 열여섯 살까지 자아가 형성되는 시기의 대부분을 외국에서 살았기 때문이다. 또 친구, 가족, 동료, 출판인, 출판대리인 모두 내가 최근 10년 동안 더욱 세심하게 동족들의 행동을 생체해부를 하듯이, 페트리Petri 접시에 세포를 올려놓고 현미경으로 보는 흰옷 입은 과학자 심정으로 보아왔다고 지적하기도 했다. 가족들은 나보다 훨씬 더 유명한 문화인류학자인 나의 아버지 로빈 폭스가 내가 어린아이였을 때부터 이런 훈련을 시켜왔다는 점도 상기시켜주었다. 다른 유아들은 유모차나 침대에 누워서 천장 또는 침대에 매달린 동물 등을 바라보고 있을 때 나는 코치티Cochiti 인디언 요람 판자에 묶인 채 세워져 전형적인 영국 학자 가족의 행동 양태를 관찰자 입장에서 공부하고 있었다.

아버지는 과학자로서 지켜야 할 거리두기의 완벽한 역할모델이었다. 첫아이인 나를 임신했다는 말을 듣자마자 아버지는 아내를 설득하기 시작했다. 어린 침팬지를 한 마리 사서 같이 키워보자는 얘기였다. 영장류 동물과 인간의 발달을 비교하는 사례 연구를 하자는 것이었다. 어머니는 즉시 반대했고, 한참 지난 다음에 이 이야기를 들려주면서 아버지가 얼마나 괴짜였고 부모로서 자격 미달이었는지를 얘기했다. 나는 도덕적인 문제를 전혀 알아채지 못하는 정도를 넘어 "아주 멋진 생각이네 뭐, 정말 끝내줬을 텐데!"라고 말했다. 그때 어머니는, 물론 처음이 아니지만 "너는 어쩌면 네 아버지하고 그렇게 똑같니?"라고 쏘아붙였다. 나는 또 어머니 의도와는 달리 그걸 칭찬으로 받아들였다.

날 믿어! 난 문화인류학자거든!

우리 가족이 영국을 떠나면서부터 나는 프랑스, 아일랜드, 미국 학교에서 별 계획 없이 교육을 받기 시작했다. 침팬지 실험이 거절당하자 실망한 아버지는 어깨를 한번 들썩이고는 대신에 나를 민족지 학자로 키우는 훈련을 시작했다. 나는 다섯 살밖에 안 되었는데도 이 불리한 조건에 별로 신경 쓰지 않았다. 다른 학생보다 키가 조금 작았는지는 모르나 내가 민족지학 조사 방법을 익히는 데 문제가 될 수는 없다고 보았다. 내가 배운 것들 중에서 가장 중요한 것은 규칙 찾기였다. 낯선 문화를 접했을 때 나는 주민들 행태에서 일정하게 지속되는 무언가를 찾으려고 노력했다. 더불어 이 행태를 지배하는 인습과 집단 지혜인 숨은 규칙을 찾아보았다.

이 규칙 찾기는 거의 무의식적인 버릇이 되었고, 반사작용, 혹은 오랫동안 고통받은 나의 주변 사람들의 말처럼, 병적이고 억제할 수 없는 강박이 되어버렸다. 예를 들면 수년 전에는 약혼자였고 지금은 남편인 헨리가 폴란드에 있는 친구를 방문하는 데 나를 데려갔다. 폴란드 차들과는 달리 운전석이 오른쪽에 있는 영국 차를 운전하던 헨리는 조수석에 탄 나에게 언제 추월해야 하는지 자꾸 물어봐야 했다. 폴란드 국경을 통과하고 20분쯤 지나자 2차로 도로의 반대 차선에서 차가 오고 있는데도 나는 "응, 이제 추월해도 돼!"라고 외치기 시작했다. 헨리는 내 말에 따라 추월을 시도했으나 막판에 급브레이크를 밟으며 두 번이나 포기한 뒤에는 내 판단을 의심하기 시작했다. "왜 그래? 절대 안전하지 않은 상황인데? 엄청 큰 트럭이 달려오는데, 못 봤어?" "응, 못 보진 않았는데, 여기 폴란드 도로 규칙은 달라. 비록 2차로지만 사실은 3차로 역할을 해서 만일 따라오는 차가 추월을 시작하면 상대편 차가 옆으로 비켜서서 자리를 만들어주거든."

헨리는 공손하게, 첫 폴란드 여행인 데다 이 나라에 들어온 지 30분밖에 안 되었는데 어떻게 확신할 수 있느냐고 물었다. 폴란드 운전자들을 자세히 관찰해본 결과 모두들 이 규칙을 따르더라는 설명을 아마도 이해할 수 없는 듯했다. "날 믿어! 난 문화인류학자야!"라는 장담도 도움이 된 것 같지는 않았다. 한참이 지나서야 나는 내 이론을 시험하도록 그를 설득할 수 있었다. 헨리가 추월을 시도하자 차들은 성경 속의 홍해 이야기처럼 알맞게 갈라져 3차로를 만들어주었다. 나중에 우리를 맞은 폴란드 주인은 그런 비공식 관습이 있음을 확인해주었다.

하지만 나의 승리감은 헨리의 친구 여동생에게 여지없이 망가지고 말았다. 그녀가 폴란드 운전자들이 조심성 없고 위험하게 운전하는 습성이 있다고 지적했기 때문이다.[2] 좀더 잘 관찰했다면 길옆에 십자가와 함께 군데군데 조화가 있는 광경을 보았을 거라는 얘기였다. 교통사고로 가족이나 친척을 잃은 사람들이 사고가 난 자리에 놓은 것이다. 헨리는 너그럽게도 문화인류학자 설명의 신뢰성에 대해서는 아무 말도 하지 않았다. 하지만 폴란드 관습을 관찰하고 판단하는 데 만족하지 않고 왜 목숨을 걸고 기존 규칙에 참여하고 싶었느냐고 물었다. 물론 타인의 목숨까지 포함해서 말이다.

나는 이 충동의 일부는 참여자 관찰의식이 불러일으켰으며, 나의 광기에는 조사 방법론도 조금 영향을 미쳤다고 주장했다. 원주민의 행태가 규칙적이거나 일정한 형식이 있고 잠정적으로라도 불문율이라 여겨지면 민족지학자는 이런 규칙이 정말 존재하는지를 증명하려고 여러 시험을 해본다. 대표 원주민을 선정해 관찰한 바를 말하고, 관련 행태에 깃든 불문율, 인습 혹은 원칙을 제대로 알아맞혔는지를 물어본다. 또는 증명이 안 되고 가설로만 존재하는 규칙hypothetical rule은 일부러 어겨보고 상대의 반응에서 부정이나 적극적인 인정의 표시를 찾음으로써 확인해볼 수 있다. 어떤 경우에는, 폴란드의 세 번째 차선 규칙처럼, 직접 실행함으로써 규칙을 시험해볼 수 있다.

2　폴란드 운전자 몇 명이 영국에는 이런 관습이 없다는 사실을 모르고 추월을 시도하다가 다치거나 죽었다는 얘기를 나중에 들었다.

지겹지만 중요한

이 책은 사회과학자가 아니라 (출판인이 얘기하는) 까다롭고 예리하며 '지적인 일반인intelligent laymen'을 위해 쓰였다. 내가 비학문적으로 접근한다고 해서 혼란한 생각, 너절한 언어 사용, 잘못된 용어 규정이 용서될 수는 없다. 이 책은 영국인다움의 규칙을 다루었다. 그래서 '규칙rule'이라는 단어의 뜻을 우선 설명해야겠다.

나는 옥스퍼드 영어사전에 따라 규칙을 네 가지 폭넓은 해석에 근거해 정의하고 있다.

- 개인의 행동을 규제하는 원칙, 규정 혹은 행동 원리.
- 구별, 차별, 판단, 견해의 기준; 기준(규범, 표준 척도), 시험, 측정.
- 전형적인 사람이나 사물; 목표로 삼은 표본.
- 사실 혹은 사실의 표현, 일반적으로 물건의 좋은 상태, 정상 혹은 보통 상태를 유지한.

따라서 영국인다움의 원리를 찾겠다는 내 목표는 특정한 행동 규칙을 찾는 데 국한되지 않는다. 여기에는 일상적이고 통상적인 영국인 행동의 표준, 넓은 의미의 기준, 이상, 주요 지표와 사실에 관한 규칙이 포함되어야 한다.

마지막 규칙은 예를 들어 '영국인에게 X의 성향이 있다는 것은 규칙이다(혹은 Y를 좋아하고, Z를 싫어한다)'라고 할 때 사용한다. 규칙이라는 말을 이런 식으로 단정 지어 사용한다 해서 모든 영국인이 언제나 그리고 반드시 이런 성향을 띤다는 얘기는 아니다. 이 말은 참 중요하다. 이 성향이나 행태는 아주 흔하거나 두드러져서 눈에 많이 띄거나 분명해 보인다는 뜻이다. 그뿐이다. 정의가 어떻든 간에 사회 규칙이란 깨질 수 있다는 것이 기본 조건이다. 행동 규칙(혹은 표준이나 원칙)은 말하자면 과학 혹은 수학 원리가 아니다. 필요에 따라 생긴 규칙이고, 상황에 따라 바뀔 수 있다. 만일 새치기가 감히 상상할 수도 없는 일이고 실제로도 불가능하다면 새치기 금지 규칙은 필요 없다.[3] 그래서 내가 영국인다움의 불문율을 얘기할 때, 이런 규칙이 영국 사회에서 예외나 일탈이 전혀 없이 지켜진다고 주장하는 것은 아니다. 실제로 그렇다면 정말 웃기는 일일 터다. 이는 매우 평범하고 일상적인 규칙이라 우리 국민성을 이해하거나 규정하는 데 도움을 줄 뿐이다.

종종 예외와 일탈이 규칙을 증명(이 경우 진정한 '실험'이 된다)하는 데 도움이 된다. 일탈 행동에 대한 대중의 놀람과 분노의 정도가 해당 규칙의 중요성을 말해주어, 정상 행동이 무엇인지를 일깨워준다. 많은 전문가들이 영국인다움을 어설프게 검시檢屍하면서 해서는 안 될 실수를 저지른다. 전통적인 영국인다움이 깨진 사례(축구나 크리켓 선수의 스포츠맨 같지 않은 행동)를 근거로 영국인다움에 사망 진단을 내리는데, 전통 가치가 깨지는 것을 본 대중의 반응을 무시하는 실수를 저지른다. 대중들은 이런 행태가 분명 비정상일 뿐 아니라 영국인답지 않은 행동이라고 여기며 받아들이지 않는다.

---

3 우리는 상상도 못 할 정도로 완벽하게 금지된 일은 아니나 자연법칙에 어긋나서 실제로 잘 일어날 것 같지 않은 행동을 금지하는 규칙이 있다. 로빈 폭스의 근친상간에 관한 연구에 나오듯이, 그것은 '하면 안 좋은' 사실이 공식화되어 완전한 금지인 '너는 절대 하지 말지어다' 수준으로 바뀌어버린 것이다(철학자들이 자연스러운 '이다is'에서 '이어야 한다ought'를 끌어내는 것은 논리적으로 불가능하다고 주장하지만). 이것은 영국뿐만 아니라 세계 어디에나 있는 규칙이다.

문화의 본성

나는 영국인다움을 분석할 때 규칙에 중점을 둘 것이다. 영국인다움의 원리를 찾는 가장 빠른 방법이라 믿기 때문이다. 내가 넓은 의미로 쓰는 규칙이라는 용어의 성격상, 영국인다움의 규칙 찾기는 실질적으로 영국 문화를 이해하고 규정하려는 시도로 나타날 것이다. 그래서 용어를 또 하나 정의해야 할 필요가 생긴다. 나는 어떤 사회집단의 행동과 태도, 인습, 생활 방식, 이상, 신념과 가치 들의 총체를 문화라고 정의한다. 민족성을 이야기할 때는 주로 이런 특성을 가리키는 것이다. 민족성이 없다고 주장하는 사람들은 이 경우 문화는 은유나 대화의 방식에서 나온다는 점을 알아채지 못하는 것이다. 대부분의 사람들은 문화라는 게 있고, 문화들이 서로 다름을 인정한다.

이렇게 문화를 정의한다고 해서 내가 영국 문화를 행동 양태, 관습, 신념 등이 전혀 변하지 않고 다양성도 없는, 동질적이고 불변하는 실체로 본다는 말은 아니다. 그저 영국인다움의 규칙이 전반적으로 지켜지는 것으로 이해되기를 바랄 뿐이다. 규칙들이 다 그렇듯이 나는 영국 문화에서도 많은 변형태와 다양성을 찾을 수 있기를 기대한다. 또 우리가 영국인다움을 정의하는 데 도움을 줄 공통의 핵심과 저변에 깔린 기본 형태를 발견할 수 있기를 희망한다.

동시에 나는 비교문화의 '민족지학적 현혹' 때문에 영국 문화와 다른 문화의 유사성을 못 보게 되는 위험을 경계한다. 어느 민족성을 정의하는 임무에 푹 빠졌을 때는 해당 문화의 특이한 면에 집착하기 십상이라 우리는 모두 생물로서 같은 인간임을 잊어버린다.[4]

---

4 나는 아주 매력 있는 『영국인: 그들은 인간인가? *The English: Are They Human?*』 (1931)라는 책 한 권을 받았는데, 예상했듯이 질문은 상당히 수사적이다. 지

운 좋게도 뛰어난 문화인류학자들이 우리에게 '세계 비교문화cross-cultural universals' 목록을 제공해주었다. 이는 모든 인간 사회에서 찾은 관례, 인습, 신념 등을 모아놓은 것으로 이를 통해 앞서 얘기한 장애를 해결할 수 있었다. 하지만 정확히 어떤 관례를 포함해야 하는지 합의하진 못했다(하긴 언제 우리 학자들이 무엇에 합의한 적이 한 번이라도 있었나?).[5] 예를 들어 로빈 폭스에 의하면,

재산에 대한 법률, 근친상간과 결혼에 관한 규칙, 금기와 회피에 관한 인습, 최소한의 희생을 통한 분쟁 해결 방안, 초자연과 이에 기반을 둔 관례에 대한 믿음, 계급제도와 이를 드러내는 방법, 청년들의 성년식, 구애 절차와 관련한 여성의 치장, 상징적인 장신구, 여자를 제외한 남자들만의 활동, 노름의 종류, 도구와 무기 제조 산업, 설화와 전설, 춤, 간음, 살인, 자살, 동성애와 정신분열증, 정신병, 신경증, 그리고 보기에 따라 치료사들이 치유한 듯도 하고 그냥 환자를 오도하는 듯도 한 다양한 것들.

조지 피터 머독George Peter Murdock은 훨씬 더 길고 상세하며 일반

은이 레이너G.J. Reiner는 "결론에 도달했는데, 세상은 두 종류의 인간이 사는데 하나는 인류이고 하나는 영국인이다"라고 말한다.

5 여기에는 또 그런 '세계적'인 특성을 인간의 본성으로 여겨야 하는지 아닌지에 대한 상당한 견해차가 있다. 나는 그런 논쟁에서조차도 빠지겠다. 우리가 논의할 영국인다움과 직접적인 연관이 없기 때문이다. 무엇이 가치 있는가에 대한 나의 대답은 타고난 것이냐 길러진 것이냐를 둘러싼 논쟁은 쓸데 없는 짓이고 클로드 레비스트로스Claude Levi-Strauss가 보여주었듯이 인간은 상극相剋의 방식으로 생각한다는 것이다(흑백, 좌우, 남녀, 피아, 자연과 문화 등등). 왜 이러는지는 더 논쟁을 해봐야 알 일이지만, 이 사고는 지식인 계급과 학자들의 저녁 식사 논쟁을 비롯해 인간의 모든 관습과 관례에 스며들어 있다.

적인 목록을 제시한다. 이는 알파벳 순서로 되어 편하긴 하나 별 재미는 없다.[6]

> 나이 변경, 육상, 장신구, 달력, 청결 훈련, 공동체, 요리, 집단 노동, 우주관, 구애 활동, 춤, 장식예술, 점, 노동 구분, 해몽, 교육, 종말론, 윤리, 인종생물학, 에티켓, 신앙 요법, 가족, 축제, 발화, 민속, 음식 금기, 장례식, 게임, 몸짓, 선물하기, 정부, 인사, 머리 모양, 친절, 청결, 주택, 근친상간 금기, 유산 상속 규칙, 농담, 친척 집단, 친척 관계 용어, 언어, 법률, 행운 미신, 마술, 결혼, 약품, 생리 작용 관련 주의(혹은 삼가는 태도), 애도, 음악, 신화, 숫자, 조산술, 형벌, 개인 이름, 인구정책, 산후 건강관리, 임신 관습, 재산권, 초자연적 존재 달래기, 사춘기, 종교의식, 주거 규칙, 성적 규제, 영혼 개념, 신분 차이, 수술, 도구 생산, 장사, 방문, 이유, 기후 조절.

나 자신이 이 세상 모든 문화에 익숙하진 않기에 이러한 목록은 큰 도움이 된다. 예를 들면 모든 문화에는 '신분제도와 이를 표시하는 방법이 있고 이는 우리도 마찬가지다'라고 일반화하기보다는, 영국 계급제도에 있는 유일하거나 특이한 점은 무엇이냐에 초점을 맞추는 데 도움이 될 수 있다. 이는 아주 당연한 요점인 듯한데 그럼에도 다른 학자나 작가들이 인지하지 못하고 지나간 것이다.[7] 또 많은

---

6 솔직히 말해 폭스는 일반적인 인간의 실제 사례를 제공하나 머독은 포괄적인 목록을 제시하려 한다.

7 헤겔은 그중의 하나가 아닌 것 같다. 그는 '민족정신은 특정한 형태의 보편 정신'이라고 문제의 핵심을 말했다. 내가 그의 논지를 제대로 이해했다고 가정해버리자. 헤겔의 주장은 우리가 늘 바라는 바와는 달리 항상 명확하지는 않았다.

사람들이 영국 문화의 어떤 특징(예를 들면 술과 폭력의 관계)을 인간 사회의 일반적인 측면이라고 간주해버리는 실수를 곧잘 저지른다.

규칙 만들기

앞서 열거한 목록에는 특별한 항목이 빠져 있다. 분명 두 곳에 다 필요불가결함에도 빠져 있는데, 무엇인가 하면 '규칙 만들기'다.[8] 인류는 규칙 만들기에 중독되어 있다. 모든 인간은 예외 없이 식사나 섹스 같은 자연스러운 생리 기능까지도 복잡한 규칙과 규정으로 규제한다. 정확히 언제, 어디서, 누구와, 어떤 매너로 이런 행동을 해야 하는지를 정해준다. 동물들은 그냥 하는데도 인간들은 온갖 난리법석을 피운다. 이것을 우리는 '문명'이라고 부른다.

규칙은 문화에 따라 달라질 수 있는데, 여기에도 규칙이 있다. 사회가 달라지면 금지되는 음식도 다르기에 모든 사회에는 음식 금기가 있다. 우리는 모든 일에 규칙을 정해두었다. 앞서 제시한 목록 중에 아직 분명한 규칙이 없는 관행이 있다면 '에 관한 규칙'이라는 말을 붙이면 된다(예를 들면 선물하기에 관한 규칙, 머리 모양에 관한 규칙, 춤·인사·친절·농담·젖 떼기에 관한 규칙 등이다). 내가 규칙에 초점을 맞추는 까닭은 단순히 취향 때문이 아니라, 규칙과 함께 규칙 만들기가 인간의 정신에서 매우 중요하기 때문이다.

가만히 생각해보면 우리 모두는 이러한 규칙의 차이를 이용해

---

8   사실은 하나가 아니고 둘이다. 둘째 항목은 '향신료류'이다. 이는 모든 문화권에서 관습적으로 사용하는 것으로, 기이한 영국인판은 이 책 어디선가 다룰 것이다.

이 문화와 저 문화를 구분한다는 점을 알 수 있다. 휴가나 출장으로 외국에 가면 맨 먼저 느끼는 것이, 그들은 우리와는 다른 방식으로 무엇인가를 한다는 점이다. 다들 음식, 식사 시간, 옷, 인사, 청결, 장사, 친절, 농담, 신분 차이에 관한 나름의 규칙과 방식이 있다. 우리와는 다른 규칙 말이다.

세계화와 종족화

이는 필연적으로 세계화의 문제점에 주목하게 한다. 이 책을 쓰기 위해 조사하던 중에 영국인다움에 관한 글을 쓰는 목적이 무엇이냐는 질문(주로 중류층 언론인과 지식인에게)을 많이 받았다. 특히 국가적 정체성마저도 미국의 문화제국주의에 의해 머지않아 순전히 역사적 흥밋거리로 전락할 판인데 왜 영국인다움에 대해 쓰느냐는 얘기였다. 우리는 이미 죄다 하향평준화된 맥월드McWorld에 살고 있다는 얘기를 듣고 있다. 다양하고 독특하며 다채로운 문화가 오로지 소비만을 조장하는 나이키, 코카콜라, 맥도널드, 디즈니를 비롯한 다국적 거대 기업들에 의해 다 지워졌다는 것이다. 정말? 나는 전형적인《가디언Guardian》의 독자이고 반反대처 세대의 좌익 자유주의자로서 기업제국주의자들에게 일말의 호감도 갖고 있지 않다. 하지만 나는 사회문화 분야의 직업적인 관찰자로서 그들의 영향력은 과장되었다고 지적하겠다. 혹은 상당히 잘못 해석되었다고 주장한다. 자신 있게 얘기할 수 있는데, 세계화로 인해 민족주의와 종족주의의 영향력이 커졌다. 독립, 자치, 자립을 위한 투쟁은 확산되었고, 민족과 문화 정체성에 대한 관심이 세계 전역에서 살아났다. '영국'도 예외는 아니다.

맞다. 실제로는 그렇지 않을 수도 있다. 여기에 꼭 인과관계가 작용하는 것은 아니라는 사실은 다들 알고 있다. 하지만 적어도 이러한 운동과 세계화의 만남은 기막힌 우연이라는 점은 인정해야 한다. 사람들이 나이키를 신고 코카콜라를 마신다고 해서 자기네 문화 정체성에 애착이 없다는 뜻은 아니다. 자신들의 나라, 종교, 영토, 문화혹은 종족 정체성이 위협받는다고 생각하면 다들 죽기살기로 싸울준비가 되어 있다. 미국 거대 기업의 경제적인 영향은 압도적이고심지어는 파멸을 불러올 정도다. 그러나 이들의 문화충격은 자신들이나 적들이 믿고 싶어 하는 것만큼 대단하진 않은 듯하다. 우리 의식에 깊이 각인된 종족 본능에 의해 국가가 문화 단위로 점점 쪼개지고 있다는 증거가 속출하는 상황에서 세계 70억 인구가 하나의 문화로 뭉뚱그려진다? 말이 안 되는 소리다. 세계화의 영향을 받는 지역 문화는 분명 변화하지만 애초에 문화란 불변의 실체가 아니어서변하게 마련이다. 이를 꼭 전통가치 파괴로 볼 필요도 없다. 더군다나 인터넷은 전통문화를 전파하는 효과적인 수단이 되었다. 인터넷은 전 지구적으로 나타나는 하위소수문화 집단의 반세계화 운동을세상에 널리 전파하는 데 공헌했다. 참 역설적인 일이다.

　미국 문화의 영향이 압도적이었음에도 영국 전역의 문화 다양성이라는 측면에서 각 지방의 종족화가 확산되었다. 스코틀랜드인과웨일스인의 열정과 힘은 미국 음료수, 패스트푸드, 영화 등의 영향으로 줄어든 것 같지 않다. 영국 전역의 소수민족은 독특한 문화를유지하는 데 아주 열성적이지만 영국인English은 정체성 위기로 어느 때보다 더 조바심을 내고 있다(이마저도 영국인답게, 조심스럽고 호들갑 떨지 않고). 영국에서 풍토병이랄 수 있는 지역주의의 영향력은더 커지고 있다[콘월 지방 민족주의자들은 더 떠들썩해지고 있다. 다음으로 자치를 요구할 지역은 요크셔 지방이라는 얘기까지 농담 반 진담 반으로 나오고 있다].

그리고 유럽과 통합하는 문제가 아직도 많은 반발을 사는 판에 단일 문화로 수렴되는 세계화라니, 이건 얘깃거리도 안 된다.

그래서 나는 영국인다움을 이해하려는 시도가 이런저런 문화가 금세 사라질 거라는 경고 때문에 방해받을 이유는 전혀 없다고 생각한다.

계급의식과 인종 문제

이 책이 기획 단계에 있을 때 내가 얘기해본 거의 모든 사람이 계급에 관한 장을 따로 만들 거냐고 물었다. 나는 독립된 장은 타당하지 않다고 느꼈다. 계급 문제는 영국인의 생활과 문화 구석구석에 스며 있고 이 책에서도 그러할 것이기 때문이다.

비록 영국이 계급의식이 아주 높은 나라이기는 하지만, 실제 생활에서 영국인들이 생각하는 계급과, 계급제도에서 당사자가 차지하는 위치는, 간단한 세 가지 구분 방식(상류, 중산, 노동)이나, 시장조사 전문가와 여론조사자가 선호하는 직업에 의한 분류 방식인 추상적인 알파벳 분류 방식(A, B, C_1, C_2, D, E)과는 별 연관이 없다.[9] 학교 선생과 부동산 회사 직원은 따지고 보면 중류층이다. 둘 다 연립주택에 살고, 같은 자동차 회사의 차를 타며, 같은 퍼브에서 마시고, 거의 비슷한 연봉을 받을 것이다. 하지만 우리는 그들의 계급을 훨씬 더 복잡하고 미묘한 방법으로 판단한다. 정확히 어떻게 연립주택

---

9 영국 계급제도를 이해하는 데는 사회학자 피에르 부르디외Pierre Bourdieu의 경제적, 사회적, 문화자산 개념이 보다 도움이 되지만, 각 자산의 분명한 본성과 연관된 특정 사회계급에 대해서만 그럴 뿐이다.

을 꾸미고, 가구를 들이며, 장식을 하는지, 또 어느 회사 차를 타는지를 통해 판단한다. 그뿐만 아니라 주말에 직접 세차를 하는지, 세차장으로 가지고 가는지 혹은 쌓인 먼지를 영국 날씨가 대신 쓸어내리게 놔두는지 등에 따른다. 이와 비슷하게 무엇을, 어디서, 언제, 어떻게, 누구와 먹고 마시는지, 어디서 어떻게 쇼핑하는지, 어떤 옷을 입고, 어떤 반려동물을 기르고, 어떻게 여가를 보내는지, 특히 어떤 단어를 쓰고 어떻게 발음하는지 등으로도 상세히 구분한다.

모든 영국인은 (당신이 인정하든 안 하든) 그런 판단에 사용되는 상세한 구분과 계산을 의식하며 여기에 아주 민감하다. 그래서 이런 영국의 계급과 특징의 원천적인 분류법을 따로 제공하지는 않을 것이다. 대신 계급에 대한 영국인의 미묘한 생각을 앞에서 언급한 주제들의 상관관계를 통해 전할 것이다. 집, 정원, 차, 옷, 반려동물, 음식, 음료수, 섹스, 대화, 취미 등을 얘기하지 않고 계급을 논하기란 불가능하다. 영국 생활의 이런 면에 관한 규칙을 뒤져보기 위해 계급의 장벽을 넘나들거나 사소해서 구분이 잘 안 되는 것들에 신경 쓰다가 뭘 잘못 파악해 실수하는 등 우여곡절을 겪을 수밖에 없다. 돌연 그런 장벽에 막히거나 실수하기 십상인 상황에 맞닥뜨리면 그 참에 더 자세히 계급의 경계를 알아보고자 한다.

동시에 나는 '계급 차이의 현혹으로dazzled by class differences' 계급들 사이의 공통점을 놓치는 우를 피하고자 한다. 오웰에 따르면, 그런 차이는 "영국 사람 둘이 유럽 사람 한 명과 대치하는 순간에 사라지고 만다". 심지어 "부자와 가난한 사람의 차이마저도 외국인의 눈으로 보면 사라져버린다". 지칭 외부인 혹은 문화인류학자라는 직업상의 외국인으로서 영국인다움을 정의하는 내 임무는, 밑바닥에 깔린 공통점을 찾는 것이지 표면의 차이를 보고 흥분해서 소리를 지르는 일이 아니다.

인종은 상당히 어려운 문제이다. 이 책을 두고 상의할 때마다 모든 친구와 동료들이 인종을 거론했다. 스코틀랜드인, 웨일스인, 아일랜드인 등의 정체성을 아예 언급하지 않으려고 내 연구 주제를 '전영국인the British'도 아니고, 영본국인the U.K.도 아닌 단순히 문화적인 영국인으로 국한했다. 지인들은 다시 내가 영국인다움을 정의할 때 인도, 파키스탄 계열의 아시아인,[10] 아프리카나 카리브해 출신 흑인 그리고 여타 소수민족 들도 포함하는지 물었다.

이 질문에는 몇 개의 답이 있다. 첫째, 영국인다움을 정의할 때 소수민족은 반드시 영국인에 포함했다. 어떤 이민자들을 어느 정도로 포함하느냐는 복잡한 문제다. 특히 여러 세대에 걸쳐 이민국의 문화와 인습에 영향을 미친 이민자들의 문제 역시 복잡하다. 조사자들은 대개 이민자들의 적응 정도와 채택한 내용(이를 통틀어 문화 수용acculturation 혹은 동화assimilation라고 한다)에 초점을 맞출 뿐 이와 비슷하게 흥미롭고 중요한, 이주자들이 이민국에 미친 영향 문제에는 소홀한 경향이 있다.

이상한 일이다. 우리는 잠시 방문하는 관광객들이 우리 문화에 깊은 영향을 미친다는 사실은 인정하는데(이에 대한 사회적인 과정은 인기 있는 연구 주제가 되었다) 무슨 이유에선지 우리 학자들은 소수민족 이민자 문화가 우리 행동 패턴, 인습, 믿음, 가치 형성에 미치는 영향에는 별 관심이 없는 듯하다. 비록 소수민족 인구가 전체의 10퍼센트 밖에 안 되지만, 그들은 예나 지금이나 우리 문화의 여러 면에 커다란 영향을 미쳤다. 내가 지금 다루려 하는 영국인 행동에 대한 '스냅샷'은 불가피하게 이런 영향으로 얼룩져 있을 것이다. 비

---

10 나는 아시아인이라는 말을 이 책 전체에서 쓰는데 이는 일반적인 영국인에게는 거의 인도 아대륙亞大陸 출신을 말한다.

록 영국에 사는 극소수 아시아인, 아프리카인, 서인도제도인 들만이 자신을 영국인이라고 여기지만 어찌됐든 그들은 영국인다움의 원리가 형성되는 데 분명히 기여했다(그들은 자신을 전영국인다움British이라고 부르는데 이는 더 포괄적인 개념이다).[11]

인종에 관한 나의 둘째 답은 이미 많이 다룬 바 있는 문화 수용과 관계가 있다. 우리는 소수민족 문화 전체가 아니라 집단과 개인의 단계까지 내려가 살펴보아야 한다. 간단히 말한다면 일부 소수민족 집단과 개인은 다른 사람들보다 더 영국인에 가깝다. 자발적으로 선택했든 상황에 떠밀렸든 혹은 둘 다이든, 이들은 이 나라의 인습, 가치, 행동 양태를 다른 사람들보다 더 많이 받아들였다(이들 세대를 2대, 3대 혹은 그 이상으로 거슬러 올라가면 더 복잡해진다. 논의 대상인 이주국 문화가 이들의 조상들에게 어느 정도 영향을 받았기 때문이다).

일단 이런 식으로 이야기가 시작되면 이는 더 이상 인종 문제가 아니다. 어느 소수민족 집단이나 개인이 다른 사람들보다 더 영국인답다고 할 때 나는 피부색이나 출신국 얘기를 하는 것이 아니다. 그들의 행동, 몸짓, 인습에서 나타나는 영국인다움의 정도를 말하는 것이다. 나는 앵글로색슨계 백인들에게도 그렇게 얘기할 수 있고 실제로 그렇게 하고 있다.

실은 우리 모두 그렇게 하고 있다. 우리는 사교 집단, 혹은 어느 개인의 반응이나 특별한 버릇을 두고도 "대단히 영국적이다" 혹은

11 많은 소수민족 사람들이 각종 조사에서 답을 할 때는 원래 출신을 기재하지만, 일반적인 대화에서는 스코틀랜드와 웨일스에 관해 이야기할 때는 자신을 영국인이라는 뜻으로 '우리'라 하고, 스코틀랜드인과 웨일스인을 '그들'이라고 부르는 경우를 많이 볼 수 있다. 그러나 일상적으로 '우리들 영국인'이라는 일인칭 복수를 쓰는 소수민족도 누가 물으면 자신은 영국인English이 아니라 전영국인British이라고 주장한다.

"전형적으로 영국적이다"라는 식으로 얘기한다. 우리는 어떤 사람이 "나는 어떤 면에서 보면 아주 영국적인데, 또 어떻게 보면 그렇지가 않아"라든지 "너는 나보다 훨씬 더 영국적이야"라고 하는 말을 이해한다. 우리는 영국인다움에 대한 나름의 개념을 가지고 있다. 나는 여기서 새롭거나 깜짝 놀랄 만한 개념을 소개하려는 게 아니다. 우리는 매일 이러한 용어를 사용한다. 이미 부분적인 영국인다움의 미묘함이나 단편 혹은 좋은 부분만을 골라 충분히 이해하고 있기 때문이다. 그래서 각자 달성 가능한 영국인다움을 선택할 수 있다. 특히 이런 개념을 이민자와 소수민족에게도 적용할 수 있다는 점을 얘기하려 한다.

실은 이 영국인다움은 우리들보다는 이 나라에 사는 소수민족에게 조금 더 중요한 선택 문제이다. 다른 문화를 처음부터 (혹은 일찍) 접해보는 혜택을 받지 못하고 자란 우리에게 부분적인 영국인다움의 어떤 면은 너무 깊이 새겨져 있어서 이를 떨쳐버리면 분명 더 좋으리란 점을 알면서도 도저히 그러지 못하는 경우가 많다(내 경우는 현장 실험을 위해 새치기를 할 때). 이민자는 훨씬 더 쉽게 선택할 수 있고 싫으면 아예 거부하면 된다. 찬찬히 살펴본 후 바람직한 관습이나 버릇은 받아들이고 웃기는 것에는 아예 신경을 안 쓰면 되니 말이다.

개인적으로 이처럼 문화적 최상품 고르기를 경험한 적이 있다. 나는 다섯 살 때 미국으로 이민 가서 6년을 살았다. 당시 다른 미국 문화는 기쁘게 받아들였으나 듣기에 불쾌하다는 이유로 미국 악센트는 완강히 거부했다(나는 이렇게 말했더랬다. "듣기가 끔찍스럽다." 정말 끔찍하게 까다로운 꼬맹이였다). 또 나는 십대 후반을 프랑스 시골에서 4년간 살았다. 동네 공립학교를 다녔는데, 나는 말, 태도, 매너에서 전혀 구별할 수 없는 브리앙소네Briançonnaise 지방 십대였다. 나는 집으로 돌아오면 영리하게 프랑스 요소를 없애버릴 수 있는데도 그렇게 하지 않아 꽤 오랫동안 어머니를 약 올렸다. 혹은 어머니의 부아를 돋우려고 일부러 과장하기도 했다(십대들은 세계 어디서나 이런 행동을 한다). 그러고는 영국으로 돌아와 그런 태도가 사람 사귀는 데 좋지 못하다는 사실을 알고는 금방 포기해버렸다.

물론 이민자들은 현지화를 선택할 수 있다. 어떤 이들은 영국인보다 더 영국인 같다. 내 친구들 가운데 두 사람은 기꺼이 자신을 '대단히 영국인답다'라고 밝히는데, 하나는 1세대 인도 이민자고, 또하나는 폴란드 이민 1세대다. 이 두 사람은 의식적으로 영국인다움을 선택했으나, 결국은 이것이 제2의 천성이 되고 말았다. 하지만 그들은 여전히 뒤로 물러나 자신들의 행동을 분석하고 자신들이 배워서 따르는 규칙을 설명한다. 우리는 이런 규칙을 그냥 당연히 주어진 것처럼 따르고 있어서 그렇게 하기 힘들다.

내 여동생이 레바논 사람과 결혼해 미국에서 레바논으로 시집을 가서 15년을 사는 동안 같은 경험을 했다. 그녀는 베카Bek'aa 계곡의 가족과 이웃으로 아주 빨리 변했고 현지 문화를 수용한 레바논 시골 부인이 되었다. 하지만 말하는 도중에 자신의 언어를 바꾸듯이 말과 행동을 영국식(혹은 미국식, 때로는 십대 경험에 따라 프랑스식으로)으로 바꿀 수 있다. 아이들은 영국적인 모습이 엿보이는 미국계 아랍인이고 필요할 때면 언어와 행동 등을 쉽게 바꾼다.

거들먹거리며 문화 변용을 말하는 사람들은 이 선택 요인을 과소평가하는 경향이 있다. 지배적인 문화가 무지하고 수동적인 소수 문화를 강제로 수용해버리는 과정이라고 말한다. 그들은 이민자 자신이 문화와 인습을 의식적으로, 일부러, 교묘히, 심지어는 가짜로 선택하는 문제에는 무지한 것 같다. 영국식 문화를 수용하고 순응하는 태도는 어느 정도 요구되거나 실질적으로 강요된다는 점을 나도 인정한다(입국자가 지나가는 관광객이나 정복자가 아니라면 어느 이주국이든 그렇게 하겠지만). 그런 요구나 강요가 옳으냐 그르냐 하는 문제는 여전히 논쟁의 여지가 있다. 하지만 여기에 따르느냐 마느냐는 본인의 의지에 달린 것이므로 이는 세뇌 과정이 아니라 문화 수용으로 보아야 한다.

나는 프랑스로 이민 갔을 때를 돌이켜보며 이런 과정을 이해한다. 그때 우리 가족이 그랬듯이, 이 나라에 들어오는 모든 이민자가 아무리 비논리적이고 부당해도 영국 문화에 맞춰 살아가는 동시에 자신들 문화의 정체성을 유지하며 자유의지에 따를 만큼 지혜롭기를 바란다. 나는 나의 프랑스인다움의 수준을 필요에 따라 아주 미묘하게 높이거나 낮출 수 있다. 내 동생도 자신의 아랍인다움을 선택하고 조정할 수 있다. 내 이민자 친구들도 마찬가지로 영국인다움을 조정할 수 있다. 때로는 사교적인 이유로, 때로는 따돌림을 피하기 위해, 때로는 순전히 웃기려고 그렇게 한다. 아마도 진지하게 문화 수용을 바라보는 연구자는 피조사자가 우리 문화의 모든 면을 우리보다 더 통달하고 이해한 나머지 우리를 몰래 비웃는 꼴을 보고싶어 하지 않을 것 같다.

이 모든 것들로 미루어 단언하거니와 나는 내가 이야기하는 영국인다움에 특정한 가치를 부여하지는 않으며 이를 또 다른 '다움' 보다 더 위에 두지 않는다. 어떤 이민자가 다른 누구보다 더 영국인답다고 할 때는 나는 (노먼 테빗Norman Tebbit[영국 보수당 정치인]의 악명 높은 크리켓 테스트[크리켓은 영연방에서 성행하는 야구와 비슷한 영국 고유의 스포츠이며, 여기서 얘기하는 크리켓 테스트는 이민자들의 영국에 대한 애국심 테스트를 말한다] 발언과 다르게) 이 개인이 어쨌든지 간에 더 뛰어나야 한다거나 시민의 신분과 권리가 그들보다 덜 영국적인 사람들과 달라야 한다고 생각하지 않는다. 누구나 충분한 시간을 들여 노력한다면 영국인다움을 배우거나 수용할 수 있다고 내가 얘기했다 해서 그들이 반드시 그래야 한다는 것도 아니다.

이민자나 소수민족들이 영국 문화에 스며들기 위해 수용해야 할 영국인다움의 높낮이는 논의의 여지가 있다. 대영제국 식민지 출신 이민자들에게 영국 문화를 수용하라고 요구할 때, 그들 나라에 초대받지 않은 주민이었던 영국인 수준을 생각하면 된다. 누구보다 영국인이야말로 이민국 문화를 수용하는 태도가 어쩌고저쩌고 하는 설교를 할 자격이 없는 사람들이다. 이와 관련한 우리들의 과거 행적은 더할 수 없이 나빴다. 어디서 얼마나 많은 사람이 정착하든 우리는 너무나 편협하게 영국인 거주지를 따로 설정했을 뿐만 아니라 우리 문화의 기준과 습관을 원주민들에게 강요했기 때문이다.

하지만 나는 이런 현상을 규정하려 하지 않고 설명하려 한다. 영국인다움의 장점이든 단점이든 이 모든 것이 너무나 흥미로울뿐더러 이를 온전히 이해하고 싶기 때문이다. 자기가 연구하는 부족이 해당 부족민이나 이웃을 어떻게 다루어야 하느냐를 두고 도덕적인 평가를 내리거나 독단적으로 말하는 것은 우리 문화인류학자들의 임무가 아니다. 물론 개인 의견을 낼 수는 있으나 영국인다움의 규칙을 찾으려 하는 나의 시도는 이와 무관하다. 때로는 나도 의견을 제시할 수도 있으나(이 책은 내 책이다. 그러니 내가 원한다면 말할 수 있다!) 의견과 관찰을 분명히 구분하겠다.

전영국인다움과 영국인다움

말이 나온 김에 자신을 (1) 분명 전영국인British이라고 생각하는 사람들과 (2) 내가 왜 전영국인다움Britishness이 아니라 영국인다움Englishness을 다루고 있는지 궁금해하는 스코틀랜드인과 웨일스인들에게, 혹은 심지어 북아일랜드인에게[12]사과하고자 한다(나같이 필요할 때는 몇 방울의 스코틀랜드인나 웨일스인 혹은 아일랜드인 피가 섞였다고 자랑하는 영국인이 아닌, 정말 그곳에서 태어나고 자란 진정한 스코틀랜드인, 웨일스인과 아일랜드인을 말한다).

내가 전영국인다움이 아니라 영국인다움을 조사하는 이유는,

- 부분적으로 게을러서.
- 부분적으로, 영국은 일관성과 특색이 있는 문화나 성격을 가지고 있으리라 기대되는 한 나라인 데 비해, 전영국은 고유의 문화가 있는 몇 나라의 필요에 따라 조정되는 순전한 정치적 구성체이다.
- 부분적으로, 이들 문화는 많은 부분 겹칠 수는 있겠으나 분명 각 문화는 서로 다르니 '전영국인다움'이라는 덩어리에 그냥 뭉뚱그려 다룰 일이 아니다.
- 마지막으로 '전영국인다움'이란, 내게는 아무 의미가 없는 용어 같다. 사람들이 이 말을 쓸 때는 항상 '영국인다움'을 염두에 둔다. 어떤 사람이 무섭게 웨일스인 혹은 스코틀랜드인같이 행동한다는 얘기가 아니다.[13]

---

12 북아일랜드는 지리적으로 전영국의 일부가 아닐지 몰라도, 영본국과 북아일랜드라는 정식 명칭으로 부르는 한 국가의 일부가 분명하다. 그러나 북아일랜드인들은 편지를 보내 자신들을 전영국인으로 여기고 있음을 강조하며 구판에서 자신들을 여기 포함하지 않은 점에 대해 항의했다.

13 이렇게 요약하면 말장난이 너무 심하다거나 거만하다고 여길 수도 있다. 그러나 역사가 크리샨 쿠마르Krishan Kumar가 『영국 민족 정체성 형성 *The Making of English National Identity*』이라는 책에서 나보다 더 유창하고 거창하게 비슷한

나는 이런 문화들 중에서 하나의 문화를 연구하는 데 쓸 시간과 에너지밖에 없었을 뿐만 아니라 나 자신도 영국인인지라 영국을 택했다.

만일 누군가 시비를 걸려 든다면 내 핑계에서 구멍이란 구멍은 죄다 찾아낼 수 있겠다. 예를 들면 하나의 나라도 결국은 인공 구성체이기 때문이다. 그리고 콘월 분리독립주의자들과 다른 지방의 열렬한 지역주의자들(스카우서, 조르디, 요크셔 등지의 사람들)이 분명 자신들에게도 정체성이 있으니 영국의 다른 지방들과 뭉뚱그려 하나의 영국인으로 취급하지 말라고 할 것 같다.

골치 아프게도, 거의 모든 나라에는 몇몇 분리된 지역이 있고 해당 주민들은 모두 자기네 고향은 다른 지역들과 다르며 더 뛰어나다고 주장한다. 이는 프랑스, 이탈리아, 미국, 러시아, 멕시코, 스페인, 스코틀랜드, 오스트레일리아 혹은 당신이 얘기하고 싶은 어떤 나라든 다 해당된다. 상트페테르부르크 사람들은 모스크바 사람들을 다른 종인 양 이야기하고, 동부 해안과 중서부 미국인들은 서로를 다른 위성에서 온 사람들처럼 여긴다. 토스카나 사람과 나폴리 사람, 북부와 남부 멕시코인, 심지어는 시드니와 멜버른 사람들은 서로 성격이 판이하게 다른 족속인 것처럼 얘기한다. 에든버러와 글래스고 얘기는 아예 꺼내지도 말자. 지역주의 문제는 영국만의 기이한 현상이 절대 아니다. 그럼에도 이런 개성 있는 지역들이나 도시의 주민들조차 한 나라 국민이라고 부르기에 충분한 공통점이 있어서 모두 이탈리아인, 미국인, 러시아인, 스코틀랜드인이라고 부를 수 있다. 나는 이런 공통점에 관심이 있다.

정리를 했다. 그뿐만 아니라 저명한 정치이론가이자 시민의식 전문가 버나드 크릭 경Sir. Bernard Crick도 같은 식으로 얘기한 적이 있다.

고정관념과 문화적 유전자

"당신이 통상의 고정관념stereotype을 넘어 무엇인가를 찾아내기를 바란다." 내가 영국인다움에 대한 책을 쓰겠다고 했을 때 많이 들은 말이다. 이 평은 고정관념은 진실이 아니고, 진실은 고정관념을 넘어선 어딘가에 있다는 얘기 같았다. 아주 이상하게 들리는 말이었다. 짐작했듯이, 국민성에 대한 영국인의 고정관념에는, 물론 완벽한 진실만을 기대하진 않았지만 그래도 어느 정도, 적어도 한두 가지 진실은 있으리라 생각했기 때문이다. 어찌 되었건 그것들은 하늘에서 갑자기 뚝 떨어지는 게 아니라 무언가로부터 싹이 터서 자랄 테니까. 국민성에 대한 고정관념은 해당 국가의 일반 국민들이 보편적으로 받아들이거나 심지어는 열광적으로 '보증하기까지' 한다. 그렇다고 해서 그것이 국민들의 신념과 가치관을 포함한 참된 국민성이라 할 수는 없다. 하지만 고정관념을 통해 최소한 우리는 어떤 나라 국민들이 자신들의 문화를 어떻게 보는지를 어느 정도 알 수 있다.

그래서 나의 표준 대답은 이러했다. "아니요. 나는 고정관념 뒤로 넘어가려는 게 아니고 고정관념 안으로 들어가려 합니다." 특별히 고정관념을 찾는 게 아니라 열린 마음으로 연구하겠다고 말해주었다. 조사하는 과정에서 발견한, 고정관념과 연관된 영국인의 행동을 내 시험 접시에 올려 해부하고, 얇게 베어내며, 여러 시험을 하고, 유전인자를 풀어 진실의 조각(혹은 유전자)을 찾을 때까지 지지고 볶겠다는 얘기다.

그래, 맞다! 거기에는 말장난이 조금 섞였을 터이지만 이미 당신은 알아챘을 것이다. 과학자들이 실험실에서 사용하는, 어떻게 보면 흐릿한 개념을 굳이 여기서 언급하지 않겠다. 무엇이든 현미경 렌즈 아래 놓으면 아주 달라 보인다. 진짜로 나는 영국인의 '내성적 성격'

'공손함' '겸손' '날씨 이야기' '대화' '난동' '위선' '사생활' '반지성주의' '줄서기' '타협' '페어플레이' '유머' '계급의식' '괴짜' '관용' 등의 고정관념을 찾았는데 이들은 겉에서 그냥 볼 때와는 달랐다. 거기에는 그냥 봐서는 알 수 없는 복잡한 몇 겹의 규칙과 규정 들이 있었다. 바로 알아볼 수 있을 정도로 분명하지는 않았지만, 어쨌거나 공인된 '진실'이었다. 몇 가지는 많은 단서를 엄격하게 심사한 다음 엄밀히 정의해 '결정적인 특성' 목록에 이름을 올렸다.

또 성격심리학자들이 오랜 시간을 허비해서 증명한 고정관념들이 진실이 아닌 것으로 밝혀졌다. 다섯 개의 성격 요소를 총체적으로 묶어 연관성이 있음을 입증하는 데 실패했기 때문이다. '내성적인' 영국인이어야 하는데 외향성 문항에서 높은 점수를 받은 사람이 있다고 하자. 이른바 '영국인의 내성적인 면'이란 영국인에게 전형적인 특성이라 단정하기에는 훨씬 더 복잡하고, 우연에 좌우되고, 상황에 따라 쉽게 바뀔 수 있다(이 조사자들은 이와 반대되는 '영국인의 축구장 깡패 기질' '난동꾼' 같은 외향적인 고정관념을 고의로 무시했다). 이는 규칙, 표준, 관습이나 행동 방식에 관한 문화적 원리의 일부로, 개인의 특성과는 상관이 없다. 실생활에서 사람들은 대개 자신의 성격이 어떻든 간에 자신들 문화의 규칙과 표준을 무의식적으로 따른다. '국민성'이란 말은 은유나 비유일 뿐 문자 그대로 받아들이면 안 된다. 문화란 두드러진 한 사람의 개인이 대표할 수 없다. 개인 개인의 특성을 단순히 뭉뚱그려 이해하거나 규정할 수는 없다. 그러나 '망치를 손에 쥐고 있으면 죄다 못으로 보인다'. 그래서 총체적인 개성이 국민성이라는 주장을 둘러싼 논쟁을 시작한 사람들이 성격 설문지를 만든 심리학자라는 사실은 우연이 아니다.

내가 수행한 은유적인 유전자 분석에 너무 흥분하기 전에, 나는 영국인다움 정의하기 프로젝트가 '우리가 누구인지를 밝혀줄 문화 코드를 찾아내기 위해 영국 문화 유전자 게놈을 정리 배열하는 작업(혹은 지도, 나는 뭐가 뭔지 절대 알 수 없다)'이라 생각했다.

으음, 예스! 영국 문화 유전자 게놈을 정리 배열한다! 아주 거대하고, 진지하며, 야심 차고, 인상적인 과학 프로젝트처럼 들린다. 이런 일은 출판계약서에 적힌 기간보다 세 배는 더 소요될 일이다. 특히 차 마시며 쉬는 시간까지 포함한다면.

농담은 그만하고, 내가 영국인의 국민성을 이해하기 위해 사용한, 반쯤 과학적인 접근 방식을 설명해야 한다. 이는 세 단계가 있다.

- 첫째, 영국인의 행동과 태도에 나타나는 어떤 질서나 일정하게 계속 눈에 띄는 특성을 찾아내기 위해 20년에 걸쳐 관찰 연구, 참여자 관찰, 인터뷰, 단체 토의, 전국적인 조사, 현장 실험 등을 실행했다.
- 둘째, 이런 행동과 태도를 끌어내는, 어디에도 쓰여 있지 않은 한 가지 사회 규칙을 찾아내려고 노력했다. 이 규칙을 실험하거나 증명하기 위해 현장 경험, 토의 그리고 인터뷰를 했다.
- 셋째, 이런 규칙들이 영국인다움에 대해 무엇을 말해주는지 알아내려고 노력했다.

이 책의 각 장은 영국인이 살아가면서 보여주는 행동과 태도에 깃든 일관된 질서와 불문율을 다양한 측면에서 설명하고 있으며, 어떤 경우에는 어떻게 발견했는지를 설명했다. 각 장 끄트머리의 간략한 부분은 전체 장의 내용을 축약한 것이 아니다. 이 책은 교과서가 아니며, 나는 당신이 방금 읽은 내용을 다시 축약해서 당신의 지적 능력을 모욕하고 싶지 않다. 이는 내가 가려내어 시험한 모든 규칙에서 영국인의 결정적인 특성을 이끌어내려고 노력했음을 드러내는 대목이다.

나는 온갖 규칙, 동일한 집단 가치, 견해, 무의식적인 반응 같은 특성을 체계적인 방법으로 많이 알아냈다. 이런 동일한 특성이 영국인 삶의 다양한 측면을 지배하는 불문율로 계속 나타났다. 막판에는 내가 찾던 '결정적인 특성'이 분명하게 보였다.

이렇게 '알아내는 과정'을 모두 이 책에 포함했다. 더욱더 정직하고 명료한 방식으로 연구했음을 보이고 싶었기 때문이다. 학교에서 수학 문제를 풀 때 단순히 해답만 쓰지 말고 풀이 과정을 전부 쓰라고 요구하는 선생님의 의도와 같다. 만약 이 책을 다 읽고 "영국인다움은 무엇인가?"라는 의문에 대한 나의 답이 틀렸다고 생각한다면 적어도 당신은 다시 돌아가서 내가 어디서 잘못을 저질렀는지 짚어낼 수 있을 것이다.

제 1 부
대화 규정

날씨

영국인의 여느 대화와 마찬가지로 영국인의 대화에 대한 어떤 토론이든 간에 날씨 이야기로 시작해야 할 것이다. 영국인다움에 대한 글을 쓴 작가들은 예외 없이 새뮤얼 존슨Samuel Johnson의 날씨 이야기를 인용한다. 나도 빈틈없는 전통 의례에 따라 존슨의 유명한 언급을 여기에 옮긴다. "두 영국인이 만나면 첫 대화는 날씨로 시작한다." 이 관찰은 200여 년 전 당시는 물론이고 지금 이 시간에도 정확하다.[14]

바로 여기서 모든 논자가 영국인이 날씨에 집착하는 이유를 설

---

14 최근 통계광인 SIRC는 정말로 날씨 이야기로 대화를 시작하는지를 알기 위해 전국 조사를 실시했다. 결과적으로 56퍼센트가 지금으로부터 여섯 시간 전에, 38퍼센트가 한 시간 전에 날씨 이야기를 한 적이 있다고 답했다. 이런 사실로 보면 지금 이 순간에도 우리 영국인 3분의 1이 어디에선가 날씨 이야기를 하고 있을 것이다. 사실 이런 통계도 아주 적게 잡은 수치임에 틀림없다. 실제 날씨 이야기는 이보다 더 흔하게 자주 할 것이다. 영국인에게 날씨 이야기는 거의 자동적으로 튀어나오는 화제라 대개 자신이 언제 얼마나 했는지를 일일이 기억할 수 없을 테니까.

득력 있게 설명하지 못할 뿐만 아니라 때로 시도 자체를 포기해버리고 만다. 전제를 잘못 설정했기 때문에, 다시 말해 우리들의 날씨 이야기가 정말 날씨에 대한 얘기라 지레짐작하고 문제에 접근하기 때문에 실패한다. 우리가 유독 날씨에 열렬한(혹은 병적인) 흥미가 있어서 날씨 타령을 한다고 넘겨짚은 다음에 영국 날씨가 그토록 매혹적인 이유를 알아내기 위해 애쓰는 것이다.

빌 브라이슨Bill Bryson은 영국 날씨는 전혀 매혹적이지 않으니, 우리의 날씨에 대한 집착은 실로 불가사의하다고 진단해버린다. "이방인이 보기에 영국 날씨는 별것 없다. 이것이 제일 놀라운 점이다. 자연의 격렬함을 보여주는 토네이도, 몬순, 격렬한 눈보라, 맞으면 죽겠다 싶은 우박 세례와 같은, 흥분을 불러일으키고 예측불허의 위험을 초래하는 자연현상을 영국 제도에서는 거의 볼 수가 없다."

그래서 제러미 팩스먼Jeremy Paxman은 전혀 그답지 않게 맹목적인 애국심을 발휘하여, 브라이슨의 이 경멸 어린 발언에 분개하면서 영국 날씨는 진정 매혹적이라고 항변한다.

브라이슨은 요점을 놓쳤다. 날씨에 병적으로 집착하는 영국인의 성향은 극적인 변화에 따른 흥분과는 전혀 상관이 없다. 그것은 차라리 영국의 전원 풍경처럼 극적일 정도로 극적이지 않다. 중요한 것은 기후 현상 자체가 아니라 오히려 기후의 변화무쌍함이다. 영국에 관한 이야기 중 단언할 수 있는 몇 안 되는 항목 중 하나는 날씨 변화가 많다는 점이다. 비록 열대성 사이클론 정도는 아닐지 몰라도, 대륙과 대양 언저리에서 살아갈 경우 지금 당장 무슨 일이 일어날지 도무지 확신할 수 없다. 이러한 불확실성만이 확실하다.

나는 조사를 통해 브라이슨과 팩스먼 모두 요점을 놓쳤음을 깨달았다. 실은 우리의 날씨 얘기는 영국인의 태생적인 수줍음을 넘어 진정한 대화에 돌입하기 위해 사용하기로 한 암호일 뿐이다. "좋은 날씨네요, 그렇지 않아요?" "아이구! 정말 춥네요." "아이고, 아직도 비가 오지요?" 등등. 날씨에 대한 다른 물음들도 정말 기상정보를 알고 싶어 하는 말이 아니라 그냥 의례화된 인사이고 대화를 시작하는 수단, 혹은 어색함을 뭉개려는 행위로 볼 수 있다.

다른 말로 하면 영국인의 날씨 이야기는 '안면 트기 대화grooming talk'이자 영장류 동물이 보이는 '짝짓기 몸짓social grooming'이라고 볼 수 있다. 서로 사귀려는 동물들이 상대의 털을—털들이 깨끗한데도 불구하고—시간을 들여 정성스럽게 핥아주는 행위 말이다.

이는 집중적인 참여조사 관찰법을 통해 얻은 결론이다. 하지만 정식 조사서를 들이밀면(이럴 때 사람들은 대부분 이성적이고 합리적이 된다) 대다수 영국인은 단지 사교적인 목적으로 날씨 이야기를 한다고 순순히 인정한다. 조사에 의하면 놀랍게도 노년층뿐만 아니라 젊은 세대들도 정중한 대화에서 날씨 이야기가 중요하다고 생각한다. 예를 들면 18~24세 젊은이들 거의 대부분이 날씨 이야기가 인기 있다고 응답했다. 날씨 이야기를 하면 다른 사람과 공손하고 친절하게 대화의 문을 열 수 있기 때문이다. 날씨 이야기를 통해 상대방의 기분을 알 수 있다고 응답한 비율이 노년층보다 젊은층에서 두 배 더 높았다.

날씨에 관한 영국인의 대화 법칙

호혜의 규칙

팩스먼은 브라크넬Bracknell에 있는 기상청에서 만난 중년 금발 여인이 "아이구, 날이 춥지요?"라고 한 이유를 오해했다. 이를 '날씨에 대해 끝도 없이 놀라는' 도무지 해석이 안 되는 영국인의 특성으로 돌리고 만다. 실은 "아이구! 추운 날씨지요?" "좋은 날씨지요?"라는 말은 "나는 당신과 얘기를 하고 싶습니다. 나와 대화할래요?" 혹은 영어의 "헬로", 즉 별 뜻 없는 "안녕하세요?"의 다른 표현이다. 오해를 산 예의 불운한 여인은 단지 팩스먼과 대화를 나누고 싶었을 뿐이다. 특별히 긴 대화를 나누려 하지도 않았고, 그냥 알은척을 해서 인사를 나누고 싶었을 뿐이다. 날씨 얘기에 관한 규칙에 의하면 상대는 그저 "아, 그렇지요?"라거나 이와 비슷한 의례적인 반응, 즉 "나도 당신과 대화를 나누고 싶습니다"라는 일종의 암호로 화답하면 될 뿐이다. 팩스먼은 이런 반응을 보이지 않았으므로 "나는 당신과 인사를 나누고 싶지 않습니다"라는 뜻을 표한 셈이어서 결과적으로 무례를 범한 것이다(이것이 사생활 보호와 신중함을 사교성보다 우선시하는 영국인의 특성에 비추어 아주 큰 죄는 아니다. 모르는 사람과 말하는 것은 어느 경우에도 의무 사항이 아니다).

적어도 예전에는 이런 사교적인 상황에서 쓰는 다른 방법이 있긴 했다. "안녕하세요?How do you do?"라는 인사(상대방이 한 인사말을 반복하는 것이 정확한 대답이라 해도 아주 우스꽝스러운 인사법이다)는 이제 많은 사람들이 촌스럽다고 여기니 더 이상 보편타당한 인사법이라 할 수 없다. "좋은 날씨지요. 그렇지 않아요?"라는 인사도 곧이곧대로 받아들여서는 안 된다. "좋은 날씨지요. 그렇지 않아요?"라는 인사가 진짜 날씨에 관한 물음이 아니듯이 앞의 "안녕하세요?"라는 인사도 진짜 상대방의 건강이나 안녕에 대한 물음이 아니다.

날씨에 관한 언급은 반응이 요구되기 때문에 질문으로 간주된다. 억양이 보태지면 더 그렇다. 하지만 질문에 걸맞은 반응이 중요하지 대답 내용이 중요한 것은 아니다. 날씨에 대한 물음 한마디가 대화를 끌어내는데, 여기에는 중얼거리는 대답, 심지어 물음을 반복하는 거나 마찬가지인 "예, 그렇지요?"도 충분한 반응이 된다. 그래서 영국인의 날씨 얘기는 가톨릭 교리문답이나 성당에서 신부와 신자가 말을 주고받는 전례 의식 같기도 하다. 예를 들면 신부가 "주여, 자비를 베푸소서" 하면 신자들은 거의 자동적으로 "그리스도여, 저희에게 자비를 내리소서" 하듯이 "춥지요, 그렇지 않아요?"라고 말을 건네면 상대방도 거의 본능적으로 "예, 그렇지요?"라고 대답하면 된다.

영국인의 날씨 얘기는 독특한 구조와 거의 실수가 없을 정도로 정확히 지켜지는 리듬이 있어 문화인류학자들은 주저 없이 전례라고 부른다. 이러한 정형화된 날씨 이야기는 발레의 안무처럼 정해져 있으며 영국인은 불문율에 규정된 순서에 따라 이를 주고받는다.

상황의 규칙

날씨 얘기가 오가는 상황에는 몇 가지 기본 규칙이 있다. 다른 작가들은 영국인들이 언제나 날씨 얘기를 한다며 이를 강박관념이거나 병적인 집착이라고까지 주장한다. 하지만 이것은 대단히 조잡한 관찰이다. 사실 날씨 얘기는 아주 구체적인 상황에서만 사용해야 한다. 즉 다음과 같은 경우다.

- 아주 단순한 인사를 나눌 때.
- 어색한 분위기를 깨서 본론으로 들어가기 위해 말문을 틀 때.
- 기본값default value[컴퓨터의 경우 사용자가 기능을 임의로 설정하기 전에 원래 정해져 있던 사용 환경. 컴퓨터에 문제가 생기면 이 기본값으로 돌아가게 해서 수습할 수 있다. 대화가 잘못 흘렀을 경우 분위기를 바꾸어 다시 시작할 때 쓰인다는 뜻], 어색한 순간 때우기, 대화 주제 바꾸기, 대화하던 중 다른 주제가 없어지거나 이야기가 잘못 흘러가 어색하고 불편한 침묵이 길어질 때.

- 개인 문제를 언급하기 싫거나 껄끄러운 대화 주제를 피하고 싶을 때.
- 한바탕 불평을 늘어놓기 위한 핑계가 필요할 때.
- 사람을 웃기기 위한 기회를 잡으려고 할 때.
- 상대방의 기분을 알아내려 할 때.
- '대공습 극복 정신Blitz Spirit stoicism'을 이야기할 기회를 잡을 때.
  [대공습 극복 정신이란 제2차 세계대전 때 독일군의 대공습으로 영국 전역이 파괴될 때 국민들 사이에 일어났던 극기 정신이다. 공포를 느껴 움츠리면 독일에 굴복하게 되니 더욱더 정상적인 생활을 해야 한다고들 생각했다. 지하철이 터널 안에서 갑자기 서거나 할 때 동병상련의 심정으로 서로 돕기 위해, 평소에 말을 섞지 않던 생면부지의 사람들끼리 대화를 시작하는 상황 등을 가리킨다.]

확실히 이 규칙으로 인해 우리는 날씨 얘기를 많이 하게 되었고, 날씨 말고 다른 얘기는 별로 안 하는 인상을 주게 되었다. 전형적인 대화는 거의 날씨 얘기로 시작하고 분위기를 잡기 위해 날씨 얘기를 조금 더 한다. 또 대화 도중 일정한 간격으로 다른 화제를 꺼낼 때는 예외 없이 날씨에 관계된 농담과 불평을, 부담스러운 대화를 피하기 위해 혹은 극기심을 나누기 위해 계속해서 사용한다. 그래서 많은 외국인들, 심지어는 영국인 논평자들마저 우리가 날씨에 정말 집착하고 있다고 짐작해버린다.

물론 우리가 날씨 자체에 전혀 관심이 없다고 주장하는 것은 아니다. 아주 중요한 사교 코드로 날씨를 선택한 데는 다 이유가 있다. 이렇게 보면, 영국 날씨의 본질이 워낙 변화무쌍하고 예측불허라 사교 대화 주제로 적당하다는 팩스먼의 말은 옳은지도 모른다. 만일 날씨가 이렇게 변덕스럽지 않았다면 뭔가 다른 사교 수단을 찾아야 했을 것이다.

날씨 얘기가 정말 날씨에 대한 뜨거운 관심 때문이라 짐작한다면, 당신은 팩스먼과 다른 논자들이 저지른 실수를 반복하는 것이다. 일찍이 문화인류학자들은 한 부족이 특정 동물이나 식물을 부족의 상징totem으로 사용하면, 해당 동물이나 식물에 큰 관심이나 경외심을 보이는 거라고 단정해버렸다. 사실은 문화인류학자 레비스트로스가 설명했듯이 토템은 사회 구조와 관계들을 규정하는 것이다. 한 가문이 검은 앵무새를 상징으로 삼았다 해서 검은 앵무새와 본질적으로 깊은 연관이 있다는 말은 아니다. 차라리 흰 앵무새를 토템으로 삼은 다른 가문과의 관계를 보여준다고 봐야 한다. 그들은 앵무새를 아무렇게나 선택한 게 아니다. 토템은 추상적 상징보다 주변 동물이나 친근한 식물 가운데 선택하는 경향이 있다. 그렇다고 토템을 '너희는 홍팀이니 우리는 청팀으로 하겠다'는 식으로 멋대로 선택하지도 않는다. 인간계를 상징적으로 묘사하고 구분하기 위해 주위의 익숙한 자연물을 사용한 것이다.

맞장구 규칙

영국인은 친근한 자연계의 일면을 사교의 촉진제로 잘 선택했다. 변덕스럽고 엉뚱한 우리 날씨는 항상 뭔가 새로운 것을 내놓는다. 사람들에게 이야깃거리를 계속 제공하고 놀라고 추측하고 불평하게 만드는데, 그중 제일 중요한 것은 서로 맞장구를 치게 한다는 점이다. 다시 말해 가장 중요한 날씨 얘기 규칙 중 하나인, 의견일치를 끌어낸다는 것이다. 이 규칙은 헝가리인 유머리스트humorist 조지 마이크George Mikes[영국인에 관해 뛰어난 책을 썼다]도 언급했는데 그는 영국에서 "날씨 얘기를 할 때는 상대가 누구든 절대로 반박해서는 안 된다"라고 쓴 바 있다. 앞에서 이미 얘기했듯이 날씨 인사에서는 상대가 "춥지요, 그렇지요?"라고 말하면 응답해야 할 뿐만 아니라 반드시 동의해야 한다. "예! 그렇지 않아요?" 혹은 "음, 춥네요"라고 맞장구를 쳐야 한다.

그렇게 동의하지 않으면 아주 큰 실례를 저지르는 것이다. 예를 들면 신부님이 "주님, 저희에게 자비를 내리소서"라고 했는데 당신이 "사실 그분이 왜 그러겠어요?"라고 해버리면 어떻겠는가. 당연히 당신도 "주여, 저희에게 자비를 내리소서"라고 성실히 대답할 것이다. 이와 같이 "아, 정말 춥지요?"라고 하는데 "아닌데요, 엄청 포근한데요?"라고 하면 대단히 불손한 대답이 된다. 나처럼 당신도 날씨 얘기를 귀담아 들어보면 이처럼 불손하게 대답하는 이들은 찾아볼 수 없음을 알 것이다. 뭐 이런 규칙이 있다고 얘기해주는 사람도 없을뿐더러 자신들이 그런 규칙을 따르고 있음을 의식하지도 못한다. 간단히 말해 그런 일은 절대 일어나지 않는다.

만일 당신이 일부러 예의 규칙을 깬다면(내가 숭고한 학문 탐구를 위해 여러 번 그랬듯이) 분위기는 상당히 긴장되고, 아주 곤혹스러워질 것이다. 심지어 화를 내는 지경에 이를 수도 있다. 아무도 금방 뭐라고 하거나 난리를 치지는 않겠지만(우리에게는 항의를 하거나 법석을 떠는 데도 규칙이 있으므로) 상대는 분명 모욕당했다고 느껴 이를 미묘하게 표현할 것이다. 아주 불편한 침묵이 흐른 뒤 분개한 누군가 낮은 음성으로 "어쨌든 나는 춥게 느껴지는구먼"이라 하거나 "정말? 당신은 그렇게 생각합니까?"라고 물을 것이다. 아니면 화제를 바꾸거나 당신의 무례를 애써 무시하면서 공손하고도 쌀쌀맞은 표정으로 자기네들끼리 날씨 얘기를 계속할 것이다. 공손한 사람들이라면 당신의 실수를 그냥 개인의 기호나 특성으로 치부해서 덮어주려고 노력할 것이다. 아주 예의 바른 이들은 "아니요, 상당히 포근한데요"에 반응하기를, 약간 당황한 표정을 지은 뒤, "아, 당신은 추위를 별로 못 느끼시나 보네요? 그런데 우리 남편은 내가 춥다고 떨거나 불평을 늘어놓을 때도 포근하다고 느낀답니다. 아마 여자들이 남자보다 더 추위를 타는 모양이지요?"라고 할 것이다.

__ **맞장구 규칙의 예외** 영국인의 날씨 이야기 규칙은 복잡하다. 사실 예외도 많고 미묘하게 변형되기에 그만큼 헐렁하고 좀 어수룩하다. 맞장구 규칙은 날씨에 대한 개인의 기호에 따라 바뀐다. 당신은 날씨에 관한 사실적인 표현에는 무조건 동의해야 한다(이는 질문 형식으로 나타나는데 그냥 사교적인 반응을 원하지, 합리적인 대답을 요구하진 않기 때문이다). 그래도 당신은 동료들의 의견과 다른 개인의 호불호를 털어놓거나, 자신만의 버릇 또는 감수성에 따라 의견 차이를 드러낼 수 있다.

"아이구, 날씨가 춥지 않아요?"라는 물음에 도저히 동의하지 못할 경우에도 합당한 대답은 "그렇지요? 그런데 나는 이런 날씨도 좋아한답니다. 상쾌하지요. 그렇지 않아요?"라거나 "그렇지요? 그런데 나는 그렇게 추운지 모르겠어요. 상당히 따뜻하다는 느낌이 듭니다"이다. 여기서 유의할 점은 둘 다 일단 동의의 표현으로 시작했다는 것이다. 비록 노골적인 자가당착인 "그렇지요? 그런데 나는 엄청 따뜻하게 느껴지는걸요"라는 반응이 뒤따를지라도 전혀 문제가 안 된다. 조리에 맞느냐 안 맞느냐보다 예의가 더 중요하기 때문이다. 하지만 당신이 도저히 "예, 그렇지요"라고 답할 수 없을 경우에는 '음' 하고 긍정적인 소리를 냄과 동시에 머리를 끄덕이는 식으로 대치할 수 있다. 이는 일종의 동의의 표현이긴 하지만 그래도 적극적인 동의는 아니기 때문이다.

더 좋은 반응은 "그래도 그건 아닌데" 식의 투덜거리는 표현인 듯하다. 사실 전통적인 표현이다. "예, 그렇지요? 그런데 최소한 비는 안 내리잖아요?" 만일 당신이 추운 날씨를 선호하거나 날씨가 전혀 춥지 않다고 느낄 경우에도, 이런 반응을 보임으로써 추워서 벌벌 떠는 지인과 당신은 아주 행복한 합의에 이를 수 있다. 누구든 춥더라도 맑은 날이 비 오는 날보다는 낫다고 느끼게 마련이므로 이런 표현을 쓰는 것이 관습이다.

앞에서 보았듯이 개인의 기호나 감성에 따라 규칙이 다양하게 변하는데 이는 예외라기보다는 차라리 규칙 완화라고 보아야 한다. 사실적인 표현에 대놓고 부정적인 반응을 보여서는 절대 안 된다는 기본 규칙은 분명히 적용된다. 의견은 분명 다르다는 전제하에 개인 취향과 감수성의 차이를 인정해서 규칙을 조금 느슨하게 적용했을 뿐이지 원칙이 바뀌진 않았기 때문이다.

영국인의 날씨 얘기에서 맞장구 규칙에 얽매이지 않아도 되는 상황이 있다. 남자들이 결과적으로 친교를 돈독히 하는 논쟁을 벌일 때인데, 특히 퍼브 논쟁이 그렇다. 이는 '퍼브 대화' 장에서 더 자세히 다루겠다. 여기서 결정적인 점은 친목을 다지는 논쟁의 경우, 퍼브에서는 날씨 얘기만이 아니라 모든 대화에서 끊임없이 이견이 튀어나온다는 것이다. 이는 남자들끼리 우정을 표현하고 유대를 강화하는 방법의 하나다.

날씨 위계질서의 규칙

앞서 얘기한 날씨에 관한 언급 중에서 추운 날의 반응("적어도 비는 안 내리네요")에는 누구나 동의한다. 영국에는 누구나 인정하고 사용하는 비공식 날씨 위계질서가 있다. 좋은 것부터 나쁜 것 순으로 보면 다음과 같다.

- 햇빛 나고 따뜻한(혹은 포근한)
- 햇빛 나고 쌀쌀한(혹은 추운)

- 구름 끼고 따뜻한(혹은 포근한)

- 구름 끼고 쌀쌀한(혹은 추운)

- 비 오고 따뜻한(혹은 포근한)

- 비 오고 쌀쌀한(혹은 추운)

모든 영국 사람이 구름 낀 날씨보다는 화창한 날씨를, 추운 날씨보다는 따뜻한 날씨를 좋아한다는 말은 아니다. 일반적으로 그렇단 얘기다.[15] 심지어 텔레비전에 출연한 일기예보 진행자마저 이 위계질서를 인정한다. 비가 온다고 예보할 때는 흡사 사과하는 투로 말하면서도 약간은 따뜻해서 다행이라는 점을 애써 강조한다. 이처럼 분위기를 조금이라도 띄우려 노력하는 모습을 보면 이들도 비 오고 따뜻한 날이 비 오고 추운 날보다는 낫다고 보는 날씨의 위계질서를 아는 게 분명하다. 애처로운 목소리로 추운 날씨를 예보하면서도 해가 곧 나올 거라고 변명을 해서 분위기를 바꿔보려 한다. 햇빛 나고 추운 날씨가 흐리고 추운 날씨보다는 나음을 모두 알기 때문이다. 그래서 비 오고 추운 진짜 나쁜 날씨가 아니라면 '그래도 적어도'라는 식으로 서로를 위로하는 다른 길이 있다.

만일 정말 비 오고 추운 날이어서 우울하다면 팩스먼이 얘기하는 우리들의 '조용한 엄살·불평moaning의 경이로운 능력'에 몸을 맡기면 된다. 이는 올바른 관찰인데, 여기에 더 보탤 것은 이 영국인의 날씨에 대한 '엄살·불평 의례'에는 사교 목적이 있다는 점이다. 이는 친근한 맞장구 기회를 제공할 뿐 아니라 '그들과 우리'라는 기분

---

15 이러한 위계질서뿐 아니라 날씨 이야기의 중요성을 뒷받침하는 증거로 동의어반의어 사전에 나오는 좋다nice라는 단어의 유의어 일곱 개 중 무려 다섯 개가 날씨와 관계된 단어라는 점을 들겠다. 그것은 좋은fine, 맑은clear, 포근한mild, 순한fair, 그리고 햇빛 밝은sunny이다.

을 심어 더 짙은 동지애를 느끼게 해주기 때문이다. 그들이란 날씨 자체이거나 일기예보 진행자를 말한다. 이 엄살·불평 의례를 통해 공감을(재치, 유머도) 서로 표현함으로써 공동의 적에 맞서 동지애를 느낀다. 이 두 가지는 친교를 다지는 데 더없이 보탬이 된다.

최근에는 유머러스한 날씨 불평 의례가 생겨났으니, 너도나도 투덜거리는 지구온난화가 문제다. 흐리고 추운 날 가장 인기 있는 날씨 불평은 이러하다. "허참! 지구온난화 때문에!" 혹은 "도대체 이 지구온난화가 어디까지 갈지…."

날씨 위계질서에서 맨 아래에 놓이는, 나쁜 날씨에 대한 보편적이고 가장 긍정적인 대꾸는 금방 좋아질 날씨에 대한 얘기다. "정말 형편없는 날씨지요, 그렇지 않아요?"라는 물음에 "그렇지요? 그런데 오후에는 날씨가 좋아진다고 하던데요"라고 대꾸하는 식이다. 만일 당신의 동료가 정말 당나귀 이요르[16]처럼 우울하고 비관적일 때 말을 붙이려면 그냥 "예, 정말 어제는 하루 종일 비가 왔지요, 그렇죠?"라고 해서 폴리아나[동명의 미국 아동소설 여주인공. '극단적 낙천주의자'를 이른다] 식의 극단적인 낙천주의는 포기하는 편이 나을 것이다. 그저 벗과 함께 조용히 한탄을 즐길 뿐이다. 사실은 서로 대화하고 맞장구치기 위해 그냥 공통의 주제를 건드리자는 얘기다. 숙덕거리며 같이 나누는 낙관, 억측, 인내와 마찬가지로 함께 나누는 한탄도 친목을 도모하고 동지애를 다지기에 아주 효과적이다.

취향이 유별나서 날씨 위계질서에 동의하지 못하는 경우는 자신이 좋아하는 날씨 계급이 낮을수록 조심해야 한다. 날씨에 대해 다른 의견을 말할 때 개인의 선호와 감수성의 차이를 인정하는 예외 규정에 부합하게 단서를 달아 말해야 한다. 따뜻한 날씨보다 추운

---

16 영국 동화 『곰돌이 푸 *Winnie the Pooh*』에 나오는 우울하고 비관적인 당나귀.

날씨를 좋아하는 성향은 햇빛을 싫어하거나 대놓고 비를 좋아하는 성향보다는 참을 만하다. 영국인은 취향이 괴상한 사람이라 해도 날씨 얘기의 규칙을 정면으로 어기지 않으면 어쨌든 타인에게 무해한 괴짜로 취급해 봐준다.

눈과 중용의 규칙

눈은 날씨 위계질서 표에 나타나지 않는다. 하루에도 온갖 날씨 현상이 죄다 일어나는 영국에서도 눈은 아주 드물다. 눈은 사교나 대화에서 별나고 당황스러운 주제이다. 보기에는 좋으나 일상생활이 불편해진다. 눈이 내리면 흥분되는데 한편 걱정되기도 한다. 눈은 항상 훌륭한 대화의 주제이나 대개 성탄절에 내릴 때만 환영받는다. 하지만 그런 경우는 거의 없다. 매년 우리는 성탄절에 눈이 오기를 기원한다. 그래서 시내 중심가 도박 상점들은 화이트 크리스마스 돈내기로 우리 주머니에서 수천 파운드씩을 울궈낸다.

눈에 관해 자신 있게 적용할 수 있는 유일한 대화 규칙은 특히 영국인에게 일반적인 '중용moderation'이다. 지나침은 부족함만 못하다고 폭설 역시 비난받는다. 심지어는 햇볕과 따뜻함도 중용을 지킬 때만 환영받는다. 지나치게 덥고 햇빛 쨍쨍한 날씨가 계속되면 가뭄에 안달하고 수돗물 통제에 투덜거리며 비운에 시달리는 듯한 목소리로 1976년 여름의 기억을 서로 상기시키거나 지구온난화 운운 하며 불평한다.

팩스먼 말처럼 영국인들은 정말 날씨에 대해 끊임없이 놀라는 능력을 타고났다. 우리가 날씨에 놀라길 좋아한다는 그의 관찰도 옳다. 또 한편 우리는 날씨에 놀라기를 기대한다. 변화무쌍한 날씨에 익숙하고, 이놈의 날씨가 자주 변덕을 부리기를 기대하는 것이다. 같은 날씨가 며칠만 계속되어도 우리는 불편해지기 시작한다. 비가 사흘만 계속 내려도 홍수를 걱정하고, 눈이 하루나 이틀 지속되어도 재난이 선언된다. 그리하여 온 나라가 눈비에 미끄러지고 흘러내리며 멈춰버린다.

날씨가 가족이 되는 규칙

비록 우리 자신은 영국 날씨를 두고 만날 한탄하면서도 외국인이 그러면 용서하지 않는다. 아마도 날씨를 가족으로 취급하는 듯하다. 자신은 자식이나 부모의 행동에 불평할지라도 타인이 수군거리기라도 하면 용서할 수 없고 그런 행동을 아주 나쁜 매너로 취급하는 식이다.

우리는 영국 날씨가 다른 나라와 비교해 기온도 극단적으로 오르거나 내리지 않고 열대풍, 폭풍, 허리케인, 눈폭풍도 없는 등 전혀 극적이지 않다는 사실을 잘 알고 있다. 하지만 외국인이 우리 것이 열등하거나 흥미롭지 않다는 의견을 비치기만 해도 과민반응을 보인다. 우리 날씨에 대해 생각할 수 있는 모든 공격을 퍼붓는 사람은 거의 외국인이다. 특히 미국인은 영국 날씨를 얕잡아 본다. 여름 날씨가 섭씨 20도만 돼도 우리는 "휴! 덥지 않아요?"라고 징징거린다. 그걸 보고 미국이나 오스트레일리아인 방문객이 비웃고 조롱하면서 "덥다고요? 이 정돈 아무것도 아닌데. 정말 더운 걸 알고 싶으면 텍사스(아니면 오스트레일리아의 브리즈번)에 한번 와봐요."라고 야유할 때 정말 기분이 나쁘다.

이러한 야유는 맞장구 규칙과 날씨 가족 규칙에 대한 심각한 도전이다. 날씨를 오직 극단적이고 혹독한 등급 정도로만 취급하는 이러한 접근 방식을 우리는 아주 상스럽고 불쾌하게 받아들인다. 우리는 천한 기준에 집착하는 외국인들에게 날씨는 강도가 다가 아니라는 점을 가르쳐준다. 영국 날씨는 미묘한 변화와 이루 다 표현할 수 없는 섬세함으로 높이 평가 받아야 한다.

참으로 날씨는 자기도 모르는 사이에 영국인을 수치를 모르는 애국자로 만들어버린다. 지금도 그렇다. 나는 참여관찰법에 따른 영국인다움에 관한 조사를 하면서 다양한 사람들과 날씨 얘길 했는데, 너무나 예민한 방어 반응을 연이어 접했다. 우리 SIRC에 따르면 50퍼센트에 이르는 영국인은 외국인이 영국 날씨에 악평을 했을 때 약간은 옹호하는 자세를 취했음을 인정했다. 하지만 너무 예의가 바르거나 내성적이라, 재수 없는 외국인에게 감히 불쾌감을 바로 표현하지는 않았다.

비공식 인터뷰 중 거대함과 강도에 집착하는 미국인을 업신여기는 영국인을 어디서나 만날 수 있었다. 내 제보자인 퍼브 주인은 아주 흥분해서 거침없이 말했다. "아이구, 미국인들은 날씨뿐만 아니라 뭐든 자기네 것이 더 거대하다고 주장하더군요. 정말 우둔한 작자들이에요. 큰 스테이크, 큰 빌딩, 큰 눈폭풍, 엄청난 무더위, 더 큰 허리케인, 오로지 거대한 것밖에 몰라요. 미묘한 맛은 개떡도 없는데 그게 문제라고요." 팩스먼은 아주 고상하고 애국적으로 브라이슨이 거론하는 열대풍, 맹위를 떨치는 눈폭풍, 허리케인 등은 부자연스러운 걸로 치부해버린다. 정말 제대로 된 영국식 폄하다.

바다 날씨 예보 의식

영국 날씨에 대한 기이한 애정의 가장 감동적인 표현은 진정한 국가적 명물인 바다 날씨 예보에서 찾을 수 있다. 최근 어느 항구도시 책방을 들렀다가 매혹적인 바다 풍경을 표지에 앉히고 '나중에 비, 양호Rain Later, Good'라는 제목을 단 대형 사진집을 보았다. 거의 모든 영국인들이 금방 알아차릴, 무의미하고 모순적이며 불가해한 문장들이 바로 생각났다. 그러니까 BBC 라디오4 뉴스 뒤에 바로 따라 나오는 바다 날씨 예보로, 어찌 보면 사람을 진정시키는 힘을 발휘하는 신성한 만트라mantra의 단음절 암송 같은 것이다.

풍속과 가시거리 등이 포함된 이 바다 날씨 예보는 영국 주변의 바다에 떠 있는 어선, 유람선, 화물선 등을 위한 정보라 수백만의 일반 청취자들에게는 아무런 소용도 없다. 그런데 우리는 이 방송의 차분한 운율과 익숙한 해역 이름, 바람의 정보 그리고 가시거리 등의 낭송을 거의 최면 상태에 빠져서 거룩한 태도로 듣곤 한다. 그러나 날씨, 풍속, 가시거리라는 중요한 단어들을 빼버리고 실제 필요한 정보만을 건조하게 늘어놓으면 다음과 같다.

"바이킹, 북 우트시레, 남 우트시레, 피셔, 저먼 바이트. 서향 혹은 남서향 3 혹은 4, 북향에는 나중에 5로 상승. 나중에 비. 양호는 중간으로 변하고, 한때는 악화. 파로스, 페어 제도, 크로마티, 포티스, 포스, 도저. 북향 후퇴 서향 3 혹은 4 나중에 6으로 상승. 소나기. 양호."

이런 식의 침착하고 감정이라곤 없는 음성이 인근 서른한 개 해역을 다 언급할 때까지 계속 들려온다. 청취자들은 이 해역들이 도대체 어디에 붙어 있는지, 관련 단어나 숫자가 무엇을 뜻하는지도 모른 채 이상하게 편안해지고 기분이 좋아져서 라디오를 끈다. 이를 숀 스트리트Sean Street는 '차가운 정보의 시'라 부른다.[17]

영국에 이민이나 여행을 와서 꽤 오래 산 몇몇 외국인 제보자는 이 기괴한 의식을 접하고는 상당히 곤혹스러워한다. 왜 우리는 이 구석진 해역의 이름과 우리와 아무 상관도 없는 날씨 정보를 알고 싶어 하는가? 또 가톨릭의 위령 기도같이 장황하고 아무 뜻 없는 낭

---

17 오로지 향수에 젖은 노년층들만 이렇게 바다 날씨 예보에 심취하는 것은 아니다. 젊은이들도 그러하고, 심지어는 최근 팝송의 가사에도 바다 날씨가 등장한다. 열아홉 살 된 바먼은 개 이름을 해역 이름을 따서 크로마티라고 지었다.

송을 끝까지 들으려 하는가? 누군가 감히 이 방송을 끄려고 하면 우리는 그를 신성모독 행위를 저지른 사람 취급한다. 해역 중의 이름 하나가 바뀌는 경우, 예를 들면 피니스터가 피츠로이로 변경되자 온 나라의 신문, 방송, 텔레비전 등이 머리기사로 다루고 토론이 이어지는 소동을 보고 나의 외국인 제보자들은 어리벙벙해한다. 게다가 BBC 라디오가 이 예보의 야간방송 시간을 겨우 15분 뒤로 옮기는 일을 두고 난리가 나는 꼴을 보고는 정말 기막혀한다. 기상청 대변인의 말에 의하면, 사람들은 분통을 터뜨렸다.

BBC는 여기에서 교훈을 얻은 모양이다. 크리켓 경기의 애시 게임[영국 국기에 해당하는 크리켓 경기 중에서도 가장 중요하고 큰 경기] 결승전 (영국이 오스트레일리아를 이기고 있는 전대미문의 사태가 벌어지고 있었다) 중계와 예보 시간이 겹쳤던 2011년, BBC는 결국 바다 날씨 예보를 우선했다. 평소처럼 바다 날씨 예보가 방송되는 동안만은 크리켓 팬들은 이 역사에 길이 남을 기념비적인 경기 중계를 디지털 방송이나 인터넷, 혹은 중파 방송을 통해 들어야 했다. 라디오 청취자들은 "바다 날씨 예보 시간이 가까워졌다"라는 예고를 흡사 몰아쳐오는 폭풍이나 불가항력적인 자연력을 경고하는 소리로 들을 수밖에 없었다. 마침내 "만일 통상의 장파 방송을 듣고 계시다면 나중에 다시 돌아오라"는 예고를 끝으로 크리켓 방송은 중단되고 바다 날씨 예보가 방송되었다.[18]

---

18 물론 바다 날씨 예보는 선원들에게 생사가 걸린 아주 중요한 정보를 제공하는 방송이다. 그런데 사실 이것은 표면적인 이유일 뿐이다. 라디오4의 예보자는 "나는 사실 영불 해협 파도 위를 오르락내리락 하면서 침몰하지 않고 항해하기 위해 우리 방송에만 의존하는 사람들은 별로 걱정하지 않는다"라고 실토하면서 "차라리 위성 항법 시스템에 투자하라"고 충고한다. 그러면서 "나는 예보를 중단하지 않을 것이다. 이는 방송 자체만으로도 충분히 지

한 해역의 이름을 단순히 피니스터에서 피츠로이로 바꾸는 일로 난리법석을 떠는 꼴을 본 미국인 제보자는 "모르는 사람이 보면 주기도문의 단어를 바꾸려는 줄 알겠다"라고 말했다. 나는 이 정보의 타당성이나 쓰임새가 핵심은 아니라는 점을 이해시키려 했다. 영국인에게 이 방송을 듣는 것은 비신자도 깊이 안심시키는 힘을 가진, 아주 귀에 익은 중요한 기도문을 듣는 거나 마찬가지라고. 이 중요한 의식을 변경하는 아주 미미한 행위라도 우리에게는 깊은 상처가 남을 정신적 충격을 안긴다고. 비록 어디 있는지는 몰라도 관련 해역 이름은 우리 의식에 깊이 새겨져 있을뿐더러 심지어 반려동물에게 붙여주기도 한다고 얘기해주었다.

우리가 바다 날씨 예보를 두고 감히 농담을 할 수 있다면(『나중에 비, 양호』[19]의 지은이에 따르면 어떤 사람들은 "폭풍을 동반한 소나기 후에 날씨가 좋아진다고? 난 그렇게 생각 안 하는데!"라는 식으로 되받는다), 우리는 이 세상 만물을 두고, 심지어 아주 신성한 것을 두고도 농담을 할 수 있다. 요컨대 우리의 날씨와 바다 날씨 예보를 두고 감히 어떻게 농담을 할 수 있느냐는 말이다.

날씨 얘기와 영국인다움

영국 날씨 이야기 규칙은 영국인다움에 관해 많은 얘기를 해준다.

킬 가치가 있는 명예이기 때문이다"라고 했다.

19 이 책 『나중에 비, 양호』에 대해 언급할 필요가 있을 것 같다. 1998년에 처음 출판되어 바로 베스트셀러가 되었고, 수차례에 걸쳐 재판을 찍었다. 2002년의 경우는 난리가 났던 피니스터Finisterre 해역의 이름 변경 때문이었다. 최근에 나온 다른 바다 날씨 예보에 관한 책도 아주 인기가 좋았다.

심지어 영국인의 생활에서 지켜야 할 상세한 대화 규정과 행동 규칙을 검토하기도 전에, 영국인다움의 중요한 기본 사항을 귀띔하고 실마리를 주었다.

맞장구와 맥락의 규칙에서 우리는 영국인 특유의 내성적 성향과 억제의 기미들을 보았다. 한데 우리는 이런 사교 장애를 아주 재치 있는 중간촉진제로 극복한다. 맞장구 규칙과 예외는 공손함과 언쟁 회피의 중요성(특수한 상황에서 논쟁의 필요성을 인정함과 더불어) 그리고 논리보다 예절이 우선임을 넌지시 알려준다. 맞장구 규칙의 변형과 날씨 위계질서의 부칙에서 우리는 괴짜를 인정하는 관용과 상대방을 배려하는 참을성을 본다. 원치 않는 인내로 생기는 스트레스는 비관 섞인 한탄을 함께 즐기는 가운데 사라져버린다. 중용의 규칙에서는 극단을 싫어하고 인정하지 않는 영국인의 성향을 엿볼 수 있다. 영국 날씨의 매력에 대한 기이하고 절제된 칭찬과 함께 날씨를 가족시하는 규칙에서는 놀랄 만한 애국심도 드러난다.

바다 날씨 예보에 대한 사랑은 여러 가지를 말해준다. 우리의 뿌리 깊은 안전, 보호, 지속에 대한 갈망 말이다. 이것들이 위협받으면 우리는 지나칠 정도로 불안해한다. 또 단순한 단어들에 대한 사랑, 불가사의, 비논리적인 오락과 관례에 대한 다소 기이한 애착도 읽을 수 있다. 이 모든 현상의 밑바닥에는 세상사를 너무 진지하게 받아들이기를 주저하는 심성과 더불어 유머가 흐르고 있다.

우리가 지금부터 확인하려는 것들을 영국인다움의 특성 중 하나로 승인하려면 분명 추가 증거가 필요하다. 그러나 영국인다움을 어떻게 이해할 수 있는지 꼼꼼히 조사하는 가운데 드디어 실마리가 드러나고 있다.

안면 트기 대화

나는 앞 장에서 날씨 얘기가 일종의 말문 트기 요령이라고 말했다. 미묘하고 복잡한 언어를 구사하는 인간의 탁월한 능력은 사실 이런 대화에 많이 치중되어 있다. 이는 말하자면 원숭이들이 서로 벼룩을 잡아주거나 등을 긁어주는 행위가 언어 형태로 나타난 것이다.

소개 의식

안면 트기 대화grooming talk[그루밍이란 동물들이 친해지기 위해 혀로 털을 핥아주거나 원숭이가 서로 이를 잡아주는 등의 행위를 말한다]는 인사로 시작된다. 이런 상황에서 날씨 얘기가 필요한 이유는, 인사와 소개가 영국인에겐 정말 당혹스러운 일이기 때문이다. 모든 인사의 표준이던 "어떻게 지내십니까?How do you do?"를 사람들이 더 이상 안 쓰기 시작하면서 문제가 더 심각해졌다. "어떻게 지내십니까?"에 대한 정확한 대꾸는 어떻게 지낸다는 대답이 아니라 "어떻게 지내십니까?"를 메아리나 잘 훈련된 앵무새같이 반복하는 것이다.[20] 상류층이나 중상류층에서는 이 인사를 여전히 쓰고 있으나 나머지 계층에서는 무슨 말을 어떻게 해야 할지 몰라 허덕이는 중이다. 유행이 지났을 뿐만 아니라 답답하기 짝이 없는 "어떻게 지내십니까?"를 비웃지 말고 이 인사 되살리기 운동을 벌여야 한다. 그러면 정말 많은 문제가 한꺼번에 해결될 것이다.

어색함의 규칙

실제로 우리의 소개와 인사는 좀 불편하고 볼썽사납고 세련되지 못하다. 친한 친구들끼리는 덜 어색하나, 그래도 손을 어떻게 움직여야 할지 모르고, 포옹을 해야 하는지 키스를 해야 하는지를 몰라 우물쭈물한다. 프랑스식으로 뺨에 살짝 키스를 해주는 풍습이, 세련되었다고 자부하는 말 많은 지식인과 중류층에서 유행했다. 그러나 다른 이들은 뺨에 입술을 대지도 않고 키스하는 시늉을 하고 소리만 내는 에어 키스air-kiss를 우스꽝스럽게 보거나 좀 젠체하는 행위로 취급했더랬다. 이것도 여자들끼리 혹은 이성 커플이나 하지 남자들끼리는 절대 하지 않았다. 심지어는 에어 키스가 이미 정착한 사교 집단 내에서도 키스를 한 번 해야 하는지 두 번 해야 하는지 아무도 자신할 수 없다. 모두 서로 눈치를 보다가 결국은 어색하게 주저하며 다시 해야 하는가 싶어 재차 부딪치곤 한다.

지난 십 수년 사이에 에어 키스가 사회 각층에서 상당히 흔해졌

---

20 사실대로 말한다면, "How do you do?"는 기술적으로는 질문이지만 문자 그대로 내용 없는 말을 한 데 불과하다. 질문과 달리 말끝이 올라가지도 않고 질문형 억양도 없다. 그래서 관습대로 질문을 되받아 답하는 게 별로 우스꽝스러워 보이지는 않는다. 그렇다고 전혀 이상하지 않다는 얘기는 또 아니다.

다. 하지만 대다수는 아직도 몇 번을 해야 '제대로 하는 것'인지 확신하지 못하고 있다(상류층은 대개 두 번을 하고 나머지 계층에서는 한 번으로 끝내면서 찜찜해한다). 그러면서 여전히 수줍어하고 불편해한다. 요즘 어떤 사람은 악수와 뺨키스를 한 번씩 하고 나서 다시 서투른 포옹이나 등 두드리기를 한다. 괴상한 인사다. 뭘 하든 간에 전보다 훨씬 더 헷갈린다. 영국인들이 서로 인사하는 방식을 최종 합의하기까지는 아주 오랜 시간이 걸릴 것으로 보인다.

이제는 악수가 업무상 만남에서 서로를 소개할 때 표준이 되었다. 아이러니하게도 어느 정도 공식 예의가 요구되는 첫 소개가 가장 쉬운 과정이다(영국인은 어쨌든 어색하고 간단하고 서먹서먹하게 어느 정도 거리를 두고 악수를 한다. 더 외향적인 문화권 사람들과 달리 절대 두 손으로 잡거나 팔뚝을 살짝 두드리는 행위를 하지 않는다).

그후의 만남, 특히 서로 잘 알게 된 다음의 업무상 만남이라면, 악수는 너무 공식적인 듯한데 그렇다고 에어 키스는 너무 비공식(혹은 어떤 사교 집단 기준으로는 너무 젠체하는 것 같고)적인 인사로 여겨진다. 여하한 경우에도 남자들 사이에서는 절대 금기이므로, 결국은 뭘 어찌해야 하는지 모르는 당황스러운 상황이 되어버리고 만다. 손을 반쯤 내밀다가 우물쭈물 거두어들이거나 겨우 손을 흔드는 척하다가 만다. 아주 당황스럽게 주저하면서 에어 키스를 하거나, 다른 형태의 신체 접촉, 예를 들면 팔뚝을 살짝 스치는 식으로 알은척을 하는데 그조차도 반쯤 하다 만다. 그렇다고 전혀 접촉을 하지 않으면 조금 비우호적으로 비치기 때문이다. 이것이 바로 아주 고통스러운 '영국식'이다. 지나치게 공식적이면 당황스럽고, 그렇다고 너무 비공식적으로 나가면 부적절하다(결국은 다시 말하거니와 극단이 문제다).

무명의 규칙

업무가 아닌 순수한 사교로 사람을 만나는 경우 더 고통스럽다. 첫 만남에서는 따로 정해진 악수법이 없다. 실제로 악수를 하면 너무 사무적이라고 여긴다. 업무상 만남에서처럼 이름을 말하기란 좀 어색하다. 처음 보는 사람과도 대화할 수 있는 파티나 사교 모임 장소, 특히 퍼브 카운터에서 무작정 "헬로, 나는 존 스미스입니다"라거나 "헬로, 나는 존입니다"라고 하지는 않는다. 실은 이런 경우에는 절대 자신을 소개하지 않는다. 차라리 대화를 시작하는 다른 방법을 찾아야 한다. 예를 들면 날씨 얘기를 하는 식으로.

'넉살 좋은 미국인'처럼 "안녕! 나는 빌이라고 합니다! 안녕하세요!"라고 말하면, 특히 손을 길게 내밀고 얼굴 가득 미소까지 곁들이면 영국인은 주춤하고 움찔해버린다. 조사 기간에 만난 미국 관광객이나 방문객은 이런 두 가지 반응에 상당히 어리둥절해하고 상처를 받는다. 한 여자가 "도저히 이해할 수가 없더군요. 영국인이 자기 이름을 얘기할 때 보면 코에 주름이 잡히는 것이 흡사 대단히 개인적인 얘길 해서 아주 부끄러워하는 듯했어요"라고 하자, 남편은 "그래, 맞아! 아주 절제된 미소를 지으면서 안녕!이라고만 하잖아. 아주 작정하고 자기 이름은 알려주지 않겠다는 식이더구먼! 내가 내 이름을 먼저 얘기했는데, 큰 실수라도 되는 것처럼 여겨지게 만들더라고! 자기 이름을 알려주는 게 난리라도 날 일인가. 참 기가 막히더군!"이라고 흥분했다.

나는 할 수 있는 한 최선을 다해 친절하게 설명했다. 영국인은 어느 정도 친근감이 쌓이기 전까지는 당신 이름을 알려 하지 않을뿐더러 자기 이름도 알려주지 않는다. 당신이 그 사람들 딸과 결혼할 정도라면 몰라도. 나는 파티장이나 퍼브, 혹은 어디서든 당신 이름을 알려주기보다는 차라리 그냥 지나치며 물어보는 투로 날씨 얘길 해서 말문을 터보라고 조언을 해주었다. 이런 대화는 절대 크게 하지 말고 아주 가볍게 스치는 정도로 하되, 너무 진지하거나 열성적으로 하진 말라고 했다. 이유는 대화가 의도하지 않은 듯이, 자연스레 시작되어야 하기 때문이다. 비록 상대방이 당신과 수다 떨기를 바란다 해도 자신을 정식으로 소개하려는 충동을 억눌러야 한다.

언젠가는 서로 이름을 말할 기회가 오는 법이다. 물론 아주 가볍고 자연스럽게 소개해야 하는데, 이마저도 상대방이 먼저 시작하도록 기다리는 편이 가장 좋다. 급기야는 아주 길고 친밀한 저녁을 보낸 후에 서로 이름을 알려주지 않았는데 헤어져야 할 순간이 왔다. 바로 그때 "잘 가세요. 만나서 반가웠습니다. 참! 그런데 미안하지만 당신 이름을 못 들었네요", 흡사 지금에야 까먹은 게 생각났다는 투로 말한다. 그제야 당신의 새 친구는 자기 이름을 누설하고 만다. 이제는 당신도 이름을 털어놓을 때가 왔다. 그것도 아주 무심코 중요하지 않은 무언가를 알리는 투로 말한다. "그런데 나는 빌입니다."

한 예리한 네덜란드 관광객은 이 설명을 열중해서 듣더니만 "아! 그건 바로 『거울 나라의 앨리스 *Through the Looking-Glass and What Alice Found There*』[『이상한 나라의 앨리스』속편] 얘기잖아요. 그런데 당신은 죄다 잘못된 순서로 하는군요"라고 했다. 나는 『거울 나라의 앨리스』를 영국 예절 안내서로 추천하겠노라는 생각일랑 전혀 해본 적이 없었는데, 듣고 보니 참 좋은 아이디어라는 생각이 들었다.

"만나서 기쁩니다"의 문제

조그만 사교 모임의 경우, 예를 들면 저녁 파티에서는, 주인이 이름을 일러주면서 손님들을 소개하므로 첫 만남에서 맞닥뜨리는 이름 문제를 쉽게 넘어갈 수 있다. 하지만 서로 소개한 뒤에도, 이 장면에서 쓰면 좋을 "어떻게 지내십니까?"를 쓰지 않게 되면서부터,

서로에게 뭐라고 해야 할지 몰라 여전히 당혹스럽다. "안녕하시지
요?How are you?" 역시 거의 같은 뜻인데도 물음이 아닌 것으로 취급
되어 첫 소개에서는 적절치 않다. 관습에 의하면 이 인사는 서로 잘
아는 사이에 쓰이는데, 이에 대한 정확한 답은 당신의 건강이나 마
음 상태에 상관없이 "아주 좋습니다, 감사합니다Very well, thank you"
혹은 "좋습니다. 감사합니다Fine, thanks"여야 한다. 혹은 미국식으로
"전 좋아요. 고맙습니다I am good, thanks"라고 한다. 비록 이 인사가 솔
직한 대답을 요구하진 않더라도 일단 "안녕하시지요?"는 처음 만나
는 사람들이 건네기에는 너무 개인적이고 친밀한 느낌이 든다.

　　요즘의 가장 일반적인 해결책은 "만나서 기쁩니다Pleased to meet
you" "만나서 반갑습니다Nice to meet you" "만나서 좋습니다Good to
meet you", 혹은 또 다른 인사일 수도 있다. 하지만 일부 사회 계층, 주
로 상류층 혹은 중상류층 사람들은 이 대꾸가 너무 일반적이라는 반
응을 보인다. 요컨대 하류층이 쓰는 인사라는 얘기다. 그럼에도 이
들은 "만나서 기쁩니다"라는 식의 인사는 "정확하지 않다"라고 얘기
할 뿐이다. 사실 이러한 주장은 예절 책에서나 찾아볼 수 있다. 책에
는 "만나서 기쁩니다" 같은 인사는 빤한 거짓말이기 때문에 쓰면 안
된다고 적혀 있다. 처음 만나는 순간에 상대방을 만나서 기쁜지를
어떻게 확신하느냐는 것이다. 통상의 영국 예절이 비합리적이고 부
정직하며 위선투성이임을 감안하면, 이건 정말 불필요할뿐더러 대
단히 어울리지 않게 정직하다.

　　"만나서 기쁩니다"에 대한 편견은, 이 미심쩍은 논리와 유래가
어떻든 간에 상류층에 상당히 넓게 퍼져 있다. 이런 편견의 연유를
모르는 사람들조차 이 인사를 쓰기를 불편해하는 경우가 많다. 어렴
풋하게나마 이건 분명 옳지 않고 뭔가 잘못된 인사라는 인식이 있는
셈이다. "만나서 좋습니다" 쪽이 통상 선호되는 인사다. 이유는 "좋

습니다nice"는 "기쁩니다pleased"보다는 무난하다고 보기 때문이다. "좋다nice"라는 단어가 영어에서 너무 자주 쓰여서 별 뜻이 없는 단어인 탓이기도 하다. 그래도 사람들은 이렇게 아주 절제된 대안마저도 불편해한다.

심지어는 "만나서 기쁩니다"라는 인사가 계급적 편견이 없고 올바르며 공손한 인사법이라고 여기는 사람들조차 자신 있게 잘 쓰지 않는다. 가능하면 그냥 웅얼거리면서 어색하게 "만나~음~반가~음~다Plstmtye" 혹은 "만나~음 기쁘~음~다Nctmtye" "만나~음~좋~음~다Gdtmtye" 정도로 그친다. 아마도 너무 정확한 인사법라 괜히 심통이 나서 어색하게 얘기하는지도 모르겠다. 형식에 얽매이는 것도 당혹스럽고, 형식에 얽매이지 않는 것도 당혹스러운 일이다. 영국인에게는 모든 것이 당혹스러울 뿐이다.

당혹에 관한 규칙

실은 이 모든 소개와 인사를 둘러싼 혼돈 속에서 우리가 제대로 된 영국인이 되는 방법이 딱 하나 있다. 자신 있게 얘기할 수 있는 유일한 규칙인데, 뭐냐면 이 소개와 인사 의식을 가능하면 어설프게 치러야 한다는 것이다. 그러기 위해 수줍고 불안하며 경직되고 어색한 태도를 취해야 하는데, 무엇보다 '당혹스러워하는 것'이 제일 중요하다. 영국인에게 유창함, 입심, 자신감 등은 부적절한 덕목이다. 우리에게 바른 행동은 어찌 보면 좀 놀랍겠지만 주저함, 서투름, 안절부절이다.[21] 소개는 가능하면 서둘러 지나가듯, 가장 비효율적으

---

21 나는 이 관찰이 어느 정도 정확하다고 인정받고, 영국인 예절 중 하나로까지 정식으로 받아들여져서 상당히 기쁘다. 동시에 조금 걱정도 된다. '당혹스러움'이라는 무언의 규칙이 '공식' 규칙이 되길 바란 것은 아니었기 때문이다. 드브레츠(Debrett's: 영국 상류사회 독자를 대상으로 책을 펴내는 전문 출판

로 해야 한다. 만일 꼭 밝혀야 한다면 이름은 중얼거리면서 손은 주저하듯 반쯤 내밀어야 하고, 잡는 둥 마는 둥 한 다음 서투르게 재빨리 빼야 한다. 공인된 인사는 그냥 "에~어떻게~지~음~반~가~워~습Er, how, um, plstm-er, hello?"으로 끝내야 한다.

만일 당신이 아주 세련된 사람이거나 인사를 합리적이고 직설적으로 건네는 나라(혹은 다른 행성)에서 왔다면, 이 정도로 당황스럽고 심히 무능해 보이기 위해서는 상당한 연습이 필요할 것이다.

영국식 가십 규칙

어색한 소개와 편치 않은 의례적인 인사가 끝나고 말문을 트느라 날씨 얘기까지 나오면, 우리는 또 다른 안면 트기 대화로 들어간다("너무 말을 많이 하면 안 돼!"라고 엘리자베스가 다시에게 얘기한다. "그렇다고 아예 침묵을 지켜도 이상하지.")[제인 오스틴Jane Austin의 소설 『오만과 편견』의 남녀 주인공이 파티에서 사람들과 어떻게 대화를 나눌지 상의하는 장면이다].

처음 만난 사람들끼리는 이도저도 아닌 화제인 날씨 얘기만으로도 끝없이 대화를 계속할 수 있다(사실 날씨 얘기만이 전적으로 안전한 주제이고 다른 주제는 상황에 따라 위험할 수도 있다. 시간, 장소, 상대에 따라 해서는 안 되는 이야기가 있다). 그러나 친구끼리 친목을 도모하기 위한 대화의 가장 보편적인 주제는 무엇보다 사람들 이야기이다. 최근 조사에 의하면 우리 대화의 3분의 2는 사람들의 삶에 관한 이야기들이다. 누가 누구와 무엇을 하고, 누가 어디를 오가고 왜 그렇게

사) 온라인 가이드 『전영국인의 행태』에 이 책의 내용이 표절을 감추려고 주도면밀하게 고쳐 쓰여 있는 것을 보는 재미는 쏠쏠했다.

했나에 관한 이야기. 어려운 삶의 문제를 풀어가는 방법에 관한 이야기. 친구와 가족, 유명인 들의 최근 행실에 관한 이야기 말이다. 또 우리의 가족, 친구, 연인, 동료, 이웃에 관한 이야기. 우리가 매일 삶에서 부딪치는 이 모든 사건이 '가십'이라는 단어 하나에 다 들어 있다.[22]

더 공식적인 가십의 정의가 궁금한가? 내가 본 것 중에서는 눈M. Noon과 델브리지R. Delbridge가 1993년에 쓴 논문「조직 연구*Organization Studies*」에 나오는 정의가 최고다. 이름 하여 '한 사교 단위 구성원에 대한 가치 있는 정보의 비공식적인 교환 과정'이다. 사실 이 정의는 보다시피 뭔가 미흡한데, 유명인의 가십이 포함돼 있지 않기 때문이다. 만일 이 '한 사교 단위 구성원'이라는 말에 유명 영화배우, 운동선수, 가수, 탤런트와 연예인, 왕족, 정치인이 포함돼 있다면 모르겠으나 내가 보기에는 그렇지 않다. 그러나 공정하게 말한다면 우리는 유명인사에 관한 가십을 얘기할 때 그들을 주변 인물 중 하나로 취급하는 경향이 있다. 우리네 대화에서는 드라마와 리얼리티 쇼에 등장하는 인물들의 갈등, 슈퍼모델 애정 문제, 유명 영화배우 결혼 경력이나 아이 얘기가 우리 가족, 친구, 이웃의 가십과 전혀 다르게 취급되지 않는다. 그래서 나는 눈과 델브리지의 정의에 무죄 판결을 내리고자 한다.

내가 이 정의를 좋아하는 이유 중 하나는 여기에는 어떠한 집단에 속한 사람들 자신의 가십성 정보가 교환되고 있는지 아닌지가 드러나 있기 때문이다. 심지어 가십을 하는 당사자 얘기까지 포함되는데, 조사에 의하면 반 정도는 얘기하는 자신이나 수다 상대의 행동을 의논한단다. 딱히 타인들 이야기만으로 시간을 때우지는 않는다.

---

22 이는 질문지를 돌려서 또는 연구실 실험으로 얻은 것이 아니며, 내가 승인한 방법으로 실제 대화를 엿들어 얻은 결론이기 때문에 믿을 만하다.

이 정의는 또 논평이 주요 목적인 가십의 본질을 잘 말해준다. 실제로는 혹평과 비난에 소비한 시간이 불과 5퍼센트에 지나지 않는 점으로 미루어, 가십의 주목적이 자기 생각이나 감정을 털어놓는 것임을 알 수 있다. 영국인들은 의견이나 감정을 직설화법보다는 암시나 아주 미묘한 말투로 전달한다. 우리는 누가 누구와 무엇을 한다는 유의 소문을 전할 때는 반드시 자기 의견을 말투나 표정 등에 담아 슬쩍 내보이면서 얘기한다.

사생활 규칙

앞에서 얘기한 영국 가십에 대한 조사 결과를 인용했다고 해서 영국에서 가십이 다른 문화권보다 더 많이 나돈다는 얘기는 아니다. 나는 다른 나라에서도 대화 주제의 3분의 2가 우리처럼 사교일 거라 생각한다. 영국인을 연구한 진화심리학자 로빈 던바Robin Dunbar는 이것이 인간의 보편적 특징이라고 확신한다. 또 언어 발달로 인간이 가십을 늘어놓게 되었다고 주장한다. 언어는 우리 영장류 선조들의 신체적인 안면 트기physical social grooming를 대체했다는 것이다. 신체적인 안면 트기가 훨씬 더 큰 규모의 사교 네트워크에서는 비실용적이기 때문이다.[23]

　나는 영국인들에게 특별히 가십이 중요한 이유는 사생활 보호에 대한 강박관념 때문이라고 생각한다. 나이와 출신 배경이 다른 영국인들과 인터뷰를 하고 중점 집단과 토론함으로써 얻은 결론은 그들

---

23 언어의 진화와 관련해 세 가지 이론이 있다. 가장 그럴듯한 것은 제프리 밀러Geoffrey Miller의 제안인데, 언어는 구애 도구로, 특히 유혹하기 위해 만들어졌다는 것이다. 다행스럽게도 '구애 이론'에 근거한 언어 진화 이론은 '가십' 이론과 양립할 수 없는 것은 아니다. 가십의 복합적인 기능, 특히 구혼을 위한 신분 과시 기능을 인정한다면 말이다.

이 가십을 즐기는 정도는 내용의 위험도에 비례한다는 것이다. 비록 우리의 가십에 악의는 없지만, 그래도 다른 사람 사생활 얘기다. 해서는 안 되는 못된 짓이라는 사실을 잘 알기에 더 재미를 느끼는 것이다.

사생활을 아주 중요시하는 내성적인 영국인들은 가십으로 자기 사생활이 침해당하는 사태를 용납하기 어렵다. 영국 문화에서 사생활의 중요성은 아무리 강조해도 지나치지 않다. 팩스먼은 "사생활의 중요성은 나라 전체 구조를 얘기해준다. 법의 기본 원리에서 영국인들이 사는 빌딩에 이르기까지"라고 했고, 오웰은 "영국인들이 가장 증오하는 자는 참견장이 파커nosy Parker"[1949년 미국 라디오 시리즈 킬다래 박사의 이야기에 나오는 남의 일에 참견을 잘하는 간호사 파커]라고 말한다.

내가 조금 더 보탠다면 우리 생활에 아주 큰 영향을 미치는 수많은 사교 규칙과 격언은 사생활 유지와 관계가 있다. 우리는 남의 일에 간섭하지 말고, 캐묻지 말며, 남들과 쓸데없이 어울리지 말고, 작은 문제로 물의를 일으키지 말아야 한다고 배웠다. 주위의 관심을 끌 일을 벌이지 말아야 하며 자기 치부를 남에게 보여서도 안 된다고 들었다. 여기서 유념해야 될 일은 "안녕하시지요?How are you?"는 진짜 친한 친구나 가족 사이에서만, 말 그대로 궁금해서 하는 말로 받아들여야 한다. 다른 사람들의 경우는 질문이 아니라 단순한 인사에 불과하다. 그러므로 의례적인 대꾸가 자동으로 나와야 한다. "좋습니다, 감사합니다Fine, thanks." "예, 감사합니다OK, thanks." "아, 그런대로 괜찮습니다Oh, mustn't grumble'." "나쁘지 않습니다. 감사합니다Not bad, thanks." 아니면 당신의 신체와 마음 상태에 따라 걸맞은 대답을 해주면 된다. 만일 당신이 정말 말기암 환자일지라도 "별로 나쁘지 않습니다. 이런저런 상황을 고려해본다면Not bad, considering"이

라고 얘기하는 것이 적당하다.[24]

　하지 말라고 하면 더 하고 싶은 게 사람 심리라, 우리는 커튼 사이로 엿보기curtain-twitcher로 유명한 나라가 되었고, 절대 금기인 주위 사람들의 사생활을 쑥덕거리는 데 매혹되어버렸다. 영국인들이 다른 문화권 사람들보다 가십을 더 즐기는 것은 아니다. 그러나 우리의 사생활에 관한 규칙은 두드러지게 가십의 가치를 높여주었다. 수요와 공급 법칙에 의해 영국인들 사이에서는 가십이 아주 귀중한 사교 상품이 되어버린 것이다. '사생활' 정보는 가볍거나 저렴하게 주어지지 않는다. 또 모든 이들에게, 하찮은 사람들에게 제공되지도 않는다. 오로지 우리가 잘 알고 믿을 수 있는 사람들에게만 주어진다.[25]

　이것이 외국인들이 영국인들은 차고, 내성적이며, 비우호적이고, 쌀쌀맞다고 종종 불평하는 이유 중 하나다. 거의 모든 문화권의 경우 개인 자료, 즉 이름, 직업, 결혼 여부, 자녀 유무, 주소를 공개하는 것은 대수로운 일이 아니다. 하지만 영국에서는 새로 사귄 사람에게 이런 하찮은 정보를 얻어내는 것도 이빨을 뽑는 일만큼이나 어렵다. 어떤 질문을 받은 우리는 주춤하고 움찔하게 된다.

추측 게임의 규칙

당신이 엘리자베스 여왕이라면 몰라도, 어떤 사람에게 "직업이 무엇

---

24 미국에서는 더 분명하다. 미국인의 "안녕하세요, 어떻게 지내요!Hi-how are you!"나 "이봐요, 안녕하시지요!Hey-how-are-you!"는 그냥 아무 뜻 없이 던지는 인사에 불과하다. 이는 영국인이 하는 "안녕하세요?How do you do?"와 같다. 단지 영국인 사이에는 대답을 하지 않든지 아니면 그냥 같은 톤으로 "안녕하세요?How do you do?"를 상대방에게 같이 반복하면 된다는 점이 다를 뿐이다.

25 이런 사생활 규칙에 최근 아주 큰 예외가 생겨나고 있다. 특히 '인쇄물 예외'와 '인터넷 예외' 장을 참고하라.

입니까?"라고 대놓고 묻는 행위는 아주 무례하다고 여겨진다. 가만히 생각해보면 이것은 새로 사귄 사람에게 반드시 해야 할 질문 중 하나고, 대화를 시작하는 가장 쉬운 방법인데도 그렇다. 우리를 충분히 어렵게 만든 사생활 원칙에 더해 영국인, 특히 중류층은 자신의 사교 생활을 일부러 더 어렵게 만드는 데 재미를 붙여 심통을 부리는 듯하다. 그래서 사람들의 직업을 알려면 우회로를 택해 돌아가는 것이 예의다. 금기에 해당하는, 새로 알게 된 이의 직업을 직접 물어보지 않고 멀리 돌고 돌아가는, 고문 같은 대화를 옆에서 들어보라. 정말 우스운 일이다. 추측 게임은 중류층 사람들이 처음 만나는 사교 모임에서 벌어진다. 우리는 타인의 직업을 다른 문제를 얘기하는 가운데 얻은 실마리를 통해 추측한다.

예를 들어 동네 교통난을 얘기하며 "아! 참 악몽 같지요? 출근 시간은 더 심하지요. 그런데 참! 당신은 운전해서 출근합니까?"라고 답을 유도한다. 질문을 받은 사람은 상대방이 무엇을 알고 싶어 하는지를 정확히 알고 있다. 그래서 질문에 대한 답뿐만 아니라 묻지 않은, 하지만 알고 싶어 하는 것까지 친절하게 대답해준다. "예. 하지만 나는 병원에서 일하니, 최소한 시내 한복판으로는 가지 않아도 된답니다." 이제 질문자는 상대의 직업을 추측할 수 있게 되었다. "아! 병원, 그렇다면 당신은 의사?"(두세 가지 직업이 떠오를 때는 신분이 가장 높은 직업으로 추측하시라. 간호사·수위·의대생보다는 의사로, 비서보다는 변호사로. 또한 노골적인 추측이 허용되는 단계이더라도 대놓고 물어보기보다는 질문하는 듯한 표현이 좋다).

모든 사람이 이 게임 규칙을 안다. 또 대화 진행 속도를 높이기 위해 실마리를 일찍 풀어놓으려고 안달을 한다. 아무리 당신이 직업 밝히기를 수줍어하거나 부끄러워하더라도 이 실마리 찾기 단계를 너무 오래 끄는 것은 예의에 어긋난다. 상대방이 노골적인 추측 단계에 들어가면 당신은 직업을 말해줄 의무가 있다. 당신이 알아채주길 기대하면서 실마리를 막 푸는 중인데 그걸 무시하는 행위도 대단히 예의에 어긋난다. 만일 (의학 얘기가 계속된다면) 그녀가 "내 병원이 바로 저쪽 코너에 있습니다"라고 하면 당신은 반드시 이 실마리를 받아 뻔한 답을 어렵사리 추측하는 것처럼 "아, 그러면 당신은 가정의인가요?"라고 물어야 한다.

상대의 직업이 드디어 밝혀지면 아무리 뻔하고 예측 가능한 직업이라 하더라도 놀라야 한다. "예, 저는 가정의입니다"에 대한 표준 반응은, 정말 뜻밖이고 아주 매혹적인 사실이라는 듯이 "오, 정말로요?"라고 대답하는 것이다. 물론 의사뿐만이 아니고 교사, 회계사, IT 기술자, 비서 등 무엇이든 간에 그런 적극적인 반응을 보여야 한다. 이제 당신은 당황한 듯이 조금 머뭇거리면서 가정의에 관한 이야기나 질문을 필사적으로 생각하는 척해야 한다. 여기에 가정의인 상대방은 적당히 겸손하고 재미나며, 그러나 어떻게든 인상적인 대답을 해야 한다.

비슷한 추측 게임의 기술은 상대가 어디에 사는지, 결혼했는지, 어느 학교를 다녔는지 등을 알기 위해서도 자주 사용된다. 직접적인 질문도 공손함에 차이가 있다. 예를 들면 "당신 직업은 무엇입니까?"보다는 "당신은 어디에 사십니까?"가 덜 무례한 질문이다. 상대적으로 덜 공격적인 이런 질문은 간접 화법으로 구성하면 훨씬 낫다. "가까이에 사십니까?"보다 더 애매모호하게 "멀리서 오셨습니까?"라고 하면 더 좋다. 결혼했느냐는 질문보다는 아이가 있느냐는 질문이 더 바람직하다. 그래서 먼저 던지는 질문은 나중 질문의 답을 얻는 데 필요한 실마리를 끌어내는 역할을 한다(영국의 기혼 남성들은 결혼반지를 끼지 않는다. 그래서 자녀가 있느냐는 질문은 독신 여성이 상대 남성이 결혼했는지를 알아내려는 목적으로 많이 사용된다. 이러한 의문에 대한 답을 품위 있게 얻으려면 적절한 절차를 밟아온 대화 도중에 질문해야 한다. 느닷없이 자녀가 있느냐고 질문하면 남자가 독신인지를 알기 위한 노골적인 시도로 비칠 수 있다).

추측 게임 의식으로 우리는 마침내 초보적인 인구조사 수준의 정보를 겨우 알아냈다. 그러나 영국인의 사생활 규칙은, 이보다 더 흥미로운 우리네 삶과 인간관계의 세부 사항은 가까운 친구와 가족들끼리만 공유하는 항목으로 규정해 보호한다. 이는 특별한 정보이고 아무에게나 차별 없이 나눠주는 것이 아니다. 영국인은 이처럼 신중한 특성을 자랑으로 생각하고, 만난 지 5분 만에 자기의 이혼, 자궁적출수술을 비롯한 병력까지 다 말해버리는 전형적인 미국인을 비웃는다. 사실 이런 케케묵은 믿음은 전혀 근거가 없진 않지만, 그래도 미국인의 사생활보다는 우리 영국인의 사생활 규칙에 대해 더 많은 것을 말해준다.

이 영국인의 사생활 규칙, 특히 남의 사생활을 캐지 말라는 금기는 불운한 우리 조사자들의 인생을 고달프게 만든다. 활기를 불러일으키는 정보는 남의 인생을 캘 때만 나오기 때문이다. 나는 이 책에 나오는 많은 내용을 아주 힘들게 '찾아냈다'. 이빨을 뽑는 일처럼 어렵사리, 필사적으로 궁리해낸 비열한 속임수와 전략을 통해서만 사생활의 규칙을 얻을 수 있었다. 이런 속임수를 고안하고 실험하는 과정에서 예상치 않았으나 흥미로운 관계 거리의 규칙을 몇 가지 찾을 수 있었다.

관계 거리의 규칙

영국인들은 아주 내밀한 사이에서만 자기 사생활에 관한 가십을 말한다. 가족이나 친구들의 사생활을 이야기하는 교제 범위는 조금 더 넓어진다. 또 친지, 동료, 이웃의 애정관계 가십의 경우 이보다 더 넓은 범위에서 이야기하고, 공인이나 유명 연예인의 내밀한 가십은 아무하고나 얘기할 수 있다. 이것이 관계 거리의 규칙이다. 가십거리가 되는 대상과의 관계가 멀수록 더 넓은 사교 범위에 있는 사람들과 그에 대한 가십을 이야기할 수 있다.

관계 거리의 규칙으로 인해, 가십은 사생활을 침해하지 않으면서 사교에 없어서는 안 될 중요한 역할을 수행하는 도구가 된다. 이를 통해 사람들은 더 가까워지고 지위와 신분을 명확히 구분하여 파악하며 각자의 평판을 판단하거나 유지하고 사교술과 도덕의 기준, 가치 등을 나눈다. 더 중요하게는 이 관계 거리의 규칙으로 참견장이 문화인류학자는 사람들의 사생활 보호 규칙을 어기지 않고 공공연히 엿보기 질문을 할 수 있었다.

영국인의 아주 민감한 문제, 예를 들어 결혼에 대한 태도와 감정을 알고자 한다면 바로 상대방 결혼 문제를 화제에 올리지는 않는다. 개인적으로는 전혀 모르는 공인 얘기를 한다. 상대와 친해졌을 때는 동료나 이웃 혹은 친구나 친척 문제까지도 얘기할 수 있을 것이다(만일 결혼 생활이 파탄 난 친척이나 동료가 없는 경우에는 그냥 하나 만들어내면 된다).

상호공개의 법칙

만일 새로 사귄 영국인의 결혼 사연이나, 극히 사적인 무언가를 알고 싶다면 서로 공개하는 방법에 의지할 수밖에 없다. 보통 사람들은 거의 무의식적으로 대화 도중에 어느 정도 균형을 이루고 대칭을 달성하려고 노력한다. 만일 당신이 자신의 사생활을 얘기했다면 상대방 역시 비록 예의에 따른 반응일지라도 그에 상응하는 수준으로 본인 사생활을 공개해야 한다는 의무를 느낀다. 당신은 동등한 수준의 반응을 기대하면서 단계적으로 더 깊은 다음 비밀을 공개한다.

들은 사람은 호혜의 원칙에 따라 자신의 다음 단계 비밀을 공개할 수밖에 없다.

영국인은 항상 아주 작고 하찮은 사실을 먼저 공개하고 다음 단계로 나아가라고 배운다. 절대 사적인 것으로 취급받지 않을 사항을 대화 도중에 가볍게 흘리면 된다. 그리고 나서 다음 단계로 차근차근 올라가는데, 물론 악의 없는 내용을 출발점으로 삼아야 한다. 상호공개의 법칙은 인내를 요하고 공이 드는 과정이다. 그러나 오직 이를 통해서만 영국인은 금기를 깨게 된다.

당신이 찾을 수 있는 가장 내성적이고 과묵한 영국인이 이 기술로 긴장을 풀고 어디까지 비밀을 털어놓는지를 보시라. 정말 얼마나 재미있는 실험인지는 당신이 직접 해봐야 안다. 나 자신, 한 사람의 영국인으로서 진짜 사생활을 공개하기보다는 개인적인 사연을 지어내 고백하는 편이 때로는 더 쉽다는 사실을 안다. 나로서는 내가 이런 속임수를 썼음을 인정하여 내 직업을 불명예스럽게 만드는 행위를 유감으로 생각한다. 하지만 이런 거짓말을 모두 고백해야 내 조사의 신뢰도가 높아질 것이다.

사생활 규칙의 예외

___ **인쇄물 예외** 사생활 규칙에 아주 이상한 예외가 있다. 비록 영국 사회의 특권층에나 해당되는 것이지만, 그래도 영국인다움을 얘기하고 있기 때문에 언급할 가치가 있다. 나는 이를 '인쇄물 예외'라고 부른다. 우리는 파티에서 새로 안 사람에게는 얘기하기 부끄러운 사적인 얘기를 인쇄물(신문, 잡지, 책 등)에서는 털어놓을 수 있다. 이상하고 기이하게 보일 수 있다. 그러나 누군가의 자잘한 개인사를 책이나 신문 칼럼 혹은 잡지 기사로 공개하는 편이 공개된 사교 모

임에서 털어놓는 것보다 더 쉽다고 생각한다.

이것이 소위 '규칙을 증명하는 예외'이다. 실은, 이런 고백형 기사와 솔직한 글이 유행했을 때도 영국인 일상의 행동 규칙에는 별 영향을 미치지 못했다. 신문과 잡지의 칼럼니스트가 생면부지의 수백만 독자들에게 금기 사항인 자신의 너절한 이혼, 유방암, 거식증, 피하지방 축적 증세 따위를 얘기한다. 그러나 개인적인 사교 모임에서 생판 모르는 타인에게 이런 질문을 받으면 기분이 좋을 리 없다. 칼럼니스트 본인이 금기를 깨는 행위는 순전히 직업적인 일이나, 그 역시 현실에서는 다른 사람과 마찬가지로 사생활 보호와 관계 거리의 규칙을 지킨다. 가까운 친구들과 사적인 일을 얘기할 뿐, 이 범위 밖에 있는 사람이 그런 얘길 꺼내면 뻔뻔스럽고 주제넘은 행동이 된다. 이는 전업 토플리스 모델에게 가족 일요일 점심 식사 시간에 옷을 벗으라는 소리고, 직업정신이 투철한 사람에게 사적인 파티에서 카나페 전채를 먹으면서 혹은 퍼브에서 맥주 한잔 하면서 당신의 자부심을 진지하게 털어놓으라는 얘기나 마찬가지다.

이 인쇄물 예외는 때로 다른 미디어, 특히 라디오와 텔레비전의 다큐멘터리나 토크 쇼에도 해당된다. 어쨌든 일반적인 예로, 직업의식에 투철한 영국의 유명인사는 인쇄물보다 방송 미디어에서 자기 얘기를 좀 꺼리는 경향이 있다. 영국 유명 직업인에 관한 아주 기이한 현상 중 하나는, 그들이 수줍음과 창피를 무릅쓰고 거의 제삼자의 폭로에 가까운 고백성 책이나 칼럼을 썼음에도, 텔레비전 대담 프로그램에 나가면 쑥스러운 농담과 은유로 일관하며 제대로 대답을 못 한다는 것이다. 모든 유명 직업인이 이런 상황에서 다 내성적이고 소극적이라는 뜻은 아니다. 그러나 글로 쓸 때와 말로 할 때 탈억제 정도는 아주 미묘하나 분명히 알아챌 만큼의 차이가 있다. 심지어 이런 섬세한 차이를 인정하지 않는 사람까지 사적인 일화를 다큐멘터리나 대담 프로그램에서는 자유롭게 얘기하면서도, 공식 방송이 아닌 사석에서는 사생활의 규칙에 따라 행동한다.

물론 세상 어디나 마찬가지로 영국에서도 어떤 사람은 '15분간의 명성 Fifteen Minutes of Fame'이나 돈을 위해, 혹은 누군가를 꼼짝 못하게 하려고 필요하다면 어디서든 온갖 얘기를 늘어놓거나 폭로한다. 어디나 마찬가지로 영국에도 이런 폭로 프로그램을 만들어 다른 사람들이 뭔가 쌈빡한 사건을 폭로하게 함으로써 먹고사는 사람들이 있다. 제러미 카일 쇼(미국의 제리 스프링어 쇼보다 훨씬 온건하지만)가 이런 목적의 인기 텔레비전 프로그램이다. 이와 비슷하게 소위 '리얼리티 쇼'라고는 하지만 거의 꾸며낸 빅 브러더 쇼가 있다. 그러나 이렇게 수치를 모르고 노골적으로 사생활 규칙을 깨는(분명 규칙을 깬 행위로, 예외가 아니다) 사람들은 극소수이다. 이런 별난 사람은 다른 이들에게 욕을 먹거나 놀림을 당한다. 여전히 사생활 규칙 준수가 관행으로 남아 있음을 의미하는 사례다.

___ **인터넷 예외** 지난 십 몇 년간 '인쇄물의 예외'가 블로그, 온라인 게시판, 대화방, 페이스북, 트위터 같은 소셜미디어 사이트 등으로 퍼졌다. 개인은 물론 공인들까지 정기적으로, 때로는 후회하면서까지 트위터, 페이스북, 온라인 채팅 창에 은밀한 개인사를 서슴없이 올린다. 평소 이런 개인사를 낯선 사람에게 직접 말하기는 지극히 꺼리면서도 말이다. 인쇄물의 예외는 이렇게 아주 민주화됐다. 이제 작가, 언론인, 인기인 같은 선택된 소수만이 자기 생각을 책, 신문 같은 전통적인 인쇄물에 담아 발행하는 시대가 아니다. 인터넷에 접속할 수 있는 모든 사람이 소셜미디어를 통해 자기 생각을 세상에 드러낼 수 있기 때문이다.

인쇄물의 예외에 적용되는 에티켓은 인터넷에도 동일하게 적용된다. 페이스북, 트위터, 혹은 인터넷 게시판의 영국인들은 자신의 사생활을 인터넷에 마구 밝히고 있다. 하지만 얼굴을 맞대고 그런 얘기를 하고 싶어 하지는 않는다. 인터넷에 쓴 내용을 실제로 만나 계속 언급하면 좋아하지 않을 것이다. 영국인만 사이버공간에서 외향적으로 떠벌리는 것은 아니다. 다른 문화권 사람들도 현실과 사이버공간을 서로 연관 짓지 않으려 한다.[26] 그러나 영국에서는 온-오프 라인의 차이가 유별나게 크다. 온라인의 영국인은 아주 기쁘고 경박하게 비밀을 털어놓는다. 그러나 얼굴을 마주 보고 나누는 대화에서는 정상적인 사생활 규칙이 적용된다.

가십 규칙에서의 성에 따른 차이

일반인들의 믿음과는 달리 조사에 따르면 남자들도 여자와 마찬가지로 가십을 즐긴다.[27] 영국인 남녀 모두 대화 시간의 약 65퍼센트를 사교, 말하자면 인간관계에 소비한다. 다른 연구에서는 조금 차이가 나는데, 대화 주제가 남자는 55퍼센트, 여자는 67퍼센트가 사교이다. 스포츠와 여가에 관한 대화가 10퍼센트를 차지한다니, 아마 가십에 관한 남녀의 시간 차이는 축구 얘기 때문이 아닐까.

남자들이 '중요하거나' '교양 있는' 주제, 즉 정치·사업·예술·문화에 관한 대화를 여자들보다 더 많이 하는 것도 아니었다. 자기들끼리 모이면 남자들도 정치나 사업 얘기를 하는 시간은 5퍼센트 이하라고 한다. 하지만 놀랍게도 여자들이 모임에 섞였을 때는 교양 있는 대화의 비율이 15~20퍼센트로 급증한다.

---

26 사이버공간과 현실의 흥미로운 단절에 대해서는 나중에 다시 설명하겠다. '놀기의 규칙' 안의 가상공간 규칙을 보라.

27 로빈 던바 교수 팀과 우리 SIRC 휴대전화 가십 연구 프로젝트 팀.

조사에 따르면 남녀의 가십 대화 내용은 크게 다른데, 남자들은 거의 자신들 얘기를 한다. 인간관계를 두고 이야기할 때 남자는 전체 대화 시간의 3분의 2를 자기 얘기로 채우는데 여자는 3분의 1만 자기 얘기를 한다는 것이다.

이런 조사 결과가 있음에도 여전히 아주 넓게 (특히 남자들 사이에) 퍼진 사회적 통념은 남자들이 세계의 문제를 풀고 있는 사이에 여자들은 부엌에서 뒷이야기나 한다는 것이다. 내가 토론 집단과 인터뷰하는 과정에서 대다수 영국 남자들은 자신들이 가십을 했음을 부정하는 데 반해 여자들은 순순히 인정했다. 좀더 조사를 해보니 남녀 차이는 말장난에 불과했다. 여자들이 '가십'이라고 흔쾌히 인정하는 반면에 남자들은 '정보 교환'이라고 주장한다.

분명 영국 남자들은 가십을 교환하는 것을 자신의 명예를 더럽히는 행위로 여긴다. 가십을 가십이라 부르지 않아야 한다는 게 남자들의 불문율이다. 더 중요하게는 가십이 정말 중요한 사안에 관한 대화로 들려야 한다는 사실이다. 내가 조사 중 발견하기로는, 가십에서 남자와 여자의 중요한 차이는 여자 쪽이 진짜 가십같이 들린다는 것이다. 여기에는 세 가지 중요한 항목이 있는데 바로 말투 규칙, 상세함 규칙, 맞장구 규칙이다.

___ **말투 규칙** 내가 인터뷰한 영국 여자들은 모두 가십에는 특유의 말투가 필요하다고 말했다. 빠르고 높고 때로는 방백傍白조이면서도 언제나 활기차야 한단다. 가십은 반드시 이렇게 시작해야 한다. 빠르고 높고 흥분된 어투로 "뭔지 알아맞혀봐! 뭔지 알아맞혀봐!" 아니면 빠르고 급한 혼잣말조로 "들어봐! 들어봐! 내가 무슨 소릴 들었는지 알아?"라고 해야 한다. 어떤 사람은 이렇게 해야 한다고 가르쳐주었다. "정말 놀랄 만하고 수치스러운 일처럼 얘기해야 해. 별

거 아니더라도." 그러고는 "다른 사람한테는 얘기하면 안 되는데 그래도…"라고 하면서 계속 얘기하는데 실제로는 별로 중요한 이야깃거리도 아니다.

여자들은, 남자들이 말투를 제대로 구사하지 못한다고 비웃는다. 가십을 전할 때 남자들은 변화도 감정도 없는 어투로 별것 아닌 또 하나의 소식을 알리는 식이란다. "남자들은 가십도 제대로 못한다니까"라고 한 여자는 놀린다. 물론 이러한 반응이야말로 남자들이 정말로 원하는 것이다.

__ **상세함 규칙** 여자들은 뒷얘기를 할 때 상세한 내용이 중요하다고 강조한다. 그러곤 "남자들은 절대 세세한 내용을 모른다"며 다시 한탄한다. "남자들은 그 여자가 이 얘기를 하고 저 남자가 저 얘기를 한다는 식의 얘기는 절대 못해요. 만일 사람들이 무슨 말을 했는지 자세히 모르면 아무 재미가 없잖아요?"라고 어느 제보자는 말했다. 또 다른 사람은 "여자들은 조금 더 억측을 하지요. 어떤 사람이 왜 그렇게 했는지를 얘기합니다. 과거 역사까지 보태서." 여자들은 과거를 철저히 들추어내 사건의 동기와 원인, 예상되는 결말 등을 세세히 억측하는데 바로 이것이 가십의 결정적인 요소다. 영국 남자들은 이런 시시콜콜한 것까지 들추어내는 짓은 지겹고 무의미하고 남자답지 못하다고 여긴다.

__ **맞장구 규칙** 영국 여자들 입장에서 가십이 신나려면 활기차게 말하고 저간의 사정을 미주알고주알 꿰고 있어야 한다. 때맞추어 맞장구를 아끼지 않는 수준 있게 듣는 사람도 필요하다. 여자의 경우 맞장구 규칙은 듣는 사람도 말하는 사람 못지않게 활기차고 열심이어야 한다는 것이다. 이유는 오로지 예의 때문인 것 같다. 말하는 사

람이 수고스럽게도 관련 소식을 놀랍고 대단한 사건으로 만들고 있으니 듣는 사람도 적절히 충격을 받은 것처럼 맞장구를 쳐서 보답하는 수밖에 없다. 여성 제보자에 의하면 영국 남자들은 전혀 이 규칙에 구애받지 않는다. 듣는 사람이 "에이, 그건 아니다! 진짜로요?"라든지 "아이구, 맙소사, 하느님!"이라고 맞장구를 쳐야 하는데 남자들은 왜 그래야 하는지를 이해하지 못한다는 것이다. 이 제보자도 남자가 여자들처럼 맞장구치는 것은 남자답지 않은 계집애 같은 짓이고, 정말로 여자같이 보여 괴로울 정도라는 데 동의한다. 내가 인터뷰한 게이마저도 "에이, 그건 아니다! 진짜로요?" 식의 맞장구는 '캠프camp[과장되게 여성스러운 교태를 부리는]' 같다고 단호하게 지적한다. 가십 예절의 불문율에서도 남자들의 경우 아주 생생한 묘사를 들을 때는 충격이나 경악을 표해도 되지만 적절한 감탄사로 충분하다고 본다. 그런 반응이 훨씬 남성적이란다.

___ **영국 남자, 그리고 활기와 감정 규칙** 가십 규칙에서 남녀 차이는 틀림없이 '가십 즐기기는 여자들이나 하는 행위'라는 끈질긴 통념 때문에 생겼을 것이다. 만일 일반적인 인식처럼 가십을 나눌 때 높은 음조의 빠르고 활기찬 "맞혀봐! 맞혀봐!" 또는 "에이, 그건 아니다! 진짜로요?" 식의 말투가 자주 쓰여야 한다면 영국 남자들의 가십은 내용이 어떻든 거의 가십처럼 들리지 않는다. 그들의 가십은 아주 중요한 주제(아니면 자동차 혹은 축구 이야기)에 대한 얘기인 듯한데, 물론 의도적인 행위다.

이들 규칙의 일부와 남녀 차이가 특히 영국적이라고 할 수는 없다. 예를 들면 상세함의 규칙은 여성의 보편적인 특성이라고 볼 수 있다. 흔히 언어 기술이 여성이 남성보다 발달했다고 여기는데 이는 부정할 수 없는 통념이다. 나는 미국이나 특히 오스트레일리아 여성들은 가십을 즐길 때도 얘기하는 사람이나 맞장구치는 사람이나 상당히 활기차리라 예상한다. 이 나라들은 어느 정도 영국 문화의 영향을 받았다. 내가 조금 제한된 조사라고 인정한 사례를 보더라도 유럽의 다른 나라 남자들은 사교적인 주제로 대화할 때 훨씬 적극적이고 활기차다. "아니요! 그럴 수 없어요! 아이구, 맙소사!"라는 맞장구는 프랑스에서는 고약한 소문에 대한 남자의 정상적인 반응으로 받아들여진다. 나는 이런 활기찬 반응을 이탈리아, 스페인, 벨기에, 네덜란드, 폴란드, 레바논, 알바니아, 그리스, 스위스, 러시아 등 여러 나라에서 접한 바 있다.

어느 문화권의 남자들이든 영국 남자들과 마찬가지로 혹시나 너무 여자 같아 보일까 신경을 쓸 것이다. 남성답지 않다는 평을 들을까 두려워하는 것은 세상 모든 남성의 공통 심리이기 때문이다. 그런데 오로지 영국인들(또 옛 영국 식민지 국민들을 포함해서)만 활기찬 말투와 감정 표현으로 맞장구치는 것을 여성스럽다 여긴다.

그렇다고 영국 남자가 대화할 때 감정 표현을 해서는 안 된다는 얘기는 아니다. 당연히 영국 남자도 감정을 표현할 수 있다. 하지만 정확히 얘기해 세 가지 감정만 표현할 수 있다. 욕설을 동반한 놀람, 고함이나 노여움, 고함과 욕설에 더한 승리감이나 의기양양, 이상 셋이다. 이 세 가지 감정 중 영국 남자가 정확히 무엇을 표현하는지를 알아채기란 참 어려운 일이다.

친교 대화

다른 형태의 안면 트기 대화인 영국인의 친교 대화는 성별에 따라 뚜렷한 특징이 있다. 남자들의 친교 대화를 보면 몸짓이나 소리가 여자들과 확연히 다르다. 그러나 몇 가지 규칙은 기본 개념이 같아서 영국인다움의 결정적인 특징이라는 자격을 얻을 수 있을 것 같다.

여자들의 친교 규칙: 상호칭찬

영국 여자들의 친교 대화는 대개 의식과 같은 칭찬으로 시작한다. 사실 이 의식은 두 명 이상의 모임이면 어디서나 찾아볼 수 있다. 내가 들은 바로는 이 여성의 상호칭찬 의식은 퍼브, 식당, 커피숍, 나이트클럽, 경마장, 운동경기장, 극장, 콘서트홀, 영국여성협회, 자전거 경주장, 쇼핑센터, 길목, 버스, 기차, 학교운동장, 대학의 카페테리아, 사무실, 구내식당 등 어디서나 들을 수 있다. 여자들은 남자들과 함께 있을 때는 거두절미한 채로 칭찬 의식을 교환하고는 자신들끼리 화장실에 몰려가서 끝을 맺는다(물론 나도 따라가서 확인했다). 여자들만의 모임에서는 모든 의식이 생략되지 않은 채로 거행된다.

　이런 의식을 지켜보고 때로는 참여하면서 칭찬은 절대 아무렇게나 하는 게 아니라 특유의 절차에 따른다는 사실을 알 수 있었다. 나는 그것을 '상호칭찬의 규칙'이라고 부른다. 절차는 다음과 같다. 첫 칭찬은 대개 직설적으로 시작된다. "와! 머리 모양 멋진데요!"라고 하거나, 아니면 상대에 대한 칭찬과 더불어 자기 비하를 곁들인다. "머리 모양이 정말 보기 좋으네요. 나도 당신 머릿결 같으면 얼마나 좋을까? 내 머리는 정말 싫증나고 싫어요." 상호칭찬의 규칙은 맞장구칠 때 반드시 자기 비하를 깔아야 한다는 것이다. "아이구, 아니에요. 내 머리는 형편없어요. 너무 곱슬이죠. 나도 당신처럼 짧게 하면 좋으련만, 하지만 그런 두상이 아니에요. 당신은 광대뼈가 정말 멋진데요 뭘!" 자신에 대한 비하와 함께 상대에 대한 칭찬을 늘어놓아야 하는 법이다. 칭찬이 다음 칭찬을 불러오리라 예상하고 기대하는 식으로 이 의식은 계속된다. 이런 재미나고 재치 있는 자기 비하를 통해 '사교 점수'를 얻는다. 몇몇 영국 여성들은 이런 유머러스한 자기 비하를 일종의 예술로 승화시킨다. 그리고 이 낮추어 말하기에는 분명 경쟁 심리도 숨어 있다.

대화 내용은 머리에서 신발, 허벅지, 직업에서 올린 실적, 몸 관리, 사교술, 데이트 성공법, 자녀 문제, 재능과 성취 등으로 바뀌어가지만 형식은 언제나 같다. 칭찬이 그냥 진심으로 받아들여지는 법은 없고, 자기 비하는 반드시 상대가 부정해준다. 칭찬이 너무나 뻔한 사실이어서 단순하거나 유머러스한 자기부정으로 넘어갈 수 없는 경우는 서둘러 부끄러워하며 "어~ 감사합니다. 그런데…"라는 식으로 바로 칭찬으로 대꾸한다. 아니면 최소한 주제를 얼른 바꾸려고 노력해야 한다.

내가 영국 여성들에게 왜 그냥 칭찬을 받아들이면 안 되느냐고 물어도 그들은 자신에 대한 칭찬은 사양하고 상대를 칭찬해댔다. 이런 행동은 내 조사에는 전혀 도움이 안 됐으나 이를 통해 이 규칙이 정말 철저히 몸에 밴 관습임을 확인할 수 있었다. 그래서 질문을 더욱 일반적인 형식으로 바꾸어 그동안 지켜본 대화 양식에 대해 문의했다. 만일 어떤 사람이 별 자격도 없이 칭찬을 받아들이고 상대에 대한 칭찬으로 맞장구치지 않으면 어떠냐고 물었다. 아주 전형적인 대답은 이러했다. "아주 무례하고 비우호적이고, 거만하게 여겨지며, 과시하는 듯하다." 그런 사람은 "자기 자신을 너무 대단하게 생각하는 것"으로 보인단다. 한 여자는 "음! 그 여자는 분명 영국 사람이 아닐 겁니다"라고 대답했는데, 맹세컨대 나도 여기에 동의한다. 달리 설명할 수는 없다.

어느 문화권에서나 여자들은 서로 칭찬을 주고받는다. 이는 여자들이 우애를 다지는 방법이다. 영국 여성들도 마찬가지며, "오늘 예쁘시네요"라든가 "감사합니다. 당신도 아주 멋지네요" 같은 단순한 형태보다 좀더 복잡한 칭찬을 교환한다. 상호칭찬 의식은 너무나 흔해서 하나의 패턴으로 여겨졌다. 겸양 떨기야말로 전형적인 영국인다움이란 말이다.

남자들의 친교: '내 것이 더 좋아' 게임

상호칭찬 의식은 아주 독특한 영국인의 행동 양태일지도 모른다. 더불어 아주 독특한 여성들의 행동 양태이기도 하다. 남자들이, 더군다나 영국 남자들이 상호칭찬 의식을 거행하리란 상상은 절대 할 수가 없다. 생각해보라! "나도 너처럼 폴로를 잘하면 좋겠다. 난 정말 희망이 없나봐!" "아! 난 정말 쓸모가 없어. 이건 그냥 행운의 한방이었고, 넌 진짜 다트를 기가 막히게 잘 던지잖아!" 만일 이런 상호칭찬이 긴가민가하면서도 그럴싸하게 느껴진다면 한번 시도해보라! "자넨 정말 기막힌 운전자야. 난 언제나 우물쭈물하고 기어를 혼동한다네." "나? 난 정말 솔직히 말해 형편없는 운전자지. 근데 참! 자네 차는 정말 내 것보다 좋으네. 더 빠르고 힘도 좋고." 남자들의 대화 같지가 않다. 그렇지 않은가?

영국 남자들은 사교하는 다른 방법이 있다. 얼핏 보기에는 상호칭찬 의식과는 정반대인 기본 규칙이 있다. 영국 여자들이 상호칭찬에 바쁜 반면에 남자들은 경쟁의식이 발동해 상대방을 깎아내리느라 정신이 없다. 나는 이를 '내 것이 더 좋아' 게임이라 부른다.

이 상황에서 '내 것'은 무엇이든 될 수 있다. 특정 자동차 모델, 축구팀, 정당, 휴가지, 맥주, 철학 이론 등 뭐든 상관없다. 영국 남자들은 어떤 대화나 이야깃거리도 '내 것이 더 좋아' 게임으로 바꿀 수 있다. 한번은 전기면도기와 일반 면도기의 장점에 대한 이런 식의 토론이 48분간이나 지속되는 것을 들었다. 정말 직접 시간을 쟀다. 이보다 더 교양 있는 주제라 해도 다를 것이 없다. 영국 일간지 《타임스 *The Times*》문학 증보판에서 벌어진 미셸 푸코에 관한 긴 논쟁도 똑같았다. 면도 토론에서 보았던 인신공격에 가까운 논쟁법이 동원되었다.

　게임 규칙은 다음과 같다. 당신이 먼저 내 것(전기면도기, 맨체스터 유나이티드 축구팀, 푸코, 독일 차 등)을 자랑하거나 자기 것이 최고라는 다른 사람의 주장, 암시, 힌트 등에 도전함으로써 게임이 시작된다. 당신의 주장은 언제나 반박이나 도전을 받는다. 도전하는 상대방도 속으로는, 혹은 합리적인 판단으로는 동의할 수밖에 없음에도 반대를 위한 반대를 할 수밖에 없다. 남자들의 대화에서 "도대체 왜 네가 같은 값으로 BMW를 살 수 있는데도 저 쓰레기 같은 차를 샀는지 모르겠어"라는 말이 "그래, 네 말이 정말 맞아"라는 반응을 끌어내는 경우는 상상할 수도 없다. 전례도 없다. 이건 남성 예절의 위반이다.

　비록 이런 대화가 아주 시끄러워지고 욕설과 비난을 낳는다 해도 '내 것이 더 좋아'라는 게임 분위기는 상당히 좋고 우호적이며 유머가 흐른다. 또 의견 차이를 너무 심각하게 받아들이지 않아야 한다는 전제가 깔려 있다. 욕설, 냉소, 모욕이 있을 수 있고 심지어 기다려지기도 한다. 하지만 발끈 화를 내고 뛰쳐나가거나 진짜 감정을 노골적으로 드러내는 것은 금지된다. 이 게임은 화난 척하기, 격분한 시늉 하기, 장난으로 기죽이기 등이 목적이다. 당신은 자신이 옹호하는 물건, 팀, 이론, 면도기의 장점을 확신한다 하더라도 그런 감정을 절대 내보여서는 안 된다. 진지함과 남자답지 못한 열의, 둘 다 영국적인 태도가 아니고 비웃음만 부른다. 내가 비록 이 게임에 붙여준 이름이 자기과시를 의미한다 하더라도 자기과시도 해서는 안 된다. 당신의 자동차, 면도칼, 정치, 문학 이론, 학파에 관해서는 자잘한 항목까지 열렬히 칭찬해도 좋다. 하지만 이것들을 선택한 당신 자신의 훌륭한 감각, 판단, 지식에 대한 자랑은 절대 직접 해서는 안 되고 은근슬쩍 내비쳐야 한다. 과장된 표현으로 농담임을 분명히 하는 방식이 아니라면, 자기 자랑이나 과장의 기미가 조금이라도 보이면 노골적으로 눈총을 받는다.

다들 인정하듯, 누구도 이 게임에서 이길 수는 없다. 아무도 항복하지 않고 상대방의 견해를 인정하지 않는다. 참여자들은 결국 싫증을 내고 지쳐서 화제를 바꾼다. 아니면 상대방의 어리석음을 동정해서 머리를 흔들고 만다.

'내 것이 더 좋아' 게임은 남자들만의 심심풀이다. 동행한 여자들이 규칙을 오해해서 이성적인 요소를 논쟁에 끼워 넣으려 하면 게임의 즐거움을 망친다. 이 논쟁에 참여한 여자들은 뻔한 진행에 지겨워한다. 심지어 도저히 생각해서는 안 되는 일까지 벌이려 한다. 참여자들에게 끝까지 의견 일치를 볼 수 없을 텐데 왜 그걸 인정할 수 없느냐고 묻는다. 이런 참견은 보통 그냥 무시된다. 격분한 여자들이 이해하기 힘든 점은, 이 남자들이 결코 이성적인 결과가 나올 수 없는 논쟁에 매달릴 뿐 아니라 누구도 문제를 해결하려 들지 않는다는 것이다. 이 논쟁이 라이벌 축구팬들이 서로 자기 팀 구호를 외쳐대는 행위보다 낫다고 볼 것도 없다. 축구팬들은 자신들의 응원 구호가 상대 팀 팬들을 설득하리란 생각은 절대 하지 않는다(그렇다고 모든 영국 여자들의 친교 대화가 달콤하고 가볍다는 뜻은 아니다. 그냥 남자들보다는 좀 덜 경쟁적이라는 말이다. 그런데 내가 본 한 여성 친교 모임은, 특히 그날의 참석자들은 온갖 계층의 젊은 여자들이었는데, 처음부터 끝까지 험하게 비꼬며 모욕하는 시늉으로 일관했다. 거기다 깊은 애정을 가지고 서로를 '미친년bitch' '잡년slut'이라고까지 불렀다).

이 두 가지 친교의 실례인, 상호칭찬과 '내 것이 더 좋아' 논쟁은 얼핏 아주 달라 보인다. 그래서 일반적으로 인정되는 남녀 차이를 반영하는 것처럼 보이기도 한다. 많은 사회언어학 조사에서는 극단적인 '말하는 사람의 성별과 말의 관계' 이론을 적용하지 않고 경쟁적, 협조적 행태에 초점을 맞추었다. 이 조사로 남자들의 친교 강화 대화는 경쟁적인 반면, 여자들의 대화는 어울리기 및 서로 돕기와 더 깊은 관련이 있음이 분명해졌다.

이 두 가지 친교 대화 의례는 중요한 공통점이 있다. 이 의례의 기초 규칙과 가치는 영국인다움에 대해 많은 것을 말해준다. 예를 들면 둘 다 자기과시가 금지되고 유머가 권장된다. 또 어느 정도 공손한 위선을 떨어야 하고, 최소한 자신의 진정한 의견이나 감정은 숨겨야 한다(상호칭찬 의식에서 구사하는 거짓 감탄, 그리고 가벼운 마음을 가장한 '내 것이 더 좋아' 게임의 위선을 생각해보라). 어느 경우든 예절이 진실과 이성보다 더 중요하다.

그리고 마지막으로, 긴 헤어짐의 규칙

친교 대화의 장을 만남의 대화로 시작했으니 헤어짐의 대화로 끝맺어야 할 것 같다. 나는 더욱 긍정적인 설명으로 끝맺고 싶었다. 그래서 영국인은 만날 때보다는 헤어질 때 더 잘 처신한다고 말하기를 바랐다. 하지만 우리의 작별은 어디를 보나 어색하고 당혹스럽고 부적절하기가, 만남보다 더하면 더했지 못하지 않다. 또다시 우리 중 누구도 헤어지기 위해 무엇을, 무슨 말을 해야 하는지 모른다. 결국 제대로 된 악수도 못하고 서투른 뺨 부딪치기와 다 맺지도 못하는 말로 작별 인사를 때운다. 소개 단계에서 어색함을 가능하면 빨리 벗어버리기 위해 급히 서두르는 반면, 헤어질 때는 앞의 의식을 보상하는 양 진저리날 정도로 미적거린다.

이제 작별의 시간이 오면 종종 꼴사나울 정도로 서두른다. 눈치 없이 너무 오래 미적거려 폐가 되면 안 된다는 두려움에 떠밀려 마지막으로 떠나면 큰일 나는 사람들처럼 서두른다(너무 오래 남아 있어서 주인에게 폐가 되는 것은 중대한 사생활 침해다). 이렇게 한두 사람이나 한 가족이 일어서서 집에 돌아가는 길의 차량 정체, 애 봐주는 사람 걱정, 너무 오래 있었다는 등의 핑계로 사과를 하면서 갈 채비를 한다. 그러면 갑자기 방 안의 모든 손님이 시계를 보는 시늉을 하면서 거의 비명을 지르며 일어선다. 그러곤 코트와 백을 찾아 허둥대면서 주인에게 일단 인사를 시작한다(비록 "만나서 기쁩니다"가 만남의 인사로는 좀 문제가 있지만, 겨우 한두 마디 나눈 사이라 해도 "만나서 반가웠습니다"라는 작별 인사는 괜찮다). 만일 당신이 영국 가정을 방문했다면 첫 작별 인사를 건네고 정말로 떠나기까지 최소한 10분에서 15분, 심지어는 20분의 시간을 들여 관련 절차를 밟아야 한다는 것을 명심해야 한다.

여기 피아노를 이용한 더들리 무어Dudley Moore의 코미디 촌극이 있다. 화려하고 방종하며 로맨틱한 고전적인 작곡가를 패러디한 이 작품에서 무어는 연주를 마치는 것처럼 건반을 두들긴다. 그러다가 다시 전음顫音을 치고 드라마틱하게 끝내는 것처럼 치고, 다시 처음부터 시작하고 또다시 시작하고, 끝도 없이 계속한다. 이는 영국 사람들이 서로 작별하는 장면을 연상시킨다. 마지막 인사를 나누었다고 생각하는 순간에 상대방이 다시 정해진 순서를 재현한다. "자, 그러면 우리 다시 만납시다"라고 하면 인사가 한없이 이어진다. "참! 맞아요! 우리 반드시 봐야… 하… 는… 에 잘 계세요" "안녕히 계세요" "잘 가요" "정말 고맙습니다" "멋진 시간이었습니다" "아이구, 아니에요. 고맙습니다" "아~예, 고맙습니다. 그런데… 참…" "예! 그런데 우린 지금 가야… 차량 정체가… 음" "추운데 거기 서 계시지 말고 들어가세요" "아니에요, 괜찮아요. 그런데…" "그러면 이젠 안녕히 계세요", 이런 식인데, 상대방이 다시 "당신은 정말 우리 집에 한번 와야지요?" "내가 내일 이메일 보낼게, 그러면 이만", 그러곤 다시 마지막 인사가 새로 시작된다.

가는 사람은 정말 가고 싶어서 안달이 나고 문간에 서서 서성이며 보내는 사람은 이제 정말 보내고 문을 닫고 싶어서 죽을 지경이다. 그런데도 그런 티를 조금이라도 내면 정말 큰일 난다. 그래서 모두들 정말 어쩔 수 없이 가고 보내는 것처럼 아주 생쇼를 해야 한다. 정말 마지막 굿바이를 몇 번이나 하고, 모두 차에 탄 뒤에도 차창을 열고 다시 몇 마디를 해야 한다. 가는 사람들의 차가 드디어 움직이기 시작하면 엄지와 새끼손가락을 귀에 대고 서로 전화하자는 약속을 한다. 그리고 이제야말로 정말 열심히 손을 흔들어 차가 시야에서 완전히 사라질 때까지 서로 무언의 작별 인사를 한다. 이렇게 정말 긴 작별을 고하면 우리는 진이 빠져 안도의 한숨을 쉰다.

종종 우리는 바로 돌아서서, 방금 헤어지면서 눈물이라도 흘릴 듯이 아쉽게 보낸 바로 그이들에 대해 투덜거리기 시작한다. "맙소사! 난 정말 그 양반들 아주 안 가는 줄 알았네." "존은 좋은 사람이야. 여러모로… 그런데 참 그 여자는 정말 너무하는 것 같아!" 우리가 그날 저녁 모임을 정말 즐겼음에도 긴 작별 뒤에 바로 따라 나오는 감사의 말에 불평과 짜증이 섞여 있을 정도이다. 정말로 늦었다는 둥, 쓰러질 정도로 피곤하다는 둥, 이젠 진짜 차나 독한 술 한잔해야겠다는 둥, 게다가 이제 내 집에 우리만 있어 좋다는 둥. 가는 사람도 이제 드디어 우리 집에 가서 잘 수 있게 됐네, 라고들 한다.

어떤 이유로든 이 긴 작별이 짧아지면 우린 왠지 편치 않고 불만족스러우며 심지어는 죄스럽기까지 하다. 흡사 무슨 큰 규칙을 어긴 양 불편하다. 만일 상대방이 이유 없이 작별 절차를 좀 서둘렀을 경우엔 막 화가 난다. 비록 뚜렷하게 규칙이 깨졌다고 의식하진 않지만 어딘지 모르게 끝을 제대로 못 맺었다는 느낌이 든다. 우린 여하튼 작별이 '제대로' 이루어지지 않았음을 분명히 알고 있다. 그런 불쾌함을 막기 위해 영국 어린이들은 일찍부터 긴 작별 예절 교육을 받는다. "할머니에게 안녕!" "그리고 이제 뭐라고 해야 하지? 할머니, 감사합니다!" "제인 고모에게 안녕!" "아니! 안녕을 제대로 해야지!" "이제 피클에게도." "이제 우린 갑니다. 그러니 안녕이라고 다시 한 번!" "자아, 다시 손 흔들고 안녕!"[28]

영국인은 종종 이 인사를 그냥 '작별 인사saying goodbye'라고 하지 않고 '우리의 작별 인사saying our goodbyes'라고 한다. "내가 기차역으로 못 가니, 우리들의 인사를 여기서 합시다"라고 한다. 내가 이 얘기를 미국 방문객에게 했더니 그는 "나는 처음에 이 표현을 들었을 때 왜 복수형을 쓰는지를 몰랐다. 아마 서로 인사하는 거려니 했다. 그런데 여기서 복수형은 아주 많은 작별 인사를 뜻한다는 것을 이제야 알아챘다"라고 이죽거렸다.

안면 트기 대화와 영국인다움

날씨 얘기 규칙으로 영국인다움의 원리에 대한 실마리를 얻었다. 안면 트기 대화 규칙은 우리가 찾는 결정적인 특성들에 대한 중요한 실마리를 확인하는 데 도움을 주었다.

---

28 아마도 놀랄 터인데, 어떤 어린이들은 이 인사법에 반항한다. 특히 십대들은 이러한 의식에 참여하기도 싫어하고, 일부러 정반대 인사법을 택해서 어른들을 화나게 한다. 나가면서 "다시 봐!"라고 고함을 지르고는 문을 쾅 닫고 사라진다. 그리 행복하게 상황을 마무리하는 방법은 아닌 것 같다.

소개 규칙을 통해 우리는 날씨 얘기에서 찾은 영국인의 소극적인 사교성을 확인했다. 우리는 중간촉진제 없이는 이런 문제점을 극복할 수 없다. 이제 우리들의 어색함, 당혹 그리고 사교상의 어리석은 행위 같은 성향은 영국인 사교 생활의 모든 측면에 지대한 영향을 미치므로 영국인다움의 '원리'에 속하는 중요한 요소로 간주해야 한다.

이름을 말하지 않는 무명의 규칙은 영국인이 얼마나 사생활에 마음을 쓰고 비사교적이며 의심 많고 냉담한지를 말해주는 좋은 본보기이다. 이 규칙은 또한 둘둘 말리고 비합리적이며 뒤집힌 영국 예절의 본성을 파악하는 데 중요한 실마리를 던진다. '만나서 반갑습니다', 인사 문제는 영국인의 생활과 문화 전반에 만연한 계급의식의 첫째 증거를 제시하고, 우리가 이걸 선뜻 인정하려 들지 않음을 밝혀낸다.

가십 규칙은 몇 가지 중요한 특성을 밝힌다. 그중에서도 가장 두드러지는 특성은 사생활에 대한 강박관념이다. 또 이는 추측 게임 규칙, 관계 거리 규칙, 규칙을 증명하는 인쇄 매체와 인터넷 매체를 통한 예외 등에 의해 강조되었다. 가십 규칙에서 성별 차이는 어떠한 문화에도 공히 해당되는 사실이다. 상당히 뻔한 요점처럼 보이는데도 과거의 문화인류학자들은 이를 묵살해왔다. 요즘 영국적인 것을 얘기하는 사람들이 이를 얼버무리기도 했다. 이 두 부류는 남자의 규칙이야말로 전체의 규칙이라고 단정해버리는 경향이 있다. 영국인은 일상의 대화에서 흥분하지도 활기차게 얘기하지도 않는다고 믿어버리는 사람은 영국 여성들의 가십을 들어보지 못했음이 분명하다. 영국인은 내성적이고 소극적이라는 규칙은 남자들에게나 해당하는 말이다.

남성과 여성의 친교 대화 규칙은 성차에 대한 믿음을 강화한다. 그러나 현저히 (혹은 현기증이 날 정도로) 차이가 나는 외양 밑에는 결정적으로 동일한 특징이 있다. 자기과시 금지, 유머 구사, 진지함에 대한 질색, 예의 바른 위선, 합리적인 이성을 이기는 예의의 힘 등이다.

마지막으로 긴 헤어짐의 규칙은 영국인의 사교에서 당혹과 불합리의 중요성을 다시 한 번 조명해준다. 또 만나고 헤어지는 간단한 일을 일관되고 우아하게 처리하지 못하는 천성적인 무능력과 더불어 영국인의 비논리적인 과잉 공손의 기막힌 예를 보여준다.

유머 규칙

유머 규칙은 말 그대로 '유머에 관한 규칙rules about humour'과 (이제는 구닥다리가 되어버린) 낙서처럼 감각적으로 읽히는 '유머가 지배해! 알았어?Humour rules, OK!', 이 두 가지로 해석해야 한다. 영국인 대화에는 유머가 넘치고, 중요한 위치를 차지한다는 점에 비추어 후자가 더 적절하다. 유머가 지배한다. 유머가 통치한다. 유머는 무소부재하고 전지전능하다. 나는 당초에는 유머에 관한 장을 따로 만들 생각을 전혀 하지 않았다. 유머는 계급 문제와 마찬가지로 영국인 삶 구석구석에 스며들어 있어 책 전체를 통해 다양한 상황에서 자연스럽게 드러날 것이기 때문이다. 그러다 보니 유머의 기능을 잘 설명하기 위해 모든 장에서 계속 언급할 수밖에 없었다. 마침내는 진저리가 나 할 수 없이 유머만으로 장을 하나 만들어버렸다.

영국인의 유머 감각에 대해 사람들은 말도 안 되는 소리를 한다. 그중에는 우리네 유머 감각이 다른 나라 사람들에 비해 아주 독특하고 뛰어나다는, 언뜻 들으면 애국심의 발로인 듯한 말도 있다. 많은 영국인들은 우리가 유머 전체는 아니더라도 최소한 어느 한 분야의 '상표' 정도는 전 세계 특허를 갖고 있다고 믿는다. 고급 유머인 재치, 특히 아이러니에서는 우리가 세계 최고라고들 믿는 것 같다. 내 조사 결과에 의하면 영국인은 분명 유머에 특별한 자질이 있다. 우리의 결정적인 특성은, 우리가 유머에 부여하는 가치 그리고 유머를 영국 문화와 사교에서 가장 중요한 요소라고 여기는 데서 찾을 수 있다.

다른 문화에서는 일정한 시간과 장소에서 유머를 즐긴다. 일상의 대화와는 다른 특별한 대화이기 때문이다. 영국인의 경우 대화 밑바닥에 항상 유머가 흐른다. 우리는 약간이라도 농담을 곁들여야만 적당히 "안녕하세요"라고 인사를 하든지 날씨 얘기를 꺼낼 수 있다. 거의 모든 영국인의 대화에는 적어도 어느 정도의 야유, 희롱, 아이러니, 낮추어 말하기, 유머가 섞인 자기 비하, 빈정거리기, 아니면 단순한 바보짓 따위가 포함되어 있다. 유머는 대화가 잘못 흘렀을 경우 다시 시작하려 할 때 쓰인다는 소위 '기본값default'에 해당한다. 우리가 유머를 구사하기 위해 스위치를 일부러 켤 필요도 없거니와 원한다고 바로 끌 수도 없다. 영국인에게 유머의 규칙은 누구도 거역할 수 없는 자연법칙이 문화적으로 나타난 것이기에, 우리는 중력의 법칙에 복종하듯 유머의 규칙에 절로 복종한다.

'진지하지 않기' 규칙의 중요성

영국인의 대화에서 가장 기본적이고 근원적인 규칙은 '진지함' 금지다. 비록 우리가 유머나 아이러니의 전매특허를 보유하진 않았지만 영국인들은 다른 어느 나라 사람들보다 심각serious과 엄숙solemn 그리고 진심sincerity과 진지earnestness의 차이에 민감하다.

이 차이는 모든 영국인다움을 이해하는 데 결정적이며 아무리 강조해도 지나치지 않다. 만일 이 미묘하나 치명적인 차이를 모르면 당신은 결코 영국인을 이해하지 못한다. 당신이 영어를 아무리 유창하게 구사해도 이 차이를 모른다면, 영국인과의 대화가 결코 편하게 느껴지지 않고 편안해 보이지도 않을 것이다. 흠 잡을 데 없는 영어를 한다 해도 행동할 때마다 눈에 거슬리는 숱한 실수를 저지를 것이다.

일단 당신이 이러한 차이에 민감해지면 '진지하기 않기Not Being Earnest' 규칙은 정말 간단하다. 심각함은 괜찮으나 엄숙함은 안 된다. 진실함은 괜찮으나 진지함은 절대 안 된다. 거만과 자만은 반역이다. 심각한 문제는 심각하게 얘기해도 좋으나 너무 심각한 티를 내면 안 된다. 자기를 비웃는 능력은 비록 거만이나 약간의 자기만족에서 비롯됐을지라도 영국인의 사랑스러운 특성 중의 하나이다. 최소한 이 점에 관해서는 내가 옳았으면 한다. 만일 내가 우리 자신을 비웃는 능력을 과대평가했다면 이 책은 분명 인기가 없을 것이다.[29] [지은이는 영국인의 자조 능력을 과대평가하지 않았음이 분명하다. 이 책은 오랜 기간 베스트셀러에 들어 10년 넘게 영국에서 50만 권 이상 팔렸다. 인기 소설도 아닌 이런 인문서적이 50만 권이나 팔렸고 증보판까지 나왔다는 것은 인기가 대단하다는 말이다.]

극단적인 예를 들어보자. 미국 정치인들이 좋아하는, 가슴에서 터져 나오는 열정, 용솟음치는 진지함, 거들먹거리며 열광적으로 전도하는 듯한 장엄한 연설로는 이 나라에서 한 표도 얻을 수 없다.[30]

---

29 최신 정보: 초판이 대형 베스트셀러가 되었으니 이제 나는 안심해도 좋을 것 같다.

30 영국인의 입맛에는 너무 진지할 때가 자주 있지만 오바마 대통령은 예외이

우리는 뉴스에서 이러한 연설을 보면서 어떻게 저런 난센스에 청중들이 속아 넘어가 환호하는지 가소롭고 기가 막혀서 낄낄거리며 경이로워한다. 이런 기분이 안 들 때는, 상상만으로도 창피해서 몸이 오싹해진다. 어떻게 저 정치인들은 자신들이 봐도 정말 부끄러울 상투적인 소신을 저토록 진지하게 가소로운 어투로 말할 수 있을까? 뭐 우리 정치인이라고 별 다를 바는 없다. 그들도 매한가지로 진부한 얘기를 하지만, 우리는 영국 정치인들에게서 찾아볼 수 없는 미국 정치인들의 진지함에 움찔하는 것이다.

이런 모습을 오스카상 시상식에서 가슴이 북받쳐 우는 듯이 소감을 말하는 수상자들에게서 다시 보는데, 이때 영국 시청자들은 정말 구역질이 난다는 몸짓을 한다. 영국의 오스카상 수상자들이 이렇게 자기 감정을 고스란히 드러내는 경우는 거의 없다. 그들의 소감은 짧고 기품 있거나, 자기 비하를 섞어 유머러스하다. 그렇지만 항상 불편하거나 당황해하는 표정이다. 만일 어떤 영국 배우가, 예를 들어 영화 〈타이타닉〉의 여주인공 케이트 윈슬렛처럼 감히 이 불문율을 깨면 가차 없이 허풍쟁이로 몰려 신문이나 다른 매체의 놀림감이 되고 비난을 받는다. 윈슬렛이 골든글로브 시상식에서 한 감동적인 연설을 두고 영국의 한 신문은 '시체가 창피해서 움찔하게 만들 정도였다'고 놀렸다. 다른 경우에는 더 큰 조롱거리였다.

실은 대부분의 감정 표현이 '진지하지 않기' 규칙을 깬 것으로 간주된다. 우리 SIRC의 전국적인 감정 상태 조사에서 밝혀진 흥미로운 사실은 개별 상황과 영국인의 실제 태도가 맞지 않는다는 점이다. 72퍼센트의 영국인이 감정을 드러내는 일이 건강에 좋다고 밝혔는데, 고작 20퍼센트 미만이 지난 24시간 동안 감정을 드러낸 적이

다. 썰렁한 농담은 우리들에게 귀여움을 받는다.

있다고 했다. 심지어 19퍼센트는 언제 감정을 드러냈는지를 기억할 수 없다고까지 했다(날씨에 관한 조사에서는 56퍼센트가 지난 여섯 시간 사이에, 38퍼센트는 한 시간 사이에 날씨 얘기를 했다고 응답했다). 영국인들은 최근 '감정에 관한 대화에 전보다 훨씬 익숙해졌다. 예를 들면 '마음속의 어린이inner child' '자신의 감정을 조감해보려는 시도' 같은 심리치료 용어를 사용한다. 하지만 아직도 대다수 영국인들은 실제 감정을 별로 드러내지 않는다.

비록 가장 쉬운 놀림감이긴 하지만 그래도 우리가 미국인만을 조롱하는 것은 아니다. 전 세계의 감상적이고 애국심 넘치는 지도자, 유치할 정도로 엄숙하고 진지한 작가, 예술가, 배우, 음악가, 전문가, 그리고 저명인사들은 죄다 우리 영국인들에게 비웃음과 경멸을 받는다. 만일 이들이 조금이라도 거드름을 피우면 아주 멀리서도 알아챌 수 있다. 아주 흐린 텔레비전 화면에서 알아듣지 못할 말로 떠들어대도 우리는 물론 알 수 있다.

2005년 7월 7일 런던에서 자생적인 테러리스트의 공격이 일어났다. 아침 출근 시간의 혼잡을 이용하여 지하철과 버스에 저지른 연쇄 테러로 56명이 죽고 700명이 다친 영국의 미니 9·11 테러였는데, 이때도 '진지하지 않기'의 중요성이 기막히게 드러났다. 폭탄이 터진 날, 한 미국인이 인터내셔널 라이브저널 웹사이트에 '런던이 아프다London Hurts'란 게시판을 열었다. 그리고는 "오늘 나는 런던 시민이다. 그리고 나는 오늘 아프다"라는 배너를 걸었다. 눈물겨운 동정의 메시지와 시, 기도가 전 세계에서 몰려오기 시작했다. 그러나 런던 시민들이 보인 반응은 감상적인 사이트 개설자가 기대하던 바와는 거리가 멀었다. 대부분의 반응은 조롱과 야유였다. 런던 시민들은 감상적인 배너의 문구를 비꼬았다. "나는 오늘 런던 시민이다. 그래서 오늘 일을 안 하고 쉰다" "만일 너희 전부가 다 런던 시민이라면 혼잡세[31][이 책 개정판이 나온 2014년에는 8파운드였으나 2015년에는 무려 43.7퍼센트가 오른 11.5파운드였다] 8파운드를 내야 한다. 자 이제 돈을 내라!" 심지어 런던 시민들의 사기를 올리기 위해 외국인이 올린 감상적인 시를 가지고 장난치기도 했다.

> 대공습과 폭격 속에서도 우리는 승리했다
> 우리는 도로와 철도에서도 일을 계속했다
> 우리는 고난에 지지 않고 서로 도우면서
> (비록 눈이 오는데도 우리는 제대로 당했다We are truly f**ked)

웹사이트 이름인 '런던이 아프다'도 장난 글로 도배가 되었다. "런던이 아프다. 모든 뉴스가 폭탄 맞은 런던 타령이다. 그러나 누가 워털루 기차역한테 기분이 어떠냐고 물어봤나? 혹은 로열페스티벌 음악홀은 괜찮은지 확인해봤나? 하여튼 어떤 사람들은 자기중심적이라니까." 거기에 다른 런던 시민이 댓글을 달았다. "그런데 내가 헤이워드 갤러리에 오늘 일찍 물어봤더니 그냥 기분이 좀 안 좋긴 한데 건강하다더라." 나중에 달린 다른 댓글은 "서덕 성당이 조금 흔들리긴 했지만 어제 저녁에 임페리얼 전쟁박물관하고 퍼브에 한잔 하러 갔대!"였다.[32]

웹사이트에 대한 대다수 영국인들의 반응은 순전히 빈정대는 투였다. 하지만 몇몇 댓글은 '진지하지 않기의 중요성' 규칙을 더 명쾌

---

31 런던 시내로 진입하기 위해서 운전자가 내야 하는 세금. 시내 혼잡을 줄이기 위해 만들었다.

32 솔직히 말해 이 댓글들이 지적인 풍자라거나 재치 있는 글이라 할 수는 없다. 나는 여기서 기막히게 익살맞은 예가 아닌, 전형적인 영국인의 진지함에 대한 예를 들었을 뿐이다.

하게 표명했다. "제발 헛소리 좀 그만해라. 우리는 이런 걸 원하지 않아. 필요 없다고. 이런 것들 때문에 더 창피하다" "미국인은 진정해라. 정신 차려라. 런던은 이미 이겨냈다. 창녀촌은 언제 여는데?" "이 구역질나는 배너가 버스 몇 대 폭파되는 사태보다 더 나를 미치게 한다. 제발 하느님을 위해서도 중단해라"

내가 개인적으로 보증하는데, 자살 폭탄 공격에 전혀 영향을 받지 않은 냉소적인 비평가들만 이런 반응을 보인 것은 아니었다. 나는 사건이 터진 날 런던 지하철역에서 페딩턴으로 가려고 기다리고 있었다. 그 시간에 다른 장소에 있었으면 당할 수 있었던 불행을 정말 아슬아슬하게 피한 사람 중 하나였다. 지하철에 있던 사람들이 런던에 있는 친구와 가족들도 무사한지 문자 메시지를 보내고 있는 사이에 나는 다른 지하철 승객들을 관찰하고 엿듣고 말을 건네면서 현장 조사를 시작했다. 물론 이는 생면부지의 사람들에게 말을 건네지 않는 영국인의 금기를 깨는 일이지만, 그런 특수한 상황에서는 허락된 일이었다. 내가 들은 첫째 농담은 "프랑스 친구들이 그렇게 치사한 루저들인 줄 몰랐네"였다(테러 하루 전날 런던이 2012년 올림픽 개최지로 선정되었다. 파리가 선정될 것으로 예상되었기 때문에 프랑스인들은, 물론 런던에 폭탄 테러를 할 정도로 화가 나지는 않았겠지만, 놀랐고 실망했을 것이다). 나는 폭탄이 터진 현장에서 먼지에 덮여 기침을 하면서 위기에서 벗어난 생존자들 입에서도 프랑스인에 대한 비슷한 농담이 나왔다는 얘기를 현장에 있던 친구로부터 들었다. 심지어 이 농담이 반사적으로 먼저 튀어나왔다는 얘기도 들었다. 폭탄이 터져 먼지가 자욱한 기차에 갇혀 있던 생존자가 말하길 "사람들의 기침과 숨이 막혀 껵껵대는 소리 말고는 정적만이 가득한 캄캄한 열차 안에서 내 옆의 사람이 '흥! 그래도 어찌 되었건 올림픽은 우리가 땄거든!'이라고 빈정대는 소리를 들었다."

누군가 "희극은 비극에다 시간을 더한 것이다"라고 말했다. 이 말대로라면 영국인이 비극을 희극으로 만드는 데는 순간도 너무 길고 '나노 초' 정도가 필요한 것 같다. 정말로 진지하지 않기 규칙이 먼지가 채 가라앉기도 전에 적용되었다면 '런던이 아프다'의 게시판 지기가 내보인 진지함은 놀랄 정도이다. 게시판을 지켜보면서 나는 관리자에게 동정을 금할 수가 없었다. 런던 테러에 외국인들이 보내는 감정은 순수한 선의의 발로인데, 영국인들이 저렇게 헐뜯고 역겨워하는 모습을 보니 말이다. 다른 나라 사람들이라면 정말 감동하며 고맙게 받아들였을 터인데 말이다.

7년 후인 2012년에 열린 런던 올림픽 개막식은 영국인의 자조自嘲와 진지함에 대한 혐오를 담은 특유의 유머를 하나 더 추가했다. 비록 개막식의 규모는 행사에 맞게 대단했고 인상적이었는데, 보통 그런 행사에 나타나게 마련인 자만심과 거만함은 전혀 보이지 않았다. 대신 모든 순간에 적어도 한 가지의 역설적인 반전이 숨어 있었다. 우리는 자신을 그리 대단하게 생각하진 않는다는 자성自省의 유머가 하나씩은 반드시 들어 있었다. 사람을 분기시키고 열정에 휩싸이게 하는 런던심포니오케스트라의 〈불의 전차〉가 연주되는 내내 코미디언 로언 앳킨슨Rowan Atkinson[텔레비전 시리즈 '미스터 빈'으로 유명한 영국 코미디언]이 익살로 초를 쳤다. 지겨움과 주의 산만을 상쇄하기 위한 조치의 하나였다[연주자들만을 바라보는 지겨움과 그로 인해 음악에 집중하지 못하고 산만해지는 상황에서 아예 더 심한 방해를 해 무의미하게 웃기는 로언 앳킨슨의 익살에 눈이 가게 함으로써 오히려 음악이 들리게 하는 깊은 의도가 깔린 행위인 듯하다]. 심지어 여왕이 올림픽 개막식에 참석하기 위해 스타디움으로 입장하는 장면조차 심각하지 않았다. 제임스 본드 영화를 차용해서 놀린 것이다. 여왕 폐하 스스로 감히 스포츠를 핑계로 자신과 함께 세계를 놀린 것이다. 애국적인 유세와 위용은 그저 올림픽 경기를 개최한다는 사실 하나뿐이었다. 하지만 우리는 이 기회마저도 스스로를 놀리는 데 써먹어 우리가 애지중지하는 영국인 특유의 유머라는 보물을 보여주었다.

나는 영국인들의 자조가 잘난 체하는 노골적인 오만은 아니더라도 자기만족에 뿌리를 둔 표현이 아닌가 생각한다. 이러한 면은 올림픽 개막식에서도 분명 보였다. 세계인이 인정하는 영국과 영국인의 긍정적인 면이 있었는가 하면, 노골적으로 혼란스럽고 어둡고 심지어는 일부러 추해 보이려 한 장면도 있었다. 전 세계에서 개막식을 보고 있을 외국인들이 도저히 이해하지 못할, 우리 영국인들 사이에서나 통하는 은어 같은 난해한 농담으로 가득한 장면도 많았다. 물론 다른 나라의 수많은 해설가들도 즐거워하기 했지만 "당황스럽다" "이상하다" "기괴하다" "이해할 수 없다" "괴상하다" "당혹스럽다" "미쳤다" 그리고 "도대체 뭔 짓이야?"라고 말했다. 훨씬 더 무례하게 평한 이들도 있었다. 대다수 영국인들은 다른 나라 사람들이 이해하든 못 하든 상관없이 정말 좋아했다. 사실대로 말하면, 많은 영국인은 다른 나라 사람들이 이해하지 못한다는 사실에 내심 아주 기뻐했다. 개막식에서 보여준 자조, 자기 모독, 어설픈 자기표현, 방종의 기행은 기막힐 정도로 엄청나게 타인을 무시해야만 가능한 행태이고, 수십억 명을 아예 싹 무시하는 깊은 우월감에서 우러난 거라고밖에 설명할 수 없다.

벽장 속 애국자 규칙

영국인The English은 애국심이 없어 고통 받는다고 주장하는 이들이 있다. 증거도 몇 가지 있다. 유럽 전체 조사에 의하면 보통의 영국인은 자신의 애국심을 10점 만점 기준 5.8점 정도로 본다. 이는 스코틀랜드인이나 웨일스인, 아일랜드인보다 훨씬 낮으며 전체 유럽인 중에서도 가장 낮다. 적어도 영국인 3분의 2가 국경일인 4월 23일, 영국의 수호성인인 '성 조지의 날'의 존재를 전혀 모른다는 조사 결과가 정기적으로 발표된다. 미국인이 독립기념일인 7월 4일을 모른다거나 아일랜드인이 성 패트릭의 날을 모른다는 사실을 상상이나 할 수 있는가?

어찌 되었건 나는 참여관찰 조사를 하면서 영국인이 애국심을 내보이지 않는 이유는 국가적인 자긍심이 없어서가 아니라 진지하기 금지의 규칙과 함께 이와 유사한 영국적인 특성이 작용한 탓이라고 생각했다. 전국적으로 상세한 조사를 하자 내 생각대로 영국은 '벽장 속 애국자'들의 나라라는 결과가 나왔다. 내 조사에 의하면 83퍼센트의 대다수 영국인은 적어도 일정 수준의 애국적 자긍심을 느낀다. 22퍼센트는 '언제나', 23퍼센트는 '자주', 38퍼센트는 적어도 '때로는' 영국인임을 자랑스러워한다고 응답했다. 여러 조사들을 보면 영국인의 자질 중 우리가 가장 자랑스럽게 여기는 것은 유머 감각이었다.

영국인 중 4분의 3은 국경일을 반드시 기념하길 원했고 63퍼센트가 성 조지의 날을 아일랜드인이 성 패트릭의 날을 대하는 정도로 생각하길 원했다. 절반에 이르는 영국인이 성 조지의 날에 영국 국기가 게양되기를 원했다. 그러면서도 그해 성 조지의 날이 토요일이 었음에도 단 11퍼센트만 직접 국기를 게양하겠다고 했고 72퍼센트는 축하할 계획이 없거나 아예 축하하지 않겠다고 응답했다.

왜 그럴까? 정말로 우리가 영국인임이 자랑스럽고 국경일에 국기를 달아 축하해야 한다고 느낀다면 왜 그렇게 하지 않는가?

실마리는 통계와 응답에서 찾아볼 수 있다.

첫째, 우리가 자랑스럽게 여기는 영국인의 유머 감각에 실마리가 있다. 또 지나친 열정 표출을 금하는 '진지하지 않기' 규칙이 열쇠이다. 다른 나라처럼 국기를 마구 흔들며 자랑스러워하는 식의 감상적인 행동에 우리는 눈살을 찌푸리고 피부에 닭살이 돋는다. 우리도 영국인임을 자랑스럽게 생각한다. 그러나 애국심을 크고 과장되게 표현하는 행위는 우리네 결벽증, 냉소, '진지하지 않기' 규칙에 어울리지 않는다. 아이러니하게도 영국인다움이란 유머 감각뿐만이 아니라 우리가 자긍심을 실제로 표현하지 않는 것을 자랑스러워하는 것이다.

둘째, 이미 눈치를 챘겠지만 성 조지의 날을 기념하기 위해 뭔가를 해야 한다고 생각하는 영국인의 비율(75퍼센트)이 국경일에 직접 축하하지 않겠다는 비율(72퍼센트)과 거의 같다는 데 실마리가 있다. 이야말로 전형적인 영국인의 반응이다. 이미 알고 있는 영국인의 결정적인 특성으로 들 수 있는 두 가지와 관련이 있다. 중용과 '우울하고 비관적인 한탄Eeyorishness [A. 밀른의 동화 『곰돌이 푸』에 나오는 푸른 당나귀 이요르의 성격에서 연유한 단어. 항상 우울하고 비관적인 한탄을 한다. 압정으로 박아놓은 꼬리가 없어지거나 나무 집이 무너질까 항상 걱정인 데 반해 의외로 상상력은 언제나 풍부하다]'. 영국인의 중용은 진지함에 대한 공포증과 함께 영국인을 냉담하게 한다. 영국인은 극단과 지나침과 강렬한 표현을 자제한다. 그리고 문제점을 지적하기보다 그냥 불평하는 걸로 위안을 받으려 하고 '우울하고 비관적인 한탄'에 빠지는 경향이 있다. 국경일을 더 축하하기 위해서 "무엇인가를 해야 해"라고 투덜거리고 불평하면서도 스스로 축하연을 준비하기는커녕 국기조차 게양하지 않으려 한다.[33]

---

33 공정하게 말하자면 영국 국기를 게양하지 않는 이유는 이런 성격의 영향뿐만이 아니다. 최근까지 영국 국기는 정치적으로 극우 집단과 인종차별의 상징이었다(지금은 서서히 축구팬들의 것이 되어가고 있긴 하다. 그러나 축구팬들이 풍기는 '천민 속물 멋쟁이Chavvy'나 하류층 이미지로 인해 영국 국기

몇몇 영국인은 벽장에서 나와 2011년 왕실 결혼식과 2012년 여왕 즉위 60주년 기념식 같은 아주 큰 왕실 행사를 기념했다. 런던에서 수많은 군중이 국기를 흔드는 사진을 본 적이 있을 것이다. 사람들은 이 행사들을 기념하기 위해 마을에서 거리 파티를 하기도 했다. 하지만 이런 광경은 흔치 않다. 소수의 사람들(6퍼센트)만 축하 행사에 참여했다.[34] 하지만 그들이 열성적인 왕실 옹호자란 얘기는 아니다. 이런 왕실 행사는 문화인류학자들이 말하는 소위 '문화적인 해방' 혹은 '기념일 예외'에 해당하는 카니발이나 종족 축제 같은 일시적인 행사일 뿐이다. 통상의 사회 기준이나 불문율이 적용되지 않는다. 영국인은 이때 평소에는 하지 않던 일들을 한다. 국기를 흔들고 환호를 하고 춤을 추며 심지어는 모르는 사람에게 말을 걸기도 한다. 어떤 핑계를 대더라도 휴가를 내고 규칙을 깨고 평소에는 하지 않던 짓을 즐긴다. 왕실 결혼식이나 여왕 즉위 기념일은 합법적인 작은 일탈의 좋은 핑계가 된다.

이런 강력한 동기에도 대다수 영국인은 왕실 행사를 즐길 만큼 열성적으로 기분을 내지 않는다. 예를 들면 2011년 영국 왕실 행사에 미국인이 훨씬 더 열광했다는 조사가 있다. 언론의 난리에도 대다수 영국인은 차분했다. 약 3분의 2에 달하는 영국인은 왕실 결혼에 '상관도 안 하거나' 혹은 '별로 특별한 느낌을 못 받았다'고 말했다. 단지 10퍼센트만이 '크게 흥분했을 수도 있다'고 인정했다. '했을 수도 있다'고 하는 이유는 익명 조사에서도 응답자들의 '사회적 바

를 멀리하는 사람도 생겨났다). 아직도 영국 국기는 극단주의자들의 전유물이라는 인식이 있어 피하려는 사람이 많다.

34 적지 않은 영국인들이 아주 큰 스포츠 행사에는 흥분(심지어는 눈에 띄게 애국심을 표출)한다. 이에 대한 것은 나중에 '놀이의 규칙'에서 설명하겠다.

람직성 편향Social Desirability Bias’을 조심해야 하기 때문이다. 누가 어떤 답을 했는지 알 수 없는 익명 조사에서도 사람들은 사회가 원하는 방향으로 응답하는 경향이 있어 나타나는 표준적인 결함을 말한다(쉽게 말해 거짓말을 한다). 그러나 ‘사회가 원하는 방향으로 응답’한다는 사실 자체가 놀랍다. 이는 많은 사람이 흥분하지 않았다고 말하고, 또 흥분했다는 사실을 인정할 수 없음에도 왕실 행사 등에 흥분을 금하는 사회적 기준이 영국인에게 상당히 큰 영향을 미친다는 것을 말해준다.

왕실 행사에 쉽게 흥분(평범한 수준이든 아니든)하지 않는다 해서 그들이 극렬한 반왕실주의자라는 말도 아니다. 영국인은 그냥 무엇에도 극렬하거나 열렬한 반응을 보이지 않는 경향이 있다. 사실 대다수는 뜨뜻미지근하게 왕실을 지지한다. “당신은 영국이 공화정이 되는 것을 지지합니까?”라는 질문에는 대다수가 왕정을 지지한다고 답한다. 지난 이십 몇 년간 왕정 지지(왕정 폐지론에 굳이 나서서 동조하지 않는 정도의 지지) 비율은 75퍼센트를 맴돌았다. 평균 17.5퍼센트 남짓의 대중만 공화정을 지지했고, 약 9퍼센트는 모르겠다고 했다.

작은 경고 신호가 나오긴 한다. 왕실에 압도당하거나 미지근하거나 무심하지 않을 경우, 영국인들은 여왕이나 왕실을 습관적으로 마구 비판하거나 불평을 늘어놓는다. 만일 당신이 영국인이 아니라면, 왕실에 대한 비판이나 불평에 끼어들고 싶은 충동이 밀려오더라도 그러지 마시라. 기억하라! 영국인들은 무엇이든 가리지 않고, 심지어는 자신들이 너무나 자랑스러워하고 홀랑 빠져 있는 것까지 포함해, 한탄한다는 점을 말이다. 영국 날씨를 두고 끝도 없이 징징거릴 망정 외국인이 영국 날씨를 폄하하는 꼴은 절대 못 본다. 어떤 사람이 자기 가족을 비난할 때 다른 사람이 함께 비난하면 역으로 화가 나지 않던가. 이와 같은 '가족' 원칙은 우리들의 '아줌마 비브Auntie Beeb[BBC의 속칭]'에도 해당된다. 이 별명에는 BBC를 향한 영국인들의 찡얼거림과 함께 전통적인 애정과 존경이 깃들어 있다. 심지어 BBC를 '도도한 중류층'이라 부르며 욕하고 매년 시청료를 내는 데 불평하는 사람들마저도 애증을 품고 있다. 왕실에 대한 태도역시 전형적인 영국인의 모순된 태도와 궤를 같이한다. 냉소와 한탄을 늘어놓고 징징거리지만 또 한편 사랑하고 자랑스러워해서 외국인이 감히 모욕하면 크게 분개한다.

많은 조사에 의하면 BBC는 왕실과 비슷한 수준으로 지지를 받는다. 우리들 중 약 75퍼센트가 왕실을 지지하고 약 70퍼센트가 BBC를 긍정적으로 본다. 내 조사의 응답자들은 전통적으로 그래왔듯이 BBC와 왕실을 사랑하고 존경하며, 오래되고 친숙한 제도가 주는 편안함이 필요하다고 말했다. 약 80퍼센트의 응답자들이 애국적 자부심을 가지고 있음을 인정했다.

유머 감각, 중용의 자세, 우울하고 비관적인 한탄을 늘어놓는 성향으로 인해 영국인은 조국과 제도에 표현하고 싶은 애정을 억누르게 되는 듯하다. 하지만 우리는 즐거우면서도 조심스럽게, 또 투덜거리면서 이런 사랑을 표현한다. 익명 조사에 응답할 때만이라도.

나는 일반적으로 관찰자 참여 방식이나 정성 조사定性調査 방식을 좋아한다. 조사한 자료를 어느 정도는 회의적으로 조심해서 다룬다. 하지만 모든 양적 조사를 거부하는 민족지학적 순수주의자들은 반드시 알아야 할 것이 있다. 어떤 사람들은 부끄럽고 아주 개인적인 사항은 익명이 보장된 안전한 조사에서만 말하며, 영국인의 경우 "예, 맞아요! 나는 내가 영국인임이 자랑스럽습니다"라는 말도 여기에 포함된다는 사실이다.

"됐거든!" 규칙

앞에서 영국인들이 외국 정치인과 유명인사가 보여주는 감상적인 거드름을 조롱한다고 말했다. 진지함을 거부하고 특히 자만을 금하는 경향 때문에 우리 정치인과 저명인사들은 언행에 상당히 조심해야 한다. 아주 예리한 영국 대중들은 이 규칙을 국내에서 어기는 경우 절대 봐주지 않는다. 아주 작은 실수, 즉 연사가 조금이라도 강도를 넘거나 진실함과 진지함의 경계를 넘어서면 바로 소리친다. "어이! 그만 됐거든! Oh, come off it!" 이렇게 야유를 쏟아내면서 꼬집거나, 비슷한 언급을 하면서 모욕적이고 경멸스러운 웃음을 쏟아낸다.

우리는 일상 대화에서도 대중 앞에 서 있는 정치인처럼 서로에게 아주 엄격하다. 만일 나라마다 대표 구호가 있다면 나는 "어이! 그만 됐거든!"을 영국 대표로 강력 추천하겠다(비록 나중에 나올 "항상 그렇지, 뭐! Typical!"만큼 강하게는 아니지만). 팩스먼은 "나는 내 권리를 안다"를 구호로 여기지는 않았지만 그래도 자주 사용했으며 그런 문구로는 유일하게 이를 영국인다움 리스트에 포함했다. 나는 팩스먼의 말을 이해한다. 동시에 "나는 내 권리를 안다"는 완강한 개인주의와 강력한 정의감을 멋지게 요약했다고 생각한다. 하지만 이러한 구호와 태도는 미국에서도 인기가 있어서 영국만의 특성이라고 할 수 있는지 잘 모르겠다. 그래도 오불관언吾不關焉적 냉소주의가 물씬한 "됐거든!"이 도전적인 행동주의 선언 "내 권리를 안다"보다 진정 영국 정신을 대표한다고 본다. 이런 이유로 미루어 누군가 얘기했듯이 영국인은 혁명 대신에 야유를 가졌다. 비록 자주 인용되는 이 말이 아무 의미 없이 기만하는 언사로 보일 수도 있다. 이 말은 우리를(장난스럽지만 폭동보다는 농담을 더 좋아하는 악의 없는 문화를 일군 우리를) 너무 멋있어 보이게 한다. 그래서 총과 폭탄을 들고 길거리로 뛰쳐나가기보다는 차라리 집에 앉아 조롱이나 일삼는 것처럼 보인다. 당신이 영국인의 무자비하고 신랄한 야유에 익숙하다면 이 구절이 사실 별 뜻이 없음을 알 것이다. 영국인에게 조롱은 무기 대신 사용하는 무엇이 아니라 치명적인 무기 자체이며 인기 없는 지도자를 쫓아내는 데 폭력 저항보다 더 효과적인 수단이다.

우리가 지금 누리는 권리와 자유를 지키기 위해 목숨까지 걸었던 용감한 시민들이 있었다. 그러나 보통 시민인 우리는 이를 거저 얻은 열매처럼 생각한다. 혹은 이것을 지키기 위해 땀과 정열을 쏟는 사람들을 옆에서 도와주거나 최소한 가만히 있지는 못할망정 중상모략이나 하고 성가시게 굴며 투덜거리고 조롱한다. 많은 사람이 투표도 안 하고, 여론조사원이나 전문가 들은 낯부끄러울 정도로 낮은 투표율이 냉소주의 때문인지 무관심 때문인지를 두고 갑론을박한다. 사실은 둘 다일 가능성도 상당히 높다. 투표를 한 대다수의 사람들도 사실은 상당히 회의적인 생각을 품었을 것이다. 그들은 이 당이나 저 당이 정말로 더 좋은 세상을 만들어주리라는 뜨거운 믿음을 품고 눈을 반짝이며 투표한 게 아니고, 그냥 '덜 나쁜 놈' 혹은 '덜 사악한 악마'를 골랐을 뿐이다. 사람들은 이런 주장에도 인습적인 "어이! 됐거든!" 식으로 나올 게 뻔하다.

젊은이들, 그리고 언어의 변화와 유행에 민감한 사람들의 최근 반응은 "어이! 됐거든!"보다는 비꼬는 말투의 "예~ 예, 그래 맞아! Yeah, right!"이거나, 또 다른 냉소적인 표현인 "잘난 척 그만해Get over yourself"일 수 있다. 그래도 같은 원리가 작용한 사례다. 그와 비슷한 경우로 진지하지 않기의 중요성 규칙을 깬 사람들에게 요즘은 유서 깊은 "잘났어, 정말full of themselves"보다는 "너나 잘하세요up themselves"를 더 많이 쓴다. 당신이 이 책을 읽을 때쯤이면 아마 다른 표현으로 바뀌었을지도 모른다. 그러나 밑바닥에 있는 기본 규칙과 뿌리 깊은 가치는 변하지 않고 그대로일 것이다.

아이러니 규칙

영국인은 보통 애국심 자랑에 잘 넘어가지 않는다. 특히 이 두 가지, 애국심과 자랑을 꼴사나운 것으로 취급한다. 그러니 이 둘을 합친 거라면 더더욱 밥맛없어 할 터다. 하지만 이 규칙에는 아주 중요한 예외가 있다. 우리 모두가 유머,[35] 특히 아이러니를 아주 능숙하게 구사하는 데 애국심 비슷한 자부심을 느낀다는 것이다. 영국인은 아이러니를 귀중하게 여기지 않고 이해하지도 못하는, 아주 꽉 막힌 나라 사람들보다 특히 훌륭하고 미묘하며 세련된 유머 감각을 갖고 있다고 믿는다. 내가 인터뷰한 거의 모든 영국인은 이렇게 믿었고 놀랍게도 외국인들 역시 이에 동의했다.

우리는 자신을 비롯하여 다른 나라 사람들도 우리의 아이러니 감각이 특별하다는 사실을 수긍하도록 설득했다고 믿는다. 비록 사실이 그럴지는 몰라도 이미 앞에서 암시했듯이 나 자신은 이를 확신하지 않는다. 유머란 보편적인 것이고 아이러니는 유머의 중요한 요소이다. 어떤 문화도 이 아이러니를 두고 독점을 선언할 수는 없다. 아이러니에 대한 논점도 정도 문제다. 다시 말하면 양이 문제지 결코 질이 문제가 아니다. 영국인의 유머가 왜 특별한가라고 묻는다면 이렇게 답하겠다. 영국인의 유머에는 아이러니가 가득하고 우리는 그것을 무엇보다 중요시하기 때문이다. 아이러니는 영국인의 유머에 독보적인 요소이지 조미료가 아니다. 아이러니가 유머를 지배한다. 영국인다움의 사소한 것까지 예리하게 관찰한 사람에 의하면

---

35 애국심에 관한 최근 내 조사에서 유머 감각에 대한 영국인의 자부심은 외국인들이 부러워하는 영국의 특성─공정성, 예의와 관용에 관한 우리의 명성─에 대한 자부심보다 훨씬 더 크게 나타난다. 영국인은 유머 규칙을 제외한 이런 특성에 대해서는 가치를 인정하고 자부심을 갖는다.

"영국인은 아이러니 안에서 잉태되었다. 우리는 어머니 자궁 속의 양수라 할 수 있는 아이러니에 떠 다녔다. 영국인의 경우 농담인가 싶을 때도 실제 농담이 아니고, 관심이 있는 듯해도 사실은 관심이 없고 심각한 듯해도 정말 심각하진 않다".[36]

외국인들은 영국인의 이러한 면에서 즐거움보다는 좌절감을 느꼈다고 토로했다. 미국인 방문객은 "영국인의 문제는 그들이 언제 농담을 하는지 언제 심각한지를 도저히 알 수 없다는 데 있다"라고 불평을 늘어놓았다. 그는 네덜란드 여성 동료와 함께 여행하는 사업가였다. 네덜란드 여성도 한참 눈살을 찌푸리며 생각하더니만 주저하면서 "내 생각에는 그들은 맨날 농담을 하는 것 같아요. 그렇지요?"라고 나름의 결론을 내려버렸다.

그녀의 말에도 분명 일리는 있다. 나는 두 사람에게 미안했다. 나는 외국인 방문객을 인터뷰하는 동안 영국인의 아이러니에 대한 집착은 관광이나 휴가차 여기 오는 사람보다 사업상 방문하는 사람들에게 더 큰 어려움을 안긴다는 사실을 알아챘다. 작가 프리스틀리J. B. Priestly가 관찰한 바에 의하면 "우리 영국인은 유머가 선호되는 기후에 살고 있다. 자주 안개가 끼고, 화창한 날은 드물기 때문"이다. 그래서 프리스틀리는 영국인의 유머 요소 목록 맨 위에 "아이러니를 구사하고 싶은 기분"을 올렸다. 유머를 좋아하는 이런 분위기는 휴가 온 사람에게나 좋지, 내 불운한 제보자가 위에서 얘기했듯이 수십만 달러가 걸린 협상을 하러 온 사업가에게는—안개가 낀 것처럼 흐릿하고 비꼬는 분위기는—아주 불편한 장애물일 뿐이다.[37]

---

36 극작가 앨런 베넷Alan Bennett의 말. 정확하게 얘기하면 그의 작품 『오래된 나라 The Old Country』의 극중 인물이 한 말.

37 사업상의 문화 충돌에서 아이러니의 역할은 '일의 규칙'에서 자세히 다루겠다.

이러한 분위기에 익숙해지려고 노력하는 사람이 기억해야 할 가장 중요한 규칙이 있다. 아이러니는 풍토병 같은 거라 매일 대화에서 끊임없이, 본능적으로 나타난다는 점이다. 영국인이라고 항상 농담을 하는 것은 아니지만, 우리는 언제라도 유머를 나눌 준비가 되어 있다. 항상 에둘러 얘기하진 않지만 아이러니의 가능성에는 대비하고 있다고 볼 수 있다. 어떤 사람에게 아주 솔직한 대답을 기대하는 질문을 했을 때도(예를 들면 "애들은 잘 있습니까?"), 솔직한 대답을 들을 가능성("아! 예, 잘 있습니다. 감사합니다")과 동시에 빈정거리는 대답("아! 예, 그놈들 아주 잘 있습니다. 매력적이고, 집안일도 잘 돕고, 깨끗하고, 공부도 잘하고")과 비비 꼬는 대답을 들을 가능성이 있어서 이에 대비해야 한다. "아! 거 왜 있잖아. 우리도 그 시절에 다 해본 짓들. 그렇지 않아요?"라는 식의 대답 말이다.

낮추어 말하기 규칙

나는 이 대목을 아이러니의 항목 아래 두려 한다. 명확히 구별되는 유머라기보다 일종의 아이러니기 때문이다. 이것은 가장 영국적인 아이러니의 하나다. 이 겸손하게 말하기 규칙은 진지하지 않기 규칙, 우리의 사회적 상호작용을 지배하는 "됐거든!" 규칙, 모든 일에 삼가고 겸손해야 하는 규칙과 가까운 사촌이다. 낮추어 말하기는 영국인만의 규칙은 아니다. 그러나 영국인 특유의 관습으로 보이는 까닭은 그걸 잘해서라기보다 다른 나라 사람들보다 많이 사용하기 때문이다. 조지 마이크에 의하면 낮추어 말하기는 "절대 영국인 특유의 유머가 아니다. 삶의 방식이다". 다시 말하지만 영국인이 겸손하게 말하는 걸로 유명해진 이유는 우리가 이를 고안해냈거나 남들보다 더 잘해서가 아니다. 누구보다 자주 그렇게 말하기 때문이다(물론 우리가 남들보다 조금은 더 잘할 수도 있다. 그들보다 더 연습이 잘되어 있을 수도 있으니).

　우리가 자주 낮추어 말해야 하는 이유를 찾기란 그리 어렵지 않다. 진지하기, 함부로 말하기, 과장된 행동, 자기자랑에 대한 엄격한 금지가 끊임없이 겸손한 언행을 요구하기 때문이다. 엄숙함, 꼴사나운 감정의 표현이나 지나친 열의 등을 내보이는 위험을 감수하느니, 차라리 건조하고 무표정하며 위선적인 무관심을 내보이는 편이 낫다. 낮추어 말하기 규칙에 따르자면 사람을 쇠약하게 하는 고통스러운 지병은 '조금 불편한a bit of a nuisance' 정도로 표현해야 한다. 정말로 소름 끼치는 경험은 '내가 정말 원한 게 아닌well, not exactly what I would have chosen', 정말 숨이 멎을 정도의 아름다움을 앞에 두고는 '꽤 아름다운quite pretty', 아주 뛰어난 공연이나 업적을 봤을 때는 '나쁘지 않네not bad', 끔찍한 잔인함은 '그렇게 우호적이지 않은not very friendly', 도저히 용서할 수 없는 바보 같은 결정을 두고 '별로 똑똑하지 않은not very clever', 남극의 기후는 '조금 쌀쌀한rather chilly', 사하라 사막은 '내 취향에는 조금 따뜻한a bit too warm for my taste', 비교할 수 없을 정도로 훌륭한 물건이나 공연 혹은 최고의 찬사를 받아야 할 사람을 보고는 그냥 '좋군nice', 혹은 그보다 더 열렬한 찬사를 표하고 싶으면 그냥 '아주 좋군very nice', 뭐 이 정도로 끝내는 게 고작이다.

　더 말할 나위 없이, 영국인의 낮추어 말하기 때문에 외국인 방문객들은 아주 당황할 뿐 아니라 격한 분노를 터뜨린다(우리 영국인들 방식으로 '조금 헷갈리는a bit confusing'). "도저히 이해할 수가 없다"라고 한 제보자는 화가 나서 말했다. "그렇게 우스우면 왜 그냥 웃어버리지 않아요? 아니면 최소한 미소라도 짓든지? 아니면 뭐 비슷한 거라도 하든지… 어떻게 '그렇게 나쁘지 않네요not bad'가 '기가 막히게 좋다absolutely brilliant'라는 뜻인지, 아니면 진짜 '그냥 괜찮네요OK'를 뜻하는지를 어떻게 구별하겠어요? 당신들끼리 통하는 비밀스러운 몸짓이라도 있나요? 왜 당신들은 정말 뜻하는 바를 바로 얘기하지 않나요?"

이것이 영국인 유머의 문제점이다. 이런 것들, 특히 낮추어 말하기는 전혀 우습지 않다. 또는 우리 식으로 말하면, 적어도 분명히 우습지 않거나 폭소를 터뜨릴 정도로 우습지 않거니와 다른 문화권의 경우와 비교해보고 열린 마음으로 보아도 전혀 우습지 않다. 심지어는 이를 잘 이해하는 영국인에게도 전혀 우습지 않다. 최대한 양보해서 아주 시의적절한 낮추어 말하기 정도나 겨우 실소를 머금게 할 뿐이다. 요점은 낮추어 말하기다. 이것은 웃긴다. 하지만 절제된 방식으로 웃긴다. 이것은 분명 유머다. 그러나 아주 절제되고 정제되고 미묘한 유머다.

영국인의 낮추어 말하기를 좋게 봐주고 재미있어 하는 외국인도 몸소 낮추어 말하기를 할 때는 상당한 어려움을 겪는다고 한다. 내 아버지는 영국인을 아주 우호적으로 대하려 노력하는 이탈리아 친구의 얘기를 한다. 이 사람은 할 수 있는 한 영국인이 되는 데 목숨을 걸 정도인데, 영국인 수준의 영어를 구사하고 영국식 옷을 입고 심지어 괴상한 영국 음식에 입맛을 맞출 정도다. 그런데도 영국인의 낮추어 말하기에는 두 손을 들고 비법을 가르쳐달라고 간청했다. 한 번은 동네 식당에서 끔찍한 음식을 먹은 경험을 열을 내서 상당히 오래 설명했다. 음식은 도저히 사람이 먹을 수 없을 지경이었고, 실내는 숨이 막힐 정도로 지저분했으며, 종업원은 불친절하기 짝이 없었단다. 그의 장광설에 아버지가 "아! 당신은 그 식당을 추천하지 않겠다는 말이지요?"라고 하자 예의 이탈리아인은 "자! 보세요!"라고 고함을 질렀다고 한다. "어떻게 당신은 그럴 수 있나요? 그렇게 해야 하는지를 어떻게 아나요? 어떻게 때맞추어 그런 말이 나오나요?" 그러자 아버지는 사과하는 투로 "글쎄요. 뭐라고 설명할 수가 없습니다. 우린 그냥 그렇게 합니다. 자연스럽게 나옵니다"라고 말했다.

　이것이 바로 낮추어 말하기의 또 하나의 문제점이다. 분명 이것은 규칙이다. 심지어 영어의 기본이라는 옥스퍼드 영어사전에도 나올 법한 '정상적이고 일반적인 것the normal or usual state of things'이다. 의식적으로 지키는 게 아니라 머릿속에 심어져 있는 반응이다. 우리는 누구에게도 이 규칙을 배운 바 없다. 그냥 우리 정신에 스며들어 있을 뿐이다. 우리 문화 속에 영국인 정신의 하나로 배어 있기 때문에 자연스레 나오는 반응이다.

　외국인이 이 낮추어 말하기를 이해하거나 직접 행하기 어려운 이유가 있다. 우리 영국인들끼리만 통하는, 우리 자신의 유머 불문율을 조롱하는 농담이기 때문이다. 우리는 아주 끔찍하고 엄청나게 고통스러운 경험을 묘사하면서 '별로 유쾌하지 않은not very pleasant'이라고 표현한다. 이는 우리가 너무 진지하지 않기 규칙과 아이러니 규칙을 동시에 인정하고 따른다는 뜻이다. 또 우리가 봐도 심할 정도로 우스꽝스럽고 철저히 규칙을 지키는 우리 자신을 놀리는 행위이기도 하다. 다시 말해 정말 불필요하게, 심하게, 과장되게 자제하는 우리 자신을 조용히 비웃는 것이다. 자신을 가지고 노는 거랄까. 이 모든 낮추어 말하기는 영국인다움에 대한 작고 은밀한 농담이다.

자기 비하 규칙

앞에서 언급한, 낮추어 말하기처럼 우리의 자기 비하는 아이러니의 하나로 여겨진다. 진짜 겸손이 아니고, 진짜 말하려 하는 바와는 반대되는 의미가 있다. 혹은 우리가 타인에게 이해시키려 하는 바를 반대로 말하는 것이다.

　이 책에서 영국인의 겸손은 계속 다룰 항목이므로 어떠한 오해도 바로 해소하고 넘어가야겠다. 여기서 겸손이란, 영국인이 다른

나라 사람들보다 천성적으로 더 겸손하여 앞에 나서지 않는다는 뜻
이 아니다. 우리에겐 "겸손을 밖으로 내보이기"를 요구하는 엄격한
규칙이 있을 뿐이다. 이는 자기 자랑이나 잘난 척 금지를 요구하는
'소극적 규칙negative rule'과, 끊임없는 자기 비하와 자기 조롱을 강요
하는 '적극적 규칙positive rule' 모두를 포함한다. 이처럼 수많은 규칙
이 있다는 사실 자체가 영국인은 결코 태생적으로나 천성적으로 겸
손하지 않음을 의미한다. 좋게 얘기하면 겸손을 갈망하기 때문에 중
요시한다고 할 수 있다. 실제로 우리의 겸손은 액면 그대로 받아들
이면 안 된다. 아주 가엾게 봐줘서 속이 뒤틀려 빈정거리는 행동인
것이다.

　여기에 바로 유머가 숨어 있다. 우리는 무릎을 치게 만드는 기막
히게 우스꽝스러운 얘기를 하려는 것이 아니다. 영국인의 자기 비하
유머의 본질은, 낮추어 말하기와 마찬가지로, 영국인마저도 알아챌
수 없을 만큼 (또는 영국인의 겸손 규칙에 익숙지 않은 사람은 도저히 이
해하지 못할 정도로) 겸양을 보이는 데 있다.

　좀 심한 예를 들겠다. 내 남편은 뇌 전문 외과의사다. 우리가 처
음 만났을 때 무슨 이유로 이 직업을 택했느냐고 물었다. 그가 대답
하기를 "음! 보자! 사실 난 원래 옥스퍼드에서 PPE[철학philosophy, 정
치학politic, 경제학economy 혼합 전공으로 가장 인기 있고 경쟁이 심하다]를 전
공했는데, 내 능력으로는 도저히 계속할 수가 없어서 좀 쉬운 쪽을
찾다 보니 이렇게 됐지!" 나는 웃으면서 ─그가 기대했듯이 ─뇌 분
야가 절대 PPE보다 쉬운 게 아니라고 주장하면서 논쟁을 벌였다. 남
편은 다시금 자기 비하 기회를 얻었다. "오! 아니야! 이건 정말 그런
평가를 받을 정도로 똑똑해야 되는 것이 아니야! 솔직히 말해 되는
대로 하면 된다고." 물론 나중에야 알았지만 그의 실력은 옥스퍼드
의 요구 수준을 훨씬 초과해 장학생으로 입학해서 우등으로 졸업했

을 정도였다. "난 정말 지독하고 조그마한 공부벌레였을 뿐이야"라고 남편은 변명하듯 말했다.

그는 정말 겸손했는가? 아니다. 그렇다고 남편의 유머러스한 자기 비하가 순전히 의도적이고 계산된 '거짓' 겸손이라고 할 수도 없다. 그는 단순히 규칙에 따라 행동했을 뿐이고, 우리들의 전통에 따라 성공과 명성에 쑥스러움을 느껴 자기 모욕조의 농담으로 얼버무리는 중이었을 뿐이다. 결국 이것이 요점이다. 겸손한 자기 조롱이 대단하게 여겨져야 할 이유는 전혀 없다. 그는 영국인이기 때문이다. 우린 언제나 자기도 모르는 사이 이렇게 한다. 별로 내세울 것 없는 사람들도 소박한 성취나 신분일지라도 내세우지 않으려고 그렇게 한다. 나는 그런 면에서는 참 행운아다. 사람들은 문화인류학자가 뭐하는 사람인지 모르고, 안다 해도 과학자 중에서는 가장 수준이 낮은 직업에 종사한다고 여기기 때문이다. 그래서 내 직업 얘기를 할 때 뻐긴다는 말을 들을 위험이 전혀 없다. 혹시라도 지적인 일이 아니냔 소리를 들으면, 전혀 모르는 사람들에겐 문화인류학이란 '그냥 참견꾼들을 일컫는 좀 거창한 단어'라고 둘러대고, 뭘 좀 아는 학계 사람들에겐 '그냥 통속 문화인류학자'여서 별로 대단하지 않을 뿐더러 본격 인류학을 하는 것도 아니라고 해버린다.

우리들 사이에서는 이 시스템은 완벽하게 기능한다. 모두들 자기 비하는 거의 반대 의미임을 알고 있기 때문이다. 그래도 사람들은 말하는 사람의 성공과, 이를 자랑하지 않으려는 겸손 두 가지에 좋은 인상을 받는다(그래서 내 일은 슬프게도 스스로 고백한 바와 거의 비슷한데도 사람들은 규칙에 따라 예의 바보 같은 짓보다는 조금 더 멋진 일일 거라고 짐작해버린다). 문제는 영국인이 우리의 자기 비하 문화를 모르는 외부인과 이 아이러니 게임을 할 때 생긴다. 외국인은 이 규칙을 모르고 불행히도 우리의 자기 비하를 액면 그대로 받아들인다. 우리가 통상의 겸손 법칙에 따라 법석을 떨면, 이를 전혀 알 리 없는 외국인은 그저 눈에 보이는 낮은 성취를 그냥 수긍해버리고 만다. 당연히 좋은 인상을 못 받는다. 이럴 때 우리가 돌아서는 그들을 붙들고 "아니야! 잠깐 기다려! 지금 그렇게 가면 안 돼. 당신은 우리가 유머러스하게 자신을 비하했음을 다 알고 있다는 미소를 지어야 해. 우리가 한 말을 하나도 믿지 말고 그러는 우리의 겸손과 능력을 높게 평가해야 해!"라고 강요할 수는 없는 노릇이다. 그들은 영국인의 자기 비하를 들으면 사전에 정해진 반응을 보여야 예의인 줄을 모른다. 우리가 뒤죽박죽이고 복잡한 허세 게임을 하는 줄 모르고 있다. 그들은 악의 없이 우리 게임을 망쳤고 상황은 아주 엉망이 되어버렸다. 솔직히 말해 우리가 바보같이 처신한 대가인지라 할 말이 없긴 하지만.

당신은 영국인이 일상에서 내보이는 유머러스한 자기 비하의 중요성이 과장되었다고 생각할 수 있다. 내가 미국인과 영국인의 문화 차이를 과장한다고 여긴다면, 미국 신문《뉴욕 리뷰 오브 북스 *The New York Review of Books*》와《런던 리뷰 오브 북스 *London Review of Books*》에 난 동일한 개인 광고[신문에 나는 연인 모집, 구혼 광고를 말한다]를 한번 비교해보라. 이는 평균 연령, 사회경제 계층, 교육 수준, 직업적 성과와 같은 인구통계학적 측면에서 동일한 사람들이라 완벽한 자연 실험이 될 것이다.《뉴욕 리뷰 오브 북스》에 실린 개인 광고는 하나같이 자신을 신체, 지식, 직업을 비롯한 사회적·도덕적 측면에서 전혀 흠이 없는 완벽한 표본이라고 진지하게 선전한다. '날씬하고 섹시한 교수이자 시인'은 내가 최근호에서 무작위로 뽑아낸 광고 제목이다. 그 옆에는 '활력 있고 날씬하며 긍정적인 삶을 사는 여인' '정말로 아름다운' '세련되고 아름다운' '기가 막힌 백만 와트의 미소' 등이 있다. 이보다 더 숨 막히는 '충격적이고, 재치 있고, 따뜻하고, 군살이 없고, 세련되고 예쁘다'도 있다. 남자는 '미남이고 젊음이 넘치며 지적이고' '아주 미남이고 품위 있다' '미남이고 재능이 많다' '키 크고, 놀랄 만큼 신사적…' 등등.

그 사람들은 모두 자신의 재치와 유머 감각, 겸손함을 자랑한다. 내가 본 전형적인 광고에는 한 여성이 자신을 '겸손하고, 날씬하고, 운동을 즐기고, 즐겁고, 재미있고, 아주 편하고, 관대하고, 모험심과 호기심 많고, 성공한 사진작가이며 CEO이며 열정적인 도보여행자. 여유롭고 동시에 대화하기 편하며, 국제적인 감각이 있고 세련되었다'라고 소개했다. 그녀는 '경쾌하며 고상하고' '선뜻 미소 짓고' '장난기가 가득한 재치'가 있으며 '절대 콧대가 높지 않다'고 했다. 다른 여성은 자신의 광고 제목에서 주장하기를 '열정적이고, 세련되고, 언제나 흥미로운' 또 '날씬하고 섹시한 몸매, 푸르고 푸른 눈, 깊이 있고, 지적이며 교양 있음', 거기에 '비영리재단 상임이사, 작가, 교육가, 또한 재능이 있는 신인 카바레 가수'이며 동시에 '잘생기고 흥미롭고 건강하며, 독립적이고 진보적인 사고의 소유자, 모든 면에서 평등과 공정성을 중요시'한다. 무엇보다 '모든 것에 지적이고 유머로 대하는, 정말로 짓궂고, 장난기 많으며' 믿을 수 없게도 '아이러니의 감각'도 있단다.

《뉴욕 리뷰 오브 북스》의 구혼자가 주장하는 '짓궂은 재치', '유머와 아이러니'는 신세가 비슷한 런던 동료의 개인 광고에 의해 엄격히 검증받게 될 수 있다. 뉴욕 구혼자와 인구통계학적 요소가 거의 동일한 영국 구혼자가 일생의 동반자를 유혹하려고 낸 광고에서 자신을 어떻게 소개하는지 한번 보라. '47세, 비만, 변덕이 심하고 문란한 년' '호전적이고 비용이 많이 드는' '한번 붙으면 절대 떨어지지 않고, 너무 감정적이고 사회성이 전혀 없는' '편집증이 있고, 질투 많고 섬뜩한' '연쇄 이혼자' '천박한' '강박관념이 있고' '폐경기의' '과식증'이 있는 '필사적인' 여인. 남자들은 모두 '대머리, 키 작고, 뚱뚱하고, 추하고' '특별할 것 없는 턱수염 난 물리학자' '외롭고, 필사적이고, 감정적으로 바닥을 드러낸' '흐리멍덩하고, 구슬프고, 우울한' '어머니나 좋아할 관상인 불길한 인상의 남자' '정자 수가 적은 남자가 임신에 별로 관심이 없는 여자를 찾습니다'.

런던 구혼자들이 내거는 자랑스러운 직업상의 성과와 엄선한 취미를 한번 보자. '간호 보조사, 주말 볼링선수' '이혼후유증으로 인한 과식 환자이며 성 치료사' '취미는 우는 것과 남자를 저주하는 일'. 장래의 데이트 상대와 애인에게 자신의 매력을 어필하는 달콤한 문구는 다음과 같다. '내가 예쁘다고 말해주세요. 그러고는 내가 매달리는 것을 보세요.'

우연인지 몰라도 런던 구혼자 가운데 자신이 겸손하다고 말하는 사람은 아무도 없다. 자신이 짓궂은 재치와 장난기 가득한 유머로 철철 넘친다고 주장하는 이는 아무도 없으며 아이러니의 감각이 있다고 하지도 않는다.

유머와 코미디

유머와 코미디의 개념은 자주 혼동을 일으킨다. 지금 우리의 화제는 영국인의 유머 규칙이지 코미디가 아니다. 이 사실을 반드시 지적하고자 한다. 나는 대화할 때의 유머를 얘기하고 있으며 코믹 소설, 연극, 영화, 시, 삽화, 만화 그리고 스탠드업 코미디 등은 논점에서 벗어난다. 이런 유머를 얘기하려면 아예 책 한 권을 써야 하는데, 나보다 더 자격이 있는 사람이 할 일이다.

그렇긴 해도 또 이 주제에 대해 어떤 전문성이 있는 것은 아니지

대화 규칙

129

유머 규칙

만, 내가 보기에 영국 코미디는 여기서 논하는 일상 유머의 본성과, 다른 장에서 규정한 영국인다움의 규칙에 분명 영향을 받고 있다. 예를 들면 창피함에 관한 것이다(영국의 코미디는 거의 다 창피함을 다룬다). 영국 코미디는 물론 영국 유머의 규칙을 따르기에 이 규칙을 퍼뜨리고 강화하는 역할을 한다. 영국 최고의 코미디는 거의 우리 자신을 놀리는 것이다.

영국 코미디의 작가, 예술가, 연기자는 우리를 웃기기 위해 피나는 노력을 기울여야 한다. 영국인의 의식은 유머로 이루어져 있어서 유머를 구사해야 하는 시간과 장소가 따로 정해져 있지 않기 때문이다. 그들은 우리가 항상 주고받는 말 속에 배인 유머보다 더 뛰어나고 깊이 있는 것을 만들어내야 한다. 영국인이 유머 감각이 뛰어나긴 하나 영국인을 쉽게 웃길 수는 없다. 차라리 그 반대라 해야 한다. 예리하고 섬세하여 세련된 유머 감각과 아이러니에 익숙한 우리는 어느 나라 사람들보다 더 웃기기 힘들지 모른다. 그래서 더 좋은 코미디가 만들어졌는지 어떤지는 또 다른 문제다. 덕분에 좋든 나쁘든, 혹은 시시하든 쓸 만하든, 엄청나게 많은 코미디가 생산되었다. 만일 영국인을 웃기지 못했을 경우, 재능 있는 코미디 작가 입장에서 말하자면 절대 노력 부족 때문이 아니다. 그만큼 영국인의 입맛이 까다롭다는 얘기다.

내가 이렇게 얘기하는 까닭은, 문화인류학이란 솔직히 말해 스탠드업 코미디언이 하는 일과 별 다를 바 없어서 그들에게 진심 어린 동정심을 품고 있기 때문이다. 그들은 항상 "여러분, 사람들이 늘 이렇게 하잖아요?"라고 하면서 코미디를 시작하는데, 이것이 스탠드업 코미디의 기본이다. 최고의 코미디는 항상 이렇게 시작하여 사람들의 행동과 사교 활동의 이모저모를 예리하고 함축적이며 명쾌한 논평을 곁들여 풀어낸다. 사회과학자인 우리도 이 수준으로 일을 하려고 최선을 다한다. 그러나 우리와 이들은 다른 점이 있으니, 이 스탠드업 코미디언은 항상 제대로 해야 한다. 만일 이들이 현실을 제대로 반영하지 못하거나 코드를 제대로 못 맞추어 청중들의 웃음을 자아내지 못한다면, 또 이런 일이 계속되면 밥줄이 끊긴다. 그러나 사회과학자인 우리는 정말 쓰레기 같은 말들을 몇 년이나 계속해도 주택 할부금을 갚는 데 큰 문제가 없다. 사회과학자들도 죽도록 노력하면 뛰어난 스탠드업 코미디언 비슷하게 세상을 보는 눈이 생기기도 한다.

유머와 계급

이 책의 다른 장에서는 규칙을 적용하고 관찰하면서 계급에 따른 차이를 꼼꼼히 기술했다. 하지만 이 장에서는 계급을 전혀 언급하지 않았다. 왜냐하면 영국 유머의 주요 원칙 중 하나가 '유머에는 계급이 없다'이기 때문이다. 진지하기 엄금, 아이러니 규칙, 낮추어 말하기, 자기 비하 등은 모두 계급의 장벽을 초월한다. 영국인은 어떤 사회 규칙도 전반적으로 잘 지키지 않지만, 계급을 불문하고 이 유머 규칙만은(잠재의식 같은 거라고 하더라도) 다들 이해하고 인정한다. 어떤 상황에서도 이 규칙을 어기면 즉시 주목 받고 눈총과 함께 비웃음을 사게 마련이다.

비록 영국인의 유머 규칙에는 계급이 없지만, 매일 쏟아지는 영국인의 유머는 보통 계급 문제로 시작해서 계급 문제로 끝난다. 이는 계급에 대한 병적인 집착과 계급에 관한 거라면 뭐든지 유머 대상으로 만드는 버릇 때문으로, 그리 놀랄 일도 아니다. 우리는 언제나 계급과 관련한 버릇, 약점, 신분 상승을 갈망하는 자와 그들의 창피한 실수, 계급제도에 대한 가벼운 아이러니 등을 안주로 삼아 즐 겁게 웃는다.

유머 규칙과 영국인다움

이러한 규칙은 영국인다움에 대해 무엇을 말해주는가. 나는 영국 문화와 대화에서 중요한 역할을 하는 유머에 높은 가치를 부여하는 것이 영국인의 결정적인 특성이라고 말했다. 유머의 특정 형태가 그렇다는 얘기가 아니다. 우리가 영국인의 유머를 얘기할 때는, 유머가 압도적으로 중요하고 어디서든 쓰이며 수준이 높고 자주 사용된다는 것을 모두 언급해야 한다. 우리는 지금 이런 얘기를 하고 있다.

진지하지 않기 규칙을 중시하는 것은 유머 규칙을 얘기하는 방법 중의 하나가 아니다. 이는 심각함과 엄숙함의 미묘한 차이를 얘기하는 것이다. 나는 이러한 차이에 대한 예리한 감수성과 진지함에 대한 불같은 반감이 영국인다운 특성이라고 본다.

진지함에 대한 우리들의 천성적인 반응에는 영국인다움의 본질이 나타난다. "어이! 됐거든!" 규칙에는 영국인 특유의 아무래도 좋다는 식의 냉소주의, 빈정거리는 듯한 초연함, 감상주의에 대한 역겨움, 미사여구에 대한 고집불통 같은 반감, 거만과 오만이라는 팽팽한 풍선을 핀으로 찔러 팡 티뜨리면서 즐거워하는 장난기 등이 묘하게 혼합되어 있다.

우리는 아이러니 규칙과 이것의 부칙 같은 낮추어 말하기, 유머러스한 자기 비하 규칙 등을 살펴보았다. 이러한 유머가 영국인의 전매특허라고 할 수는 없다. 하지만 우리 영국인이 대화할 때는 언제 어디서나 유머를 사용한다. 이로 미루어 유머는 영국인의 두드러진 특성임이 분명하다. 만일 부단한 연습을 통해 걸작을 만드는 거라면, 영국인은 분명 아이러니와 그의 사촌인 유머와 코미디 부문에서 유머에 덜 강박적인 문화권 사람들보다 뛰어나며 가히 일가를 이루었음에 틀림없다. 승리의 나팔을 불거나 애국심을 들먹이지 않더라도, 거의 예술에 이른 아이러니, 낮추어 말하기, 자기 조롱 등의 기술은 절대 나쁘지 않은 듯하다.

계급 언어 코드

영국인의 대화 규칙을 말하려고 한다면 계급 얘기를 안 할 수 없다. 모든 영국인은 입을 열자마자 자신의 계급을 실토하고 만다. 다른 나라에서도 이 정도는 가능한 일이지만, 그래도 이 문제에 관한 한 영국인의 경구가 가장 많이 인용된다. 벤 존슨Ben Jonson의 "언어는 한 사람을 보여준다. 말하라, 그러면 내가 그대를 알 수 있다"에서 조지 버나드 쇼의 노골적인 언급, "한 영국인이 입을 열면 다른 영국인은 그를 증오하거나 경멸할 수밖에 없다"에 이르기까지. 최근 들어 계급에 대한 집착이 좀 누그러진 듯도 하다. 그러나 쇼의 관찰은 어느 때보다 지금 상황에 잘 들어맞는 것 같다. 모든 영국인은 자신이 인정하든 안 하든 일종의 사회적인 지피에스GPS를 갖추고 있다. 이 시스템은 누구든지 입을 열자마자 그가 계급 지도의 어디에 위치하는지를 알려준다.

이 위치 계산은 두 가지 중요한 요소를 사용한다. 어휘와 발음인데, 한 사람이 쓰는 단어와 그것을 어떻게 말하느냐에 따라 절로 답이 나온다. 발음이 더욱 믿을 만한 표지이기 때문에 여기서부터 시작해보자(다른 계급의 어휘를 배우기가 상대적으로 쉽기 때문이다).

자음과 모음의 규칙

아마도 가장 의미심장한 계급표시기는 특정 단어의 발음과 연관이 있다. 최상류층은 자기네 발음이 가장 정확하다고 생각한다. 자신들은 상대가 명확히 이해하도록 발음을 정확히 하는데 하류층은 부정확하게 한다고 비난한다. 즉 말을 굼뜨게 해서 발음이 명확지 않고 알아들을 수 없거니와 아예 틀리게 말한다는 것이다. 이 논쟁의 첫째 주제는 뭐니 뭐니 해도 하류층은 자음을 잘 발음하지 못한다는 점이다. 특히 성문폐쇄음[목구멍의 벽과 혀뿌리를 마찰하여 내는 소리]에서 't' 발음을 삼키거나 빠뜨리고, 'h' 발음을 못 한다는 식이다. 이는 냄비가 주전자kettle(당신이 원한다면 Ke'le이라고 불러도 된다) 보고 검다고 욕하는 거나 마찬가지다. 하류층은 자음을 빠뜨리지만, 상류층은 모음을 생략하는 범죄를 저지른다. 당신이 시간을 물으면 하류층은 10시 30분을 "아프 파스트 텐alf past ten"("아 파스 텐ah pass ten"으로 들릴 수도 있다)이라고 하겠지만, 상류층은 분명히 "하프텐hpstn"이라고 한다. 손수건handkerchief을 하류층은 "앵커치프ankercheef"라고 하지만 상류층은 "핸ㅋ치ㅍhnkrchf"이라고 발음할 것이다.

상류층의 모음 생략은 겁나게 스마트할지 모르지만 발음은 휴대전화 자동응답 메시지 같다. 이 모음을 생략한 약식 발음에 익숙하지 않을 경우 자음을 생략한 하류층 발음보다 딱히 이해하기 쉽지도 않다. 이 발음의 장점은 입을 많이 안 벌려도 되고, 말하는 동안 초연하고 무표정한 모습을 유지하면서 윗입술을 거의 움직이지 않아도 된다는 점이다.

상류층, 중상층, 중중층이 모음 중 반을 발음하지 않는다는 말은 최소한 자음은 정확히 발음한다는 애기다. 하류층은 'th' 발음을 'f'(그래서 teeth를 teef, thing을 fing)나 'v'(that은 vat, Worthing은 Worving)로 발음한다. 어미의 g는 k로 발음하니 something은 somefink, nothing은 nufink가 되어버린다. 모음의 발음도 계급 식별에 도움이 많이 되는 표시기이다. 상류층은 오로지 모음만 빠뜨린다. 다른 것은 점잔을 빼며 천천히 길게 발음한다. 예를 들면 상류층의 'o'는 'or'가 되어 'naff off(꺼져)'가 'naff orf'로 발음되고 '플라스틱plastic' 안의 'a'는 'aah'가 되어 '플라아아~스틱plaahstic'처럼 들린다. 상류층의 '아a' 발음은 짧은 '어e'가 되기도 한다. 그래서 'actually액추얼리'는 흡사 'ectually억추얼리'처럼 들리기도 한다(심한 경우는 모음이 완전히 줄어 'eckshly억셜리'처럼 들릴 수도 있다). 하류층의 'a' 발음은 자주 긴 'i'가 된다. 그래서 Dave는 발음상 Dive가 되고 Tracey는 Tricey가 된다(북부 노동계급은 'a'를 아주 길게 늘여 이를 다아~아브Daaave로 혹은 트레이~이시Traaacey로 발음하여 자신들의 계급을 표시한다). 최상류층은 'i'를 긴 'a'라고 발음해서 'I am'이 'Ay am'처럼 들린다.

상류층은 가능하면 'I나'라는 말을 전혀 쓰지 않으려 한다. 자신을 가리킬 때도 나I라고 하지 않고 제삼자가 말하는 것처럼 'one'이라고 부르길 좋아한다. 사실 그들은 대명사 쓰기를 그리 좋아하지 않을뿐더러 놀랄 정도로 비싼 전보를 보낼 때처럼 관사와 접속사를 빼먹길 좋아한다. 그런데도 상류층은 자신들이 옳다고 굳게 믿는다. 자기들 말이 표준이고, 다른 사람들 말에는 모두 '억양'이 있다고 주장한다. 상류층이 누군가의 말에 '억양'이 있다고 애기할 때는 당사자의 말에 '노동계급' 억양이 실려 있다는 말이다.

상류층의 말이 특별히 하류층의 말보다 알아듣기 쉬운 건 결코 아니다. 그럼에도 특정 단어를 잘못 발음하는 것은 하류층 표시여서 못 배운 사람이라는 말을 듣는다. 예를 들면 'nuclear원자력'를 'nucular'로, 'prostate전립선'를 'prostrate'로 발음하는 것은 두 가지 의미에서 '보통common' 실수이다. 이 common이라는 단어에는 사람들이 '보통' 하는 실수라는 뜻과 '평민 계급'이 저지르는 실수라는 뜻이 모두 들어 있다. 상류층의 말과 교육받은 사람의 말은 분명 차이가 있고, 이 두 단어가 꼭 같은 뜻이라고 할 수는 없다. 우리가 통상 알고 있는 BBC 영어나 옥스퍼드 영어는 '교육받은' 사람의 영어를 의미하는데, 딱히 상류층 영어라기보다는 중상층 영어에 해당한다. 이 영어는 딱딱하지 않을 뿐 아니라 모음을 생략하거나 끌지도 않고 대명사를 안 쓰는 영어가 아니니, 상류층 영어가 될 수 없다. 그래서 초심자들도 훨씬 알아듣기 쉽다. 윌리엄과 해리 왕자, 앤 공주의 딸 자라 같은 젊은 왕족은 일부러 BBC 영어 수준으로 계급을 낮추어 발음해 마치 중상류층처럼 보인다. 심지어 여왕의 말조차 귀에 거슬리는 상류층 억양이 아닌 잘 교육받은 발음으로 천천히 바뀌었다.

어찌 되었건 대개의 노동계급과 많은 중하층계급은 아직도 BBC 영어를 호사스럽다고 여긴다. 나의 조사 대상자 중 일자리를 잃은 노동계급에 속한 사람은 "내가 사는 아파트(구청에서 임대해주는 아주 형편없는 서민용 아파트)에 호사스러운 여자가 하나 있어요. 미혼모에다 우리랑 마찬가지로 허덕이는 주제에 정말 사치를 부리거든요. 이 여자 입에서 튀어나오는 영어는 완전히 BBC 억양이에요. 우리는 아무도 그렇게 말하지 않아요"라고 했다.

다른 조사 대상자인 인도계 이민 3세 노동자는 "나는 정말 거지 같은 콜센터에서 일하는데, 어느 날 호사스러운 애들 몇 명이 훈련받으러 왔어요"라고 했다. 왜 그들을 호사스럽다고 생각했느냐고 묻자, "당신은 어떻게 생각하나요? 흡사 바다 날씨 예보를 듣는 것 같앉거든요"라고 답했다. 이는 한 사람의 사회 계급을 수입이나 직업으로 판정하려는 노력이 허사임을 잘 보여준다.

잘못 발음하는 경우 하류층의 표시로 여겨진다. 외국 낱말이나 지명도 마찬가지다. 하지만 자주 쓰는 외국 표현이나 지명 등을 발음할 때 지나치게 현지음에 집착하는 것은 조금 다른 얘기다. 영국에서 자주 쓰는 불어 en route의 탁음 'r'이나 스페인 도시인 바르셀로나Barcelona의 'c'를 원어민처럼 발음한다든지, 플로렌스Florence라고 하면 될 것을 굳이 이탈리아 식으로 피렌체Firenze라고 했다면, 아무리 정확히 발음해도 젠 척하고 잘난 척한 꼴이 되어버린다. 자신이 속한 중하층 혹은 중중층 배경을 배반한 셈이다. 중상층이나 상류층 혹은 노동계급은 이런 식으로 잘난 척할 필요를 못 느낀다. 만일 당신이 원어민 수준으로 능통하게 이들 언어를 구사해야 실수를 겨우 용서 받을지 모른다. 당신이 실력을 숨겼다면 더 영국인답고 겸손하게 보였을 테지만 말이다.

최근에는 지방 억양이 전보다 훨씬 더 사회적으로 용인된다는 말을 자주 듣는다. 당신이 방송계에서 일하기를 원한다면 지방 억양을 쓰는 편이 더 유리할 수도 있다. 이젠 더 이상 요크셔, 리버풀, 타인 강변, 서부 지방 억양 때문에 하류층이라고 낮추어 보는 일은 없다고들 한다. 물론 그럴지도 모르나 난 그렇게 믿지 않는다. 사실은 텔레비전이나 라디오 방송인들의 말에 지방 억양이 실려 있어서 더 매력적으로 보일 수도 있다. 그렇다고 지방 억양과 관계된 계급 개념이 완전히 없어진 것은 아니다. 듣기에 더 즐겁고 율동적이며 매력적이어서 좋아한다 해도 지방 억양은 여전히 노동계급의 표지로 취급된다. 무슨 얘기냐면, 지금까지는 거의 접근할 수도 없었던 고급 직종에 노동계급 출신의 취업이 옛날보다는 쉬워졌다는 뜻이다. 결국 지방 억양에 대한 입에 발린 소리는 아주 '공손한 완곡화법'에 지나지 않는다는 말이다.

지방 억양에 대해서 특별히 말해둘(특히 서문에서 언급한 이민자들의 영향과 관련해서) 것이 있다. 런던과 근교의 많은 노동계급 젊은 이들은 요즘 '다문화 런던 영어MLE: Multicultural London English'라는 혼합 사투리를 쓴다. 여기에는 카리브제도인, 남아시아인, 미국 흑인이 쓰는 영어 스타일과 단어 요소들이 섞여 있다. 다양한 MLE가 버밍엄과 맨체스터 같은 다문화 도시에서도 생겨나고 있다. MLE에서는 'h'가 더 이상 빠지지 않는다. 또 많이 쓰는 단어인 '라이크like'는 '라ㅎ크lahke', '댓that'은 '닷dat'으로 발음되고 거의 모든 구절이 질문인지 아닌지 모를, "그렇지 않아?innit?: is'nt it?" 혹은 "내 말 알겠어?'y'get me?: you get me?"로 끝난다.

용어로 상류층과 비상류층을 구별하기

작가 낸시 미트퍼드Nancy Mitford가 1955년에 문학잡지 《인카운터Encounter》에 쓴 글에서 규정한 'U and Non-U'는 상류층upper class과 비상류층non-upper-class을 뜻한다. 비록 이 계급표시기는 오늘날 구닥다리가 돼버렸지만 기본 정의는 여전히 남아 있다. 분별 기준shibboleths[어떤 클럽에서 회원임을 판단하는 기준]은 약간 변했는지 모르지만 아직도 많이 남아 있다. 예를 들어 우리는 당신이 점심을 '런치lunch'라고 부르는지 '디너dinner'라고 부르는지를 가지고 계급을 판단한다.

내 연구에 사용하기에 미트퍼드의 이분법은 그리 섬세하지 않다. 어떤 분별 기준은 간단히 상류층을 다른 계급과 나누어버린다. 또 다른 분별 기준은 노동계급을 명확히 중하층과 분리하고, 중중층을 중상층과 구분한다. 드물게는 노동계급과 상류계급의 단어 사용이 놀랄 정도로 비슷한데, 중류층하고는 또 전혀 다르다.

7대 중죄

영국 상류층과 중상층이 사용하는 절대 무오류의 분별 기준인 일곱 단어가 있다. 이중 하나라도 상류층이 있는 자리에서 감히 입 밖에 내면 경보장치에 불이 켜지고 소리가 난다. 그리고 당신은 아무리 높이 쳐준다 해도 중중층이나 하류층으로 금세 강등된다. 어떤 경우에는 자동적으로 노동계급 신분으로 격하된다.

__ **실례합니다**pardon 이는 상류층과 중상층이 싫어하기로 첫손에 꼽는 유명한 단어이다. 작가 질리 쿠퍼Jilly Cooper는 아들이 친구한테 하는 말을 들었다고 한다. "우리 엄마가 그러는데 '실례합니다pardon' 는 성교fuck라는 단어보다 더 심한 말이래." 맞는 말이다. 상류층이나 중상층 입장에서는 하류층의 말임에 분명한 이 단어는 욕보다 나쁘다. 그들 중 일부는 중하류층이 사는 교외 주택지를 '파도니아Pardonia'라고 부를 정도다. 여기 당신이 써먹기 좋은 계급 확인 방법이 있다. 영국 사람에게 당신의 말을 잘 듣지 못하도록 아주 조용히 얘기해보라. 중하류층이나 중중층의 경우는 분명 "파든Pardon?" 이라고 물을 것이다. 중상층은 "쏘리Sorry?"라고 할 것이다 (혹은 "쏘리 화트Sorry-what?"이나 '화트쏘리What-sorry?'). 그러나 상류층과 노동계급은 그냥 "화트What?", 노동계급은 't'를 생략해서 "화Wha?"라고 한다. 이것이 유일한 차이다. 중류층으로 상승하고픈 어떤 상위 노동계급은 잘못 알고 있는지도 모르고 젠체하면서 '파든'이라고 할지도 모른다.

___ **화장실** '토일렛toilet'이라는 단어는 상류층을 움찔하게 만든다. 특히 신분 상승을 열망하는 자social climber로 보이는 사람이 이 말을 토해내면 상류층은 자기네들끼리 고개를 끄덕이며 역시! 하는 표정을 주고받는다. 중상층과 상류층이 사용하는 정확한 화장실 명칭은 '루loo'나 '래버토리lavatory'이다(발음은 lavuhtry로 악센트를 첫 음절에 두어야 한다). '보그bog'란 단어도 허용되나, 빈정거리듯 우스꽝스럽게 사용하는 경우에만 허용된다. 모든 노동계급은 중하류층, 중중층과 마찬가지로 '토일렛'이라고 한다. 다만 어미의 't'를 생략한다(노동계급도 때로는 'bog'라고 하나 빈정거리는 모습은 보이지 않는다). 젠 척하고, 신분 상승 열망으로 불타오르는 중하류층과 중중층도 '토일렛'이란 단어를 삼가기도 한다. 이들은 교외 중류층의 품위를 지키기 위해 완곡화법 단어들, '젠트스gents' '레이디스ladies' '바스룸bathroom' '파우더룸powder room' '퍼실리티스facilities' '컨비니언스convenience'라는 단어들을 쓰길 좋아하고, 혹은 재미있는 단어 '라트린스latrines' '헤드스heads' '프리비privy'를 쓰기도 한다(여자들은 헤드를, 남자들은 프리비를 쓴다).

만일 내가 영국 상류층의 pardon과 toilet에 대한 극단적인 혐오(혹은 일반적인 영국인들의 계급에 대한 강박관념)를 심하게 과장한다고 생각한다면 영국 왕세손비 케이트 미들턴의 어머니 캐럴 미들턴이 이 두 단어를 사용했을 때 언론이 보인 통렬한 반응을 봐야 한다. BBC 뉴스 온라인 요약BBC News Online summary에 다음과 같이 잘 설명되어 있다.

미들턴 가족에 대한 부정적인 기사가 언론에 실렸다. 케이트의 어머니가 여왕 앞에서 'pardon'과 'toilet'이란 단어를 썼다는 주장도 포함되어 있다.

BBC는 확실한 근거가 없는 주장에만 쓰는 '주장allegation'이라는 단어를 골라 나는 웃음을 터뜨렸다. 우리가 범행이나 죄에 관한 얘기를 할 때만 쓰는 단어이기 때문이다.

___ **냅킨** '서비엣serviette'은 앞에서 얘기한 '파도니아' 주민, 즉 중하류층이 '냅킨napkin'을 말할 때 쓰는 단어다. 이는 잘못된 정보에 따라 오래된 영어 단어 대신 색다른 프랑스어를 씀으로써 신분 상승을 도모했기 때문에 생긴 실수다. 아주 까다로운 중하층 사람이 사용하기 시작한 말이라고 한다. 그들은 '냅킨'이 '내피nappy[기저귀]'와 너무 흡사하다는 이유로 더 세련된 단어를 사용하려 했다. 기원이야 어찌 되었든 이는 도저히 되돌릴 수 없는 중하류층 단어가 되었다. 중상층이나 상류층 엄마는 아이들이 이 '서비엣'을 악의 없는 유모에게 배워서 쓰면 질색한다. 그래서 반드시 '냅킨'이라고 쓰도록 재교육하는 수고를 아끼지 않는다.

___ **점심 혹은 저녁?** '디너dinner'라는 단어 자체는 아무런 문제가 없다. 단지 점심lunch이란 뜻으로 쓰면 당신이 노동계급임을 증명하는 낙인이 된다. 나는 몇 번의 대중 강연에서 '파티 장난party trick'을 이용해 재미를 본 적이 있다. 점심을 '디너dinner'와 '런치lunch'라고 하는 사람들에게 각각 손을 들라고 해서 영국 청중들의 사회 계급을 간단히 판단한다('런치' 쪽 청중들에게 다시 부모들이 점심을 '디너'라고 한 사람만 손들게 해서 사회 계급 이동 수준을 측정한다). 물론 아주 조잡한 방식이지만 이렇게 하면 영국 계급제도에서 언어의 중요성을 청중들이 바로 이해한다. 이 방법으로 청중들을 웃기는 데 실패해본 적이 한 번도 없다.

저녁 식사를 '티tea'라고 해도 노동계급이다. 상류계급은 저녁을 반드시 '디너' 혹은 '서퍼supper'라 부른다. 디너는 서퍼보다는 더 거창한 식사를 말한다. 만일 당신이 서퍼에 초대받으면 약식 가족 식사에 초대받은 것이다. 많은 경우 부엌에서 식사를 하고, 때로는 약간 빼기는 것처럼 보이지만 이를 가족 저녁 식사family supper 혹은 부엌 식사kitchen supper라고 분명히 말하기도 한다. 상류층과 중상층이 중중층이나 중하층보다는 서퍼라는 단어를 훨씬 더 많이 쓰는 편이다. 상류층과 중상층은 특별한 정찬이 아니라면 저녁 식사를 디너라고 부르는 경우가 드물다. 그리고 '절대로, 절대로' 어떤 경우에도 '디너 파티'란 말 자체를 아예 쓰지 않는다.

언론 윤리에 관한 레버슨 조사[2011~2012년, 과거 언론에 의한 취재원 통신 도청과 관련한 영국 언론의 취재 윤리를 조사한 사건이다]로 밝혀진 휴대폰 문자 메시지에 사용된 '서퍼'의 계급적 의미가 2012년에 큰 즐거움―많은 신문의 1면 기사 제목으로―을 주었다. 문자 메시지는 영국의 신문사 편집장 레베카 브룩스가 데이비드 캐머런 영국 총리에게 보낸 것으로 "교외에서 하는 서퍼 때 바로 상의하자"는 내용이었다. 다른 메시지에는 이보다 훨씬 더 망신스러운 부정한 결탁과 공모("우리는 '직업상' 확실히 이 문제를 함께 다루어야 한다")를 담은 말이 많았지만, 호화스러운 단어 '교외 서퍼country supper'가 정말 많은 분노, 조롱, 곤혹, 또는 곤혹스러운 척하는 반응을 불러일으켰다. 어법상 '교외 서퍼'는 전혀 악의 없는 단어이고 그냥 교외(총리와 브룩스가 사는 곳과 가까운 런던 근교)에 있는 누구네 집에서 저녁 식사(예를 들면 비공식 저녁 식사)를 한다는 뜻이었다. 그러나 언론은 기꺼이 주요 계급의 특권 의식과 상류계급의 끈끈한 동류의식에 몽둥이를 휘두르기 시작했다. 여기서 거의 모든 기자들이 놓친 재미있고 웃기는 아이러니는 진정한 상류계급은 절대 '컨트리 서퍼'라는 단어를 쓰지 않았을 거라는 사실이다. 이 단어는 부엌에서 식사를 하는 '키친 서퍼'처럼 가식 어린 미소를 짓고 식사를 하며 점잔 빼며 아양 떠는 느낌을 주기 때문이다(이는 중하층 / 중중층의 자질이다).

상류층은 오후쯤에 '차tea'를 마시는데 케이크 혹은 스콘scone(여기서 o 발음은 반드시 짧게 해야 한다)과 샌드위치를 조금 곁들인다(여기서는 샌위지sanwidge라고 발음해야지 샌드위치sand-witche라고 하면 안 된다). 하류층은 이를 '오후의 차afternoon tea'라 부른다(하류층에게 그냥 tea는 저녁 식사를 뜻한다). 이 모든 문제는 외국 방문객을 괴롭힌다. 만일 당신이 '디너'에 초대받았다 치자. 그러면 점심 때 나타나야 하는지 저녁에 가야 하는지 확인해야 한다. 또 '차 한잔 하러 오세요'가 오후 4시인지 저녁 7시인지 정확히 알기 위해 반드시 시간을 물어보아야 한다. 대답에 따라 당신을 초대한 사람의 계급이 결정된다.

__ **긴 의자** 당신을 초대한 집 주인에게 가구를 어떻게 부르는지 물어보라. 만일 천으로 된 2~3인용 안락의자를 세티settee 혹은 카우치couch라 부르면 중중층 이상은 아니다. 소파sofa라 부른다면 중상층이나 그 이상이다. 이 규칙에는 예외가 있어서 '파든' '디너' 혹은 '토일렛'과 달리 정확한 계급표시기는 아니다. 미국 영화나 텔레비전 프로그램에 영향을 받은 젊은이들은 '카우치'라고 부를 수도 있으나, 그들도 농담이나 계급에 안달하는 부모를 놀리기 위해서가 아니라면 절대 '세티'라고 부르지는 않는다. 원한다면 계급표시기를 이용해 즐거운 게임을 해볼 수 있다. 앞으로 나올 '주택 규칙'에 나오는 규칙들을 함께 이용해 집 주인의 계급을 맞히는 퀴즈를 해보라. 예를 들어 새로 산 1인용, 2인용, 3인용 소파 한 세트가 그 집 커튼의 색깔이나 무늬와 잘 어울린다면, 주인은 그것을 세티라고 부를 것이다, 뭐 이런 식이다.

___ **라운지** 세티(또는 소파)가 있는 방을 그들은 뭐라고 부르나? 세티가 있는 방은 '라운지lounge'나 '리빙룸living room'이고, 소파가 있는 방은 분명 '시팅룸sitting room'이나 '드로잉룸drawing room'이라 불러야 한다. 드로잉(withdrawing room의 약어)만이 정확한 말이었는데, 중상층이 보통 테라스하우스의 작은 방을 거창하게 '드로잉룸'이라고 부르자니 좀 바보 같을뿐더러 너무 젠체하는 듯해서 그냥 '시팅룸'이라고 부르기 시작했다. 물론 쓰는 즉시 눈총을 받겠지만, 중상층도 때로는 '리빙룸'이라는 단어를 쓴다. 그러나 중중층 이하에서만 '라운지'라는 말을 쓴다. 이는 중중층에서 중상층으로 올라가려 안달하는 사람을 금방 가려내는 데 아주 유용한 단어다. 그들은 '파든'이나 '토일렛'을 쓰지 않아야 한다는 규칙은 배웠는지 몰라도 '라운지'라는 단어를 쓰는 것도 커다란 죄악임을 아직 모르고 있다.

___ **후식** '디너'와 마찬가지로 후식sweet 역시 단어 자체는 계급표시기가 아니나 잘못 사용하면 그렇게 된다. 중상층과 상류층은 식사 후의 단맛 나는 후식을 '푸딩pudding'이라 주장한다. 결코 '스위트sweet' '아프터after' '디저트dessert'라 부르지 않는다. 이런 건 천한 사람이나 쓰는 도저히 용서 받을 수 없는 단어들이다. '스위트'라는 단어는 형용사로는 얼마든지 사용할 수 있으나 명사로는 사탕의 하나이다. 미국인들이 얘기하는 '캔디candy'일 뿐 다른 것일 수가 없다. 식사의 마지막 코스는 여하간에 '푸딩'이 되어야 한다. 애플 타르트도 레몬 셔벗도 '푸딩'이다. 식사를 마칠 무렵 "혹시 여기 스위트를 원하는 사람이 있느냐"고 물으면 당신은 금방 중중층 이하 신분으로 분류돼버린다. '아프터'라는 단어도 금방 계급 탐지 레이더에 걸려 당사자는 즉시 신분이 격하돼버린다. 미국의 영향을 받은 중상층 젊은이들이 '디저트'라 쓰기 시작하는데 이는 그래도 세 가지(스위

트, 아프터, 디저트) 중에는 제일 덜 무례한 단어여서 가장 믿을 수 없는 계급표시기이다. 동시에 상류층을 당황하게 만드는 단어다. 그들에게 '디저트'는 전통적으로 저녁 식사에서 푸딩 바로 다음에 나오는 신선한 모듬과일로, 나이프와 포크로 먹는 것이기 때문이다.

'스마트'와 '코먼' 규칙

앞에서 본 '7대 중죄'가 가장 확실하고 믿음직한 계급표시기이긴 하나 이외에도 상당히 섬세한 계급 구분 레이더라 부를 수 있는 것들이 있다. 만일 당신이 정말 '사치스럽게posh' 보이고 싶다면 'posh'라는 단어를 쓰지 말아야 한다. 이 경우 상류층 단어는 '스마트'이다. 중상층과 상류층 사이에서 'posh'는 하류층 단어임을 안다는 표를 내면서 장난스럽게 빈정거릴 때만 사용한다.

'스마트smart'의 반대말은 '코먼common'으로, '노동계급'이라는 단어를 점잖게 돌려서 하는 말이다. 하지만 물건과 사람에 대해 이걸 너무 자주 쓰면 계급안달증class anxiety에 걸렸다는 의심을 받는다. 하류층에서 애써 멀어지려는 의도적인 안간힘을 너무 확연히 드러내는 말이기 때문이다. 자신 없는 사람만이 이런 속물 같은 방법으로 자신의 존재를 주장하는 법이다. '내프naff[유행에 뒤진]'가 이중의 뜻이 있으니 더 좋은 선택일 수 있다. '코먼'으로 해석될 수 있고 '초라한, 싸구려' 혹은 '수준 낮은 취향'으로도 해석될 수 있으니 말이다.

만일 당신이 원한다면 이제 '차브chav'(원래 명사로 쓰였지만 형용사로도 쓰일 수 있다. '차비chavvy'는 형용사 형태로 더 많이 쓰인다)라는 단어를 쓸 수 있다[1990년대 영국에서 생겨난 새로운 젊은이들이다. 눈에 띄는 화려한 싸구려 장신구와 저급 옷을 입으나 한두 개 명품(남자의 경우 버버리 야구모자, 여자는 버버리 핸드백)을 뽐내며 떼로 몰려다니는 하류층 십대 젊은이로, 주로 소년들이다]. 공식적으로 '차브'는 오로지 특별한 부류의 노동자계급—주로 미국에서 '화이트 트래시white trash(백인 빈민층)' '트레일러 트래시trailer trash(싸구려 이동주택에 사는 최빈민층)' 혹은 그냥 '트래시'(오스트레일리아와 뉴질랜드에서는 보간bogan이라고 부른다)를 가리키는 영국판 단어다. '긍지 있는' 노동계급은 자신만만하며 저속하고 게으른 '차브'와 같은 취급을 받지 않으려 애쓴다. 많은 중류층과 중상층들에게는 어찌 되었건 '차브'는, 비속어를 쓰지 않고 노동계급을 칭하는 완곡어법 용어가 되었다. 이 단어가 얼마나 모욕적인 단어인지를 논하는 기사가 쏟아져 나오고 책도 몇 권 나왔음에도, 속물 소리를 듣지 않으면서 중류층과 중상층이 노동계급의 취향을 놀리는 또 하나의 수단이 되었다.

언젠가 '차브'라는 단어를 더 이상 쓸 수 없게 된다면 중류층과 상류층은 언제나 그랬듯이 속물적인 경멸의 완곡한 표현을 간단히 찾아낼 것이다. 나는 '놈팽이 무산계급lumpen-proletariat'이란 말을 되살리는 것을 추천한다. 마르크스가 만든 단어(19세기 말의 '차브'를 이르는 말)라 계급투쟁 투사들이 반대하기는 조금 어려울 듯하다. 이 단어가 오용되면 수많은 사회학자들이 격분할 텐데, 이건 보너스다. 이 단어는 '덩어리lump'라 줄일 수 있어 기억하기도 쉽다['lump'에는 뜨내기 노동자라는 뜻도 있어 아주 적합하다]. (사실 상류층이 지독히 위선적인 속물 노릇을 그만두고 하류계급에도 어느 정도 존경을 표하길 바라지만 기대난망한 일이다.)

'코먼'의 아이들은 자기 부모를 멈Mum과 대드Dad라 부를 테고, '스마트'의 아이들은 머미Mummy와 대디Daddy(어떤 아이들은 마Ma나 파Pa라고 부르기도 하나 이는 구식이다)라 부를 것이다. 자기 부모를 가리켜 노동계급 아이들은 '마이 멈my Mum' '마이 대드my Dad' 혹은 '미멈me Mum' '미 대드me Dad'라 하고, 상류층 아이들은 '마이 머더my mother' '마이 파더my father'라 한다. 그러나 일부 상류층 아이들은 자기 부모를 멈, 대드라 한다는 점을 염두에 두어야 한다. 더군다나 노동계급 아이들도 이제는 머미, 대디라 부르기도 한다. 그러나 열 살에서 열두 살 사이 아이가 아직도 자기 엄마를 머미라 부르면 분명 상류층 아이라 해도 무방하다. 다 큰 자녀들이 부모를 머미, 대디라 부르면 분명 중상층이나 상류층이다.

영국 왕실 찰스 왕세자는 예순네 살 나이에도 여왕 즉위 60주년 기념식 연설에서 여왕을 '머미'라고 불러서 이를 증명했다. 왕세자는 분명 웃기려고 격의 없는 단어를 선택했지만, '멈'이라고 했어도 마찬가지였을 것이다.

멈이라 불리는 하류층 엄마는 '핸드백handbag'을 가지고 다니고, 머미라 불리는 상류층 엄마는 '백bag'을 가지고 다닌다. 하류층 엄마 멈은 '퍼퓸perfume[향수]'을 치고, 상류층 엄마 머미는 '센트scent'를 뿌린다. 멈과 대드라 불리는 하류층 부모는 '호스레이싱horseracing[경마]'을 보러 가고, 머미와 대디라 불리는 스마트한 상류층 부모는 '레이싱racing' 구경을 간다. 하류층은 '두do[파티]'에 가고 중중층은 '펑크션function'에, 상류층은 '파티party'에 참석한다. 중중층 '펑크션'에는 '리프레시먼트refreshment[식음료]'가, 상류층 파티에는 '푸드 앤드 드링크food and drink'가 제공된다. 중하층과 중중층은 '포션portion[자신의 음식]'을 먹고, 중상층과 상류층은 '헬핑helping'을 먹는다. 하류층은 '스타터starter[전식]'를, 상류층은 '퍼스트 코스first course'를 먹는다. 마지막 것은 계급표시기로는 덜 미더운데 전식, 주식, 후식으로 구성된 코스에서 주 요리를 '주식main meal'이라고 부른다면 더 말할 것도 없이 평민이다.

중하층과 중중층은 자신들의 '홈home[집]' '프로퍼티property[부동산]'에 대해 말하지만 중상층과 상류층은 그냥 '하우스house[집]' 얘기를 한다. 하류층의 집에는 '파티오patio[정원 쪽으로 난 테라스]'가 있

지만, 상류층 집엔 '테라스terrace'가 있다. 노동계급이 '인도어indoors'
라고 할 때는 '집에at home'란 뜻이다(노동계급이 "아이고, 인도어에 뒀
네"라고 할 때는 무엇인가를 잊어버렸음을 알아차렸다는 말이고 '집사람er
indoor'이라 말하면 '내 마누라'란 뜻이다)[er은 her에서 노동계급이 발음하지 않
는 h를 생략한 것이다]. 내가 이런 목록을 지겹게 늘어놓는 이유는 딴 게
아니라 모든 영국인의 삶에 계급이 스며들어 있음을 말하기 위해서
다. 우리는 이 책의 거의 모든 장에서 수많은 언어적/비언어적 계급
표시기를 발견할 수 있다.

계급 부정의 규칙

요즘은 과거 어느 때보다 계급의식에 민감하다. 그러나 '정치적 공
정함politically correct'이 요구되는 시대에 사는 우리들 대다수는 계급
의식을 상당히 부끄러워해서 이를 부정하고 숨기느라 애쓴다. 중류
층이 특히 계급에 대해 불편함을 느끼는데 그중에도 양심적인 중
상층은 훨씬 더 그렇다. 그들은 어떤 사람이나 물건에 '노동계급'
이라는 말을 붙이지 않으려고 정말 상당한 노력을 기울인다. 그래
서 완곡어법을 이용해서 '저소득층' '혜택을 덜 받은less privileged' '보
통 사람ordinary people' '교육을 덜 받은less educated' '길에서 볼 수 있
는 사람들the man in the street' '대중지 독자들tabloid readers' '생산직blue
collar' '공립학교state school 출신' '공영 주택단지council estate 주민' '일반
인popular'이라 부른다.

　재치 넘치는 중상층은 계급이란 단어 자체를 아예 쓰지 않으려
한다. 대신 '출신 배경background'을 많이 쓴다. 이 말을 들을 때면 나
는 항상 로렌스 스티븐 로리Lawrence Stephen Lowry가 잘 그리던 길거리
보통 사람들 그림이나 토머스 게인즈버러Thomas Gainsborough나 조슈
아 레이놀즈Joshua Reynolds가 그린 시골 대저택 중상층 사람들의 초상

화를 화자가 얘기하려는 계급을 뜻하는 '출신 배경'과 연관 지어 떠올린다(이것은 이 배경을 얘기하는 말투에 따라 달라진다. "그런 출신 배경을 감안하면 좀 봐주어야 하는 거 아냐?"라고 하면 분명 로리 이야기이고 "우리는 아이들이 출신 배경이 같은 애들과 어울리는 것을 좋아하지!"라고 하면 그건 게인즈버러나 레이놀즈 이야기다).

사실 이런 외교적인 완곡어법은 불필요하다. 영국의 노동계급은 이 노동계급이라는 말에 거의 개의치 않기 때문이다. 자신들을 노동계급이라고 부르기를 좋아하고, 또 상류층은 계급 문제에 무뎌서 그런지 몰라도 조심한다고 난리를 치지는 않기 때문이다. 그렇다고 이 상류층과 하류층이 중류층보다 계급의식이 낮다고는 할 수 없다. 단지 중류층보다 계급 문제에 불안해하거나 창피해하지 않을 뿐이다. 이 상하류층 두 부류의 계급의식은 중류층에 비해 섬세하지도 복잡하지도 않고, 이들은 계급 간의 차이를 그리 복잡하거나 세밀하게 느끼지 않는다. 그들의 계급 레이더는 거의 노동계급, 중류층, 상류층, 이 세 계급만을 인식하고 어떤 경우는 둘로만 나누기도 한다. 노동계급은 '우리와 사치스러운posh 그들'로―중류층과 진짜 최상류층(귀족, 왕족) 사이의 posh에 무슨 차이가 있는지 모르고 신경도 안 쓴다―상류층은 '우리와 평민pleb'으로(혹은 '보통 사람들'이라는 공손한 표현으로) 간단히 가른다.

미트퍼드가 말한 두 종류의 간단한 구분, '상류층과 비상류층U and Non-U'이 아주 좋은 예이다. 이 구분에는 중하층, 중중층, 중상층 식의 세밀한 등급이 들어갈 틈이 전혀 없는데, 현미경처럼 정밀한, 정말 쓸데없는 구분은 더 말할 것도 없다. 예를 들어 '안정되고 자리 잡은 중상층' '경계에 위치해 불안한 중상층' 식의 계급 구분은 이 문제에 목숨 거는 중류층의 문제일 뿐이다. 아니면 오지랖 넓은 사회문화인류학자의 일이거나.

그렇지만 상류층과 노동계급 공히 자기 계급 내에서는 세심한 구분 및 계층 차이를 인식하고 있다는 사실을 유념해야 한다. 이런 세심한 구분은 다른 계급 사람들의 눈에는 보이지 않을 수 있다. 상류층 사람들 사이에는 '오랜 가문' '지주地主 신사 계급' 그리고 작위 (공작, 후작, 백작 등등)에 따라 구분하는 귀족 등의 구분이 있다. 노동계급 내부에는 훨씬 더 섬세하고 미묘하면서도 부정확한 구분법이 있다. '존경 받는 노동계급'과 멸시당하는 '차브' 혹은 '부랑자pikey'[38] 혹은 비천한 '신흥 졸부'와 존경할 만하고 '성공한(자신의 출신을 알고 남들 앞에서 우쭐대지 않는) 노동계급'과 같은 아주 중요한 구분이 가동된다. 영국의 노동계급 안에도 상류층이나 중류층 내부와 비슷하게 세심한 구분이 작동하는 것이다.

중류층과 상류층은 노동계급 내의 이런 구분과 차이를 무시하고 그냥 '노동계급'으로 뭉뚱그려서 취급하고 무시한다. 더욱 유감스럽게도 중류층과 상류층은 노동계급을 전부 '차브'로 매도하기까지 한다. 그래서 최근 점점 더 많은 노동계급이 자신을 중류층으로 정의하고 있어 '신분 이동'이 일어나고 있다(조사에 의하면 예전에는 자신을 노동계급이라고 부르던 사람들의 절반 이상이 이제는 자신을 그렇게 부르지 않는다. 한마디로 대이동이다). '노동계급'이란 말은 이제 모욕적인 단어가 되고 있다. 노동계급이란 말이 아이러니하게도 전혀 일을 하지 않고 돈이나 타 먹는 소위 '복지 혜택 상습 수혜자'나 '차브'를 연상시키기 때문이다. 열심히 일하는 '존경 받는' 노동계급과 일자리가 없는 최하층계급underclass 사이에는 크고 선명한 격차가 항상 존재했다(물론 존경 받는 노동계급이 느끼는 격차다). 이는 16세기의 구

---

38 '파이키'는 원래 집시를 이르는 경멸적인 단어였으나, 어쩌다보니 '차브'와 거의 비슷한 의미가 되었다.

분인 '자격 있는 가난한 자'와 '자격 없는 가난한 자' 개념과 별 차이가 없다. '차브'의 범주가 흐릿해지자 노동계급 전체가 악영향을 받고 있다.

노동계급 신분 이동의 또 다른 이유는 마거릿 대처 보수당 정부와 뒤를 이은 토니 블레어 신노동당 정부가 불러일으킨 야심찬 이데올로기 때문이다. 이 이데올로기는 노동계급의 자긍심 상실을 부추겼다. 정부는 오랫동안 노동계급의 생활과 환경 개선에는 힘쓰지 않고 계급 이동의 가능성(오랫동안 통계로만 존재했던)을 부추기는 데만 집중했다. 예를 들어 정부가 쉬지 않고 전파한 메시지는 노동계급은 탈출해야 할 계급이란 것이었다. 당연한 결과로 수많은 노동계급이 이제는 자신을 '중류층'이라고 부르기로 결정했다. 중류층이라는 개념은 여러 면에서 새롭게 정의되었다. 언젠가 노동계급 소속 미용사와 수다를 떨다 계급 조사에 대한 이야기를 꺼냈는데 그녀는 "나는 자신을 중류층이라고 말하고 싶다"라 대답했다.

"노동계급이 아니라 중류층이라고 말하는 게 당신한테 무슨 의미가 있지요?"라고 묻자 "내가 중류층이라는 건, 옷도 잘 입고 장래에 대한 야망도 있고… 무엇보다 게으른 '차브'가 아니란 거예요!"라는 답이 돌아왔다.

제조업 쇠퇴로 저임금 노동자의 직업은 이제 서비스업(석탄 광산은 이제 콜센터로 바뀌었다)이 되었다. 이로 인해 직업은 사무직(화이트칼라)과 전통적인 육체노동을 의미하는 블루칼라 대신에 서비스직(핑크칼라)으로 바뀌고 있다. 서비스 직종이 아무리 하찮고 품위 없는 저임금 일자리라고 해도 여기에 종사하는 노동자는 자신을 중류계급으로 정의한다. 중류계급이라는 허상에 속고 있을 뿐만 아니라 중류층에 걸맞은 임금을 받지 못하는데도 말이다.

주목할 부분은 최근까지 이와 반대였다는 점이다. 통계상에는 중류층으로 구분되는 사람들까지도 직업 조사에서 자신은 노동계급이라고 (즉시 그리고 자랑스럽게) 대답했다. 그러자 직업이 사회 계급의 기준이라고 믿는 사람들은 혼란에 빠져 곤혹스러운 논쟁을 벌였다. 그들은 ABC1[직업 통계상의 구분으로 중류층] 그룹의 사람들이 왜 자신을 노동계급이라고 주장하는지 궁금하다고 머리를 긁적이곤 했다. 이제는 왜 모든 C2DE[직업 통계상 구분으로 노동계급]가 자신을 중류층이라 하는지를 두고 의아해하고 있다.

계급 언어 코드와 영국인다움

도대체 이 계급 언어 코드는 영국인다움에 대해 무엇을 말해주는가? 모든 문화에는 나름의 위계질서와 신분을 표시하는 방법이 있는데―우리들의 터무니없는 계급의식과는 구별되는―영국의 계급제도와 이를 표시하는 방법의 특이점은 무엇인가?

제일 먼저 말할 수 있는 것은, 앞서 언어 코드에서 보았듯이, 영국의 사회계급 구분은 부유함과는 전혀 관계가 없고 직업과도 별 관련이 없다는 점이다. '문화 자산'이란 개념이 더 도움이 된다. 그중에서 실생활(조사와는 반대로)에서 믿을 만한 계급표시기는 언어 자산뿐이다. 말이 가장 중요하다. 상류층 억양으로 상류층의 어휘를 구사하면 상류층으로 인정받는다. 쥐꼬리만 한 월급을 받으며 형편없는 막노동을 하고 초라한 공공임대주택 단지에 살지언정, 혹은 실업자이거나 아주 빈곤하거나 노숙자일지라도 그렇다. 동시에 어떤 사람이 노동계급 발음을 하고 소파를 '세티'라고 부르고 점심을 '디너'라고 부르면, 비록 엄청난 백만장자에 거물 사업가로 교외의 장원에 살아도 노동계급이다. 다른 종류의 계급표시기도 있다. 예를 들면 옷, 가구,

장식, 자동차, 반려동물, 책, 취미, 음식, 음료수에 대한 기호 같은 것이다. 하지만 무엇보다 말이 가장 직접적이고 확실한 표지다.

이로써 영국인의 중요한 특성을 알 수 있다. 언어에 대한 사랑, 바로 그것이다. 자주 인용되는 말이지만 영국 문화는 언어 중심 문화이지 시각 중심 문화가 아니다. 우리는 문학 덕에 세계적으로 인정받지만 미술이나 특히 음악은 영 아니다. 촉각과 육체적인 표현에 약하고, 상대를 만지거나 손짓을 많이 하는 편도 아니다. 다른 방법보다 말로 하는 의사 전달에 더 의존하는 편이다. 말은 우리가 가장 선호하는 전달 매체이다. 그래서 이 언어라는 매체가, 우리가 사회적 신분을 표시하고 알아채는 가장 중요한 방법이라는 데 의미가 있을 것이다.

이렇게 계급이 말에 따라 정해질 뿐 부나 직업과 상관이 없다는 점을 감안하면 영국이 능력 위주의 사회가 아님을 새삼 깨닫는다. 억양과 어휘력은 당신이 태어나고 자란 계급을 나타내지, 재주와 노력으로 무언가를 이루었음을 보여주는 게 아니다. 사회적 신분은—당신이 무엇을 성취했더라도 뼈를 깎는 훈련을 통해 다른 계급의 발음과 단어를 습득해 사용하지 않는 한—항상 말에 의해서 결정될 뿐이다.

대단히 복잡한 언어 규칙은 영국 계급 구조의 얽히고설킨 본성을 밝혀준다. 이 모든 층과 세밀한 구분은 신분 상승의 '뱀과 사다리 게임'[영국 아이들의 계단을 오르내리는 게임]이 잘 말해준다. 엄존하는 계급을 부정하려고 노력하는 현상은, 이를 두고 양심의 가책을 느끼는 영국인의 기묘한 심정을 보여준다. 이 계급의식은 중류층이 특히 심하게 불편해하나, 다들 어느 정도는 이 때문에 고통받고 있다. 우리는 계급 차이가 사라졌거나 이제 더 이상 중요하지 않은 것처럼 행동하고 말한다. 아니면 최소한 자신은 계급에 대한 편견이 없는 척한다.

이것은 나를 또 다른 영국인의 특성 연구로 몰아간다. 바로 위선이다. 우리네 계급 강박관념에 대한 경건한 부정은 딱히 누구를 속이려는 것이라기보다 자기 자신을 속이려는 것으로 보인다. 집단적인 자기기만이라고나 할까? 이 영국인 특유의 오락인 위선 떨기는 앞으로 다시 거론될 터인데, 심지어 우리가 찾는 '결정적인 특성'일지도 모른다는 예감이 든다.

새로운 대화 규칙: 휴대전화

거의 모든 영국 사람이 휴대전화를 하나씩 가지고 있다. 지금도 비교적 새롭고 친숙하지 않은 현상이라 언제 어떻게 어떤 예절을 지키며 사용해야 한다는 규칙이 없다. 이 낯선 전화를 사용하면서 상황에 맞게 규칙을 손봐야 한다. 새로운 불문율에 해당하는 사회 규칙이 형성되는 흔치 않은 기회를 잡은 사회과학자는 아주 신기하고 흥분될 뿐이다.

기차에서 전화로 일상 업무나 집안일을 두고 큰 소리로 떠드는 것은 무례하고 생각 없는 행위냐는 질문에, 내가 인터뷰한 모든 영국인이 동의했다. 아직은 소수의(그러나 적지 않은) 사람들이 무례를 저지르고 있지만, 같은 칸 승객들은 눈을 흘기고 한숨을 쉴지언정 한소리 하진 않는다. 생면부지의 사람에게 말하거나 일을 벌여 타인의 주목을 끄는 일은 이미 자리 잡은 규칙과 금기를 깨는 일이기 때문이다. 분명 비난받을 일인 줄 알면서도 밖에서 다 보이는 차 안에서 코를 후비거나 겨드랑이를 긁는 사람들처럼, 기차에서 휴대전화로 떠드는 사람도 자신은 투명인간이 아니라는 사실을 잊어버린 듯하다.

그러면 이 난제를 어떻게 해결할 것인가? 공공장소 휴대전화 사용에 관한 새로운 규칙이 생기는 조짐이 보이긴 한다. "아, 난데!"라고 꽥 소리를 지르는 통화가 점차 새치기처럼 용납되지 않을 텐데, 아직은 확신할 수 없다. 우리 영국인은 그런 무례한 사람과 직접 부딪치기를 꺼리기 때문이다(기차와 버스에서 큰 소리로 통화를 할 때의 규칙은 '도로 규칙'에서 자세히 다루겠다). 기차와 공공장소에서 휴대전화를 무례하게 사용하는 행위가 사회문제라는 점을 모든 사람이 인식하기 시작했다. 하지만 이제 막 생기기 시작하는 휴대전화 예절에는 논쟁거리가 몇 가지 있다.

예를 들면 상담 도중에 휴대전화를 사용하는 일에 대해서는 합의된 예절이 아직 없다. 당신은 미리 휴대전화의 전원을 살짝 끄고 상담을 시작하는가? 아니면 전화를 꺼내 '보세요! 당신이 얼마나 중요한지를! 난 당신을 위해 내 전화를 끈답니다'란 메시지를 전하기 위해 흡사 아첨하는 몸짓으로 보란 듯이 전원을 끄는 시위를 하는가? 또는 당신의 예의와 고객이나 동료의 지위를 상기시켜주는 증거인 전화기를 탁자 위에 올려놓는가? 전화기를 켠 상태로 둔다면 공공연히 그렇게 놔두는가, 아니면 호주머니나 서류가방 안에 넣어두는가? 당신은 상담 도중에 전화를 받는가? 내가 관찰한 바에 따르면, 하위직 간부들은 조금 예의가 없이 전화기를 켜놓고 상담 도중에 전화를 받음으로써 자신의 중요성을 증명하려 한다. 반면 자신을 굳이 증명할 필요가 없는 고위직들은 훨씬 더 사려가 깊다.

그러면 점심 식사 도중에는 어떤가? 업무상 점심 접대를 할 때는 전화기를 켜놓아도 되는가? 켜놓는 이유를 설명해야 하는가? 혹은 양해를 구해야 하는가? 내가 관찰해본 결과, 앞에서 설명한 일이 되풀이된다. 지위가 확고하지 않은 하위직의 경우 업무상의 점심 식사 도중 전화를 받기도 하고 걸기도 한다. 그리고 사과를 하고 이유를 설명한다. 그러나 사실은 '난 정말 바쁘고 없어서는 안 될 사람이랍니다'라고 과시하는 것이다. 자기 지위가 확고한 고위직은 전화를 꺼놓거나 반드시 켜놓아야 할 경우에는 진심으로 사과할뿐더러 때로는 자책하는 분위기를 풍기며 부끄러워한다.

휴대전화의 사회적 용도는 다양한데 많은 경우 불가사의할 지경이다. 때로 통화와도 관련이 없는데, 예를 들면 특히 십대들은 신분을 표시하기 위해 전화기를 사용한다. 나이 많은 남자들도 앞서 말한 '내 것이 더 좋아' 규칙을 준수하기 위해 자동차 대신 전화기를 사용한다. 이 경우 각종 전화기 브랜드, 통신사, 앱, 디자인 같은 상대적인 장점에 대한 논의가 알로이 휠, 시동 후 시속 100킬로미터 도달 소요 시간, 브레이크 마력 같은 전통적인 화제를 대체한다.

내가 본 바로는 많은 여성이 요즘 카페나 공공장소에서 혼자 있을 때 휴대전화를 일종의 '방벽'으로 사용한다. 예전에 많이 이용하던 신문이나 잡지 대신 휴대전화를 '영역' 표시 도구 또는 접근금지—특히나 무례한 남자들에게—표지로 사용한다. 심지어 사용하지 않을 때라도 전화기를 원하지 않는 사회적 접근을 방지하는 일종의 보디가드나 보호구로 사용한다. 여자들은 그럴 가능성이 있는 침입자가 접근하면 전화기에 손을 대거나 집는다. 어느 여성이 설명하기를 "그냥 탁자 위나 옆에 두면 안전함을 느낀답니다. 신문보다 낫지요. 왜냐하면 필요하면 바로 버튼을 눌러 얘기를 하고 문자를 보낼 수도 있으니까요. 일종의 안심용이에요." 친구와 가족 등의 친밀한 네트워크가 전화기 하나에 들어 있어, 그것에 손을 대기만 해도 자신이 보호 받고 있음을 느낀다.

이는 휴대전화의 중요한 사교 기능 하나를 예시해준다. 다른 데서 상당히 길게 서술했으나, 여기서는 간단히 설명해도 좋을 듯하다.[39] 내 생각에 휴대전화는 현대의 이웃집과 통하는 정원 담장이나 공터 잔디밭 같은 것이다. 이 우주시대 기술의 산물인 휴대전화는 우리를 산업사회 이전으로 데려가 그때처럼 자연스럽고 인간적으로 소통하게 해주었다. 우리는 옛날에 작고 안정된 공동체에서 가까운 친구와 가족의 관계망을 통해 '서로 보살펴주기 대화'를 즐기면서 살아왔다. 속도전의 시대인 오늘날엔 친구나 지인들과 소통하는 데 양적으로나 질적으로 심한 제한을 받고 있다. 그래서 항상 외롭다. 대다수는 정원 담장 너머로 이웃과 가십을 나누는 오붓한 시간도 즐기지 못하고 산다. 심지어 이웃 이름도 모르고, 소통이라고 해봐야 약간 부끄러운 듯이 고개를 끄덕이는 정도가 고작인데 그나마도 드물다. 가족과 친구는 흩어져 살고, 가까이 살아도 너무 바쁘거나 피곤해서 방문하지 않는다. 우리는 항상 움직이고, 기차나 버스의 타인 사이에서 또는 자기 차로 혼자 출퇴근하면서 시간을 너무많이 허비한다. 이것은 특히 영국인에게 문제다. 우리는 다른 문화권 사람들보다 더 내성적이고 사교성이 부족하다. 그래서 생면부지의 사람에게 말을 걸지도 않고 친구도 쉽게 사귀지 못한다.

우리는 유선전화로 멀리 떨어진 이들과 그나마 소통할 수 있었다. 하지만 산업사회가 도래하기 전에 우리들 대부분이 살았던 작은 공동체에서나 있었음직한 빈도로, 쉽고, 자발적이고, 격의 없이 소통하지는 않았다. 그러나 휴대전화는 (특히 짧게, 자주, 저렴하게 보낼

---

39 Kate Fox, 『진화, 소외 그리고 가십: 21세기 휴대전화의 역할 *Evolution, Alienation and Gossip: the role of mobile telecommunications in the 21st century*』, 2001. 이 연구서는 브리티시텔레콤의 요청에 의해 쓰였고 SIRC 웹사이트(www.sirc.org)에 게재되어 있다(논문 내용은 제목이 주는 인상보다는 거만하지 않지만, 지금은 아주 시대에 뒤처진 것이 되어버렸다. 나의 다음 책에서 더 자세하게 다룰 예정이다).

수 있는 문자는) 현대 도시 생활에서 유래한 소외와 긴장의 해독제로, 원한다면 언제든 접촉이 가능하다는 공동체 감각을 되살린다. 조각나고 고립된 세상에서 우리를 잇는 사교의 생명선이다.

전형적이고 간단한 '동네 공터 잔디밭' 대화를 생각해보라. "안녕, 어때?" "괜찮아, 가게에 가는 길이야. 아! 참, 근데 너네 엄마는 어때?" "상당히 좋아지셨어." "다행이다. 안부 전해주고, 나중에 보자." 만일 이 동네 공터 잔디밭 대화에서 모음을 모두 빼고 나머지 글자들을 '문자 메시지 특수어' 식으로 모아보자(HOW R U: How are you? C U L8ER: See you later). 이상한 단문 문자SMS나 문자 메시지 교환 같다. 그냥 친근한 인사, 별 쓸모 없는 소식을 주고받은 것으로, 많은 말이 오가진 않았다. 하지만 서로 연결되어 자신이 혼자가 아니라는 점을 확인한다. 휴대전화 문자 메시지가 출현하기 전까지 우리는 이런 정신적·사교적으로 중요한 소통 수단 없이 살아야 했다.

그러나 이는 새로운 불문율을 요구한다. 이런 규칙이 형성되는 과정에서 최근 적잖은 긴장과 충돌이 일어나고 있다. 특히 휴대전화 문자가 특정 대화에 적당한 매개체냐를 둘러싸고 논쟁이 일어난다. 문자로 추파를 던지는 일은 용인될 뿐만 아니라 심지어 장려된다. 그러나 어떤 여성은 남자들이 대화 기피 수단으로 문자를 이용한다고 투덜거린다. 애인과 결별을 선언하는 데 문자를 사용하는 것은 아주 비겁하고 절대 용서할 수 없는 행위라는 데 모두 동의한다. 그러나 아직은 이런 식으로 관계를 끝내는 것을 막을 수 있을 만큼 규칙이 확립되진 않았다.

나는 새로 '떠오르는' 규칙을 10년 넘게 조사해왔다. 휴대전화의 경우 이견 없는 완전한 합의에 도달하지 못한 상황이다. 드브레츠에서 나온 예절 안내서에는 휴대전화와 문자 전송과 관련한 예절이 설명돼 있다. 대다수 영국인들이 좋은 예절이라고 인정하는 신기술 사용법에 관한 내용도 포함되어 있다. 다들 동의하는 내용인데, 예를 들면 "당신의 전화 통화가 타인을 불편하게 만들면 안 됩니다. 소리 치지 마세요" 혹은 "다른 사람 앞에서 사적이고 친밀한 통화를 하지 마세요" 등이다. 드브레츠가 늦게나마 휴대전화 예절을 고려하기 훨씬 전부터 영국인 다수는 이런 규칙을 지키고 있었고 지금도 지키고 있다. 그러나 소수는 여전히 규칙을 깨고 있다. 영국인은 너무 점잖은 사람들이라 대놓고 면박을 주고 소란을 일으키며 이목을 끌 수가 없기 때문이다.

상당히 예의 바른 영국인들조차 드브레츠의 "인간이란 존재는 기기 하나보다 더 큰 관심을 받아야 하기에 누구와 사교를 나누든 반드시 휴대전화를 꺼야 한다"라는 엄격한 규칙은 따르기 어려워한다. 원칙에는 동의하지만, 실제 사교 상황에서는 '사람'과 '기기'의 문제가 아니라 어쩌다 만나게 된 사람, 당신과 연락을 주고받는 친구, 가족 그리고 동료와 연관된 문제이기 때문이다. 젊은 세대들 사이에서 전화기를 켜놓거나 받고 거는 일이 용납되지 않는 경우는 매우 드물다. 심지어 나이든 세대 사이에서도 퍼브에서 열리는 가벼운 사교 모임 등에서는 굳이 휴대전화를 꺼둘 필요가 없다.

드브레츠 규칙은 너무 단순하고 엄격하다. 지금 생겨나고 있는 휴대전화 불문율은 더 복잡하고 미묘하다. 이건 다양한 사교 상황에서 휴대전화를 얼마나 어떻게 사용하느냐를 둘러싼 문제이지, 휴대전화를 '끄고 켜고'의 문제가 아니다.

세 등급 규칙

사교 상황에서 휴대전화를 '사용'하는 유형에는 가장 소극적인 경우부터 가장 적극적인 경우까지 세 등급이 있다.

- 휴대전화를 켜놓는다.
- 전화를 받고 문자, 이메일, PM[40]등을 읽는다.
- 전화를 걸거나 문자, 이메일, PM 등을 보낸다.

가장 소극적인 단계인 '전화기 켜놓기'는 사소한 무례이고, 중간 단계인 전화를 받거나 문자를 읽는 것은 상대방이 조금 더 불쾌하게 받아들이는 행위다. 전화를 걸거나 문자를 보내는 가장 적극적인 사용 방식이 제일 무례하다.

어떤 사람들은 문자 읽기가 전화 받기보다 덜 무례하고 문자 보내기가 전화 걸기보다 덜 무례하다고 생각한다. 물론 문자를 읽고 입력하는 일은 전화를 실제로 거는 일보다는 조용하기 때문에 분명히 덜 방해된다. 그러나 같이 있는 사람을 무시하는 일이라는 점은 마찬가지다. 이는 사람을 만나면서 이메일을 읽거나 쓰는 것과 같다. 그래서 나는 크게 보아 문자 주고받기와 통화를 같은 부류로 취급하겠다.

일부 사람들은 전화기를 진동으로 해놓는 일이 끄는 일과 마찬가지로 예의 바른 행동이라고 여긴다. 많은 상황에서 벨소리보다는 진동이 더 바람직하지만, '진동'이 전화기 꺼놓기와 동일한 예의로 인정받으려면 진동이 울려도 철저히 무시하고 전화를 받지 말아야 한다.

또 '소리 없이 전화기 사용하기'(인터넷 서핑, 블로그나 페이스북 업데이트, 트위터 하기, 게임 하기)는 소리를 내며 전화를 걸거나 받는 것보다 훨씬 더 무례한 행위다. 서핑, 구글 검색, 블로그나 트위터 하기, 게임 하기는 같이 있는 사람보다 하나의 기기(물체)를 더 중요시

---

40 인터넷 소셜 미디어 사이트의 개인 메시지나 쪽지 등.

하는 행위이기 때문이다. 그렇다! 당신이 블로그, 트위터 혹은 페이스북에 글을 쓰는 것은 다른 '인간'과 말을 하는 행위나 마찬가지다. 자기 앞에 앉은 기다려주지 않을 중요한 사람이 아니라, 직접 대화는 아니지만 무작위로 수백 혹은 수천의 인간들을 대상으로 누군가 흥미를 느낄지 모른다는 희망을 안고 말을 거는 것이다. 대화 중 친구, 동료 혹은 가족에게 걸려온 전화를 받느라 잠깐 앞 사람을 무시한다면 상대는 조금 떨떠름할 것이다. 하지만 당신과 함께 있는 일보다 구글 검색, 트위터, 혹은 앵그리버드 게임이 더 흥미롭다는 이야기를 들으면 모욕을 느낄 것이다. 오래된 규칙에 의하면 어떤 사교 상황에서도 신문이나 잡지를 읽거나 일기나 편지를 쓰거나 카드를 꺼내 페이션트 게임[41]을 하는 일은 예의 없는 짓이다. 따라서 전화기로 이러는 것도 마찬가지로 불손하다(당연한 일이다. 그런데 정부 장관조차 내각 회의 도중에 트위터를 하다가 잔소리를 들었다).

그러나 대화에 필요한 무언가를 보려고 전화기를 이용하는 경우는 예외다. 대화 중간에 합의를 끌어내거나 의문에 대한 답을 찾기 위해 인터넷 사전이나 백과사전 혹은 다른 자료집을 이용하는 일은 허용된다. 심지어는 이런 정당한 경우에도 너무 길어지거나 별로 필요 없는데 휴대전화를 사용할 때는 어찌 되었건 사람들은 조바심을 낸다. 쓸데없이 인터넷 검색을 하는 짓은 어린애(다른 사람 말을 가만히 듣지 못하고 계속해서 꼼지락거리거나 안절부절못하는 것처럼) 같은 행동으로 취급된다. 이보다 더 나쁜 사례는, 관심받고 싶어 안달이 난 사람처럼 위키백과를 뒤져 유명하지만 대화 주제와는 별 상관이 없는 이야기를 떠들며 잘 보이려 하는 것이다.

사전에 먼저 사과하면 상대는 대개 휴대전화 예의를 깨는 일을

---

41 미국에서는 이 카드 게임을 솔리테르Solitaire라고 부른다.

양해한다. 전화를 받으면서 먼저 "미안합니다. 이 전화는 꼭 받아야 해서요"라고 하면 훨씬 덜 무례해 보인다. 그러고는 방을 나가거나 상대방에게 방해가 되지 않을 정도로 멀리 떨어져 통화하는 것이 좋다. 돌아와서는 다시 사과를 하면 된다. 물론 당신이 얼마나 중요한 사람인지 알리고 싶어 뻐기는 것처럼 보여서는 안 되며 진심을 담아야 한다. 영국인은 아무리 교묘하게 자랑을 해도 날카롭고 예민하게 알아챈다. 겸손의 규칙을 깨는 거짓 사과는 당신을 더욱더 무례한 사람으로 만들 뿐이다.

보통 예방을 위한 (진정한) 사과는 당신이 문자나 이메일을 읽거나 답하는 동안 상대방을 무시한 무례를 경감해준다. 그러나 페이스북이나 트위터 혹은 불필요한 검색을 '반드시' 해야만 하는 상황은 드물다. 이런 경우에는 예방 차원의 사과를 해도 무례가 덜하지 않다.

의례의 규칙

일반적으로, 예를 갖춘 사교 모임일수록 전화기 사용에 더 엄격하다. 공식석상에서는 휴대전화를 무조건 꺼야 한다. 친구들이 모인 가벼운 사교 모임에서는 긴급 상황(아이나 보모로부터 오는 전화 등)을 위해 켜놓는 것이 용인된다. 퍼브에서 그냥 한잔 하는 아주 가벼운 모임이나 즉흥적으로 만들어진 자리에서는 전화기를 자주 사용해도 된다.

숫자의 규칙

몇 명 안 모이는 사교석상에서는 아무리 가벼운 모임이라도 전화기를 되도록 사용하지 말고 대화에 집중해야 한다. 둘이 만났는데 상대방을 무시하고 다른 사람과 통화하는 일은 무례하고 옳지 못하다. 세 명이 모였을 경우, 다른 두 명이 서로 기분 좋게 대화하는 가운데 무시당한다는 느낌이 들지 않을 정도로 짧은 통화나 문자를 주고받는 것은 얼마간 용인된다. 여기서도 세 등급 규칙에 따르면 전화 받기와 문자 읽기는 전화 걸기와 문자 보내기보다는 받아줄 만하다. 네 명이 모였을 때는 그중 한 명이 살짝 긴 통화나 문자 송수신을 해도 다른 세 명이 서로 즐겁게 대화를 나누고 있을 경우 용납된다. 이렇게 규칙은 계속 생기고 적용될 수 있다. 보통 아주 규모가 큰 비공식 사교 모임에서는 활발하게 통화를 해도 된다.

십대의 예외

앞에서 얘기한 규칙 중에서 십대와 이십대, 심지어는 삼십대 가운데 십대처럼 행동하는 '어른애kidult' 같은 경우에 적용되는 예외 규정이 있다. 여기서 말하는 '십대'란 단순히 나이만 따진 용어가 아니며 성숙도를 가리킨다는 사실을 알아줬으면 한다.

휴대전화를 사용할 만한 나이가 된 십대(물론 나이든 '어른애'를 포함해서)들은 거의 '화면 분할'하듯 주의력을 분할한다. 옆 사람과 얘기하면서도 자연스럽게 문자를 보낼 수 있다. 물론 문자의 문장 수준은 형편없고 대화도 끊기며 연결이 잘 안 되긴 하지만 말이다. 하긴 두 가지 행동을 동시에 하지 않을 때에도 종종 그렇다.

물론 거의 모든 십대는 어른에 비하면 휴대전화 예절에 신경도 안 쓴다고 할 수 있다. 물론 그들도 뻔뻔스럽고 무례한 짓이라는 것은 알고 심지어는 짜증을 내지만 그래도 규칙 위반을 이해해주는 편이다. 만일 십대 소녀들이 함께 커피를 마시고 있을 때 그중 한 명이 휴대전화로 계속 통화한다면 다른 애들은 분명 기분이 상한다. 그래도 보통의 영국인처럼 찌푸림, 한숨, 기침, 혀 차기, 눈 치켜뜨기 대신에 자기도 휴대전화를 들고 문자를 보내거나 전화를 걸 것이다. 무례한 행동에 화난 듯이 굴면 '세련되지cool' 못하다고 여겨지고 "진정해chill" 또는 "정신 차려get a life"라는 말을 들을 것이다. 십대와 어른애의 경우 '사교적인 친교' 활동에 '전자기기로 지속되는 사교적인 친교'가 '섞이는' 것이 아주 일반화된 관습이 되어버렸다. 이제는 얼굴을 맞댄 소통이 전자기기 소통보다 크게 우선되지도 않는 상황까지 와버렸다. 직접 만나서 친교를 나누는데 휴대전화가 울려도 이를 방해가 아니라 그냥 다른 사람이 대화 중에 끼어든 일 정도로 여긴다. 더군다나 마침 전화를 걸어온 이가 파티에 참석하지 못한 사람이라면 휴대전화를 친구들에게 돌리며 인사를 나누거나 수다를 떨기 바쁘다.

규칙 파괴에 대한 반응: 몸짓과 뒤따르는 냉랭한 태도
나이든 세대는 보통 누군가 휴대전화를 무례하게 사용할 때 인내심을 훨씬 덜 발휘한다. 그러나 아주 무례하고 사회적으로 용인되지 않을 정도라 해도 직접 혹은 명확하게 비난하는 경우는 드물다. 영국인들은 놀라울 정도로 용인되지 못할 행위도 용인하는 능력이 있다. 혹은 용인하는 척한다. 그다지 야단스럽게 굴지는 않는다.

상대방과 당신이 아주 친한 사이가 아니라면 전화를 무례하게 사용했을 때 받을 수 있는 가장 큰 벌은 못마땅해하는 몸짓이다. 당신이 통화하는 동안 상대방이 눈썹을 추켜올리고, 눈살을 찌푸리고, 눈을 이리저리 돌리고, 입술을 꽉 깨물고, 발이나 손가락을 두드리는 것을 볼 수 있고, 한숨 소리, 혀 차는 소리, 헛기침, 식식거리고 코웃음 치는 소리를 들을 수 있다. 그러고는 영국인들이 할 수 있는, 세상에 존재하는 최고의 경악과 분노를 겨우 눈에 띌까 말까 하게 표현하기도 한다(상을 받아 마땅할, 국제적으로도 명성이 자자한 관용이 작용하는 덕이다. 그러나 우리는 외국인들은 알아채지 못할 정도로 조심스러운 방법으로 우리의 참을성에도 한계가 있음을 점잖게 표현한다).

당신이 어찌 되었건 무례하고 부적절한 통화를 끝내면 더 심한 처벌이 기다리고 있다. 이제 상대방의 태도가 상당히 쌀쌀맞게 변했음을 느낄 수 있다. 당신은 통화하는 동안 상대방을 무시하고 묵살한 셈이 되었다. 상대방은 당신을 무시하고 묵살해서 당신의 무례를 되돌려줌으로써 '공평하게' 피장파장으로 만들려는 것이다. 대개 당신이 통화한 시간에 비례할 정도로 보복하더라도. 이런 시간 계산은 놀라울 정도로 정확하지만 물론 일부러 잰 것은 아니다. 영국인의 잠재의식 속에 있는 공평함에 대한 계산 능력은 놀라울 만큼 정확하기 때문에 일부러 잴 필요가 없다. 나는 일부러 무례한 전화를 해서 내 통화 시간과 상대의 쌀쌀맞음의 시간을 직접 재서 '규칙을 어겨서 사회적인 규칙을 시험해보는 원칙'을 증명했다.

당신이 영국인이 아니라면 약간의 쌀쌀맞음과 한숨, 눈살 찌푸림 정도는 걱정거리가 아니라고 생각할 수 있다. 그러나 이는 당신이 아주 대단한 무례를 저질렀음을 알리는 표시이다. 당신이 영국인들과 잘 지내고 잘 받아들여지기를 원한다면 아주 심각하게 생각해야 한다(싫다고? 그렇다면 이 책은 도대체 왜 읽고 있나?). 당신의 무례를 바로잡는 방법은 바로, 계속해서 사과하는 것이다. 간단한 사과, '죄송합니다'로는 충분치 않다. 영국인들은 어디서나 아무렇지도 않게 '죄송합니다'를 너무 자주 사용해서 이를 제대로 된 사과라고 생각하지 않기 때문이다.[42]

휴대전화 규칙과 영국인다움

여기서 얘기한 불문율과 예외는 특별히 영국에서만 생겨나고 있는

---

42 정확하게 얘기하면, 조사에 의하면 영국인은 평균적으로 하루에 '죄송합니다'를 여덟 차례는 사용한다. 하루에 스무 차례도 넘게 사용하는 경우도 있다.

것은 아니다. 십대에게서 나타나는, 세 등급의 규칙, 숫자의 규칙 그리고 의례의 규칙을 비롯한 예외는 휴대전화가 널리 보급된 나라에서는 어느 정도 적용되고 있다. 하지만 규칙을 파괴하는 무뢰한을 대할 때도 점잔을 떠는 우리 태도는 정말 유별나다. 우리가 분노를 표하는 몸짓은 정말 눈에 띄지도 않을 정도로 미미하다. 약간의 얼굴 찡그림, 헛기침, 콧방귀와 한숨이 전부다. 일반적인 '보디랭귀지'라기보다는 불만의 뜻을 표하는 '보디잉글리시'라고 부를 만한 소리 없는 사투리 같은 것이다. 지난 장에서 충분히 살펴본 사교 억제와 사교 장애의 증거인데, 결국은 조심스레 '결정적인 특성'이 되려 하고 있다.

절묘한 때 온건하게 순화된 방식으로 내보이는 '쌀쌀맞음'은 영국인의 중요한 반응 중 하나이다. '나를 5분간 무시했으니 나도 5분간 무시'한다는 식의 복수는 사실 '눈에는 눈' 같은 동해보복에도 낄 수 없다. 수동적인 반감에 가까운(예리한 공정함이 포함된) 또 하나의 분명한 사회 억제의 표현이다.

규칙 파괴에 대한 이런 반응은 분명히 영국식이다. 하지만 휴대전화 예절은 지금도 만들어지고 있는 중이라, 미래에 어떻게 될지 예상하기는 상당히 어렵다. 영국 십대들 사이에서 일반적으로 용인된다 해서 미래에 전반적인 기준이 되리라고 간단히 추정할 수는 없다. 청소년도 자라서 어른이 되면 여러 면에서 성향이 달라지기 마련이다. 앞서 말했듯이 자신이 누구라고 굳이 밝힐 필요가 없는 확실한 지위에 있는 고위층은 업무를 볼 때 휴대전화를 사려 깊고 예의 바르게 사용하는 경향이 있다. 이를 사회적인 상황에도 적용할 수 있다. 사회적으로 안정되고 자신 있는 사람들은 굳이 전화를 걸고 받는 식으로 인기를 과시하지 않고, 사교 생활로 바쁜 티를 냄으로써 관심을 끌려고 하지도 않는다. 십대와 어른애들은 사회적으로 아주 불안정한데, 성숙해가면 사교 범위를 과시할 필요성은 줄어들게 마련이다. 얼굴 맞대고 대화를 하다가 전자기기를 사용하는 십대들 사이에서도 아직은 만나서 하는 대화가 좀더 우선순위에 있긴 하다. 그러나 멀지 않아 적어도 가벼운 모임이나 규모가 큰 모임에서는 사람을 앞에 두고도 전자기기로 지인과 소통하는 일이 차츰 보편화되리라 짐작한다.

전자기기 소통이 점점 더 일반화되자 계속 울려대는 휴대전화 벨소리와 문자메시지 알람이 이제는 '사교 자산'을 과시하는 효과적인 방법의 지위를 잃게 되었다. 이런 식으로 사교적인 부를 과시하는 사람은 피곤한 사람 취급을 받는다. 전화나 문자가 올 때마다 흥분한 강아지처럼 금방 받거나 확인하지 않고 초연하게 영국인의 전통적인 조심성을 발휘하는 사람이 사회적 인정과 존경을 받는다. 사교에 지나치게 열을 올리는 행위는 창피하고 눈살 찌푸릴 일이다. 전자기기에 너무 열중하는 일도 마찬가지다. 휴대전화가 더는 희귀한 물건이 아닌 오늘날에는 특히 더 그렇다.

휴대전화 대화의 규칙은 지금도 생겨나고 있다. 나는 영국인다움의 더 일반적이고 확실한 규칙과 '결정적인 특성'을 찾아내 미래를 나름대로 예측하는 데 도움이 되기를 바란다.

이러한 결정적인 특성을 발견하려면 먼저 훨씬 더 안정되고 확립된 규칙을 시험해야 한다. 이를 위해 '퍼브pub 대화'에 귀를 기울여보자.

퍼브 대화

퍼브는 영국인의 삶과 문화의 중심이다. 흡사 가이드북에 나오는 소리 같지만 엄연한 사실이다. 퍼브의 중요성은 아무리 강조해도 지나침이 없다. 75퍼센트가 넘는 성인이 퍼브를 가고, 30퍼센트 정도는 일주일에 한 번 넘게 들르는 단골이다. 많은 사람에게 퍼브는 또 하나의 집이다. 연령, 계급, 학력을 불문하고, 아니 상상할 수 있는 모든 직업인이 다니는 곳이기에, 사회학자에게 영국 인구에 대한 '표준 샘플'을 제공하는 장소이다. 이 퍼브에서 시간을 보내지 않고 영국인다움을 이해하려 하는 것은 말이 안 되는 소리다. 퍼브만 관찰해봐도 영국인다움을 어느 정도는 이해할 수 있다. 거의 가능한 얘기다.

내가 여기서 '거의'라고 한 이유는, 어느 문화권에서도 그렇듯이 퍼브 같은 술집은 나름의 규칙이 있고 사교적 활력이 꿈틀대는 특수한 환경이기 때문이다. SIRC의 동료와 나는 술집에 대해 광범위한 비교문화 조사를 했다(누군가는 해야 하는 일이다).[43] 이 조사에 따르면 음주는 어느 사회에서나 주요한 사교 활동이고, 이를 위해 정해진 환경이 있다. 우리는 술집에는 어떤 문화를 막론하고 중요한 유사성과 불변의 법칙이 세 가지 있음을 밝혀냈다.

- 모든 문화에 걸쳐 술집은 특수한 환경이고, 고유한 전통과 가치가 있는 별개의 사교 세계이다.
- 술집은 차별 없이 평등한 환경이다. 아니라면, 바깥세상과는 다른 기준에 의한 신분 차이가 존재한다.
- 술집의 제일 중요한 기능은 친교 촉진이다.

비록 퍼브는 영국 문화의 중요한 일부지만, 이곳 주인과 손님들은 자신들만의 '소집단 사교 분위기social micro-climate'를 즐긴다.[44] 모든 술집처럼 퍼브는 '해방구liminal zone' 역할을 하는데, 애매모호equivocal하고, 가장자리marginal에 있으며 이도저도 아닌 경계선상borderline state에 있다. 그 안에서 사람들은 '해방 의식 같은 문화 면죄부cultural remission' 상태에 젖어든다. 이런 개념은 전부터 잘 만들어져 있어, 사람들은 휴식을 취하고 흔히 통용되는 사회적 억제를 잠시 정지(또는 '합법적 일탈legitimised deviance'을 꾀하거나 '중간 휴식 행태time-out behaviour'를 보인다)시킨다. 이러한 귀하지만 제한된 예외

43 Kate Fox, 『음주의 사회문화적 측면 *Social and Cultural Aspects of Drinking*』, The Amsterdam Group, London, 2000.

44 이 '소집단 사교 분위기'라는 정의는 내가 『경마족』에서 소개한 말로 특정 장소들(섬, 계곡, 오아시스 등)은 '고유의 분위기를 만들어'내고, 일부 사교적인 환경(경마장, 퍼브, 대학 등)에도 특유의 '소집단 사교 분위기'가 있다. 그곳의 행동 양태, 기준, 가치 등은 주류 문화와는 다르다.

때문에 영국인의 퍼브 대화 규칙은 영국인다움에 대한 많은 이야기를 해준다.

퍼브 대화 규칙

사교성 규칙

퍼브 대화의 첫째 규칙은 왜 퍼브가 우리에게 중요한지를 말해주는데, 바로 사교성의 규칙이다. 바 카운터는 처음 보는 사람에게 말을 건네는 것이 용인되는, 영국에서 몇 안 되는 장소 중의 하나다. 바 카운터에서는 통상의 사생활을 벗어던지고 자제심을 풀어버린다. 사교적인 억제에 임시 면죄부가 발급되고, 처음 보는 사람과 친근하게 대화를 나누는 것이 적절하고 정상적인 행동으로 여겨진다.

외국 방문객들은 영국 퍼브에 웨이터가 없다는 사실을 받아들이기가 상당히 어렵다고 한다.[45] 그래서 여름에 목격하는 가장 마음 아픈 광경의 하나는(혹은 보는 사람의 유머 감각에 따라서는 아주 우스꽝스러운) 한 무리의 외국 관광객들이 퍼브 테이블에 앉아 웨이터가 주문을 받아 가기만 마냥 목을 빼고 기다리는 모습이다.

이에 대한 나의 첫 반응은 연구자답게 냉담했다. 스톱워치를 꺼내 관광객들이 웨이터 서비스가 없다는 사실을 깨닫는 데 얼마나 걸리는지를 재기 시작했다(처음에는 2분 24초. 아주 눈치 빠른 미국 관광객이었다. 불쌍한 이탈리아 젊은이들―비록 자기네들끼리 신이 나서 축구

---

45 지금은 웨이터 없는 서비스 규칙에 예외가 생겼다. 레스토랑을 겸한 퍼브나 별미 요리 퍼브 혹은 '바'와 '레스토랑'이 구분되어 있는 퍼브에서는 웨이터가 주문을 받기도 한다. 하지만 이런 예외는 외국 관광객을 더욱 헷갈리게 만들 뿐이다.

애기를 하느라 웨이터 서비스가 없다는 데 별 신경을 쓰진 않았지만—은 45분 13초 걸렸는데 이건 좀 심했다. 프랑스 커플은 24분을 기다린 후 형편 없는 영국인 서비스 전체에 항의한 후 퍼브를 나가버렸다). 충분한 데이 터를 수집한 후, 나는 조금 더 동정심이 생겨 결국 외국 관광객을 위 한 작은 문고판 퍼브 예절 책을 써야 하는 지경에 이르렀다. 이 책을 쓰기 위한 현장답사인, 9개월에 걸친 전국 퍼브 순례를 통해 영국인 다움에 관한 유용한 자료를 많이 얻었다.

나는 퍼브 예절 책에서 사교성의 규칙은 바 카운터에만 적용된 다는 점을 분명히 했다. 그래서 음료를 사러 바 카운터로 가는 것은, 영국인에겐 아주 귀중한 사교상의 접촉을 위한 기회라고 설명했다. 웨이터 서비스는 각자 테이블에 앉은 사람들을 격리하는 결과를 낳 는다. 이는 체질상 외향적이고 사교적인 문화권에서 온 사람들에게 는 문제가 안 된다. 옆 테이블에 자리 잡은 사람들과 말문을 트기 위 해 누구의 도움도 받을 필요가 없다. 그래서 나는 영국인은 내성적 인 데다 자제하는 성향이 있어, 가능한 한 도움을 받아야 한다고 애 써 변호했다. 우리는 작정을 하고 옆 테이블에 앉은 사람과 대화를 하기보다는 바 카운터에서 음료를 주문한 뒤 기다리는 동안 우연한 대화로 참여하는 쪽이 훨씬 편하다고 느낀다. 웨이터 서비스 없애기 는 이런 사교성을 권장하기 위해 고안되었다.

그러나 이것도 제멋대로이거나 통제가 전혀 없는 사교 행위는 아니다. 해방 의식 같은 문화적 면죄부라는 말은 '긴장을 풀고 마음 껏 놀아본다'의 학술판이 아니다. 모든 금기를 버리고 하고 싶은 대 로 한다는 말이 아니고, 정상적인 사교 관례에 따라 아주 명확하게 짜인, 질서정연한 휴식을 취하는 것이다. 영국 퍼브에서 정상적인 사교 규칙이 정지되는 현상은 바 카운터에 국한된다고 얘기한 바 있 다. 어떤 경우에는 바 카운터 근처 테이블도 약하긴 하지만 적용된다. 바에서 멀어질수록 더 개인적인 장소가 되는데 모두들 이를 잘 이해하고 있다. 그러나 몇몇 예외가 있다. 사교 규칙이, 상당히 제한 돼 있긴 하지만, 다트 보드와 당구대 근처에서도 적용되고 있었다 (그러나 아주 엄격한 소개 규칙을 따라야 한다). 사교 규칙은 게임 하는 사람 근처에 서 있는 사람에게만 적용되며, 근처 테이블은 물론 개인적인 공간이다.

영국인에겐 사교 촉진을 위해 바 카운터 근처에서 통하는 합법적인 일탈이 필요하지만 그래도 우리는 각자의 사생활을 중요시한다. 퍼브를 공공 영역과 개인 영역으로 가른 것은 정말 완벽하고 너무나 영국다운 타협의 산물이다. 이는 규칙 파괴를 허락하면서도, 편안하고 질서 있게 규칙을 통해서만 파괴하도록 하는 장치이다.

보이지 않는 줄서기 규칙

퍼브 대화의 복잡한 예절 탐험을 시작하기도 전에, 우리는 또 하나의 퍼브 행동 규칙에 부딪히고 말았다. 그래서 잠깐 옆길로 샐 수밖에 없다. 이는 분명 영국인다움에 대한 규칙을 증명(제대로 된 의미의 실험)하는 데 도움을 줄 것이다. 여기서 얘기하려는 주제는 줄서기이다. 바 카운터는 영국에서 유일하게 줄을 서지 않고도 무엇이든 살 수 있는 곳이다. 수많은 비평가들이 지켜본 바로는 영국인에게 줄서기는 거의 국민적인 오락이다. 영국인은 버스정류장, 상점 계산대, 아이스크림 파는 밴, 출입구, 엘리베이터 등 어디서나 질서정연하게 줄을 선다. 내가 인터뷰한 관광객에 따르면 영국인은 분명한 이유도 없이 이상한 데서도 줄을 선다.

조지 마이크에 의하면 "영국인은 비록 자기 혼자일지라도, 나름대로 질서정연하게 줄을 선다". 처음에 이 글을 읽고는 웃기기 위해 너무 과장했다고 생각했다. 하지만 사람들을 더 가까이에서 관찰해본 결과 이는 분명 사실이었다. 게다가 나 역시 그러는 것을 발견했다. 나 혼자 버스나 택시 정류장에서 차를 기다릴 때 다른 나라 사람들처럼 대충 어슬렁거리는 게 아니라 표지판 바로 옆에 똑바로 선다. 흡사 줄의 맨 앞에 서 있는 사람처럼 말이다. 나 혼자 나만의 줄을 선 것이다. 당신이 영국인이라면 당신도 마찬가지일 것이다.

우리는 술집에서는 어찌 되었건 질서정연하게 줄 서는 짓을 하지 않는다. 되는 대로 바 카운터를 따라 모여 있다. 영국인의 본능, 규칙, 전통에 어긋나는 행동이라 처음에는 나도 놀랐다. 사실은 이것도 보이지 않는 줄이다. 바 종업원이나 손님들 모두 각자의 위치를 정확히 알고 있다. 모두들 다음 차례는 누구인지 알고 있다. 당신 순서인데도 누군가 당신보다 먼저 카운터 앞에 이르렀다 해서 바로 뭘 받으려 하면 바 종업원은 무시해버리고 다른 손님들은 눈총을 준다. 다른 말로 새치기다. 이 시스템이 언제나 제대로 지켜진다고는 할 수 없다. 그러나 영국의 바 종업원은 눈에 보이지 않는 줄에서 누가 다음 차례인지를 아는 능력이 실로 비할 데 없이 탁월하다. 바 카운터의 경우는 영국인의 줄서기에 대한 '규칙을 증명하는 예외'이다. 이는 분명 유일한 예외이다. 그리고 영국인의 무질서 속 질서다.

무언극 규칙

퍼브 대화 규칙은 말로 하는 대화와 무언의 대화를 모두 규제한다. 실제로 이 규칙은 어느 정도 무언의 대화를 권장한다. 바 종업원은 순서대로 손님 시중을 들려고 최선을 다하고 있다. 그래도 그들의 시선을 끌어서 내가 차례를 기다리고 있음을 알려줄 필요가 있다. 이 행동에도 엄격한 예절이 있다. 이 행동은 반드시 말없이, 소리 내지 않고, 요란한 몸짓을 보이지 않고 해야 한다(그렇다. 우리는 또다시 동화 『거울나라의 앨리스』로 돌아가야 한다. 영국 예절은 아주 기이한 소설보다 더 기이하다).

　미리 엄격하게 정해진 행동은 가장 좋게 봐줘도 미묘한 무언극 같다. 크리스마스 시즌 극장 무대에서 볼 수 있는 장면이 아니라, 눈썹 하나 움직여 엄청난 의미를 전달하는 잉마르 베리만Ingmar Bergman[상당히 난해한 작품을 만드는 스웨덴 영화감독]의 영화 한 장면이랄까. 이 난리를 치는 목적은 단 하나다. 바 종업원과 눈을 맞추기 위해. 하지만 그를 부르는 행위는 금지되어 있을 뿐 아니라, 시선을 끌 수 있는 확실한 방법, 예를 들면 동전으로 카운터를 살짝 두드리기, 손가락 튕기기, 손 흔들기 등은 모두 지탄 받을 일이다.

　내가 차례를 기다리고 있다는 사실을 바 종업원이 알도록 빈 잔이나 돈을 들고 있는 것은 물론 용인된다. 무언극의 규칙은 우리가 잔을 기울이거나 카운터에 대고 천천히 돌리는 행동 정도는 허락해준다(그러나 세련된 단골에 따르면 이 역시 그저 시간을 보내기 위한 행동이다). 여기서 통하는 예절은 무서울 정도로 꼼꼼하다. 예를 들면 돈이나 빈 잔을 들고 팔꿈치를 바에 올리는 것은 허락되나, 팔 전체를 올리거나 돈이나 빈 잔을 마구 허공에 흔들어서는 안 된다. 무언극 규칙은 기대, 희망, 약간의 갈망을 담은 표정마저 요구한다. 만약 손님의 표정이 너무 만족스러우면, 이미 서비스를 받은 것으로 간주되기 때문이다. 그게 아니라면 언제나 긴장한 채로 바 종업원의 눈을 바라보고 있어야 한다. 눈이 일단 마주치면 재빨리 눈썹을 올리고, 때로는 동시에 아래턱을 위로 올려주어야 한다. 그러고는 희망찬 미소를 지어 바 종업원에게 당신도 차례를 기다리고 있음을 알려야 한다. 그들은 이 무언극의 신호를 알아차렸다는 뜻으로 미소를 짓거나 고개를 끄덕이고, 혹은 손가락이나 손을 올려주며, 때로는 손님처럼 눈썹을 올린다. 이는 '당신이 기다리는 줄 안다. 가능한 한 빨리 해주겠다'는 신호이다.

영국인은 이 무언극의 연속 동작을 본능적으로 수행한다. 심지어 이러한 엄격한 예절을 따르고 있음을 자각하지 못하고, 규칙이 부과한 기이한 장애(침묵 지키기, 팔 흔들기 금지, 소음 금지, 계속해서 긴장하고 있기, 미묘한 비언어 신호 등)에 의문을 품지 않는다. 외국인은 눈썹을 실룩거리는 무언극 의식을 이해할 수 없는 모양이다. 의심 많은 관광객은 영국인은 어떻게 음료를 사고야 마는지 이해할 수가 없다고 자주 얘기한다. 사실 이것은 놀랄 정도로 효과적이다. 모든 사람이 불필요하게 법석을 피우거나 말다툼하지 않고 대개 기다린 순서대로 서비스를 받는다.

무언극 규칙과 퍼브 행동의 불문율을 조사하는 것은 나 자신의 능력에 대한 시험이기도 했다. 나로서는 내가 태어난 문화를 초연한 사회과학자 입장에서 지켜보아야 했기 때문이다. 퍼브 단골인 나는 이 무언의 의식이 이상하다거나 복잡하다고 느낀 적이 한번도 없다. 또 다른 사람과 마찬가지로 의문을 제기해본 적도 없이 자동인형처럼 따라왔다. 그러나 퍼브 예절 책을 쓸 때는 동네 단골 퍼브에서도 자신을 애써 직업적인 이방인으로 만들어야 했다. 당황스러우나 상당히 흥미로운 정신 운동이었다. 보통은 매뉴얼에 따르는 자동인형처럼 하던 일들을 머리에서 죄다 비워내야 했다. 양치질처럼 별 생각 없이 기계적으로 하던 일의 시시콜콜한 구석까지 뒤져서 조사하고 해부하고 의문을 품어야 했기 때문이다. 이 퍼브 예절 책이 나왔을 때 몇몇 독자들은 이런 사례를 해부한 결과를 읽는 것조차 당혹스러웠다고 고백했다. 『영국인 발견』 독자들에게도 비슷한 말을 많이 들었다.

___ **무언극 규칙의 예외** 무언극 규칙에도 중요한 예외가 있다. 물론 예외이긴 하지만 이미 정해진 규칙에 의한 예외다. 퍼브 카운터에서

기다리고 있을 때 어떤 사람들이 바 종업원에게 하는 말을 들을 때가 있다. "어이! 100년 내에 내 거지 같은 음료를 받을 가능성이 있나?" 혹은 "빨리 좀 해라. 난 지난주 목요일부터 여기 서 있다!" 이건 무언의 규칙을 노골적으로 깨는 일이다. 충고하건대 절대 따라하면 안 된다. 이는 퍼브의 단골들에게나 허락된, 특별한 상황에서 바 종업원과 단골 사이에나 오갈 무례한 말이기 때문이다.

"부탁합니다"와 "감사합니다" 규칙

어찌 되었건 음료를 주문하는 규칙은 모두에게 적용된다. 첫째로, 테이블에 앉은 사람들 가운데 한두 명이 카운터로 가서 한꺼번에 주문을 하고 지불도 한 사람이 해야 한다(이는 바 종업원의 일을 덜어주기 위해서라거나, 혹은 영국인들이 하찮은 일로 법석을 떠는 행동을 질색하기 때문만은 아니며 또 다른 규칙과 관련이 있다. 나중에 설명할 '돌아가면서 서로 사기round buying' 규칙이다). 둘째로, 제대로 맥주를 주문하려면 "비터(혹은 라거) 한 파인트500cc, 부탁합니다" 또는 "비터 작은 잔, 부탁합니다"라고 항상 줄여서 말한다(특정 상표의 맥주를 주문할 때는 "한 파인트의 (상표명), 부탁합니다" 혹은 "작은 잔의 (상표명) 부탁합니다"라고 하면 된다).

"부탁합니다"는 대단히 중요하다. 외국인이나 풋내기가 주문하면서 다른 실수는 몰라도 "부탁합니다"를 빼먹는 것은 용서받기 어렵다. 동시에 음료를 건네줄 때나 잔돈을 받을 때 "감사합니다"(혹은 '감사thanks', '건배cheers' 아니면 그와 비슷한 무언의 표시, 즉 눈 맞춤, 고개 끄덕이기, 미소)라는 감정 표현은 아주 중요하다.

이 규칙은 퍼브뿐 아니라 영국 내 어디서든 뭘 주문하거나 살 때 모두 통용된다. 상점, 식당, 기차, 버스, 호텔, 어느 장소에서든 모든 종업원은 자신들처럼 손님들도 공손하기를 기대한다. 손님도 모든 종업원에게 "감사합니다" "부탁합니다"라고 해야 한다는 뜻이다. 공손함은 손님이나 점원이나 공히 갖추어야 할 덕목이다. 바 종업원이나 상점 점원이 "4파운드 50펜스입니다. 부탁드립니다"라고 하면 당신은 대개 "감사합니다" 혹은 조금 덜 공식적이지만 상응하는 말을 하며 돈을 건넨다. 일반적인 규칙은 뭘 요구할 때마다(손님이든 점원이든) 반드시 말끝에 "부탁합니다"가, 어떤 요구를 충족했을 때는(손님이든 점원이든) "감사합니다"가 뒤따라야 한다.

나는 영국인다움을 조사하던 중 무엇을 살 때마다 부탁했고 감사했으며 이 횟수를 부지런히 세었다. 예를 들면 구멍가게에서 신문이나 초콜릿 혹은 담배를 살 때면 두 번의 부탁과 세 번의 감사가 따랐다(감사에는 횟수 제한이 없어, 많은 경우 다섯 번에 이르렀다). 퍼브에서 간단한 음료와 감자튀김을 살 때도 대개 두 번의 부탁과 세 번의 감사가 요구된다.

영국은 계급의식이 상당히 강한 사회일지는 모르나 이러한 공손의 규칙을 살펴보면 다방면에서 놀랄 만한 평등사회임을 알 수 있다. 적어도 겉으로는 신분 차이가 드러나지 않는다는 말이다. 서비스업 종사자는 대개 손님들보다 하류층이고, 이는 언어라는 계급표시기가 말해주기에 양쪽 다 잘 알고 있다. 그럼에도 종업원들은 노예근성 같은 비굴함은 전혀 보이지 않는다. 무언의 규칙은 예의를 지키고 이들을 존중해야 한다고 요구하기 때문이다. 다른 규칙과 마찬가지로 이것도 깨지는 경우가 있으나 이런 일을 저지른 자는 금방 비난과 지탄을 받는다.

"그리고 당신도 한잔?"의 규칙과 공손한 평등주의 원칙

내가 발견한 바로는 특유의 소집단 사교 분위기가 자리 잡은 퍼브에서 평등의 예의는 한층 더 복잡하고 엄격하게 지켜진다. 예를 들면 퍼브에서 당신을 도와주는 주인이나 종업원들에게 팁을 주는 것은 관례가 아니다. 대개는 그들에게 음료를 사준다. 바 종업원에게 팁을 주면 '서비스' 임무를 상기시킬 것이기 때문이다. 그에 반해 음료를 사면 그들을 동등하게 대하는 것이다. 음료를 권할 때는 공손한 평등주의와 돈에 대한 기묘한 결벽증을 함께 감안해야 한다. 정해진 예절은 "그리고 당신도 한잔?And one for yourself?"이나 "당신도 한잔 하실래요?And will you have one yourself?"를 덧붙이는 것이다. 이 권유는 분명 명령조가 아니라 상대 의사를 묻는 식이어야 한다. 동시에 자신의 친절을 꼴사납게 보이지 않으려면 크게 외치지 말고, 남들이 잘 못 알아듣도록 조용히 말해야 한다.

당신이 음료를 주문할 때 퍼브 주인이나 바 종업원에게 "그리고 당신도 한잔?"이라는 권유를 깜빡했다면 나중에라도 "당신도 한잔 하실래요?Will you have a drink?"라고 권유해도 된다. 그러나 "그리고 당신도 한잔?" 쪽이 더 좋은 표현이다. 그러면 손님과 바텐더가 같이 한잔 하는 상황을 넘어 바텐더도 '돌아가면서 사기'에 참여하는 셈이 된다. 내가 지켜본 바로는 영국인은 '산다'라는 단어를 애써 피하는 경향이 있다. "제가 한잔 사드려도 될까요?Can I buy you a drink?"란 말은 논리적으로는 문제가 없으나 돈과 관련된 말이기에 실제로는 잘 쓰지 않는다. 영국인은 돈이 관련돼 있음을 분명히 알면서도 이 사실을 드러내지 않는 방법을 좋아한다. 우리는 퍼브 주인과 바 종업원이 서비스를 제공하고 대가로 돈을 받음을 알고 있다. 물론 이 "당신도 한잔?" 의식은 어찌 보면 아주 복잡하고 고통스러운 방법으로 팁을 주는 것이다. 그러나 이들 사이에 금전 수수를 굳이 내보이는 행동은 품위 없는 것이다.

결국 바 종업원도 이러한 까다로운 절차에 공모하는 셈이다. 바 종업원이 "당신도 한잔?"의 권유를 받아들이면, "감사합니다. 나는 맥주 작은 잔(혹은 다른 것을)으로 하겠습니다"라고 자신의 의사를 밝히는 것이 관례다. 그리고 직원은 자신이 선택한 음료의 가격을 손님의 계산에 더한다. 그러고는 "합계는 5파운드 20펜스입니다. 부탁합니다"라고 확실히 얘기해주어야 한다. 손님에게 자신이 선택한 음료의 가격을 에둘러 알려준다(어느 경우이건 별로 비싸지 않은 음료를 선택해야 한다). 바뀐 금액을 말함으로써 손님과 마찬가지로 바 종업원도 자신이 저렴한 음료를 선택했음을 미묘한 방식으로 알린다.

이것이 팁이 아니고 손님을 '같이 마시기'에 초대하는 행동임은 바 종업원의 태도를 보면 확실해진다. 종업원은 잔을 손님 방향으로 들고 "감사" "건배"라고 말한다. 이는 친구들 사이에서 '돌아가면서 사기'의 순서로 술을 받을 때 흔히 볼 수 있는 절차이다. 아주 바쁠 때는 바 종업원이 자신이 받은 술을 바로 따르거나 마실 수 없다. 그럴 때는 "그리고 당신도 한잔?"의 권유를 일단 받아놓고 술값을 손님의 계산에 더한 뒤 나중에 조용해지면 마셔도 된다. 심지어 몇 시간이 지난 뒤에라도 음료를 따른 뒤, 해당 손님과 확실히 눈을 맞추고 잔을 올린 다음 고갯짓과 미소로 감사를 표하고 때로는 "건배"라고 말하기도 한다.

이렇게 주기만 하고 받지는 못하는 일방적인 친교는—비록 관습적인 팁을 주는 방법보다는 평등하게 친교를 나누는 방법이라고는 해도—바 종업원이 일방적으로 우세한 관계라고 해서 논쟁거리가 된다. 물론 틀린 얘기는 아니다. 많은 경우 퍼브 주인이나 바 종업원은 이런 호의를 베풀지 않아, 손님 입장에서는 호혜적이지 않기 때문이다. 그들은 손님, 특히 단골이 음료를 많이 사기 전에는 일종의 특혜를 주는 법이 별로 없다. 결국 계산을 해보면 균형이 안 맞지만 그런 계산은 아무도 하지 않는다. 손님들은 (드물긴 하지만) 바 종업원이나 주인의 답례 또는 동등한 관계에서 이루어지는 친근한 교감을 이어가는 것으로 충분하다고 여긴다.

외국 방문객들에게는 "그리고 당신도 한잔?"은 불필요하게 빙돌아가서 복잡한 방법으로 팁을 주는 의식으로 보일 수 있다. 세계어느 곳이든(영국에서도 퍼브를 제외하곤 어디서나) 간단히 동전 몇 개를 주면 되는 호의일 뿐이다. 어리벙벙한 어느 미국인에게 내가 이규칙을 설명하자 '비잔틴적 의전'을 들먹이며 영국 퍼브의 예절을 믿을 수 없다고 토로했다. 한 프랑스인은 퉁명스럽게 모든 절차 자체가 "전형적인 영국인의 위선"이라고 깎아내렸다.

그러나 또 다른 외국인들은 우리들의 뒤얽힌 예절이 좀 기괴하지만 한편으로는 매혹적이라고 한다. 나는 이 두 비평에 공히 유의해야 할 요점이 있음을 인정할 수밖에 없다. 영국인의 공손의 규칙은 부정할 수 없이 복잡하고, 현실의 신분이나 직업의 차이를 부정하거나 위장하기 위한 뒤틀린 시도이므로 분명 위선이다. 하지만 사실이 그렇다 쳐도 모든 공손함은 결국 하나의 위선이 아닌가? 정의에 따르면 여기에는 허위도 포함된다. 사회언어학자 페넬로페 브라운Penelope Brown과 스티븐 레빈슨Stephen Levinson에 의하면 공손함은 "적대 행위가 일어날 가능성을 예상하고 상대를 무장해제하여 분쟁에 얽힐 개연성이 있는 이들이 서로 대화하게 한다". 적대 행위의 전후 관계 논의에서 팩스먼이 관찰한 바로는, 우리가 엄격하게 지키는 예절들은 "영국인들로부터 영국인 자신을 보호하기 위해 영국인이 개발한 것" 같다.

우리는 아마도 다른 어느 문화권보다도 계급과 신분의 차이를 강하게 의식한다. 조지 오웰은 영국을 "태양 아래 가장 강력히 계급에 지배된 나라"라고 정확히 묘사했다. 우리의 미궁같이 복잡하기만 한 평등 원칙에 대한 규칙과 규약은 공들여 위장한 제스처 게임이고, 정신치료사들이 '자기부인自己否認'이라고 부를 만한 심각한 집단 사례다. 우리의 공손한 평등주의는 사교 관계의 진실한 표현이 아니다. 공손한 미소는 진정한 기쁨의 표현이 아니고, 공손한 끄덕임도 진심 어린 동의 신호가 아니다. 우리가 끊임없이 늘어놓는 "부탁합니다"는 명령과 지시를 부탁으로 위장하기 위한 말이고, 계속되는 "감사합니다"는 우리가 진정 친밀하고 평등하다는 착각을 유지하기 위한 말이다. "그리고 당신도 한잔?" 의식도 결국은 기이한 집단적 자기기만 행위를 요구하는 것이다. 이는 바에서 음료를 사는 일은 천한 돈과 굴욕적인 서비스가 개입된 일이 아닌 체하는 자기기만에 우리 모두 합의함으로써 이루어진다.

위선? 한편으로는 분명 그렇다. 우리의 공손함은 모두 속임수, 거짓, 가장이다. 실제로는 완전히 다른 현실을 가리기 위해 조화와 동등으로 가장한 겉치레일 뿐이다. 그러나 위선이라는 표현은 의식적이고 고의적으로 타인을 기만하는 것으로 이해해야 한다. 반대로 영국인의 공손한 평등주의는 협력에 의한 집단적인 자기기만에 해당하는 것 같다. 우리들의 공손함은 분명 진심의 반영은 아니지만, 그렇다고 남을 속이려는 냉소적이고 계산된 시도 또한 아니다. 또 공손한 평등주의는 예리한 계급의식이 용인될 수 없는 방식으로 표출되어 생기는 불쾌한 상황을 막아 자신을 보호하기 위해 필요한 듯하다.

단골손님의 언어 규칙

앞서 무언극 상황에서도 얘기했듯이, 모든 퍼브에는 단골손님의 행동과 언어에 관한 특별한 예절 규칙이 있다. 여기에는 무언의 규칙을 깰 수 있는 것을 포함한 다른 득권도 포함돼 있다. 그러나 어느 경우에도 보이지 않는 줄에서 새치기를 하는 행위는 허락되지 않는다. 이는 영국인다움의 일반적이고 강력한 규칙인 공정성의 부속 규칙 중 하나인 ─영국인의 또 다른 중요한 규칙인 ─줄서기 규칙을 정면으로 위반하는 일이기 때문이다. 단골손님의 언어 규칙을 자세히 조사해보는 것도 의미가 있다. 이는 '관습에서 벗어난 관습화된 일탈'을 대표하는 것들이라, 영국인다움의 결정적인 특성을 찾아내는 데 크게 도움이 되리라 여겨지기 때문이다.

__ **인사 규칙**　단골이 퍼브에 들어오면 다른 단골, 퍼브 주인, 종업원들이 합창하듯 친근하게 인사를 건넨다. 퍼브 주인과 바 종업원은 단골의 성이 아닌 이름을 부르고, 단골도 마찬가지로 그들의 이름을 부른다. 게다가, 내가 눈치챈 바로는 이들은 필요 이상으로 각자의 이름을 자주 불러주어 이 작은 부족 내에서 친밀함을 일부러 강조하는 것 같다. 이는 특히 놀랍게도 영국인의 일반적인 대화 규칙에 반하는 것이다. 영국에서 성이 아닌 이름은 다른 문화보다 훨씬 적게 부르고, 이름을 너무 많이 부르면 진부한 미국식이라고 눈총 받는다.

　퍼브 단골들은 서로 별명을 부름으로써 유대를 더욱 공고히 한다. 퍼브는 언제나 '쇼티Shorty' '요크셔Yorkshire' '닥Doc' '로프티Lofty'라 불리는 사람들로 가득하다. 누군가를 별명으로 부르는 것은 일반적으로 아주 친밀한 관계임을 의미한다. 보통은 가족이나 친한 친구만 별명으로 부른다. 별명을 사용하면 단골, 퍼브 주인, 바 종업원 사이에 일종의 소속감이 생긴다. 이는 퍼브에서 영국인 사교의 본성을 살펴보는 데 도움을 준다.[46] 이런 상황에서 특기할 점은 어떤 단골에겐 '퍼브 별명'이 있는데, 이는 밖에서는 쓰이지 않고 그의 가족이나

46　물론 별명은 친근하지 않은 이유로도 사용된다. 예를 들면 적의를 드러낼 때 쓰이고, 사회적인 구분이나 통제 등에도 사용되는데 퍼브에서는 그런 경우는 아니다.

친구들은 모른다는 것이다. 퍼브 이름은 대개 유머러스한 아이러니가 깃들어 있다. 예를 들면 키가 작은 단골은 '다락방Lofty'이라 불린다. 우리 동네 퍼브에서는 보통 야윈 내 모습을 '작대기Stick'라 부르나 주인은 단어를 찾는 노력을 기울인 뒤엔 '필스버리Phillsbury[밀가루 광고에 나오는 뚱뚱한 인물]'라 부른다.

인사 규칙에 따르면 퍼브 주인, 바 종업원, 단골들은 한 단골에 대한 환영 인사를 합창해야 한다. 예를 들면 "좋은 저녁, 빌" "무슨 일 있어? 빌" "별일 없지? 빌" 등으로 인사한다. 그러면 예의 단골은 자기에게 인사를 한 모든 사람의 이름이나 별명을 일일이 부르면서 답을 해야 한다. "좋은 저녁, 닥" "무슨 일 없지? 조" "별일 없지? 로프티", 이런 인사를 교환할 때 사전에 정해진 내용은 없으며, 대개 독창적이고 특이하며 유머러스하거나 짐짓 모욕하는 변종 인사를 건넨다. 예를 들면 "오! 서로 돌아가면서 사기인데 자기 차례에 맞추어 잘 도착했네! 빌" "돌아왔어? 닥! 돌아갈 집이 아직도 없어?" 등이다.

은어화된 대화 규칙

당신이 퍼브에 앉아 수백 시간을 보내면서 손님들이 하는 소리를 듣다 보면, 많은 대화가 각본에 따른다는 느낌을 받을지도 모른다. 사람들은 사전에 정해진 형식과 엄격한 규칙의 지휘를 받는 듯하다. 비록 참여자들은 이를 의식하지 못하고 있으나 결국 규칙을 본능적으로 준수하고 있는 셈이다. 이 각본화된 퍼브 대화의 규칙을 외부인은 금방 이해하지 못하지만, 그래도 대화에 참여해 따라갈 수는 있다. 어떤 단골 대화는 외부인은 도저히 이해할 수 없고 특정한 단골들만 이해할 수 있다. 은어화되어 자기네만 아는 말로 대화하기 때문이다. 여기, 퍼브 예절을 조사하며 들은, 내가 가장 좋아하는 전형적인 퍼브 대화가 있다.

이것은 일요일 점심 동네 퍼브의 광경이다. 단골 몇 명이 주인이 서비스하는 바 근처에 서 있다. 한 남성 단골이 들어와 바 근처로 올즈음에는 이미 주인은 그가 늘 마시는 맥주를 잔에 따르고 있다. 주인은 그 단골이 카운터 앞에 앉자마자 맥주잔을 내려놓고, 단골은 주머니에서 돈을 찾고 있다.

단골 1: 그런데 고기와 채소 둘은 어디 있어?
퍼브 주인: 모르겠는데, 친구! 지금쯤 분명 여기에 있어야 하는데….
단골 2: 아마도 해리를 하고 있겠지!
(모두 웃는다)
단골 1: 그를 위해 하나를 나무 속에 넣어둬! 그런데 자네는?
퍼브 주인: 나도 론을 하나 하지 뭐. 고마워!

이 암호를 풀기 위해서는 당신은 '고기와 채소 둘'이 음식물이 아니라 별명이며, 단골 1이 '고기와 채소 둘'이라는 다른 단골의 소재를 묻는 상황임을 알아야 한다. '고기와 채소 둘'은 무신경하고 보수적인 사람의 본성 때문에 붙여진 이름이다(고기와 채소 둘은 가장 영국적이고 친숙한 음식이다). 그런 재치 있는 별명은 흔하다. 다른 퍼브에서는 TLA라 불리는 단골이 있다. 세 단어Three Letter Acronym의 머리글자인데, 걸핏하면 자신이 나온 비즈니스스쿨 전문용어를 쓰는 바람에 붙여진 이름이다.

이 퍼브에서 사용하는 '해리를 한다doing a Harry'는 말은 '길을 잃었다'는 뜻이다. 해리는 단골손님으로 좀 정신이 없는 사람이고, 3년 전 퍼브로 오는 길을 잃어버려서 지금도 놀림을 당하고 있다. "그를 위해 하나를 나무 속에 넣어둬put one in the wood for him"는 이 동네 퍼브에서 흔히 오가는 대화이다. '돈을 지금 지불할 터이니 맥주 한 잔을 보관해놓았다가 그가 오면 주라'는 뜻이다. 일반적인 표현은 '하나를 넣어둬Put one in for…' 또는 '하나를 남겨둬Leave one in for…'이다. '하나를 나무 속에 넣어둬'는 지역적인 변형인데 켄트Kent 지방에서 주로 사용한다. "그리고 당신은?"이란 표현은 이미 공인받은, 음료를 권유할 때 쓰는 "그리고 당신도 한잔?"의 짧은 표현이다. '론Ron'은 퍼브 주인이 쓰는데, 사람 이름이 아니라 '나중에later on'의 줄임말로 지금은 바쁘니 나중에 마시겠다는 뜻이다.

요컨대 단골 1은 지금 맥주를 사는데, 전통주의자인 고기와 채소 둘이 나중에 도착(물론 그가 해리처럼 길을 잃어버리는 실수를 하지 않는다치고)하면 주라는 얘기고, 퍼브 주인에게도 한잔을 권하는데 그는 지금 말고 나중에 덜 바쁘면 마시겠다고 했다. 만일 당신이 이 특정한 퍼브 종족에 속해 모든 전설, 별명, 기벽, 암호, 약어 그리고 자기들끼리의 농담을 다 이해한다면 이 대화를 어렵지 않게 이해할 수 있다.

연구하느라 전국의 퍼브를 순례하던 우리는 모든 퍼브에는 나름의 농담, 별명, 관용구, 몸짓 등의 은어가 있음을 발견했다. 예를 들면 가족, 커플, 학교 친구, 직장동료 등의 '자기네만의 언어'와 마찬가지로, 이 은어화된 퍼브 대화도 단골들의 형평 의식을 강조하고 강화한다. 퍼브 안에서 주류사회 위계질서는 무력하다. 이 해방구 가입과 더불어 얻게 되는 인기는 개인적인 품성, 기벽, 버릇 같은 기준에 의해 정해진다. '고기와 채소 둘'은 은행 지점장일 수도 있고 벽돌공일 수도 있다. 애정 어린 놀림을 받는 별명으로 보아 무난하고 보수적으로 살아가는 듯하다. 퍼브에서는 기이한 취향으로 사랑 받고 놀림을 당할 뿐이지 직업이나 사회적 신분은 중요하지 않다. '해리'는 정신없는 교수이거나 멍청한 배관공일 수도 있다. 만일 교수라면 '닥Doc'이라는 별명을 얻을 수도 있다. 내가 들은 어떤 불운한 배관공의 별명은 '리키Leaky[누수]'였다. 그러나 '해리'는 잘 알려진 특성인 '어벙함' 때문에 '장미와 왕관' 퍼브에서 사랑과 놀림을 받는 것이다. 거듭 말하건대 그의 지위 때문이 아니다.

그래서 은어화된 퍼브 대화는 평등하게 유대관계를 맺는 데 도움을 준다. 앞서 얘기했듯이 세계 어느 문화권 어느 술집이건 가장 중요한 기능은 사람들끼리 친분 쌓기다. 또 술집은 인종, 계급, 신분의 차이 없이 평등하게 어우러지는 환경을 갖추어야 한다. 이 은어화된 퍼브 대화에 영국적인 특성이 깊이 새겨져 있어 사람들이 평등하게 어우러지게 한다면 그것은 무엇인가?

이 퍼브 대화에는 영국적인 특성임이 분명한 측면, 예를 들면 괴짜를 귀히 여기고, 언제 어디서나 유머가 흐르며, 뛰어난 재치와 언어를 창조하는 능력 등이 있다. 그러나 퍼브에서 친교를 북돋우고 평등하게 어우러지는 데 가장 중요한 열쇠는 대화가 주류 문화에서 얼마나 일탈하느냐이다. 술집 밖의 영국 주류 문화는 다른 어느 나라보다 내성적이고 사교성이 적은 데다 소극적이며, 예민한 계급의식이 만연해 있다.

영국 술집의 사교성과 평등성은 다른 나라 술집의 분위기를 보더라도 별로 특이하달 것은 없다. 그러나 우리 사회의 전통적인 표준 가치와 비교하면 충격적인 차이가 있다. 그래서 우리에게는 사교적인 평등주의의 촉진제로—통상의 규칙이 정지되는 해방구의 하나인—술집이 더 필요한 것이다.

퍼브 논쟁 규칙

앞에서 얘기했듯이 단골에겐 무언극 규칙의 예외를 넘어 심지어는 장난기 섞인 의견이나 주의 등도 허락된다. 예를 들면 "어이! 참새! 넌 언제까지 재잘댈 거야? 너한테 크게 문제가 안 된다면, 난 한잔 더 하고 싶은데 빨리 줄 수 있겠나?" 같은 식이다. 농담, 말대꾸, 놀리고 골리기 등(아주 심한 빈정거림도 자주 쓰인다)은 단골, 바 종업원 그리고 동료들의 표준 대화이다.

퍼브 논쟁은 이런 농담의 연장이지 현실 세계에서 일어나는 실제 논쟁이 아니다. 논쟁이야말로 가장 인기 있는 퍼브 대화 형식이고 특히 남자들이 좋아하는데, 대개 상당히 격렬하다. 그러나 대부분의 대화는 엄격한 예절 규율, 즉 퍼브 규칙의 첫째 계명인 '모든 일을 너무 심각하게 받아들이지 마라'에 따른다.

퍼브 논쟁의 규칙은 이 특수한 환경을 구성하는 이들의 상호관계를 규제하는 불문율에 명시된 원칙들이 반영되어 있다. 이 원칙은 평등, 상부상조, 우정의 추구, 무언의 불가침조약을 규정한다. 인간관계학을 전공하는 학생은 이 원칙들이 인간의 유대를 강화하는 기초임을 금방 알아챌 것이다. 그래서 퍼브 논쟁은 애시당초 서로 친해지기 위한 수단으로 보인다.

비록 합의해서 발표한 바는 없지만 퍼브 논쟁(앞에서 살펴본 내 것이 더 좋다는 의식)은 본질적으로 즐거운 게임이라고 모두들 이해한다. 완고한 관점이나 깊은 신념은 퍼브 단골들의 신나는 논란에는 불필요할뿐더러 커다란 방해물이다. 단골들은 자주 어떤 문제로 혹은 아무것도 아닌 걸로 재미 삼아 논쟁을 시작한다. 심심한 단골 하나가 일부러 논쟁을 불러일으키기 위해 말도 안 되거나 극단적인 의견을 표명한다. 그리고 의자에 편히 앉아, 자기 말에 반드시 튀어나올 '말도 안 되는 소리!'라는 고함을 기다린다. 그러면 선동자는 자기 주장을 열렬히 방어하는데, 말은 안 하지만 자신의 말이 헛소리임을 이미 알고 있다. 그래서 상대방의 멍청함과 무지 혹은 불손함을 비난하든가 조롱해야 한다. 상당 시간 이런 식으로 논쟁은 계속된다. 비록 공방이 계속되지만 어느 틈에 주제는 궤도를 벗어나 논쟁하기 좋은 다른 주제로 흘러가버린다. 남성 퍼브 단골들[47] 사이에서는 필요하다면 아무리 시시한 주제라도 격렬한 논쟁으로 번질 수가 있다.

이들은 상대가 누구든 아무리 사소한 주제이든 토론으로 연결할 수 있는 교묘한 기술이 있다. 흡사 절망에 빠진 경매인이 '유령' 구매자에게 입찰을 받듯이 그들은 아무도 얘기하지 않은 것을 격렬하게 반박한다. 혹은 아무 말 안 하고 가만히 있는 옆 동료에게 입 다물라고 말한다. 이렇게 해도 되는 이유는 주위에 있는 나머지 부류들도 좋은 논쟁거리를 찾는 중이기 때문이다. 다음이 전형적인 경우인데 우리 동네 퍼브에서 목격한 것이다.

단골 1: (비난하는 듯이) 뭐라고?

단골 2: (어리둥절해하면서) 나는 아무 말 안 했는데?

단골 1: 그래, 네가 말했어.

단골 2: (아직도 어리벙벙한 채로) 아니야, 난 아무 말 안 했어!

단골 1: (도전적으로) 네가 그랬어. 이번에 내가 살 차례라고. 그런데 이번은 내 차례가 아니야.

단골 2: (아주 생기에 차서) 나는 도대체 아무 말도 안 했다니까? 그런데 네가 그러니까 하는 말인데, 이번은 네 차례다.

단골 1: (짐짓 기가 막힌다는 듯이) 허튼소리! 이번엔 조이 차례야.

단골 2: (조롱하면서) 그러면 넌 왜 나를 못살게 하는 건데?

단골 1: (이제는 정말로 즐기면서) 내가 그런 건 아닌데… 네가 시작했잖아?

단골 2: (이제부터는 나도 진짜로 즐긴다는 투로) 난 안 그랬어.

---

47 여성들도 이런 토론 게임에 참여한다. 별 열의도 없고 아주 드물게만 참여한다. 만일 여성이 논쟁을 벌인다면 그건 진짜 논쟁이다.

단골 1: 네가 그랬어.

이런 식으로 계속된다. 난 맥주를 홀짝거리면서 미소를 띠고 논쟁을 지켜보았다. 관대하면서도 약간은 우월해 보일 미소이다. 아이들 장난 같은 남성들의 퍼브 논쟁을 인내심을 발휘하며 지켜보는 여성들의 전형적인 웃음이랄까. 이제 논쟁은 다른 주제로 흘러간다. 그 사이에도 이들은 음료를 돌아가면서 산다. 막판에는, 퍼브 논쟁이 그래야 하고 항상 그랬듯이, 언제 우리가 침 튀기며 입씨름을 했나 싶을 만큼 모두 잊어버린다. 규칙에 따르면, 퍼브 논쟁에서는 이기는 사람도 항복하는 사람도 없다(퍼브 논쟁은 본질적으로 영국 신사도의 원칙인 '이는 승리가 목적이 아니요, 참여가 목적이다It is not the winning, but the taking part that matters'가 여전히 진실로 통하는 몇 안 되는 사례 중의 하나다). 호적수는 좋은 동료이고 덕분에 다들 즐거운 시간을 보낸다.

이러한 아무 뜻 없고 유치한 싸움 걸기는 우정과 불가침 협정이 포함된 퍼브 '헌법'의 위반 같기도 하지만, 실은 영국 남성들이 우정을 나누는 데 결정적인 요소다. 퍼브 논쟁은 서로에게 관심을 갖고 감정을 표하는 행동이며, 동료를 이해하기 위해 자신의 신념과 태도, 영감을 내보이는 것이다. 본인들의 진짜 목적을 군이 말하지 않고도 친근해지도록 유도하는 것이다. 짐짓 남성성을 과시하는 입씨름을 통해 우정을 돈독히 하는 거랄까. 또 영국 남성의 호전성을 무해한 입씨름으로 해소하도록 유도하고, 상징적인 악수인 '돌아가면서 사기'를 통해 물리적인 폭력으로 번지는 사태를 막는다.[48]

---

48 물론 어떤 퍼브 논쟁은 실제 폭력으로 번지기도 한다. 그러나 여기서 얘기하는 퍼브 논쟁은 언제 어디서나 계속된다. 그리고 우리 조사에 의하면 물리적인 폭력은 정말 드물고, 단지 여기서 간략히 열거한 규칙이 무너졌을 때나 간혹 일어난다. 소위 말하는 음주로 인한 호전성과 폭력 그리고 이것과 음주

이와 비슷한 남성들의 친교를 두텁게 하는 논쟁은 퍼브 밖에서도 일어난다. 예를 들어 직장이나 스포츠 팀, 클럽의 동료 혹은 친구 사이에서도 이와 비슷한 규칙에 따라 진행된다. 그러나 퍼브 논쟁이야말로 가장 원형에 가까울뿐더러 가장 효과적인 영국 남성들의 친교 강화 수단이다. 이 논쟁의 여러 특성은 다른 문화에서도 많이 찾아볼 수 있다. 이런 논쟁은 모욕과 공격을 너무 심각하게 받아들이지 말아야 한다는 전제를 깔아놓은, 무언의 불가침조약을 포함하고 있다. 무슨 특이함이 있기에 퍼브 논쟁이 더욱 영국적인 문화가 되었는가? 내 생각에는 진지함에 대한 천성적인 혐오와 특히 아이러니에 대한 사랑이다. 이 두 가지가 모욕과 공격을 심각하게 받아들이지 말자는 합의를 쉽게 끌어내고 유지하게 한다.

자유연상 규칙

퍼브에서는 같은 쟁점에 몇 분 이상 매달려 있기만 해도 지나치게 심각해지는 표시로 받아들인다. 정신분석학자들이 자유연상이라 부르는 기술에서는 치료사들이 환자에게 한 단어나 구절을 제시하고 무엇이 떠오르는지를 말해보라고 한다. 당신이 퍼브에서 사람들의 대화를 듣다 보면 영국인의 퍼브 대화는 자유연상 수준임을 느낄 것이다. 사교적인 면에서 치유 효과가 있다는 얘기다. 평소에는 내성적이고 조심스러운 영국인들로 하여금 자기 억제를 조금 벗고 순간 떠오르는 생각을 얘기하게 하기 때문이다.

자유연상 규칙이 나타내듯 퍼브 대화는 꼭 논리적이고 질서정연할 필요는 없다. 어떤 논점에 매달려 있거나 결론에 도달할 이유도 없다. 퍼브 애호가들은 내내 자유연상 모드에 빠져 한 주제에 몇 분

의 관련성에 대한 쟁점은 '놀이 규칙'에서 자세히 다룬다.

이상을 집중할 수가 없다. 만일 누군가 그렇게 하려 들면 다들 외면하려 할 뿐이다.

자유연상 규칙은 퍼브 대화를 옆길로 새게 만들어 신비롭고 이상한 방향으로 끌고 간다. 날씨 이야기 한마디가 축구 논쟁을 불러일으키는가 하면, 텔레비전 드라마 주인공의 운명을 점치게 만든다. 이는 다시 정치 추문을 불러들이고 바 종업원의 성생활에 대한 농담을 부추긴다. 또 귀퉁이에 홀로 앉아 단어 맞추기를 하는 친구가 도와달라며 자주 방해를 하고 최근 건강보험에 관한 토론을 이어간다. 다음엔 한 사람의 시곗줄이 일정한 간격을 두고 왜 끊어지는지 모르겠다는 얘기가 나온다. 또 이젠 누가 술을 살 차례인가를 두고 친근하게 입씨름을 벌이는 식으로 끝도 없이 이어진다. 당신은 때로 이 주제들 사이에서 아주 막연한 논리를 발견할 수 있으나, 사실 아무 얘기나 막 하는 수준이다. 대개 참가자들이 무작위로 단어와 구절을 선택해 자유연상을 펼쳐간다.

자유연상 규칙은 단순히 심각함을 피하려는 게 아니다. 전통적인 사회규범에서 일탈을 허가하는 장치로서, 조심성과 억제를 잠시 내려놓고 쉬려는 것이다. 평소에 영국인 사이에서 자유롭고 편하고 무질서하고 되는 대로 흘러가는 대화는 찾아보기 힘들다. 긴장을 풀고 편안하게 무슨 얘기든 풀어놓는 분위기는 보통은 아주 가까운 친구나 가족 사이에서만 나타난다. 퍼브에서는 이 자유연상 대화가 잘 모르는 사람들 사이에서도 자연스럽게 이루어진다. 단골들 사이에는 흔한 일이지만, 바 카운터 근처에서는 모르는 사람들끼리도 두서없이 잡담에 끌려들기도 한다. 같은 퍼브에 자주 가는 단골이라고 해서 친한 친구일 필요는 없음을 꼭 이해해야 한다. 예를 들면 오랫동안 매일 만나 각자 생각을 나누던 단골들이 서로를 집으로 초대하는 경우는 드물다.

그래서 영국 퍼브 애호가의 자유연상 대화 형식은, 심지어 서로 잘 모르는 사람들인데도, 편하고 가까운 가족의 대화를 방불케 한다. 이는 내성적이고, 흔히 방관하며, 절제하는 보통의 영국인과는 거리가 있는 풍경이다. 하지만 가까이에서 주의 깊게 들여다보면 여기에도 한계와 제한이 있음을 알 수 있다. 내가 발견한 바로는 이러한 모든 행위가 결국은 규칙에 의해 엄격하게 제한되고 철저히 규제되는 일시적인 해방 의식일 뿐이다. 자유연상 규칙은 공적인 대화 규범에서 일탈을 허락해 사적이고 내밀한 대화가 선사하는 느긋함을 즐기게 하는데, 이것도 어느 선까지만 허락된다. 허락되는 선이 어디냐, 이 실마리는 '형식pattern'이란 단어에 있다. 자유연상 대화의 구조는 가까운 친구와 가족의 사적인 대화와 같지만, 내용에는 큰 제약이 있다. 퍼브 동료와 나누는 자유연상 대화에서도(서로 가까운 친구가 아니라면) 부주의하게 내뱉은 말이 아니라면, 개인적인 두려움이나 비밀스러운 욕망 등은 서로 얘기하지 않는다.

사실 개인적인 일은 절대 얘기해서는 안 된다. 퍼브 헌법 제1조에 따라 심각하지 않게 이야기해도 되는 거라면 몰라도. 자신의 이혼, 우울증, 질병, 직장 문제, 문제아 자녀 혹은 다른 개인적 어려움과 장애 등을 농담조로 말하는 것은 허용된다. 자신의 비극적인 인생에 대한 뒤틀리고 자학적인 유머는 퍼브 대화의 일반적인 모습이다. 그러나 가슴 깊은 곳에서 진솔한 감정이 터져 나올 때는 모두 눈살을 찌푸린다. 물론 눈물 어린 대화가 퍼브 내에서 오가기도 한다. 그러나 바 카운터에서는 금지된 행동이다. 그런 사적인 대화는 자기네들끼리 나누어야지 자유연상 규칙에 따르는 대화 목록에 올려서는 안 된다.

퍼브 대화 규칙과 영국인다움

그래서 우린 여기서 무엇을 배웠는가? 퍼브 대화는 우리에게 영국인다움에 대해 무엇을 말해주고 있나?

사교성 규칙은 전후 사정과 호혜성이 작용하는 날씨 이야기 규칙에 의해 밝혀진—소위 정교한 '촉진제' 사용을 통해 내성적이며 억제하는 우리의 본성을 극복하는—특성을 확인해주었다. 하지만 이 규칙에는 몇몇 새로운 예외가 덧붙는다. 첫째로 영국인은 사교성을 권장할 때도 가능하면 사생활을 보호하려고 노력한다. 둘째로 사교성 규칙에 대한 엄격한 제한과 경고가 가르쳐주듯이, 우리 영국인은 관례에서 벗어날 때도 스스로 통제하며 질서정연하게 벗어난다.

보이지 않는 줄 규칙에서 우리는 무질서 속에도 질서가 존재하는 사례를 보았다. 줄서기의 중요함이 보여주는 바는 공정함이 아주 중요한 덕목이라는 것이다(그래서 영국인이 이 전통적인 페어플레이에 관심을 기울이는 모습을 보면서 나는 종말론자가 말세라고 아무리 떠들어도 말세는 아직 다가오지 않았다는 확신이 든다). 무언극의 규칙에서 우리는 논리보다 예절을 우선하고, 난리법석과 소란을 싫어하고, 주목받는 일에 얽히는 것을 특히 싫어하는 태도를 보았다. 이러한 것들로 미루어 사람들과 접촉할 때 억제하는 태도가 영국인다움을 결정 짓는 특성 중의 하나라는 생각이 든다.

"부탁합니다"와 "감사합니다"의 규칙은 예의가 엄청나게 중요함을 다시 한 번 가르쳐주었고, 우리가 계급과 신분의 차이에 신경을 곤두세우고 있음을 확인해주었다. "그리고 당신도 한잔?" 규칙은 영국인의 위선과 '공손한 평등주의'의 미덕을 동시에 밝혀냈다.

단골 대화 규칙에 나타난 관례 일탈의 예는 영국인다움에 대해 특히 많은 단서를 제공했다. 인사 규칙에 나온 이름(성이 아니고)과 별명을 일부러 자주 사용하는 것은 이를 너무 미국식이라고 싫어하는 영국 주류 문화의 대화 규칙에 심히 모순된다. 특히 주류 문화 규칙을 따르는 사람들은 이름을 너무 자주 부르면 너무 느끼하게 친근해 보인다며 눈살을 찌푸린다. 퍼뜩 떠오른 생각인데, 뻣뻣하고 거만한 좋은 집안 출신들도 실은 그렇게 하고 싶은 비밀스러운 욕망을 품고 있지 않을까. 평소에는 이런 친근감에 대한 표현을 경멸하는 척하다가 오로지 해방구인 퍼브에서만 솔직히 표출하는 게 아닐까.

우리를 사교적으로 바꾸는 데 도움을 준 은어화한 퍼브 대화는 또 다른 일탈을 초래한다. 사회 신분상의 위계질서에서 탈출하게 한다는 말이다. 일반적으로 사교성과 평등주의는 세계 어느 술집에서나 찾아볼 수 있는 특성이다. 하지만 바깥세상의 관례적인 규범과 술집에서 벌어지는 일탈의 차이는 특별히 충격적이다(내성적이고 형식을 중요시하며 신분의 차이에 예민하게 반응하는 일본의 경우와 유독 일치한다. 작은 섬나라인데 인구가 너무 밀집돼 그런 것 같다).[49] 은어화된 퍼브 대화와 논쟁 규칙에서 우리는 영국인의 날카로운 재치와 언어 창조력을 본다. 또 영국인의 대화 특성을 나타내는, 언제나 저류에 흐르는 유머를 발견한다. 마지막으로 자유연상 규칙은 방임 속 통제, 무질서 속 질서, 혼란(외관상의) 속 순서 등을 보여준다.

---

49 일본이 섬 하나가 아니라 여러 개로 이루어졌다는 것은 나도 안다. 그러나 독자들이 내 말이 무슨 뜻인지 이해하리라 믿는다.

경마 대화

비록 퍼브보다는 훨씬 작지만 경마 세계는 퍼브와 비슷할 정도로 영국 사회를 잘 나타낸다. 사실 경마는 영국 각계각층에서 고루 인기가 있어 인구통계학 측면에서 본다면 축구보다 더 영국의 국기國技에 가깝다. 퍼브와 마찬가지로 경마 경주에는 모든 연령대와 사회계급이 모인다. 최상층과 최하층에는 평균보다 많은 비율의 경마 팬이 존재하며, 중간계급에는 경마 팬의 숫자가 평균보다 아주 적다. 특히 중상층 지식인 계급에는 아주 적다. 이 시끄러운 계급은 워낙 다른 데 관심을 쏟다 보니 경마에 관심이 없는 것이니 크게 걱정할 일은 아니다.

퍼브처럼 경마는 사회적 미기후microclimate, 微氣候[전체 날씨와는 상관없이 일부 지역에만 나타나는 기후. 고층 빌딩으로 도심 일부의 날씨가 전체 도시와 확연하게 다를 수 있다] 환경이다. 정상적인 사회 규칙과 제약이 합의에 의해 일시 정지되는 '문화적 해방구' 같은 특별한 환경이라는 말이다. 어찌 되었건 경마장은 평소의 억제가 확 풀린 상태에서 쉽게 보기 어려운 선행을 하는, 아주 비정상적인 조합이 나타나는 미기후 환경이다. 나는 경마장에서 볼 수 있는 수준의 조합 혹은 환경을 영국 어느 공공장소에서도 본 적이 없다. 두 요소는 보통 영국인(물론 다른 나라 사람들에게서도) 사이에서는 상호 배타적으로 나타난다. 사람들은 통상적으로 억제를 벗어던지고 막 놀아버리든지 무섭도록 공손하고 바르게 행동하게 마련이다. 보통은 이런 양극단의 행동을 함께 볼 수는 없다.

나는 처음 경마장에 갔을 때 이런 비정상적인 현상에 놀랐고, 커다란 호기심이 생겨 이 하위문화를 3년간 연구했으며, 결국 책까지 썼다.[50] 내가 경마족에 대해 책을 쓴 이유는 그들이 아주 익숙한 영국 '종족' 중 하나이기 때문이 아니다. 경마 팬이 보여주는 우리의 자화상은, 제대로 된 전통 의상과 같은, 우리가 가장 좋아할 만하고 가장 영국적인 것이기 때문이다.

영국 경마 대화 규칙

소개 규칙

미기후 암호의 중요성을 파악하기 위해서는 일반적인 '주류'의 기후 조건을 이해해야 한다. 다시 강조하는데, 영국에서 낯선 사람과 쉽게 말을 섞는 일이 사회적으로 용납되는 장소는 아주 드물다. 기차역, 버스, 슈퍼마켓에서 줄을 선 채로 특별한 이유 없이 대화를 나누는 경우는(물론 시선을 맞추거나 미소 짓는 일도) 아주 드물다. 영국인

---

50 『경마족: 말 관찰자 관찰하기 *The Racing Tribe: Watching the Horsewatchers*』. 미국판 제목은 『경마족: 영국 하위문화의 초상 *The Racing Tribe: Portrait of a British Subculture*』

통근자들은 수년간 같은 시간대에 매일 아침 같은 기차를 타더라도 말 한마디 하지 않는다.[51] 절대 과장이 아니고 그냥 하는 이야기도 아니다. 나는 수년 동안 관찰했고 수백 번의 인터뷰를 통해서 확인했다. 우리는 낯선 사람과 특별한 이유가 없는 한 말을 하지 않는다. 단순히 친절을 발휘하여 낯선 사람에게 공공장소에서 말을 걸거나 하지 않는다.

퍼브의 바 카운터는 이 통상의 규칙이 통용되지 않는 거의 유일한 장소이지만, 경마장에서는 이보다 더 놀라운 일탈을 볼 수 있다. 퍼브의 바 카운터는 낯선 사람과 말을 섞을 때 지켜야 하는 영국 사회의 주요 규칙이 깨지는 곳이다. 경마장에서는 사람들은 생전 처음 본 사람과 눈을 맞추고 미소를 짓고 호의적인 대화를 한다. 경마장에서는 바 카운터만이 아니라 중앙 관중석, 경마 트랙 근처, 마권을 사려고 늘어선 줄 어디서고 사람들이 낯선 사람들과 대화를 나눈다.

   하지만 경마장도 영국이니만큼 이런 대화에 아주 복잡하고 엄격한 규칙이 있다. 보통 대화 주제는 "다음 경주에서는 어느 말에 걸겁니까?"이다(혹은 "2시 30분 경주에서는 어떤 말에 걸려고 합니까?" "다음 경주의 힌트는?" 또는 이와 관련한 비슷한 질문들이다. 정해진 질문은 없지만 요지는 동일하다. "어느 경주에서 어떤 말이 이길 거라고 보느냐").

   "다음 경주에서 어느 말에 걸겠습니까?", 이는 물론 "날씨 좋은데요!"와 같은 안면 트기를 위한 대화와 같은 종류다. 다르게 말하면, 굳이 다음 경주 승자에 대한 정보를 얻겠다거나 의견을 구하는 질문이 아니다. 그냥 친근한 인사다. "당신과 말을 하고 싶습니다. 나와 얘기를 하시겠어요?"라는 신호이다. 이는 경마 팬들 사이에는 아주 기본적이고 사교적인 대화의 물꼬를 트는 만능 질문으로 통한다. 어

51 '도로 규칙'에서 대중교통 규칙을 자세히 다루겠다.

찌 되었건 말을 받은 사람은 상대가 진지한 질문을 던진 것으로 간주하고 진지하게 대답해주어야 한다.

대화를 쉽게 풀어나가기 위해서 '소도구'를 사용해도 된다. 바로 경마 카드인데, 그날 경주의 프로그램처럼 보인다. 그날 경주의 경주마와 기수, 경마 과거 기록, 트랙 지도 그리고 각종 편의 시설과 필요한 정보들이 수록되어 있다. 이는 사교를 위한 아주 중요한 도구이다. 낯선 이에게 말을 거는 데 필요한 패스이며 오랜만에 아는 사람을 만났을 때 서먹한 분위기를 면할 때도 쓸 수 있다. 또 이제 막 연애를 시작한 사람이나 경마장에서 낯선 이들과 친밀해지고 싶어 하는 이들, 논쟁이나 토론을 하는 사람들이 사용한다. 경마 카드는 사교에서 '전위행동displacement activity'[두 가지 상반된 충동이 거의 같은 정도로 계속 갈등상태를 유지하여 생겨나는, 두 가지 충동과는 전혀 다른 제3의 행동]을 할 때 필수적인 역할을 한다. 대화 도중에 어색한 침묵이 끼어들거나, 영국인 경마쟁이가 누군가를 사귀는 상황에서 불편하거나 수줍을 때는 경마 카드를 꺼내 들여다보는 척한다.

소개 규칙에 의하면 "다음 경주에 어떤 말에게 걸 거예요?" 혹은 그와 비슷한 질문을 시작할 때 반드시 따라야 할 행동에 경마 카드를 사용한다. 당신은 몸을 기울여 손에 든 경마 카드에서 해당 쪽를 상대방 카드 옆에 대어 보여주는 동시에 상대방의 카드를 보면서 질문해야 한다. 심지어 용기를 내 두 카드가 서로 닿거나 겹치게 하면서 질문해도 된다. 이는 당신이 사교적인 접근을 시도한다는 표시이다.

겸손의 규칙

"다음 경주에서는 어느 말에 걸 거예요?"에 대한 대답은 응답자가 경마를 얼마나 많이 아느냐에 따라 달라진다. 생초보라도 아무 상관 없다. 나는 차라리 그런 사람이 낫다는 것을 발견했다. 겸손의 규칙을 쉽게 따를 수 있기 때문이다. 이것이 경마 대화 규칙에서 가장 중요하다. 이는 "너, 감히 자랑하지 말지어다"라는 말보다 훨씬 더 무게가 있다. 경마 지식을 자랑하거나 과시하거나 거만을 떠는 행동은 절대 금지란 뜻이다. 겸손의 규칙은 앞서 설명한 겸양과 자조와도 깊은 관련이 있다.

예를 들어 당신이 승패 예상의 천재라 승률이 아주 높다 해도 결과를 자랑해서는 안 된다. 이뿐만 아니라 과거에 창피할 정도로 실패했던 일을 가능한 한 자주 말해서 자신을 웃음거리로 만들어야한다. 경마 도박 스크린이나 경주 안내판에 표시되는 특정 말의 승률이 올라가면—즉 마권을 산 사람들이 돈을 잃을 확률이 높아질때—애처롭게 낄낄대면서 "오! 내 귀가 자꾸 팔랑거려서 말이야!"라고 해야 한다.

심지어는 승자를 맞히면서 서로 경쟁하고 경마 정보 칼럼을 쓰는 전문 기자들마저도 개인적인 사교 모임에서는 언제나 이 규칙을 따른다. 내가 가장 좋아하는 "다음 경주에는 어떤 말에 거실래요?"란 질문에 대한 전문가의 답은 이렇다. "오! 당신은 물으면 안 되는 사람한테 물으신 겁니다. 내가 손수레에 담긴 말똥을 나누어줄 수 없다는 것을 모르는 사람이 없거든요."["나는 개인적으로 정보를 나누어 줄 수 없다는 것을 모두가 압니다"라는 뜻. 영어의 관용어 tip out에서 tip의 두 가지 의미 '팁'과 '정보'를 이용해 '정보를 나누어 줄 수 없다'와 '말똥muck을 나누어줄 수 없다'라고 말장난을 한 것이다.]

나는 이 대답을 아주 좋아해서 미안하지만 본인 허락도 없이 빌려서 부끄러워하지도 않고 여러 번 써먹었다. 그때마다 폭소를 일으켰고 바로 분위기가 부드러워지고 친근해졌다. 그러나 어처구니없는 말장난이 항상 좋은 효과를 내는 것은 아니다. 승자 알아맞히기에는 잼병임을 겸손하게 털어놓는 말들은, 말문을 트려는 전형적인 질문에 대한 올바른 대답이다. 이런 대답에 동료 경마 팬들은 바로 당신을 좋아하게 된다. 당신이 좋아하는 말 이름을 댈 수도 있으나 그보다는 모두 관습적으로 써먹듯이, 겸손하게 자신의 무능을 털어놓는 것이 현명하다.

기수와 말 조련사들 사이에서는 과시 금기와 겸손이라는 규율이 훨씬 더 강하게 작용한다. 자기만족을 슬쩍 비치거나 심지어 본인을 칭찬해도 불운을 불러온다는 미신이 있을 정도다. 우승한 기수와 말 조련사들은 인터뷰할 때 절대 승리의 영광을 자신이 받으려 하지 않는다. 항상 말과 경주장의 상태, 날씨, 수의사 심지어는 편자공에게 공을 돌리거나 나중에는 그냥 운이 엄청 좋았을 뿐이라고 말한다.

우승마의 주인도 겸손해야 한다. 만일 말이 우승을 못했다면, 이건 비교적 쉬운 일인데, 자기를 비하하는 훌륭한 대답을 여럿 준비해야 한다. 예를 들면 말의 형편없는 건강 상태, 불쌍한 말에게 어리석게 돈을 쏟아 붓는 바보짓, 아직 발견하지 못한 말의 재능을 계속해서 믿는 자신의 맹목적인 신념 같은 애정 어리고 유머러스한 언급 등이다. 미안해하는 어깻짓과 함께 애처롭고 약간은 곤혹스러운 미소, 약간 난처하고 못마땅한 표정을 동반해야 한다. 말이 우승(통계상으로는 잘 일어나지 않을 각본이지만)했을 때도 아무리 사소한 자랑이라도 피해야 한다. 심지어 자신이 키우고 보살폈어도 우승의 공은 반드시 말, 기수, 조련사, 마구간 관리자, 말 조상, 수의사, 날씨 등에 돌려야 한다. 마주는 절대 자기도취의 기미를 내보여서는 안 된다. 항상 자신의 행운에 어리벙벙해야 하고 궁금해해야 한다.

예의 규칙

이런 미기후에서 나누는 몇몇 대화가 영국 문화의 '주류' 규칙에서의 일탈(통상적인 억제의 완화)을 보여준다면 다른 것들은 '주류' 규칙과 제한의 과장에 해당한다. 경마장에서는 보통이라면 눈살을 찌푸리릴 행동(과음, 과시하는 복장, 도박, 낯선 사람과 말 섞기)이 허락될 뿐만 아니라 적극 권장된다. 동시에 경마 팬들은 아주 엄격하고 억제된 규칙과 규범을 지켜야 한다. 또 영국인들이 일상에서 준수하는 것보다 훨씬 더 높은 수준의 예의가 요구된다. 경마장이라는 미기후의 특수 환경에서는 문화적 해방과 그것의 반대 현상(문화 증폭 혹은 확대라 부를 수 있는 현상)이 서로 뒤섞인 양상을 볼 수 있다.

영국인들은 언제나 공손하다고 여겨졌다. 그리고 많은 실수와 일탈에도 이런 예의는 이 책의 앞부분 '소개: 영국 문화인류학' 장에서 요약해놓았듯이 여전히 하나의 '규칙'으로 살아 있으며 정상적이고 합당한 현상으로 받아들여진다. 다른 규칙과 마찬가지로 자주 깨지지만, 이런 위반은 금방 주목 받고 비난 받는다. 여전히 규칙이 작동하고 있다는 얘기다. 경마장에는 어찌 되었건 증폭되고 과장된 상태의 '통상적인' 예의 규칙이 있고 위반 사례는 아주 드물다.

경마장에서는 간곡하게 "부탁합니다" "감사합니다" "실례합니다"라고 말하거나 끝없이 사과를 늘어놓지 않으면 되는 일이 없다. 그뿐만이 아니다. 경마 팬들은 습관적으로 문을 열어주고 코트와 백을 서로 받아준다. 만일 길을 잃은 사람을 보면 바로 도움을 주거나 방향을 가르쳐준다. 누군가 경주마를 잘못 선택해서 돈을 잃으면 위로해주고 돈을 땄으면 축하해준다. 또 무심코 밀거나 불편을 끼치면 바로 사과한다. '부딪치기 실험'을 해봤는데 경마장 점수가 제일 높았다. 나의 선량한 희생자들 중 90퍼센트가 분명 내가 먼저 뛰어들었음에도 먼저 사과했다. 사실은 '거의 부딪칠 뻔한 경우'에도 거의 모두 먼저 '사과'(보통은 들릴락 말락 하게 중얼거리는 전형적인 영국식 사과를 하나 어떤 경우에는 눈을 맞추고 미소까지 지어주었다)했다.

만일 당신이 경마 카드에 인쇄된 알 수 없는 숫자나 상징을 발견한다면 주위의 경마 팬 아무에게나 설명을 부탁해도 아주 공손하고 끈기 있는 설명을 들을 수 있다. 만일 상대방도 잘 모른다면 먼저 진심으로 사과하고 당신을 도와줄 사람을 찾으려고 최대한 노력할 것이다. 절대 과장이 아니다. 이것이 조사하는 동안 대화를 트려고 가장 즐겨 써먹은 방법인데 실패한 적이 거의 없다.[52]

심지어는 나의 '실험 대상'이 말 조련사, 경마장 직원 혹은 바쁜 관계자여서 분명 업무에 상당히 방해가 되었을 터인데도 예외는 없었다. 말 조련사는 아주 초보적인 질문을 했음에도 "정말 미안하다. 나는 지금 가서 말에 안장을 올려놓아야 한다. 성질 급한 마주가 나를 기다리고 있다. 당신이 불쾌하게 생각하지 않길 바란다"라고 사과했다. 직원들은 대답을 빨리 못해서 사과했고, 기수는 빨리 가서 경주를 해야 한다며 사과했다.

겸손의 규칙처럼 예의 규칙도 경마 대화 전체에 스며들어 있었다. 이런 규칙들은 단순히 영국 문화의 주류인 공손함 원칙을 과장(비록 당시에는 거의 캐리커처 같았지만)한 것이다. 어찌 되었건 경마 대화 예의는 주류 예의의 정반대였다. 스포츠 신문 기자들은 영국 문화에서 가장 공손하지 않은 사람들이다. 보통 아주 도전적인 스타일이다. 좋은 성적을 못 내거나 수준 이하의 경기를 한 선수, 코치, 감독 들을 무능하거나 썩어빠졌다고 매도한다. '창피하다' '불명예스럽다'라는, 고함치는 듯한 모욕적인 제목을 예사로 쓴다. 반대로 경마 기자는 공손한 투로 보도하고, 기수와 조련사를 비난하는 일을 조심스레 피하며 칭찬을 많이 한다.

---

52 이 결과가 나의 외모나 성별 때문에 편향되었다는 의심을 피하기 위해 남성 실험자를 '매수하고 강압해서' 같은 실험을 해보았지만 같은 결과가 나왔다. 작은 여성은 어떤 상황에서도 도움을 청할 때 이득이 있다. 그러나 키가 큰 남성들도 이런 방법을 통해 대화를 틀 수 있었다.

204

실력이 좋다고 알려져 주목받던 말이 형편없이 졌을 때도 경주를 평하는 기사에서는 '실망스러웠다'로 쓸 뿐이다. 기수와 조련사의 변명을 진지하게 받아들이고 언제나 기사에 반영한다. 직접 비난하지 않는다는 예의 규칙이 항상 적용되어 가장 외교적인 은유를 사용해 돌려서 보도한다. 같은 말을 너무 자주 경주에 내보낸다고 조련사를 비난하는 대신 말의 '실망스러운' 성적은 '아마도 시즌이 너무 길어서 피곤해서가 아닐까 한다'라고 쓴다. 기수에 대해서도 경주를 제대로 못 했다거나 적합하지 않은 기술을 사용했다고 직접 비난하지 않고, 타고난 우승 후보가 '그냥 상황에 의해 어쩌다 뒤로 밀렸다'라는 식으로 평한다(경마계는 물론이고 영국인들은 모두 이런 점잖은 말 속에 숨은 속내를 안다. 예의와 위선이 잘 어우러진 표현이다).

이런 엄격한 예의의 관습은 경마 인기인의 사생활을 보도할 때도 적용된다. 경마 기자도 말 약물 사건이나 승부 조작, 각종 비행에 관한 공식 조사를 기사로 써야 한다. 그러나 경마업계의 성 추문에 관한 원색적인 제목을 단 뉴스와 가십이 신문 지면을 도배해도 경마 기자는 철저히 침묵을 지킨다. 그저 사건에 휘말린 조련사와 해당 주의 경주에 나서는 기수에 대해 초연하게 보도한다. 그뿐만 아니라 그의 어려운 가정사와 관련한 볼썽사나운 난리도 정중히 무시한다. 나는 이런 자제가 기이하지만 동시에 존경스러운 태도라고 본다. 그러나 의외는 아니다. 사실 나는 경마 대화 규칙이 지켜지고 경마 기자는 절대 끼어들려 하지 않을 일을 두고 친구와 벌인 내기에서 돈을 좀 땄다(내가 경마 업계를 조사할 때 나돈 사교계 소문에 대한 내기 승률이 실제 경마 승률보다 높았다). 그리고 주류 신문에서 업계의 추문에 대해 질문하면 '경마 업계 공식 인류학자'로서 나는 예의 규칙에 따라 공손히 답변을 거절했다. 지금도 나는 추문에 얽힌 인물들 이야기는 하지 않는다.

마지막으로 그리고 가장 놀랍게도 나는 예의 규칙이 적용되지 않으리라 굳게 믿었던 곳에서도 지켜지고 있음을 발견했다. 경마 팬 중에서 '다른 삶'을 영위하는 사람들이 있다. 난폭한 축구 팬들 말이다. 그들은 토요일마다 파괴를 일삼는 말썽꾼이 된다. 내가 전에 했던 축구 난동꾼 조사를 통해 익숙해진, 폭력적이고 반사회적인 '맥주 골통'들이다. 한데 다른 스포츠와 사회적 상황에서 호전적이고 반사회적으로 행동하던 사람들이 경마장에서는 활기차고 밝은 백인 청년으로 바뀌었다.

경마장에서 보이는 그들의 공손한 행동은 폭력과 무질서의 원인을 해석하는 세상의 모든 이론을 부정한다. 이것은 바로 청년들이 대형 스포츠 행사에서 무리 지어 노름하고 술을 마셔도 싸움에 말려들거나 더 나아가 어떤 문제도 일으키지 않을 수도 있다는 살아 있는 증거이다. 경마장에서 그들은 감정을 숨기지 않고 드러내고 상당히 소란스럽지만 절대로 공격적이지는 않다. 오히려 아주 정중하게 행동한다. 여성을 위해 문을 열어주고 "부탁합니다"와 "감사합니다"를 연발한다. 또 술에 취해서 당신과 부딪치면 사과한다.

내가 인터뷰했을 때 청년들은 자신들이 경마장에서 보여주는 좋은 면과 토요일 밤의 폭주 그리고 축구장에서 하는 행동이 완전히 다름을 쉽게 인정했다. 하지만 왜 다르게 행동하는지 조리 있게 설명하지는 못했다. 그냥 "모든 사람이 경마장에서는 문제를 일으키면 안 된다고 알기 때문이다" 혹은 "그냥 그렇기 때문이다"라고 말할 뿐이었다. 다른 말로 하면 경마장 불문율을 누가 얘기 안 해줘도 감으로 알고 따른다는 뜻이다. 내가 생각하기로 이는 기대 문제가 아닌가 한다. 청년들을 책임 있고 품위 있는 성인으로 취급해주는 데서는 점잖게 행동하고, 자신들을 범죄자, 거친 짐승, 애들 취급 하면 덩달아 거칠어진다는 말이다.

불평 규칙

당신이 경마 세계가 비정상적으로 화목하기만 하다고 생각할까 싶어 경마 팬들은 물론이고 기수, 조련사, 기자, 관계자 등도 다른 사람들과 마찬가지로 불평하고 투덜거린다는 점을 지적하려 한다. 경마 세계에서 짜증과 불만을 애기하는 규칙과 관습은 앞에서 이미 애기한 영국인의 날씨 불평 의식과 별로 다를 바 없다.

다른 곳처럼 불평을 늘어놓는 핑곗거리는 다양하지만 주로 날씨가 가장 빈번한 불만의 대상이다. 특히 경마장에서는 날씨가 경주에 가장 중요한 요소인 '경주로 상태'에 영향을 미치기 때문이고, 경주로 상태가 안 좋아 자신이 돈을 건 말이 제일 중요한 오후 3시 30분 경주에서 이길 기회를 망쳤기 때문이다. 모든 사람이 날씨를 두고 불평을 한다. 그러나 여기서는 통상의 날씨 위계질서가 적용되지 않는다. 부드러운 잔디를 선호하는 일부 말에게는 화창한 날씨도 비오는 날씨만큼이나 나쁘기 때문이다.

이외에도 경마족 일부가 나름대로 좋아하는 불평이 있다. 경마장에서 돈을 거는 사람들은 형편없는 승률과 탐욕스러운 도박 회사, 형편없는 기수 그리고 이해할 수 없을 정도로 느린 말들에 대해 불평을 늘어놓는다. 기수는 자기네들끼리 조용하게 경마장 관계자들의 '쓸데없는' 질문, 조련사들의 불합리한 기대, 느려터진 말에 대해 불만(내가 엿들은 불만 중 가장 좋아한 것을 여기 소개한다. "경마장 사장은 나보고 선두 그룹leaders에 바싹 따라 붙지 않는다I didn't keep in touch고 잔소리를 해. 따라 붙으라고! keep in touch! 나는 거지같은 그 우편엽서가 필요하다고 말해주었지!"[leader는 지도자라는 뜻이 있다. I didn't keep in touch의 다른 뜻 '연락을 하지 않는다'를 이용해 연락하려면 엽서가 있어야 한다고 말장난을 한 것이다. 물론 경마에서 keep in touch는 문자 그대로 접촉을 해서는 안 된다는 뜻이다])을 늘어놓는다. 마주는 우승 상금도 쥐꼬리만 한데 여기서 수수료를 떼어갈 뿐 아니라 각종 경제적 부담을 지운다며 찡얼거린다. 심지어 기자를 포함한 모든 경마 관련자는 기수 클럽과 영국경마감독기구BHA: British Horse Authority 같은 담당 기관들에 대해서도 불평을 터뜨린다. 그리고 언제나 유행처럼 번지는 특정 주제에 대한 의례적인 불평이 있다. 예를 들면 내가 경마족 조사를 하던 시기에 가장 인기 있었던 불만은 "더비 경마는 이제 고유의 분위기가 없어졌어!"였다. 이런 종류의 향수 어린 불평은 전형적으로 영국적인 것이다. 나이든 사람이나 보수적인 성향을 띤 사람들뿐만 아니라 모든 이들이 그렇다. 내가 글래스턴베리 록 페스티벌에서 본 팻말 중 맘에 든 것을 소개한다. "이제 여기 페스티벌에 항의하는 줄도 예전만큼 좋지는 않다."

주제가 무엇이든 이런 대화는 불평 규칙으로 인해 형식이 비슷해진다. 속상한 일이 일어난 이유를 두고는 의견이 조금씩 어긋난다. 그러고는 BHA(아니면 "그 누군가")가 무엇을 해야 한다(혹은 "정신이 제대로 들었다면 이걸 10년 전에 했어야 해")라는 식으로 불평을 늘어놓는다. 규칙에 따르면 문제의 주제에 대하여 주위 사람들은 열렬히 고개를 끄덕이거나 열정적으로 동의해야 한다. 깊이 들어가면 사소한 의견 차이가 있어야 대화가 끊기지 않고 이어질 수 있다. 그러나 이 의례의 핵심은 중요한 원칙에 대해서는 의견이 일치해야 한다는 것이다. 어떤 사안에 대한 공통된 의견을 이런 식으로 여러 번 확인하고 표현할수록 불평 규칙에 따라 경마 팬들의 연대감과 유대감은 더욱 강해진다.

논의 중인 문제에 누군가 실제 해결책을 제시하면 이 대화의 사교적 치유 기능이 손상되고 결국 대화가 끝나버리게(내가 일부러 여러 번 실험해본 것처럼) 되므로 그래선 안 된다(내 시도는 분위기를 싸늘하게 만들거나 농담으로 취급되었다). 불평 규칙에 따르면 문제의 원인이나 실질적인 요소를 논쟁에 끌어들이려 해서는 절대 안 된다. 이는 불평 규칙으로 인한 유대감의 효과를 경감할 수 있기 때문이다. 항상 그렇듯이 사교의 예절이 논리보다 우선한다. 혹은 여기에 다른 종류의 논리가 적용된다고 말할 수도 있다. 불평 의식 참여자들은 논리적인 충고를 원하는 것이 아니라 그냥 불평을 즐기고 싶을 뿐이다. 이러한 합리적인 이유로 인해 이성적인 충고는 금지된다.

불평은 물론 영국인들에게는 특별한 일이 아니다. 우디 앨런이 놈 촘스키에게 "언어는 타고날지 몰라도 투덜거림은 배우는 것이다"라고 대답한 적이 있다. 사실 투덜거림은 선천적인 것이거나 보편적인 것이다. 그러나 날씨 대화나 경마 대화 불평 의례에서 보이는 어떤 투덜거림에는 영국적인 특별함이 있는 듯하다. 분명 심술궂고 심드렁한 금욕주의 같은 것이다. 불만족스러운 사안을 거론하며 끝도 없이 불평하면서도 실제로 개선되리라는 기대는 하지 않고 개선할 방안을 찾으려고 하지도 않는 전적으로 체념한 듯한 태도 말이다. 앞에서 영국인은 혁명(그와 비슷한 무엇) 대신에 풍자를 가졌다고 누군가 말했다고 언급한 바 있다. 우리는 비통하게 불평한다. 또 기지를 발휘해 불평하기도 한다. 그러나 실제로 행동에 나서려고 하지는 않는다.

사후 분석 규칙

개별 경주 뒤에 조련사, 마주 그리고 실격 기수 등이 모여 구두로 일종의 '사후 분석'을 하면서 경주 전체를 상세히 분석해 실패 원인을 찾아낸다.

이런 대화에는 반드시 따라야 하는 불문율이 있다. 말이 느려져졌다는 말은 절대 하지 말아야 한다. 이런 사후 분석 대화(남은 시간을 유쾌하게 보내기에는 최고다)를 엿듣는다면 말이 우승을 못한 데는 정말 별별 이상한 핑계가 있음을 발견할 것이다. 추첨을 잘못했거나, 대기 시간에 마구간에 있던 말이 기분이 나빴거나, 쉬지 못했거나, 사방에서 밀어붙여 갇혀서 앞으로 못 나갔거나, 다른 말과 부딪혔거나, 출발을 제대로 못 했거나, 진정하지 못했거나, 급하게 꺾이는 모퉁이에서 제대로 돌지 못했거나, 모퉁이를 너무 넓게 돌았거나, 질주가 필요했거나, 지나치게 경주를 많이 해서 피곤했거나, 빈자리로 달려야 했거나, 바깥으로 돌아야 했거나, 너무 일찍 일어났거나, 너무 출발이 늦었거나다. 또 1마일을 지났을 때 시도했어야 하고, 눈가리개를 가리고 경주를 했어야 하거나 이제 힘이 넘치니 다음 경주에는 분명 잘할 테고, 여러 상황을 고려하면 정말로 훌륭한 경주를 했다 등등.

이런 말들을 들으며 웃지 않고 심각한 표정을 유지하기 힘들지 모른다. 하지만 당신은 마주의 말이 우승마와 비교해서 말 스무 마리 길이의 차이로 졌다든지 열넷째로 들어왔으니 앞에 말이 열세 마리 있었다는 따위의 말을 해서는 안 된다.

사후 분석 규칙에 따르면 우승하지 못한 기수는 결승점에 도달하기 전 이미 마주에게 할 말을 머릿속에 준비하고 있어야 한다(혹은 자신이 타는 말이 우승 후보가 아니라는 확신이 서면 이보다 훨씬 더 전에. 어떤 기수는 내게 "지난주에 내가 탄 말의 조련사가 경주 전날 밤 마주에게 어떤 말을 하라고 얘기해주었다"라고 말한 적도 있다). 기수는 조련사에게 입에 발린 소리가 아니라 솔직한 의견을 말할 수도 있다. 그러나 마주에게는 빈틈없이 문장을 다듬어 긍정적으로 말해야 한다. 기수가 경주에서 돌아 와 숨이 찬 상태로 안장을 내리면서 조련사에게 "한 발 차이였는데, 이놈의 말 정말 느리다!"라고 하고 싶어도 마주에게는 "잘 달렸다. 이 말은 정말 열심히 했다. 장거리 훈련을 조금 더 시키면 잘할 텐데"라고 해주어야 한다.

이런 공손한 말장난은 사실 자기 자신과 이해관계가 있다. 무자비하게 솔직한 평가를 해서 결국 마주가 '쓸모없는' 말을 팔아치우기로 결정하거나 다른 조련사를 구하면 결국 말도 수입도 사라져버리니 말이다. 조련사의 마구간에 무능한 말들이 가득 차는 일도 길게 보아 바람직하지 않음에도 조련사는 보통 마주와 마찬가지로 경기 후에 낙관적인 평가를 해서 자기기만을 즐긴다. 이런 대화에는 항상 어느 정도 예절이 충돌한다. 마주와 조련사는 서로를 믿을 수 있도록 무언의 음모에 합의한다. 말이 출발 대기 칸에서 제대로 적응하지 못했다든지 경주 보조가 너무 빠르거나 늦었다든지, 경주로가 너무 부드럽거나 딱딱했다든지, 봄철 호르몬으로 인한 말의 감정 변화가 일어났다든지, 부당하게 불리한 취급이나 제약을 받았다든지, 혹은 다른 이유 때문이라든지.

사후 평가에서 나온 정중하고 낙관적인 처방은 마주에 대한 악평이나, 심지어는 대놓고 말을 얕잡아보는 언사는 무례하다는 더 일반적인 규칙과 겹친다. 자기 말에 대한 신문 방송의 재치 없는 기사에 화가 난 마주들은 해당 기자에게 전화를 걸어 열나게 항의하는 것으로 유명하다. 그래서 기자들이나, 마주가 들을지도 모를 거리에서 얘기하는 사람들은 좀더 관대하고 에두른 표현으로 타협하는 경향이 있다. 당신은 마주나 사람들 앞에서 말이 "순종이 아니다(정말 대단한 모욕이다)"라는 식으로 말해선 절대 안 된다. 그냥 이 말은 "성격이 특이하다"라고 말하라. 사람들은 무슨 말인지 정확히 알아듣는다(나는 모든 경마 팬이 머릿속에 이런 은유 어휘 사전을 저장해둔다는 사실을 알게 되었다. 내가 정말 간곡하게 물으면 진짜 의미를 가르쳐주곤 했다). 그리하여 명예를 지키고 체면을 살렸다. 아주 유쾌한 영국적인 위선이다.

돈 얘기 금기

경마엔 경제 문제가 스며들어 있지만 돈 얘기를 하는 것은 옳지 않다. 적어도 직접 하거나 단도직입으로는 하지 않는다.

아일랜드와 비교해보면 재미있다. 간판부터 시작해보자. 아일랜드에서는 경마장 도박 코너를 '베팅 링betting ring'이라고 부른다. 그런데 영국에서는 이를 '태터솔Tattersalls'이라는 이상한 이름으로 혹은 더 중립적으로 '더 고든 인클로저The Gordon Enclosure'라고 부른다. 아일랜드에서는 기업인 접대용 특실을 '기업인 접대'라고 크게 써놓는데 반해 영국에서는 이런 '상업' 기능을 그냥 번호로만 표시하거나 무슨무슨 방이라는 이름을 붙인다. 아일랜드에서는 후원 기업의 상표를 말을 선보이는 구역에 대문짝만 하게 표시를 해놓는다. 영국에서는 퍼레이드 링(말이 경주를 시작하기 전에 준비 운동을 하며 걷는 원형 구역)은 성스러운 공간이라 여기서 부끄러움을 모르는 상업적인 광고를 하는 행위는 천하고 부적절하다고 여긴다.

영국인의 돈 문제에 관한 결벽증은 대화 규칙에서도 볼 수 있다. 아일랜드 경마 팬들은 당신의 승리를 지켜보고 속쓰림을 참으며 "당신 돈 땄어?"라고 묻는다. 반면 영국인 경마 팬은 "이번에는 이겼나요?"라고 한다. 두 나라 사람 모두 기수가 들어와서 몸무게를 달기 전까지는 우승을 공식 선언하지 않는다. 경마장 직원이 저울을 가지고 기수의 몸을 달아 경기 전 공식 체중을 기록한 이후 늘거나 줄지 않았음을 확인한다. 아일랜드 경마장에서는 어찌 되었건 스피커에서 경주 결과를 경마 팬들이 듣기 좋게 "우승자는 문제없다"라고 선언한다. 우승자에게 걸어놓은 당신 돈이 안전하다는 뜻이다. 같은 상황에서 영국은 은유법을 구사해 높낮이에 변화 없는 목소리로 "무게를 쟀다. 무게를 쟀다"라고만 외친다.

돈 얘기 금기와 별개로 영국에서조차 자신이 돈을 건 말이 우승

했을 때 고함지르는 행위는 허용한다. 특히 경마에서 딴 돈은 '진짜 돈'이 아니기에 주택 융자금이나 가스 대금을 지불하기 위해 아끼기 보다는 즉흥적으로 소비하거나 사치품(샴페인, 아이들을 위한 고급 아이스크림, 새 모자나 새 옷)을 사도 된다고 생각한다.

한데 나는 다른 방식의 돈 얘기를 들었다. 경마장에서 사업 얘기를 엄금한다는 불문율이 있다. 심지어 그런 얘기가 나와야 마땅한 기업인 접대용 특실에서도 말이다. 대부분의 '특실(기업 경마 팬들에게 알려진)'에서 절대 사업 이야기를 할 수 없게 되어 있다. 물론 말하지 않아도 고객 혹은 잠재 고객은 하루를 유쾌하게 즐기라는 초대를 받았지 상담을 하자는 초대를 받은 것이 아니다. 특히 거래를 최종 결정짓기 위해 손님을 초대했을 리가 만무하다.

이것은 불문율이고 비공식 금기인데 내가 1년 동안 실행한 조사에 따르면(경마장에서 열리는 기업인 접대 오찬과 파티에 수도 없이 참석한 나의 사회문제연구센터 동료들이 '케이트의 불청객 조사'라고 비하한 조사 프로젝트 결과에 따르면) 기업인의 '특실' 파티에서 철저히 지켜지고 있었다. 문의했을 때 '특실 관계자'는 물론 잘 지켜지고 있다고 대답했다. '거래 이야기('돈'이라는 말조차 할 수 없게 되어 있다)'는 경마장에서는 한마디도 안 한다는 무언의 동의가 있다는 것이다. 때로 거래 이야기가 허용되기도 해서, 몇몇 기업인 파티 초청자는 약간 규칙을 변형했다. 간혹 고객이 거래 이야기를 끄집어내서 계속 이어갈 때 주최자가 나서서 이야기 주제를 바꾸는 일은 무례라고 여기기 때문이다. 다르게 말하면 고객이 새로운 상품이나 서비스에 대한 설명을 듣기를 원한다 하더라도 어쨌든 주최자는 길고 상세한 논의는 피하는 것이 관례다. 또 다음 경주 우승자는 누구일까라는 주요 화제에서 조금이라도 멀어지는 기미가 보이면 바로 이야기를 돌릴 수 있게 항상 긴장하고 있어야 한다.

내가 인터뷰한 특실 파티 주최자들은 금기시된 화제로 인해 사업을 유지하고 창출하는 수단인 기업인 접대를 망치지 않도록 엄중한 규정을 두었다고 했다. 그들은 금기를 지키면 주최자와 손님들이 서로를 이해할 수 있어 가깝고 친근한 관계를 형성할 수 있고, 결국 사업에서도 더 좋은 결과를 낳는다고 주장했다. 물론 구체적인 금액을 추산하기는 어렵다. 내가 나중에 읽은 조사서를 보니 내 조사 결과가 이런 면에서는 가장 전형적이었음 알 수 있었다. 절대다수의 영국 기업이 기업인 접대의 비용과 결과를 구체적으로 조사하지 않거나 아예 조사하지 않는다고 했다(조사 보고서의 행간을 보면 응답자가 질문을 마뜩잖아 하고 주제와 너무 밀접한 관계가 있는 인물이라 객관성을 잃어버린 것 같긴 했다).

접대가 실제 성과를 내는지는 몰라도, "고객을 초대해서 그들이 경마와 함께 우리와 즐거운 하루를 보내게 했다"고 초대자는 말했다. "그런 날에 영업의 최종 결정을 내리려는 천한 짓으로 하루를 망치게 하지는 않는다. 장사에 어울리는 시간과 장소는 따로 있다. 여기는 분명 아니다"라고 했다. 성공한 사업가는 '영업'과 '장사'라는 단어를 자신의 입에 올릴 때 혐오스럽다는 듯이 얼굴을 찡그리고 입술을 약간 삐죽거렸다. 그것을 보면서 나는 메리 더글러스를 생각했다. 그녀는 책에서 오염이 무엇인가를 규정하며 "더러움은 어느 장소에 있느냐에 따라 다르다"라는 유명한 말을 했다. 예를 들면 음식이나 신발은 본질적으로 더럽지 않다. 그러나 넥타이에 튄 음식이나 식탁에 올려진 신발은 더럽다는 말이다. 영국인들은 돈 얘기를 할 적당한 시간과 장소가 있다고 여긴다. 경마장 같은 장소에서는 돈 이야기를 돌려서 말하는 '영업'과 '장사'라는 단어조차도 혐오감을 주어 그런 단어를 발음할 때는 주춤할 수밖에 없다.

영국 문화에서는 돈 얘기를 하기에 적당하다고 여겨지는 장소와 시간이 너무 적다. 심지어 돈 얘기가 가장 적절하다고 여겨지는 상황에서조차 강한 결벽증과 창피함을 느끼는 일이 흔하다. 보통 영국인이 '저열한 돈 이야기 주제'라고 부르는 '일의 규칙'에서 자세하게 다루겠다. 그러나 솔직히 말해 나도 돈 문제에 관해서는 끔찍하게 영국인답다. 우리들의 결벽증을 비웃을 수 있지만 나 자신도 돈 얘기의 금기를 깨기는 상당히 어렵다고 느꼈다. 이 문제에 관해 인터뷰를 할 때도 야한 수영복을 입은 것처럼 창피했다.

경마 대화와 영국인다움

이 하위문화 사교 미기후에서 느끼는 문화적 해방감과 문화적 증폭의 조합은 특히 영국인다움을 이해하는 데 좋은 기회를 준다.

먼저 해방감 얘기를 해보자. 소개 규칙은 이제는 친숙한 주제인 영국인의 사회 억제, 사교적인 접촉을 시작하려고 할 때 나타나는 어색함과 어려움을 극복하기 위해 사용하는 정교한 소도구와 촉진제를 강조했다. 어떤 관찰자가 말했듯이 우리가 내성적이거나 비사교적인 성격을 타고난 것 같지는 않다. 그냥 사교적으로 좀 서투르고 수줍어하며 쉽게 창피해한다. 대화 트기 몇 마디와 경마 카드 같은 소도구의 도움을 빌리는 등의 사전에 잘 만들어진 명확한 규칙을 지키면 우리도 서로 대화를 할 수 있다(나는 이 대목에서, 오랫동안 강조되었지만 어느 해설가도 제대로 밝히지 않은, 혹시 영국인의 '조직된' 취미 활동, 클럽, 스포츠에 대한 강박관념도 어쩌면 우리들의 사교 촉진제 중하나가 아닌가 하는 의문이 들기 시작한다. 이에 관해서는 나중에 '놀이 규칙'에서 다룰 텐데, 기억해둘 가치가 있을 것이다).

경마 팬들의 비정상적인 사교성이 영국인의 관습에서 벗어난 통상의 일탈 사례라면, 겸손의 규칙과 예의의 규칙은 주류 문화에서 시작된 강제된 예의의 과장 및 증폭의 사례이다. 두 종류의 자기 비하와 공손은 지난 장에서부터 지속적으로 나온다. 그러나 경마장에서는 이 장의 시작 부분에서 설명했듯이, '제대로 된 전통 복장과 이에 걸맞은 행동' 혹은 영국인다움에 대한 만평 같은 요소가 극단적으로 나타난다.

경마장 에티켓이 요구하는 겸손과 예의의 정도는 어처구니없을 정도이나, 대단히 비영국적인 탈억제로 인해 균형이 잡힌다. 내가 느낀 이 두 특성의 조합에서 우리는 가장 영국인다운 영국인을 발견한다. 경마장에서 우리는 숨 막히는 답답함과 서투름을 벗어던진다. 이때 보통은 반대쪽 극단인 야비하고 폭력적인 행동으로 치닫게 마련인데 그런 모습을 보이지 않는다. 보통 우리는 이 두 개의 거의 비슷하지만 매력적이지 않은 모습 사이를 오가는 경향이 있다. 그러나 경마장에서는 우리는 '어찌된 일인지' 풀린 모습과 좋은 태도를 결합해서 바람직하게 행동한다. 나는 '어찌된 일인지'라고 말했다. 경마에 대한 책 한 권을 썼는데도 이 놀라울 정도로 균형 잡힌 행동의 구조를 완전히 이해하지는 못하고 있기 때문이다. 비록 나는, 청교도적인 금욕주의자들은 실망하겠지만, 술과 도박이 경마장에서 보이는 바람직한 행동에 영향을 미쳤다고 믿긴 하지만 말이다.

겸손의 의문에 대해 말하자면, 경마 대화 자료가 어쩌면 영국인다움의 논의에 섞여 들어온 한 가지 문제를 밝혀내는 데 도움이 될지도 모른다는 생각을 했다. 우리는 분명 진정한 혹은 진실한 겸손에 대해 말하고 있지 않다. 이는 여기에서 든 사례에서 분명해졌다. 진정한 확신에서 튀어 나온 일종의 겸손은 별로 특별하지 않고 어떤 존경도 칭찬도 받을 자격이 없는 겸손일 뿐이다. 사람들이 말하는 '영국인의 겸손'에는 우리가 선천적으로 겸허하거나 자기를 낮추는 사람들이 아니라는 의미가 숨어 있다. 그러나 우리는 분명 독특한 겸손의 규칙이 있다. 규칙은 우리가 겸손한 사람 분위기를 풍기도록 영향을 주고, 칭찬을 받으면 쑥스러워 어깨를 들썩여 회피하고, 우리가 진정으로 자신이 자랑스럽고 기쁠 때마저도 자기 비하에 가까운 농담을 하게 만든다. '예의'와 관련지었을 때 양자의 차이를 어렵지 않게 이해할 수 있을 것이다. 거의 모든 사람이[53] 이해하듯이 공손함이란 본인의 성향이 어떻든 좋은 태도에 대한 문화적 규칙을 지키는 일이다.

불평의 규칙은 우리 예상대로 그칠 새 없고 아무 의미 없는 찡찡거림을 (또다시) 강조한다. 현실적으로 보면 무의미하다. 토론 도중에 실제 해결책을 제시하는 것은 금지되었고 어떤 효과적인 행동도 끌어내지 못하기 때문이다. 영국인들은 인내심이 깊어 불평하지 않는다는 오해를 받지만 이건 분명 사실이 아니다. 우리는 끝도 없이 불평한다. 다만 불만의 근원에 대고 직접 불평하지 않는다. 그러나 불평 의식이 사교적 정신적 측면에서 아예 무의미한 것은 아니다. 우리는 당나귀 이요르식 불평을 아주 즐기며 불평의 규칙(특히 세부적인 내용은 서로 다르지만 전체적인 맥락에서는 합의를 이루는 규칙)에 따라 의식을 거행함으로써 유대감과 사교적인 결속을 다진다. 집단적으로 투덜거리기를 즐길 때 영국인은 어느 때보다 쉽게 단결한다.

사후 분석 규칙은 영국인의 위선적인 공손을 다시 보여준다. 이 경우에는 언어 구사에 있어서 대단한 창의력을 볼 수 있다. 결례와 실패를 인정하지 않기 위해 아주 인상적인 은유법을 구사해 말 만들기, 기술적인 회유, 상상력이 풍부한 핑계, 기술적인 책임 회피를 해야 한다. 공손한 평등주의의 위선과 (굳이 의도적인 사기라고 할 것까지

---

53 문화 규칙과 개인적인 특성을 혼동하는 몇몇 심리학자를 제외한 모든 사람.

는 아니더라도) 집단적인 자기기만의 결탁이다. 이런 식의 결탁은 영국인들의 특별한 재능을 증거한다.

끝으로 돈의 대화 금기는 '퍼브 대화'에서 언급한 돈에 대한 결벽증에 이어 두 번째 특성에 해당한다. 이를 영국인다움의 결정적인 '규범'에 포함하려면 몇 가지 사례를 더 찾아야 한다. 앞으로 분명 나올 터이니 일단 지켜보자.

경마 대화 규칙에서 나온 몇몇 성향은 앞으로도 지속적으로 나온다. 사교적인 억제와 쑥스러움, 정교한 촉진제, 후천적인 겸손, 후천적인 예절, 유머, 당나귀 이요르식 불평 그리고 공손한 위선 등인데 앞으로 영국인다움 '규범'의 유력한 후보자에 포함될 것이다. 하지만 나는 과학적 연구를 위해 노력해야 하기에 자료를 더 수집할 때까지 판단을 미루련다.

졸병의 대화와
두 종류의 라이더 대화

나는 감히 이 세 가지 하위문화 수용자(병사, 오토바이족, 승마 기수)의 대화를 완벽하게 해부하려고 하려는 것이 아니다. 그러나 가장 눈에 띄는 특징과 근본 규칙들이 영국인다움에 대해 말하는 바를 찾아내 려다.

졸병[54]의 대화[55] 규칙

군대. 당신은 이를 어떻게 생각하나? 극도로 통제되고, 계급적이고,

---

54 나는 병사soldier를 지칭하기 위해 졸병squaddie이라는 용어를 사용하고 있다. 가장 보편적인 구어체 표현이기 때문이다. 어떤 사람은 이를 경멸적 용어로 받아들일 수 있다. 나는 무례한 이유로 이런 단어를 쓰는 것이 아님을 분명 히 하고 싶다.

55 이 장에 나오는 각종 정보로 내 여동생 앤 폭스 박사에게 큰 빚을 졌다. 그

문자 그대로 '엄격히 관리되는' 집단, 어빙 고프먼Erving Goffman[캐나다 출신 사회학자이자 작가. 20세기의 가장 저명한 미국 사회학자]이 요약한 대로 '전체적인 조직'. 계급 사다리의 맨 밑바닥에 있는 졸병은? 복종, 기강, 강행군, 훈련, 부단한 감독, 가벼운 기합, 인내심, 소리 높은 구령과 간혹 난폭한 주정으로 억압에서 일탈하는 행위 등을 사람들은 떠올릴 것이다. 당신은 영국군 말단 졸병의 대화에서 가장 눈에 띄는 특색을 무엇이라고 생각하나? 복종? 계급 의식? 군대 특수 용어와 은어? 욕설?

졸병 유머 규칙

아니다. 이 모든 것이 중요하긴 하지만, 놀랍게도 널리 펴져 있으며 가장 눈에 띄는 특성은 바로 유머이다. 그들이 명령을 받고는 "예, 소대장님"과 "아닙니다, 중대장님" "두말할 필요도 없습니다!"라고 대답하지 않을 때(심지어 때로 대답을 할 때조차도)는 졸병들의 대화 내용은 농담, 조롱, 재치, 말장난, 희롱, 풍자, 비꼬기 위한 겸손, 별명, 해학, 익살, 비웃음, 놀람과 특히 블랙 유머 혹은 불쾌한 유머 같은 유머로 가득하다. 영국군 말단 사병이 입을 열고 얘기할 때 유머가 섞여 있지 않은 경우는 정말 드물다. 어둠 속에서 금이빨이 번뜩이듯 아주 심각한 순간에도 유머가 번뜩인다.

영국 문화에서 유머가 얼마나 중요한지는 이미 얘기했다. 그러나 유머라는 측면에서 졸병의 예는 '우리들과 같으면서 조금 더 특별하다'. 졸병의 유머에서는 통상적인 영국인 규약의 또 다른 '증폭 현상'

녀는 박사 학위 논문을 작성하기 위해 병사들을 대상으로 집중적인 참여관찰자 현장 조사를 포함한 조사를 하는 중이었다. 그리고 영국 육군과 지난 15년간 일하고 있다. 또 관대하게도 자신의 자료를 필자와 공유해주었다.

을 볼 수 있다. 졸병들 사이에서는 영국인 유머 규칙이 극단으로 치달을 수밖에 없는데, 우리는 이를 쉽게 확인할 수 있다. 이는 다른 어떤 집단이나 하위문화 집단보다 더 엄격하고 면밀하게 적용된다.

___ **'진지하지 않기' 규칙**　누군가 조금만 진지해지면 졸병들은 아주 심하게 눈살을 찌푸린다. 영국인 유머의 제1계명—진지하지 않기의 중요성—의 미묘함은 졸병들 모두 분명히 이해하고 있다. 이런 작은 차이를 제대로 이해하지 못한 사람이 허용된 심각과 금지된 엄숙 사이의 선을 넘어서기만 하면, 가차 없이 조롱을 받아 뼈저린 실수를 바로 느끼게 된다. 당신은 졸병의 의무와 책임을 심각하게 생각해도 된다. 그러나 당신 자신을 진짜로 대단하다고 여겨 졸병으로 행동하는 데 유머 없이 너무 진지하거나, 설레발치거나, 자만하거나, 거만하게 굴면 당신은 동료들 사이에서 '풋내기(혹은 왕 풋내기)'라는 소리를 듣게 된다. 또는 '미친 군바리 놈' 또는 '양배추 대가리'라는 소리도 듣는다. 학생으로 치면 '공부벌레' 혹은 '선생의 애완동물'과 비슷한 별명이다. 영국 육군사관학교에서는 최우수상인 '명예의 검'을 받으려고 너무 열심히 하는 생도를 '블레이드 러너'라고 비꼰다.

___ **조롱과 조소 규칙**　조롱과 조소는 졸병들 사이에서 가장 흔한 유머의 하나로, 막사에 신병이 도착해서 서로를 소개하는 순간부터 시작된다. 우리가 이미 잘 알듯이 이런 소개 절차는 영국인들에게는 항상 문제가 된다. 졸병들은 유머를 이용해 고통스러운 어색함을 재치 있게 넘긴다. 보통 첫 질문은 "너는 어디서 왔어?"로 시작되는데 이어 "너는 누구를 응원하냐(어떤 축구팀을 응원하느냐는 뜻이다. 노동계급 젊은이라면 당연히 특정 축구팀을 응원하니까)"가 튀어나온다. 이

물음에 대한 대답에 따라 영국인의 지방색과 축구를 둘러싼 부족적인 경쟁의식에 의해 즉각 조롱과 모욕적인 조소가 오간다. "조디, 재수 없는 놈들Geordi Wanker[뉴캐슬 프로 축구팀] "스윈돈은 불쌍해!", 이런 식으로 계속된다. 바로 이것이 영국 남자들이 친해지려고 선호하는 방법이다. 이런 상호조롱은 금방 필요한 효과를 발휘한다. 서먹함이 없어지고 중요한 동지애가 싹트기 시작한다.

유머 규칙을 사용하여 다른 집단을 조롱하고 조소하면서 소속집단의 유대감을 빠르게 다질 수 있다. 군대는 모든 계급에 걸쳐 끈끈한 충성과 의리로 다져진 아주 부족적인 문화가 지배한다. 졸병이 충성을 바치는 대상은 맨 먼저 자신의 분대나 팀이다. 이들은 가장 가까운 동료이자 친구이다. 그다음에 자신의 소대, 중대, 대대, 연대에 이어 소속 병과(예를 들면 보병, 포병 등등)에 충성을 바치고 결국 전체 군대에 충성을 다한다. 최종적으로는 아주 약하게나마 공식 충성을 '여왕과 나라'에 바친다. 이런 단계에서 자신의 소속 집단에 대한 충성심을 표현할 기회가 수도 없이 많다. 그리고 동료나 다른 집단, 혹은 경쟁 집단들을 놀리면서 자기네 집단 내부의 유대를 강화한다.

이때 서로 주고받는 모욕이 아주 창의적이라 해도 상당히 불쾌할 수도 있다. 예를 들면 보병들은 "하늘에서 내려오는 것은 두 가지뿐인데 바로 새똥과 낙하산병이다"라고 조롱한다. 그래도 낙하산병들은 진지하지 않기의 규칙 때문에 조롱을 심각하게 받아들이지 않는다. 존 하키John Hockey가 자신의 훌륭한 졸병 문화 연구에서 언급한 사례를 보자. 사병 한 명이 이렇게 말한다. "다른 중대는 죄다 정말로 형편없다. 그들은 우리 중대가 아니기 때문에 무조건 형편없을 수밖에 없다. 뭐 진지한 얘기는 아니다. 나는 그중에 좋은 친구 몇 명이 있다." 하키는 이런 사례를 통해 부대(여기서는 중대) 간의 경쟁심의 본질을 설명했다.

___ 아이러니 규칙 졸병들은 기막힐 정도로 능숙하고 재치 있는 아이러니의 달인이다. 그리고 군대와 군대 전통을 꼬집으면서 자신을 웃음의 소재로 만들곤 한다. 이런 식으로 경쟁 부대끼리 서로 진지하지 않기를 중요시하는 규칙을 어겼다고 상대방을 놀린다. 특히 부속 규칙인 강한 아이러니 감각 처방을 위반했다며 심하게 놀린다. 하키는 로열그린재킷 제3보병대대 신문에 풍자적인 글을 쓰면서 제3보병대대와 함께 작전에 나서는 경쟁 상대인 낙하산연대 제1대대에서 발견하는 제반 군기와 규율에 대한 과도한 열성, 절대적인 복종, 군인다움에 지나치게 집착하는 경향을 다음과 같이 조롱했다.

> 에셜런센터에는 진짜 비정상적인 부대가 하나 있다. 제1낙하산부대가 보병대대와 같이 있다. 그들은 단정한 모습에 짧은 머리, 왼쪽 눈 바로 위에 배지가 달린 베레모를 쓴다. 정복 소매에 아무것도 안 달린 사람이 소매에 뭔가 잔뜩 달린 군인을 '하사' '상사'라고 막 부르며 명령한다. 그리고 소매에 뭐가 조금 달린 사람이 지나가면 바로 손을 오른쪽 눈 위에 붙이고는 경례를 한다. 언제 이런 별난 관습이 시작되었는지 알려고 노력하는 중이다.

로열그린재킷[56] 대대원들의 수준 높은 유머의 대상인, 낙하산 부대원들의 전통적인 복장과 예절들은 자신들도 반드시 지켜야 한다. 로열그린재킷 부대원들은 자기들은 약간 비틀긴 하지만 정해진 규정 내에서 적당하게 잘하는 반면에 낙하산 부대는 모든 복장과 예절

---

56 이후 로열그린재킷 대대는 다른 연대와 합쳐져서 라이플 연대가 되었다.

규정을 너무 심각하게 준수한다고 놀린다. 단정하고, 지나치게 공손하게 말하고, 경례를 할 때도 너무 심각하다면서 모든 규정을 정말 바보같이 지킨다고 말이다. 영국인의 진지함에 대한 반감과 풍자의 규칙을 보여주는 이보다 더 완벽한 예는 찾기 어려울 것이다.

겸손 규칙

졸병 대화에서 유머 다음으로 중요한 특징은 지독한 자기 자랑 금기이다. 어떤 면에서는 진지하지 않기의 중요성의 연장 같기도 하다. 최소한 너무 근엄하거나 거만하지 않고 자기가 제일 중요하다는 식으로만 행동하지 않으면 진정으로 사명감 넘치는 진지한 병사는 받아줄 만하다. 집단 전체의 사명감은 전혀 다른 문제이다. 상부의 지시에 따른 것일지라도 자신의 연대를 자랑하는 일은 괜찮다. 모든 병사는 소속 연대가 최고라고 진정으로 믿고 자랑스럽게 소리치면서 라이벌 연대를 폄하해야 한다(어찌 되었건 유머 규칙에 따르면 이런 일도 재치 있어야 한다. 낙하산 부대는 자신들이 더 훌륭하다는 믿음으로 오만하고 거만하기 때문에 다른 부대들의 미움을 받는다. 장교들은 이를 알고 있지만, 모든 이들의 미움을 받아도 꿋꿋하게 버티는 '근성'이 더 좋은 군인을 만든다고 보아 오히려 유익하다고 믿는다).

조금이라도 개인적으로 뻐기거나 오만한 것은 절대 금지이며, 이런 불문율을 깼을 때는 심각한 벌을 받는다. 내 여동생이 박사학위 논문을 쓰면서 육군을 조사했는데 여길 보면 1단계 훈련에서 '최고 신병'으로 뽑힌 사병이 상을 받은 자신을 과시하는 엄청난 죄를 저지르고 말았다. 2단계 훈련에서 자신이 더 대단하니 동료들을 다룰 자격이 있다고 착각한 것이다. 이 병사는 사실상 '왕따'를 당해서 군을 떠날 수밖에 없었다. 동료 훈련병들에게 완벽하게 무시당하고 의견은 묵살당해 군에 머물 수가 없었다.

만일 이 훈련병이 자신의 태도에 쏟아진 냉소와 조롱을 초장에 잘 대처했으면 사태를 쉽게 수습했을 수도 있었다. 졸병의 겸손 규칙에서 가장 중요한 항목은 이런 조롱에 어떻게 잘 '대처'하느냐 이다. 자존심을 꿀꺽 삼키고, 먼저 자신을 조롱하고, 교훈을 배운 다음에 소동을 벌이지 않고 조용히 행동을 바꾸면 된다. 이런 종류의 유머에서 아주 좋은 교훈을 배울 수 있다. 조롱은 많은 경우에 불문율을 가르치는 가장 효과적이고 빠른 방법이다. 사람들에게 넘지 말아야 할 보이지 않는 선을 가르치고, 누군가 넘어서면 경고가 전달되는 식이다. 불운한 '최고 신병'은 '공식적'으로는 분명 전도유망했지만, 불문율인 겸손 규칙을 배우지 못하고 '자기 과시'에만 몰두해 결국 왕따를 당해 군을 떠날 수밖에 없었다.

페어플레이 규약

페어플레이 규약은 엄밀히 말하면 대화 규약이라기보다 행동 규약이다. 그러나 여기에는 규칙에 의해 특별히 금지된 대화 방식이 함축돼 있다. 그래서 피해야 할 태도 몇 가지를 설명하고자 한다. 졸병들 사이의 이런 불문율은 아무리 강조해도 지나치지 않다. 불문율은 졸병들의 생존에 관련된 문제이자 동료들 간의 인간관계뿐만 아니라 상관들과 맺는 관계에 이르기까지 모든 면에 적용된다. 페어플레이에 대한 기본 규약은 다음 행위를 금지한다.

- 책임 회피.
- 맡겨진 일을 완수하기 위해 노력하지 않거나 자기 임무를 게을리하는 일.
- 남의 물건을 너무 많이 빌리거나 빌린 것을 돌려주지 않는 일.
- 임무에 대해 혹은 모두 알 수 있는 부당함에 대해 유독 불평을 늘

어놓는 일(혼자서만 유난히 불평하는 것을 말한다. 같이 하는 불평은 허용될 뿐만 아니라 문화의 일부로 오히려 권장된다).

- 그리고 무엇보다도 나쁜 '고자질'.

보통 불문율을 어기면 냉소, 조롱, 왕따, 외면 같은 반발을 불러 일으키지만, 페어플레이 규약의 위반은 더 심각하게 여겨진다. 계속해서 위반하면 심지어 구타를 당할 수도 있다. 물론 신체 폭력은 흔치 않으나 몹시 흥분하게 되면 난투와 격투로 이어질 수 있다. 지속적인 페어플레이 규약 위반에 대한 징벌은 '냉혹한 방법'으로 실행된다. 그러고 나면 '고자질' 금지는 더욱 중요해진다. 희생자의 미래는 구타를 당한 사실을 하사나 중사에게 고자질하느냐 마느냐에 달려 있다.

구타를 당한 병사가 코나 입술이 멍들고 부러진 이유에 대한 질문을 받았을 때 거짓말로 답("문에 부딪혔습니다. 하사님!"이라는 답이 현명하다)을 하면 동료들의 존중을 받고 다시 동료로 인정받을 개연성이 높아진다. 단, 문제가 된 규약 위반을 다시 하지 않아야 한다. 만일 상관에게 동료들의 구타나 왕따를 고자질하며 투덜거리거나 우는 소리를 하고 동료를 배반하면 끝장이다. 동료는 물론이고 자신이 고자질한 상관도 더 이상 존중하지 않게 된다. '고자질'은 누구나 경멸한다. 부사관들이나 장교들은 왜 다쳤느냐고 물었을 때 병사들이 "문에 부딪혔습니다. 하사님!"이라는 대답을 듣기를 바란다. 그러면 상관들은 대본을 읽듯이 "사실인가? 확실해?"라고 묻는다(이는 거의 정해진 반응이고, 질문이라기보다는 결정문이다. 여기에는 지친 듯한 한숨이 따른다). 구타당한 병사는 "예! 하사님!"이라고 보이지 않는 프롬프터를 읽듯이 간단히 대답한다. 이렇게 해서 사건은 일단 종결된다.

라이더 대화 규칙

여기서는 영국 하위문화에서 사용되는 모든 대화가 아니라 '인사말'에 집중하려 한다. 누군가를 처음 만났을 때 어떻게 영국인 특유의 문제를 극복하고 원활하게 안면을 트는지를 살펴보려 한다.

'라이더 대화'에서 나는 두 개의 하위문화 집단인 오토바이족bikers[57]과 승마족horse-riders을 함께 다루려 한다. 당사자들뿐 아니라 다른 사람들도 두 집단이 서로 거의 혹은 전혀 닮지 않았다고 여긴다. "케이트! 바보짓 하지 마!"라고 한 친구가 말했다. "너는 오토바이족과 승마 클럽 회원 사이에 공통점이 있다고 나조차 설득할 수 없을 걸. 폭주족Hell's Angel과 승마 상류층? 농담이지? 무언가 탄다는 것 말고는 둘은 완전히 반대인데?"

그래서 내가 무엇 때문에 전혀 어울리지 않는 두 부류를 연결하려 하는지 설명하는 편이 더 나을 듯하다. 여동생이 오토바이족들과 몰려다니거나 퍼브에 어울려 다니기 시작했을 때 나는 이미 여러 해 동안 승마 하위문화에 친숙해져 있었다. 호기심이 생긴 나는 정보나 연락처를 얻으려고 동생을 귀찮게 하기 시작했다. 또 그녀의 오토바이족 친구들을 인터뷰하고, 모임에 따라 다니고, 관련 잡지, 신문, 블로그, 온라인 게시판 글 등을 닥치는 대로 읽었다.[58] 오토바이족들의 언어 몇 개를 익히자마자 정처 없는 길거리 현장 조사 도중에 만나는 전국의 오토바이족들에게 여동생의 힘을 빌리지 않고 직접 말을

---

57 이들 중 일부는 자신들을 모터사이클리스트motorcyclists라고 부르길 더 선호한다. 그러나 나는 훨씬 간단하고 짧은 오토바이족이라는 단어를 쓴다. 물론 모욕하고자 하는 의도는 전혀 없다.

58 특히 수전 맥도널드-워커가 쓴 훌륭한 사회학 연구서 『오토바이족: 문화, 정치와 권력 Bikers: Culture, Politics and Power』 등.

걸기 시작했다.

　오토바이족이라는 하위문화에 별로 익숙하지 않음에도 불구하고, 조사를 시작하자마자 놀라울 정도로 불가사의한 친밀감을 느꼈다. 용어들은 새로우나 형태나 구조, 대화의 어조는 생소하지 않았다. 내가 감지한 무언의 규칙과 암묵의 이해는 어디선가 많이 본 것처럼 친근했다. 나는 "전에도 여기 온 듯한데"라는 이상한 느낌을 받았다. 내가 사소하고 표면적인 차이로 생긴 일시적인 맹목 현상, 바로 '민족지학적인 현혹'에 시달리고 있다는 사실을 느끼는 데 상당한 시간이 필요했다. 하지만 결국은 오토바이족의 대화가 승마족의 대화와 똑같다는 사실을 알아챘다.

　또 오토바이족과 승마족의 대화는 영국인들의 다른 '취미 하위문화' 혹은 '열광 하위문화' 집단 회원들의 대화와 공통점이 많았다. 하지만 나는 일부러 상반된 두 집단을 대표적인 예로 선택했다.

　영국인은 우리가 이미 보았듯이 사교의 시작 단계에서 온갖 어려움을 겪는다. 우리는 어색해하고, 주저하고, 당황한다. 사교술에 미숙해 숫기 없고, 내성적이고, 주저하여 결국 과하게 공손하거나 무뚝뚝하고 난폭하며 공격적인 종족이 되고 만다. 어쨌든 뿌리는 모두 같다.

　오토바이족과 승마족을 살펴본 결과 영국인들이 사교의 첫 단계에서 겪는 온갖 어려움을 이들은 겪지 않는다는 사실을 알아챘다. 오토바이족은 비록 모르는 사람이라도 길에서 서로 지나칠 때 승마족처럼 고개를 끄덕이거나 손을 흔들어 상대를 인정하고 연대감을 표한다. 그리고 영국 오토바이족이나 승마족 두 명이 처음 만났을 때 우호적인 대화를 시작하는 '패스'가 있다. 이 패스로 통상의 쑥스러운 인사나 예비 단계를 피해 갈 수 있을 뿐만 아니라 계급과 나이 혹은 사교적인 장애를 '우회'할 수 있다. 이들은 만나자마자 패스에 해당하는 오토바이와 말에 대한 얘기를 시작한다.

이런 상황에서 내가 분명히 지적하는 바는, 일반적인 선입견과는 달리 오토바이족과 승마족은 모든 사회적 배경에 걸쳐 있다는 것이다. 두 부류는 말과 오토바이에 대한 열정으로 '위대한 평등주의자'가 된다고 주장한다. 이런 만남에서 계급 구분과 계급의식이 전부 사라졌다고 말하는 것은 아니다(우리가 말하는 사람들은 어찌 되었건 영국인이다). 나는 앞에서 '무시' 혹은 '망각'이라는 말 대신 일부러 '우회'라는 말을 썼다. 이유는 오토바이와 말에 대한 공통된 흥미는 사교 장애를 없애버리는 게 아니라 문제가 되기 전에 '선수를 쳐서' 돌아간다는 사실을 말하기 위해서이다.

중요한 점은 오토바이와 말이 사교를 돕는 소도구와 촉진제로 사용되었다는 것이다. 그것들은 '경마 대화'에서 설명한 경마 카드와 거의 같은 역할을 하지만 훨씬 더 큰 효과를 낸다. 만일 당신이 오토바이 모임이나 승마 대회 혹은 길거리에서 두 오토바이족이나 두 승마족이 만나는 장면을 유심히 보면 말과 오토바이가 단지 대화의 대상일 뿐 아니라 시선의 중심임을 알 수 있다. 오토바이와 말은 대화를 나눌 이유를 줄 뿐만 아니라 말하는 동안 굳이 눈을 마주치지 않아도 될 아주 좋은 핑계가 된다. 우리는 말이나 오토바이에 대한 '온갖' 대화를 나누는 동안 말과 오토바이를 보지 상대의 얼굴은 볼 필요가 없다. 뒤로 물러서서 오토바이와 말을 보고, 애정을 품고 녀석들을 보고 만지면서 그들에 대해 묻는다.

만남의 대화는 통상 칭찬으로 시작한 다음 질문을 이어간다. 처음 만난 두 말 주인의 대화는 예를 들면 "말이 참 멋지게 달리는군요. 어떻게 길렀나요?"라고 시작한다. 전형적인 대답은 이렇다. "웰시 코브 피가 조금 섞인 서러브레드라 무릎 힘이 좋지요. 그래도 아직 좀 미숙해요. (그러고는 말에게) 움직이지 마! 가만히 좀 있어! 보는 것처럼 예의가 없어요." 이렇게 말한 다음 상대방 말 쪽으로 돌아서면서 "체형이 뛰어난 좋은 마종이네요. 아랍 종으로는 상당히 괜찮은 크기입니다. 그렇지 않아요?"라고 말해준다. 심지어는 상대방 말이 호감이 안 가거나 아주 못생겼다 하더라도 반드시 칭찬거리를 찾아내야 한다. 아무래도 칭찬거리를 찾기 어려우면 그냥 "색깔이 아주 멋지네요" 혹은 "눈이 아주 친절하네요"라고까지 해야 한다.

같은 종류의 오토바이족 대화를 본다면 "좋은 오토바이네, 친구! 이놈은 어떤 식으로 달리는가?" 정도가 되겠다. 내 친구는 "사실 아주 어리석은 질문이군. 온갖 잡지에 이 오토바이에 대한 격찬이 실려 있고 이 브랜드의 오토바이는 재빠르기로 유명하기도 하고…"라고 솔직히 말하기도 했다. 그러고는 "보통 그런 대화는 오토바이에 대한 기술적인 데이터(물론 더 나은 설명을 듣기 위해) 교환에 너무도 빨리 빠져들어버려. 그러고 나서는 예를 들어 당신은 어떤 타이어를 사용하는지, 그 타이어를 좋아하는지, 엔진이나 완충장치를 조정 혹은 개조해보았는지를 묻고 브레이크는 어떻게 생각하나 같은 끝도 없는 이야기를 주저리주저리 나누지"라고도 했다.

이 두 경우 끝도 없는 질문이나 대답 내용은 사실 중요하지 않다. 그렇다. 진짜로 흥미를 느끼는 경우도 많지만, 이런 기본 정보를 교환하는 목적은 본인의 지식과 오토바이족과 경마족의 특수 용어 구사력을 보여줌으로써 서로가 진정한 오토바이족 혹은 승마족임을 밝히는 것이다.

오토바이족이면서 사회학자인 수전 맥도널드-워커는 오토바이족들은 만나는 즉시 호의나 유대감을 느낀다는 사실을 알아챘고, 내가 대화한 오토바이족들도 이를 인정했다. 어느 오토바이족은 이렇게 말했다.

유대감의 촉매는 두 바퀴 위에 앉아 달리다 보면 옆을 지나는 오토바이족 열에 아홉은 손을 흔들어준다는 거지. 그게 중요해. 정지했을 때도 오토바이족은 상대방이 뭘 타고 있는지 궁금해하고 흥미로워해. 분명 자신은 평생 가도 탈 일이 없지만 반드시 그쪽으로 가서 어떤 종류의 오토바이인지 물어봐. 그것이 우릴 묶어준다고… 우리는 우리가 타는 기계 말고는 아무런 공통점이 없어. 하지만 바로 그것이 유대감을 높여주지.

승마족 관련 정보 제공자 또한 사교 촉진제 역할을 하는 말의 효용가치, 바로 유대감을 불러일으키는 효과를 계속해서 강조했다.

승마족 정보 제공자(젊은 여성 미용 실습생): 말 쪽은 흡사 마법의 세계 같아요. 실제 말을 안 타더라도 바로 친구가 되죠. 심지어는 말이 거기에 없더라도 말이에요. 내가 기차를 타고 갈 때의 일이에요. 보통 기차에서는 누구를 만나도 말을 섞지 않는데, 옆자리에 앉은 여자가 《당신의 말Your Horse》이란 잡지를 읽고 있었어요. 그래서 내가 "그거 11월호인가요?"라고 말을 걸었어요. 그녀는 바로 "오! 그래요! 당신도 승마를 하세요?"라고 물었지요. 나는 그렇다고 했고 2초 뒤부터 우리는 아주 친한 친구처럼 재잘거리기 시작했어요. '말'이라는 마법의 단어는 프리메이슨의 악수처럼 유대감을 불러일으키죠.

케이트 폭스: 그녀는 말동무나 친구가 되고 싶은 사람이었나요? 잡지가 아니더라도 말이죠.

승마족 정보 제공자: 솔직히 말해 아니요. 그녀는 아주 부자같이 좀

거만한 타입이었고 나보다 상당히 연상이었고, 음, 아주 단정한 비즈니스 정장을 입고 있었어요. 알잖아요? 무릎까지 오는 딱 붙는 치마에 멋진 구두 그리고 호화로운 서류 가방 등등. 아니요. 지금 가만히 생각해보면 상당히 속물스러웠고 지겨운 타입이었지요. 그래도 재미있었고 서로 잘 웃고 아주 좋았어요. 심지어 그녀는 얌전한 마장마술을 하고 전 장애물 비월을 좋아한다고 해도, 뭐든 말에 관한 일이잖아요?

승마족이나 오토바이족의 일원이라는 사실 하나만으로도 주류 사회 계급 같은 사교의 장애물뿐만 아니라 하위문화 내의 또 다른 씨족 구분마저도 너끈히 뛰어넘을 수 있다. 첫 만남에서는 당신의 신분이나 계급표시기 따위보다 당신이 타는 오토바이 브랜드 혹은 말의 혈통이나 종류로 판단되고 분류된다. 당신이 의사인지 미용사인지는 중요하지 않다. 요점은 당신의 오토바이가 할리데이비드슨인지 혼다인지 혹은 당신의 말이 사냥마인지 하노버리안 말인지가 중요하다. 하위문화 대화 규약은 실제로 어떤 대화를 주고받느냐가 중요한 게 아니며 무엇이 대화에 포함되었느냐가 중요하다. 당신이 어떤 오토바이 혹은 말을 선택했느냐에 따라 소속된 하위 집단이 밝혀진다. 당신에 관해 둘째로 중요한 것은 당신이 오토바이족이나 승마족의 일원이라는 사실이다. 맥도널드-워커의 또 다른 오토바이족과 나의 승마족 정보 제공자는 여기에 대해 놀라울 정도로 비슷한 얘기를 해주었다.

당신이 첫 만남의 장벽을 훨씬 쉽게 넘어갔다면, 이유는 당신이 뭔가 얘깃거리가 있어서야. 이건 분명해. 당신과 나의 오토바이 기종이 다르다는 것이 장애물이 될 수 없다고. 당신이 오토바이를 타고 즐긴다는 사실 하나만으로도 충분히 같이 앉아서 얘기할 이유가 된단 말이지.

당신이 누군가를 처음 만나서 어색함을 풀기까지는 항상 당황스럽게 마련입니다. 그러나 승마족들은 그런 장애물을 넘기가 훨씬 쉽습니다. 왜냐하면 공통의 언어가 있잖아요? 분명 전부 승마 대회에 참여하는 사람들이라면 최고죠. 사실상 가족이나 다름없습니다. 하지만 내 의견으로는 말을 타거나 관심 있는 사람이라면 누구나 상관없을 겁니다. 나는 말에 관해서는 어느 누구와도 대화를 할 것입니다.

이런 대화가 진행되면서 오토바이족이나 승마족이나 결국 오토바이나 말과 관련 없는 주제로 옮겨 갈 수도 있다. 또 공통의 관점이나 흥미를 찾아내면 개인적인 소회도 주고받게 된다. 결국은 어떤 정보 제공자가 말했듯이 '승마 친구를 넘어 진정한 친구' 사이로 발전할 수 있다.

"물론 우리도 다른 사람들과 마찬가지로 일반적인 대화를 합니다"라고 승마족이 말했다. 또 어떤 오토바이족은 "나는 오토바이 친구들과 내 일과 휴가, 뉴스, 주말, 가족, 친구, 동료 그리고 오토바이에 대해 얘기하죠. 아주 정상적으로!"라고 말했다.

이 오토바이족과 승마족들이 '정상적인' 대화를 할 때는 보통 영국인의 대화 규약이 적용된다. 그리고, 일반적으로, 별로 힘들지 않고 수월한 인사말 외에는 보통 오토바이와 승마를 주제로 대화가 이어진다. 승마와 오토바이 대화에서는 자신의 말이나 오토바이에 대한 조금 지나치다 싶은 자랑도 허락된다. 이는 '통상'의 자랑 금지에 위반되는 듯한데, 가만히 들어보면 말이나 오토바이의 뛰어난 성능이 자신의 공이라고 하지 않는다. 앞에서 '내 것이 더 좋아' 게임에서 말했듯 당신의 말이나 오토바이가 최고라고 자랑할 수도 있다. 하지만 말과 오토바이를 선택한 당신의 훌륭한 판단이나 취향을 과시할 때는 직접 표현하지 말아야 한다. 간접적으로 아주 조심스럽게(가능하면 유머러스한 자기 비하를 섞어서) 자랑해야 한다. 또 자신이 능숙한 승마족 혹은 조련사 또는 기술자임을 자랑하는 일은 물론 피해야 한다.

졸병 대화, 라이더 대화와 영국인다움

세 가지 하위문화 대화는 영국인다움에 대해 무엇을 말하는가? 이는 우리가 잠정적으로 밝혀낸 '결정적인 특성'의 후보를 확정하는 데 도움을 주었는가? 혹은 특성을 확실히 결정하는 데 도움이 될 새로운 요인이 밝혀졌는가?

유머, 겸손과 페어플레이가 강력한 후보로 등장했다. 이런 모든 특성이 극단적으로 적용되는 졸병 대화 규칙은 그들을 이해할 수 있는 새로운 차원을 보여주었다.

특히 졸병 대화 규칙은 영국인의 유머가 사교와 유대에 얼마나 중요한 도구인지를 또다시 밝혀주었다. 이런 상황에서 졸병 대화 규칙은 우리들의 '사교불편증dis-ease'[지은이의 언어유희다. 편하다ease라는 단어 앞에 부정 접두사 dis를 붙여 편하지 않다는 뜻의 단어를 만들었는데 이 단어는 또 병disease이란 단어와 같은 철자라 불편이라는 뜻과 함께 병이라는 뜻도 있는 묘한 조어가 되었다]이라고도 부를 수 있는 쑥스러움과 불편의 해소제이자, 행동 규약을 더욱 강화할 뿐 아니라 가르치기도 하는 교훈적 기구로 작용한다.

졸병들의 페어플레이 규칙은 불문율 위반에 대한 엄중한 처벌의 예를 보여준다. 여기에는 규칙 위반에 대한 구타가 포함된다. 물론 하위문화의 극단적인 예에 불과하지만 영국 문화에서 페어플레이가 얼마나 중요한지 판단하는 잣대로 볼 수 있을 듯하다.

페어플레이 규칙은 또한 흥미롭고 미묘한 차이로 '결정적인 특성' 지위의 후보가 된다. 우리가 이요르식 불평을 사랑하는 모습은 주기적으로 나타난다. 그러나 우리는 여기서 부속 조항이 관련돼 있음을 알 수 있다. 집단의 불평은 허가된 바이나 개인의 불평은 금지다(경마장 사례에서 이미 암시된 바 있다). 이는 영국인의 불평은 하나의 사교 의식이지 결코 진짜 불만의 표현이 아님을 의미한다.

라이더 대화 규칙이 보여주듯, 나는 영국인 행동의 공통성에 대한 조사가 구체적인 현실에 뿌리박기를 바란다. 그런 이유만으로도 라이더 대화를 포함할 가치가 있다. 그러나 이 두 가지 하위문화 규칙은 영국인의 사교 활동을 이해하는 데 도움이 된다. 다시 우리가 '영국인의 내향성', 이 스테레오타입을 문화인류학적 현미경 렌즈 아래에 두고 보면 보기보다는 간단하지 않음을 알 수 있다. 우리는 커다란 사교주저증과 불편증을 관찰할 수 있으나 '내향성'이라고 볼만한 대인기피증이나 내향적인 기미는 거의 보이지 않는다. 현미경으로 보는 영국인의 '문화 유전자'(우리는 이런 것을 많이 발견한다)에서 우리는 거의 매번 사교불편증 또는 비슷한 뭔가를 해소제와 함께 발견할 수 있다. 날씨 이야기, 퍼브, 유머, 게임, 술, 경마 카드, 말, 오토바이, 불평 의식 같은 사교를 위한 소도구와 촉진제 말이다.

영국인은 비사교적인 면에서는 '내향적'인 사람들이 아니라는 생각이 퍼뜩 든다. 우리는 사교불편증을 겪을지도 모르지만, 진짜로 비사교적이고 은둔적인 문화의 주인이라면 그토록 다양하고 독창적인 사교불편증 해소제를 만들어내지 않았을 것이다.

영국 문화의 다른 면을 충분히 검토한 다음 우리가 '영국인다움의 정수'를 추출할 수 있는 불문율의 대표 견본들을 만든 후에 나는 이것들을 모두 정리했다. 우리는 대화 규약 세목을 탐사해 이미 계속 나온 주제들을 발견하기 시작했다. 하지만 나는 단호하게 계속 파고들련다. 이런 주제들이 다른 데서도 나타날까? 예를 들어 집을 치장하는 방식, 기차와 버스에서 하는 행동, 직장 관습과 의식, 먹고 마시고 섹스하고 쇼핑하는 일 등에서도?

제 2 부

행동 규정

주택 규칙

영국인다움의 규칙을 찾겠다고 참여관찰 조사를 몇 년씩 할 필요가 없는 것도 있다. 예를 들어 사생활 규칙은 하도 분명해서 심지어 이 나라에 한 발도 딛지 않은 채 헬리콥터 위에서도 볼 수 있다. 영국 동네 상공을 몇 분만 돌아보면 거의 모든 주택가에서 작은 잔디밭이 붙은 조그만 상자 모양 집들이 오와 열을 이루고 있음을 볼 수 있다. 어떤 지역은 이 상자가 회색이거나 적갈색이다. 더 잘사는 동네는 상자들 사이 간격이 조금 더 넓고 거기에 딸린 정원도 좀더 크다. 그러나 원칙은 명확하다. 영국인은 자신만의 조그만 상자 안에서 자신만의 초록색 조각을 가지고 살기를 원한다.

해자와 도개교 규칙

헬리콥터에서는 안 보이는, 사생활 보호에 관한 규칙들도 집을 방문하려고 해보면 금방 알게 된다. 지도와 주소가 있다 해도 찾으려는 집을 찾기란 쉬운 일이 아니다. 헝가리인 유머리스트 조지 마이크는 '영국 동네에는 외국인을 헷갈리게 하기 위한 거대한 음모'가 숨어 있다고 주장했다. 우리의 거리들은 구불구불하고, 길이 휘어질 때마다 다른 이름이 붙어 있어 마이크의 말을 반박할 수 없다(길이 하도 급격하게 휘어 두 길이 되었는데도 길 이름은 하나인 경우도 있다). 우리는 '거리street'라는 뜻의 단어를 적어도 예순 개나 가지고 있다(place, mews, crescent, terrace, rise, lane, gate 등등). 이런 거리 이름 표지판은 조심스레 잘 숨겨져 있다. 심지어 표지판이 제대로 된 거리를 찾아내더라도 번지수 표기 방식은 절망적으로 불규칙적이고 기이하다. 일을 더욱더 복잡하게 만들기 위해 많은 사람이 자기 집에 번지수 대신 명패를 붙인다.

집 주소와 명패가 거리 이름처럼 잘 숨겨져 있어서 생기는 이 모든 혼란의 원인은 무엇인가? 나는 헝가리인을 헷갈리게 하기 위한 음모라기보다는 사생활에 대한 유난스러운 집착 때문이라고 본다. 우리가 원하더라도 이 혼란스러운 동네를 다 부수고 새로 디자인해서 합리적인 미국식 격자 형태로 바꿀 수는 없다. 그러나 최소한 길 이름과 번지수를 길에서도 명확하게 볼 수 있게 써줘야 다른 사람이 집을 쉽게 찾을 수 있다.

하지만 우리는 그렇게 하지 않는다. 번지수는 아주 은근히, 최악의 장소에 숨듯이 적혀 있는데 그것도 담쟁이덩굴과 현관에 가려져 있다. 혹은 그마저도 없어 옆집 번지수를 통해 짐작할 수 있을 뿐이다. 이걸 조사하던 중 택시 기사에게 "왜 이렇게 되었을까요" 하고 물어보는 것이 버릇이 되었다. 그들은 차창을 내리고 잘 숨겨졌거나 아예 존재하지 않는 번호를 찾는 데 엄청나게 많은 시간을 허비한다고 말한다. 기사들도 이를 곰곰이 생각해보았을 것이기에, 재미있는

설을 가지고 있으리라 추측했다.

내 추측이 맞았다. 첫 반응은 거의 "우라지게 좋은 질문이네", 혹은 이와 비슷한 것이었다. 이 질문을 신호로 기사들은 희미하고, 숨겨지고, 아예 없는 번지수에 대해 울부짖듯 불평을 늘어놓았다. 그러곤 "아무리 생각해도 일부러 그러는 거 같다"는 말로 끝맺었다. 재미있는 대답을 원했는데, 아무 소득 없이 출발지로 돌아간 셈이었다. 조금 우회해서 당신네 집은 잘 표시되어 있느냐고 물어보았다. 그러면 대개 기사들도 이제 생각해보니 "우리 번지수와 명패도 부끄럽게도 눈에 확 뜨이지 않는다"고 실토했다. 왜 그걸 대문이나 문기둥에 크고 굵은 글자로 적어놓지 않나? 하고 물으면 그들은 "이상하고 너무 확 드러나 보여 시선을 끌지 않을까요?"라고 되물었다. 어쨌든 그들은 택시를 탈 일이 절대 없고, 자기네 집은 찾기 어렵지도 않으며, 친구나 가족은 자신들이 어디 사는지 이미 알고 있다는 식의 변명만 늘어놓았다(택시 기사가 아닌 다른 사람에게도 물어보았으나 거의 같은 변명을 들었다).

택시 기사들과 인터뷰를 한 결과, 번지수를 명확히 표시하기를 주저하는 것이 영국인다운 내성적인 성격과 사생활 보호에 대한 집착 때문임을 다시 한 번 확인했을 뿐 다른 소득은 없었다. 하지만 나는 고집스럽게 질문을 계속해서 결국은 한 기사로부터 간결하고 흠잡을 데 없는 대답을 듣고야 말았다. "영국인에게 가정은 그의 성이지요? 그러나 해자와 도개교를 만들어놓을 수도 없는 노릇이니, 찾아오기라도 어렵게 해야지요." 그리하여 나는 영국인의 자기 집 번지수를 숨기는 행위를 '해자와 도개교 규칙'이라 이름 지었다.

하지만 영국인의 집은 단순한 성이 아니다. 사생활 보호 규칙을 구체화한 사례이자 정체성의 상징이고, 신분의 표상이며, 집주인의 으뜸가는 집착이다. 이런 관념은 영국 여성에게도 해당된다. 왜냐하면 집은 단순히 당신의 '소유물'이 아니라 당신의 '행위'이고, '하는 일'이기 때문이다.

집수리 규칙

앞에서 언급한 개념을 통해 나는 영국인의 광적인 '집수리' 혹은 '손수 하기DIY' 주제에 도달했다. 니콜라우스 페브스너Nikolaus Pevsner는 우리를 "집·정원·차고 일을 직접 하는 취미로 유명한 영국인"이라고 묘사하여 정곡을 찔렀다. 축구 얘기 말고는, 우리 국민이 이보다 더 집착하는 것은 없다. 우리는 보금자리 짓기에 몰입하는 나라이다. 거의 전 국민이 최소한 어느 정도는 DIY에 빠져 있다. 내 동료가 꽤 오래전에 해본 조사에 의하면, 고작 남성 2퍼센트와 여성 12퍼센트만 DIY를 전혀 해본 적이 없다.

우리는 이 결과를 SIRC가 피지팁스PG Tips란 홍차 회사의 의뢰로 실시한 주택 개량에 관한 연구를 통해 최신 자료로 갱신했다(이 조사를 홍차 회사가 의뢰했다고? 좀 이상하다고 생각할 수 있다. 그런데 조사 결과 모든 사람이 DIY를 하는 동안 차를 많이 마시는 것으로 나타나, 이게 결코 어리석은 일이 아니었음이 드러났다). 숫자상 여성이 과거보다 DIY를 하는 비율이 조금 높아졌을 뿐 별 다른 점이 없었다. 영국인이 자신의 집 꾸미기에 전보다 더 집착한다는 것을 발견했을 뿐이다.[59]

[이는 DIY를 전혀 못 하는 노인, 환자, 어린 학생, 갓난아이를 다 포함한 6300만 명이

---

59 좀더 정확한 수치를 원한다면, 알려주겠다. 우리는 매년 DIY에 85억 파운드(2017년 기준 약 12조 5000억 원)를 쓴다. 유럽 어느 나라보다 1인당 지출이 훨씬 많다. 통계에 의하면 최소한 영국인 성인 남성의 절반, 성인 여성의 3분의 1은 주기적으로 활발히 DIY를 한다.

연간 1인당 DIY에 약 20만 원을 소비한다는 말이고, 이를 가구수 2700만으로 나누면 약 46만 3000원이 된다.]

나는 이 SIRC의 DIY 조사에 직접 참여하지 않았으나 실제 조사는 내가 승인한 방식으로 실행되었다. 수화기를 잡고 질문지 빈칸을 채우는 식이 아니라 DIY의 전당인 슈퍼마켓(Homebase, Wickes, B&Q 등)에 직접 나가 DIY인을 대면해 장시간 그들의 동기, 두려움, 스트레스, 그리고 기쁨에 대해 들었다. 열렬한 DIY인인 내 동료 피터 마시는 일요일 아침 열심히 성지순례를 하는 DIY교 신자들을 조사자들이 방해하는 데 얼마간 보상을 해야 한다고 건의했다. 그는 재기 넘치는 해결책을 내놓았으니, 우리는 차를 대형 DIY 상점 주차장에 세워놓고 작업 중에 즐겨 마시는 차와 도넛을 무료로 제공했다.

이 작전은 성공했다. '차 한잔을 위한 휴식'은 DIY의 필수 의례이다. 그래서 설문지를 든 조사자가 자신의 쇼핑을 방해하는 행위를 절대 허락하지 않던 DIY꾼들도 SIRC의 밴 주위에 행복하게 모여들었다. 차 한잔과 도넛을 나누면서 우리 조사자들에게 자기네 집수리 계획, 희망, 걱정 그리고 실패를 애기했다.

영토 표시 규칙

주차장 표본조사 때 드러난 전형적인 DIY인의 공통 동기는 '내 집에 내 도장을 찍기 위하여'였다. 이는 불문율에 해당하는, 집 소유권 규칙이라 할 수 있다. 이사 의례의 주요 행위에는 대개 전 주인의 영토 표시를 부수는 것이 포함된다. "당신은 이사 들어올 때 무언가를 뜯어내야 하지 않나요? 그것이 이사의 일부 아닌가요?"라고 한 청년은 설명했다.

맞다. 영국의 주택가를 어느 기간 지켜보면 주택매매 표지판이 없어지면 곧 폐기물 컨테이너가 나타나 누군가 뜯어낸 멀쩡한 부엌 가구, 목욕탕 집기, 카펫, 찬장, 벽난로, 장식장, 타일 붙인 난간, 문짝, 심지어는 벽과 천장재 등으로 적재함을 가득 채운다.

이는 눈에 보이는 규칙적인 행동보다 더 강한 의미가 있는 규칙이다. 이런 강박관념 같은 영토 표시는 대다수 영국인에게는 반드시 해야 하는 의무로 다가온다. '나는 반드시 무언가를 뜯어내야 한다.'

이는 새집이나 새로 단장한 집으로 이사 가는 사람에게는 큰 문제이다. 새 목욕탕이나 부엌에서 가구나 집기를 다 뜯어내는 것은 정말 어이없이 어리석은 일이니 말이다. 그럼에도 DIY의 성전에는 새 영토에 자신의 개성을 더하려고 안달하는 사람들로 가득하다. 비록 아무것도 뜯어내지 못할지라도 무언가를 해야 한다. 조금이라도 손을 대서 수리를 하지 않은 집은 가정으로 인정받기 힘들다.

계급 규칙

영국인의 집수리 강박관념은 물론 단순한 영토 표시 욕구만은 아니며 넓은 의미의 자기표현이다. 집은 그저 당신의 영토가 아니다. 무엇보다 중요한 자기 정체성 표현이다. 적어도 우리 영국인은 그렇게 믿고 싶어 한다. 거의 모든 DIY 성전의 응답자들은 자신이 창조 재능을 발휘하고 있다고 여긴다. 가구점, 백화점, 주택 등에서 인터뷰한 여러 응답자들이 이를 확인해주었다. 이 사람들은 직접 집수리를 하는 이유는 물론 경제적인 데 있으나, 동시에 자기 집 세간을 새로 배치하고 새 가구를 들이고 장식함으로써 개성과 예술적 감각을 표현하는 거라고 말했다.

물론 그렇다. 그런데 이 질문을 더 자세히 조사해볼수록 더 명확하게 드러나는 점이 있다. 세간을 배치하고 가구를 들이고 장식하는 방식은 주로 계급에 따라 달라진다는 것이다. 여기에 부의 차이는 아무런 관계가 없다. 상류층과 중상층의 집은 초라하고 너덜너덜하며 아예 손질이 안 돼 있기 십상이다. 이런 상태를 중중층이나 중하층은 도저히 두고 볼 수 없다. 그리고 졸부가 된 노동자의 집은 정말 비싼 물건들로 가득한데, 이를 중상층이나 상류층은 천박함의 극치로 취급한다. 중중층이 좋아하는 새 가죽 소파와 골동품을 복제한 식탁과 의자들은, 중상층이 소유한 족보 있는 가구보다 열 배나 더 비싸겠지만 중상층은 이를 그냥 가죽과 복제품이라며 경멸한다.

중중층과 그보다 낮은 계층의 주택 라운지(이들이 그렇게 부른다)에는 대개 마루 전체에 카펫을 깐다(나이든 노동자의 집은 무늬가 있는 카펫일 것이다). 신분이 높아질수록 바닥재는 나무이고, 부분적으로 오래된 페르시안 융단이나 깔개가 바닥 여기저기에 놓여 있다. 중하층과 일부 상류 노동계급의 안방에는 유리창에 망사 커튼이 있어 가구를 비롯한 물건들이 보이지 않는다(이는 아주 유용한 계급표시기이다. 혹은 남의 물건을 들여다보기 좋아하는 조사자들이 안달 나게 하려는 심술의 발로이거나). 그러나 큼지막한 평면 텔레비전이 아주 넓은 자리를 차지하고 있고, 좀 나이든 층은 단체여행이나 우편 주문을 통해 모아온 작은 수집품(스푼, 유리 동물, 스페인 인형, 모형 혹은 다른 수집품)을 조심스럽게 늘어놓는다.

젊은 중하류층과 상류 노동계급은 야단법석을 좀 덜 떤다. 그들의 라운지는 대개 치과의사의 대기실처럼 잘 정리되어 좀 황량하다(아주 세련된 미니멀리즘을 갈망한다고 할지 모르지만 절대 그런 경지는 아니다). 그들은 흥미로운 물건들이 눈에 안 띄게 해놓는 대신 커다란 와이드스크린 텔레비전(그들은 이를 텔리나 티브이라 부른다)을 내보이는데 이는 항상 시선의 중심에 놓여 있다(우연히도 현재 집과 집 수리에 관해 일주일에 적어도 여섯 개 프로그램이 방영되고 있다). 많은 상류층의 집에도 큰 텔레비전이 있으나 보통 이것들을 다른 거실에 숨겨놓고 그곳을 뒷방이나 가족실이라 부른다.

좀더 잘사는 중상층은 많은 방을 패로앤드볼, 리틀그린 혹은 샌더슨페인트 같은 상표의 '전통Heritage' 색조로 칠한다. 더 불안정한 중상층 계급은 어떡하든 기회를 잡아 왜 이런 고급 페인트가 듀럭스 같은 싸구려보다 나은지를 지루하게 설명한다. 잘못해서 돈 얘기가 튀어나와 부를 자랑하는 꼴이 안 되려고 엄청난 가격 차이는 말하지 않으려고 노력한다. 비록 고급 페인트 회사가 페인트에 어처구니없는 값을 받는다는 식으로 불평해 교묘하게 흘리긴 하지만 말이다.

코스터 혹은 컵 받침은 훌륭한 계급표시기다. 중상층이나 상류층 또는 하류 노동계급의 가정에서는 이를 찾아보기 힘들다. 코스터 혹은 컵 받침은 중중층, 중하층, 혹은 중류층 신분을 열망하는 상류 노동계급의 가정에서 오히려 많이 발견된다.

조화와 신제품 규칙

중하류층과 노동계급이 토일렛이라 부르는 화장실에는 색깔을 잘 맞춘 변기와 욕조가 있었다(이들은 아직도 이를 목욕탕 세트라고 부른다). 심지어는 화장지까지 색깔을 맞춘다. 중상층과 그보다 높은 계층의 경우 흰색 제품 일색이다. 간혹 나무 변기 덮개와 깔개를 볼 수도 있지만.

계급표에서 가장 높거나 낮은 곳에 있는 가정(중상층과 그보다 높은 계급, 하류 노동계급과 그보다 낮은 계급)에서는 오래되고 남루하며 서로 어울리지 않은 가구를 볼 수 있고, 중류층 가정에서는 새로운 세티와 안락의자의 스위트suites, 식탁과 의자 세트 그리고 색깔을 맞춘 침실 가구, 침대 덮개, 베개, 커튼의 또 다른 스위트를 볼 수 있다(이들은 모두 서로 조화를 이루는데, 시골 오두막집 스타일의 꽃무늬, 이케아 가구의 단순성, 혹은 텔레비전에서 영감을 받은 테마가 어우러지는데, 원칙은 모두 동일하다). 상류층은 잘 선택한 골동품을 자랑스러워하고,

색을 맞춘 스위트를 비웃는다. 하류층은 제대로 구색을 못 맞추어 서로 어울리지 않는 세간을 부끄러워하면서 상류층을 부러워한다.

영국인의 계급은 비싼 새 가구에 대한 반응으로 금방 알 수 있다. 만일 당신이 이런 가구를 화려하다고 생각하면 높아야 중중층이고, 저속하다고 생각하면 중상층 혹은 그보다 높은 계급이다. 어떤 상류층 보수당 국회의원이 동료 보수당 국회의원 마이클 헤즐타인Michael Heseltine[한때 마거릿 대처 수상의 후계자로까지 언급되던 실력자로, 할아버지와 아버지는 노동계급 출신 상공인이었고, 본인도 자수성가한 신흥 실업가였다]을 보고 "그는 모든 가구를 자기가 사야 했다"라고 한마디 했다. 근본 없는 벼락부자만이 가구를 직접 산다는 일종의 야유다. 진정한 상류층은 가구를 물려받으니까.

중상층 출신 실내장식 디자이너가 수많은 주택 개량 텔레비전 프로그램을 독점한 탓에 과거에는 믿을 만했던 실내장식을 통한 계급표시기가 더 이상 작동하지 않게 되었다. 중중층, 중하층 심지어는 노동계급의 주택까지 이제는 카펫 대신 나무 마루를 깐다(심지어는 센스 없는 벼락부자마저 이제는 털이 긴 카펫을 깔지 않는다). 온갖 주택 개량 프로그램에서 형편없이 조롱당해 이제 모든 계급이 색깔 맞춘 목욕탕 세트를 유행에 뒤지고 형편없는 감각의 소산이라고 여기게 되었다. 훈련을 받지 않은 사람의 눈으로는 더 이상 중중층, 중하층, 그리고 상류 노동계급의 집을 구분할 수 없게 되었다.

가까이서 보면 어찌 되었건 아직도 조화와 신제품 규칙이 적용되고 있다. 중상층과 그보다 높은 계급만이 색 맞춤의 저항할 수 없는 강력한 유혹을 뿌리칠 수 있다. 어떤 텔레비전 디자이너에게 영향을 받은, 중상층으로 상승하고 있는 중중층들은 절충하려고 분투한다. 의자와 소파 세트를 피해, 예들 들면 소파와 의자의 색깔이 일치하지 않도록 따로 구입한다. 하지만 아주 조심스럽게 선택한 색깔을 맞춘 신제품 쿠션으로 출신을 드러내고 만다. 그리고 완벽하게 색을 맞춘 깔개와 분명히 조화를 이루는 색상의 커튼으로 더욱 큰 효과를 낸다. 비록 소시민의 빛나는 표시를 피했는지는 몰라도, 결국 새 제품이고 단정한 정품이고 억지로 꾸몄으며 디자인되었다는 사실이 한눈에 보인다. 만일 방 안이 카탈로그 사진 같은 모습이라면, 비록 나무 마루를 깔고 주요 가구의 색깔이나 모양을 맞추지 않았다 해도 주인은 결코 중중층 이상이 아니다.

목욕탕에 관해서는 어찌 되었건 일부 중상층마저도 현대식 샤워 시설을 갖추고 바닥에 방수 처리를 한 '웨트룸wet room'의 유혹에서 벗어나지 못했고, 신식 세면대와 유행하는 현대식 용품으로 가득한 새로 만든 웨트룸이나 목욕탕을 낡은 호화 저택에서도 발견할 수 있다. 진짜 상류층과 대개의 중상층 지식인은 지금까지 이런 유행을 거부했고 천한 허세라며 깔보는 경향이 있다.

자랑의 벽 규칙

도움이 될 만한 또 하나의 계급표시기는 미국인이 '자랑의 벽'이라 부르는 장소이다. 어느 방에 당신이 획득한 가장 영광스러운 상이나 유명인과 악수하는 사진을 늘어놓는가? 만일 당신이 중중층이나 이보다 아래 계급이라면 거실이나 입구 홀 아니면 중요한 장소에 자랑스럽게 전시해놓을 것이다. 여하간 중상층과 상류층 사람들이 이런 물건들을 둘 만한 최적의 장소는 오로지 아래층 화장실뿐이다.

이 장난은 세련smart이라는 단어의 두 가지 의미(posh: 젠체하다 / clever: 영리한)에 다 적합하다. 방문객은 아래층 화장실을 쓸 개연성이 아주 높은데, 그때 당신의 성취에 감명을 받을 것이다. 그러나 당신은 이를 화장실에 전시함으로써 농담거리로 만들며 심지어 조롱하는[taking the piss: 조롱한다는 뜻이다. 화장실에서 소변을 보면서 taking a piss 조롱하는 것taking the piss은 재미있지 않은가) 것이다. 이 경우 당신이 이것을 자랑한다거나 중요시한다고 비난할 수 없다.

위성 안테나 규칙

영국의 주택 밖에서도, 당신이 계급을 알리는 식물이나 꽃을 잘 몰라도—이에 대해서는 나중에 설명할 예정이지만—위성 안테나의 유(하류층) 무(상류층)로 계급을 대충 가늠할 수 있다. 이는 물론 절대 오류 없는 계급표시기는 아니고 이제는 케이블의 보급으로 신뢰도가 많이 떨어졌다(그래도 많은 사람은 위성 안테나 숫자를 세서 동네의 성격을 규정한다). 그러나 중상층이나 상류층임이 확실한 상징을 내세워 입증하기 전까지는 위성 안테나가 있는 집은 그보다 낮은 계급으로 본다.

상류층 주거지역의 아주 크고 오래된 집에 위성 안테나가 있다면 신흥 졸부가 그 동네에 들어왔다는 얘기다. 식민화의 상징이랄까. 이를 확실히 알기 위해서는 당신이 집 안으로 들어가 새 가죽소파, 화려한 자쿠지 욕조와 여러 개의 대형 텔레비전이 있는지를 봐야 한다. 만일 이런 물건 대신에 값을 따질 수 없으나 색이 바래고 올이 다 드러난 오리엔탈 바닥 깔개, 개털이 묻은 색 바랜 패브릭 소파, 금이 간 나무 변기 덮개 등이 있다면 당신은 집주인의 계급을 올려잡아야 하고, 그가 위성 텔레비전을 봐야 할 적당한 이유가 있다고 생각해야 한다. 아마도 방송국이나 언론계(이를 확인하기 위해서는 아래층 화장실에 영국 영화 텔레비전 예술협회BAFTA와 관련된 물품이 있는지 확인해야 한다)에서 일하는지, 혹은 잘 알려지지 않은 외국어 프로그램, 농구에 대한 기이한 열정을 가지고 있는지, 아니면 낡은 연속극이나 다른 대중문화에 관심이 있는지 등을 의심해봐야 한다.

비록 그렇다 하더라도 전에는 위성 안테나로나 보았던 저속한 텔레비전 채널이 이제는 케이블로 연결돼서 상류층도 집 외관을 손상시키는 하층계급의 표시인 위성 방송 접시를 안 달아도 여러 채널을 즐길 수 있게 되었다. 고상한 프로그램만 보는 척할 수 있게 된 것이다.

괴짜 조항

이는 나를 좀더 복잡한 곳으로 몰고 간다. 개인의 취향은 보통 행동 자체가 아니라 그렇게 행동한 사람을 보고 평가한다. 어느 계급에 확고히 자리 잡은 사람의 집 안에 내가 언급한 규칙에 맞지 않는 예외가 있다고 해서 바로 위나 아래로 계급을 조정하지는 않는다는 말이다. 내가 최근에 읽은 바로는 앤 공주의 가트콤 파크Gatcombe Park에 있는 집은 여러 사람에게 받은 각종 선물, 즉 노동계급 응접실에서나 발견될 싸구려 민속 인형과 아프리카산 목각으로 어지럽다고 한다. 상류층이나 유서 깊은 중상류층의 이러한 평민 취향은 일반적으로 무해한 괴짜 취향 취급을 받는다.

반대 경우도 있을 수 있다. 내 친구 중 하나는 완벽한 노동계급 조건을 갖추고 있다. 학교 청소부로, 형편없는 공동주택단지에 살고 있지만 상류층 스포츠인 승마의 종합마술(장애물 비월 경기라고 하는데 우연히도 앤 공주 역시 이를 좋아한다)에 열을 올리고 있다. 근처 승마학교에서 마구간 청소를 해주고 공짜로 말 한 마리를 맡기는데, 그녀의 공동주택 부엌 벽은 승마 시합에서 받은 장미 모양 리본과 각종 사진으로 가득하다. 친구들과 이웃은 그녀의 사치스러운 승마 취미와 장식을 무해한 기벽奇癖이고 어찌 보면 괴짜 취미라고 인정한다. 이 기벽은 그녀가 친구들과 마찬가지로 노동계급이라는 사실에 아무런 영향을 미치지 않는다.

이 '괴짜 조항'이 계급표의 맨 위와 아래에서는 가장 믿을 만한 효과를 내는 듯하다. 그러나 이 두 계급을 제외한 중중층, 중하층, 상류 노동계급과 심지어 중상층은 계급 기준상 너무 눈에 확 띄는 일탈을 벌이면 계급이 재분류될 가능성이 있다. 집 장식의 이상한 취향이 하나 드러나면 용서 받거나 무시될 수 있으나 둘 이상일 경우 얘기가 다르다. 심지어 덜 취약한 계급이라도 아예 반대편 계급의 괴짜 취향을 가져오는 편이 안전하다. 바로 이웃 계급의 취향을 가져오면 아주 위험하다. 예를 들면 중상층 가정에서 중중층 취향이 발견되면, 의심을 받아 신분이 강등될 위험이 훨씬 더 크다. 중상층 가정은 차라리 실수의 여지가 없는 노동계급 취향의 가구나 장식을 가져오는 편이 오히려 안전하다.

선의의 선물이 계급의식에 민감한, 경계선에 있는 영국인에게는 문제를 일으킬 수 있다. 나는 언젠가 아주 아름다운 나무로 만든 잔 받침을 받은 적이 있다. 음료수 자국이 남을까 두려운 탁자도 없고 소시민 성향으로 오해받기도 싫어서 고장 난 창문을 열어놓는 데 사용했다. 새시 창문을 고칠 수도 있었지만 그럴 경우 내 잔 받침은 무엇에 써야 하나? 영국인으로 살아간다는 것은 때로 참 골치 아픈 일이다.

집 이야기 규칙

당신이 속한 사회계급이 무엇이든, 새 집으로 이사할 때 무엇을 해야 하느냐, 또 이걸 어떻게 얘기하느냐에 대한 규칙이 있다. 더 정확히 얘기하면 어떻게 한탄해야 하느냐에 대한 규칙이다.

'악몽' 규칙

이사를 했을 경우 별 스트레스 없이 순조로웠다 해도 매사 충격적이었고, 각종 어려움에 시달려 상당히 힘들었다고 얘기해야 한다. 이 규칙은 집 찾기부터 이사, 이사 후의 DIY 작업, 집 수리공에게 일 시킬 때의 문제 등에 두루 적용된다. 사실 이 모든 일이 악몽이라고 모두들 알고 있는데 이걸 좋게 얘기한다든지 그냥 별문제 없었다고만 얘기해도 이상하게 여기고 심지어 거드름 피운다는 소리를 듣는다. 이는 집을 사고 옮긴 사람들을 괴롭히는 기분 잡치는 스트레스에 면역이 되었다고 넌지시 자랑하는 행위이기 때문이다.

여기서도 겸손 규칙을 따라야 한다. 집이 클수록, 좋을수록 당신은 집을 사고 수리하면서 겪은 고통, 불편, 악몽을 더욱 강조해야 한다. 코츠월드Cotswold[영국 중부 옥스퍼드 시 근처의 전원 지방. 영국인들이 가장 살고 싶어 하는 아름다운 구릉 지대로 셰익스피어의 고향도 여기에 있다]에 작지만 기막히게 예쁜 시골 별장을 장만했다거나 프랑스의 성을 구입했다고 자랑만 해서는 안 된다. 당신은 반드시 사악한 부동산중개소 주인, 부주의한 이삿짐 회사 직원, 둔감한 동네 수리공, 맛이 간 배관 시설, 지붕·마루·정원에 대한 한탄을 곁들여야 한다.

유머를 섞어 오랜 고통을 묘사한 이런 종류의 영국인의 한탄은 적당히만 하면 놀라울 정도로 사실 같아서, 부러움이 시기로 번지지 않게 하는 데 아주 효과적이다. 나 역시 그런 말에 속아 작고 예쁜 시골 별장이나 큰 성의 곤경에 빠진 주인을 정말 동정한 적이 있다. 만일 당신이 아직도 그의 어려움을 이해하지 못하거나 그보다 더한 부러움, 분노, 정당한 분개, 질투로 속을 끓이더라도, 이 한탄에는 동정 어린 대답을 해야 한다. "아이구! 내가 다 화가 나네!" "정말 질렸겠네요!" "정말 악몽이었겠네요!"

이 의례적인 한탄은 물론 간접적인 자랑이다. 새 집 애기를 하면서 눈치 못 채게 매력을 자랑하는 기술이다. 동시에 영국인의 공손한 평등주의 사례이자 비위에 좀 덜 거슬리는 위선으로 비칠 수도 있다. 한탄하는 사람은 듣는 사람도 겪었을 사건, 집을 사고 옮기는 과정에서 흔히 부딪치는 어려움을 강조하는 데 초점을 맞춘다. 그렇게 해서 혹시 있을지 모르는 부나 신분의 차이에서 오는 쑥스러움을 공손하게 피할 수 있다. 커다란 성을 산 내 친구의 넋두리는 오로지 자신들이 처한 어려움에만 초점이 맞추어져 있었다. 그렇다 보니 이 싸구려 아파트에서 저 싸구려 아파트로 옮겼을 뿐인 내 상황에 비추어 동정을 금할 수 없게 된 것이다. 이 관행은 모든 계급에서, 그러니까 수입이 별로 차이가 안 나는 사람들 사이에서도 통용된다. 오직 천한 졸부들이나 이 규칙을 깨고 이사 이야기를 통해 쌓아올린 엄청난 부를 노골적으로 자랑하느라 정신이 없다.

돈 이야기 규칙

집값을 얘기할 때도 돈 이야기를 꺼리는 영국인의 버릇이, 이사의 어려움을 토로하는 데 쓰이는 겸손의 규칙과 함께 적용된다. 비록 요즘은 집값 이야기가 중류층 저녁 식사 모임의 단골 메뉴가 되었지만 이 역시 아주 미묘한 예절에 따른다. 어떤 사람에게 그가 산 집값을 대놓고 물어보는 것은 절대 금지다(혹은 집 안에 있는 물건에 대해서도 마찬가지다). 이는 당신 수입이 얼마냐고 물어보는 것이나 다름없는 만큼, 용서할 수 없이 무례한 짓이다.

　과학적 연구를 핑계로 나는 이 규칙을 수차례 깬 적이 있다. 솔직히 말하면 두 차례이다. 나의 첫 시도는 수많은 핑계, 사과, 이유를 동원해 노골적인 질문이 아닌 것처럼 위장했으므로, 여기에 넣으면 안 된다. 가공의 친구를 동원해 그가 이 근처에 집을 사려고 한다는 등의 온갖 핑계를 다 댔기에 바로 물어보는 것이라 생각할 수 없었기 때문이다. 이런 행위는 도움이 되었다. 눈치를 못 챈 무심한 실험실 쥐인 집주인의 반응으로 보아 내 사과와 핑계가 과하거나 터무니없지는 않았던 모양이다.

둘째 경우는 아주 독하게 마음먹은 다음 숨을 깊게 들이쉬곤 집값을 대놓고 물어보았다. 예의 실험실 쥐는 역시 예상대로 당혹스럽고 불편해하면서 대답했다. 한 사람은 가격을 대충 얼버무리듯 가까스로 얘기한 뒤 바로 화제를 바꾸었다. 다른 한 사람은 여성이었는데 신경질적으로 웃더니만 손으로 입을 반쯤 막고 대답했다. 동행했던 그녀의 손님은 옆을 보면서 어색하게 기침을 하고, 눈썹을 추켜올리는 신호를 테이블 건너 사람들과 주고받았다. 당신이 영국인 저녁 식사 예절을 어겨서 일어날 수 있는 최악의 반응은 눈썹을 추켜올리는 행동과 무안한 나머지 헛기침 소리를 내는 것이다. 그래서 이런 내 실험이 뭐 그렇게 영웅적인 일은 아닐지 모른다. 하지만 추켜올린 눈썹과 헛기침이 얼마나 큰 상처가 될 수 있는지 알기 전에는 당신은 진정한 영국인이 아니다.

집 얘기 규칙에 따르면, 정당한 이유나 전제 없이 대화 중에 집값 얘기를 해서는 안 된다. 당신 집값은 오로지 특정한 상황에서만 언급할 수 있다. 그럴 상황이라 하더라도 오로지 자기 비하조로 말해야 한다. 혹은 적어도 당신이 부를 과시하는 게 아님을 토로해야 한다. 예를 들면 이 집을 아주 오래전에 지금으로 보면 형편없이 적은 돈으로 샀다는 식으로 얘기할 수는 있다.

그래서 이해할 수 없는 이유로 터무니없이 오른 당신네 집 시세는 끝없는 토론과 추리의 좋은 주제이다. 당신 집을 포함한 현재 부동산 가격을 얘기할 때는 항상 '기가 막힌' '미친' '바보 같은' '말도 안 되는'이라는 수식어를 붙여 얘기해야 한다. 이로써 집의 가치는 언급할 수 있지만 실제 값은 말할 수 없는 이유를 알 수 있다. 우리가 살고 있는 집의 현재 시세는 전적으로 우리 한계 밖에 있는 날씨 같은 문제로 취급되지만, 실제로 지불한 집값은 한 개인의 경제력 표시임이 분명하기 때문이다.

경제가 어려워서 집값이 내리면 이런 대화를 하기가 훨씬 편하다. 말도 안 되게 오른 집값에 대한 자부심을 숨기려는 노력보다는 떨어진 집값을 두고 불평하는 것이 더 쉽다. 어찌 되었건 집값 이야기에 너무 몰두하는 것은 또 하나의 계급표시기다. 만일 당신이 집값을 두고 불평하거나 전망을 얘기하면 상대는 당신을 《데일리 메일 *Daily Mail*》(집값에 불같이 집착해서 조롱을 받는 대중지) 독자인 소시민으로 볼 것이다.

집수리 대화 규칙

당신의 계급, 경제력, 당신이 이사 가는 집의 가격이 어떻든 간에 전 주인의 취향을 헐뜯는 것은 관습이다. 만일 당신이 전 주인의 나쁜 취향이 남아 있는 모든 자취를 뜯어낼 시간·기술·돈이 없다면, 친구들에게 새 집 구경을 시킬 때는 깊이 한숨을 쉬면서, 눈을 내리 깔고, 우거지상을 하고는, 다음과 같이 얘기해야 한다. "아이 참, 분명히 이건 우리 취향이 아니지요. 그래도 어떻게 해요? 당분간은 이렇게 살아야지요"라든가, 간단히 "아직 이 방은 손을 못 보았답니다"라고 한다. 이는 아직 수리하지 않은 방을 칭찬하는 실수에서 손님을 구제해줄 수 있다. 그렇지 않으면 돌연 칭찬을 거두며 해야 하는 체면치레, "오, 물론 내가 기막히게 좋다고 한 것은 일종의 가능성… 음, 말하자면 뭐라고 해야 하나? 내 생각에는…" 같은 반응을 보여야 하는 손님의 난처함을 막을 수 있다.

방문객에게 당신의 DIY 노력의 결과를 보여줄 때나, 저녁 식사 모임이나 퍼브에서 집수리 애기를 할 때도 겸손 규칙을 반드시 명심해야 한다. 비록 기술이 아주 뛰어나더라도 당신이 완료한 작업은 낮추어 말하고 가능하면 당신의 가장 부끄러운 실수나 허둥거린 일을 강조해야 한다. SIRC 조사 때 DIY 성전의 DIY인들이 한 얘기와 건축 전문점과 퍼브에서 내가 들은 얘기도 예외 없이 모두 이 규칙을 따른 것이다. 대형 참사나 다름없었던 내 잘못이 당신 실수보다 더 웃긴다는 식의 경쟁적인 자기 비하에 빠진 이들을 종종 볼 수 있었다. "카펫 좀 깔려다가 수도관 세 개를 터뜨렸다." "우리는 아주 비싼 카펫을 샀는데 이걸 깔려다가 글쎄 4인치를 짧게 잘라서 할 수 없이 책장으로 그만큼을 막았다네." "어떡하다 부엌 싱크대를 반대로 설치했는데 타일을 다 붙이고 난 다음에 이를 발견했네." "너는 그게 아주 나쁘다고 생각하나? 나는 옷걸이 판을 차 세 잔 마실 시간보다 한 시간 더 걸려 붙였는데, 다 마치고 보니 위아래가 바뀌었지 뭔가?" "내가 좀 엉터리 같은 부분을 페인트를 칠해 원래 그런 식으로 보여야 하는 것처럼 살짝 해놓았더니, 내 여자 친구가 뭐랬는지 아나? 엉터리 같은 놈아! 라고 고함을 지르더구먼."

만일 당신이 손수 집을 수리한 게 아니라 업자를 불렀다면 전형적이고 유머러스하게(위에서 얘기한 악몽 규칙처럼) 게을러빠진 업자에 대한 불평을 늘어놓는 것을 즐겨야 한다. 기술 좋고 효율적이고 정확하고 예의 발라서 모두에게 호평을 받는 폴란드 수리업자가 아니라면 말이다. 이제 이런 대화는 폴란드 업자들에 비해 미숙하고 나태한 영국인 수리업자에 대한 비애국적인 비교가 섞인 불평으로 넘어간다. 악몽을 선사하는 영국 수리업자에 대한 불평을 하는 과정에서야 새 부엌이나 다락방 개조 비용에 대해 비로소 말할 수 있다. 그래도 아주 조심해서 해야 한다! 영국인은 돈과 관계되는 불평은 대부분 위장된 자랑이라는 사실을 잘 알고 있기 때문이다. 수리비에 대한 질문은 어떻게든 허용이 되긴 한다. 그러나 호기심이 많아서 미안하다는 투로, 그리고 자신도 비슷한 수리를 생각하고 있는데 요즘은 비용이 얼마나 드는지가 궁금해서 물어본다는 식으로 이유를 잘 설명해야 한다.

그러나 자기 집 가구, 커튼, 깔개 혹은 다른 물건들의 가격을 말하는 짓은 어떤 이유로도 용서 받지 못한다. 혹은 다른 사람이 주인에게 얼마나 주고 그런 것들을 샀는지 물어봐서도 안 된다. 자기 집 값이 얼마인지를 말하는 것과 상대방의 집값이 얼마인지를 물어보는 것보다 훨씬 당혹스러운 일이다. 집값에 대한 얘기는 집값이 떨어질 때는 조금 허용된다. 집값 하락이 불러오는 조바심이 자랑보다 더 중대하다고 보기 때문이다. 그러나 집 치장에 들어간 비용을 말하는 것은 아주 친한 친구나 직계 가족에게만 허용된다. 그렇더라도 문제가 생길 개연성이 높다. 예외라면 우연히 당신이 집어든 물건이 기가 막히게 싸게 산 물건일 때 정도다. 그러나 벼룩시장에서 아주 아름다운 골동품 테이블을 단돈 2파운드에 산 정도여야 가격을 말하는 것이 허용된다. 보통의 반값 세일 정도로는 돈 얘기 금지의 금기를 깰 수 없다. 그것도 당신이 이 물건을 우연히 정말 싸게 사서 놀랐다는 식으로 잠깐 지나가는 투로만 언급해야 한다. 비록 호주머니 사정이 충분히 여유 있다 해도 "진짜 골동품 상점에서라면 내 주제에 이런 물건을 살 수 있겠어요?"라고 가볍게 말해야 한다. 원래 가격이 얼마인데 당신은 얼마에 샀다고 열성적으로 말해서는 안 된다. 그러면 물건을 싸게 사는 능력에 대한 자랑이나 돈에 관한 보기 흉한 집착을 보여주는 셈이기 때문이다. 둘 다 아주 꼴사나운 일이다.

집 이야기 규칙 중의 계급 변형

영국에 있는 모든 것이 그렇듯 집 애기에도 계급 규칙이 적용된다. 당신이 최근에 특별히 이상하거나 보통이 아닌 집(예를 들어 개조한

등대나 교회)에 이사 갔거나 해서 집들이를 하는 게 아니라면, 손님들에게 집 안을 보여주거나 새 욕조, 새로 고친 부엌과 다락방, 새로 칠한 앞 방 등에 한마디 해주기를 바라는 것은 하류층 행태라는 소리를 듣는다. 중중층과 그보다 낮은 계급 사이에는 이런 식으로 집을 보여주는 의례가 형성되었다. 심지어 그들은 정원 쪽으로 늘린 유리로 만든 온실형 거실이나 부엌을 자랑하려고 친구들을 초대하기도 한다. 중상층과 그보다 높은 계급 사람들은 이를 보고 눈살을 찌푸린다. 영국 최상위 계급 사람들 사이에서는 이런 것에 손님은 물론 주인도 관심이 없는 체해야 한다. 친구나 이웃 집의 변화에 관심을 기울이는 것은 옳지 못한 일이고, 칭찬도 노골적으로 무례하거나 천한 짓으로 여겨진다. 어떤 공작이, 새 이웃이 방문하여 자기 의자를 칭찬하고 가자 "감히 내 의자를 칭찬해? 건방진 망할 놈!"이라고 불끈 화를 냈다고 한다. 감히 네 수준에 내 물건을 두고 좋으네 나쁘네 입을 놀리느냐는 얘기다.

집 보여주기에 대한 상류층의 거부감은 적어도 중류층 사이에서는 좀 완화된 듯하다. 그들은 새 온실형 거실 등을 조금 자랑하며 즐길 수도 있으나 대개 좀 부끄러워하거나 난처해하는 느낌을 주어야 한다. 자랑과 즐거움의 원천인 새 부엌으로 당신을 인도하면서도, 이런 것을 인정하지 않는 양하거나 무심해 보이려고 노력한다. 겸손하게 보이려고 노력하면서 자기 비하조로 한마디 한다. "여하튼! 우린 뭔가를 했어야 했거든! 한데 이 꼴이 되어버렸으니!" 살짝 칭찬을 곁들이면서 자신의 행동을 비난하는 척한다. "하늘로 난 유리창으로 그래도 조금은 밝아진 것 같으니." 그러곤 집수리에 따를 수밖에 없는 악몽 같은 어려움에 초점을 맞추어 "이건 일주일 만에 끝나야 마땅한데, 먼지와 회반죽 속에서 한 달 이상이나 난장판으로 살았지"라고 덧붙인다.

여하튼 상류층과는 달리 겸손한 중류층은 칭찬에 불쾌해하지 않는다. 그러나 칭찬은 아주 모호하게 해야지, 너무 확실히 하면 좋지 않다. 영국인은 자기 집에 아주 민감하다. 당신이 너무 분명히 칭찬한다면 그들의 최근 집수리 경향이나 방식과 엇나갈 위험이 항상 있다. 주인은 방을 수리하면서 고상한 인상이 풍기게 했는데, 당신은 아늑하다거나 즐거운 느낌이라고 표현하는 위험을 얘기하는 것이다. 그들을 아주 잘 알아서 솔직하게 얘기할 수 있을 정도가 아니라면, 그냥 "좋습니다" "아주 멋지네요"로 자제하는 쪽이 현명하다.

형편없는 부동산중개소 규칙

우리는 집에 극도로 예민하게 반응하는데, 이는 거기에 큰 의미를 부여한다는 증거다. 이는 영국인이 왜 그렇게 비이성적으로 부동산중개소를 싫어하는지를 설명해준다. 당신은 이 나라 어디서도 부동산중개소에 대한 좋은 얘기를 거의 들어본 적이 없을 것이다. 심지어는 부동산중개소와 거래해본 적이 없는 사람도 어김없이 모욕적인 언사로 비난한다. 언제나 부동산중개소를 조롱, 냉소, 비난, 모욕해야 한다는 불문율이 분명 있다. 그들은 주차 단속원과 창틀 외판원과 마찬가지 취급을 받는다. 그러나 주차 단속원과 창틀 외판원의 죄는 분명하지만 부동산중개소가 왜 이렇게 비난 받는지를 정확히 설명하는 사람은 누구도 없다.

내가 사람들에게 부동산중개소에 대한 혐오감을 설명하라고 하면 상당히 모호하고 일관되지 않은 반응을 보여 종종 앞뒤가 안 맞는다. 부동산중개소 주인은 바보 같고 무능력한 멍청이 같다고 웃음거리로 삼는가 하면, 교활하고 탐욕스럽고 간교하고 부정직하다고 비난한다. 어떻게 부동산중개소 주인이 동시에 바보 같으면서 교활하게 똑똑해질 수 있는지를 도저히 알아낼 수 없었다. 결국은 그들이 비호감을 사는 합당한 설명을 찾기를 포기하고 말았다. 대신 우리와 그들의 상호작용 속에서 상세한 실마리를 찾으려 했다. 부동산중개소가 하는 일이 정확히 무엇인가? 집을 조사하고 객관적으로 둘러본 연후에 값을 매기고 조언해주며 사람들에게 보여주고 팔아주려고 노력한다. 그런데 사람들은 왜 그토록 불쾌해하는가? 여하튼 죄다 불쾌하다. 이러한 모든 것은 우리들의 집, 정체성, 개성, 사회적 지위, 취향과 연결돼 있다. 부동산중개소 주인은 중립적인 물건인 우리의 부동산이 아니라 라이프스타일, 사회적 지위, 성격, 개인을 평가하여 가격표를 붙이는 셈이다. 어찌 우리가 이걸 참을 수 있을 것인가? 그들을 조소와 경멸의 대상으로 만들어야, 우리 기분을 잡쳐버린 그들의 힘을 극소화할 수 있다. 만일 우리 모두 동의하기를, 부동산중개소 주인은 멍청하고 무능하고 불성실하다면 그들의 의견과 판단의 가치는 줄어든다. 그래야 그들이 우리 사생활이라는 우주에 침입한 행위가 정신적으로 덜 충격적이기 때문이다.

정원 규칙

이 장 서두에서, 우리가 헬리콥터 위에서 본 바에 의하면 모든 영국인은 자기들만의 상자 속에서 자기들만의 초록색 조각을 가지고 산다고 했다. 참으로 우스운 일은 초록색 조각에 대한 우리들의 집착이 '불굴의 녹색 교외도시'[60] 개발과 환경 파괴, 공해 등을 일으킨다는 사실이다. 그래도 영국인은 아파트에 살거나 구내 정원을 같이

---

60 전 총리 존 메이저John Major가 이렇게 불렀다. 메이저는 이때 병적으로 감성적인 연설을 했고 물론 사람들로부터 조롱을 당했다.

쓰는 다른 나라 사람들처럼 살지는 않을 것이다, 결코! 우리는 각자의 상자와 초록색 조각을 가지고 살아야 한다.[61]

　아무리 작아도 정원은 집만큼 중요하다. 다른 나라 사람들은 관심을 쏟을 가치가 없어서 아예 대접 받지도 못할 조각 땅도 여기서는 아주 큰 시골 장원처럼 여겨진다. 해자와 도개교는 상상 속에나 존재하지만, 영국인의 성에는 미니 영지가 딸려 있다. 전혀 눈에 띄지 않는 대다수 영국인이 사는 전형적인 교외나 주택지를 예로 들어보자. 보통 두 줄의 작고 별 특색 없는 세미 디태치드semi-detached[완벽하게 갈라진 두 가구의 집이 밖에서는 한 채로 보이게 지어진 연립주택. 물론 출입문은 서로 다르다]나 테라스 하우스terraced house[길을 따라 길게 지어진 2층 연립주택]로 이루어져 있다. 각 집에는 보통 아주 작은 앞뜰과 그보다 조금 큰 뒤뜰이 있다. 잘사는 지역은 앞뜰 정원이 더 크고 집이 길에서 조금 더 들어가 있다. 못사는 지역의 앞뜰은 거의 상징적인 크기이나 그래도 대문은 분명 있고, 거기서부터 집 현관문까지 몇 발자국이라도 길이 나 있다. 이 길 양쪽으로 화분이나 조그만 꽃밭 비슷한 것이 있기 때문에 이를 앞뜰이라 부를 수 있다(이 앞뜰과 입구로 난 길은 상징적인 해자와 도개교로 보인다).

'당신의 집 앞 정원, 당신은 즐기지 못한다'

이런 전형적인 앞뒤 정원에는 담이나 울타리가 있다. 앞뜰 울타리는 낮아서 사람들이 이를 볼 수 있으나 뒤뜰은 조금 높게 둘러싸여 있어 잘 볼 수가 없다. 앞뜰은 뒤뜰보다 보기 좋을뿐더러 손질도 잘되어 있다. 영국인들이 앞뜰에서 더 많은 시간을 보내기 때문이 아니

61　물론 우리는 곧 이런 개인 정원이 있는 사각 상자 식의 주택을 소유하기가 경제적, 환경적으로 지속 불가능하다는 사실을 인정할 수밖에 없다.

다. 영국인은 잡초를 뽑고 물을 주고 손질하여 좋아 보이게 하기 위해서가 아니라면 절대 앞뜰에서 시간을 보내지 않는다.

이것이 제일 중요한 집 뜰 규칙 중의 하나이다. 앞뜰에 야외 의자 같은 것을 몇 개 둘 여유가 있는데도 의자를 전혀 볼 수가 없다. 앞뜰에 앉아서 망중한을 보내는 것은 생각할 수도 없다. 심지어 당신이 웅크리고 앉아서 잡초를 뽑거나 담장 나무를 손질하지 않고 오래 서 있으면 이상한 사람 취급을 받는다. 바쁘게 뭔가를 하지 않고 가만 서 있으면, 아주 이상한 인간으로 의심 받거나 어슬렁거린다고 손가락질 받는다.

집 앞 정원은 정말 예쁘고 마음에 들어서 머물러 쉬고 싶을 정도라도 오로지 눈요깃거리다. 다른 사람이 즐기고 감탄하라고 있는 것이다. 이 규칙은 어느 부족의 복잡한 선물 교환 규칙을 상기시킨다. 가장 유명하고 널리 인용되는 규칙은 다름과 같다. "당신 돼지를 당신이 먹으면 안 된다." 누구든 자기가 키운 것을 먹으면 안 된다. 영국인의 경우 '당신의 앞뜰, 당신은 즐기지 못한다'이다.

앞뜰 사교 규칙

만일 당신이 앞뜰에서 웅크리고 앉아 있거나 나뭇가지를 치면서 시간을 보내고 있으면, 이웃이 당신에게 말을 거는 정말 희귀한 일이 일어난다. 누군가 앞뜰을 손질하고 있다는 말은 나는 현재 '사교'가 가능하다는 뜻이어서, 당신네 집 대문을 두드려 수다를 떨자고 할 사람이 절대 아닐 이웃이 말을 건넨다(거의 예외 없이 날씨나 당신의 정원에 대한 공손한 말로 시작할 것이다). 실은 내가 아는 많은 사람은 이웃과 상의할 중요한 일(예를 들면 건축 허가 신청서에 관한 것들)이나 전해야 할 것이 있더라도 인내심을 발휘하며 기다린다. 이웃집 대문 두드리는 '침입 행위'를 저지르기보다는, 앞뜰에서 일하는 이웃을 볼 때까지 며칠 혹은 몇 주일이라도 기다린다.

이 앞뜰 사교 규칙은 내 조사에 아주 큰 도움이 되었다. 나는 사람들에게 접근해서 거슬리지 않을 정도로 길도 묻고, 날씨 얘기로 말문을 튼 다음 뜰에 대해 한마디 하고는 차츰 다른 문제로 옮겨간다. 뜰, 일에 대한 버릇, 집수리, 자녀 문제, 반려동물에 대한 질문들 말이다. 때로는 내가(혹은 어머니, 동생, 사촌이) 이 동네로 이사 올까 하고 고민 중인 척도 한다. 이로써 꼬치꼬치 캐묻기 곤란한 것들, 예를 들면 이웃, 동네 퍼브, 학교, 상점, 클럽, 각종 친교 모임, 행사들에 관해 물을 수도 있다. 불문율을 찾아내기도 한다. 앞뜰 인터뷰를 통해 특히 최근에 집착하는 부동산중개소에 대한 질문에 초점을 맞추기도 한다. 그러다 보면 거의 정리되지 않은 각종 정보에 파묻히는데, 혹 나중에 쓸모가 있을 거라는 희망 때문에 모두 모아둔다. 이러한 조사 방법은 보기보다 효율이 떨어지는 것 같지는 않다. 심지어 이런 방식에도 학술용어가 있을 듯한데 도저히 기억할 수가 없어서 그냥 나는 '스펀지' 방법론sponge methodology이라 부른다.

반反문화를 상징하는 정원 소파 예외

'당신의 앞뜰, 당신은 즐기지 못한다'는 원칙에도 사소한 예외가 있으나 이 또한 통례처럼 규칙을 증명하는 예외이다. 히피의 잔재인 뉴 에이저New Ager와 반문화를 지향하는 사람의 앞뜰에는 낡고 오래된 소파가 보란 듯이 놓여 있다. 주인은 인습을 무시하고 이 소파에 앉아서 앞뜰을 즐긴다(이 뜰 역시 인습을 비웃듯이 손질이 안 되고 풀이 막 자라고 있다).

앞뜰에 앉지 말라는 규칙을 어긴 행위는 분명 고의적인 불복종이다. 예의 의자는 흔히 볼 수 있는 야외용 나무 벤치나 플라스틱 의자가 아니고 반드시 실내용 소파다. 이 축 늘어지고 습하고 결국은 썩어버릴 소파는 하나의 성명서인데, 다른 성명서들, 예를 들면 유기농 완전채식, 대마초 흡연, 과격한 최신 환경주의자 패션, 창문에 붙은 셰일 가스 채굴 반대 포스터들과 항상 함께한다. 주제와 패션은 다양하지만 반문화 무리들은 내가 굳이 말하지 않아도 알 것이다.

앞뜰에 앉는 반항아들은 보수적인 이웃의 지탄과 한숨의 대상이 된다. 그러나 전통적인 영국인의 엄살·불평 규칙에 의해 이웃들은 커튼 사이로 엿보기나 할 뿐 무례한 것들에게 한마디도 못하고 자기네끼리 불만을 주고받을 뿐이다. 실제로는 이 반항아들이 분명히 정해진 자신들만의 반문화 규칙과 관습을 따른다면, 즉 동네 여성협회에 가입하고 골프를 시작하는 식으로 기이하고 깜짝 놀랄 일만 하지 않으면 문제될 게 없다. 사람들은 영국인의 특이한 재능 중의 하나를 발휘해 냉담하게 그냥 참고 만다.

뒤뜰 공식

우리가 즐기기를 허가받은 뒤뜰은 비교적 어수선하고 별로 개성도 없다. 예쁘고, 온갖 색깔로 찬란하며, 시골 별장식의 장미, 접시꽃, 제비꽃, 덩굴나무 시렁, 작은 문, 장식 선반들처럼 전형적인 영국 뜰에서 볼 수 있는 요소를 모두 갖춘 곳은 그리 많지 않다. 이렇게 얘기하면 거의 모욕에 가까운데 그래도 나는 전형적인 영국의 뒤뜰은 대단히 지루한 직사각형 잔디로 이루어져 있다고 얘기할 수밖에 없다. 일종의 테라스 같은 '파티오'가 한쪽에 있고, 건축적인 미감이 별로 없는 창고가 다른 쪽에 있다. 어딘가로 길이 나 있고, 별 상상력 없이 심어진 관목과 화초들이 눈에 띈다.

물론 여기에도 변형은 있다. 길이 꽃밭 옆이나 직사각형 잔디 중간으로 나고 양쪽 울타리를 따라 꽃밭이 조성돼 있을 수도 있다. 나무가 한두 그루 있거나 관목이나 화분 혹은 벽을 오르는 넝쿨이 있을 수도 있고, 꽃밭 가장자리는 둥글기보다는 각이 졌을 것이다. 그러나 영국 뒤뜰의 기본 형태는 높은 울타리, 포장된 곳 조금, 잔디 조금, 길, 꽃밭, 창고로 이루어져 있다. 그래서 영국의 뜰은 안심해도 좋을 만큼 예외가 없고, 죄다 판박이임을 누구든 금세 알아챌 수 있으며 편안할 정도로 익숙하다. 이 형식은 영국인의 정신에 웬일인지 깊이 새겨져 있어서 모든 뒤뜰에서 약간 바뀌고 비틀린 채로 경건하게 재현되고 있다.[62]

관광객들은 전형적인 영국 뒤뜰을 볼 기회가 거의 없다. 이 아주 개인적인 장소는 집 뒤에 있어 거리에서 보이지 않는다. 높은 담장, 울타리, 관목으로 가려져 심지어 이웃도 보기 어렵다. '영국 정원'이라는 고급 사진집에도 안 나오고 가이드북에서도 찾을 수 없다. 더욱이 영국에 관한 책자는 한결같이 영국인이야말로 초록색 손가락을 가진 창조의 천재들이라는 뻔한 소리를 반복할 뿐이다. 저자가 직접 보통 사람들의 집을 방문해서 조사하거나, 전형적인 교외 서민 주택의 지붕과 벽에 올라가 쌍안경을 통해 평범한 영국 가정의 정원을 보지 않았기 때문이다(자, 이제 당신은 알아챘을 것이다. 당신이 도둑이거나 염탐꾼으로 오해한 사람이 바로 나라는 것을). 내 장담하건대, 이 '영국 정원'이라는 안내 책자에 속아 넘어간 관광객, 영국 애호가, 그리고 정원 열광자들도 사실 탐미적인 면에서 그리 많이 놓치지도 않았다.

사실 내가 좀 과장한 것은 사실이다. 보통 영국 정원은 아무리 독창적이지 못하고 단조롭다 하더라도 날씨가 따뜻한 날은 앉아서 차

---

62 당신이 만일 내 말을 못 믿겠다면, 다음에 기차를 타고 영국 여행을 할 때 창밖을 바라보라. 당신이 보는 거의 모든 뒤뜰은 이런 공식이 약간 변형된 모양새일 것이다. 영국 애호가인 나의 미국 친구는 이런 실험을 해보고 나서야 생각을 바꾸었다.

한잔 마시면서 빵 조각을 새들에게 던져주고, 달팽이·일기예보·정부·이웃 고양이에 대해 조용히 불평을 늘어놓기에 좋은 장소이다 (집 뜰 대화를 나눌 때는 그런 불평과 함께 금년에 분꽃이나 매발톱꽃이 잘 자랐다며 칭찬하여 서로 균형을 맞추어야 한다).

영국에서는 다른 나라에 비해 평균 수준의 정원이라도 가꾸기가 상당히 힘들다. 예를 들면 평균적인 미국 정원은 정원이라는 이름을 얻을 자격도 없어서 그냥 '마당yard'이라고 불린다. 대개 유럽 정원도 그냥 잔디 조각에 지나지 않는다.[63] 단지 인구밀도가 높고 좁은 섬에 사는 우리의 동료 일본인들이나 우리와 비교될 만한 노력을 한다. 그래서 유행을 따른 디자인에 신경 쓰는 영국인 정원사들이 종종 일본의 영향을 받는데 이건 놀랄 일이 아니다(요즘 유행하는 자갈, 갈퀴로 쓴 모래밭, 인공 폭포 등을 보라). 그러나 이런 전위적 정원사는 극소수에 불과하다. '정원사의 나라'라는 영국의 명성은 우리들의 잔디 조각에 대한 강박, 정원에 대한 애착에 기인한 것이지, 정원 디자인에서 솜씨를 과시하는 예술 재능과는 무관하다.

전국정원학대방지협회 규칙

보통 뒤뜰은 특별히 아름답진 않을지 모르나 우리는 모두 여기에 흥미와 관심과 노력을 보인다. 정원 가꾸기가 아마도 가장 인기 있는 취미 중 하나일 것이다. 최근 통계에 의하면 인구의 3분의 2 이상이 능동적인 정원사active gardener라고 한다(이 글을 읽으면서 나는 그러면 수동적인 정원사passive gardener는 어떤 사람일까, 상당히 궁금했다. 이는 간

---

63 다른 유럽인들도 영국인의 정원에 대한 열정을 따라오는 것 같다. 독일에서 특히 정원 가꾸는 일이 인기가 있는데, 영국 정원에 관한 번역서들이 잘 팔리고 있다는 얘기를 들었다.

접 흡연자passive smoker처럼, 이웃의 잔디 깎는 소리에 짜증이 난 사람을 얘기하는가? 그러나 무슨 뜻인지는 분명 알 것 같다).

거의 모든 영국 주택에는 잘 가꾸어져 있고 손질이 된 뜰이 있다. 버려진 정원은 보기 어려우나 만일 있다면 반드시 그럴 만한 이유가 있다. 집이 비어 있거나 학생들에게 세를 주었을 것이다(정원일은 집주인이 할 일이라 생각하는 것 같다). 아니면 정원을 버려두는 것을 인생관이나 사상에 입각한 선언으로 생각하는 사람도 있다. 혹은 가난, 불우, 장애, 우울증에 시달리는 사람이 살거나 더 심각하게 걱정해야 할 일이 많은 사람이 살지도 모르겠다.

위의 마지막 사례는 용서 받을 수 있을지 모르나, 다른 경우는 이웃들의 투덜거림과 소리 없는 비난을 들을 것이다. 우리에겐 비공식적인 단체 '전국정원학대방지협회National Society for the Prevention of Cruelty to Garden '[전국동물학대방지협회(National Society for the Prevention of Cruelty to Animal)를 빗댄 저자의 농담이다] 같은 게 있어서, 여기 회원들은 정원을 방치하는 것을 아이들이나 동물을 학대하는 행위로 취급한다. 이 협회의 규칙은 틀림없이 우리가 왜 그토록 많은 시간과 노력을 정원일에 바쳐야 한다고 느끼는지를 설명해줄 것이다.[64]

계급 규칙

정원사학자 찰스 퀘스트-릿슨Charles Quest-Ritson은 정원일을 예술로 보고 정원의 역사를 예술의 역사에 포함하려는 오만한 최근 유행을 강하게 비판했다. 그는 "정원일은 예술사 혹은 미학 이론의 발달과 전혀 연관이 없다. 이는 모두 사교적인 열망, 생활 사조, 돈 그리고

---

64 통계 쓰레기: 최근의 전국적인 인구조사에 의하면, 영국 인구 중 52퍼센트의 남성과 45퍼센트의 여성이 조사 전 4주 중에 정원을 손본 적이 있다고 한다.

계급과 관련이 있다"고 얘기했다. 나는 퀘스트-릿슨의 의견에 전적으로 동의한다. 영국인과 정원에 대한 조사를 통해 그의 주장을 확인했기 때문이다. 영국인의 정원 디자인과 구성물은 대개 자신이 속한 혹은 속하기를 열망하는 계급의 유행에 의해 결정되거나 아주 강하게 영향을 받기 때문이다.

'왜' 수많은 영국 중류층 여성들이 화이트 가든 하나와 작은 채마밭 하나와 유행이 지난 장미 컬렉션 하나를 가지고 있는지 아는가? 지금 혹은 10년 전에 세련된 취향이었기 때문이다. 주인이 보기에 특별히 아름답다거나 쓸모가 있어서가 아니라, 기분을 띄워주고 이웃보다 더 우월하다고 느끼게 해주기 때문이다. "정원은 사회와 경제적인 신분의 상징이다"라는 그의 주장을 나는 조금 누그러뜨리고 싶다. 그래서 우리 영국인은 퀘스트-릿슨이 암시하는 정도와는 달리, 꽃밭의 사회경제적인 결정 요인을 의식하는 것 같지는 않다고 감히 주장한다. 우리는 계급 지향적으로 선택한 화초와 디자인이 정말로 아름답다고 생각할 수도 있다. 그렇다 하더라도 이 때문에 계급적 지위가 흔들리진 않는다.

계급표시기와 괴짜 조항

우리의 취향은 가족과 이웃, 친구의 정원에서 보는 것에 영향을 받아 결정된다. 영국에서는 어릴 때부터 어떤 꽃과 배열은 예쁘고 고상하나 다른 것은 추하고 천하다고 배운다. 당신이 정원을 가질 때면―상류층에 속한다면―본능적으로 야한 꽃밭(백일초, 깨꽃, 금잔화, 페튜니아), 야단스러운 암석 정원, 팜파스그래스, 바구니걸이, 봉선화, 국화, 붓꽃, 작은 난쟁이 인형, 금붕어 연못에서 고개를 돌릴 것이다. 대신 관목 울타리, 유행 지난 관목 장미, 초본식물로 된 화단 가장자리, 클레마티스, 나도싸리, 요크 석 오솔길, 튜더 시대 패턴과 아트 앤드 크라프트 패턴[16세기 영국 튜더 왕조 시대에 유행했던 정원 스타일과 20세기 초 영국을 중심으로 일어난 예술 사조]같은 원예(혹은 거만한 원예haughtycultural)[원예horticultural의 horti를 거만하다는 haghty로 바꾼 말장난]적 요소를 보면 즐거이 미적 감흥에 젖을 것이다.

정원 유행은 변한다. 그래서 몇 가지 꽃을 보고 정원을 사회적으로 구분하거나 너무 정확히 규정하려 들면 실수하게 된다. '괴짜 규칙'이 여기에도 적용된다. 퀘스트-릿슨은 "일단 정원 주인이 '정상적인 원예가'라는 평판을 얻으면, 그의 철지난 유행, 평민 취향과 천한 취향도 유연하게 받아들여진다"고 주장한다. 내가 얘기하는 바는, 일단 확실히 상류층이나 중상층으로 자리 잡으면 원예가든 아니든 상관없다는 것이다. 그러나 요점은 같다. 한번 취향이 인정되면, 이상한 정원 인형이나 백일초 때문에 신분이 강등되지는 않는다. 그냥 한때의 괴짜 취향으로 용인될 수 있기 때문이다.

정원 주인의 계급을 나타내는 한두 가지 화초들을 강박관념에 빠져 판단하기보다는 전체적인 정원을 보고 가늠하는 편이 낫다. 특히 유행이 지난 장미인지 하이브리드 티 장미인지를 구별하지 못한다면 말이다. 경험으로 보아 상류층에서 하류층 정원으로 내려갈수록 야하고 화려하다(주인은 아마 색상이 화려하고 유쾌하다고 할 것이다). 동시에 더 질서정연(주인은 아마 정돈되고 깔끔하다고 할 것이다)하다.

상류층 정원은 아주 자연스럽고, 여유로우며, 꾸미지 않은 것 같고, 바래고 연한 색깔이 어우러진다. 맨얼굴 화장 같은 이런 효과는 아마도 페이스트리 커트 꽃밭이나 하류층의 질서정연한 장미꽃 덤불보다 훨씬 더 많은 시간과 노력을 들여야 얻을 수 있다. 그러나 노력이 겉으로는 잘 드러나지 않는다. 뭔가 매력이 있으나, 꾸민 것 같지는 않고, 혼돈스러우며, 보통 화초 사이로 땅이 조금 보이거나 전혀 보이지 않는다. 이상한 잡초 몇 포기에 난리를 치거나 잔디밭을 지나치게 손질하는 행위 등을 상류층과 중상층은 하류층의 야단법석 취급을 한다.

부유한 상류층 정원은 물론 하류층 정원사가 잡초를 뽑고 다듬어 때로는 아주 깔끔하다. 하지만 그들과 얘기해보면 자신의 정원이 너무 완벽하다고 불평("프레드는 너무 심하게 법석을 떨어요! 데이지 하나가 잔디에 감히 추한 머리를 들이대면 발작을 일으켜요!")을 한다. 흡사 사업가가 비서의 지나친 정리정돈을 두고 야유하는("아이구, 나는 서류함 근처에도 못 가요. 내가 자기의 컬러 코딩 서류 시스템을 망칠 수 있다나요?") 식으로 거만을 떠는 것과 같다.

정원 인형의 야유

모든 것에 너무나 철저한 정원사의 노동계급식 정돈은 일단 제쳐두자. 당신이 절대 그러리라 예상치 않았던 정원에서 의심의 여지가 없는 평민 취향을 보았다면 주인에게 한번 물어볼 가치가 있다. 정원보다는 주인의 계급에 대해 더 많은 것을 알 수 있다. 한번은 내가 중상층 정원에서 정원 인형gnome[동화 『백설공주』에 나오는 일곱 난쟁이 모양 인형]을 발견하고 약간 놀라움을 표했다(나는 그냥 눈치 있게 "오, 정원 인형"이라고 했을 뿐이다). 정원 주인은 그게 '야유'라고 설명했다. 나는 무식함을 사과하고서 왜 "정원 인형"이 야유냐고 물었다. 그러자 정원 주인은 거만하게 내가 정원을 모두 둘러보면 인형이 야유조 농담임을 분명히 알 수 있을 거라고 대답했다.

하지만 나는 정원 인형은 언제나 어떤 정원에서든 일종의 농담이고, 아무도 그걸 심각하게 예술품 취급은 하지 않는다고 주장했다. 그의 반응은 좀 두서가 없었고 헷갈렸다(굳이 거만했다고 말하지 않는다면). 요점은, 하류층의 정원 인형은 원래 웃자고 거기 세워둔 것이고, 자신의 정원 인형은 있어서는 안 되는 세련된 정원에 있어 그런 부조화가 더 웃긴다는 것이다. 노동계급의 공동주택 정원에 있는 정원 인형은 농담이지만 자신의 정원 인형은 공동주택 노동계급의 취향에 대한 야유라는 것이다. 결국은 계급에 관한 야유라는 말이다. 아주 미묘하긴 하나 분명히 중요한 구별이다. 괜한 시비를 건 나는 두말할 필요도 없이 다시는 그의 초대를 받지 못했다.

나의 질문에 대한 대답으로 미루어 그는 분명 상류층이라기보다는 중상층이었다. 정원 인형이 야유라는 의미를 띠고 있다고 주장함으로써 자신이 계산하고 있던 본인의 계급에서 반 계급 강등당했다. 제대로 된 상류계급이라면 정원 인형에 대한 애정을 솔직히 인정하거나(품이 전혀 안 들어 보이는, 고상한 정원 여기저기에 흩어진 다른 예를 열심히 지적할 것이다) "오, 예, 맞아요. 내 정원 인형, 난 그놈을 대단히 좋아합니다"라고 대답해서 나로 하여금 스스로 결론을 내도록 할 것이다. 상류층은 궁금증이 많은 문화인류학자(혹은 누구라도)가 그들을 어떻게 생각하는지에 전혀 개의치 않는다. 그리고 어떤 경우에도 야유를 위해 정원 인형 같은 조잡한 소품을 이용해서까지 자신의 신분을 강조할 필요가 없다.

주택 규칙과 영국인다움

영국인의 집과 정원의 불문율 규칙으로 영국인다움의 기본 원리를 명료하게 가다듬고 보충할 수 있는가? 우리는 영국인다움의 특성을 규명할 후보를 더 찾아냈거나 확인했는가? 우리들의 두 가지 집착거리인 집과 정원을 분석해 얻은 기본 규칙들이 우리 국민성을 들여다보는 일에 도움이 되지 않았다면 놀랄 일이다.

모든 인간은 영토에 대한 본능이 있다. 그러나 영국인의 집에 대한 집착과 광적인 집수리는 좀 유별나다. 모든 분석가가 영국인의 집수리를 두고 한마디씩 했지만 아무도 만족할 만한 설명을 하지 못했다. "집은 영국인이 조국 대신에 가진 것이다"라고 한 말로 보아 팩스먼이 이 특성을 가장 잘 이해한 것 같다. 이는 에드워드 왕 시대 (1901~1910) 운문시구 "독일인은 독일에 살고 로마인은 로마에 살고 투르크인은 투르크에 산다. 그러나 영국인은 집에 산다"에 나타난 정서를 잘 반영한다(그러나 팩스먼은 출처를 언급하지 않았다). 사실 이마저도 왜 우리가 이런 심한 신경과민성 집착을 보이는지 완벽하게 설명하진 못한다. 집수리에 열을 올리는 것이 영국 기후 때문이라는 설명은 설득력이 좀 부족하다. 다른 나라의 날씨도 주민들을 심하게 집 안에서 맴돌게 하지만, 그들은 우리같이 광적인 집 증후군을 보이진 않는다.

역사적인 설명조차도 동일한 오류를 범할 수 있다. 해리 마운트는 『잉글랜드는 어떻게 영국인을 만들었나? *How England Made the English?*』라는 책에서 "1066년 이후 외침이 없었고 350년 넘게 내전이 없던 관계로 주택 권리는 영원할 거라고 확신했다. 그래서 영국에는 자가 주택 소유율이 높다"라고 주장했다. 그럴듯해 보인다. 그러나 자가 주택 소유율에 대한 국제 통계를 보면 우리는 국제 평균보다 겨우 1퍼센트 높을 뿐이다. 최근 역사에서 내전, 침공 등을 많이 받아 고통이 심했던 유럽을 비롯한 다른 나라들 가운데 이 비율이 우리보다 훨씬 더 높은 나라도 많다. 최근 정국이 가장 소란스럽고 불안정하며 위험한 나라들이 가장 높은 주택 소유율을 보이며 마운트의 이론을 반박하고 있다.

예를 들면 루마니아는 주택 소유율 97.5퍼센트로 유럽에서 제일 순위가 높고 다음이 리투아니아, 크로아티아와 슬로바키아(모두 90퍼센트를 넘는다)이다. 우리는 겨우 64퍼센트를 상회한다. 그리고 영세중립국으로 평화로운 스위스는 제일 낮은 44.3퍼센트이다. 최근 우리가 주택 소유에 집착을 보이고 있음에도 우리들의 집에 대한 집착은 훨씬 오래전부터 생겨났다. 마운트도 지적했듯이 "영국인의 집은 그의 성이다"라는 구절이 1623년 영국 법에서 발견된다. 그러나 이는 마운트가 말하는 '부동산에 대한 애착'과는 아무런 관련이 없다. 당시는 극소수 영국인만 자기 주택을 소유하고 있었다. 에드워드 쿡Edward Coke[17세기 중반 영국의 대법관]이 법에 명시한 대중적인 수칙은 '사적인 권리privacy'였지 부동산property이 아니었다. '사적인 권리'는 사생활 침해로부터의 자유, 안전한 피난처를 의미하지 소유권에 대한 언급이 아니었다. 쿡의 영국 법전에서 문구 전체를 인용해보면 확실해진다. "영국인의 집은 그의 성이다A man's house is his castle: et domus sua cuique est tutissimum refugium." 이 라틴어를 해석해보면 이러하다. "모든 사람의 집은 그의 가장 안전한 피난처이다and each man's home is his safest refuge." 1763년 당시 수상이던 윌리엄 피트는 '성'의 의미를 설명하면서 "가장 가난한 사람이라 해도 그의 오두막(영주 소유의 집이거나 빌린 집이거나) 안으로는 왕의 무력이 절대 영향을 미칠 수 없다. 비록 무너질 듯하고 지붕이 새서 비가 들어올지라도 영국 왕은 들어올 수 없다"라고 했다. 심지어 '성'법이 제정된 후 거의 300년이 지난 1918년에도 77퍼센트의 영국인은 자기 집을 소유하지 않았다. 근래인 1970년에도 자기 집보다 셋집에 사는 사람들이 더 많았다. 우리들의 집 소유에 대한 집착은 최근 일이다. 이런 현상은 영국만이 아니라 다른 나라에서도 일어나고 있다. 그러니 이것을 프라이버시에 대한 우리만의 수백 년 된 열정이라고 오해하지 말아야 한다.

우리의 집에 대한 집착은 영국인다움 규칙을 통해 조금 이해할 수 있다. 해자와 도개교 규칙은 영국인의 사생활 보호 집착에 대한 관찰 가운데 다섯째 사례로 나타났다(끔찍한 부동산중개소 규칙, 앞뜰 규칙과 뒤뜰 공식에는 분명 편견이 개입됐다). 그리고 최소한 열째나 열한째로, 사교상 억제라는 주제가 등장한다. 내가 보기에 이것들이 영국인다움의 결정적인 특성이고 이들은 서로 통한다. 우리들의 집에 대한 집착은 거의 병적인 사생활 보호 욕구와 밀접하게 연관돼 있는 듯하다. 우리가 다른 사람들을 편안하게 혹은 능숙하게 대하지 못하는 것도 사교적인 억제, 과묵함, 부끄러움과 떼려야 뗄 수 없이 얽혀 있다.

영국인은 세 가지 방법으로 이 사교불편증을 해소하는 것 같다. 첫째, 독창적인 소품과 촉진제를 사용해 자기 억제를 넘어 사람들을 사귄다. 둘째, 자신의 무능을 다른 방법으로 가려버린다. 셋째, 이도 저도 안 되면 그냥 공격적으로 나간다. 우리가 좋아하는 방법은 가상의 도개교를 올린 뒤 문을 닫고 자신만의 성역인 집에 칩거해서 사생활을 보호하며 문제를 회피해버리는 것이다. 집은 진정 조국의 대용품이 될 수도 있으나 다른 면에서 보면 영국인은 사교술 대신 집을 가지고 있다.

계급 규칙은 우리의 예민한 계급의식의 새로운 면을 밝혀냈다. 나는 그것을 '인접 계급 문제'라 부르겠다. 괴짜 취향을 선택할 때는 사회계급표에서 정반대편에 있는 항목을 고르시라. 그게 안전하다. 모든 영국인은 특히 바로 아래 계급을 경멸한다. 한 계단 아래 계급으로 오해를 받을 경우 아주 질색한다.

'자랑의 벽' 규칙은 전형적인 영국인의 위선을 반영하며 우리가 유머라는 주제로 돌아가게 한다. 우리는 겸손과 진지하지 않기 규칙을 깰 때는 재치와 유머를 보호막으로 사용한다. 집 이야기 악몽 규칙은 영국인의 엄살·불평 사랑과 영국인다움의 강력한 후보인 겸손 규칙을 상기시킨다. 악몽 규칙은 또한 위선의 보호막이다. 자랑을 자랑처럼 보이지 않게 한다(위선은 앞으로도 논할 주제이다).

집수리 이야기 규칙은 극단적인 겸손 규칙을 부각시키는데, 경쟁적으로 자기 비하하기 말고는 달리 해석할 수 없는 겸손을 다투어 나타내는 방법이다. 다른 나라에도 공손한 겸손과 자기 비하(일본이 바로 떠오른다) 의례가 있다. 그러나 영국인이 집을 수선할 때 내보이는 경쟁적으로 자기 비하하기가 특별한 까닭은 유머 때문이다. 자신의 DIY 무능력을 헐뜯는 것으로는 충분치 않으며 반드시 재치 있고 재미있게 해야 한다(마찬가지로 일본 사람들은 받는 사람이 부담을 느끼지 않도록 하찮은 선물인 것처럼 말해야 한다).

칭찬도 모호하게 하는 영국인을 보면 우리의 내성적이고 공손한 성격을 오해하기 십상이다. 무심하고 덤덤한 영국인 특유의 공손함에는 심지어 상대를 칭찬하면서도 즐거움이나 긍정적인 느낌을 전하려는 의도가 없다. 무엇보다 상대방이 기분 상하거나 부끄러워하지 않게 하려는 것이다. 외국인이 냉담과 거만으로 해석하는 내성적 성격은 친구도 친구와 친지, 그리고 가까운 친구와 보통 친구로 구별하는 영국인의 중요한 특성을 감안해서 이해해야 한다. 특별히 더 차갑고 자기 마음을 표현하기 싫어서 안 하는 것이 아니다. 그냥 친하지 않은 사람들에게는 내성적인 성격상 살갑게 대하기가 다른 나라 사람들보다 좀더 힘들어서 그럴 뿐이다. 더 나아가 이 과묵함 때문에, 사람들과 친숙해져서 자기 억제를 벗어던지는 데 시간이 많이 걸린다. 앞에서 얘기한 부정적인 요인들의 악순환으로 수많은 문제가 생겨나는데, 고질적인 버릇인 "좋네요nice", 이 한마디, 아주 인색한 칭찬을 남발하는 것도 마찬가지다.

끔찍한 부동산중개소 규칙은 우리 정체성이 바로 집이고 영국 문화에서 유머가 매우 중요한 요소라는 점을 다시 부각시켰다. 부동산중개소가 얼마나 개입하느냐에 따라 우리 정체성까지 위협 받을 정도라, 중개업자들을 무력화하기 위해 농담으로 그들을 바보로 만들어야 했다. 이는 인간들이 서로 돕는, 어찌 보면 세계 공통의 방식이다. 모든 문화권 사람들은 위협에 처했음을 알아채면 농담으로 방어한다. 그러나 다른 어느 나라 사람보다 영국인이 이런 전술을 애용하는 듯하다. 우리가 유머를 써먹는 이유는 위협이나 생소함에 대처하기 위해서, 그뿐만 아니라 사소한 문제에서 국가적인 사안에 이르기까지 적절히 대처하기 위해서이다.

앞뜰과 뒤뜰 규칙들로 우리는 영국인의 사생활에 대한 강박관념을 확인했다. 앞뜰 규칙에서는 내성적인 사교성과 공손함을 확인했다. 만일 집을 나 자신에게 대입해본다면 앞뜰은 우리의 공적인 얼굴이다. 공식적이고 조심스러운 미소, 달리 말해 잘 가꾸어지고 무표정한 사교용 미소이다.

반문화적인 앞뜰 소파 예외는 이젠 우리에게 익숙한 주제인 무질서 속 질서와 상황을 개선하는 데는 별 도움이 안 되나 우리의 사교에는 유용한 엄살·불평의 치유력을 강조한다. 또 상당히 상냥한 품성, 즉 영국인다운 관용에 주목하게 한다. 솔직히 고백하자면, 앞뜰 소파 같은 반문화에 대한 우리들의 관용은 마지못해서 참은 것이지 결코 따뜻하게 마음을 열어서 드러난 태도는 아니다. 수동적이고 투덜거리는 관용이긴 하지만 그래도 주목할 만하고 칭찬할 가치가 있다. 영국에서 인종 간의 관계가 '비교적' 좋은 이유는 이 품성 때문일지도 모른다(이 주의해야 할 '비교적'이란 단어의 뜻은, 팩스먼이 영국의 인종 관계가 '대체로 나쁘지 않다'고 얘기했듯 우리보다 훨씬 덜 관용적인 나라들보다는 낫다는 말이다).

뒤뜰 공식은 영국 정원에 얽힌 장밋빛 전설 몇 개를 떨쳐버릴 뿐만 아니라 조용하고 은근한 영국인다움의 특별한 면을 보여주었다. 바로 야단스러움에 대한 극도의 혐오, 겸손함에 대한 극진한 사랑,

가정적인 품성, 편안함을 주는 유순하고 친숙한 성격이다. '전국정원학대방지협회' 규칙은 불문율이라는 사회 규칙과 그런 기대를 저버리지 않으려는 고집, 의무, 책임 의식을 보여준다. 마지막으로 계급 규칙, 괴짜 조항, 정원 인형의 야유 등은 뒤얽힌 계급 구분의 본질과 괴짜 기질을 관리하는 규칙의 복잡성을 일깨워주었다. 정원 인형의 야유 같은 인위적인 괴짜 취향은 역효과를 낸다. 특이하고 파격적인 취향의 경우, 인위적이지 않고 진실하며 꾸밈없는 진정한 괴짜 행위와 동반할 때만 박수를 받는다.

나는 지금 어떤 경향을 보는 중이다. 이것으로 도표를 만들 생각인데, 이를 통해 영국인다움의 결정적인 특성뿐만 아니라 이들 중요 품성들의 상호관계와 상호작용까지도 요약할 수 있다. 나는 도표를 잘 그리는 편은 아니다. 언젠가 내가 연구 대상으로 삼은 사교 네트워크를 그려본 적이 있는데, 결과는 마약에 취한 거미가 지어놓은 거미줄 같았다. 그러나 앞으로 나올 내용들이 영국인다움 규칙의 기본 관계를 규명하는 데 도움이 될 것이다. 그러면 나도 이 모든 것을 표현할 일종의 차트를 만들 수 있을 듯하다.

도로 규칙

편협하고 억제된 영국인이 사교술 대신 집을 가진 거라면, 우리는 각자 성 밖으로 모험을 떠나 어떻게 처신하고 있나? 당신이 짐작하듯이 '잘 못하고 있다'. 20년이 넘도록 기차역, 버스터미널 그리고 거리에서 참여관찰을 했으니 이제 전보다는 더 자세히 행동의 불문율을 해석하고자 한다. 이를 짧게 '도로 규칙'이라 부른다. 그러나 승용차, 기차, 항공기, 택시, 버스, 자전거, 오토바이, 도보 등의 온갖 이동 수단과 A에서 B로 가는 모든 진행 단계를 얘기할 것이다.

차에 대해서 말하면, 나는 운전을 못한다는 점을 분명히 밝힌다. 한번 배워보려 했는데, 몇 차례 운전 수업을 받은 후 나와 교관은 이게 절대 좋은 생각이 아니라는 데 합의했다. 그리하여 대중교통에 의존하게 되었고 이로써 수많은 생명을 구한 것이다. 연구 조사 관점에서 보면 정말 전화위복이다. 왜냐하면 정말 오랫동안 영국인의 행동을 관찰하게 되었고, 우회적으로 기차와 버스에서 현장 경험을 할 수 있는 기회를 잡은 것이다. 택시를 타는 동안은 꼼짝 없이 조사 대상이 된 운전기사를 통해 손님의 기행과 버릇 얘기를 들을 수 있었다. 내가 장거리 자동차 여행을 할 때는 불쌍한 친구나 친척들이 운전을 할 수밖에 없었다. 덕분에 나는 가는 길에 다른 운전자들 행동을 자세히 관찰할 수 있었다.

대중교통 규칙

우선 대중교통 행동 규칙에서 시작하자. 영국인이 사생활 보장과 안전을 선사하는 집을 벗어나 밖으로 나섰을 때 닥치는 문제를 생동감 있게 보여주기 때문이다.

존재 부인 규칙

우리가 대중교통을 이용할 때 보이는 기본 처신을 심리학자는 '존재 부인denial'이라 규정한다. 우리는 낯설고 무서운 군중 속에 있다는 사실을 인정하지 않는다. 거리에 군중이 없는 것처럼 가장하고, 우리 자신도 존재하지 않는 양하여 최대한 사생활을 유지한다. 이 부인 규칙은 낯선 사람에게 말을 걸지 말고 심지어 눈을 마주치지도 말라고 명한다. 반드시 필요한 경우가 아니면 타인의 존재 자체를 인정하지 않는다. 동시에 다른 사람의 주목을 끌어도 안 되고 남의 일에 간섭해도 안 된다.

　오랫동안 아침저녁으로 마주친 통근객이라 하더라도 서로 말 한 마디 안 하는 경우가 아주 흔한데, 전혀 이상한 일이 아니다. 생각하면 생각할수록 믿을 수 없는 일이지만 내가 말해본 모든 사람이 이 사실을 확인해주었다.

　"일정 기간에 같은 사람을 매일 아침 플랫폼에서 만납니다. 맞은 편 의자에 앉아 가고 목적지에 도착하면 고개 끄덕이는 인사 정도는 합니다. 그걸로 끝이지요"라고 한 통근객은 말했다. "그렇게 한 지 얼마나 되었나요?" "거의 1년 정도 되었지요, 아마? 사람에 따라 다른데 어떤 이는 조금 외향적이라 빠를 수도 있지만…" 나는 "아, 그래요"라고 대답하면서도 외향적이라는 말이 무슨 뜻일까 하고 생각했다. "그래서 특별히 외향적인 사람이 먼저 당신에게 인사하는 날은 매일 아침에 보게 된 지 몇 달 후? 혹시 두세 달 후?" "으음 아마도… 그럴 수도 있지요." 제보자는 확신이 없었다. "하지만 그렇게 되면 좀 성급한 것 같긴 한데… 조금 너무 밀어붙이는 듯도 하고… 그렇게까지 하면 사실 조금 불편하지요."

런던에 있는 홍보회사에서 비서로 일하는 이 젊은 여성은 특별히 수줍어하거나 내성적인 사람은 아니다. 반대로, 친근하고 활달하며 사교적이고 외향적이다. 내가 그녀의 경우를 예로 든 이유는 아주 전형적인 반응을 보였기 때문이다. 내가 인터뷰한 거의 모든 통근객은 심지어 고개를 끄덕이는 정도의 인사로도 친밀감을 느껴 이 단계로 넘어가는 것을 상당히 조심한다. 왜 그런지를 다른 통근객(스킵턴에서 리즈로 통근하는 삼십대 후반 남성)은 이렇게 설명했다. "고개 끄덕이는 인사라도 한번 하고 나면 '안녕하세요'라고 인사를 하게 되고, 결국은 상대방과 대화를 하게 될 겁니다." 그들은 다른 통근객이 보내는 너무 앞서가는 간단한 인사나 눈 마주침을 피하기 위해 노력하는데 이에 관한 표현이 '빙산의 일각tip of the iceberg'이나 '미끄러운 언덕slippery slope'이다(영국 공공장소에서의 눈 마주침 시간은 몇 십 분의 1초도 안 된다. 우연히 모르는 사람과 눈이 마주치면 바로 눈을 돌려야 한다. 1초간 눈 마주침을 지속하면 상대방은 유혹이나 적대감으로 해석한다).

동료 통근객과 지나가는 투로 친근한 인사를 나누는 게 뭐 그리 끔찍한 일이냐고 나는 제보자들에게 물어보았다. 그들은 이걸 정말 바보 같은 질문이라고 말했다. 동료 통근객에게 말을 건네고 나면 자꾸 대화를 하게 되는데 이로써 상대방의 존재를 인정하는 셈이 되고 매일 공손하게 몇 마디를 주고받을 수밖에 없을 것이다. 그들 사이에는 아무런 공통점이 없으니 대화는 아주 난처하고 거북해질 개연성이 높다. 그렇지 않으면 당신은 그를 피하는 방법을 찾으려고, 다른 쪽 플랫폼 끝에 서 있거나 커피숍 뒤에 숨어 있거나 일부러 다른 칸을 타고 말 것이다. 이는 물론 무례하고 난처한 일이다. 모든 일이 악몽이 되어버리므로, 아예 처음부터 이런 생각을 할 이유가 없다는 것이다.

물론 난 처음에는 그냥 웃고 말았다. 그러나 곰곰이 생각해보니 나도 그런 접촉을 정당한 이유 없이 기피하고 있음을 깨달았다. 내가 어떻게 영국인 통근객들의 두려움과 정교한 기피 작전을 비웃을 수 있겠는가? 나 자신도 겨우 30분에 불과한 일회성 여정에서 겪을 불편함을 피하기 위해 거의 같은 수단을 쓰고 있으면서 말이다. 잘못하면 원하지 않은 누군가를 수년간 매일 감당해야 한다는 말이다. 그들의 말은 틀리지 않다. 아무 이유 없이 그런 위험부담을 안을 이유가 어디 있는가. 최소한 1년간은 고개 끄덕임조차 안 하는 쪽이 분명히 낫다.

내가 이런 불문율을 부득이 깨야 하는 경우가 있다. 대중교통에서 현장조사를 할 때인데, 다른 방법이 없다. 현장조사란 당면한 의문에 대한 답을 얻기 위해 급히 질문을 하거나, 가설을 시험해보거나, 부지런히 점찍은 대상을 찾아 인터뷰하거나 실험을 해봐야 할 때 벌인다. 다른 형식의 현장조사, 예를 들면 단순한 관찰은 조사 대상과 접촉할 필요가 없으니 당연히 상호공존이 가능하다. 심지어는 접촉을 싫어하는 까탈스러운 영국인하고도! 사실 조사원 손에 든 질문철이 쓸모 있는 경계 표시 노릇을 한다. 그러나 인터뷰를 하거나 현장조사를 할 때 두려움과 억제를 극복하기 위해 나는 숨을 깊이 들이마셔야 한다. 대중교통에서 영국인을 인터뷰할 때는 그들의 억제를 풀어주어야 한다. 어떤 면에서 버스, 기차, 지하철 승객을 대상으로 한 현장조사 인터뷰는 규칙 파기 실험이다. 그들에게 말 걸기란 존재 부인 규칙을 자동으로 어기는 것이기 때문이다. 나는 가능하면 다음에 기술하는 존재 부인 규칙 예외를 이용해 고통(양쪽 모두의)을 줄이려고 노력했다.

존재 부인 규칙의 예외들

세 가지 상황에서는 누구나 존재 부인 규칙을 깨고 다른 승객의 존재를 인정하여 말을 걸어도 무방하다.

___ **공손의 예외** 첫째 상황을 나는 공손의 예외라 부르겠다. 말을 해서 사생활을 침해하는 사태를 피하려고 말을 안 해서 더 큰 무례를 범하는 경우가 있다. 예를 들어 뜻하지 않게 밀치게 된 경우, 지나가기 위해 "실례합니다"라고 말해야 할 때, 옆 자리가 비었는지 물어야 할 때, 창문을 좀 열어도 될지를 물을 때 등이다. 중요한 점은, 이러한 공손함은 본격적인 대화를 위한 말문 트기나 합당한 서두로 간주되지 않는다는 것이다. 필요한 사과나 요청을 한 다음 바로 원래 상황으로 돌아가 양쪽 모두 상대의 존재를 전혀 인정하지 않아야 한다. 공손의 예외는 조사용으로는 별 쓸모가 없다. 단지 상대에게 말을 더 걸려다 보니 생겨난 안달이나 짜증의 정도를 조사하는 데나 쓸모가 있을 뿐이다. 만일 내가 공손히 사과했는데 짧게 투덜거리거나 쌀쌀맞게 고개를 끄덕이고 만다면, 나의 제보자가 되기는 틀린 사람이라고 봐야 한다.

__ **정보의 예외** 정보의 예외는 어떤 면에서는 조금 쓸모가 있다. 중요한 정보를 다른 승객에게 묻기 위해 존재 부인 규칙을 깰 수가 있다. 예를 들면 "실례합니다. 이 기차가 패딩턴으로 갑니까?" "이 기차는 레딩에 섭니까?" "클래펌 정크션으로 가는 기차 플랫폼이 맞습니까?" 등이다.[65] 이런 질문에 대한 반응에는 가벼운 유머가 곁들여지기도 한다. 내가 허둥대며 "이 기차가 패딩턴행인가요?"라고 묻자 "예~에, 나도 그러기를 바랍니다"라고 한다든지 "그게 아니면 나도 큰일인데요?"라고 대답한 사람이 몇이나 되는지 잊어버렸다. "런던으로 가는 급행열차 맞나요?(내 말은 작은 역에 서지 않고 바로 가는 기차냐는 뜻이었다)"에 당나귀 이요르식 불평이 섞인 재치 있는 대답은 "음, '급행'이라는 단어를 당신이 어떻게 정의하느냐에 따라…"이다 (심지어 나는 이런 농담 섞인 대답을 차장과 역무원에게도 들었다). 비록 기술적으로는 공손의 예외 원칙이 적용되어 일단 원하는 정보를 얻고 나면 바로 존재 부인으로 돌아가야 하지만 이 경우는 조금 다를 수 있다. 이런 유머 있는 대답은 때로 몇 마디 정도는 더 나눌 수도 있다는 허락의 표시로 해석할 수 있다. 특히 미묘하게 '엄살·불평의 예외'로 발전시키고 싶어 하는 경우로도 볼 수 있다.

__ **엄살·불평의 예외** 타인의 존재 부인 규칙에서 엄살·불평 예외는 보통 뭔가 잘못되었을 때 나타난다. 예를 들어 스피커에서 비행기나 기차가 연발 혹은 취소되었다는 방송이 흘러나올 때, 기차나 지하철이 터널 중간에서 아무 이유 없이 갑자기 정지할 때, 버스 기

---

65 "미안합니다" "죄송합니다" 등은 이런 종류의 어떤 물음에도 붙일 수 있는 표준적인 시작 문장이다. 충돌 경험과 반사적인 '사과 규칙'에서 다시 설명하겠다.

사를 바꾼다며 너무 오래 기다리게 할 때, 그리고 예상치 못한 문제나 혼란이 일어나는 경우 등이다.

이런 때 갑자기 서로의 존재가 눈에 띄기 시작한다. 우리의 반응은 한결같아서 분 단위로 예상 가능할 정도라 대본을 갖고 연습한 사람들 같다. 다들 갑작스럽게 몸짓으로 서로 대화를 시작한다. 눈짓을 교환하고, 크게 한숨을 쉬며, 인고忍苦의 쓴웃음을 주고받고, 어깨를 들썩이며, 눈썹을 추켜올리고, 눈동자를 돌리며, 우거지상을 한다. 그러곤 예외 없이 누군가 기막힌 철도 시스템에 욕설을 퍼붓거나 진절머리가 난다는 식으로 한소리 한다. "허어, 항상 그렇지, 뭐!"라고 하면 다른 사람은 "이번엔 또 뭐야?" "에이, 원 세상에 이번에는 또 무슨 일이야?"라고 받는데 또 다른 사람은 그냥 "망할 것!"이라 한다.

요즘엔 최소한 "잘못된 종류의…"란 표현을 자주 들을 수 있을 것이다. 이는 '철로 위의 낙엽'(요즘의 눈 핑계와 함께)이 철도 시스템에 심한 혼란을 일으키고 있다는 철도회사의 말도 안 되는 핑계에 대한 냉소를 뜻한다. 철로 위에 가을 낙엽이 쌓이는 것은 너무나 흔한 일이고(또 겨울에는 눈이 오게 마련인데), 전에는 이런 일 때문에 기차가 멈춘 적이 없다고 지적하자, 그들은 아주 애처롭게 '잘못된 종류의 낙엽'(또는 잘못된 종류의 눈) 때문이라 했다는 것이다. 자신들의 멍청함을 자인하는지도 모르는 이 논평은 전 신문과 방송의 머리기사를 장식해 지금까지도 코미디의 단골 메뉴가 되었다. 이제는 상황이 다른 연착이나 혼란의 경우에도 인용된다. 만일 비로 인한 연착을 안내하면 누군가 '잘못된 종류의 비, 내 짐작에는'이라고 빈정거린다. 한번은 옥스퍼드에서 기차를 기다리고 있는데, 선로 위의 소때문에 연착한다는 방송이 나오자 플랫폼에 있던 세 사람이 동시에

"잘못된 종류의 소로구면"이라고 크게 소리 질렀다.[66]

　이런 문제는 영국인 승객 사이에서 즉각 친밀한 분위기를 자아내는데 분명 '그들과 우리'의 원칙에 의거한 효과다. 엄살·불평을 할 기회 혹은 재치 있는 엄살·불평을 즐길 찬스를 도저히 놓칠 수가 없다. 연착하는 기차나 다른 대중교통 혼란으로 생긴 엄살·불평 파티는 날씨 엄살·불평과 거의 같다. 우리가 불평을 늘어놓아봐야 아무 의미도 없다. 이 상황을 바꿀 방법이 전혀 없음을 잘 알기에, 냉철히 받아들여야 한다는 점도 잘 안다. 그러니 이를 즐기는 방법을 찾을 수밖에 없고, 이는 일시적인 상호교류를 위한 촉진제로는 아주 효과적이다.

　엄살·불평 예외는 규칙을 증명하는 또 하나의 예로 드러났다. 우리가 가장 좋아하는 오락을 즐기려고 존재 부정의 규칙을 깨는 것처럼 보인다. 이제 승객들은 대중교통 시스템의 결함과 실패에 대한 얘기를 상당히 길게 논의한다(또 화제가 관련된 기관, 회사, 정부 부처의 무능에까지 번진다). 이런 대화는 일회성이란 점을 다들 이해한다. 부인 규칙 위반이 아니고, 비상사태로 인한 규칙의 일시 정지인 셈이다. 통근객들은 그냥 기차 연착을 빌미로 즐거이 엄살·불평을 나눌 뿐이다. 다음 날 아침에는 이들과 다시 대화를 나누어야 할 의무가 없고, 심지어 알은체를 할 필요도 없다. 부인 규칙은 오로지 우는 소리를 하는 동안만 효력이 정지되는 것이다. 일단 엄살·불평을 끝내면 우리는 다시 침묵에 잠긴다. 그리고 범법자 낙엽이나 자살자 소가 재난을 다시 일으키기까지는, 앞으로 1년이고 2년이고 서로를

66　선로 위의 소 때문에 기차가 연착할 수는 있다. 이 나라에서는 자주 일어나는 문제다. 철도 네트워크 보고에 의하면 소의 방해가 연착과 운행 취소의 다섯째 이유이다. 2011년 어느 달에는 열다섯 번이나 기차를 취소시켰다. 기차 승객은 최소한 한 번은 비슷한 방송을 들어본 적이 있을 것이다.

알자고 할 필요가 없다. 엄살·불평 예외는 서로의 존재 부인 규칙을 정확히 증명했다. 왜냐하면 하나의 예외로만 인정받았기 때문이다.

엄살·불평을 하는 동안 부인 규칙의 효력이 일시 정지되는데 겁 없는 조사자들이 보기에 이는 영국 통근객들의 사생활이라는 갑옷에 뚫린 작은 틈새다. 엿본다거나 주제넘게 나선다는 인상을 주지 않고 적절히 질문할 수 있는 드문 기회이다. 그럼에도 엄살·불평 예외는 임시 조치임을 알지 못하고 수다를 늘어놓으려 한다는 인상을 주지 않으려면 눈치가 아주 재빨라야 한다.

영국 대중교통은 종잡을 수가 없는데 당신이 이걸 모른다면, 엄살·불평거리인 재난이나 혼란을 틈탄 현장조사 인터뷰는 성에 차지 않고 믿을 수 없는 방법이라고 생각할 수 있다. 그러나 모든 영국인은 어딜 가든 적어도 한두 번의 연발착이나 일시적인 운행 정지를 경험한다. 그리고 만일 당신이 영국인(특히 마음이 좋은)이라면, 이런 혼란과 운행 중단을 통해 조사 기회라는 이득을 취하는 나 같은 사람이 있다는 소리를 들으면 상당히 기뻐하리라 믿어 의심치 않는다. 내가 예의 낙엽, 소, 침수, 엔진 고장, 병목현상, 무단결근한 기관사, 신호 고장, 선로교체기 고장 같은 별것 아닌 기능장애와 방해를 통해서 이득을 얻는다는 말이다.

엄살·불평 예외가 제공하는 기회를 제외하면, 대중교통 현장은 반드시 정식 인터뷰를 해야 하는 곳이다. 정식이라는 말은 상대가 인터뷰를 당하고 있음을 안다는 뜻이다. 내가 가장 좋아하는, 격의 없이 일상적인 대화로 인터뷰를 하는 방법은 서로의 존재 부인 규칙이 적용되는 환경에서는 적당치 않다. 가장 효과적인 기술은 모르는 사람과 대화가 허용되는 (물론 아주 엄격한 의전이 요구되는) 퍼브의 바 카운터, 경마장, 파티장에서 발휘해야 한다. 상호부인 규칙을 깨고 신나게 수다나 떨자는 식으로 나오기보다는, 내가 책을 쓰기 위해 자료 조사를 하고 있는데 질문을 좀 해도 되겠느냐는 식으로 공손하고 솔직하게 물어도 크게 문제가 되지 않는다. 노트북을 든 조사자는 물론 아주 귀찮은 존재이지만, 그래도 생판 모르는 사람이 아무 이유도 없이 말을 거는 사태보다는 낫다. 기차나 버스에서 갑자기 말을 걸면 영국인들은 당신이 취했거나 마약을 했거나 정신이 상이라 여길 개연성이 상당히 높다.[67] 사회학자들은 보통 별로 환영받지 못하지만, 그래도 알코올중독자나 병동을 탈출한 정신병자보다는 조금 참을 만한 모양이다.

이런 정식 접근법은 외국인에게는 쓰지 않아도 된다. 그들은 영국인 특유의 두려움, 억제, 사생활 보호 강박관념으로 고통받지 않기 때문에 아주 행복하게 격의 없이 수다를 떨 수 있다. 실은 관광객들은 사교적이고 우호적인 현지인을 드디어 만났다 싶어 아주 적극적으로 반응한다. 특히 예의 현지인이 영국인과 영국을 그들이 어떻게 느꼈는지 알고 싶어 한다면 금상첨화다. 내가 신분을 밝히지 않은 인터뷰를 좋아하기 때문이기도 하지만, 숨은 동기를 밝혀 관광객들의 휴가와 환상을 망칠 수가 없었다. 비록 때로는 감정에 북받친 관광객이 나로 인해 차갑고 거만한 영국인에 대한 선입견을 바꾸게 되었다고 토로할 때는 나도 양심의 가책으로 괴로워했다. 나는 영국인이 보통 대중교통에서는 상호부인 규칙을 지키려 한다는 점을 설명하려고 노력했다. 또 그들을 더 사교적 환경인 퍼브의 바 카운터

---

67 만일 당신이 여성이고 혼자 있는 남성에게 말을 걸면, 그는 당신이 유혹하는 것이라 생각할 수 있다. 그래서 그들은 부인 규칙을 깨고 당연히 말을 받을 것이다. 그러나 대화 후엔 빠져나오기가 상당히 어려워질 수도 있다. 심지어 정식 인터뷰를 위한 접근일 경우에도 오해를 받을 수 있다. 그래서 나는 다른 승객들 속에 있거나 다음 정류장에서 내리는 경우가 아니면 혼자 있는 남성에게 말을 거는 일은 가능하면 피한다.

로 인도하려고 애썼다. 만일 당신이 나와 인터뷰를 하는 바람에 착각을 일으킨 관광객이라면, 나는 그저 사과를 드릴 뿐이다. 동시에 나의 조사에 당신의 참여가 큰 도움이 되었음을 밝히고 이에 감사드린다. 그리고 나 때문에 겪은 혼돈을 이 책으로 수습하기를 진정으로 바란다.

___ **휴대폰 타조 규칙** 존재 부인 규칙에는 두 가지 면이 있다고 말한 바 있다. 다른 사람이 존재하지 않는 양하고 자신도 존재하지 않는 것처럼 행동한다. 대중교통에서 주목을 끄는 행동은 꼴불견 취급을 받는다. 서로 인정한 규칙대로 신문 뒤에 숨어 조용히 가긴커녕 떠들고 크게 웃으면서 규칙을 깨는 사람들이 있다. 그들은 말 없는 다수의 눈총을 받는 소수일 뿐이다.

휴대전화는 우리들 사이에 있던 타조를 불러냈다. 멍청한 타조가 머리를 모래에 파묻으면 자신이 안 보이는 줄로 알듯이, 멍청한 영국 승객은 휴대전화로 통화를 하면 자기 말을 다른 사람들이 못 듣는 줄 안다. 개인용 풍선 속으로 들어가 있는 줄 아는 모양이다. 주위 사람들을 잊어버리고 오로지 전화 저편에 있는 사람과 연결되어 있다고 여긴다. 그들은 분명 사생활 가십이나 대외비로 취급될 은밀한 애기를 기차의 승객 반은 들을 정도로 크게 떠든다. 이건 남의 일에 호기심이 많은 우리 같은 조사자에게는 정말 많은 데이터를 얻는 천재일우의 기회지만 나머지 승객들에게는 짜증 나는 일일 뿐이다. 그러나 승객들은 실제로는 아무런 조치도 취하지 않는다. 그냥 혀를 차고 한숨을 쉬며 눈을 치켜뜨고 머리를 흔들 뿐이다.

우리가 다 타조는 아니다. 대개 영국인 승객은 전화로 크게 떠들면 자기가 무슨 얘기를 나누는지를 다른 승객이 다 안다는 사실을 눈치챌 만큼은 영리하다. 그래서 목소리를 낮추려고 최대한 노력한다. 이를 알아채지 못하는 목소리 큰 승객은 아직도 소수이지만 아주 눈에 띄고 성가신 사람들이다. 문제는 영국인은 불평하지 않는다는 것이다. 적어도 소음을 내는 장본인에게 대놓고 말하지 않는다. 조용히 자기네끼리 투덜거리든지, 다음 날 직장에 가서 동료에게 얘기하든지, 집에 가서 배우자에게 말하든지, 아니면 신문사에 편지를 쓰든지, 혹은 인터넷 SNS를 이용해 불평할 뿐이다. 우리 텔레비전과 라디오의 코미디 프로그램을 보면 시끄러운 휴대전화 타조들의 멍청함을 우화적으로 묘사하고 '난 지금 기차 안에 있거든' 식의 덜 떨어진 대화를 혐오하는 언사가 난무한다. 신문 칼럼니스트들도 이 문제에 대해 재치 있는 글을 쓴다.

전형적인 영국의 전통에 따라 우리는 끝없이 이어지는 재치 있는 농담과 엄살·불평 의례, 여러 꼭지의 글과 장시간 방송을 통해 분노를 해소한다. 하지만 문제를 일으키는 사람한테 대놓고 얘기하는 것은 꺼린다. 휴대전화 타조에게 가서 소리를 좀 낮추라고 얘기할 만큼 용감하거나 퉁명스럽지 못하다. 한소리 하는 경우는 극히 드물다. 나는 기차 여행을 아주 많이 하는 편인데, 딱 한 번 직접 말로 꾸짖는 경우를 보았다(타조에게 직접 도전한 남자는 술에 취해 있었다. 큰 소리로 타조에게 "제발 주둥이 좀 닥쳐라!"라고 욕했다. 그러나 다른 승객들은 깜짝 놀란 타조보다 더 못마땅한 반응을 보였을 뿐이다). 철도 회사가 문제를 느껴 객차에 정숙 구역을 정해놓고 그쪽에서는 휴대전화를 못 쓰게 했다. 대다수 사람은 이 규칙을 지키나, 때로 불량배 타조가 이를 무시할 때 누구도 감히 그들에게 맞서지 못한다. 정숙 구역에서 타조가 받을 수 있는 가장 나쁜 대접은 모두의 째려보기와 들으라고 토하는 한숨 소리뿐이다. 영국인이 내성적이고 소극적이며 은둔형으로 타고난 탓일까? 아니다. 그냥 문화 표준에 무의식으로 순응하는 것일 뿐이다. 이런 경우는 공공장소에서 '소란을 일으키지 않기' '법석을 떨지 않기' 혹은 '타인의 시선을 끌 행동을 하지 말기' 같은 금기 문제이다. 그렇다. 분명 타조는 규칙을 위반하고 있다(불문율뿐만 아니라 정숙 구역에서 공식 규칙마저 어기고 있다). 하지만 타조들에게 직접 경고하는 것도 존재 부인 규칙을 어기는 행위다.

소극적 불인정 규칙

나는 수년 전에 담배를 끊었다. 진짜 담배 대신에 전자담배를 피우게 되었다. 니코틴 흡입기를 변형한 것으로, 모양도 진짜 담배 같고 냄새가 없고 해롭지 않은 수증기를 뿜어낸다. 많은 사람이 이제는 전자담배에 익숙해졌고 이것이 해롭지 않다는 사실도 안다. 전자담배에 익숙지 않은 사람들도 금방 알아챌 수 있을 만큼 진짜 담배와는 다르게 생겼다.

　어찌 되었건 어떤 사람들은 이를 알아채지 못한다(특히 전자담배가 한쪽은 갈색, 다른 쪽 끝은 붉은색이어서 실제 담배와 거의 비슷한 형태라면). 나는 그들의 반응에 대해 비공식 비교문화 조사를 해보았다. 영국에서는 통상의 눈썹 치켜뜨기, 눈살 찌푸림과 함께 입을 꽉 다물어 하는 불만 표시, 혀 차기와 중얼거림, 보통 때보다 조금 더 많은 불만의 기침 소리 등 예상할 만한 반응이 나왔다. 그러나 수년 동안 이 전자담배를 금연 구역인 대중교통, 레스토랑, 퍼브, 공공장소에서 이용했는데 단지 한 사람만이 실제로 이의를 제기했다(기차 안에서 할머니 한 분이 아주 주저하면서 "여기 실례 좀 할까요? 그런데… 여기선 담배를 못 피우는데 아는지 모르겠네…"라고 했다. 나는 아주 공손히 전자담배에 대해 설명했다. 할머니는 사과했고 나는 전자담배로 혼란스럽게 해서 죄송하다고 사과했다. 우리는 서로 웃었고 할머니는 자기 자리로 돌아갔다).

　반대로 다른 나라에서는 승객들이 자주 여긴 금연 장소라고 지적하면서 담배를 끄라고 직접 말했다. 어떤 사람은 정중했고 다른 사람은 조금 더 강압적으로 말했다. 하지만 그들은 주저하지 않고 직접 불만을 토했다. 그들도 영국인처럼 누구나 알아챌 수 있는 무언의 신호인 눈 치켜뜨기, 눈살 찌푸리기를 이용했다. 그러나 눈을 맞추고 (때로는 아주 험상궂게 빤히 쳐다보면서) 내 담배를 가리키면서 손가락을 흔들거나 머리를 심하게 흔드는 등 과장된 몸짓으로 신호를 보냈다.

대부분의 나라에서 내가 피우는 담배가 해롭지 않은 전자기기라고 해명하면 불만은 곧바로 친근한 웃음이나 호기심으로 바뀌었다. 단, 미국은 예외였다. 몇몇 사람들은 무해한 전자담배라고 해도 거의 진짜 담배와 같은 반감을 표현했다. 이런 비이성적인 반응은 내가 좋아하는 청교도 정신을 상기시켰다. 바로 '누군가가 어디서 즐거운 시간을 보내고 있다는 끊임없는 두려움' 말이다. 적어도 일부 미국인은 전자담배로 담배를 끊는 일은 금연으로 인한 고통도 자기부정도 없어서, 다시 말해 너무 쉬운 방법이라 전자담배는 좋지 않다고 생각하는 것 같다. 미국인들은 심지어 내가 연기 안 나는 전자 대용품으로 가당치도 않은 시시한 즐거움을 느낀다고 생각하는 듯했다.

거기에 반해 알바니아인들의 반응은 아주 매력적이었다. 내가 방문했을 때는 전자담배가 진짜와 혼동될 정도로 보기 드물었다. 알바니아도 공공장소금연법이 있다. 그런데도 내가 레스토랑에서 전자담배를 물었을 때 웨이터는 언제나 재떨이를 즉시 가져다주었다.

새로운 규칙: 접촉 기피

수년 전 젊은 미국인 방문객은 흥분해서 내게 "영국인은 정말 모두 총명해요"라고 했다. 나의 SIRC 연구에 의하면 젊은 미국인이 흔히 보이는 보편적인 인식이었다. 최근에 우리가 미국에 관해 조사한 바에 의하면 18~24세 미국인 40퍼센트는 '학구적이다'가 영국인의 특성이라 여겼다(이 그룹들은 영국인의 다른 특성들인 '공손하다' '인내심이 강하다'보다 훨씬 더 '학구적이다'를 보편적이고 전형적인 영국인의 특성이라 여긴다). 아직도 심한 영국 편애 정서가 있지 않나 생각될 정도다. 그녀에게 이유를 묻자 "음! 진지하게 말하는데 기차에서 모든 사람이 신문과 책에 코를 박고 내내 독서를 하고 있어요! 지하철을 탔을 때 사람들은 심지어 서서도 뭔가를 읽고 있었어요! 진짜 불편해 보였어요. 이렇게 (기둥을 한 손으로 잡고 다른 손으로는 책을 얼굴에 대면서 흉내를 냈다) 하면서, 무슨 일이 있어도 책을 읽을 것 같았어요"라고 말했다. 그녀가 아주 정확히 관찰했음에도 나는 설명을 해주어야 했다. 나 자신도 기차와 지하철을 탈 때마다 같은 광경을 보았고 많은 외국 방문객들이 이 얘기를 한다. 그러나 영국인들이 독서에 몰두하는 것은 접촉 기피 행위에 불과할 뿐으로 우리는 결코 학구적인 수재들이 아니므로 그녀의 결론은 틀렸다. 우리 영국인은 대중교통에서 낯선 타인과의 접촉을 한사코 피하려 하는데 결국 책을 '장벽의 신호'로 삼아 정교한 행위예술로 승화시킨 셈이다.

사실 이건 별로 새로운 사실이 아니다. 우리는 언제나 신문, 책, 잡지를 이용해 나는 지금 뭔가를 하는데 바빠서 인간적인 교류를 하고 싶지 않다는 신호를 보내는 데 선수다. 열차와 지하철에서 대다수의 영국 승객은 '방해하지 마세요'라는 소도구 뒤에 숨어서 다른 승객들과 시선을 마주칠 위험을 만들지 않는다. 나의 미국인 정보 제공자의 관찰은 맞다. 복잡한 열차와 지하철에서 서서 가는 승객들도 자신을 밀고 들어오는 다른 승객의 존재를 단호하게 무시하고 어떤 식으로든 주머니에서 꺼낸 문고판이나 신문에 집중하고 있다. 읽을거리가 없는 영국인에게 여행은 고문이다. 특히 바깥 경치를 볼 수 없고 긴 의자에 앉아 서로 마주보고 가야 하는 지하철은 더 심하다. 가끔 우연히 서로 눈을 마주치지 않기란 정말 어렵다. 궁여지책으로 우리는 신문의 광고를 한 글자 한 글자까지 읽고 건너편에 앉은 상대방 머리 위 지하철 지도나 안전 수칙을 읽는 시늉이라도 한다.[68] 혹은 지하철 티켓의 작은 글씨를 읽거나 가방에서 오래된 초콜릿 바 포장지라도 꺼내서 성분 목록이라도 읽는다. 정말 무심하게 순간적으로라도 눈을 마주치는 당황스러운 상황을 피하려고 온갖 노력을 한다.

최근에는 기가 막힌 '장벽의 신호'가 생겨났다. 휴대전화, 태블릿 피시, 노트북, 전자책을 비롯한 온갖 전자기기들이 상대방의 존재를 무시하는 데 이용된다. 덕분에 우리는 냉정한 거절의 신호를 보낼 뿐만 아니라 그림과 글씨가 있는 사생활의 누에고치 안으로 편하게 들어가게 되었다. 아이팟은 주위 승객들이 내는 작은 소음에 생각을 방해받지 않고 그들의 존재를 깨닫지 않으려고 귀에 이어폰을 꽂는 좋은 핑계를 주었다. 지금은 누구나 휴대전화 하나 정도는 가지고 다닌다. 그래서 지하철에 올랐을 때 깜빡 하고 읽을거리를 안 가지고 왔구나 싶어 가슴이 철렁하진 않는다. 휴대전화를 들고 문자, 이메일, 전화번호, 메모장, 일정표를 뒤져볼 수 있다. 물론 절대 즐겁지 않고 지겨운 일이지만 적어도 접촉 기피라는 목적은 달성할 수 있다. 광고, 지도, 안전 수칙을 보는 일은 피할 수 있다. 뭐, 휴대전화나 태블릿을 보고 있으면 별로 지적으로 보이진 않는다. 사실 애시당초 필요해서 휴대전화를 들여다보는 것도 아니고 우리는 그냥 사소한

---

68 런던 지하철 객실 안에는, 우리에겐 정말 다행스럽도, '지하의 시' 프로젝트에 따라 광고판에서 작품을 볼 수 있다. 아주 인기 있는 계획으로 통근자들에게 진심 어린 감사를 받고 있다. 미국인 정보 제공자가 생각한 것 같은 왕성한 지적 욕구를 충족하려는 시도가 아니라 그냥 눈 맞춤을 피하려는 궁여지책이며, 보험회사나 인터넷 회사 광고보다는 조금 나은 셰익스피어, 바이런, 존 던의 작품을 읽는 것일 뿐이다.

대가를 지불하는 셈이다.

흡연자 연대 예외

영국도 다른 나라들과 같이 흡연이 공공 교통수단뿐만 아니라 기차역, 버스정류장, 직장, 퍼브, 카페 등 밀폐된 장소에서는 금지되었다. 이제는 흡연 자체가 어떤 상황에서도 사회적으로 바람직하지 않은 일로 낙인이 찍혀버렸다. 흡연자들은 건강뿐만 아니라 계급적인 이유로도 업신여겨지고 있다. 흡연은 점차 하류층의 습관으로 취급되고 담배를 피우지 않는 사람들은 사회적으로나 도덕적으로 더 우월하다고 인식한다. 그런 이유로 점점 줄어드는, 경멸과 배척당하는 흡연자들 사이에 동지애가 늘어가고 있다. 이는 다른 나라에서도 마찬가지이다. 그런데 영국 흡연자들 사이에는 한 가지 바람직한 현상이 나타나고 있다. 타인 '존재 부정' 규칙과 접촉 회피 규칙에 새로운 예외가 생겼다. 찬바람이 쌩쌩 부는 기차역, 사무실 빌딩, 카페 밖에서 담배에 불을 붙이는 흡연자들은 서로 눈을 마주치고 소통을 한다 (그냥 간단한 소통이다. 열심히 눈을 맞추려고 하지는 않지만, 굳이 피하려 하지도 않는 수준이다). 그냥 상대를 인정하는 정도의 가벼운 고개 인사나 (조금 더 나아가면) 별 뜻 없는 수준의 가벼운 미소를 서로 나눈다. 이는 대개 유머러스한 찡그림(눈을 옆으로 살짝 돌리면서 입은 쑥스러운 것처럼 위로 약간 치켜들면서)을 동반한다. 이런 몸짓은 자신들의 '지저분한' 버릇과 금욕주의 위반에 대한 비난, 불편과 작위적인 죄책감에 대한 표현이다. 그리고 반항아와 왕따들이 동지애를 표하는 행위이기도 하다. 여기에 대한 제대로 된 반응은 "안녕하세요How do you do?"에 대한 옳은 대답이 똑같이 "안녕하세요"이듯, 똑같이 얼굴을 찡그리며 미소를 보내는 것이다.

　이런 식의 무언의 인사 교환이 반드시 실제 대화의 전주는 아니다. 많은 영국인 흡연자들은 가벼운 눈짓과 고갯짓, 가벼운 미소, 살짝 스치는 찡그리는 눈짓만으로도 원하는 메시지를 다 전달한 셈이다. 그러나 적어도 '안면이 없는 사람과 말을 섞지 않는' 규칙의 예외인 유머러스한 불평 기회는 여전히 남아 있는 상황이다. 나는 금연하기 전까지 흡연 불평을 끌어내는 말을 열렬히 수집했다. 최근에도 흡연을 하는 척하면서 여전히 그런 대사가 유효한지 몇 차례 조사했다.[69] 예를 들면 아주 춥고 비 오는 날, 기차 역사 밖에 모여서 동료 흡연자가 눈 굴리기와 눈 찡그리기를 뒤섞으며 던지는 전형적인 첫인사는 "금연자들에는 기막히게 좋은 날이네요!"이다. 이는 영국인의 전형적인 날씨 불평의 장난스런 변주다. "오리들에게는 기가 막히게 좋은 날씨네요"나 "좋은 날씨네요. 만일 당신이 오리라면!" 같은 종류이다. 나는 웃었고 우리는 사이좋게 날씨와 흡연 금지에 대한 불평을 잠깐 나누었다. 나는 "오로지 10퍼센트의 흡연자만 폐암에 걸린다는데 몇 명이나 저체온으로 죽는지 궁금하다"라고 해서 웃음을 자아냈고 그는 냉소적으로 "우리를 얼어 죽게 만들어 국민의료보험 예산 몇 푼을 줄이려는 거다"라고 대답했다(어떻게 고작 몇 초간의 접촉으로 대화가 '그들과 우리'의 동지애로 발전했는지를 유의해보라).

물론 나쁜 날씨가 돕기도 했지만, 이것이 동지애로 발전하는 데 중요한 요인은 아니다. 전에 햇빛 쏟아지던 날에도 마찬가지였다. 라디오 인터뷰를 길게 하고 잠깐 밖으로 나와 담배를 피우는데 건너편 사무실 건물 정문 옆에 선 흡연자 세 명을 보았다.[70] 내가 담배에

---

69 그래, 맞다. 몇 모금의 흡연만으로도 흡연을 다시 시작하게 될 위험이 있지만, 비 오고 얼어붙는 날 다른 문화인류학자들이 겪는 어려움과 위험에 비교하면 이건 정말 별거 아니다.

70 흡연자 무리를 뭐라고 불러야 하나? '흡연자들의 연기a billow of smokers'를 비롯해 '구름cloud' '가쁜 숨wheeze' '숨 막힘gasp' 정도가 보통 사용하는 단어다.

불을 붙이자 늘 그렇듯이 우리는 습관적인 눈인사·고갯짓·미소· 찡그리는 눈짓을 나누어 인사를 했다. 그중 한 명이 내게 손짓 하면 서 전형적인 대화 트기 대사를 읊었다. "여기 나병환자 정착촌으로 합치시죠." 예식의 절차에 따라 나는 벨이 울리는 듯 "땡! 땡!"하는 흉내를 내면서 길을 건너갔고 우리는 동지적인 불평을 해댔다. 같은 날 한참 뒤에 다시 나갔다. 그런데 그 사무실 건물 같은 장소에 다른 흡연자 무리들이 서 있었다. 완벽하게 통제되는 실험 기회를 잡은 나는 담뱃불을 붙이지 않고 벽에 기대어 서서 잠깐 나와서 맑은 공 기와 햇빛을 쐬러 나온 양 커피만 마셨다. 내가 아까 한 실험을 통해 예상했듯이 흡연자들은 나를 힐끗 쳐다본 뒤 접촉 기피의 규칙을 깰 만한 희고 작은 소도구가 없음을 알아채고는 자기네끼리의 수다로 돌아갔다.

물론 흡연자들의 동지애와 친근한 조우는 다른 문화권에서도 나 타난다. 한데 보통 영국인의 행태와는 매우 다르다. 거의 모든 문화 권에서 흡연자들의 수다는 낯선 사람과 '금지된' 쾌락을 같이 즐기 는 것뿐이다. 하지만 영국에서는 사교적인 수다까지 금지돼 있어서 흡연자들은 일석이조의 쾌락을 게걸스럽게 즐긴다.

두 종류 금단의 과일 사이의 인과관계에는 무의식적인 이해가 작용하는 것 같다. 영국인 흡연자는 낯선 사람과 만났을 때 더욱더 대화를 주도하려고 한다. 흡연이 금지된 공공건물 입구나 직장 건물 입구처럼 자신들이 나병환자처럼 격리된 상황이 분명히 드러나는 장소에서 특히 더 심하다. 가장 높은 수준의 사교성은 병원 단지 정 문 바로 밖 '병원 단지 내에서는 흡연 금지' 표지 아래의 흡연자들 사

그러나 나는 '흡연자들의 저항군a defiance of smokers'을 가장 적합한 말로 제안 한다.

이에서 발견했다. 개방된 공원이나 길모퉁이에서는 말을 잘 나누지 않고 참았다. 경험에 의하면 금연 장소에서 멀어질수록 사교 촉진제로서 담배의 효용가치는 떨어졌다. 이렇게 영국인 흡연자들이 사교의 불문율을 깨려면 자신이 '무법자' 신분임을 자각시킬 금지 표지판 같은 주의를 환기하는 장치가 필요하다.

예의 규칙

내가 인터뷰한 외국인 방문객들은 우리들의 내성적 성격에 불만을 토로했지만 예의에는 모두 깊은 인상을 받았다고 한다. 우리들의 예의와 공손에는 호평을 한 반면 내성적 성격, 냉정함에는 불평을 했다. 이는 SIRC와 국제 토의 그룹의 조사에서 외국인들이 드러낸 가장 흔한 반응이었다. 이 분명한 모순은 브라이슨이 정확히 묘사했다. 그는 런던 지하철의 질서정연한 고요함에 섬뜩했다고 했다. "수천 명이 말 한마디 없이 계단과 에스컬레이터를 오르내리고, 만원열차에서 내리고 타고, 머리를 흔들면서 어둠 속으로 사라지는 모습은 흡사 영화 〈살아 있는 시체들의 밤〉에 나오는 인물들 같았다"고 했다. 브라이슨은 몇 쪽 뒤에서 어느 기차역에서 본 럭비 팬들의 예의 바른 행동에 무한한 찬사를 보낸다. "그들은 인내심을 발휘해 밀지 않고 조용히 기차를 탔고, 누군가와 살짝 부딪치거나 뜻하지 않게 다른 사람 가까이 가게 되면 항상 사과를 했다. 나는 타인에 대한, 영국인의 타고난 배려에 감탄했고 여기서는 이런 일이 보통이고 별게 아니라고 여기는 데 큰 감동을 받았다."

소극적인 공손함 규칙

그러나 외국인들의 악평을 받는 내성적인 성격과 반대로 아주 사랑받는 예의는 동전의 양면이 아닐까. 어떤 면에서 우리들의 내성적 성격은 또 다른 형태의 예의다. 사회언어학자인 브라운과 레빈슨은 이를 '소극적인 공손함'이라고 부르는데, 타인의 권리가 침해당하지 않도록 배려하는 행위이다. 이와 반대인 '적극적 공손'은 타인의 요구를 사회적으로 받아들이는 것이다. 기차나 버스 등에서 나타나는, 은근하고 조심스러운 영국인의 접촉기피증, 즉 외국인들이 불평하는 거만함은 특별한 '소극적인 공손'이다. 우호적이지 않은 듯한 행동도 사실은 다른 형태의 배려이다. 우리는 타인을 자기 기준으로 판단한다. 그래서 다른 사람들도 사생활에 집착한다고 짐작하여, 우리 일에나 신경 쓰고 타인을 정중히 무시해버리는 것이 배려라 생각한다.

모든 문화에는 위에서 얘기한 두 가지 공손함이 존재하는데, 대개 한쪽에 치우치는 경향이 있다. 영국은 단연코 '소극적 공손'의 문화이고, 미국은 조금 더 따뜻하고 포용하는 '적극적 공손'의 문화이다. 이는 아주 허술한 구분이긴 하지만, 양쪽 문화에도 계급과 하위문화에 따른 변형이 있다. 그래서 '적극적 공손' 문화권에서 온 방문객은 영국인의 '공손한' 쌀쌀함을 우리와 비슷한 나라에서 온 이들보다 더 오해하고 이 때문에 상처를 받는 듯하다(브라운과 레빈슨에 의하면 이 '소극적 공손함' 문화권은 일본, 마다가스카르, 인도 일부 지역을 들 수 있다).

충돌 실험과 반사적인 사과

나는 이 공손함의 규칙 때문에 충돌 실험을 하게 되었다. 그리하여 지난 며칠 오후를 번화하고 복잡한 공공장소(기차역, 지하철역, 버스

정류장, 쇼핑센터, 길모퉁이)에서 보냈다. 우연을 가장하고 사람들과 부딪쳐서 그들 중 몇 명이 자기 잘못이 아닌데도 먼저 "죄송합니다" 라고 하는지를 보았다. 영국인과 외국인으로 구성된 내 제보자들 중 몇몇은 충돌을 했을 때 사과하는 버릇을 특히 놀랄 만한 영국인의 예의라고 치하했다. 나도 경험했으므로 이를 확신하지만 그래도 학술적인 견지에서 현장 실험 한두 번은 안 할 수 없다는 의무감을 느꼈다.

만일 당신이 실험을 한번 해보길 원한다면, 충돌이 우연한 사고로 여기게 만들어야 한다. 일부러 밀고 들어와 충돌하면 영국인이라도 사과를 하지 않는다. 내가 찾은 최고의 방법은 이렇다. 어깨에 맨 핸드백에서 무언가를 찾는 척하며 머리를 숙이고 머리카락 사이로 앞을 본다. 그러면 목표물을 보고 경로를 계산할 수 있어 제대로, 부드럽게 충돌할 수 있다. 정말 백에서 뭔가를 찾다가 부딪힌 것처럼 자연스러워 보인다.

충돌 실험은 처음엔 아주 형편없었다. 처음 몇 번은 우연한 사고로 보이게 하는 데는 성공했다. 문제는 그들이 사과할 기회도 주지 않고 계속해서 내가 먼저 사과를 해버려서 실험을 엉망으로 만들어버린 것이다. 항상 그렇듯이 나 자신의 영국인다움을 확인하는 실험으로 변해버렸다. 나도 누군가와 아무리 부드럽게 부딪쳐도 자동적으로 "죄송합니다"라고 사과하고 있음을 발견했다. 몇 번을 실패한 후 입술을 정말 아프게 꽉 깨물고서야 자신을 제어할 수 있게 되어 조건반사적인 사과를 안 할 수 있었다. 이 가능한 한 가장 학술적인 충돌 실험을 위해 대표성을 띨 만한 사람과 현장을 골랐다. 놀랍게도 영국인은 내가 그들에게 쏠리듯이 충돌했는데도 80퍼센트의 희생양이 "죄송합니다"라고 사과를 했다.

반응에는 약간 편차가 있다. 예를 들면 나이든 층은 젊은 층보다는 좀더 많이 사과하는 편이고(십대 후반 남자 아이들, 특히 친구들과 함께 있을 때 제일 사과를 적게 했다) 아프리카계 카리브제도 출신보다는 아시아계 영국인이 더 예민하게 조건반사적인 사과를 했다(아마도 인도 문화의 소극적 공손의 영향이 아닌가 한다. 인도에서도 사과는 가장 중요한 관심사인 부담을 주거나 상대의 사생활을 침해하는 사태를 방지하려는 공손의 예이다). 하지만 양자의 차이는 별로 크지 않았다. 연령, 계급, 인종을 막론하고 내가 실수인 양하고 팔꿈치로 민 대다수 사람들은 사과를 했다.

만일 이 실험이 다른 나라에서도 똑같은 결과를 보인다면, 우리가 이를 통해 얻을 수 있는 영국인다움에 대한 요소는 아주 적거나 거의 없다. 그래서 나는 정말 부지런히 프랑스, 벨기에, 이탈리아, 러시아, 폴란드, 레바논, 스위스, 미국, 알바니아에서 충돌 실험을 했다. 이것이 결코 국제적 대표성을 띠진 않지만, 나는 또 관광객의 도시인 런던과 옥스퍼드에서 다양한 나라(미국, 독일, 일본, 스페인, 오스트레일리아, 스칸디나비아)에서 온 사람들에게 부딪쳐보았다. 그리고 이 나라들에 사는 친구들에게 여분의 실험을 더 하게 하고, 캐나다와 중국에서도 현지인에게 부탁해 실험을 해보았다.

오로지 일본인만(놀랍게도, 정말 놀랍게도) 영국인의 조건반사적인 사과 수준에 근접할 정도였다. 그들은 내가 부딪치려고 하면 놀랄 정도로 재빨리 옆으로 비켜서는 기술이 뛰어나 충돌 실험을 하기가 상당히 어려웠다.[71] (캐나다인들도 다른 나라 사람들보다는 좀더 자주 '죄송합니다'라고 사과했다. 그러나 영국인 수준에 이르기엔 아직 멀었

---

71 일본인들은 복잡한 공공장소에서 서로 부딪치지 않고 피하는 기술이 다른 나라 사람들보다 뛰어나다는 얘기를(보행자 비교문화 연구 결과) 들은 것 같은데 이는 사실이었다.

다.) 이렇게 얘기한다고 해서 나와 부딪친 다른 나라 사람들이 예의가 없다거나 내가 불쾌했다는 얘기는 아니다. 대개 그들은 "주의해요"라든지 "조심해요"(혹은 그런 뜻의 자기네 언어로)라고 말했다. 많은 사람이 내 팔을 잡아주거나 심지어 내가 다친 데는 없는지 묻고 꼼꼼히 확인하고 나서야 길을 갈 정도로 친절하게 대해주었다. 그러나 역시 영국인들이 조건반사적인 사과를 많이 했다. 어찌 되었건 영국인은 보통 중얼거리거나 겨우 들릴 듯 말 듯하게 사과한다(만일 당신이 이 실험을 직접 해본다면 극도로 신경 써서 잘 들어야 아주 빠르게 중얼거리거나 심지어는 휘파람 같은, 사과하는 말을 들을 수 있다. 아마 '스리sry' 혹은 '소-이so-y'처럼 들릴 것이다). 그리고 눈길도 주지 않고 미소나 다른 친근한 신호를 보내지도 않는다.

오웰이 영국인은 "상습적인 도박꾼이고 월급 전액을 털어 맥주를 마시고 음담패설을 일삼으며 세상에서 가장 욕을 많이 한다"고 했다. 그럼에도 "영국 문명의 관대함은 가장 뛰어난 특성이다"라고 하면서 이는 모순이 아니란다. 이런 증거로, 기질이 아주 느긋한 버스 차장과 비무장 경찰을 든 다음, 백인이 주민인 나라 중에 보행객을 보도에서 차도로 영국보다 더 쉽게 밀어낼 수 있는 나라는 없다고 했다. 정말 그렇다. 당신이 정말 자연스럽게 우연을 가장하고 타인을 밀면 그들은 하수구에 굴러 들어가면서도 당신에게 사과할 것이다.

이 책이 처음 발간(2004년)된 후, 내 충돌 실험을 본떠서 직접 해본 용감한 독자들의 이메일과 편지를 수도 없이 받았다. 유쾌하고 놀랍게도, 아주 점잖은 정도의 충돌 실험에 성공한 후에 보내온 결과는 나의 경우와 비슷했다. 65퍼센트에서 88퍼센트의 영국인이 충돌했을 때 "죄송합니다"라고 사과를 했다. 그래서 내가 제시한 수치 '약 80퍼센트'는 그렇게 틀리지 않았다(부끄럽게도 나는 부지런한 독자들처럼 정확하게 숫자를 세놓지 않았다. 변명하자면, 나는 수년간 수백 번을 실험한 데 반해 그들은 몇 번을 한 데 불과하다).

여성이 실험했을 때 남성보다 더 높은 비율의 "죄송합니다"를 끌어냈는데, 얼마간은 기사도 때문이 아닌가 한다. 그러나 남성의 실험은 진짜 사고처럼 충돌하기가 어려웠기 때문일 수도 있다.

또 항상 실험 결과에 좀 회의적인 사람들도 있어서, 나는 최근의 한 조사 결과를 보고 기뻤다. 이 조사에 따르면 60퍼센트의 영국인은 자신에게 누군가 충돌을 했을 때나 발을 밟혔을 때도 먼저 사과한다. 다른 조사에는 75퍼센트의 영국인이 충돌을 당했을 때 먼저 사과를 한다고 되어 있다. 이런 수치는 내 조사보다 약간 낮기는 하나 대다수(적어도 5퍼센트에서 10퍼센트 사이)는 자신의 행동을 사실 자각하지 못하고 있다. 나 자신마저도 이 조사를 하기 전까지는 내가 그렇게 하고 있었다는 점을 몰랐다.

그렇다면 왜 영국인은 부주의한 충돌을 죄다 자기 잘못이라고 여기는지 궁금할 것이다. 그리고 즉시 자기 잘못을 인정하고 사과를 하는지 말이다. 정말 그렇게 생각한다면 당신은 실수하는 것이다. 영국인의 사과는 단순한 조건반사일 뿐 결코 죄책감에 기인한 행동이 아니다. 이는 천성이다. 원하지 않았는데 무심코 접촉이 일어나면(영국인은 어떤 형태로든 접촉을 원하지 않는다) 우리는 무조건 "죄송합니다"라고 말한다.

사실은 아무리 적고 무해한 방해, 침입, 부담을 주는 행위를 했더라도 사과해야 한다. 우리는 복잡한 문을 통과하다가 팔이 다른 사람에게 스치기만 해도 사과의 말을 중얼거린다. 심지어는 실제로 충돌하진 않고 충돌할 뻔한 상황에서도 서로 자동적인 사과가 흔히 나온다. 사과가 너무 습관처럼 기계적으로 튀어나와 심지어는 문이나 기둥 같은 물체에 부딪쳤을 때조차도 "죄송합니다"라고 한다. 나도 최근에 슈퍼마켓에서 버려진 쇼핑 카트에 부딪쳤을 때 사과하는 나를 발견했다. 그래서 재빨리 비공식적 조사를 해본 결과 대다수 영국인들이 쇼핑 카트, 의자, 나무, 길거리 표지판 등에 부딪쳤을 때 흔히 사과를 한다고 시인했다.

앞에서 지적했듯이, 우리는 거의 모든 요청이나 질문에 습관처럼 "죄송합니다"를 붙인다. "죄송합니다만, 이 기차가 밴버리에 서는지 혹시 아십니까?" "죄송합니다만, 이 자리 비었습니까?" "미안합니다만, 몇 시입니까?" "죄송합니다만, 당신이 내 코트를 깔고 앉은 것 같은데요?" 우리가 자주 쓰는 "죄송합니다"는 "실례합니다"(혹은 "길 좀 비켜주세요")를 뜻하는데 이는 어떤 사람에게 잠깐 움직여서 지나갈 수 있게 해달라고 요청할 때 쓴다. 질문 투의 "죄송합니다"는 "뭐라고 하셨는지 잘 못 들었습니다. 다시 한 번 말해주시겠습니까?"(혹은 "뭐라고?")라는 말이다. 앞에서 인용한 최근 조사에 의하면, 우리는 "죄송합니다"를 하루에 평균 여덟 번 말하는데 심지어 어떤 사람들은 하루에 스무 번은 말한다고 한다. 물론 조사자의 질문을 받았을 때 비로소 그렇게 많이 사과했음을 기억해낸 것이다. 무의식적으로 사과한 횟수는 훨씬 더 많을 것이다.

이는 마음에서 우러나온, 진심 어린 사죄가 아니다. "좋네요"라는 말처럼 "죄송합니다"는 모든 상황에서 다목적으로 쓸 수 있는 말이다. 우리는 좀 미심쩍을 때는 "죄송합니다"라고 한다. 영국인답다는 말은 항상 "죄송합니다"라고 말해야 한다는 얘기다.

Ps Please와 Qs Thank you 규칙

영국인은 대중교통을 이용하면서 말을 많이 하지 않는다. 그들이 입을 열면 당신이 들을 수 있는 단어는 "죄송합니다"를 제외하면 "부탁합니다"와, 특히 "감사합니다"일 것이다. "감사합니다thank you"는 짧게 발음해서 '땡스thanks' '앙스anks'나 '큐kyou'로 대신한다.[72] 혹은 격식 없이 "고맙소cheers" 또는 "고마워ta"라고 하는데 심지어 젊은이와 애어른들은 "멋져cool" "좋네nice one" "훌륭해wicked" "멋지네fab"라고도 한다.

다른 조사에 의하면 우리는 하루 평균 열세 번 "감사합니다"라고 말하며, 이 또한 실제 사람들이 조사에 답할 때 비로소 떠올린 "감사합니다"라고 말한 횟수들이다. 그래서 실제 횟수는 분명 더 많을 것이다. 그리고 이런 횟수는 가벼운 감사(ta, cheers 등)는 포함조차 하지 않은 것이다. 우리 중 3할은 그걸 더 많이 사용하는데 말이다.

이런 '가벼운 감사 종류'에 대한 조사가 언론에 의해 (항상 찡얼거리는 식의 이요르식 불평으로) "감사합니다의 사망"이라는 제목으로 기사화됐는데 이는 주목할 만하다. 이제는 영국이 정중하지 않은 사회가 되었고 기본이 추락하고 젊은이들은 특히 예의가 없고 불쾌하다는 식의 일반적인 믿음에 대한 보도이다. 내가 본 거의 모든 조사에 따르면 75퍼센트의 영국인들은 더 이상 공손하지 않은 세태에 불평을 한다. 이 75퍼센트의 영국인이 예외 없이 자신은 여전히 공손하다고 느낀다면, 그들의 예의 기준은 조금도 떨어지지 않았다는 뜻이다. 그래서 모두가 자기 생각보다 훨씬 더 예의가 없어졌거나 아니면 틀렸거나, 둘 중 하나임이 분명하다. 적어도 75퍼센트의 영국인이 완벽하게 공손하다면 영국이 예의범절을 잃어버린 사회일 리가 없다. 내가 '적어도'라는 말을 한 이유는, 우리가 덜 공손한 사람들이라고 확신할 수 없는 나머지 25퍼센트가 개차반으로 행동하는 악동이거나 깡패들이라고 볼 이유가 없기 때문이다. 그들은 그냥 예의 있게 행동하는 사람이거나 말세가 왔다고 울상을 짓는 신문 제목

---

72 특히 '큐kyou'라고 제일 많이 쓰고 이어 Ps와 Qs 그리고 Q의 순서이다.

에 영향을 덜 받는 사람임이 틀림없다.[73]

　조사하는 동안 나는 Ps(부탁)와 Qs(감사)를 세기에 적당한 장소를 정했다. 버스를 탈 때면 최대한 기사 가까이에 앉았다(런던 중심부를 벗어나 운행하는 버스에는 차장이 없고 승객들은 승차 카드나 미리 산 승차권이 없다면 기사에게 승차권을 사야 한다). 승객 중 몇 사람이나 승차권을 살 때 "부탁합니다"와 "감사합니다"라고 말하는지를 세어보았다. 대다수 영국인이 Ps와 Qs를 했다. 거의 모든 기사들 또한 승차권을 팔고 돈을 받을 때 "감사합니다"라고 말했다. 만일 당신이 통계 수치를 알고 싶다면 알려주겠다. 비교문화 조사 결과 70퍼센트의 런던 대중교통 승객들이 표를 살 때 "감사합니다" "부탁합니다"라고 말한 데 반해 도쿄 시민은 50퍼센트, 함부르크 시민은 30퍼센트, 뉴욕 시민은 10퍼센트에 불과했다(흥미로운 사실은 충돌 실험에서 도쿄 시민은 영국인에 가까운 조건반사식 사과를 했음에도 "감사합니다"와 "부탁합니다"라고 말한 횟수는 영국인에 훨씬 못 미친다는 사실이다. 일본인에게 "감사합니다"와 "부탁합니다"는 조건반사식 반응이 아니라는 얘기다).

　그뿐만이 아니고 많은 승객이 목적지에서 버스를 내릴 때 기사에게 고맙다는 인사를 했다. 이 관행은 대도시에서는 안 지켜지는 경향이 있었으나 소도시나 마을에서는 반드시 지켜졌다. 옥스퍼드 교외의 임대주택 단지에서 시내로 가는 짧은 구간의 예를 들면 모든 승객이 버스를 내릴 때 "큐"나 "앙스" 혹은 "고맙소"라고 말했다. 외국인 학생 몇 명만이 이 인사를 빼먹었는데 그들은 버스를 탈 때

---

73 혹은 청년 재단이 낸 영국인의 정중함에 대한 훌륭한 조사서를 읽었을지도 모른다. 조사서는 '개인적으로 영국인이 더 이상 정중하지 않다는 느낌을 받았음에도 불구하고 객관적인 근거가 없다'라고 했다. 조사서는 심지어는 우리 세대는 어떤 면에서는 우리 아버지 세대나 할아버지 세대보다 실제로 더 예의 바르다고 결론 내렸다.

도 "부탁합니다"라고 하지 않았다. 많은 관광객과 방문객이 영국 승객의 공손함을 두고 한마디씩을 했다. 나의 비교문화 조사를 보아도 나는 영국인이 예의를 갖추는 정도가 예외적으로 높음을 안다. 다른 나라에서도 아주 작은 공동체에선 사람들이 모두 운전기사를 알고 있어서 영국처럼 항상 감사를 표했다.

그럼에도 영국인의 Ps와 Qs에 특별히 따뜻하고 우호적인 무엇이 있는 것은 아니라는 점을 지적한다. 그들은 거의 눈을 마주치지도 웃지도 않고 그냥 중얼거릴 뿐이다. 아주 가까이서 들어보면 영국인 승객들은 버스 중간에 있는 하차용 문을 내려서면서 아무 생각 없이 "감사"라고 말한다. 물론 운전기사는 그 소리를 들을 수 없다. 이것은 확실히 자동으로 나오는 버릇이지 실제로 기사에게 감사를 표하는 인사가 아니다. 나도 그렇다. 내 감사는 단지 반응에 불과하며 그냥 단어 하나를 버스에서 내릴 때 본능적으로 중얼거린 데 불과하다. 심지어는 기사가 어디 있는지도 몰랐을 때도 그렇게 했다. 이런 자각을 한 후 버스를 탈 때마다 나는 하차용 문 근처에 앉아 동료 승객들의 말을 더 조심해서 들었다. 나는 많은 승객들이 내리면서 하는 감사의 중얼거림을 듣고 이것이 나만의 이상한 습관이 아니라 영국인다운 괴짜 습관이라고 믿게 되었다. 우리가 공공장소에서 유별나게 공손하고 예의 바르다고 해서 꼭 친절하고 관대하며 마음씨가 고운 사람들이라 할 수는 없다. 우리에겐 그냥 Ps와 Qs라는 규칙이 있고, 늘 자기도 모르게 이 규칙을 지키는 것뿐이다. 우리가 버스 기사, 차장, 택시 기사를 비롯한 서비스업계 사람들에게 건네는 부탁과 감사의 인사는 앞에서 논의한 '공손한 평등주의'의 한 예일 수도 있다. 그리고 신분 차이에 대한 예민한 감각과 돈과 관련된 일에서 느끼는 부끄러움을 반영한 것이다. 월급을 받고 서비스를 제공하는 기사들이 승객들에게 큰 특혜를 주는 걸로 가장하는 것이다.

그들은 우리와 함께 가식 놀이에 공모한 것이다. 특히 택시 기사는 목적지에 도착하면 돈과 함께 감사를 받고 싶어 한다. 그래서 승객이 택시비만 주고 말없이 내리면 상당히 기분 나빠 하나 이 풍습을 모르는 외국인에게는 보통 관대하다. 택시 기사에게 이에 관해 물으니 말하길, "영국인에게는 그냥 자동입니다. 그들이 차에서 내릴 때 '감사합니다' '고맙습니다'라고 하면 나는 '감사합니다'라고 답하죠. 어쩌다 만나는 무례하고 형편없는 친구는 안 하지만, 거의 모든 사람은 자동으로 '감사합니다'라고 합니다."

부인 규칙 예외: 택시 기사

인사에 대한 보답으로 영국 택시 기사는 대개 손님들에게 친절하다. 대다수는 부인 규칙과 사생활 보호 의식, 내성적 성격을 벗어버릴 정도로 대단히 우호적이다. 택시 기사의 지나친 수다는 영국인들의 단골 안줏거리이고 그들은 수다스럽다는 평판에 부끄럽지 않게 살고 있다. 전형적인 택시 기사는 대중지 칼럼을 써도 될 정도다. 승객이 지겨워서 화가 날 정도로 끝도 없이 열을 내서, 현 정부의 실정을 비롯해 영국 축구 감독 얘기며 유명인 스캔들에 이르기까지 계속 떠벌린다. 나도 언젠가 이런 기사를 만났다. 대개의 영국 승객들처럼 나 역시 상대가 무안할까봐 입을 좀 다물라고 말도 못 하고 불쾌한 의견에 반박도 할 수 없었다. 우리는 택시 기사들이 부인의 규칙을 일방적으로 파기한다고 불평한다. 그러나 전형적인 영국 관습대로 국민적인 농담거리로 삼기는 해도 실제로 누군가 대들어 입 좀 다물라고 얘기하지는 않는다.

다른 유형의 수다스러운 택시 기사도 있다. 그는 대중지 기사거리를 늘어놓지 않고 승객들과 친밀하게 대화하고자 한다. 대개 영국인의 대화 의전 절차에 따라 날씨 얘기로 시작해 행선지와 방문 목적에 흥미를 보이면서 드디어 전통을 깨기 시작한다(예를 들어 기차역으로 가자고 하면 필시 이런 질문이 나온다. "그럼, 어디 멀리 가시나 보죠?"). 질문은 이제 개인사로 향한다(혹은 영국인이 개인 정보로 여기는 직업과 가족에 대해 악의 없이 물어본다). 그러나 이런 기사는 놀랄 만큼 눈치가 빨라서 말투와 몸짓으로 낌새를 알아챈다. 만일 승객이 영국인이고, 대답이 퉁명스러운 "예, 아니요" 식의 단답형이며, 어색하거나 불편해하는 것처럼 보이면 굳이 대답을 들으려 하지 않는다. 영국인은 대개 이런 질문을 강요라고 여긴다. 그러나 우리는 너무 공손해서 남의 일에 간섭하지 말라고 얘기하질 못한다. 혹은 상대가 너무 무안해할까봐 그 정도로만 의사 표시를 하고 만다.

우리가 택시 기사나 미용사 같은 사람들과 얘기할 때는 말하자면 '문화적인 해방감'을 느낀다. 그래서 과묵하고 신중한 성격이 일시적으로 쾌활하게 바뀐다. 이때는 잘 모르는 사람과도 보통 때보다 훨씬 개인적이고 내밀한 대화를 즐길 수도 있다.

영국인 환자 규칙

이번 장의 교통수단, 공공장소 주제에서 약간 벗어나보자. 의사들도 면담실이나 병원에서 이런 사생활 규칙이 일시 정지되기를 바라지만, 의사 앞에서 영국인은 자제하고 부끄러워하는 보통 사람이 되고 만다. 나는 2004년에 나온 초판에서 반쯤 농담으로 의사들에게 '거울을 통해서' 환자와 얘기해보라고 권했다. 미용사처럼 그들 뒤에 서서 거울을 바라보고 얘기하거나 기사들처럼 뒤를 볼 수 있는 거울을 통해 대화해보라고 했다. 어느 정도는 눈을 직접 마주치지 않음으로써 영국인이 억제에서 빠져나올 수 있게 해보라는 얘기였다.

이는 어찌 보면 인간의 보편적인 특성이다. 가톨릭 신부들은 신자들의 고백을 장려하는 데 쓰이는 가리개 효과를 잘 알고 있다. 정신과의사들이 환자와 눈을 마주치지 않으려고 눕는 의자를 사용하는데 괜히 그러는 게 아니다. 단지 정도가 문제인 듯하다. 영국인들은 특별한 무언가의 도움 없이는 마음을 열기 어렵다. 그래서 미용사나 택시 기사와 얘기할 때는 그들이 제공하는 익명성의 환상에 쉽게 마음을 연다. 의사들에게 충고를 하나 하자면, 훈련 받은 방식과는 반대로 하라는 것이다. 그들이 배운 바에 따르면 환자와 만나는 가장 좋은 방식은 신체 접촉이나 깊은 관심을 나타내는 대화이다. 이를 통해 환자의 마음을 여는 것이다. 책상을 보호막 삼지 말고 환자 가까이에 앉아 몸을 숙이고 눈을 마주치고 어쩌고 하는 식이다. 그러나 이 방식은 영국 사람의 마음을 열게 만들긴커녕 외려 조용하고 차분하게 만들어 마음을 더 닫게 하려고 고안된 것 같다. 내가 물어본 의사들에 따르면 영국 환자들에게는 정확히 그런 반응이 나타난다. 항상 면담을 마치고 방 문고리를 잡고 고개를 반쯤 돌린 후에야 자기가 지금 무엇 때문에 힘든지를 의사들에게 고백한다는 것이다.

이 책이 2004년에 처음 출간되었을 때 의사 컨퍼런스에 몇 번 초대를 받아 이 주제에 대해 말할 기회가 있었다. 이때 한 의사가 말하길, 환자가 어려운 질문이나 개인적인 질문을 하려고 할 때 자신이 발견한 가장 좋은 방법은 환자 뒤에 설 수 있는 핑계를 찾는 거라고 한다. 예를 들면 호흡을 들으려는 시늉을 하거나 청진기로 심장 박동을 들으려 하는 식이다. 두려움이 가득한 눈을 피할 수 있다면 무엇이든 좋다. 이런 청진기 술수는 만일 환자가 발목을 삐었거나, 호흡기 및 심혈관계에 문제가 있어 찾아온 경우가 아닐 때는 조금 적당하지 않다. 다른 컨퍼런스에서 나는 의사들에게 같은 효과를 내는 다른 방법을 제시했다. 의사가 컴퓨터 모니터를 계속 보면서, 환자를 보지 않고 아주 가볍게 지나가는 투로 "자, 여기 온 김에 혹시 나한테 뭐 물어볼 것이 있나요?" 혹은 그와 비슷하게 해보라고 했다.

모든 의사들은 환자와 '소통하기' 교육에서 모니터를 보면서 환자와 얘기하는 것을 엄격히 금지했다며 웃었다. 분명 그렇게 하면 환자는 의사가 자신을 냉랭하게 대한다거나 친절하지 않다고 느낄 수 있다. 한 의사는 "분명 당신 말이 맞아요, 케이트! 우리가 컴퓨터에서 환자에 대한 기록을 좀더 찾으려 하거나 처방전을 만들려 할 때 흔히 '오! 사실은 내가 여기에 이왕 온 김에 별 것은 아닌 듯하지만 그래도…'(당신도 알겠지만 그런 말을 들을 때면 나는 '아, 이제 진짜 문제를 털어놓는구나!' 하고 생각합니다) 하는 말이 나오죠."

의사들은 모두 그의 말에 고개를 끄덕였고 다른 의사가 좀더 보탰다. "맞아요. 꼭 맞는 말입니다. 흔히 좀 곤혹스러운 질문을 던지기 가장 좋을 때는 내가 컴퓨터 키보드를 두들길 때입니다. 물론 우리가 받은 소통 교육하고는 완전히 동떨어진 방법이지요. 케이트! 당신이 그들에게 좀 말해줄래요? 당신들이 모두 틀렸다고 말입니다."

"예, 하지만 그들을 부드럽게 혼내세요. 눈을 뚫어지게 들여다보면서 말입니다"라고 다른 의사가 농담조로 말했다.

수많은 의사들이 택시 기사들의 효과적인 방법을 사용하지 않고 있었다. 최근에는 능력 있는 의사와 최신 의료 기술을 자랑하는 영국이 다른 선진국에 비해 암 환자 생존율이 낮은 이유로 의사에게 자기 문제를 털어놓고 말하지 못하는 내성적인 성격이 지적되고 있다. 영국 심장재단의 조사에 의하면 영국인들은 심장마비 증상을 느낄 때도 평균 90분(흔히 그보다 훨씬 더)을 기다려서 응급차를 부른다고 한다. 심지어는 병원에 있는 중환자조차도 고통스럽다며 불평을 하거나 소란을 일으키는 데 주저한다. 나는 지난 10년간 병원에서 아주 오랜 시간(환자로서, 그러나 '잠입' 참여관찰 조사자로서 최고의 기회)을 보냈다. 그런데 의사의 회진 때 다음과 같은 대화를 셀 수 없이 들었다.

의사: 오늘은 어떤가요?

영국인 환자(분명 아주 아프다): 별로 나쁘지 않네요. 감사합니다.

의사(눈살을 찌푸리고 걱정하는 투로): 틀림없습니까? 여기 환자 기록에 분명 '환자가 심한 복부 통증을 호소complains했다'라고 적혀 있는데요?

영국인 환자(상처를 받은 투로): 나는 항의complaining한 게 아닙니다. 왜들 그렇게 적었대요? 그냥 식탐 때문에 좀 아프다고 한 것 같은데 절대 항의한 게 아니지요. 물어보기에 대답을 했을 뿐이지 나는 절대로 소란을 피우지 않았습니다.

의사(전에도 여러 번 들은 대답이어서 가벼운 한숨을 쉬면서 안심시키는 투로): 걱정 마세요. 미안한데, 이 'complains'라는 말은 불편을 호소했다는 기술적인 용어 같은 것입니다. 당신이 소동을 일으켰다는 뜻이 아닙니다. 장담합니다.

의사가 회진을 계속하기 위해 병상을 떠난 후 영국인 환자는 흔히 동료 환자와 자신들의 통증, 형편없는 병원 음식과 다른 불편함들을 거론하는 불평 의례에 빠진다. 그리고 나서 질문에 대해 점잖게 한 말을 '항의'라고 분류한 점에 분개해서 의료 전문용어에 대한 불평을 계속한다. 우리는 버스와 기차에 대한 불평과 마찬가지로, 정말로 제대로 도울 수 있는 누군가에게는 일부러 호소하지 않는 것처럼 보인다.

영국 병원에서 근무하는 영국인 의사와 외국인 의사들은 수많은 비공식 인터뷰에서 이런 참여관찰 조사 결과를 모두 인정했다. 내가 외국인 의사(특히 미국인 의사)에게 "영국인 환자와 당신 나라 환자 사이의 차이점을 느낄 수 있었나요?"라고 묻자 거의 모든 의사들이 영국인은 점잔 빼느라 불만이 있어도 제대로 표현을 하지 않는다고 지적했다.

　어떤 논평가들은 우리가 의사에게 고통을 호소하는 것을 주저하는 것은 영국인의 강한 극기주의와 고난을 이겨내는 인내심 탓이라고 말한다. 하지만 나는 영국인이 유난히 창피스러움에 민감하고 내성적이며 가능한 한 소란을 일으키지 않으려고 신경을 쓰는 탓이라고 본다. 이런 모든 사실이 인내의 본보기나 묵묵히 고통을 이겨내는 능력이라기보다는, 고통을 참아내는 영국인의 명성을 설명하는 한 가지 방식이 아닐까 하는 생각에 도달했다. 극기주의로 보이지만 사실은 사교적인 불편함에 기인한 행동이라는 뜻이다.

줄서기 규칙

"주님께서 모세에게 말씀하시기를 '앞으로 나오라Come forth'고 했는데, 그는 넷째가 아니라 셋째로 왔다. 예수께서는 미는 일을 하라고 그를 줄 뒤로 보내셨다."[74] [앞으로forth를 넷째fourth로 바꾸어 지어낸 농담] 1946년 헝가리인 조지 마이크는 줄서기가 영국인들의 '국가적인 열정'이라고 표현했다. "대륙에서는 사람들이 정류장 근처에서 그저 왔다 갔다 하다가, 버스가 도착하면 우르르 몰려든다. 영국인은 혼자일지라도 질서정연하게 스스로 줄을 선다." 30여 년 뒤 1977년 마이크는 자기가 한 말이 여전히 정확하다고 주장했다. 또다시 30년도 더 지난 뒤에도 별로 변하지 않았다. 외국인들은 아직도 우리들의 줄서기에 어리벙벙해한다. SIRC 토의 그룹에 참여한 이탈리아인은 마이크의 묘사를 되풀이했다. "예를 들면 버스 줄도 나란히 서

74　내가 어릴 때 들어 기억하는 농담이다.

서 한 명씩 질서정연하게 타요. 미치겠어요. 너무 느리지 않아요? 이탈리아에서는 표지판 근처에 서 있다가 버스가 오면 그냥 우르르 타는데." 마이크는 간단히 얘기했지만 영국인의 줄서기는 간단치 않은 문제다.

최근에 일요일판 신문에서 영국인이 '줄서기의 예술을 잃어버렸다'고 투덜거리는 머리기사 제목을 보았다. 궁금하기도 했고, 현장 조사에서 관찰한 바와는 달라서 기사를 읽어보았다. 얘기인즉, 저자가 줄을 서 있었는데 어떤 사람이 새치기를 하려고 했다. 자신과 다른 사람들이 기가 막혀 혐오감을 나타냈지만 이를 제지하는 말 한마디 할 만큼 용기를 짜낸 사람이 아무도 없었다고 했다(기가 막힌다는 뜻으로 코웃음을 치고 혀를 끌끌 찼을 뿐). 결국 그 사람은 새치기에 성공했다는 것이다. 이는 영국인이 줄서기의 예술을 잃어버렸다는 증거이긴커녕, 완벽하고 정확한 영국 줄서기 예술의 명세서 그 자체다.

간접성 규칙

영국인은 서로 줄서기의 규칙을 지키리라 기대하는데, 이런 기대가 어긋나면 상당히 기분 나빠 한다. 그래도 분함을 직접 표현할 줄 모른다. 다른 나라에서는 이런 것은 문제가 안 된다. 미국에서 새치기는 그냥 버릇없는 행동이지 큰 죄가 아니다. 이에 대한 반응은 노골적이고 정해져 있다. 새치기꾼은 간단히 한소리 듣는다. "어이, 거기 당신! 이리로 다시 돌아와!" 유럽 대륙에서 반응은 노골적이고, 언쟁 비슷한 것이 일어나는 경우가 많다. 다른 나라에서는 별 난리를 치지 않고, 그냥 조용히 밀어내버린다. 결국 결과는 거의 같다. 오로지 영국에서만, 새치기가 아주 비도덕적인 행위로 여겨짐에도 불구하고 성공한다. 우리가 의분으로 안절부절못하고, 찌푸리고, 투덜거리고, 화를 못 삭여도, 실제로 항의하고 새치기꾼에게 뒤로 돌아가라고 요구하는 사람은 거의 없다.

　내 말을 못 믿겠다면 한번 해보라. 나는 실험 때문에 안 할 수 없어서 했으니 당신도 한번 당해보라. 아주 심술궂다고 하겠지만, 내가 이 책을 쓰기 위해 저지른 온갖 규칙 깨기 실험 중에서도 이 새치기가 가장 힘들고, 불쾌하고, 기분 상하는 일이었다. 일부러 부딪치기, 집값 물어보기보다 더 힘들었다. 실험할 때마다 새치기를 해야 한다는 생각만 해도 두려울 정도로 부끄러웠다. 그런 시련을 감당할 자신이 없어서 거의 포기할 뻔했다. 도저히 용기를 낼 수가 없어서 주저했고, 괴로워했고, 질질 끌었다. 이제는 준비가 됐다고 생각했다가도 마지막 순간에 용기를 잃어버려 포기하기도 했다. 그때는 살금살금 줄 끝으로, 심지어는 새치기할 생각이라도 했음을 아무도 눈치 못 챘기를 바라면서 얌전히 돌아가기도 했다.

314

피해망상의 무언극 규칙

언급한 마지막 행동은 조금 바보 같거나 심지어 불쌍할 정도로 약해 빠진 것처럼 보인다. 하지만 나는 새치기를 할 만한 줄 근처에서 비겁하게 배회하면서 무언가를 배웠다. 영국인은 어떤 사람이 새치기를 생각하고 있으면 재깍 눈치를 챈다. 의심에 찬 눈을 가늘게 뜨고 당신을 쳐다본다. 그리고 발을 조금 끌어, 당신이 틈새로 끼어들 것을 대비해 앞 사람에게 더 가깝게 선다. 그들은 한 손을 한쪽 엉덩이에 대고 잠재적인 위험에 정면으로 대응할 채비를 한다. 허세를 부리면서 적의를 보인다. 신체 언어는 아주 미묘하다. 아마도 외국인에게는 우리 방식이 익숙하지 않아 잘 안 보일 수 있다. 그러나 영국인 새치기꾼에게 주는 무언의 메시지를 우리는 분명히 알아듣는다. '네가 무슨 생각을 하는지 다 안다. 상습적인 사기꾼아! 너에게 주의를 기울이고 있으니 새치기가 성공할 거라는 생각은 하지도 마라.'

애매모호함 규칙

이런 피해망상 무언극의 중요한 점은—새치기 자체도 물론 중요하지만—줄 모양이 확실하지 않고 모호할 때 일어난다는 것이다. 줄이 똑바르면 누구도 감히 끼어들려 하지 않는다. 사실 상상도 못 할 일이지만, 만일 이런 일이 일어나면 사람들은 정말 급한 일이 있거나, 뭘 모르는 외국인이 실수했다고 생각한다. 그런 경우에는 우리들 중 용기 있는 누군가가 실제로 당사자가 엄청난 실수를 했음을 큰 소리로 일깨워준다. 그리고 말을 한 사람은 도전적인 자부심 어린 표정으로 주위를 돌아본다. 다른 사람들이 용기를 내주어 고맙다며 메달 같은 것을 주기를 바라는 투로 말이다. 나는 그런 사람들이 흔히 줄 선 사람들이 고마워하며 고개를 끄덕이는 몸짓에 답하면서 "음! 누군가가 해야만 했던 일이지요!"라고 하는 말을 들었다. 어찌 되었건 새치기 가능성은 어디서 줄이 시작되고 끝나는지 확실치 않을 때 생겨난다. 예를 들어 장애물 때문에 줄 중간에 간격이 생겼거나, 사람들이 지나다닐 수 있는 구멍이 만들어졌거나, 카운터에서 두 사람이 손님을 받는데 한 줄인지 두 줄인지 불분명할 때, 이외에 혼동을 일으키거나 불분명한 다른 요소가 있을 때 새치기 가능성이 생긴다.

영국인은 정당성에 대해 아주 예민한 감각을 가지고 있다. 다른 문화에서는 그저 기회주의적 행동으로 취급하는 일까지도 여기서는 새치기 혹은 그와 비슷한 행동으로 취급받는다. 예를 들면 계산대 앞에 손님 두 명이 기다리고 있는데 바로 옆의 빈 계산대로 바로 가는 행위 말이다. 영국인들이라고 그런 술책을 안 쓰는 것은 아니지만, 그럴 때면 자신의 행동이 비양심적임을 느끼고 있음이 분명히 나타난다. 특히 옆줄을 애써 보지 않으려 하는 태도는 자신이 속임수를 쓰고 있음을 의식한다는 뜻이다. 물론 줄 서서 기다리는 사람들은 그런 짓에 심하게 눈살을 찌푸린다.

신체 언어와 투덜거림 규칙

보통 당신이 새치기를 해서 받을 수 있는 최고의 벌은 눈살 찌푸림, 눈총, 경멸, 모욕의 눈길, 깊은 한숨, 헛기침, 업신여기는 콧방귀, 혀 차기와 투덜거림("아이구, 나 참!" "빌어먹을" "허, 전형적인" "저런…!") 등이 고작이다. 줄 선 사람들은 이런 모욕으로 당신을 맨 끝으로 보낼 수 있기를 바란다. 이들이 가장 싫어하는 부인의 규칙을 깨지 않고, 직접 항의하여 생길 수 있는 소동을 일으키지도 않고, 난리법석을 떨지 않으며, 주목 받지 않으면서 조용히 일이 해결되기를 바란다.

얄궂게도 그들은 이런 상황에서 자주 말을 섞어 부인의 규칙을 깬다. 새치기꾼 한 명이 본의 아니게, 서로 모르는 사람들끼리 눈썹 추켜올리기, 눈동자 굴리기, 입술 오므리기, 머리 흔들기, 혀 차기, 한숨, 심지어는 조용히 한소리 하기까지도 주고받게 만든다. 줄 선 사람들끼리 "여보세요, 여기 줄이 있어요!" "우리는 안 보이는 거야? 뭐야, 도대체!"라고 들릴 듯 말 듯하게 한마디 하고 혀를 차는데 이런 건 원래 새치기꾼한테 직접 해야 한다. 정말 어쩌다 용감한 사람이 새치기꾼이 충분히 들을 수 있을 정도로 크게 소리를 지른다. 그러나 나머지 사람들은 새치기꾼 쪽을 보고 있지 않다가 무의식중에 눈을 마주친 것처럼 흘끗 보고는 즉시 돌려버린다.

보기에는 나약하고 비논리적인 행위 같지만, 이런 간접적인 방법이 놀랄 정도의 효력을 발휘한다. 물론 어느 나라보다 영국에서 새치기하기가 쉬울지 모른다. 그러나 당신이 예의 눈썹 추켜올리기, 기침, 혀 차기, 투덜거림의 창피를 감당할 자신이 있는 경우에만 가능한 일이다. 다른 말로 당신이 영국인이 아니라면 가능하다는 말이다. 숱한 관찰을 통해 나는 외국인은 줄 선 영국인들의 혀 차기와 분노의 신호들을 잘 알아채지 못한다는 것을 깨달았다. 그러나 영국인 새치기꾼은 빗발치는 한숨과 구겨진 표정들을 무시하지 못한다. 일단 새치기를 하고 나면 뻔뻔스럽게 태연한 척하겠지만, 그런 취급을 일단 받고 나면 다음번에는 한번 생각해볼 것이다. 많은 경우 무언의 표시만으로도 새치기를 미연에 방지할 수 있다. 신체 영어body English는 풍부하고 설득력 있는 언어다. 나는 새치기꾼이 접근해 오다가도 줄 선 사람들의 경멸에 가득 찬 눈빛, 경고의 기침, 약간 텃세를 부리는 몸짓에 재빨리 다시 생각해본 뒤 금방 꼬리를 내리고 줄 뒤로 돌아가는 것을 자주 보았다.

때로 새치기꾼에게 직접 항의하지 않더라도 충분히 들릴 만한 투덜거리는 소리는 효과를 낼 수 있다. 심지어 거의 다 성공한 단계에서도 그렇다. 이런 경우 양쪽의 행동과 반응을 지켜보는 것은 정말 흥미진진하다. 줄 선 이는 투덜거린다(옆 사람이나 혹은 특별히 누구에게랄 것도 없이). "오, 나에게는 신경 쓰지 마세요!" 혹은 그와 비슷하게 비꼬거나 조롱한다. 새치기꾼은 눈을 크게 뜨고 몰랐다는 듯이 "오, 미안합니다! 당신들이 앞에 있었나요?"라고 한마디 하고는, 바로 옆으로 물러서면서 투덜거린 사람에게 자리를 양보한다. 그런데 이제 상황은 바뀌어 투덜거린 사람이 부끄러워하고 후회하는가 하면, 눈을 피하기 시작한다. 보통 그런 불편은 조롱의 정도에 비례한다. 단순한 실수에 너무 무례하게 반응한 셈이 되어, 배역이 바뀌어버렸다. 투덜거린 사람은 원래 자리를 되찾았으나 고개를 숙이면서 중얼거리는 목소리로 사과하는 양한다. 분명 유쾌한 것 같지도 않고 승리의 환희도 못 느끼는 모습이다. 어떤 경우에는 일단 새치기꾼이 사과를 하면, 투덜거린 이가 특별히 겸손한 사람이라면 아예 뒤로 물러서면서 "오, 아니오, 괜찮아요. 그냥 들어오세요"라고 한다.

투명 안무가 규칙

만일 영국인이 단호하게 "미안합니다만 여기 줄이 있는데요?"라고 말한다면 이런 온갖 창피함과 적대감을 충분히 피할 수 있다. 우리의 전형적인 반응은 심리치료사들이 '수동적 적대 행위'라 부를 만하다. 심리치료사들이 이 글을 읽으면 전 국민을 단호함 훈련 코스로 보내자고 할 것 같다. 그들이 옳을지도 모른다. 단호함은 정말 영국인과는 거리가 먼 덕목이다. 우리는 노골적으로 폭력적인 성향을 보이거나 비뚤어지고, 효과가 없는데도 수동적으로 호전성을 내보이기도 한다. 반대로 지나치게 공손해지는 자기 비하에 빠지고, 너무 절제하는 소극적인 체념으로 후퇴하기도 한다. 우리는 이 양극단을 왔다 갔다 한다. 우리는 사교에 능숙하고 합리적으로 주장하는, 성인의 행복한 중용에는 결코 이르지 못할 것 같다. 하지만 모든 영국인이 의사소통 기술 코스에서 배운 대로 바르고 이성적이고 단호한 행동만 한다면, 세상은 끔찍하게 지루할 테고 그들을 보는 나 역시 정말 재미없을 듯하다.

어쨌든 영국인의 줄서기에도 긍정적인 면이 있다. 앞에서 예를 든, 점원 두 명이 계산대에 있는 애매모호한 경우에는 간단하고도 조화로운 방식으로 법석 떨지 않고 문제가 조용히 해결된다. 계산대에서 1미터 정도 떨어져 한 줄로 서서 점원 중 하나의 손이 비는 쪽으로 가면 되는 것이다. 우리는 흔히 나란히 있는 기계에서도 이런 식으로 공정하게 한 줄을 만들어 순서대로 표를 산다.

만일 당신이 영국인이라면 이 글을 읽으면서 '그래서? 뭐가 어쨌다고? 당연하잖아'라고 생각할 것이다. 누구나 그렇게 하니 말이다. 우리는 이런 일에서는 당연한 듯이 행동한다. 실은 눈에 보이지 않는, 공정한 안무가가 조율하는 것처럼 누가 시키지 않아도 깔끔하게 민주적으로 줄을 선다. 그러나 내가 인터뷰한 많은 외국인은 이를 입을 다물지 못할 정도의 경악스러운 일로 여긴다. 브라이슨은 영국에 관한 책에서 이와 똑같은 줄서기 시나리오를 격찬하고 있다. 나는, 그의 책을 읽었으나 직접 눈으로 보기 전까지는 믿지 못하고 그냥 좀 과장했다고 생각한 미국인 관광객을 만났다. 그들은 심지어 퍼브의 '보이지 않는 줄' 원칙이 작용하는 방식도 믿고 싶어 하지 않았다. 결국 그들을 가까운 퍼브로 끌고 가서 지어낸 얘기가 아니라는 사실을 증명해 보일 수밖에 없었다.

페어플레이 규칙

그런데 더 눈에 안 띄고 미묘해서 관찰력이 아주 예리한 외국인조차 잘 알아채지 못하는, 우리가 매일 지키는 줄서기 예절이 있다. 내가 대충 정리한 현장 조사 노트에는 기차역 커피숍 사례가 적혀 있다.

내 앞에 있던 남자가 냉장고에 있는 샌드위치를 꺼내기 위해 잠시 줄을 떠났다. 그리고 줄로 돌아와 자기 자리가 없어진 게 아닌가 하는 긴가민가한 표정으로 주저한다. 나는 그렇지 않다는 뜻으로 한 발 뒤로 물러서면서 자리를 내주고, 그는 원래 자리로 들어오면서 내게 고개를 약간 숙여 감사의 인사를 한다. 물론 말도 없고 눈 마주침도 없었다.

이건 다른 기차역에서 목격한 사례이다.

안내 데스크 앞에 나보다 먼저 온 두 남자가 있었는데 누가 먼저 줄을 섰는지 확실히 몰랐다. 거기에는 두 사람이 안내를 하고 있었다. 두 남자는 옆을 보면서 조금 앞으로 가고 흡사 텃세를 부리는 태도로 무언극을 하고 있었다. 재치 있는 직원이 이를 눈치채고 "다음은?"이라고 하자, 둘 다 당황한 듯했다. 왼쪽 남자가 손바닥을 펴서 옆 사람에게 앞으로 가라는 포즈를 취하자 오른쪽 남자도 '아닌데… 나는 괜찮은데…'라는 반응을 보인다. 왼쪽 남자가 '그렇다면, 음…' 한다. 그러자 내 뒤에 서 있던 사람이 '그냥 아무나 빨리 가지'라는 투의 기침을 한다. 왼쪽 남자가 서두르면서 '오, 알았습니다… 감사합니다'라는 몸짓을 취한다. 그러곤 앞으로 가서 문의하지만 좀 불편한 표정이 역력했다. 오른쪽 남자는 인내심을 가지고 끈기 있게 기다리면서 빼기는 표정으로 자기가 한 일로 흐뭇하다는 듯 미소를 지었다.

이건 아주 흔한 일이고 나는 본 대로 기록했다. 가장 전형적이고 아무 특징이 없으며 평범한 일상일 뿐이다. 이런 일화들에 깔린 불문율의 공통분모는 분명하다. 만일 당신이 공정하게 행동하고 당신 앞에 선 사람의 권리를 인정할 때, 상황이 좀 애매모호해도 우선권을 주장하지 않고 양보할 때, 그들은 피해망상에 가까운 의심과 적대적인 태도를 즉시 버리고 당신을 공정하게 대한다. 그뿐 아니라 자신의 자리까지도 양보해줄 정도로 인심을 쓰기도 한다.

줄서기는 공정함 자체이다. 조지 마이크가 지적했듯이, "한 줄에 선 한 사람은 공정한 사람이다. 남의 일에 간섭하지 않는다. 자기 삶을 살고 타인의 삶도 존중한다. 다른 사람에게 기회를 준다. 자신의 의무를 다하면서 자기 권리를 행사할 때를 기다린다. 한 사람의 영국인이 믿음을 갖고 행하는 모든 일을 하는 것이다." 영국인은 심지어 법을 어길 때도 이런 불문율을 지킨다. 2011년 런던에서 폭도들은 아주 질서정연하게 줄을 서서 부서진 쇼윈도를 통해 한 명 한 명 들어가 상점에서 물건을 약탈했다. 심지어 누군가가 새치기를 하려고 하면 눈살을 찌푸리며 대놓고 기침을 하고 눈썹을 치키면서 못마땅해하는 피해망상의 무언극을 했다. 사실 그게 통했다. 아무도 새 치기를 안 했다. 심지어 난동과 소란 속에서 뻔뻔스러운 범죄가 저 질러지는 와중에도 줄서기 불문율은 치켜뜬 눈썹 하나로 지켜졌다.

침묵의 분노 규칙

어찌 되었건 마이크는 영국인들이 줄서기를 무척 즐긴다는 식으로 표현했지만, 사실 그렇진 않다. 세상 모든 사람들처럼 우리도 줄서 기를 질색한다. 아마 어느 나라 사람들보다 영국인이야말로 줄서기 에 화를 내고 조바심을 친다. 왜냐하면 우리는 줄서기의 규칙과 원 칙을 더 심각하게 받아들이기 때문이다. 새치기를 시도하는 자를 경 계하고 단념시키기 위해 눈썹을 치켜뜨고 기침을 하는 등 무언의 신 체 영어를 구사하기란 정말 힘든 일이기 때문이다. 우리는 줄을 서 서 기다리게 한다고 큰 소리로 항의하지는 않는다. 최소한 계산대 점원이나 우리를 기다리게 만드는 사람에게 항의하지는 않는다. 그 런 우리들의 침묵을 만족감이나 인내심 표현이라고 오해해선 안 된 다. 더 자세히 보면, 우리가 쌓인 불쾌감과 안달을 말없이 미세한 방 식으로 표현하는 것을 알아챌 수 있다. 깊은 한숨을 내쉬고, 분노해 서 눈동자를 굴리고, 입술을 굳게 다물고, 안절부절못해하고, 혀를 차고, 손가락을 퉁기고 1초가 멀다 하고 시계를 뚫어져라 들여다보 는 식이다. 우리는 속으로 자신을 저주하고 같이 줄 선 사람들과 더 불어 눈썹을 치켜뜨고 얼굴을 찡그리면서 존재 부정의 규칙을 위반 하기도 한다. 심지어는 서로에게 "언제나 이래!"라고 중얼거리기까 지 한다.

축제 줄서기 규칙

비록 우리들의 모든 줄서기는 무언의 분노 혹은 의분의 상태에서 시간을 소모하는 행위지만, 영국인이 무척 즐기는 국가적인 오락이라고까지 말하는 특별한 줄서기도 있다. 얄궂게도 이건 가장 길고 정말 불편하고 진짜로 제일 지치는 줄서기이다. 하루 종일, 심지어 밤을 새워 줄을 서기도 한다. 윔블던 테니스, 프롬The Proms[매년 여름 7월 중순과 9월 중순 사이 두 달간 런던 로열앨버트홀에서 열리는 각종 공연 축제], 글로브 극장[셰익스피어 시절 극장 터가 발견된 런던 템스 강변에 400년 전 극장 원형을 복원하여 셰익스피어 관련 공연만 하는 극장] 표를 사기 위한 줄서기는 진정한 의미의 줄서기가 아니다. 이런 특별한 줄서기는 이제 축제 의식의 하나로 격상되었는데, 사교 규칙이 임시로 정지되거나 뒤집히는 '문화적 해방' 혹은 '축제 반란'의 기간에 찾아볼 수 있다. 의식과 같은 이런 줄서기는 흔히 특별한 이름으로 강조된다. 저렴한 당일 표를 구하기 위해 프롬에서 줄 서는 일을 '프로밍Promming'이라고 하고 줄 선 사람들은 '프로머스Prommers'라고 부른다. 셰익스피어 글로브 극장의 저렴한 표를 사기 위해 줄 서는 일을 '그라운들링Groundling'이라고 부른다. 이런 줄서기는 어찌 보면 축제 같다. 우리는 피크닉 가듯이 피크닉 용품을 비롯해 접는 의자, 침낭, 조그만 텐트를 가지고 간다. 윔블던의 줄은 밤샘 텐트 마을로 바뀐다. 윔블던 줄을 대문자를 써서 줄The Queue이라 부르는데 이는 국가적인 행사나 관습에 해당하는 줄이라는 뜻이다.

이런 특별한 줄서기(짧게 '축제 줄서기'라고 부르겠다)에서 우리는 먹고 마시고 흥겹게 떠들며 즐긴다. 게임도 하고 노래도 부른다. 여기서는 영국인 특유의 예의를 완벽하게 벗어던지며 낯선 사람과 나누는 대화가 바람직한 일로 권장된다. 만일 보통의 영국인처럼 잘 어울리지 않고 혼자서 놀려고 하면 당신은 건방진 녀석 취급을 받고 사람들은 못마땅해한다. 여기서는 일종의 일체감에서 유래하는 동지애의 분위기가 있다. 대부분 같은 사람들이 매년 온다. 다시 온 '프로머스'들은 프롬이 여름에 있음에도 서로 "새해 복 많이 받으세요"라고 인사한다. 평생을 가는 우정이나 심지어는 결혼까지 이 줄 때문에 성사되기도 한다.

물론 다른 나라에서도 대규모 콘서트나 스포츠 시합 때는 이런 줄서기가 나타나겠지만 이런 장관은 특별히 영국적인 광경이다. 이는 우리들의 보통 줄서기나 정상적인 공적 생활에서 내보이는 접촉 기피와는 너무나 달라 충격적일 정도다. 이를 통해 우리가 이런 줄서기를 사랑하고 귀하게 여기는 까닭을 설명할 수 있을 것 같다.

어찌 되었건 '문화적 해방'이라는 말이 '죄다 팽개치고 야단법석을 떠는 일'을 가리키는 현란하기만 한 학술용어가 아님을 되새길 가치가 있다. 영국인의 축제 줄서기는 관례화된 관습에서의 일탈이다. 즉 규칙에 의해 규칙을 깨는 일이다. 여기에는 통상의 규칙은 정지되거나 뒤집히지만 어떤 규칙은 훨씬 더 엄격하게 지켜지는 등 나름의 예의가 발휘된다. 새치기는 보통 때보다 훨씬 더 미움을 받는다. 하루 종일 혹은 밤새 인내심을 발휘하며 기다린 사람들 앞에 서기 위해 헤치고 나가거나 끼어드는 일은 페어플레이 원칙을 아주 가증스럽게 깨는 짓이기 때문이다. 그런데 낯선 사람에게 말 걸기 금지의 규칙이 여기서는 역전된다. 새치기 하는 얌체들에게, 평소에는 눈썹과 기침으로만 표현하며 억눌렀던 의분을 한꺼번에, 직접 분출해도 문제가 없다고 여기기 때문이다.

이런 축제 줄서기에서도 보통의 '자리 잡아두기'의 불문율이 적용된다. 보통의 줄서기에서는 이유가 뭐든 줄을 벗어나면 당신의 자리는 없어져버린다. 상점이나 슈퍼마켓에서 갑자기 생각난 물건 하나를 가져오기 위해 뛰어갔다 오는 일은 뒷사람에게 공손하게 부탁해 허락을 받았을 때나 가능하다. 또는 당신이 갑자기 화장실 용무가 급해서 뒷사람에게 공손하고 미안한 표정으로 부탁하면 아주 긴 줄에서도 '자리 잡기'가 용납된다. 축제 때도 이런 원칙이 일단 적용된다. 이런 장시간 줄서기에서는 주위의 모든 사람에게 "허락해주실 수 있을지" 혹은 "혹시 폐가 안 된다면"이라는 식으로 최대한 공손한 표현법을 써서 양해를 구하면 군것질거리나 아이스크림을 사거나 화장실을 다녀오기 위해 상당히 오래 자리를 비우는 일도 허락된다(당신은 담요나 신문 같은 물건으로 자리를 표시한다). 줄 비우는 시간 길이는 상황에 따라 다르다. 예를 들면 프로머스들 사이에서는 30분이 비공식적인 한계이다. 이보다 길면 당신 자리가 없어지지는 않으나 돌아온 당신은 주위에서 못마땅해하는 눈썹 찡그리기, 꽉 다문 입, 냉랭한 표정이라는 처벌을 받는다. 호의적인 분위기를 되살리려면 진솔하게 사과하고 감사해야 한다.

줄서기라는 드라마

외국인은 우리의 불문율인 줄서기 규칙의 복잡성에 어리둥절해하나 영국인에게 이건 천성이나 마찬가지다. 우리는 이 모든 규칙에 아무 생각 없이 본능적으로 복종한다. 방금 설명한 상호모순, 비합리성, 완벽한 부조리에도 세상 모든 사람이 인정하듯이 우리는 줄서기를 정말 잘한다. 물론 외국인들이 이를 칭찬하기만 하는 건 아니다. 그들은 영국인의 줄서기 재능을 얘기할 때 약간의 냉소를 담아 정말 재미없고 고달픈 양 같은 인간들이 인내심을 가지고 질서정연하게 줄을 서는 자신의 불쌍한 능력에 자부심을 갖는다는 투로 말한다("영국인은 공산주의 체제에서라면 잘 살았을 것이다. 왜냐하면 줄을 잘 서니까"라고 말하며 웃었다). 우리를 비평하거나 정말 약간 칭찬을 곁들여 혹평을 하는 이들도 한 줄에 선 영국인은 공정한 사람이라고 기꺼이 인정한다. 그러나 줄을 선 사람이 기분이 좋거나 신이 난 상태는 아니라고 꼬집는다.

그렇게 얘기하는 이들은 영국인의 줄서기를 아주 가까이서 꼼꼼히 지켜보지는 않았음이 분명하다. 이는 개미나 벌을 지켜보는 것과 같다. 무관심한 사람에게 줄서기는 재미없고 흥미도 없다. 그냥 깔끔하게 줄을 선 사람들이 자기 차례가 돌아오기를 인내심을 발휘하며 기다리는 것뿐이다. 그러나 줄서기를 사회과학자의 현미경을 통해서 보면 하나하나가 다 미니 드라마임을 알 수 있다. 단순한 '시대풍속 코미디'가 아니고 진정한 인간 본성을 그리는 드라마다. 음모와 속임수, 격렬한 도덕적 딜레마, 명예와 이타주의, 적과의 동침, 수치와 체면치레, 분노와 화해들로 가득하다. 나는 지금 클래펌정크션 역 매표소 줄을 보고 있다. 그렇다고 『전쟁과 평화』라고까지는 말하지 않겠다. 약간 낮추어 말하기와 우리가 영국인이라는 점을 감안하면 『오만과 편견』 같다고나 할까?

정말 영국인다운 헌정

다이애너 왕세자비의 죽음을 보도하는 기사들에서 가장 웃긴 것은 기자와 아나운서 들이 시민들의 '비영국적'인 반응에 흥분해서 말을 잇지 못하고 경악하는 태도였다. 그들은 예외 없이 "대중들이 유례없는 감정을 표출했다"느니 "시민들이 전대미문의 비탄을 쏟아냈다"는 식으로 묘사했다(영국인들이 그렇게 감정을 표현한 사건은 전무후무하다). 장례식 내내 흥분해서 과장된 주장을 일삼았다. 그들은 이 놀랍기 그지없는 탈억제는 영국인의 성격이 완전히 변했다는 증거이고, 이제 영국인의 의연함이 흔들리고 있으며, 우리 모두는 감정을 드러내며 살기 시작했고, 절대 전과 같아질 수는 없다는 둥 흥분해서 난리를 쳤다.

그렇다면 이 '전대미문의 비탄 표출'은 정확히 무엇으로 이루어졌는가? 군중의 사진과 동영상을 보라. 모든 사람이 무엇을 하고 있었나? 줄서기! 꽃을 사기 위해 줄 서고, 꽃을 놓기 위해 줄 서고, 조문자 명부에 서명하기 위해 몇 킬로미터나 줄 서고, 하루 종일 줄 선 뒤 집에 가기 위해 버스와 기차를 타려고 또 줄을 섰다. 그러고는 일주일 뒤 장례식장으로 가는 기차나 버스를 타기 위해 줄 서고, 장례식 행진을 보기에 좋은 자리를 차지하기 위해 밤 새워 줄 서고, 꽃·음료·깃발·신문을 사기 위해 줄 서고, 장의차가 지나가는 것을 보려고 줄 서서 몇 시간을 기다리고, 다시 집에 가기 위해 버스·지하철·기차·시외버스를 타려고 줄을 섰다. 조용하고, 질서 있게, 규율과 위엄이 있는 줄서기를 끝도 없이 했다.

분명히 우리는 눈물을 흘리기도 했다. 하지만 비명을 지르거나 통곡하지는 않았다. 옷을 찢거나 자기 몸에 재를 뿌리지도 않았다. 동영상을 보라. 관이 궁전 문에 나타났을 때 한두 명이 아주 나직하게 흐느꼈으나, 이는 부적당한 일이라 여겨져 쉿하는 소리와 함께 재빨리 조용해졌다. 다른 군중들은 따라 하지도 않았고 조용히 행렬을 지켜봤을 뿐이다. 다이애너 왕세자비가 죽던 날 누군가 맨 처음 꽃을 놓았다. 옳은 일이라 여겨 뒤에 오는 사람들도 따라서 꽃을 놓기 시작했다. 장례식이 끝난 후 영구차가 지나가기 시작하자 사람들은 꽃을 던지기 시작했고 다른 사람들도 따라 했다(조문 차량들 앞에서 말이 끌고 가는 영구차에는 아무도 꽃을 던지지 않았다. 아무리 전대미문의 전혀 영국적이지 않은 감정을 주체하지 못하는 시민들이라도 말을 놀래키면 안 된다는 것쯤은 잘 알기 때문이다).

사람들은 눈물 흘리고 꽃을 놓았다. 아주 인기 있었던 젊은 왕족 여성의 장례식에서 이는 비정상적인 반응이라고 느껴지지 않았고, 전대미문의 일도 아니었다. 30년 전 윈스턴 처칠의 장례 때도 방송 해설자들은 장례식에 참석한 군중들 가운데 '눈물로 젖지 않은 사람'은 찾기 어려웠다고 말했었다. 그보다 훨씬 전인 1817년 스물한

살의 샬럿 공주가 죽었을 때도 광란에 가까운 애도를 불러일으켰다는 평을 들었다. 성당은 밤낮으로 꽉 찼고 수많은 런던의 상점들이 2주일 동안(다이애너 왕세자비 장례 때처럼 단 하루만이 아니라) 문을 닫았다. 시신을 모셔놓은 장소에 직접 문상을 할 수 있는 티켓을 구하려고 사람들이 몰려들어 소란이 일어날 정도였다. 거기에 비하면 다이애너 왕세자비의 죽음은 놀라울 정도로 억제되었던 셈이다. 이를 제외하고는 영국인은 다이애너 왕세자비에게 가장 영국적이고 우리가 가장 잘하는 방식, 즉 줄서기로 조의를 표했다.

자동차 규칙

승용차와 운전에 관한 영국인의 불문율 얘기를 시작하기 전에, 승용차에 관한 세계 공통의 관습을 분명히 밝히려 한다. 어떤 문화를 막론하고 인간은 승용차와 이상하고 복잡한 관계를 맺는다. 우리가 확실히 해둘 것은, 우선 이 맥락에서 승용차라는 물건은 기본적으로 운송 수단이 아니라는 점이다. 이렇게 얘기하면 너무 극단적인 것 같지만, 우리와 승용차의 관계에서 승용차가 우리를 여기서 저기로 데려가는 것은 전혀 고려할 필요가 없다. 기차와 버스는 당신을 여기서 저기로 데려간다. 그러나 승용차는 당신이 소유한 땅의 일부 같은 것이고 당신과 사회적 정체성의 일부이다. 버스가 당신을 상점으로 데려가고 데려오지만 당신은 편안하지 않고 그걸 소유했다는 느낌도 받지 않는다. 기차가 당신을 직장으로 데려가고 데려오지만 당신의 사회적·정신적 측면을 말해주진 않는다.

　이는 비교문화 측면에서도 승용차와 사람에 관한 기본적이고도 상당히 분명한 사실이다. 그러나 이 때문에 우리는 영국인다움에 대한 논의에 바로 들어갈 수 있다. 왜냐하면 특히 영국인이라면 거의 모두 이에 동의하지 않거나 심지어 이 기본적인 사실들 중 한 가지는 맹렬히 부정하려 들 것이기 때문이다.

신분 무차별의 규칙

특히 영국인은 자동차를 선택할 때 사회적 신분은 아무런 상관이 없다고 믿고 싶어 하며 이를 완강하게 주장한다. 심지어 BMW가 여피들이 타는 차종으로 이미지가 가장 좋을 때, 잘나가는 영국인 중역은 자신이 BMW를 산 이유는 독일 자동차의 최고 기술력, 즉 디자인, 편안함, 신뢰성, 속도, 운전의 용이성, 제어력, 회전력, 낮은 항력 계수같은 진지하고 이성적인 이유 때문이라고 강변했다. 사회적 이미지와는 상관이 없다. 신분의 상징과는 더더욱 상관이 없다. 허영심과도 상관이 없다. 동료와 이웃과 여자 친구에게 멋있게 보이려는 속셈과도 상관이 없다. "오, 이 차는 정말 기막힌 차일 뿐이다"라고 한다.

영국 여자 그리고 일부 영국 남자는 미적인 이유로 심지어 감정적인 이유로 특정한 차를 선택했다고 한다. 남자들은 그들의 현란한 포르셰나 대형 벤츠를 '그냥 아름다운 차'라고 말한다. 또 여자들은 최신 유행의 미니나 피아트를 사고 싶다고 말하는데, '정말로 귀엽기' 때문이라 한다. 심지어는 그 '멋진' 것을 쇼룸에서 보는 순간 '사랑에 빠졌다'고 고백한다. 혹은 'MG'에 항상 열정을 품고 있었다느니, 자신들의 녹이 슨 데다 형편없는 고물차에 센티멘털한 애정을 품고 있다고 한다.

우리가 차를 선택할 때는 독특한 개성이나 개인 이미지 그리고 자동차가 주는 인상에도 신경을 쓴다는 사실을 인정할 수밖에 없다 (멋있고, 세련되고, 최신 유행이고, 유쾌하고, 기발하고, 엉뚱하고, 스포티하고, 건방지고, 섹시하고, 정직하고, 겸손하고, 현실적이고, 남성적이고, 프로페셔널하고, 심각하고 등등). 그러나 우리의 사회 신분은 이와 무관하다. 영국인은 자신이 속해 있거나 속하기를 원하는 계급이나 범주와 연관이 있다고 해서 어떤 차를 사거나 갖고 싶어 한다고 인정하지는 않는다.

계급 규칙

__ **'몬데오' 실험**   영국에서 볼 수 있는 거의 모든 것과 마찬가지로 승용차 선택은 거의 계급과 관련이 있다. 이는 직접 조사해보면 알 수 있고 짓궂은 장난을 쳐볼 수도 있다. 비록 간접적이지만, 영국인이 승용차를 선택할 때 계급이 중대한 영향을 미쳤음을 인정하게 만들 수 있다. 이를 위해서는 그들이 소유하고 있거나 사고 싶은 차가 아니라 싫어하는 차에 대한 얘기를 해야 한다. 만일 당신이 과학을 핑계로 주저 없이 불쾌감을 조장할 수 있다면 한번 나이가 좀 든 중중층이나 중상층에게 "아마도… 당신은 포드 몬데오Ford Mondeo를 모나요?"라고 물어보라. '몬데오 맨Mondeo man'은 포괄적인 완곡어법으로 오랫동안 대도시 교외에 사는 중하층 보험 판매원을 가리켰다. 그래서 계급안달증에 걸린 중중층이나 중상층은 자신의 계급이 격하되었다고 분개할 것이다.

많은 중상층 사람들은 그런 질문에 눈에 띄게 짜증을 내는 속물 같은 행동을 하기에는 너무 점잖거나 공손하다. 당신은 그들의 얼굴에 나타나는 아주 미세한 분노를 주의 깊게 보아야 한다. 혐오감으로 찡그린 표정이나 움찔하는 표정, 혹은 아주 기분 나빠 하는 뿌루퉁한 표정을 보이거나 코에 주름을 잡을 것이다. 상류층이나 자리 잡은 중상층은 그냥 부드럽고 온화하게 겸손한 척하면서 별 거부감

없이 웃는 낯으로 대한다.[75] 그리고 진정한 상류층은 당신이 무슨 말을 하는지를 전혀 모를 수도 있다. 이 몬데오 실험은 상당히 성능 좋은 계급 걱정표시기이다. 몬데오를 격렬하고 극심하게 모욕할수록 사회계층표에서 그들이 차지한 자리가 불안정하다는 말이다.

이는 가격의 문제가 아니다. 몬데오를 모욕하는 중상층이 모는 차가 몬데오나 마찬가지로 놀림 받는 복스홀Vauxhalls[미국 제너럴모터스 사의 영국 현지 브랜드. 독일에서는 오펠Opel이다]이나 영국산 대량 구매 차량보다 더 쌀 수도 있다.[76] 그러나 소유한 승용차가 저렴하고, 안락하지도 않고, 고급 사양이 아닌데도 몬데오를 멸시하는 사람은 아마도 외국 차, 특히 유럽 대륙에서 만든 차를 탈 것이다(혹은 도요타 프리우스 같은 친환경 차일 것이다). 영국 차에 대한 유일한 예외는 미니, 재규어와 대형 4륜구동 SUV 차량, 예를 들면 랜드로버나 레인지로버이다. 자신이 몬데오 맨보다 한두 계급 더 높다고 생각하는 사람은 아마 작고 싼 중고 푸조, 르노, 폴크스바겐, 피아트 해치백을 몰 것이다. 몬데오 맨이 크고 빠르고 더 안락한 차를 타고 미끄러지듯 지나가도 그들은 만족감과 우월감에 젖는다.

내가 이 책의 2004년판 각주에 이런 몬데오의 예가 '당신이 이 책을 읽을 때쯤이면 아마 시효가 지났을 것'이라고 쓴 적이 있다. 그러나 낮은 급의 BMW를 모는 영업사원, 야망 있는 중간 간부, 놀고

---

75 심지어 의심의 여지가 없는 어느 중상층 여성은 몬데오를 몬다. 그녀는 몬데오가 외판원과 연관이 있다는 이유로 이 차를 샀다. "만일 큰 회사들이 상시 출장 외판원들을 위해 이 차를 사주었다면 분명 믿을 만하고, 그렇다면 난 그런 놀림에 아무 상관도 안 하렵니다." 이런 자기 확신과 남의 의견을 상관치 않는 태도는 어쨌든 우러러볼 만하고 귀한 것이다.

76 회사에서 대량 구매하는 차는 일반적으로 출장 외판원, 지역 매니저 그리고 하위직 사원용 차량이다.

먹는 중하층 사람 들이 늘었음에도, 몬데오는 여전히 놀라울 정도로 대중적이다. '몬데오 맨'은 지금도 통용되는 이 사회계층을 이르는 은유적 표현이다. 지금 몬데오는 심지어 더 격하되어 몬데오 실험은 더욱 모욕적이다.

'벤츠' 실험

혹시 몬데오를 모느냐는 질문에 아주 부드러운 웃음으로 반응해서 계급 시험에 합격한 중상층이 숨겨놓은 계급안달증은 벤츠 테스트에서 드러나고 만다. 당신은 몬데오 실험 성과에 회심의 미소를 지으면서 그들에게 다시 묻는다. "당신은 대형 벤츠를 몰겠군요?"

만일 당신의 실험 대상이 상처를 받은 듯하거나 불쾌해하거나 (몬데오 실험을 할 때와 마찬가지로 미세한 표정을 주의 깊게 보라) 억지웃음을 터뜨리면서 '돈 자랑하는 쓰레기 같은 부자' 혹은 '잘사는 장사꾼'에 대한 가시 돋친 농담을 한다면, 당신은 아직 자리 잡지 못하고 경계에서 불안해하는 계급의 단추를 잘 누른 것이다. 이 실험 대상은 '지식인' '전문직 종사자' 혹은 '전원족'[근교에 살면서 도시로 출퇴근하는 지식인에 속하는 직업인]으로, 자신이 얕보는 중중층의 '장사꾼'(혹은 졸부) 신분에서 멀어지고 싶어 안달이 나 있다. 아마도 해당 계급과 가족적인 연관이 있는 듯하다. 그의 아버지가(심지어는 할아버지가. 이런 편견은 세대를 거쳐 전수된다) 소시민 중류층 사업가 비슷한 사람이었을 확률이 높다. 아버지가 성공한 상점 주인, 세일즈 매니저 혹은 잘나가는 자동차 딜러여서 자식을 명문 사립 기숙학교로 보냈고 자식은 거기서 부모의 직업인 소시민 중류층 기업가를 멸시하는 법을 배운 것이다.

영국인들이 당신에게 제인 오스틴 시대에나 있음직한 '장사꾼'에 대한 낙인은 이제 없다고 얘기한다면 그들은 착오를 일으킨 것이다. 단지 소수의 귀족층과 지주계급만이 장사꾼을 향해 코웃음 치는 것이 아니다. 변호사, 의사, 공무원, 고위직 군인 등의 소위 '존경받는' 중상층도 속물근성을 보일 때가 많다. '발언권이 강한 계급 중상층(언론계, 예술계, 학계, 출판계, 자선단체, 두뇌 집단이 모인 '괜찮은 직업 종사자')'이 가장 이들을 깔본다. 이런 사람들 중 극소수는 벤츠를 몰 테고 나머지는 벤츠를 좀 싫어하는 정도일 것이다. 자신의 지위가 불안정한 사람이나 그런 사업가들이 타는 천한 차와 자기를 연관시켰다며 화를 내고 멸시 당했다고 생각할 것이다.

다시 한 번 말하지만, 차 값은 여기서 문제가 되질 않는다. 벤츠를 경멸하는 사람은 그렇게 혐오하는 벤츠와 거의 비슷하게 비싼 차, 혹은 더 비싼 차나 더 싼 차를 몰 수도 있다. 부의 문제가 아니다. 벤츠를 경멸하는 중상층의 수입은 아주 많을 수 있다. 그들이 '먹Merc: Mercedes'이라 부르는 벤츠를 모는 '천한 부자 기업가'만큼 벌 수도 있고, 심지어 훨씬 더 많이 벌 수도 있다. 혹은 훨씬 적게 벌 수도 있다. 계급 문제의 쟁점은, 어떻게 부를 축적했느냐, 그리고 어떻게 보여주느냐의 문제이다. 벤츠를 경멸하는 변호사나 출판업자가 최고 사양의 아우디를 몰 수도 있는데 차 값은 대형 벤츠와 같을 수도 있다. 이는 고상한 겸손으로 받아들여지고 싶어서 하는 행동이다. 예나 지금이나 모든 왕족이 아우디를 타는 이유일 것이다. 냉소적인 사람들은 아우디가 왕족들에게 'VIP'용 대폭 할인을 해주고 왕실의 자선단체를 후원하고 왕실의 폴로 경기에 스폰서 노릇을 해서 그럴 거라고 주장한다. 그러나 다른 고급 자동차 업체들이 비슷한 조건을 한 번도 제시하지 않았을 리가 없다. 티를 내면서 부를 자랑하는 벤츠와 BMW보다는 존경스럽고 조심스러운 아우디는 사려 깊은 선택이라고 생각한다.

당시 BMW는 어느 정도 때가 묻었달까, 벤츠 같은 비즈니스 클래스 이미지를 풍겼다. 금융계 딜러, 젊은이들, 여피들이 모는 차(지금은 낮은 등급 BMW는 몬데오를 타는 영업사원이나 하급 간부들이 모는 차로 통한다)로 여겨졌음에도 그랬다. 재규어도 약간 천한 '장사꾼' 이미지 때문에 고생을 좀 한다. 예를 들면 돈 많은 중고차 사업가, 빈민가 부동산중개업자, 소규모 도박장 주인, 수상한 암흑가 인물들이 타는 차로 인식되어 있다. 그러나 재규어는 오랫동안 총리와 내각 장관들의 관용 차량이었다. 이로써 존경의 분위기를 조금 보태는 데 기여한 것 같기도 한다. 그러나 어떤 사람은 그래 봐야 정치인들이 풍기는 부패 분위기가 배어 있지 않냐고 이죽거린다. 요즘은 이런 이미지가 사라지는 중이지만, 어쨌든 재규어나 BMW는 계급안달증을 표시하는 신호기로는 별로 믿음직스럽지 못하다. 이 과학적인 계급안달증 실험을 따라 해보고 싶거나 사회적으로 여전히 불안정한 중상층을 괴롭히고 싶으면 벤츠 실험을 한번 해보라.

이런 규칙과 실험은 승용차에만 적용된다. 스포츠형 SUV는 다른 카테고리에 속해 있다. 상류층과 중상층은 SUV를 천하게 본다. 특히 아주 크고 야단스럽고 허세를 잔뜩 부리는 종류는 상스러움의 절정이라고 여긴다. 자신들은 여전히 전통적인 야외용 4륜구동 차종인 랜드로버나 레인지로버 같은 차를 사면서 말이다. 속물 유형의 상류층들은 벤츠 SUV를 모는 사람을 벤츠 승용차를 모는 사람보다 더 낮은 계급으로 본다. 돈 많은 장사꾼 자본가가 아니라 '부자 하류층'이라고까지 여길 정도다. 심지어는 신형 벤틀리 SUV는 기괴하고 통속적인 차로 보아 위엄 있는 벤틀리의 옛 명성에 대한 모욕이라고 본다.

자동차 관리와 장식 규칙

계급 구분과 계급안달증은 당신이 선택해서 모는 차종에서만 나타나는 것은 아니다. 영국인은 당신의 사회적 지위를 차의 외양과 상태로도 판단한다. 차를 어떻게 관리하는지를 두고 판단한다는 말이다.

불문율의 계급 규칙 가운데 실제 몰고 다니는 자동차보다 자동차 관리 규칙이 계급의식에 대해 더 많은 것을 얘기해준다. 왜냐하면 우리는 자동차를 관리할 때는 계급을 별로 의식하지 않기 때문이다. 영국인은 비록 인정하지 않지만, 차종이 바로 계급표시기임을 알고 있다. 또 아니라고 억지를 부리지만 정확히 어떤 차가 어떤 계급과 연관 있는지 알고 있다. 그러나 많은 사람들이 차종보다는 차의 외관과 상태가 더 강력한 계급 신호를 발한다는 사실을 제대로 인지하지 못하는 것 같다.

당신의 차는 얼마나 빛나고 깨끗한가? 또는 얼마나 더럽고 지저분한가? 기본 규칙은 이렇다. 먼지 하나 없이 반짝거리는 차는 중중층, 중하층, 상류 노동계급의 품질보증 마크다. 더럽고 손을 안 본 차는 상류층, 중상층과 하류 노동계급(혹은 많은 경우 실업자와 저소득층)의 소유이다. 다른 말로 더러운 차는 가장 높은 계급과 가장 낮은 계급의 차이고, 깨끗한 차는 중류층 차라는 말이다. 하지만 이런 구분이 그리 단순하진 않다. 더 분명한 계급 구분은 차의 청결 상태뿐만 아니라 어찌하여 그렇게 되었느냐에 달려 있다. 늘상 주말에 마당이나 집 앞 길가에서 애정을 가지고 진지하게 차를 씻고 닦아서 광을 냈는가? 그렇다면 당신은 틀림없이 중하층 혹은 상류 노동계급이다. 자주 세차장으로 가는가? 그렇다면 당신은 중상층, 혹은 중중층이 되고 싶어 하는 중하층이 분명하다(그런데 당신이 중상층이라면 차 관리 버릇에서 당신의 중중층 출신 성분이 자신도 모르게 튀어나와버린 것이다). 차의 먼지들을 씻어내는 데 영국 날씨에 의존하고, 사람들이 차체를 덮은 먼지에 손가락으로 낙서를 하거나 창문을 통해 밖이 안 보일 때나 되어야 세차장에 가고, 그게 아니라면 평소에는 그냥 바가지 물로 씻어 내는가? 그렇다면 당신은 상류층,[77] 중상층 혹은 하류 노동계급, 하류층일 것이다.

이 마지막 규칙을 언뜻 보면 상류층과 하류층의 차를 구분할 수 없는 것처럼 여겨진다. 손을 안 본 듯한 상태라는 기준에서 보면 양쪽의 차이를 모를 수 있다. 그러니 차종을 함께 고려해야 한다. 상류층의 경우 더러운 차는 유럽 차일 개연성이 높다(만일 영국 차라면 야외용 4륜구동, 미니, 혹은 아주 큰 벤틀리, 다임러, 재규어). 하류층의 지저분한 차는 영국, 미국, 일본 차일 것이다.

거의 같은 기준이 차의 내부에도 적용된다. 빈틈없이 정리된 차는 주인이 중중층이나 상류 노동계급임을 말해주고, 쓰레기, 먹다 남은 사과, 비스킷 조각, 구겨진 휴지로 엉망이라면 차 주인이 상류층이거나 하류층이다. 작은 단서로 더 세밀하게 구분할 수 있다. 만일 당신의 차가 깨끗할 뿐만 아니라, 양복 재킷이 자동차 제조사가 사려 깊게 만들어놓은 조그만 옷 고리에 조심스럽게 걸려 있으면, 당신은 중하층 혹은 하류 중중층일 것이다(다른 계급은 그냥 뒷좌석에 던져둔다). 당신이 재킷을 차 옷 고리에 달린 옷걸이에 건다면 분명 중하층이다. 만일 아주 잘 다려놓은 셔츠를 차 옷 고리에 달린 옷걸이에서 내려서 '중요한 미팅' 전에 갈아입고 간다면 노동계급 출신의 중하층이다. 사무직 신분을 열렬히 자랑하고 싶은 거다.

자동차 내부 관리 규칙은 주로 성차에 따라 조금씩 달라진다. 여자들은 대개 남자보다 좀 지저분한 편이다. 사탕 포장지, 티슈, 장갑 한 짝, 스카프, 지도, 노트 그리고 잡동사니들이 여기저기 널려 있다. 남자들은 '자동차 과시욕'이 더 있는 편이라 그런 면에는 좀 까다로

---

77 예외로 아주 부유한 상류층은 차 관리를 하는 고용인들이 세차하므로 차가 상층 노동계급 차처럼 흠 잡을 데 없이 깨끗하다.

워, 잡동사니를 서랍에 집어넣는다. 여기저기 흩어져 어지러운 걸 못 견디는 편이다. 그럼에도 상류층과 중상층 남녀 모두 개 때문에 지저분하고 어지러운 데는 아주 관대한 편이다(이런 관용은 앞에서 본 다른 예외와 마찬가지로 하류 노동계급·하류층과 같다). 실내는 개털로 덮여 있고 방석은 발톱에 긁혀 군데군데 자국이 나 있다. 중중층과 중하층은 개를 뒷좌석에 둔 전용 케이지에 가두어놓는다.

중하류층은 백미러에 개 냄새를 비롯한 여러 냄새를 없애기 위해 나무 모양의 방향제를 매달아놓는다. 그들의 집 역시 공기 정화제, 화장실 탈취제, 카펫 방향제 그리고 각종 탈취제로 가득하다. 그러나 중중층은 백미러에 달린 나무 모양 방향제든 뭐든 뭔가 매달려 있으면 그게 하류층 표시임을 안다. 실은 중중층 이상 상류층의 차 어디에서도 장식품을 볼 수 없다. 뒤 창문 쪽에 놓인 고개를 끄덕이는 개 인형은 물론이고 유리창에 달린 인형이나 귀여운 동물 형상은 모두 중하층과 노동계급 표시다. 또 범퍼 스티커, 창문 스티커도 노동계급 표시인데, 이것은 휴가 행선지와 여가 생활 취향까지 말해준다. 여기 '노NO 스티커 규칙'에도 두 가지 예외가 있다. 바로 중하층과 중중층의 뒤쪽 차창에 붙은 고결한 동물 보호 자선단체 스티커와 으스대는 듯한 '아이가 타고 있어요' 스티커이다. 중중층의 경우에만 기저귀 회사 로고를 붙여놓지 않았을 개연성이 높다(경계선에 있는 중상층의 차에도 '아이가 타고 있어요' 스티커가 붙어 있을 수 있으나 다수의 중상층, 특히 지식인은 이를 비웃는다).

전자기기 규칙

당신의 사회 계급은 차 안에 있는 전자기기들로 가늠할 수 있다. 경험칙에 의하면 최신 '차량용 인포테인먼트IVI: In Vehicle Infotainment'로 내부를 치장할수록 당신의 사회 계급은 더 낮아진다. 라디오와 시디

플레이어는 이제 모든 자동차에 장착돼 있어서 이 규칙에 적용되지 않는다. 내비게이터나 휴대전화 핸즈프리 시스템은 계급표시기로 작용하기에는 너무 흔해졌다. 하지만 차량용 호화 액세서리는, 그러니까 앞 좌석 뒤에 달린 DVD 스크린, 게임기, 등 마사지 기계, 음료수 냉장고 등은 천한 허세로 취급되며 돈 자랑하는 졸부들의 취향으로 본다. 특히 문제의 차가 거대 중重전차 같은 SUV 타입이라면 더욱 그렇게 본다.

움직이는 성 규칙

도로 규칙에서 내가 언급한 '개인 영토'는 우리와 자동차의 관계에서 중요한 요소이다. 포드 1949년형 모델을 '움직이는 거실'이라 묘사함으로써 영토와 안전 의식에 대한 인간의 뿌리 깊은 욕구에 영리하게 호소했다. 이는 문화를 막론하고 세계 보편의 심리이나 영국인에게는 유난히 특별하다. 왜냐하면 우리의 집에 대한 강박관념이 사생활에 대한 병적인 집착으로 인해 이제는 자동차와 연결되기 때문이다.

영국인의 집은 그의 성이다. 영국인이 자기 승용차를 타고 어딘가로 갈 때는 성의 일부가 함께 가는 것이다. 우리는 이를 대중교통에서도 보았다. 영국인은 대중교통에서도 사생활의 환상을 유지하기 위해 온갖 노력을 기울인다. 주위에 승객이 아예 존재하지 않는 것처럼 가장하고 그들과 접촉하지 않으려고 노력한다. 우리들의 자기기만은 움직이는 성(자동차) 안에서는 훨씬 더 수월해진다. 근처에서 무슨 일이 일어나도 나와는 상관없다는 식의 방관자적인 자세로 보호막을 칠 필요 없이, 실제 단단한 강철과 유리로 된 보호막 안에 있기 때문이다. 우리는 혼자 있을 뿐만 아니라 집에 있다고 간주할 수 있는 것이다.

타조 규칙

차 안에 있어서 사생활 공간이 연장되었다는 환상을 품은 결과 영국인은 이상하게도 전혀 영국인답지 않은 행동을 한다. 타조가 머리를 모래 속에 처박듯이 차 안에서 자기가 투명인간인 것처럼 생각하는 듯하다. 운전자가 코를 후비고, 이상한 부위를 긁고, 라디오 음악에 맞추어 장단을 두드리면서 노래하고, 파트너와 고함을 질러가며 싸우고, 키스하고, 애무한다. 우리의 기준으로는 사생활이 보장된 자기 집에서나 하는 일인데, 주위 운전자들과 행인들이 모두 보고 있는데도 서슴없이 그런 행동을 하고 있다.

움직이는 성이 제공하는 자기 집 같은 안전감과 누구도 내게 해를 입힐 수 없다는 생각이 공격적인 탈억제감을 부추기는 듯하다. 비교적 공손한 영국인도 자기 차 안에서는 안전하다는 핑계로 다른 운전자나 행인들을 무례한 손짓과 욕설로 위협하곤 한다. 많은 경우에 이런 보호막 밖에서는 절대 하지 않을 말도 한다.

도로 분노와 '우린 옛날에 이러지 않았는데' 향수병 규칙

이런 실수에도 외국인 방문객들은 영국인들이 놀랄 만큼 예의 바른 운전자라고 인정한다. 사실 많은 방문객들은 우리가 '전염병' 같은 '도로 분노road rage'로 얼마나 고통 받고 있는지 토로하는 기사를 읽으면서 놀라고 어떨 때는 재미있어한다. 여행을 많이 한 어느 관광객은 믿을 수 없다는 듯이 "이 사람들은 외국에 한 번도 안 나가봤대요?"라고 묻는다. "영국 운전자들이 다른 나라 사람들에 비해 얼마나 공손하고 잘 처신하는지 이 사람들은 모르나요?" "당신들이 이걸 도로 분노라고 부른다고요?" "당신은 진짜 도로 분노를 보려면 미국, 프랑스, 그리스로 가보세요. 젠장! 아무 데나 가보세요. 영국만 말고. 당신들이 말하는 도로 분노가 거기서는 그냥 운전이란 말입니다."

"이것은 전형적으로 영국답다"라고 한 영국 애호가이자 예리한 통찰력을 자랑하는 이민자 친구가 말한다. "고작 몇몇 친구들이 흥분해서 서로 치고받은 일로 온 나라가 무슨 난리나 난 것처럼 시끄럽고, 낯설고 위험한 병이 나라를 휩쓰는 데다 길거리에는 미치광이들이 설치고 다니니 이제 이 나라는 더 이상 안전하지 않고… 이건 정말 웃기는 소리입니다. 영국인은 세계에서 가장 공정하고 예의 바른 운전자들입니다. 그런데 당신들은 이 나라가 곧 파멸할 거라고 확신한 사람들 같아요."

그의 말은 일리가 있다. 영국인들은 '우린 옛날에는 이렇지 않았는데…'라며 한숨을 쉬는 향수병에 걸려 있다. 우리는 언제나 나라는 망해가고, 죄다 옛날 같지 않고, 우리가 아끼는 영국인다움이라는 보물과 상징(퍼브, 줄서기, 스포츠맨십, 왕실, 예의 혹은 향수 그 자체)은 이제 죽었거나 죽어가고 있어서 말세가 되고 있다고 믿는다.

도로 분노에 대한 진실은 이렇다. 인간은 텃세를 부리는 동물이고 자동차는 '바퀴가 달린 집'이다. 그래서 자동차는 특별한 영토이고 이 영토가 위협 받는다고 느끼면 인간의 방어 본능이 살아난다. 고로 '도로 분노'는 놀랄 일도 아닌 세계적 현상이다. 그래서 영국 언론의 충격적인 기사 제목은 이런 인간 본질에 대한 영국식 표현인데, 다른 나라에 비하면 이런 일은 많지 않고 폭력적이지도 않다.

나는 영국인에 대해 긍정적인 표현을 할 때는 상당히 신중할뿐더러 여기에 주저하는 수식어를 더하려 노력한다. 왜냐하면 내 경험에 의하면, 출판물에서건 통상의 대화에서건 영국인에 대한 칭찬은 비판보다 항상 훨씬 많은 논쟁을 불러일으키기 때문이다. 내가 영국 문화나 영국인의 어떤 태도에 비판적이거나 심지어 악평을 하면 모든 사람이 침통한 표정으로 고개를 끄덕이며 동의한다. 어떤 경우에는 자신의 경험에서 나온, 내 말을 보충할 수 있는 근거를 제공하기까지

한다. 그러나 칭찬을 하면 마음을 졸이면서 아무리 약하게 말해도 언제나 도전을 받는다. 내가 장밋빛 안경을 쓰고 있다고 나무라고 반대 예를 들면서 집중 공격한다. 모두들 나의 관찰과는 모순되는 일화와 통계를 가지고 있다. 영국인은 자신들이 정말 대단히 끔찍하고 불쾌한 패거리임을 증명해야 속이 시원한 족속이란 말이다.[78]

사회학자들은 원래 문제점(철자가 'd'로 시작하는 일탈deviance, 기능장애dysfunction, 무질서disorder, 비행delinquency 등의 온갖 나쁜 것들)을 연구해야 하는데, 나는 내 직업의 불문율을 깨고 좋은 것도 연구하자고 주장한다. 그러나 왜 오로지 옹고집 비애국자 영국인들만이 자신들에 대한 좀더 긍정적인 연구를 하자는 내 제안에 반대하는지 모르겠다. 내가 인터뷰한 외국 언론이나 담소를 나눈 관광객, 방문객, 이민자들은 항상 영국인도 때로는 유쾌하고 심지어 놀랄 만한 능력이 있음을 대단히 기쁘게 인정한다. 단지 영국인만이 그걸 절대 인정할 수 없는 듯하다. 칭찬을 암시하기라도 하면 그들은 회의를 하고, 불평을 늘어놓고, 논쟁하기 시작한다. 미안하지만 불평불만 회의론자들과 말세론자들을 즐겁게 해주기 위해 내 연구 결과를 바꿀 생각은 없다. 그들은 원치 않더라도, 자신들이 충분히 받을 자격이 있는 칭찬이라는 야릇한 조각을 삼키는 것 말고는 다른 방법이 없다.

예의 규칙

나는 지금 무모한 짓을 저지르려 한다. 나는 보기 드문 실수를 제외하면 영국 운전자의 질서, 분별, 예의 있는 품행은 호평 받을 만하다

---

78 내가 느낀 바로는 특히 좌파 성향의 사람들이 영국인은 언제나 끔찍하고 불쾌하다고 믿는다. 그들은 식민주의, 빅토리아식 거만 등을 예로 든다. 동시에 우파 쪽 사람들은 '지금 파멸이 들이닥치는 중'이라는 식인데, 우리가 품위, 존경, 위엄; 푸르고 두꺼운 여권 등을 갖고 있던 그 옛날을 그리워한다.

고 주장한다. 내 외국인 제보자는 영국인은 좋은 태도를 유지해온 전통과 경험에 고마워할 줄 모른다고 말한다. 옆길이나 작은 길에서 그리 오래 기다릴 필요도 없이 큰길로 나올 수 있게 양보하고, 당신이 길을 양보했을 때 언제나 감사하고, 모든 운전자가 앞 차와 충분한 거리를 두고, 추월하려고 뒤에 바짝 따라붙거나 상향등을 깜빡이거나 경적을 마구 울리는 행위를 하지 않고, 외길이나 양쪽 갓길이 모두 차로 가득 차서 거의 외길이 된 상태에서 양쪽 운전자들이 서로 적당한 간격으로 양보하고, 그때마다 양보받은 차는 고맙다는 손짓을 하고 가고, 모든 차량이 보행자 절대 우선 건널목에서 언제나 서고, 심지어는 보행자가 아직 건널목에 발을 내려놓지도 않았는데 먼저 서는 운전자(내가 만난 관광객은 너무 놀라 이를 계속 시험해보았는데, 정말 놀랍게도 정지신호나 적신호 없이도 자동차들이 정지했다고 한다)가 있고, 경적 울리기는 무례한 일이라고 여기며, 이는 오로지 위급하거나 비상시에 쓰고 유럽을 비롯한 다른 나라에서처럼 대화나 감정을 토해내는 용도로는 쓰지 않고, 심지어 신호가 녹색으로 바뀌었는데도 모르고 있으면 뒤에 있는 영국인 운전자는 당신이 알아서 움직이기를 바라면서 어느 정도 기다려준다. 그래도 안 되면 당신이 초록색 신호에 유의하라는 뜻으로 거의 사과하는 듯한 아주 약한 '경적'을 울린다.

　운전자들의 표준적인 감사 표시(한 손으로 운전대를 잡고 다른 손을 들거나 아니면 간단하게 집게손가락 올리기)는 영국인 운전자들 사이에서 어떤 무례한 몸짓보다 흔히 볼 수 있다. 영국에서 상향등을 켰다 끄는 것은 '내 길을 막지 말라'는 표시가 아니라 '당신이 나보다 먼저 차를 뺄 수 있게 허락한다'는 신호이거나 '당신이 먼저 가라'는 신호이다. 혹은 다른 운전자에게 위험이나 문제를 경고하는 일이거나 '감사'의 신호이다. 일부는 자신을 먼저 지나가게 해준 운전자에게 손을 흔들어 감사를 표시하기도 한다.

다른 나라 운전자들은 영국인 운전자들이 흔히 쓰는 수신호, 상향등 혹은 방향지시등 점멸만으로는 상대방 운전자에게 전할 수 있는 메시지가 한정되어 있어서 답답하다고 느낀다. SIRC의 내 동료들이 조사한 바로는 영국인 운전자들은 딱 한 단어를 전달할 수 없어 안달을 한다. 바로 '미안Sorry'이다. '미안'(혹은 보다 정확하게는 '앗, 미안!')은 영국 운전자들이 가장 전달하고 싶어 하는 표현이다. 그러나 여기에 사용될 표준적인 표시나 몸짓은 없다. 우리는 바보같이 가능한 모든 수단을 다양한 감사의 표시에 다 써버렸기 때문이다. 우리가 무심코 어떤 실수, 침범, 혼동으로 다른 운전자에게 불편을 주었다면 우리는 흔히 손을 올려서 하는 감사 표시를 임시변통의 '미안' 표시로 쓴다. 이것은 애매하고 불만족스럽다. 우리는 그럴 경우 거의 예외 없이 '미안'하다고 우물거리거나 그저 잠자코 있다. 그러고는 어쩔 줄 모르는 몸짓을 하고 고통스러운 표정을 짓기도 한다. 다른 운전자가 보거나 들을 수 없다는 사실을 알면서도 말이다.

영국인이 예의 바른 운전자의 전형이라거나, 어쩌다 마술처럼 다른 나라 사람들보다 더 관대한 인내심을 타고났다는 얘기가 아니다. 우리의 규칙과 전통이 어느 정도 자제심과 예의를 장려하기 때문일 뿐이다. 화가 나거나 실망할 때는 영국인 운전자들도 서로 욕을 한다. 사실 그럴 때 쓰는 욕이 심하지 않은 건 아니다. 그러나 차에서 내려 고함을 지르고 싸우는 게 아니라 거의 닫힌 유리창 뒤에서 욕을 한다. 만일 어떤 사람이 감정 조절을 못해서 벌떡 일어나 소리를 지르고 난리를 치거나 신체적으로 위협을 가하면 이건 정말 주목 받을 사건이다. 그래서 분개한 목소리로 며칠을 슬퍼하고 혀를 차면서 이것이 바로 거리 분노 전염병 창궐과 도덕관 추락 증거라며 개탄한다. 사실 이런 일은 어느 나라에서건 짜증 나긴 하지만 비교적 사소한 일일 뿐이다.

페어플레이 규칙

영국인의 운전 태도는 공정한 줄서기와 좋은 매너 원칙의 연장이라고 보면 된다. 자동차의 페어플레이 규칙을 깨는 짓은 보행자의 새치기 행위와 마찬가지로 의분義憤을 불러일으킨다. 운전자는 예상되는 새치기꾼을 예의 주시한다. 그리고 앞으로 조금 나가면서 슬쩍 옆을 보고 차간 거리를 줄여 새치기가 예상되는 운전자의 눈을 피하면서 그의 기회주의적 운전을 훼방 놓는다.

고속도로나 큰 국도에서 빠져나가는 차선에는 항상 차들이 밀려 있다. 비양심적인 운전자는 줄을 서서 기다리는 차들을 무시하고 고속 차선으로 끝까지 간 뒤 나가는 차선으로 다시 끼어들려 한다. 이는 새치기 같은 짓임에도 이 죄인들이 받는 벌은 고작 (보행자들과 마찬가지로) 찡그림, 불쾌한 시선, 투덜거리는 욕설들 뿐이다. 아마도 성나고 외설적인 동작 따위를 좀더 받을지도 모른다. 그러나 굳게 닫힌 안전한 유리창 뒤에서나 이런 행동을 할 뿐이다. 경적은 아주 드물게 사용된다. 화가 나서 울리는 경적은 아주 위험하게 운전하는 사람을 타이르는 데 쓰지 심히 비도덕적인 운전자에게 쓰는 게 아니라고 불문율로 되어 있다.

운전자들이 페어플레이를 하기 위해 쓰는 이런 방법은 보행자들의 경우보다는 덜 효율적이다. 왜냐하면 새치기꾼이 부끄러워할 개연성이 아주 적기 때문이다. 영국인은 움직이는 성에 있을 때는 불만스러운 시선과 화난 동작 같은 시시한 방해와 금지에 취약하지도 않을뿐더러 유사시에 금세 벗어날 수 있기 때문이다. 그래서 페어플레이의 규칙을 깰 확률이 높다. 그러나 운전 중에는 비록 새치기 같은 기회주의적인 행동이 걸어다닐 때보다 흔할지는 몰라도 소수의 운전자만 이 규칙을 깬다는 점에 유의해야 한다. 대다수의 영국인 운전자는 공정하게 행동한다.

도로 규칙과 영국인다움

이 규칙들은 우리에게 영국인다움에 대해 무엇을 말해주는가? 부인 규칙의 경우 놀랄 만한 사교적인 억제와 창피와 함께 이보다 더 분명히 나타나는 편협성과 사생활에 대한 강박관념의 예를 보여주었다. 바로 앞 장에서, 나는 이 두 경향이 서로 연관돼 있음을 밝혔다. 사생활에 대한 강렬한 욕구는 얼마간 사교적인 당혹감과 관련이 있다. 또 '집은 영국인이 사교술 대신 가지고 있는 것이다'. 그러나 이 장에서 보았듯이, 우리가 사생활과 안전을 보장하는 집에서 나오는 모험을 감행했을 때 어떤 일이 일어나는지 알려주는 자료로는 유감스럽게도 이 주장을 뒤집을 수 없을 것이다. 부인 규칙과 움직이는 성 규칙, 둘 다 사람을 제대로 사귀지 못하는 무능력을 확인해주었기 때문이다. 우리는 여러 형태의 자기기만, 즉 타인이 존재하지 않는 것처럼 행동하기와 여전히 집에 있는 것처럼 행동하기를 통해 겨우 집 밖에서 벌이는 모험에 대처할 수 있다.

대중교통을 이용하거나 운전하는 상황일 경우 예의의 규칙은 영국 문화에서 공손함의 중요성을 또다시 상기시켜준다. 우리는 이제 공손함의 미묘한 차이를 더 명확히 이해하고 있는 것 같다. 주로 타인에게 부담을 지우거나 강요하지 않으려는 소극적 공손함이 지배하는 문화를 이해함으로써 영국의 정체성을 찾는 데 큰 도움이 되었다. 여기서 중요한 점은 영국인의 공손함과 예의는 실제 친밀감이나 친절함과는 별 상관이 없다는 것이다.

우리는 영국인의 생활과 문화 그리고 되풀이되는 주제의 여러 면을 살펴보았다. 그 결과 영국인의 성격을 이해하는 데 아주 중요하리라 여겨지는 경향이 나타나기 시작했다. 내가 보는 바로는 영국인은 사람을 사귈 때 단도직입적이고 직접적이며 투명하게 행동하지 않는다. 우리는 선천적으로 솔직하고 명확하고 단호할 수가 없는 것 같다. 언제나 애매모호하고 복잡하며 뒤얽힌 게임을 한다. 우리가 무슨 일을 거꾸로 하지 않을 경우(우리 뜻과는 반대로 말하기, 자신을 끝까지 소개하지 않기, 어떤 사람이 우리에게 부딪쳤을 때 먼저 사과하기, 동화『거울 나라의 앨리스』에서 일어나는 일들을 하지 않기)에는 위반자에게 대놓고 해야 할 것을 우회적으로(새치기꾼에게나 해야 할 분개해서 투덜거리는 말을 옆 사람에게 하기, 연착되는 기차에 대한 불평을 옆 승객에게 하기) 한다. 우리가 사람을 사귀는 과정에서 보이는 태도에는 난처한 애매모호함, 해결이 어려운 혼란, 감추어진 속내, 보이지 않는 힘겨루기, 소극적 적대 행위, 피해 망상적 혼돈이 마구 뒤섞여 있다. 우리는 집요하게 모든 일을 어렵게 만들기로 결심한 것 같다. 한 미국인이 왜 영국인은 그냥 좀 직설적으로, 솔직하게 하지 않느냐고 하소연하듯 물었다. 그녀가 지적한 대로만 하면 우리 자신을 포함해 모든 사람을 큰 어려움에서 구할 텐데 말이다.

내 생각에 우리는 직설적이고 솔직해져야 할 때는 좀 지나친 경향이 있다. 결국 소란을 떨고, 공격적으로 행동하며, 무례하고, 전체적으로 견딜 수 없게 변해버린다. 영국인들에게 내가 영국인다움을 조사한다고 말할 때마다 우리는 사교적인 면에서 억제하는 경향이 있고 상당히 공손하다고 말해준다. 그러면 그들은 "우리는 억제된 것 같지도 않고 공손하지도 않습니다. 훌리건hooligan들과 사방에서 눈에 띄는 주정뱅이를 보세요! 우리는 시끄럽고 추악하고 치욕스럽습니다"라고 말한다. 이로써 드러난 우리들의 국민적인 자기 모욕 사랑은 잠깐 옆으로 치우고, 나는 억제되고 공손한 면과 우리들의 시끄럽고 추악한 면은 동전의 양면임을 논의하고자 한다. 이 두 가지 성향은 근본적이고 특이하며 영국인이나 걸리는 사교적 불편social dis-ease이라는 병disease 때문에 생겨난 것이다. 이 병은, 우리가 타인과 정상적이고 직접적인 교류, 즉 터놓고 사귀질 못하는 것을 가리키는데 고질병이라 치료가 불가능하다. 우리는 자신의 불행한 무능력을 가장하고 극복하기 위해 독창적인 방법들을 고안해냈다(예를 들면 날씨 이야기, 퍼브, 택시 기사의 백미러 같은 사교 '촉진제'들). 그렇다고 이런 질병을 다 치유할 수는 없다.

영국인 특유의 사교적 장애가 있지만 우리에게는 이를 보완하는 장점이 있다. 이 장에서 시험한 많은 규칙들은 '공정함'의 중요성을 누차 강조했다. 다른 나라에는 이런 개념이 없다는 애기가 아니다. 무엇이 특별히 영국다운 것인가? 페어플레이에 대한 압도적인 강박관념이다(애국심에 관한 나의 조사에서 영국인이 가장 자랑스러워하는 유머 감각에 이어 우리들의 페어플레이에 대한 명성이 둘째 자리를 차지했다).

이 장의 나머지 규칙은 우리 영국인의 커다란 강박관념을 조장하는 계급에 관한 것들이다. 먼지, 청결함, 개 등에 관련된 차 관리 규칙에는 흥미롭고 일관된 경향이 나타난다. 이런 경향을 우리는 최상위, 최하위 계급에서 공히 찾을 수 있다. 이 양극의 계급은 너무나 딴판인데도 중간에 위치한 중류층보다 더 공통점이 많다. 그중에서도 계급 간의 미묘한 차이에 연연하지 않고, '이웃이 어떻게 생각할까'에 별 관심을 갖지 않는 경향을 들 수 있다. 그런 이유로 주목할 만하고 화려한 영국 괴짜들은 항상 최상류층이나 최하류층에서 나오는 걸까, 하는 생각이 퍼뜩 떠올랐다. 남의 눈을 의식하는 중중층이나 중하층에서는 파렴치하고 변화무쌍한 기행奇行을 보기 어려운 것 같다.

마지막으로 '도로 분노'에 대한 논의에서 영국인의 애국심, 특히 애국심 없음에 대한 의문에 초점을 맞춘 바 있다. 세상에 어느 나라 국민이 이렇게 비애국적이기로 아예 단합했는지, 혹은 자기 학대 성향이 있는지, 결벽증이 있나 싶을 정도로 칭찬 받기를 주저하는지 궁금하다. 이 자존심이 결핍된 나라에는 추천할 만한 게 전혀 없다는 일견 확고부동해 보이는 믿음과, 어떤 경우에도 이 나라는 파멸해가고 있다는 확신, 이 두 가지는 영국인의 결정적인 특성임이 분명하다. 그럼에도 나는 이 특질이 결정적인 특성이라기보다는 하위 범주, 즉 우리의 겸손과 엄살·불평 그리고 유머 규칙(특히 자기 비난 규칙과 진지하지 않기 규칙)으로 인한 부작용이나 병증이 아닌가 의심한다.[79]

이 책의 2004년판에서 영국인을 부정적으로 언급했음에도 사람들은 내가 너무 긍정적으로, 아첨하듯이 우리들의 어두운 부분들을 얼버무렸다느니 무시했다느니 하면서 비난하리라 예상할 수 있었다. 예상대로 영국인의 행동을 비판적으로 서술한 대목은 아무런 항의를 받지 않았다(적어도 영국인들은 그랬다. 일부 외국인은 내가 너무 심하다고 항의했다). 그러나 원래 불평이 많은 영국인 독자들이 논평을 하고 편지와 이메일을 보냈다. 그들은 내가 우리들의 단점과 결점을 공정한 입장에서 비판하지 않았다고 항의했다. 그래도 공정하게 말하면 많은 영국인 독자들과 논평가들은 이 책을 읽고 "창피하고 민망했다"고 아낌없는 칭찬을 보내주었다. 오로지 자학을 좋아하는 영국인들에게만 이 책이 아첨하는 칭찬으로 보일 듯하다.

---

79 '유머 규칙'에서 지적했듯 애국심에 대한 조사로 그 의심을 확인했다.

일의 규칙

영국인이 직장에서 하는 행동 코드를 분석하고 확인하기란 정말 복잡하고 어려운 임무다. 너무 겁이 나는 일이라 최근에 영국인을 다룬 책들은 이를 아예 무시하거나 간단히 언급한 뒤 얼버무리고 만다. 그 이유는 흥미가 없어서가 아니고 너무 어렵기 때문일 것이다. 아무도 건드리지 않은 이 주제에 부딪쳐보기로 한 이유는 내가 대단히 건방지기 때문이 아닐까 싶다. 솔직히 나는 별로 내세울 만한 직장 경험은 없다. 생존에 허덕이는 조그만 독립 조사 기관을 다닌 게 전부이기 때문이다. SIRC는 책상물림 사회학자인 나와 공동대표 피터 마시가 운영한다. SIRC가 일반적인 직장이 아니긴 하나, 여기서 우리는 비교적 다양한 직장 환경을 경험한다(때로는 영국을 넘어 다른 나라 직장 환경도 경험해서 아주 미미하나마 비교문화 실험의 기본을 얻을 수 있다).

이 책을 쓰기 위해 조사하는 동안 내가 얘기해본 모든 외국인은, 영국 직장인의 행동과 태도 때문에 좀 당황하고 혼란스러워하는 동시에 무언가 문제가 있다고 생각했다. 하지만 정확히 뭐가 문제인지 콕 집어 말하기는 어렵다 했다. 이런 의견들은 제보자들의 문화적 배경이 다양하게 반영되어 있었다. 지중해, 남아메리카, 카리브제도, 아프리카 문화권 출신들은 영국인이 프로테스탄트 윤리의 철저한 신봉자라 너무 힘들다고 하는 반면에, 인도, 파키스탄, 일본, 북유럽 문화권 사람들은 우리를 게으르고 무능력하며 무책임하다고 평했다(인도를 포함한 동남아시아인과 일본인은 항상 공손하게 돌려서 얘기하려고 노력했으나 속뜻을 충분히 알 수 있었다. 독일, 스웨덴, 스위스인은 더 퉁명스럽게 직설적으로 얘기했다).

그러나 이렇게 모순된 점들이 바로 영국인의 특성이다. 동일인이 종종 우리들의 창의성과 혁신성에 감탄하면서도 답답하고 고집 센 전통주의에는 한탄을 금치 못하겠다고 토로했다. 미국인은 문화적으로는 제일 가까운 관계여야 하는데도 영국 직장 문화의 변칙성과 기이함에 가장 종잡을 수 없고 헷갈린다고 불평했다(짜증 내는 것은 말할 필요도 없고). 서로 잘 통하고 이해하기 쉬우리라 기대했는데('같은 언어를 쓰면서 둘로 갈라진 두 국가' 혹은 그와 비슷한 사이), 실제로 보니 이건 완전히 다른 외국 문화임을 알고는 더 놀라고 동요를 일으키는 것 같았다. 심지어 영국인 관찰자마저도 영국인에 대해 헷갈리는 것 같다. 『영국 문화 정체성 *British Cultural Identities*』이라는 책에서 저자[마이크 스토리Mike Storry와 피터 차일즈Peter Childs]는 "모든 영국인의 직장에 대한 널리 퍼진 관점은 누구나 탈출을 꿈꾸는 지루한 일터"라고 얘기하는가 하면 "영국의 직업윤리는 상당히 강한 편이다"라고도 했다. 이런 모순된 진술 때문에 도대체 어느 나라를(혹은 어느 나라들을) 가리키는지 모르겠다.[80] 이런 점은 차치하고라도 영국

---

80 만일 그들이 영본국United Kingdom에서는 직업윤리가 강하지만 전영국British

직장에서는 쉽게 정의하기 어려운 데다 복잡하게 얽혀 있으며 일관성 없는 일들이 자주 일어난다. 이런 일은 보기보다는 고유한 특성이고 문화적 관점에서도 아주 독립적인 성격을 띤다. 나는 지금부터 이 문제를 해명해보겠다.

혼란의 규칙

프랑스 작가 필리프 도디Philippe Daudy가 짧게 평하기를 "유럽인은 언제나 영국인의 일에 대한 태도 때문에 당황스러워한다. 그들은 일을 운명 지워진 무거운 짐으로 보는 것 같지 않고, 그렇다고 성스러운 의무로 여기는 것 같지도 않다." 다른 말로 하면 가톨릭식 운명이나 프로테스탄트식 직업윤리와 무관하다는 뜻이다. 유럽인들의 직장 문화에 내재한 특성은 대개 이것 아니면 저것이다. 우리는 그 중간에 있다. 이는 전형적인 영국식 타협과 중용이다. 혹은 관점에 따라 달라지는 전형적인 영국식 혼란이다. 그러나 한계가 없는 혼란은 아니고 규칙에 의해 관리되는 혼란이다. 기본 지침은 다음과 같다.

- 우리는 일에 진지하다. 그러나 너무 진지하지는 않다.
- 우리는 일이 의무라 믿는다. 그러나 이를 성스러운 의무로 취급하지는 않는다. 그래서 일이 신비스러운 운명이 아닌, 실용적인 필요에 의해 부과된 약간 힘들고 귀찮은 것이라 여긴다.

에서는 적거나 결여되었다는 뜻으로 한 얘기라면, 전국의 모든 직업윤리를 북아일랜드에서 공급하고 있다는 말이다. 아일랜드인에게 무례를 범할 의도는 없지만, 별로 그럴 것 같지는 않다.

- 우리는 일에 대해 계속해서 엄살·불평을 늘어놓고 항의한다. 그러나 '열심히 일하고' 최선을 다한다는 냉철한 자부심에 기인한 태도를 보이기도 한다.

- 우리는 선천적으로 일을 회피하는 사람을 인정하지 않는다. 저 위에 있는 귀족부터 맨 밑바닥의 '복지 날치기꾼'에 이르기까지 게으른 자들을 용납하지 않는다. 그러나 이는 '공정함'에 대한 엄격하고 거의 종교에 가까운 신념 때문이지, 노동의 신성함 자체에 대한 믿음 때문은 아니다(그런 사람들은 '빠져나가기에 해당하는' 게으름을 피운다고 보기 때문이다. 우리도 그들처럼 게으름을 피우고 싶은데, 그들이 빈둥거리는 동안 우리는 일해야 한다는 것은 무조건 정당하지 못하다).

- 우리는 자주 일을 안 하고 쉬고 싶다고 말한다. 그러나 우리의 개인적, 사회적 정체성은 사실 일과 아주 깊게 연결되어 있다(월급을 받아 먹고살기 위한 일이든, 일 자체가 흥미롭고 멋져서 보상이나 지위가 동시에 따라오는 직업이든).

- 우리는 돈과 관계되는 모든 것을 불쾌해한다. 지금도 '장사'와 '사업'에 대한 깊은 편견이 있어 '사업' 자체를 상당히 거북한 일로 만들어버리기도 한다.

- 우리에게는 '비전문가 문화'의 잔재가 남아 있어, '전문가'와 업무 효율성에 대한 본능적 불신이 있다. 이는 전문적이고 효율적인 사업을 하는 데 걸림돌로 작용한다.

- 마지막으로 우리에게 친숙한 유머, 창피, 사교적 억제, 사생활, 중용, 엄살·불평, 예의, 공정함 등에 대한 아주 영국다운 규칙을 직장에도 가져간다. 이 모든 것은 생산성, 효율성과는 양립할 수 없다.

- 이런 모든 어려움에도 우리는 어쨌든 혼란을 잘 빠져나왔고 우

리가 하는 몇몇 일들은 가만히 생각해보면 그리 나쁘지 않다.

이 원칙들에서 직장에서 우리가 취하는 태도를 좌우하는 특유의 규칙들이 형성되고 유래되었다

비스킷 회사 우두머리 우화

나는 어느 영국 기업인과 만났는데 이런 원칙들의 실제 사례들을 얻었을 뿐만 아니라 특정한 규칙에 대해 말할 수 있게 되었다. 피터 마시와 나는 둘이서 동냥 밥통begging bowl을 들고 조사 자금을 모으러 비스킷을 만드는 영국 대기업의 대표를 설득하러 갔었다. 우리는 공손한 태도로 말을 꺼냈다. 약간 어색한 악수를 나누고, 낮고 분명하지 않은 목소리로 소개를 하고 날씨에 대한 잘 어울리지 않는 유머 몇 마디를 던지고, 우리들의 여정에 대해 묻고, 회사가 조금 찾기 어려운 장소에 있어 미안하다고 말하고, 이런 미안함을 상쇄할 유쾌한 경치 이야기를 하고, 차와 커피, 그리고 우유와 설탕을 두고 법석을 떨고, 내놓은 비스킷에 대해 몇 마디 농담을 던지는 식으로 관련 의례가 15분도 넘게 거행되었다.

분위기가 무르익을 때쯤에는 업무 이야기를 피할 핑계가 모두 떨어지고 말았다. 품위 있는 대표이사가 "자, 이제 우리 어디서부터 시작할까요?"라고 말문을 열었다. 우리 중 누군가 시험 삼아 제안하기를, 우리가 편지를 보냈으니 상대는 우리와 SIRC에 대해 좀 알고 있으니 이번에는 기업인이 자신과 회사에 대해 말하기로 했다. 대표이사는 "자 그럼!"이라고 말하고 나서 "음! 그런데, 나는 이 회사를 지난 8년간 운영해왔는데…" 하고는 다음 말로 이어가기 전에 1초 간 뜸을 들였다. 그리고 "아주 형편없이 운영했다"라 말했고 우리는 웃음을 터뜨렸다. 그는 애처로운 표정으로 대들었다. "아니 진짜요!

정말요! 당신들이 직접 숫자를 봐야 합니다." 그러고는 다시 쉬었다가 환하게 미소 지으며 다시 말했다. "그러나 당신들이 보다시피 나는 우리 비스킷에 푹 빠져버렸답니다" 하고 튀어나온 배를 유쾌하게 두드리며 자신의 경영 실패가 생산품에 대한 반감에서 비롯된 것이 아니라는 점을 확신시켜주었다. 대표이사는 자신에 대해 더 보탤 게 없을 만큼 설명했다고 생각했는지 화제를 다시 SIRC로 돌려 우리가 제안한 조사 계획에 대해 얘기했다. 결국 조사에 필요한 자금을 후하게 제공하기로 합의했다.

나중에 호기심에 실제 회사 실적을 살펴보니 그가 경영한 동안 회사는 심한 슬럼프에 빠져 있었다. 그는 나중에 더 큰 회사의 회장으로 옮겨갔고, 이 회사 실적도 기다렸다는 듯이 떨어지기 시작했다. 그의 회장직 임명을 두고 런던 금융가에서는 지난 실적을 들어 투덜거렸다. 사실 알고 보면 그는 옮겨간 업계를 잘 모르고 경험도 없는 문외한이었다. 하지만 우리는 그가 왜 선임되었는지를 알 만했다. 그는 유쾌하고 상냥하고 재미있고 허세 부리지 않는 사람이었다. 상대방을 무장해제하듯이 자신의 실패를 솔직히 말했는데 보는 사람들은 상대가 아주 큰 재능을 숨기고 있는 것처럼 느꼈다.

그는 영국 산업계의 전형적인 성공 사례는 아니지만 그렇다고 아주 이례적인 경우도 아니었다. 우리는 조사를 하는 동안 영국에 있는 크고 작은 온갖 회사의 직원, 점원과 현장 노동자에서 사장, 회장에 이르기까지 수많은 사람들을 만났다. 그런데 우리가 만난 가장 성공한 사람들, 즉 출세해서 최고의 자리를 꿰찬 사람들은 가장 유능하거나 가장 열심히 일하거나 가장 업무에 능숙하거나 전문성을 갖춘 사람이 아니었다. 우리가 만난 비스킷 회사 대표이사처럼 자기 비하에 해당하는 겸손한 유머를 잘 드러내는 눈에 잘 안 띄는 자질이 있는 사람이었다. 물론 다른 나라에서도 무능하나 매력 있는 사람들이 출세하는 것은 사실이다. 그러나 일반적으로 매력으로 무능력을 아주 능숙하게 가린다. 모든 사람에게 자신들이 하는 일이 얼마나 힘든 일인지 신나게 얘기하고는 훌륭한 결과로 실력을 증명하는 것도 아니면서 말이다.

유머 규칙

길거리 시장에서 종합금융은행merchant bank에 이르기까지, 영국 직장에서 하루를 보내면 당신은 무엇보다 직장 생활에 흐르는 유머에 놀랄 것이다. 그렇다고 영국의 직장인이나 기업인 들이 듣기 거북하고 기막힌 농담이나 하면서 업무 시간을 보낸다는 얘기는 아니다. 우리는 기분 좋은 유머를 나누며 행복하고 즐거운 분위기에서 일한다. 나는 영국의 사교에 없어서는 안 되는 미묘한 유머, 즉 재치, 아이러니, 겸손, 야유, 비꼬기, 거만 꼬집기 등을 말하는 것이다.

　사실 나는 앞에서 거짓말을 했다. 만일 당신이 영국인이라면, 직장인이든 기업가든 누구와 있든 만연한 유머를 못 느끼고 하루를 보내기 십상이다. 매일 그들과 더불어 일하고 있기 때문에 딱히 느낄 수가 없는 것이다. 그래서 나는 당신에게 애써 그걸 느껴보라고 충동질하고 있다. 직장에서 유머는 당신의 상호교류에 너무나 친숙하고 자연스러울뿐더러 깊게 배어 있어서 제삼자는 웬만해선 알기 어렵다. 한편 외국인은 이를 바로 느낄 수 있다. 아니면 이들이 좀 의문을 품을 만한 무언가를 유머라고 느끼기에는 다소 시간이 걸릴 수도 있다. 제보자들과 논의하면서, 나는 여러 형태로 숨겨진 영국인의 유머 감각이 이민자와 외국인들이 직장에서 겪는 오해와 혼선의 가장 큰 원인임을 발견했다. 영국 유머의 불문율이 이 혼선에 어느 정도 기여했다고 본다. 하지만 가장 큰 걸림돌은 '진지하지 않기'와 '아이러니' 규칙이었다.

진지하지 않기의 규칙

심각함과 엄숙함, 진실함과 진지함을 예리하게 구분하는 우리네 감각을 외국 방문객들이 충분히 이해하거나 진정 인정하기는 어렵다. 그들의 문화에서는 이 의미의 차이가 영국보다는 뚜렷하지 않기 때문이다. 대부분의 나라에서 매우 진지한 것은 실수일지는 몰라도 범죄는 아니고, 자만심이 약간 스민 거드름이나 진지함도 허용되는데, 사업상 중요한 협의를 하는 중이라면 예상할 수도 있는 일이다. 영국의 직장에서는 충심의 고백이나 거드름은 가차 없이 조롱당한다. 면전에서, 아니면 뒤에서라도 반드시 비웃음을 받는다. 물론 여기에도 그렇게 행동하는 사람들이 있는데, 신분이 높아질수록 자기 실수를 알 방법이 적어지는 것은 사실이다. 그러나 영국인은 의식에 박혀 있기라도 한 양 이 금기에 민감하기 때문에 눈에 보이지 않더라도 대부분 선을 넘지 않는다.

진지하지 않기의 규칙은 일에 대한 우리의 태도에 다 들어 있다. 내가 얘기한 첫째 기본 지침은 일에 진지한 것은 좋으나 너무 진지해서는 안 된다는 것이다. 만일 당신이 일을 재미있어 한다면 진지함이 허용된다. 심지어 약간 일벌레처럼 행동해도 된다. 그러나 심할 정도로 일벌레가 된다거나 정말 재미없는 일에도 너무나 큰 열정을 쏟으면, 애처롭다sad, 불쌍하다pathetic는 반응이 나온다. 그리고 사람들에게 '좀 제대로 살아라! Get a life!'라는 충고를 받는다. 열심히 한다고 다 좋은 것은 아니다.

진지하지 않기 훈련은 일찍 시작된다. 영국 어린이 사이에는 학교 공부를 지나치게 열심히 하지 말아야 하는 불문율이 있다. 시험을 잘 보려고 열심히 공부하는 것을 그냥 봐주는 학교도 있겠지만, 그래도 많이 투덜거려야 하고 절대로 이를 즐긴다고 인정하면 안 된다. 심지어 정말 공부에 신경을 쓰는 학교라 해도 너무 열심인 아이들은 공부벌레, 선생님의 귀염둥이, 괴짜, 바보, 샌님, 과학자로 불리며 인기가 없고 놀림을 당한다. 어떤 학생들은 공부를 즐기고, 특정 과목을 흥미 있어 하며 학업 능력에 자부심을 갖기도 한다. 그러나 자신의 열의를 세심히 꾸민 지겨움이나 냉소적인 무관심으로 잘 감추어야 한다.

영국인들은 때로 반지성적이라는 비난을 받는데, 어느 정도는 사실일 수 있으나 약간 오해가 있는 듯하다. 반지성주의처럼 보이지만 사실은 진지함을 싫어하는 것과 자기 자랑을 싫어하는 것을 합쳐놓은 태도이다. 장황하게 늘어놓지 않고, 설교하지 않고, 거드름 피우며 얘기하지 않고, 잘난 척하지 않고, 너무 진지하지 않는 한 우리는 머리가 좋고 똑똑한 사람을 개의치 않는다. 만일 어떤 사람이 이런 짓을 하려는 징조를 보이면(유감스럽게도 지식인 사이에서는 아주 흔한 일이다), 영국인은 국가적인 구호 "그만둬! 됐거든!"으로 반응한다. 아니면 요즘 유행하는 비슷한 뜻의 속어를 사용할 수 있다. 예를 들면 "잘난 척 그만해" "우우! 정신 차려" "저 친구는 정신 좀 차릴 수 없나?"라는 말들을 하는데 다 같은 뜻이다(우리의 관습대로, 당사자에게 대놓고 야유하는 게 아니라 속으로 불평을 늘어놓는다).

천성적으로 진지함을 기피하는 태도는 기업을 경영하거나 업무 협의를 할 때도 나타난다. 자기 업무를 무심하고 열정 없이, 무관심한 태도로 수행해 외국인은 상당히 혼란스러워한다. 어느 외국인 제보자가 얘기하듯이 '자기 자신을 비롯해 자기가 팔려고 노력하는 상품은 물론 무슨 일에든 흥미가 없는' 인상을 준다는 것이다. 무감동, 무표정한 태도는 막일을 하는 건설 일용 노동자부터 고수익을 올리는 변호사에 이르기까지, 전 업종과 직종에 걸쳐 너무나 당연한 관습이 된 것 같다. 자기 제품과 서비스를 너무 자랑스러워하는 것처럼 보이면 적어도 영국에서는 영업에 도움이 안 된다. 일을 따내고 싶어 안달해도 너무 연연하는 것으로 보이면 품위 없는 태도로 여겨진다. 영국 고객들은 평정심을 내보이는 태도를 좋아하고, 너무 열성적인 영업사원을 가장 싫어한다. 영업사원이 지나치게 열의를 보이면 우리는 움츠리고 뒤로 물러선다. 이런 냉정한 태도는 외국인과 거래할 때는 문제가 된다. 외국인에게 무언가를 설명하고 팔려 할 때는, 우리 상품의 가치와 이점을 흥미와 열의를 갖고 어필해야 하지 않겠는가.

아이러니와 낮추어 말하기 규칙

영국인의 아이러니에 대한 사랑, 특히 자기 것을 낮추어 말하는 버릇은 문제를 아주 어렵게 한다. 우리는, 우리의 일과 상품에 필요한 열성을 보이지 않는다. 그뿐만 아니라 다락방을 개조하거나 뛰어난 법률적 안목을 과시할 때 혹은 이것이 최고의 값어치가 있다고 누군가를 설득하는 도중에도 "어쨌든, 생각해보면 그렇게 나쁘진 않답니다"라고 낮추어 얘기한다. 혹은 "사실 이것보다 더 나빠질 수도 있었답니다"라는 식의 실언으로 최악의 사태를 유발하고 만다. 그리고 "예, 분명히 문제가 없을 겁니다"라고 해야 할 때도 "우리는 어떡해서든 잘해나갈 걸로 예상합니다"라고 한다. 그리고 "하느님 맙소사, 그건 어제 해주셨어야 하는 일인데요!"라고 강력히 항의해야 할 때도 "그렇게 해주신다면 아주 도움이 되겠네요"라고 미지근하게 얘기해서 상대는 자신이 저지른 문제의 심각성을 알 길이 없다. 엄청난 재난이 일어났을 때도 "우리한테 조그만 문제가 있는 것 같습니다" 정도로 말하고 만다.

영국인이 "오, 그것 참 흥미로운데!"라고 말하면 "난 네 말을 한마디도 믿지 않는다. 거짓말쟁이 아첨꾼아!"라는 뜻임을 외국인이 깨닫기까지는 좀 시간이 걸린다. 아니면 "나는 지겨워서 듣지 않았다. 그러나 공손하려고 노력하는 중이다"란 뜻이거나, 아니면 그가 진짜로 놀라고 흥미로워하는지도 모른다. 당신은 정말 알 수가 없다. 알아들을 방법이 없다. 심지어는 영국인들도 모른다. 특별히 뛰어난 육감을 가져 이런 아이러니를 잘 알아채는 사람도 확신은 못한다. 이것이 영국인 아이러니의 문제점이다. 우리도 정말 어떤 때는 진심을 얘기한다. 그러나 이런 버릇 때문에 이솝 우화의 늑대와 소년 얘기처럼, 진짜 저기에 늑대가 있다고 해도 사람들은 안 믿는다. 우리가 본심을 얘기해도, 청중은 삐딱하게 보고 외국인이라면 특히 어리둥절해한다. 영국인은 비확실성에 아주 익숙하다. 그리고 프리스틀리의 표현처럼 "모든 것이 불확실하고 명확하지 않아", 이 흐릿한 분위기는 유머를 하기에는 좋다. 심지어 가장 충실한 영국인 제보자마저도, 직장과 기업 세계는 "조금만 더 명확하면 좋을 텐데"라고 아쉬워했다. 그러는 제보자도 "그래도 우리는 어찌됐든 잘 헤쳐 나오지 않았나요?"라고 덧붙였다.

친절한 독자 한 명이 내게 영국인의 상호모순과 에둘러 표현하는 성격을 다룬, 의학 저널 《소아 호흡기내과》에 실린(전혀 예상하지 않았던 출처) 훌륭한 논문을 보내주었다. 이 연구자에 의하면 네덜란드(사실 어느 나라 사람에게나 해당될 것이다) 전문직 종사자는 영국인 동료나 직원들을 흔히 잘못 이해한다고 했다. 관련 보고서는 네덜란드와 영국인을 상대로 한 조사와 인터뷰를 통해 작성되었다. 그들은 흔히 쓰이는 영어 구절과 표현을 설명해보라고 했다. 이는 나의 견해를 다시 확인해주었다. 예를 들면 영국인이 "최고의 존경심을 품고With the greatest respect"라고 말하면 외국인들은 굳이 별다른 이유

없이 영국인이 상대를 존경하지 않는다고 생각하지는 않는다. 그러나 사실은 영국인이 하는 이 말의 뜻은 "너는 바보임이 틀림없다You must be a fool"이다. 내가 하나 더 보탠다면 "모든 마땅한 존경심을 품고With all due respect"는 흔히 앞에 예를 든 문장보다 훨씬 더 모욕적인 표현이다. 얼마만큼의 존경이 '마땅한'지 알 수 없어서 아주 편리한 애매모호함이 표현에 숨어 있는 것이다.

조사자가 지적하기를 영국인이 "이것은 분명 내 잘못이라고 확신한다I am sure it is my fault"라고 하면 외국인은 당연히 액면 그대로 받아들인다. 사실은 "그건 네 잘못이야!"라는 말이다. 하나 더 보탠다면 "나는 확신한다I am sure"라는 말이 결정적인 증거이다. 우리가 어떤 경우에 "나는 확신한다"라는 말을 내세울 때는 일반적으로 정반대의 뜻이다. 비슷한 경우로 가벼운 투로 "아! 그런데…Oh! By the way…"라고 하면 외국인들은 금방 생각난, 잊어버려도 될 만한 중요하지 않은 걸로 여길 수 있다. 그런데 사실 이 말은 영국인들이 "잘 들어! 이게 바로 우리가 나눈 대화의 핵심이야!"라고 할 때 쓰는 말이다.

두 네덜란드 지은이는 영국인의 에둘러 말하는 성격은 신사적인 공손한 천성에 기인한다고 호의적으로 결론을 냈지만, 영국인 공동 저자는 전적으로 영국인의 부정직 탓이라고 주장했다는 점에 주의해야 한다. 전형적인 영국인의 비애국적인 자기 비하겠지만, 진실이 담겨 있긴 하다. 영국인의 공손함은 대부분 영국인의 위선을 동반한다.

그래도 씩씩하게 영국인들과 수년간 장사를 하려고 노력하는 한 인도인 이민자가 내게 영국인의 아이러니를 알아채는 데 상당한 기간이 걸렸다고 얘기했다. 비록 온 세계가 아이러니를 하지만 "영국인은 인도인과는 다른 방법으로 합니다. 우리는 아주 심한 방법으로 합니다. 잦은 윙크, 추어올린 눈썹, 과장된 목소리로 아이러니를 하고 있음을 알려주면서요. 누군가의 말을 믿지 않을 때는, 온갖 요란한 신호를 보내면서 '아, 그래요? 당신은 그렇게 생각하세요?'라고 합니다. 실은 거의 모든 나라에서 요란한 신호를 보내면서 그렇게 하는데 단지 영국인들만 정색을 하고 아이러니를 하지요. 실은 제대로 하려면 그렇게 해야 한다고 이제는 나도 느낍니다. 케이트! 참! 그게 훨씬 더 웃겨요. 인도인의 아이러니는 전혀 우습지 않습니다. 진짜로. 그 많은 신호를 보내면서 하는 아이러니라니! 하지만 그거 아세요? 영국인은 자기들끼리도 좀 심하다 싶을 정도로 헷갈리게 하는 것 같아요."

대다수 영국인 회사원들은 외국인이 겪는 어려움에 전혀 신경 쓰지 않을뿐더러 자신들의 유머 감각을 대단히 자랑스러워한다. 내 친구인 사회심리학자 피터 콜릿Peter Collett의 조사에 따르면 유럽에서 사업을 벌인 영국 기업가들이 느낀 바로, 아일랜드를 제외하면 영국의 사업 분위기가 유럽 어느 나라보다 쾌활하고 유머러스하다 (우리보다 아일랜드인이 더 유머 감각이 뛰어나다는 말인지 아니면 좀 우스꽝스럽다는 얘기인지는 확실치 않다). 스페인 사람들이나 우리와 좀 비슷한 수준이고, 불쌍한 독일인은 가장 낮은 점수를 받았다. 이는 독일인은 유머 감각이 전혀 없다는 영국인의 고정관념을 반영한 듯하다. 혹은 우리가 그들을 보고 웃기 어려운지 모르겠는데, 사실 이 둘은 상당히 다른 얘기다.

겸손 규칙과 '범펙스' 광고

영국에서 성공적으로 사업을 해나가는 데 숨은 방해물 중 하나가 겸손의 규칙이다. 영국인이 다른 문화권 사람들보다 선천적으로 겸손하거나 더 자기 비하를 하는 것은 아니다. 오히려 좀더 거만한 편이라서 이러한 가치에 큰 의미를 부여하려는 것이다. 최소한 겸손하게 보이려고 여러 불문율로 규제하는 것이다. 아마도 겸손 규칙이 선천적인 거만을 중화시키는 평형추 역할을 하는 듯하다. 흡사 예의 규칙이 우리의 공격성으로부터 우리 자신을 보호해주는 것과 유사하지 않은가. 잘난 체 금지, 겸손 권장, 주제넘지 말 것, 이러한 영국인의 규칙은 때로 오늘날 사업 실무에는 잘 맞지 않는다.

영국 경마장 소유주들과 매니저들이 경마족의 공식 문화인류학자인 내게 어떻게 하면 매출을 더 올릴 수 있을지 물었다. 나는 그들에게 "햇빛 아래 오붓한 사교 분위기"라는 경마 특유의 매력을 홍보해보라고 권했다. 한 경마장 매니저가 공포에 찬 표정으로 "하지만 그건 자기 자랑인데!"라고 했다. 나는 기가 막혀서 냉정해지려고 노력하면서 "아니에요, 요즘은 그걸 마케팅이라고 부르지요"라고 했으나 그들의 몸에 밴 겸손의 규칙은 어떤 논리보다 강했다. 내 힘으로는 그들을 설득할 도리가 없었다.

대다수 영국 기업가들은 이런 극단적이고 낡아빠진 태도에 웃을 것이다. 그러나 영국 기업가들의 사고방식에는 여전히 이런 흔적이 남아 있다. 우리는 이제 모든 마케팅 노력을 자기 자랑이라고 거부할 정도로 극단적이지는 않다. 전 세계 어디에서나 강매 같은 상술, 밀어붙이기, 노골적이고 도전적인 방식의 광고나 영업 방식을 혐오한다. 이를 영국인들은 예외 없이 미국식이라고 경멸하듯이 말한다. 이런 고정관념은 비난 받은 미국인보다 비난하는 영국인에 대해 더 많은 것을 말해준다. 우리가 물건을 파는 방식은 더 미묘하고, 자신을 낮추어 아이러니하게 알리며 노골적으로 자랑하지 않는 거라고 생각하고 싶어 한다.

그러고 보니 사실이 그렇다. 앞에서 이런 품성이 우리만의 전유물이 아니라고는 했다. 그러나 영국에는 이런 태도가 다른 어떤 문화보다 넓게 퍼져 있다. 우리는 아주 극단으로까지 나가는데, 특히 광고마저 그런 식으로 만든다. 예를 들면 최근에 나온 마마이트Marmite[81]의 텔레비전 광고 시리즈가 그렇다. 여기서는 마마이트의 아주 약한 맛이나 냄새만으로도 심히 메스꺼워하는, 심지어 도저히 견딜 수 없을 정도로 불쾌한 반응을 보이는 사람들을 주로 보여준다. 하도 이 광고가 성공적이라 마마이트는 이런 내용의 광고를 여러 시리즈로 제작해 써먹었다. 예를 들면 2012년 마마이트 광고는 여왕의 즉위 60주년 기념식 즈음해서 이를 축하하기 위해 '맴이트Ma'amite'로 재포장해서 내놓았다. 그러나 뒤따른 광고에는 심지어 개(물론 왕실에서 기르는 코기)가 마마이트를 바른 토스트로부터 코를 돌리고 다리를 들고 식빵 위에 오줌을 누는 장면으로 혐오를 강조했다. 마마이트는 원래 호불호가 극심하기로 유명하다. 그래도 광고가 이 상품을 싫어하는 사람들에게만 초점을 맞추는 것은 좀 정신 나간 짓으로, 외국인들에게 충격을 주었다. "세상 어디에서고 이런 광고는 문제가 될 수밖에 없습니다. 내 말은… 예, 이해는 합니다. 사람들이 마마이트를 사랑하기도 하고 그 맛에 진저리를 치기도 하지요. 그리고 이걸 싫어하는 사람을 좋아하게 만들 수 없고, 이 광고를 본 사람들은 농담을 해대겠지요. 그렇다고 '어떤 사람은 이걸 먹지요. 그러나 많은 사람은 냄새조차 견디지 못한답니다'라는 메시지가 담긴 광고라니, 정말 영국에서나 통할 일입니다!"하고 미국인 제보자는 말했다.

---

81 빵에 바르는 흑갈색 잼. 매우 짜다. 이스트에서 나온 것인데 맥주 제조의 부산물이다.

유머리스트 조지 마이크가 1960년에 "모든 광고, 특히 텔레비전 광고는 절망적일 만큼 비영국적이다. 너무 내놓고 얘기하고, 너무 분명하며, 너무 잘난 체한다"라고 한소리 했다. 그는 "숨도 안 쉬고 자기 것이 최고라고 떠벌리는 미국 스타일을 노예처럼 모방하지 말고" 영국인은 자기 스타일의 광고를 창안해야 한다고 했다. 그러고는 "범펙스 과일 주스가 성공한 방법을 써보라. 거의 모든 사람이 싫어하지만 당신은 예외일지도 모른다는 식으로 광고해보라"고 하면서, 이는 잘난 체하지 않고 자기 상품을 팔려는 영국인에게 잘 맞을 것 같다고 조언했다.

이는 분명 코미디 같은 과장, 고정관념을 희화화하려 한 시도인데 40년이 지난 지금 우리 제품이 기막히게 우수하다는 식의 선전을 피하는 기막힌 광고 방식이 영국 표준이 되어버렸다. 마마이트의 성공적인 광고는 마이크가 장난으로 지어낸 범펙스의 메시지와 똑같은 메시지를 던진다. 둘의 유사성은 신비로울 정도이다. 광고 회사가 마이크의 책에서 아이디어를 얻었을 수도 있다. 주안점은 광고 자체가 기본적으로 비영국적이니 이를 영국인의 겸손 규칙에 맞게 확 바꾸어야 한다는 것이다. 나는 이게 그냥 웃자고 하는 소리가 아니라고 보았다. 그는 옳았고 겁이 날 정도의 예지력을 보여주었다. 광고를 포함한 모든 마케팅 활동은 대놓고 하는 자기 자랑이다. 그래서 영국 문화의 주요한 원칙들과 근본적으로 맞지 않는다.

우리는 여기서 자기 규제로 인한 긍정적인 효과를 제대로 보고 있다. 광고가 우리 가치관과 맞지 않자, 기존 불문율을 버리지 않은 채 광고의 규칙을 뒤틀고 비틀어서, 겸손의 규칙에 맞는 세계적으로 가장 독창적이라는 평을 받은 새로운 광고 기법을 개발해냈다. 한 광고업계 사람은 영국인 특유의 재치와 혁신을 자랑하는 광고는 계속 겸손을 유지하려는 과정에서 만들어진 것이라고 했다.

우리 영국인도 꼭 그렇게 해야 한다면 자신의 승리를 자랑하고 상품과 서비스에 내놓고 열광할 수 있다. 그러나 자랑하지 않기와 진지하지 않기 규칙 때문에, 대다수는 그걸 꼴사나워하고 심히 부끄러워한다. 그래서 조금 미심쩍어 보이기도 한다. 영국 직장의 고위직 간부뿐만 아니라 하류층도 교육받은 중중층과 중상층만큼이나 자기 자랑을 밥맛없어하고 냉소적으로 본다.

공손한 꾸물대기 규칙

업무상 첫 대면, 무명의 규칙과 악수의 딜레마로 인한 어려움은 앞에서 본 기본 규칙을 이용해 잘 빠져나왔다. 하지만 그나마 마음 편했던 공식 절차가 끝나고 나면 진짜 당황스러운 절차가 기다리고 있다.

기본 소개 절차가 끝나면 바로 당황스러운 단계가 이어진다. 대개 5분에서 10분 정도 걸리는데, 어떨 때는 20분이나 계속될 때가 있다. 대개 상담을 바로 시작하면 무례하다고 느낀다. 그래서 참석자 전원이 이것을 단순한 사교 모임으로 가장하려고 노력한다. 우리는 날씨 이야기와 여기까지 오는 길 이야기, 교통난에 대한 우스운 이야기를 늘어놓고 예의상 훌륭한 길안내에 고마움을 표하는가 하면 찾아오는 사람의 길 찾기 실수담을 늘어놓는데 여기에 더해 차와 커피를 두고 법석을 떨며 권유와 감사의 말들을 하고 방문객이 감사의 말을 하면 주인이 자기 비하를 하고 유머 섞인 사과를 해댄다.

나는 이 '공손한 꾸물대기polite procrastination' 의례 중에 심각한 표정을 짓기가 상당히 어렵다. 왜냐하면 〈동물의 왕국〉 프로그램이 자꾸 떠오르기 때문이다. 거기에 나오는 새와 길짐승이 영토 확보, 짝짓기, 혹은 무언가를 챙기려고 싸울 때 보이는, 옆으로 돌고 불안하게 땅을 쪼고 자신을 쓰다듬는 전위행동과 너무나 흡사하기 때문이다. 긴장되고 적대적인 상황에서 동물들은 이런 뜻 없는 의례를 일종의 대응책으로 쓴다. 이는 영국의 사업상 미팅에서도 볼 수 있다. 비즈니스 전체 과정이 아주 불편하고 당황스럽다. 그래서 우리는 일과 상관없는 의례를 자꾸 행하여 주의를 산만하게 함으로써 업무 개시를 연기하는 것이다.

우리의 이 난리 법석을 감히 줄이려 하는 자에게 저주 있으라! 한 캐나다 기업인이 항의하기를, "누가 이를 주의시켰으면 했다. 최근 상담에서 그들은 온통 날씨와 런던 외곽순환고속도로에 관한 농담을 어색하고 부자연스럽게 하느라 30분을 허비했다. 그래서 이제 계약에 관한 상담을 시작하자고 말하자 모두들 나를 방귀나 뀐 사람처럼 쳐다보는 게 아닌가? 내가 그렇게 눈치가 없었나?" 일본에서 일했던 다른 사람은 "다례茶禮에 초대받았는데 다례를 하든지 상담을 하든지 해야지, 이 양반들은 상담을 하면서─우리가 여기서 하는 식으로─다례를 치르는 걸로 가장하더구먼" 하고 말했다.

돈 이야기 금기

이 공손한 꾸물대기 의례에 대해 나와 얘기하던 이란인 이민자가 한숨을 쉬었다. "그래, 맞아요. 아주 시간이 오래 걸리더군요. 아주 미치는 줄 알았습니다. 도대체 왜 그러는 겁니까? 무슨 일이 있어요? 왜 그들은 상담에 들어가기를 그렇게 꺼리는 건가요?"

좋은 질문이다. 그런데 미안하게도 합리적으로 대답하기 어렵다. 영국인에게는 '장사'가 거북하고 부끄러운 일이다. 왜냐하면 의식 깊숙한 곳에 돈벌이와 관련된 일에 대한 깊은 혐오가 자리 잡고 있기 때문이다. 상담에서 결국 돈 얘기를 피할 수 없다. 사람을 만날 때 겪는 어려움에서 벗어나 이제 사업에 관해 협의할 때가 되었다. 자랑을 하거나 너무 진지하게 상담에 임해야 하는 불편한 상황이 아니라면, 별문제 없이 제품과 프로젝트의 내용, 실질적인 논의, 무엇을 누가 어떻게 어디에서 해야 하는지를 얘기한다. 그러나 '더러운 돈 문제'가 나올 단계에 가면 모두들 입을 다물고 불편해한다. 어떤 이는 어색함을 모면하기 위해 농담을 하고 호통을 치거나 단도직입으로 속내를 보이며 심지어는 시비조인 데다 허둥지둥하고 서두르기도 한다. 어떤 경우에는 지나치게 공손하거나 사과를 하고 화를 내고 방어적으로 행동한다. 당신은 영국인이 돈 얘기를 해야 할 때 편안해지는 모습을 거의 볼 수 없다. 어떤 사람은 무례하고 억지를 부리기도 하는데, 이는 편치 않기 때문에 나타나는 증세로, 어색한 농담과 사과하는 태도와 다를 바 없다.

좌절한 어느 미국인 이민자는 말한다. "돈에 관련된 협상은 편지와 이메일로 하는 것이 최고임을 이제야 알아챘다. 영국인은 대면해서는 돈 이야기를 못하고 반드시 편지로 입장을 주고받아야 한다. 문서로 하면 더러운 돈 이야기를 큰 소리로, 굳이 당신 눈을 쳐다보고 해야 할 필요가 없기 때문에 아무런 문제가 없다." 이 얘기를 듣자 나 자신도 정말 그렇게 해왔음을 깨달았다. 돈 문제에 예민한 영국인인지라 컨설팅 대금을 협상할 때나 외부 특강 얘기를 할 때, 조사 연구 자금을 구할 때는 이 더러운 단어들, 즉 돈, 비용, 가격, 대금, 지불금 등을 항상 문서로 협의해왔다(솔직히 말해 문서로도 하기 싫어서 나 때문에 오랫동안 고통받는 공동대표를 감언이설로 꼬드겨 협상을 하게 한다. 나는 원래 계산에 미숙하다는 핑계로).

나는 영국인이기에 당연히 모든 사람이 이 금기 사항을 문서로 처리한다고 생각해왔다. 그러나 여행을 많이 한 미국 제보자는 이는 각별히 영국인의 문제일 뿐이라고 단호하게 얘기했다. "나는 유럽 어디서도 이런 문제를 겪지 않았다. 어디서나 먼저 돈 얘기를 해도 문제가 없었고, 상대방은 부끄러워하지도 당황하지도 않았다. 아무렇지도 않게 얘기하고 절대 돌려서 말하거나 사과하는 기분으로 얘기하지도 않는다. 농담을 하지도 않고 그냥 간단하게 얘기한다. 영국인과 얘기할 때만 그 어색한 웃음소리를 듣게 되는데, 상대는 꼭 농담을 하려 든다."

농담은 물론 곤경에 대처하는 또 다른 방법이고, 겁이 나거나 불편하거나 쑥스러운 일을 할 때 가장 선호하는 방법이다. 심지어 하루 종일 돈 이야기를 해야 하는 런던 금융가의 뛰어난 은행가나 중개인도 이 금기에서 자유롭지 못하다. 한 종합금융은행 직원은 진짜 돈을 만지지 않기 때문에 그걸 다루고 협상하는 데 전혀 문제가 없다고 말한다. 그러나 자신의 수수료를 협상할 때는 다른 사람과 마찬가지로 결벽증과 같은 불편함 때문에 힘들다고 털어놓는다. 다른 금융인도 같은 얘기를 하는데, 돈을 만지는 쑥스러움을 해결하기 위해 돈 얘기를 농담같이 한다는 것이다. 그중 한 명이 내게 얘기하길, 일이 잘못되었을 때면 이렇게 묻는단다. "우리가 아직도 당신의 크리스마스카드 발송 명부에 들어 있나요?"

나는 "우리 모두에게 익숙한, 거액의 보너스를 뽐내는 은행가 이미지는 어떻게 된 걸까요?"라고 질문했다. "미안합니다. 민감한 주제네요. 압니다. 한데 금기를 깨도 될까요?"

정보 제공자는 얼굴을 찡그리고 길고 긴 설명을 시작했다. 보너스 자랑에서 요점은 모든 개인적인 돈 대화처럼 유머러스한 농담이나 가짜 불평으로 아주 심하게 위장해야 한단다.

솔직히 얘기하면 이 금기 사항은, 비록 나 자신도 이에 충실하게 따르고 있지만, 좀 이해가 안 간다. 내 경우를 가만히 따져봐도 영국인이 직업과 관련한 돈 문제에 민감해할 이유를 찾을 수가 없다. 우리가 일상적인 사교 생활에서 돈 얘기를 얼마나 싫어하는지는 잘 알려진 사실이다. 누가 얼마를 버는지, 내 수입이 얼마인지, 누가 얼마를 주고 무엇을 샀는지, 혹은 당신이 가진 물건을 얼마에 샀는지를 묻는 사람도 대답해주는 사람도 없다. 사교석상에서 돈 얘기를 꺼리는 것은 나름의 논리가 있다. 사람을 사귀는 상황에서 앞에서 설명한 기본적인 '영국인다움 규칙', 즉 겸손, 사생활 보호, 공손한 평등주의, 그리고 일종의 위선을 발휘해야 하므로 당연히 돈 얘기는 금기라는 식으로 설명이 가능하다. 그러나 일과 사업에 관련되는 돈 문제에까지 이 금기를 적용한다면 아무리 양보해도 정신 나간 짓이다. 생존경쟁의 현실에서 이는 예외가 되어야 한다. 우리의 까다로운 혐오를 일단 정지시키고 다른 사람들처럼 단도직입으로 얘기해야 하지 않을까? 하지만 이건 영국인이 합리적으로 행동하기를 기대하는 것인데?

돈 얘기 금기에는 나름의 '내부 논리'가 있다고 한 말은 핑계라고 고백해야 한다. 그렇다. 금기는 사생활, 겸손, 공손한 평등주의와 분명 원칙적으로 연관이 있다. 또 한편 문화인류학자들 자신이 연구한 괴상하고 비논리적인 신념이나, 어떤 부족과 공동체의 기괴한 관례를 설명할 때 쓰는 방법이다. 어떤 신념이나 관례가 비논리적인 것 같아도(어떤 경우에는 아주 바보스럽고 잔인해도) 해당 부족이나 공동체의 신념, 관습, 가치 등의 요인과 연관해서 살펴보면 이해가 간다. 이 영리한 기교를 이용하면 우리는 마법의 주술부터 기우무祈雨舞, 여성 할례割禮를 비롯한 모든 이상하고 난해한 개념과 전통들에서도 나름의 논리를 찾아낼 수 있다. 왜 사람들이 그런 일을 하는지 이해하는 것 역시 중요하다. 하지만 그런 관습이 이상하지 않게 느껴지는 것은 아니다.

내가 돈 이야기 금기를 여성 할례와 같이 취급하려는 것은 아니다. 내 말은 때로 문화인류학자도 원주민들의 신념이나 전례가 대단히 기괴하고 자신들에게도 득이 안 된다는 사실을 솔직히 인정해야 한다는 것이다. 내가 노예같이 맹종하는, 우리 민족문화의 불문율인 어리석은 금기를 비난하였으니 자민족중심주의, 식민주의에 빠졌다거나 잘난 척했다는 비난을 받지는 않을 것 같다(이 세 가지는 문화인류학적으로 보면 신성모독이다. 이로 인해 파문 당할 수도 있다).

개인 소득 대화 금기

누가 얼마를 버는지 묻거나 자신의 수입을 공개하는 행위는 금지돼 있다. 이는 영국인의 돈 이야기 금기 중에서도 아마도 가장 엄격할 것 같다. 최근 이와 관련된 기가 막힌 사례를 본 적이 있다. 새로 만난 영국인 남자 대학생(그냥 조지와 마크라고 하자) 두 명과 이웃집 아파트에서 차를 마시며 수다를 떨고 있었다. 조지가 어릴 때 잠깐 미국에서 살았다고 해서 나는 저절로 혹시 문화 차이를 느낀 적이 있느냐고 물었다. 그는 미국인들이 나서서 자기 수입을 밝히려고 하고 상대의 수입을 물어 충격을 받았다고 했다.

2분 뒤, 얘기를 조금 더 나눈 후 조지는 아버지가 미국에서 돌아와 교사로 전직했다고 말했다. 다음과 같은 대화가 이어졌다.

마크(정색하며 분명하게): 오! 그래서 네 아버지는 월급을 얼마나 받았어earn?

조지(약간 혼란을 일으킨 듯): 내가 뭘 배웠냐고learn?

마크(더 분명하게 발음하면서): 아니, 아버지가 얼마나 벌었냐고?

조지(훨씬 헷갈리는 듯): 오! 미안! 그가 뭘 배웠냐고?

나와 마크는 폭소를 터뜨렸다. "오, 그래. 이게 바로 영국인이야!" 나는 낄낄댔다. "여기서는 생각조차 할 수 없는 질문이어서 너는 들을 수조차 없었어. 너는 마크가 다른 걸 묻는다고 생각했지. 나조차도 처음에는 내가 분명 잘못 들었을 거라고 생각했어. 질문을 다시 했을 때에야 비로소 마크가 너한테 장난 치고 있음을 알았지!"

조지는 그제야 깨닫고 웃음을 터뜨리며 말을 이었다. "그래도 나는 이해할 수 없었어! 우리가 바로 전에 미국인이 어떻게 한다고 얘길 했는데도 말이야! 그건 분명 이상한 일이야. 나는 그런 질문을 받으리란 상상은 한 번도 하지 않았어. 그래서 두뇌가 주인이 받아들일 만하게 일종의 번역을 한 것 같아."

우리는 돈 이야기 금기에 관해 좀더 수다를 떨고 다른 주제로 옮겨갔다. 물론 조지는 자기 아버지의 수입을 말하지 않았고 누구도 기대하지 않았다. 오로지 농담으로만 물을 수 있는 사안이었기 때문이다.

이 지독히도 당황스러운 질문은 심지어 방에 함께 있던 누군가의 현재 월급에 대한 질문도 아니었다. 한 아버지가 수십 년 전 교사 생활을 할 때 받은 월급에 관한 질문이었다. 그럼에도 차마 상상조차 할 수 없는 질문이어서 영국인의 귀로는 들을 수 없었다.

돈 이야기 금기의 변형과 요크셔 지방의 규칙 반전

돈 이야기 금기는 특별히 영국인다운 행동 코드인데 영국 전역에서 지켜지는 것은 아니다. 지방에 따라 여러 변형이 있다. 예를 들면 남부는 북부보다 더 불편해하고 중중층이나 중상층은 노동계급보다 더 예민하다. 그래서 중류층이나 상류층 아이들도 돈 얘기가 천하고 저속한 이야기라고 배우면서 큰다.

비즈니스 세계에서는 이 금기가 위로 올라갈수록 더 잘 지켜진다. 영국 기업의 고위층으로 올라갈수록 출신 계급이나 지방을 떠나 돈 애기를 꺼리고 노동계급이거나 북부 지방 출신일수록 조금 혹은 전혀 부끄러운 줄 모르고 돈 애기를 시작한다. 그러나 지위가 올라 갈수록 그들도 어떤 식으로 난처해하고 불편해하는지, 어떻게 미안 한 듯이 농담을 하고 우물쭈물하면서 언급을 피하는지를 배운다.

그러나 돈 애기 금기에 강하게 반항하는 이들의 터전이 있으니 바로 요크셔다. 그들은 단도직입으로 무뚝뚝하고 단순하게 애기하 는 데 자부심을 느낀다. 그리고 특히 주저하면서 조심스럽게 돈 이 야기를 하는 남부인들의 태도를 우습게 생각한다. 이런 아주 현실적 이고 가차 없는 태도를 엿볼 수 있는 요크셔 지방의 방문 판매원과 가게 주인의 표준 대화를 보자.

방문 판매원: (가게에 들어가서) 무엇Owt?
가게 주인: 없어Nowt.[82] (방문 판매원이 나간다.)

이는 물론 희화화한 것이다. 요크셔 사람들이 다른 북부 사람들 보다 더 무뚝뚝하지는 않겠으나 이는 요크셔 사람들을 식별하는 방 법이고, 그들은 이렇게 살아가기 위해 최선을 다한다. 요크셔 주민 들은 에둘러 말하기를 싫어하고, 돈 문제에 겁을 내고 돌려서 말하 는 영국인을 장난기를 섞어 즐겁게 야유하며 조롱하듯이 금기를 깬 다. 그들은 뜸들이지 않고 바로 묻는다. "자, 그게 얼마라고?"

그러나 이 예외로 인해 규칙이 무효가 되거나 의문이 생기지는

---

82 요크셔 말을 잘 모르는 이들을 위해 해석해보면 "오이트Owt"는 "무엇이든 (필요한 것이 있느냐?anything)", "노트Nowt"는 "아무것도(필요 없다, nothing)" 라는 뜻이다.

않는다. 이는 아주 극적인 규칙 반전일 뿐이다. 어떤 규칙이 잘 형성되고 이해된 곳에서나 일어날 수 있는 일이다. 다른 동전의 한 면이 아니고 같은 동전의 다른 면일 뿐이다. 무뚝뚝한 요크셔 주민들은 자신들이 규칙을 뒤집는다는 점을 잘 안다. 그들은 일부러 상대를 놀리는 것이고 영국 문화에서 자신들이 차지한, 독불장군에다 인습타파주의자라는 위치를 자랑스러워한다. 타 문화권에서는 솔직히 돈 얘기를 하는 것은 너무나 정상적인 행동이라 이들은 전혀 주목 받지 못할 것이다. 영국에서는 이것이 비정상이기에 말들이 많고 요크셔 사람들은 놀림을 받고 주목을 받는다.

역시 주의할 것은 앞에서 묘사한 방문 판매원과 가게 주인의 영국인답지 않은 퉁명스러운 대사에도 방문 판매원은 가게 주인에게 강매하듯 붙들고 늘어지거나 하지 않고 조심스레 자제한다는 사실이다. 그런 공격적인 판매는 지극히 비영국적이고 무례한 일이라, 심지어는 극단적으로 희화화된 성급하고 비영국적인 요크셔 사람조차 하지 않는다.

계급과 흔적만 남은 상업에 대한 편견

돈에 관한 금기를 굳이 옹호하거나 정당화하려 들지 않더라도, 왜 이리도 이상한 금기가 생겼는지를 설명할 수는 있을 것 같다. 나는 영국인이 상업에 대한, 퇴화한 기관의 흔적 같은 편견에서 벗어나지 못했다고 얘기한 바 있다. 이는 귀족, 지주이자 상류계급, 자신을 신사라고 부르고 싶어 한 중류층들이, 물건을 만들어서 파는 천한 일을 하지 않고 토지와 건물에서 나온 수입으로 먹고살던 시대에 생겨난 풍습이다. 상업은 하류층의 일이었으므로, 장사를 해서 돈을 번 사람은 시골 부동산을 사서 불명예스러운 과거를 숨기려 했다. 상류층의 상업에 대한 편견은 실은 상업에 종사하는 하류층에도 널리 퍼져 있었다.

제인 오스틴의 소설에 관해 영국 학생들은, 그녀는 당대 상업에 대한 속물적인 편견을 가볍게 꼬집으면서도 심각하게 의문을 제기하지는 않는다고 말한다. 그럼에도 우리의 잠재의식에는 이 속물적인 편견의 흔적이 남아 일과 직장에서의 태도에 영향을 미치는데 학생들은 이런 것은 배우지 않는다. 이 편견은 상류층과 중상층 전문직(구식 사고방식으로 본 전문직, 즉 전통적으로 존경 받는 직업군인, 법조인, 의사, 종교인), 지식인, 문화예술인에서 특히 심하다.

특히 중류층 사업가에 대한 이들 계급의 혐오는 뿌리 깊다. 그러나 판매업에 종사하는 사람에 대한 멸시는 일반적으로 전 계급에 걸쳐 아주 넓게 퍼져 있다. 심지어 승용차로 구분되는 부자 사업가(벤츠)나 영업사원(몬데오) 둘 다 특히 계급 지위가 불안정한 모든 사람들에게 조소를 받고 있다. 그러나 기억할 일은 다른 계통의 영업사원인 부동산중개소 주인도 거의 모든 사람의 모욕을 받고 있다는 것이다.

영국인의 상업에 대한 이런 편견은 오스틴 이후 조금 옅어지긴 했으나 완전히 사라지진 않았다. 제조업의 경우 판매업보다는 편견이 많이 없어졌다. 비록 이 두 가지는 뗄 수 없이 연결돼 있지만, 우리는 뻔뻔스럽고 품위 없고 돈만 밝히는 판매 행위를 가장 혐오스럽고 신뢰할 수 없다고 본다. 물건 파는 사람을 믿지 말라는 말은 영국뿐 아니라 세계적으로 통하는 불문율이라 영업사원에 대한 불신이 꼭 영국만의 특성은 아니다. 그러나 우리들의 의심과 회의와 경멸스러운 혐오는 다른 문화권에 비해 예리하고 더 깊숙이 자리 잡은 것 같다. 영국인은 우리가 속았거나 구입한 물건에 불만이 있을 때 미국인보다는 소송을 덜 거는 편이다(비록 소송을 거는 쪽으로 변해가고 있긴 하지만 그래도 불만을 제공한 측을 공격하진 않고 우리들끼리 툴툴거리고 마는 경향이 있다). 그러나 영업사원에 대한 불신과 반감이 커서 애초에 그들에게 잘 속아 넘어가지 않는다.

다른 문화에서도 영업사원은 불신 받지만 그래도 영국과는 다르게 사회에서 인정받는다. 다른 나라에서는 판매업은 지극히 합법적인 생계 수단이다. 많이 판매해서 큰돈을 번 사람은 성공한 기업인으로 대단히 존경받는다. 영국에서도 돈으로 권력과 영향력을 포함해 많은 것을 살 수 있다. 그러나 존경을 살 수는 없다. 반대로 멸시를 받는다. 돈을 얘기하는 데도 금기가 많듯이, 돈을 버는 방법에도 금기가 많다. 영국인은 어떤 사람을 돈 많은 부자라고 부를 때 항상 경멸을 곁들인다. 부자라고 불려도 될 정도로 돈이 많은 사람도 자신에 관해 얘기할 때 그런 단어를 잘 쓰지 않는다. 그걸 인정해야만 할 때는 내키지 않은 태도로 "꽤 넉넉한 편인 듯하다, 내 짐작에는"이라고 말한다. 오웰이 얘기했듯이 영국은 "햇빛 아래 가장 계급에 물든 국가"이긴 하지만, 나는 이렇게 사회 계급이 물질적인 부의 유무에서 완벽히 자유로운 나라는 어디에도 없다고 본다. 일반적으로 돈이 많으면 많을수록 호감은 적어진다고 볼 수 있다. 아부를 받을지는 모르나 '뚱뚱한 고양이'로 불리는 부자는 일단 돌아서면 멸시와 조롱의 대상이 된다. 만일 당신이 영국인이 말하는 식으로 '불운하게도' 경제적으로 성공했는데, 이 사실에 주목하게 만들면 매너가 나쁜 사람이다. 그래서 당신은 성공을 애써 낮추어 평가해야 하고 당신의 치부를 창피해하는 것처럼 보여야 한다.

영국의 사회 신분은 계급(출생에 의한)에 기반을 둔다. 반면 미국은 자신의 실적에 의해 평가 받는 능력 사회이다. 이 둘의 제일 큰 차이는 무엇일까? 미국의 부유하고 영향력 있는 이들은 자신들이 부와 권력을 누릴 자격이 있다고 믿는다. 그래서 타인의 눈을 의식하지 않고 자기만족에 빠져 있다. 거기에 비해 영국인은 사회적인 책임감을 크게 느끼고, 빈곤층에 동정심을 품고 있다. 이 주제에 대해서도 많은 책들이 쓰였는데,[83] 나는 너무 조잡하게 논쟁을 단순화했다. 그러나 영국인이 돈에 관해 부끄러움을 느끼고 성공한 사업가에게 존경심을 보이지 않는 태도는 이 전통과 관계가 있다.

그런데도 돈에 대한 영국인의 거부감은 사실은 대개 위선이다. 영국인이라고 다른 나라 사람보다 천성적으로 야망, 탐욕, 이기심, 갈망이 없는 것은 아니다. 다만 이런 성향을 숨기고 부정하고 억누르라는 엄격한 규칙에 더 많이 따를 뿐이다. 우리들의 겸손 규칙과 공손한 평등주의 규칙은 허울뿐인 겉치레이자 집단적인 자기기만이며, 돈 얘기를 금기 사항으로 만들고 성공한 사업가를 비하하게 만든 근본 원칙이다. 또는 문화 속에 깊이 뿌리박힌 유전인자이다. 우리가 내보이고 있는 겸손도 대체로 거짓이다. 그리고 신분 차이가 강조되는 상황을 매우 꺼리는데 사실은 이런 차이를 예리하게 의식하고 있음을 감추려는 행동이다. 그래서 사업에 해가 됨에도 우리는 이런 고결한 품성을 중요시하고 규칙을 따른다.

---

83 그중에서도 영국 사회학자 마이클 영이 1958년에 만든 능력주의meritocracy란 단어는 나중에 긍정적인 의미로 변질되었으나, 이는 그의 의도가 아니었다. 그는 2001년 이렇게 썼다. "만일 엘리트들이 자신들의 성공이 타고난 장점으로 이룬 것이라고 믿고 점점 더 고무될수록 그들은 자신들의 무엇이든 가질 자격이 있다고 여기게 된다. 그들은 우리가 견딜 수 없을 만큼 독선적이 된다. 그들은 자신의 능력으로 성취했을 뿐 아니라 스스로 유력자의 딸이나 아들이고 족벌 특혜의 수혜자라는 사실을 아는 사람들보다 더욱 더 심하게 악행을 저지르게 된다. 자수성가한 사람은 자신이 도덕적이라고 실제로 믿게 된다."

중용의 규칙

1980년대에는 영국에서 "열심히 일하고 열심히 놀자"라는 구호가 인기였다. 지금도 사람들이 일과 여가에 대한 멋진 라이프스타일과 역동적인 태도를 묘사할 때 자주 쓰이지만, 사실 항상 거짓이다. 영국인은 대체로 '열심히 일하고 열심히 놀지' 않는다. 우리는 모든 일을 적당히 한다. 물론 '적당히 일하고, 적당히 놀자'라는 말에 감동하지 못하는 것은 사실이다. 그러나 미안하게도 이것이 영국인의 일과 여가 습관을 훨씬 더 정확히 묘사하고 있다. 우리는 비교적 열심히 일하고 쉬는 시간에는 적절히 즐긴다.

이 무미건조한 영국인의 초상은 분명 환영받지 못할 테고 나는 단순한 인상비평이 아님을 분명히 해야 한다. 이것은 SIRC의 태도와 습관에 대한 집중 연구뿐만 아니라 이 주제에 대해 내가 실시한 모든 연구에서 나온 결론이다. 이는 안정되고 보수적인 중년의 중류층 묘사가 아니다. 일반적인 여론과는 달리 '오늘의 젊은이들'은 쓸모없거나 무책임하지 않으며, 스릴만을 찾는 쾌락주의들도 아니다. 우리나 다른 이들의 조사 연구에 의하면 계급을 막론하고 오늘의 젊은이들은 부모 세대보다 분별력 있고, 근면하며, 온건하고, 조심스럽다. 나는 이 결과가 더 걱정스럽다. 우리 젊은 세대가 철이 들어서도 이 중늙은이 같은 태도에서 벗어나지 않으면(절대 벗어날 것 같지 않다), 영국인은 지금보다 훨씬 더 꾸준히 일하고 적당히 절도 있는 나라가 되지 않을까 한다.

만일 당신이, 내가 영국 젊은이들이 내보이는 중용의 위험을 과장한다고 생각한다면, SIRC의 조사에서 몇 가지 예를 들 수 있다.

안전하고 분별 있으며 중류층 되기를 갈망하는

우리 조사에서 10년 뒤에 자신이 어떻게 되길 바라느냐고 물었더니 4분의 3(72퍼센트)의 젊은이가 직업에서 성공하고 안정된 생활을 누리길 원했다. 반면 부모 세대는 38퍼센트만이 그런 삶을 원했다. 16~24세 젊은이의 20퍼센트만이 좀더 모험을 선호해 세계 여행과 외국 거주를 택한 데 반해, 45~54세의 경우 이 비율이 28퍼센트나 됐다. 얽매인 데 없이 가고 싶은 데를 가고 싶다는 사람 중에 나이든 세대가 젊은이들보다 두 배나 많았다. 우리가 중점 그룹과 비공식 인터뷰에서 삶의 목표가 무엇이냐고 묻자, 직장인과 젊은이들 거의 모두 경제적 안정과 함께 주택 소유를 꼽았다.

장래의 안정이 즐거움보다 더 중요해

첫 번째 조사 결과가 나왔을 때 나는 생각했다. '아휴! 뭐 이렇게 무미건조한 친구들이 있나?' 더 상상력이 넘치고 반항적인 젊은이를 발견하겠다는 희망으로 '즐거움'에 관한 항목을 열어보았으나 '지금의 즐거움과 미래에 대한 고려'에서 실망했다. 젊은이들은 책임감도 적고 덜 어른스러우리라 기대했는데, 실제 결과는 나이든 세대와 거의 다를 게 없었다. 16~24세 젊은이 14퍼센트만이 '지금 이 나이에는 즐거움이 미래 설계보다 더 중요하다'고 생각했다. 그런데 같은 비율의 45~54세 어르신네들도 걱정 없이 즐겁게 현재를 살고 싶다고 했다.

중점 집단과의 인터뷰를 통해 얻은 결론인데, 젊은 직장인의 '즐거운' 방종은 금요일이나 토요일 밤에 퍼브와 클럽에 가거나 옷 한 벌 사는 쇼핑 정도였다. 중점 집단의 여러 참가자들은 이런 행동이 대단한 방종처럼 보이려고 상당한 노력을 기울였다. 한 사람은 얘기하길 "나는 돈을 거의 내 몸을 망치는 데 사용했다. 진짜로. 퍼브와 클럽을 가고, 담배를 피우고…"라고 자랑했으나, 에이, 이 정도야 기본이 아닌가!

나는 다음 항의 결과를 보고 더욱 기운이 빠졌다. 젊은이들은 부모 세대보다 더 근면했다. 16~24세 젊은이 70퍼센트가 '성공하려면 열심히 일하고 일에 전념해야 한다'고 생각했으나, 나이든 세대의 경우 53퍼센트만 이에 동의했고, 41퍼센트는 성공은 행운과 연줄에 달렸거나 '운때가 잘 맞아야 한다'는 느긋한 반응을 보였다.

과도한 중용의 위험

나는 "오, 세상에, 기분 좀 풀어! 좀 제대로 살아봐! 반항도 좀 하고! '반항하고, 포효하고, 이탈하고' 같은 젊은이의 기백은 다 어디로 갔나?"라고 말하고 싶었다. 좋다! 나는 그걸 바랐고 지금도 그러하다. 하지만 많은 사람들이 이 결과에 안심했는데도 나는 여전히 불만이다. 심지어 내 동료들은 내가 너무 법석을 떤다고 생각했다. "대다수 젊은이들이 열심히 일하고 신중하며 책임감 있으면 분명 좋은 일이잖아. 왜 그렇게 의기소침해?"라고 물었다.

나는 이렇게 아주 칭찬받아 마땅한 태도 역시 결국은 더 넓고 깊은 두려움의 징후가 아닌가, 걱정하는 것이다. 우리의 조사 결과에 의하면 젊은이들이 현대사회의 결정적인 단면인 두려움의 문화에 영향을 받아 위험 기피, 안전에 더욱더 집착하고 있다. 사회학자들은 이 동향을 '넓게 퍼진 두려움의 문화적 분위기'—이는 경제 불황으로 더욱 악화되었다—라고 한다. 이는 위축된 갈망, 신중, 순응주의, 모험 정신 결여와 관련이 있고 우리 조사를 통해, 또 중점 그룹 젊은이들 사이에서 뚜렷이 나타났다.

어느 시대에나 '요즘 젊은이들'은 쓸모없고 무책임하다고 한탄하며 꾸짖는 이들이 있다. 사실 이런 상투적인 생각에는 항상 상당한 과장과 날조가 있었던 듯해서 우리의 조사 결과는 단순한 재탕이라고 할 수도 있다. 오늘날의 젊은이들은 알려진 것보다는 더 평범하고 책임감 있다는 결론 말이다. 맞는 말이다. 우리가 연구한 젊은이들은 중용의 규칙을 충실히 지키는데 사실 어찌 보면 그냥 영국인으로 행동하는 것뿐이다. 내가 좋아하든 그렇지 않든 우리는 철저히 보수적이고 중용에 물든 사람들이다. 그러나 내가 걱정하는 바는 이 젊은이들이 부모 세대보다 더 보수적이고 현실에 순응한다는 점이다. 심지어 이보다 더 심한 중용의 경향이 보인다(그런 말이 성립할 수나 있는지는 모르지만). 여러 모로 보아 분명 나도 영국인이지만 어느 정도의 중용을 택할 수 있을 뿐이다. 중용은 상당히 좋은 것이다. 그러나 항상 좋은 것은 아니다.

페어플레이 규칙

영국 직장인을 대상으로 한 조사에서 특히 공정성이 두드러졌고, 그뿐만 아니라 긍정적인 결과도 상당히 많이 나타났다. 비록 내가 용어를 자주 호환성 있게 쓰지만, 나는 이 절의 제목을 '공정성 규칙fairness rule'이 아니라 '페어플레이 규칙fair-play rule'이라 정했다. 이 '페어플레이'란 제목이 내가 기술하려는 영국인이 중시하는 가치를 더 정확히 반영한, 폭넓고 좀더 융통성 있는 평등주의 개념을 담을 수 있을 듯하다. 흔히 스포츠를 연상시키는 페어플레이라는 말은 모든 사람이 공평한 기회를 보장받고 누구 하나 특혜나 불이익을 받지 않아야 한다는 뜻을 담고 있다. 또 당사자들도 명예롭게 행동하고, 규칙을 잘 지키며, 각자 의무를 소홀히 하지 않아야 한다. 동시에 능력의 차이를 허용하고 승자와 패자가 있음을 인정해야 한다. 공정하고 정당한 행동이 승리보다 더 중요하다는 덕목을 옹호해야 한다. 어떤 사람은 마지막 요소는 옛날 풍습이고 오늘날에는 더 이상 통하지 않는다고 했다. 하지만 나는 조사를 통해 이 덕목이 현실에서 때로 부정되더라도 여전히 영국인이 가장 열망하는 표준 이상이라고 확신하게 되었다.

어느 면에서 보면 페어플레이 규칙은 일과 사업 세계에서는 잘 지켜지고 있다. 우리 중에는 도둑과 사기꾼이 있고 나머지도 결코 성자라고는 할 수 없다. 물론 어느 면에서는 변명이 좀 필요하지만, 그래도 여전히 영국인은 사업 분야에서 비교적 공정하고 정직하다는 평가를 받는다. 영국에서는 다른 어느 나라보다 노골적인 뇌물, 부패, 속임수 등을 엄히 처벌한다. 우리는 그런 사건에 접하면 "그럼, 뭘 기대했는데?"라고 말하듯이 어깨를 으쓱하지는 않는다. 우리는 충격을 받아 격분하고 의분에 떤다. 물론 우리 영국인은 원래 충격받고 격분하는 데 큰 즐거움을 느낀다. 또 의분하는 게 전 국민이 가장 좋아하는 여가 활동의 하나이긴 하나 의심의 여지없이 진심으로 분노한다. 심지어 문제의 속임수가 최근에 발각된, 거대 다국적기업들의 세금 회피같이 완벽하게 합법적인 행위일 때도 거세게 분노를 터뜨린다. 이런 회사들은 사실 법에 저촉된 일을 전혀 하지 않았다. 우리는 '페어플레이' 불문율을 그들이 심각하게 훼손한 일에 분개하는 것이다.

영국인의 일과 사업 관행을 당신들 나라와 비교해 말해달라고 청했을 때, 외국인과 이민자들은 영국인의 페어플레이 의식, 특히 법을 존중하고 다른 나라에서는 풍토병 같고 늘 묵인되는(정도의 차이는 있겠지만) 부정부패가 없다는 점을 거론했다. 우리가 이를 의식하지 못해 진가를 알아보지 못한다는 얘기였다. "당신들은 그냥 당연시한다"라고 한 폴란드인은 불만처럼 얘기했다. "당신들은 사람들이 모두 공정하게 행동하리라 기대하다가 누군가 그렇게 하지 않으면 충격을 받고 실망한다. 다른 나라 사람들은 그런 기대 자체를 아예 하지 않는다."

우리가 과도하게 중용을 지켜 약간 무미건조하다 하더라도 페어플레이만은, 애국심의 발로가 아니라, 아직은 좀 자랑해도 될 듯하다(그리고 앞서 말했듯, 조사 결과 페어플레이는 우리가 가장 자랑스러워하는 영국인들의 장점 중에서 유머에 이어 둘째 순위에 올랐다).

엄살·불평 규칙

조금 칭찬 받기 어려운 버릇인 엄살·불평moaning은 영국의 직장에서 볼 수 있는 독특한 행동이자 일에 대한 태도이다. 여기에는 기본 규칙이 있으니, 일이란 엄살·불평을 해야 하는 대상이라는 것이다. 이것은 진지하지 않기 규칙과 관련이 있다. 만일 상투적이고 유쾌한 엄살·불평을 입에 달지 않으면 당신은 너무 열심히 일하고 있는 것이다. 그뿐만 아니라 진지해 보일 위험도 있다. 그럴 경우 슬픈 괴짜, 아첨꾼 바보 혹은 아첨쟁이, 젠체하는 거만한 멍텅구리라는 딱지가 붙어버린다.

월요일 아침 엄살·불평

영국인의 일에 대한 엄살·불평은 아주 뻔하고, 정기적이고, 각본이 있는 의례이다. 예를 들면 월요일 아침 영국의 모든 공장 상점, 사무실, 회의실 할 것 없이 누군가 엄살·불평을 지휘한다. 내 장담한다. 누구나 월요일을 증오한다. 아침에 우리는 침대에서 자신을 끌어내는 데 애를 먹었고, 주말 후유증에서 벗어나기 위해서는 오늘 하루를 더 쉬어야 하는데, 차는 더럽게 막히고 지하철, 버스, 기차는 점점 상황이 나빠지고, 이번 주일은 늘 그렇듯이 더럽게 할 일이 많고, 벌써 피곤해서 허리, 머리, 발이 아프고, 한 주일은 이제 겨우 시작됐고, 하느님 맙소사, 보세요, 또 저 짜증 나는 프린터가 멈췄다고요! 변화가 필요해요! 항상 그렇지, 뭐! 등등.

월요일 아침 엄살·불평의 변형에는 끝이 없다. 그러나 무궁무진한 눈송이처럼 다양한데도 정말 놀랄 정도로 거의 똑같다.[84] 이 불평은 거의 날씨 이야기로 시작해서 날씨 이야기로 끝맺는다. "아이구 춥지요?" 혹은 "비가 또 오네요." 우리는 직장에 도착해서 외투와 목도리를 벗으면서 투덜거리는데, 이것이 엄살·불평 어조를 결정하고 또 다른 날씨 이야기나 교통난, 기차 이야기를 유발한다. 아침 첫 엄살·불평을 누군가 "그런데 아직도 비가 내리네" 혹은 냉철한 태도로 한숨을 쉬면서 "그런데 최소한 지금은 비가 그쳤구먼"으로 끝맺는다. 이를 신호로 모두들 버릇 같은 엄살·불평을 멈추고 내키지 않은 마음으로 그날의 일로 돌아가기 시작한다. "자, 우리 이제 시작해야지" 혹은 "자, 다시 쪼임을 당해봅시다" 또는 좀 위엄을 가지고 "자, 이제 일을 시작해봅시다".

그러고는 다시 엄살·불평을 할 기회가 올 때까지 우린 적당히 열심히 일한다. 보통 다음번 기회는 차 마시는 시간이다. 그때는 월요일의 엄살·불평이 다른 모양으로 시작된다. "하느님 맙소사! 이제 겨우 11시야? 난 벌써 피곤해" "아이구 정말 긴 일주일이네" "벌써 11시야? 할 일이 너무 많이 남았어, 아직 시작도 못했는데" "저망할 놈의 자판기가 내 50펜스를 또 먹어버렸네, 또!" 이렇게 계속된

---

84 나는 항상 궁금했다. 우리는 두 개의 눈송이가 똑같지 않은지를 어떻게 아는가? 다시 말해 누가 그 많은 것을 죄다 확인해보았는가?

다. 점심시간과 휴식 시간에, 그리고 하루를 끝내면서, 퇴근하면서, 근처 퍼브나 바에서 한잔 하면서 이 엄살·불평은 계속된다.

시간과 회의에 관한 엄살·불평

직장에서 토해놓는 엄살·불평은 여러 변형이 있지만 사실 뻔한 것들이다. 예를 들면 시간에 대해 엄살·불평을 하는데, 신참이나 하위직은 시간이 빨리 안 가서 엄살·불평을 한다. 앞으로도 일곱 시간이나 지나야 근무 교대를 할 터인데, 이제는 지겹고 지쳐서 집에 가고 싶다는 식이다. 그러나 간부들은 항상 시간이 날아가는 것 같다고 징징거린다. 그래서 이 산같이 쌓인 일들을 언제 다 처리하느냐는 둥, 이제 또 쓸데없는 회의에 가야 한다는 둥 만날 투덜거린다.

이사를 포함한 모든 사무직 중역과 책임자는 언제나 회의에 대해 엄살·불평을 한다. 회의를 좋아한다거나 유용하다고 얘기하는 자는 신성모독을 범하는 것이다. 회의는 무의미하고, 지겹고, 장황하고, 끔찍함 자체여야 한다. 회의를 어떻게 하면 잘하는지(최소한 덜 끔찍하게)를 가르쳐주는 가장 잘 팔리는 교육 영상 제목이 '회의, 이 망할 놈의 회의'이다. 왜냐하면 언제나 회의를 그렇게 부르기 때문이다. 영국 직장인이 회의에 참석할 수 있을 정도로 사다리를 타고 올라가 진급하면, 나머지 직장 생활은 회의에 참석해야 한다고 엄살·불평을 하면서 보낸다.

우리는 회의를 증오한다. 혹은 적어도 증오한다고 크게 외친다. 그러나 수많은 회의에 참석해야만 한다. 왜냐하면 어떤 이들은 페어플레이, 중용, 타협, 공손한 평등주의 규칙이 다 합쳐진 회의를 통해야만 결정을 내릴 수 있기 때문이다. 관련자들과 언제나 상의하여 의견일치에 이르러야 한다. 그래서 우리는 끝없이 회의하고, 모두와 상의하며, 모든 일을 논의하고, 이윽고 결론에 도달한다. 때로 우리도 결정이라는 것을 한다. 그러고 나서 신나게 엄살·불평을 늘어놓는다.

거짓 엄살·불평 규칙과 "항상 그렇지, 뭐!" 규칙

이 모든 엄살·불평에 대한 애기를 들으면 영국인이 상당히 슬프고 우울한 부류로 보인다. 사실은 그렇지 않다. 여기에서 호기심을 끄는 일은, 목소리가 상당히 활기차고 기분 좋은 듯하고 무엇보다 유머러스해야 한다는 것이다. 사실 이는 엄살·불평 규칙에서 제일 중요한 덕목 중의 하나이다. 당신은 이 엄살·불평을 반드시 상당히 유머러스하고 가볍게 해야 한다. 아무리 기분이 언짢아도 거짓 엄살·불평을 늘어놓듯이 꾸며야 한다. 양자의 차이는 정말 애매모호해서 다른 나라 사람은 거의 알아채지 못할 정도이다. 그러나 영국인은 이에 대한 육감이 발달해 진짜 심각한 불만인지 거짓 엄살·불평인지를 금방 알아챈다.

심각한 불평은, 예를 들면 아주 친한 친구끼리 진심을 털어놓는 자리에서나 가능하다. 직장 동료들이 모여 엄살·불평을 하는 자리에는 전혀 어울리지 않는다. 만일 한 사람이 본인 문제로 눈에 띄게 분개하거나 기분 나빠 하면, 진짜 불평꾼이라는 낙인이 찍힌다. 누구도 이 진짜 불평꾼을 좋아하지 않아서, 그는 의례적인 엄살·불평 시간에 낄 수 없게 된다. 의례적인 엄살·불평은 직장에서 친교를 더 돈독히 하고 누구나 겪는 고통을 함께 나눔으로써 공동의 가치를 추구하는 수단이다. 영국인의 엄살·불평 의례에는 무언의 약속이 있으니, 여기는 이 문제를 해결하는 혹은 해결할 수 있는 자리가 아니라는 것이다. 그냥 서로 불만을 말할 뿐이다. 우리는 불만을 해소할 수도 없을뿐더러 사실 해결책을 기대하거나 찾아내려는 것도 아니다. 그저 엄살·불평을 즐길 뿐이다. 우리의 엄살·불평 의례는 순전히 치유가 목적이지 거창하고 전략적인 목적이 개입되지는 않는다. 엄살·불평은 그냥 엄살·불평으로 끝난다.

월급 문제, 노동조건, 독재자 상사에 대한 진지한 불만도 물론 제기될 수 있다. 그러나 이 역시 유머러스한 우거지상, 어깨 으쓱하기, 눈 굴리기, 짐짓 화난 듯 눈썹 올리기, 과장된 억제의 한숨 등을 곁들여서 해야지, 눈물 흘리고, 입술을 떨며, 심하게 얼굴을 찡그리면 안 된다. 이는 사교적인 오락이지 심각한 드라마가 아니다. 적절한 목소리는 엄살·불평 의례의 구호 "항상 그렇지, 뭐!"에 축약되어 있다. "항상 그렇지, 뭐!"는 어느 직장에서나 매일 수도 없이, 실로 다양한 맥락에서 들을 수 있다. 연착되는 기차나 버스, 교통난 속에서, 무엇이든 일이 잘못되면 들을 수 있다. "괜찮네"와 함께 "항상 그렇지, 뭐!"는 만능 영어 단어의 하나이다. 불만, 어떤 문제, 곤혹스러움, 재난, 재해, 참사, 하찮은 안달부터 국가적인 불행이나 국제적인 중요한 사태에까지 다용도로 두루 쓰인다. 7월 7일 런던 자폭 테러 사건이 일어난 날 아침, 내가 기차를 기다리고 있던 역에서 테러리스트들의 지하철 공격 뉴스가 들렸을 때, 주위의 승객들은 불편하게 됐다며 예의 불평 의식에 모두 합심했다. "그래, 맞아! 거지같은 알카에다 놈들이 하필이면 내가 제 시간에 출근해야 하는 날을 골라잡았군! 항상 그렇지, 뭐!" 하고 투덜거렸다.

"항상 그렇지, 뭐!"에는 영국인의 본질이 있다. 성마른 의분, 분명히 잘못되리라는 예감, 이에 대한 수동적이고 체념 섞인 시인 등이, 또 인생은 이런 작은 실패와 어려움(전쟁과 테러리스트를 포함해서)으로 가득하니 별 수 없이 참아내야 한다는 뜻이 들어 있는 것이다. 보기에 따라서는 "항상 그렇지, 뭐!"는 옛날에 쓰던 '견디고 참아라'의 다른 표현인 듯하다. 이것은 불만 표현이다. 다시 말해 아주 영국적인 마지못한 인내, 자제하는 심술, 냉소적인 억제 등이 함축된 표현이다.

퇴근 후 한잔 규칙

나는 동생(앤 폭스, 마찬가지로 문화인류학자)과 '퇴근 후 한잔'에 대해 얘기했다. 앤은 얼마 전에 본 영국 직장의 스트레스에 관한 연구서 이야기를 들려주려 했다. 내가 "말하지 마. 맞혀볼게"라고 중단시키고 "동료들과 퇴근 후 한잔 하러 간 사람은 안 한 사람보다 스트레스를 덜 받는단 얘기지? 맞지?"라고 물었고 그녀는 "그래, 맞아"라고 대답했다. "내 말은, 우리 모두 이미 알고 있다는 얘기지." 퇴근 후에 한잔 의례를 즐기는 영국 직장인이라면 다 아는 얘기다. 사회학자는 너무도 뻔한 것을 얘기하는 버릇이 있다. 그럼에도 우리가 본능적으로 아는 지식을 제대로 된 연구와 객관적인 조사로 확인해주었으니 좋은 일이다.

사회학자란 전혀 감사받지 못하는 직업이다. 특히 언제나 냉소적인 영국인 사이에서 살아가노라면 더더욱 그렇다. 그들은 일반적으로 우리의 조사 결과를 굳이 연구 안 해도 '이미 분명하다(연구 결과가 일반 상식과 일치할 때)'라거나, '말도 안 되는 쓰레기 같은 소리(연구 결과가 일반 상식적과 어긋날 때)'라고 한다. 혹은 '얼렁뚱땅(앞의 두 가지 죄 중 어떤 죄를 저질렀는지 확실치 않고 내용이 어려운 학술 용어로 되어 있을 때) 놀음'이라고 치부해버린다. 이들 중 하나이거나 둘 다에 빠질 위험을 무릅쓰고라도, 나는 직장 스트레스를 해독하는 퇴근 후 한잔 의례의 숨은 규칙을 설명해보련다.

첫째, 술과 술집에 대한 세계적으로 공통된 규칙들이 있다. 모든 문화에서 술은 상황 전환용으로 사용된다. 다시 말해 하나의 신분에서 다른 신분으로, 하나의 상황에서 다른 상황으로 옮겨가게 하고, 이를 용이하게 하고 강화한다. 이 전환 의례에서 술은 중요한 인생의 전환점인 '통과의례', 즉 출생, 성인식, 결혼식, 장례식은 물론이고 이보다는 사소한, 예를 들면 근무 시간과 휴식 시간, 귀가 시간을 가르는 하루의 전환점 등에서 필요불가결한 역할을 한다. 우리와는 다른 몇몇 문화권에서 술은 일에서 놀이로 전환하는 매개체이다. 왜냐하면 술은 기분 전환, 오락, 축제, 휴식, 번개 모임 등 전적으로 노는 것과 연결되고 일과는 정반대 개념으로 여겨지기 때문이다.[85]

술집의 사교적이고 상징적인 역할에 대해서 세계적으로 통용되는 '규칙'이 있다. 이는 '퍼브 대화' 장에서 기술한 바 있으나 여기서 다시 한 번 상기할 필요가 있다. 모든 문화에서 술집은 자기들만의 '사교적 소단위의 특수 분위기'가 있어 '해방구'이며, 사람들은 여기서 나름의 휴식을 즐기고 사회적 통제와 억제가 정지된 상태에서 해방감을 느낀다. 또 술집에서는 다들 평등하고 바깥세상과는 다른 기준에 따라 신분이 정의된다. 무엇보다 술집은 어느 나라에서나 사람과 사람의 친교가 두터워지는 곳이다.

그래서 영국의 퇴근 후 한잔 의례의 가장 큰 기능은 스트레스 해소인데, 이는 세계 어디서나 통하는 '원리'에 의해 사회의 위계질서와 중압감이 술에 의해 풀리기 때문이다. 특히 사교적이고 평등한 환경인 퍼브에서 술을 마시기 때문이기도 하다. 재미있는 것은, 동네 퍼브에서 퇴근 후에 콜라나 주스로 한잔하더라도 스트레스를 푸는 효과를 낸다는 점이다. 퍼브 자체는 사교의 윤활유인 술 없이도 상징적인 힘만으로도 휴식과 친목의 분위기를 충분히 빚어낸다.

---

85 술이 일과 정반대 개념으로 쓰이지 않는 경우도 있다. 특히 건강하고 음주에 관대한 문화에서는 일하러 갈 때도 전환의 표시로 술이 사용된다. 프랑스와 스페인 일부에서는 사람들이 일하러 가는 길에 바나 카페에 들러 '원기를 돋우기 위해' 와인, 칼바도스, 브랜디를 한잔하기도 한다. 그러나 최근 이런 습관은 점차 사라지고 있으며, 음주 문화는 더 양면적, 삽화적으로 바뀌는 중이다. 이에 대해서는 '놀이 규칙'에서 더 자세하게 다루겠다.

영국인의 퇴근 후 한잔 의례의 분명하고 자율적인 규칙은 주로 이 효과를 강화하기 위해 만들어졌다. 예를 들면, 일과 관련한 사항은 얘기할 수 있다. 퇴근 후 한잔하는 자리에서 때로는 제일 중요한 결정이 내려지기도 한다. 그러나 진지하지 않기 규칙과 공손한 평등주의 규칙은 직장에서보다 훨씬 더 엄격하게 지켜진다.

진지하지 않기 규칙에 의하면 당신은 동료 혹은 업무 파트너와 중요한 프로젝트나 문제를 퍼브에서 얘기할 수 있다. 그러나 거들먹거리면서 거만하고 지겨운 얘기는 하면 안 된다. 지위가 높으면 직장에서는 그런 발언을 할 수 있다(물론 인기가 없겠지만). 그러나 퍼브에서 긴 이야기를 늘어놓거나 너무 심각하거나 자기 자랑을 하면 즉각 "그만둬! 됐거든!" 혹은 "입 좀 다물어!"란 소리가 튀어나온다.

공손한 평등주의 규칙에 따르면 직장의 위계질서가 퍼브에서 파괴되지는 않는다. 각자 지위가 다른 사무실보다는 좀더 유머러스하고 무례한 태도를 취할 수 있을 뿐이다. 퇴근 후 한잔 할 때는 대개 직위가 비슷한 몇몇 동료들끼리 어울린다. 어떨 때는 직위가 좀 다른 이들도 어울리는데 직장에서 표하는 경의에 장난기가 섞인다. 이때 매니저를 팀원들은 '보스'라고 부르는데, 장난기 섞인 약간 거만한 방식으로 "어이, 보스, 이제는 보스 차렙니다"라고 말한다. 퍼브에 있다고 갑자기 동등해지는 것은 아니다. 하지만 그들을 너무 어려워하는 것은 아님을 보여주려고 직장 선배나 상사를 좀 놀릴 수 있다.

퇴근 후 한잔 규칙과 퍼브 대화 규칙은 일반적으로 영국인의 정신에 깊이 박혀 있다. 만일 영국인과 업무를 협의하거나 인터뷰를 하는데 분위기가 딱딱하고, 사무적이고, 너무 무거우면, "당신이 퍼브에 있듯이 얘기하자"고 하든지 "우리가 퍼브에 있을 때처럼 대답해보라"고 요청하라. 당신이 무엇을 원하는지 누구나 알 것이다. 퍼브 대화는 긴장을 풀고, 약식으로, 친근하게 진행된다. 또 누구나 굴이 잘 보이려 하지 않고, 무슨 얘기든 너무 심각하게 하려고도 하지 않는다. 물론 당신이 그를 근처 퍼브에 데려갈 수 있다면 훨씬 좋다. 그러나 퍼브의 사교적 소단위 분위기를 상기시켜주기만 해도 훨씬 덜 긴장하고 마음을 누그러뜨릴 수 있을 것이다.

사무실 파티 규칙

사무실 파티에는 한층 강화된 형태로 같은 규칙이 적용된다(누구나 그렇듯이, 모든 회사에서 사무직이나 생산직에 상관없이 직원들을 위한 파티에 이를 적용한다). 특히 크리스마스 파티는 예외 없이 무질서하고 방탕한 술판과 잡다한 난장판이 관습으로 확립된 의례이다. 이에 관한 SIRC의 광범위한 연구의 일환으로 나는 사회적, 문화적 음주에 관해 몇 가지 연구를 했다. 흔히 크리스마스 시즌이 가까워지면 기자들이 "왜 사람들이 항상 크리스마스 파티에서 행패를 부리는지" 묻는 전화를 걸어온다. 답은, 이러하다. 사무실 크리스마스 파티는 행패를 부리라고 만들어놓은 겁니다! 이 행사를 주관하는 불문율의 규칙에 그렇게 쓰여 있다. 행패 부릴 게 뻔하고 또 그게 관례이다.

행패라고 해서 딱히 타락하고 불쾌한 행동을 한다는 얘기는 아니다. 평소에 영국인들 사이에서 허용되는 정도를 훨씬 넘어선 탈억제 행동을 한다는 뜻이다. SIRC 조사에 따르면 응답자 90퍼센트는 사무실 크리스마스 파티에서 어떤 형태로든 행패를 부렸다고 인정했다. 그러나 좀 심하게 즐겼다는 답이 제일 흔했고, 70퍼센트는 너무 많이 먹고 마셨다는 정도였다. 또 장난삼아 이성 동료에게 집적거리고 키스와 애무를 하며 심한 농담도 하고 바보스러운 짓을 해보는데, 이건 크리스마스 파티의 기본 메뉴였다.

그래서 서른 살 이하의 직원 50퍼센트가 사무실 크리스마스 파티는 장난으로 이성 동료에게 집적거리고 키스와 애무를 할 절호의 기회로 여기고, 60퍼센트는 바보짓을 해본 경험이 있다고 했다. 삼사십대는 조금 더 억제하는 편이지만, 그래도 40퍼센트가 사무실 크리스마스 파티에서 평소라면 하지 않을 얘기를 늘어놓으며 바보짓을 해보았다고 한다. 비록 이 축제 무드의 수다가 부끄러움을 유발하긴 하지만, 그래도 긍정적인 효과가 있기도 하다. 37퍼센트가 크리스마스 파티에서 적이나 라이벌과 친구가 되었거나 화해를 했고, 13퍼센트가 용기를 내 평소 마음에 두고 있던 상대에게 고백했다고 한다.

그러나 사무실 파티에서 가장 기이하게 행패를 부리는 사람조차 죄인이라기보다는 그저 어릿광대처럼 보인다. 영국 직장인과의 약식 인터뷰에서 "대개 사무실 파티에서는 사람들이 무슨 짓을 하느냐"고 묻자, 제보자는 사무실 복사기에 엉덩이(때로는 가슴도)를 복사하는 것이 전통처럼 되었다고 한다. 실제로 얼마나 흔한 일인지는 모르겠으나 어느 직장에서든 이런 행동이 기본 메뉴가 되었다는 점에서 이 파티에 대한 기대와 불문율을 알 수 있다. 이는 또 영국인이 해방감을 느끼면 어떻게 행동하는지를 가르쳐준다.

나는 앞으로 또 다른 '문화적 해방감' '합법적 일탈과 같은' '중간 휴식 행태'에 대해 더 많은 얘기를 할 것이다. 여기서 우리 자신에게 상기시켜야 할 것은, 앞서 언급한 용어들은 단순히 학술적인 어법을 연상시키는 '긴장을 풀고 마음껏 놀아본다'와 같은 뜻이 아니라는 점이다. 격정을 마구 발산하고 놀고 싶은 대로 노는 게 아니다. 이는 분명 임시 이벤트고, 관례화된 일상에서의 일탈이며, 일부 규칙은 깨도 좋으나 몇 가지만 그러하고 이마저도 규칙에 따른다.

영국 직장인들은 연례 사무실 파티를 로마 시대의 난장판 술자리처럼 얘기하기를 좋아한다. 하지만 그것은 기분 좋은 착각이거나 희망 사항에 지나지 않는다. 실제로는 방탕한 술판에서 과음 과식을 하고, 평소와는 다른 화려한 춤을 추고, 노래를 하고, 매우 짧은 스커트를 입거나 목선이 많이 내려온 윗옷을 입는 정도에 머문다. 약간의 육체적 희롱을 하고 허락 받지 않은 애무나 키스에 탐닉해보고, 동료에게 평소와 다른 노골적인 말 몇 마디를 던지고, 상사에게 좀 무례한 발언을 해볼 뿐이다. 그리고 기분이 확실히 풀리면 엉덩이나 가슴을 복사하는 게 고작이다.

여기에는 예외와 약간의 변형도 있으나 이 정도가 한계이다. 몇몇 젊은 직원이 눈살 찌푸려지는 유머를 늘어놓는 식으로 보이지 않는 한계를 훌쩍 뛰어넘는 바람에 경력에 오점을 남긴 후에야 이 규칙을 아주 힘들게 깨닫는 경우도 있다(특히 사진이나 사건의 상세한 내용을 SNS에 올리는 바보짓을 해서 말이다). 그러나 대다수는 본능적으로 규칙을 따르고, 사무실 크리스마스 파티에서 일어난 일을 얘기할 때 대단히 과장해야 하는 규칙도 잘 지킨다.

일의 규칙과 영국인다움

이 장 앞머리에서 확인한 기본 지침이 영국인다움에 관해 무엇을 말해주는가를 헤아린 나는 영국인의 일에 대한 태도의 양면성과 모순에 놀랐다. 혼란의 규칙은 수많은 '그러나'로 이루어져 있는 듯하다. 우리는 심각하다. 그러나 심각하지 않다. 순종한다. 그러나 마지못해서 순종한다. 엄살·불평을 한다. 그러나 잘 참는다. 창의성이 있다. 그러나 답답한 구석이다. 난 일에 대한 태도가 애증의 관계라고까지는 얘기하지 않을 작정이다. 너무 열정적이고 극단적인 용어라 영국인답지 않기 때문이다. 단지 좀 좋아하고 약간 싫어하는 관계라고 해야 할 것 같다. 어찌 보면 좀 마음에 안 드는 타협이긴 하지만 그래도 고뇌에 찬 갈등은 비영국적이기 때문이다.

내가 보기에는 중용, 혼란, 어중간함 등에 영국인의 근원적인 특성이 있는 것 같다. 영국인의 직업 문화는 모순 덩어리이다. 그러나 우리의 모순에는 이런 상황에서 따르게 마련인 극적인 긴장감과 투쟁 분위기 따위가 없다. 우리 직업 문화는 특이하게 영국적인 무뚝뚝하고, 모호하고, 불만스러운 타협에 의해 전반적으로 어중간하게 형성되었다. 우리는 진심으로 신교도 정신의 열의로 일에 몰두하는 것도 아니고, 천하태평한 지중해식 숙명론으로 일을 대하는 것도 아니다. 어딘가 중간 지점 담장 위에 올라 앉아 투덜거리며 이 모든 불평을 하고 있다. 그것도 조용하게.

타협 의식은 영국인의 정신에 깊숙이 박혀 있다. 심지어는 드물게 열정적으로 논쟁하다가도 항상 타협으로 끝맺는다. 영국 시민전쟁은 왕당파와 공화파의 싸움이었다. 그런데 우리는 무엇을 얻었나? 한 번의 타협으로 왕정과 의회를 한꺼번에 얻었다. 우리는 극적인 변화, 혁명, 돌연한 봉기와 격변을 원치 않는다. 진정 영국적인 항의 시위에서는 "우리가 원하는 것은? 점진적인 변화! 언제 원하는가? 적당한 때에!"란 고함을 듣는다.

대개 확신이 안 설 때는 영국인은 가장 좋아하는 다목적 해결 방안인 유머에 기댄다. 직장 유머 규칙은 우리 문화 규칙에서 유머와 역할을 더 잘 이해하게 해주었다. 영국인이 유머에 큰 가치를 두고 있다는 사실은 이미 알려져 있다. 그러나 지금까지는 명쾌함, 확실성, 효율성이 직장보다는 덜 필요한 상황, 단지 사교적인 상황에서만 이 유머가 사용되는 것을 보아왔다. 우리는 영국인이 유머를 위해 무엇을 희생할 수 있는지를 보았기 때문에 이제야 영국인 유머의 진정한 가치를 가늠하게 되었다. 우리는 유머를 위해 명쾌함, 확실성, 효율성을 희생시키고야 만다.

직장에서 유머와 겸손 규칙으로 또 하나의 고정관념인 영국인의 반지성주의를 살펴볼 수 있었다. 영국인의 반지성주의를 현미경 렌즈 아래 놓고 부품별로 분해해보니 진지함 금지와 거만 금지가 나왔다. 실험 접시 위의 반지성주의를 조금 더 찢어발겨서 다른 요소를 집어 올려보니 경험론과 대단히 닮았다. 특히 반이론, 반교리, 영국 경험론 전통의 반추상적 요소, 실제적이고 구체적이며 상식적인 것을 고집스레 선호하는 경향, 반계몽주의와 유럽식 이론과 수사에 대한 깊은 불신들이 그렇다. 영국인의 "그만둬! 됐거든!" 반응에는 산전수전 다 겪어 초탈한 경험주의자 같은 그 무엇이 있다. 사실 영국인의 유머 감각에는 기본적으로 경험주의적 특성이 있음에 분명하다.[86]

겸손의 규칙은 여전히 제기되는 주제 중 하나다. 흔히 직장에서 이 규칙의 힘을 확인할 수 있다. 우리는 광고와 마케팅의 요구 사항이 겸손의 규칙과 맞지 않을 때는 규칙이 승리함을 보았다. 그래서 광고는 이 잘난 척 금지에 맞추어 다시 만들어져야 했다.

공손한 꾸물대기 규칙은 이제 아주 친근해진 우리의 또 다른 특질을 밝혀주었다. 내가 영국인의 사교불편증이라고 부르는 병적인 억제, 고집스러운 애매모호함, 타인과 터놓고 사귀지 못하는 선천적인 무능력 말이다. 이 증상인 돈 얘기 금기는 우리를 다시 계급의식, 겸손, 위선으로 끌고 간다. 이들이 우리가 사랑하는 지나친 겸손과

---

86 어떻게 보면 일회적인 이 관찰에 대해 썼을 때는 영국인 유머의 경험주의적인 천성에 대한 앤서니 이스트호프의 기막힌 책 『영국인다움과 국가적 문화 *Englishness and National Culture*』를 접하지 못했었다. 거기서 그는 비슷한 이야기를 훨씬 더 길고 훨씬 더 학자다운 방법으로 말했다.

함께 영국인의 특성을 결정지을 강력한 후보로 점점 떠오른다.

나는 페어플레이가 영국인다움의 근본 원칙이 될 거라는 예감이 든다. 유머와 사교불편증과 마찬가지로 페어플레이 이상은 우리 행동에 스며들어 상당한 영향을 미쳤다. 페어플레이를 위한 우리의 노력은 공손한 평등주의에서 많이 증명되었다. 그러나 페어플레이와 공손한 평등주의에는 사실 속내는 그렇지 않지만 사회통념상 그래야 한다는 위선도 많이 들어 있다.

직장의 엄살·불평 규칙에서 더 친근한 주제들이 새로운 모습으로 바뀌어 나타난다. 우리가 발견한 바에 의하면, 영국 동화의 이요르식 당나귀가 그렇듯이 언제나 우울하고 비관적인 엄살·불평도 진지하지 않기 규칙처럼 무소부재의 유머 규칙에 따라야 한다. "항상 그렇지, 뭐!" 규칙은 "견디고 참아라!"의 현대판 변형으로 영국인다운 품성의 하나이며, 나는 이를 '투덜거리는 극기주의'라 부르고자 한다.

마지막으로 퇴근 후 한잔과 사무실 파티 규칙은 우리를 영국인의 사교불편증으로 다시 끌고 간다. 특히 사교불편증을 이겨내기 위해 필요한 술, 나름의 규칙을 갖춘 특수 환경 같은 소도구와 촉진제의 필요성을 다시 한 번 강조한다. 이 주제는 다음 장에서 더 얘기하겠다.

놀이 규칙

여기서 '놀이play'는 모든 여가 활동을 뜻한다. 우리가 여가 시간(뒤에서 얘기할 음식, 성, 통과의례에서 다루는 내용을 제외한)에 즐기는 오락·취미·휴가·운동과 같이, 일 외의 모든 활동을 말한다.

영국인은 세 가지 방식으로 여가를 대한다. 이는 우리가 사교 현장(이라기보다는 지뢰밭이라고 해야 할)에서 타인과 접촉할 때 겪는 무능력을 뜻하는 사교불편증을 다루는 세 가지 방법과 연관이 있다.

- 첫째, 개인적이고 가정적인 오락: DIY, 텔레비전 시청, 인터넷 서핑, 정원일 하기, 취미 생활(집으로 가서 문을 닫고 도개교를 올리는 방법).
- 둘째, 대중적이고 사회적인 활동: 퍼브와 클럽에서 놀기, 운동하기, 게임하기(소품과 사교 촉진제를 이용한 개방적인 방법).
- 셋째, 반사회적 취미와 오락: 취해서 서로 싸우기(사교불편증을 다루는 가장 바람직하지 못한, 소란하고 공격적이며 불쾌한 방법).

사생활 규칙

이 '사생활 규칙rule of privacy'이라는 제목도 '유머 규칙'에서처럼 '사생활이 지배해! 알았어?'라는 뜻으로 읽어도 무방하다. 이 낙서 같은 표현(조금 구식 같지만)은 우리들의 생각과 행동을 지배하고 제어하는 영국인의 사생활 보호 강박관념을 가장 잘 전달할 수 있는 방법이라 생각된다. 영국인이 사교불편증에 대처하는 가장 쉬운 방법은 아예 타인과의 사교적인 접촉을 피하는 것이다. 다음 두 가지 방법 중 하나를 선택하면 된다. 여가 활동을 사생활이 보장된 집 안에서 하든지, 아니면 바깥 활동을 하더라도 가까운 가족 이외에는 다른 사람과 접촉할 필요 없이 '부인 규칙denial rule'이 효력을 발휘하는 공공장소에서 하면 된다. 예를 들면 산책을 나간다든지, 영화관이나 쇼핑센터에 가는 것이다.

조사에 의하면 응답자의 과반수가 자신의 여가 활동이라고 밝힌 것이 개인적, 가정적 활동이다. 상위 열 가지 중 겨우 두 가지(친구를 불러 식사를 하거나 술을 마시기, 퍼브에 가거나 인터넷에서 채팅하기)만이 의문의 여지없이 '사교적'이라고 불러 마땅하다. 가장 가정적인 여가 활동이 가장 인기 있는 셈이다. 텔레비전 시청, 인터넷 '사교 활동', 라디오 청취, 독서, DIY, 정원일 하기 들이다. 조사에 의하면, 우리는 사교적인 활동을 한다 하더라도 밖에서 타인들과 어울리기보다는 아주 가까운 친구나 가족 몇 명을 불러서(혹은 온라인으로 채팅하며) 안전한 집 안에서 노는 것을 더 좋아한다.

집과 정원

영국인의 집수리와 사생활 보호 강박관념에 대해서는 이미 '주택 규칙'에서 상당히 길게 다루었다. 그러나 여기서 '영국인은 사교 기술 대신 집을 가졌다'는 이론을 한 번 더 주장하는 것도 의의가 있을 듯하다. 우리가 집과 정원과 벌이는 연애는 사생활 강박관념과 직접 연결되어 있다. 또 나가서 사람을 만나면 어렵고 힘들고 불편하니 군이 안 나가고 집 안에서 견딘다는 사교불편증과도 관련이 있다.

텔레비전 시청은 영국만의 특성이 아니고 전 세계적인 오락이다. 다른 가정적인 활동, 즉 독서, 정원일, DIY도 최소한 이것 자체는 영국만의 것이 아니다. 영국인이 특히 DIY와 정원 가꾸기에 공들이고 열광하는 걸로 보아 이 두 가지에는 뭔가 특별한 매력이 있다고 할 수 있다. 특정한 날이 아닌 여느 저녁이나 주말에는 영국 가정의 반은 약간의 나무와 페인트로 집수리를 하거나 정원에서 땅을 파고 잡일을 한다. 내 SIRC 동료가 쓴 영국인 DIY 습관 연구서를 보면 겨우 12퍼센트의 여자와 2퍼센트의 남자만이 DIY를 한 번도 해본 적이 없다. 최근의 전국 국세조사에 의하면 성인 남성의 적어도 과반수가 그전 4주간 DIY를 했다고 한다. 여성의 3분의 1도 집수리를 했다. 정원일에 대한 강박관념도 그에 못지않다. 52퍼센트의 영국 남성과 45퍼센트의 여성이 정원수 가지치기와 잡초 제거를 했다고 한다.

이 수치를 교회 출석률과 비교하면 진정한 국교가 무엇인지 알 수 있을 것이다. 심지어 자신이 어느 종교엔가 속해 있다고 자신 있게 애기하는 사람도 단지 8퍼센트만이 매주 종교집회에 참석한다고 한다. 나머지 사람들은 일요일 우리 동네의 정원 센터나 DIY 슈퍼스토어에서 찾을 수 있을 것이다. 우리는 집과 정원이 주는 강박에서 좀 벗어나 쉬면서 더 크고 좋은 집과 정원을 보고 싶으면 소박한 성지순례를 간다. 예를 들면 왕립원예협회나 자연보호협회가 소유한 큰 장원과 정원을 방문한다. 시골의 대저택 방문이 가장 인기 있는 오락 중 하나가 되었는데 이는 전혀 놀랄 일이 아니다. 이런 집에는 영국인이 일요일 소풍에서 보고 싶어 하는 것이 모두 있다. 그냥 집과 정원을 개량하는 데 필요한 영감(아! 저기 봐! 저 분홍 베이지색을 우리 응접실에 쓰고 싶었는데…)뿐만이 아니라, 자기 계급에 집착하며 만족하는 마음, 친근한 자연의 소리와 사람들의 대화, 마음 편한 줄 서기, 차 한잔의 휴식 등이 있는 것이다. 이 모든 일이 최소한 DIY 스토어나 정원 센터를 찾는 것보다는 훨씬 더 고상하고 교육적이라는 느낌이 들고 어쨌든 역사적인 성격이 있지 않나?[87] 조금은 청교도 같은 이런 성향, 여가 활동을 할 때도 아무 생각 없이 향락 소비만 하고 보내기보다는 의미 있는 무언가를 해야 한다는 생각은 확실히 중류층답다. 노동계급이나 상류층은 자신들의 향락에 개방되어 있고 솔직해서 남들이 뭐라고 하든 신경 안 쓴다.

텔레비전 규칙

청교도적 도덕관에 사로잡혀 사소한 향락도 마음껏 즐기지 못하는 사람들은, 영국은 텔레비전광의 나라가 아니라는 조사 결과가 나왔으니 안심해도 좋을 듯하다. 조사 수치는 언뜻 보면 오해할 수 있다. 텔레비전 시청이 무엇에도 비할 수 없이 높은 인기를 누리는 여가 활동이란다. 99퍼센트의 인구가 정기 시청자라는 얘기다. 그러나 조사서 문구를 잘 살펴보아야 한다. '지난달에 이중에서 무슨 일을 했습니까?' 그러고는 그림이 바뀐다. 하지만 한 달 동안 텔레비전을 적어도 한두 번 안 보고 지나가기는 정말 쉬운 일이 아니다. 그래서 텔레비전 칸에 '예'라고 표시했다 해서 매일 저녁 텔레비전 앞에 붙어 있다고 할 수는 없다.

---

87 내가 너무 심하게 얘기하는 것 같기도 하다. 팩스먼 생각에는 역사적인 저택을 방문하는 수백만 명은 무엇보다 역사의식을 느낀다고 표현했지만 나는 믿지 않는다. 우리가 만성적인 복고병에 걸리긴 했지만 그래도 이것과는 다르다. 내가 팩스먼보다 매사 힐난조인 듯해 조금 언짢다.

우리는 텔레비전을 많이 보는데 전국 평균 시청 시간은 1일 네 시간이다(인터넷 시청도 포함한 수치다). 그렇다고 텔레비전 때문에 대화 기술이 죽지는 않는다. 97퍼센트의 응답자가 지난 한 달 동안 친구와 친지를 방문하거나 같이 식사를 했다고 한다. 수년 전 조사 프로젝트에 참여한 경험에 비추어 나는 텔레비전 시청 시간 통계가 언제나 미심쩍다. 심리학자들이 보통 가정의 거실에 비디오카메라를 장치하고 그들이 얼마나 텔레비전을 보는지, 또 그동안 무엇을 하는지를 조사하는 것이다. 나는 이 조사에서 보조 역할을 맡았는데, 초시계를 가지고 비디오테이프를 보면서 피조사자들이 텔레비전을 보는 시간을 재는 일이었다. 사람들이 그사이에 실제 무엇을 하는지도 적었다. 동시에 피조사자들도 그들이 매일 무엇을 했는지를 적는다. 무슨 프로그램을 봤는지, 대략 얼마 동안 봤는지 등을 적는 것이다.

내가 스톱워치로 시간을 재는 동안 그들이 한 일은 통계수치와는 많이 달랐다. 사람들은 조사자에게 저녁에 한 시간 동안 텔레비전을 보면서 지냈다고 말하지만 실제 그랬을 확률은 상당히 낮다. 사실은 텔레비전을 켜놓은 상태에서 가족이나 친구와 얘기했거나, 개와 놀았거나, 신문을 봤거나, 리모콘으로 채널을 계속 바꾸고 있었거나, 전화로 수다를 떨고 있었거나, 손톱을 깎고 있었거나, 배우자에게 잔소리를 하고 있었거나, 요리나 식사를 하고 있었거나, 졸고 있었거나, 다리미질이나 청소를 하고 있었거나, 아이들에게 소리를 질렀고 시시때때로 화면을 봤다는 얘기다.

이 조사를 다시 한다면, 우리는 많은 사람이 텔레비전을 건성으로 보면서 친구, 가족 혹은 낯선 사람과 페이스북이나 트위터 같은 인터넷 공간에서 채팅하는 모습을 볼 것이다. 흔히 지금 보고 있는 프로그램에 관해 주로 모욕적인 평을 블로그에 올리거나 트위터에 쓴다. 그러나 많은 사람들이 실제 프로그램보다는 인터넷 채팅에 몰두하는 경우가 많다. 우리는 지금 전보다 텔레비전을 덜 시청하고 있다. 젊은이들은 텔레비전 시청보다 인터넷을 하는 데 훨씬 더 많은 시간을 쓰고 있다.

물론 텔레비전 시청 시간을 아주 적게 적어내는 사람도 있는데 대개 거짓말이다. 나머지 사람들은 가능한 한 정확히 말하려고 노력한다. 자신들은 절대 텔레비전을 안 본다는 사람들도 있다. 매일 저녁 정신없이 텔레비전 보는 것 말고 할 일이 없는 실업자들보다는 도덕적으로나 지적으로 낫다고 당신을 설득하려 든다. 대개 중년의 중류층 남자들인데, 이들은 벤츠를 모는 사람을 냉소하는, 계급적 지위가 분명치 않아 스트레스를 받는 사람들이다. 이 반反텔레비전 진영에 가담한 이들의 태도는 영국에만 있는 비논리적인 허세로 보인다. 영국에는 세계 최고의 텔레비전 프로그램이 있어서, 심지어 지독히도 오만한 지식인이라도 볼 만한 프로그램들이 언제나 있다.

그저 평범한 우리 같은 사람들, 특히 사람을 잘 사귀지 못하는 영국인에게는 대화술을 향상시키는 데 필요한 소재를 찾기에는 텔레비전이 안성맞춤이다. 최근 조사에 의하면 텔레비전 프로그램은 생활비 불평보다 더 인기 있는 가족과 친구의 대화 주제로 등장했다. 텔레비전이 날씨 이야기를 잇는 대화 촉진제로 등장한 것이다. 말문이 막히거나 대화를 시작하거나 대화의 공백 메우는 데 날씨 얘기를 써먹고 나면, "그것 보셨나요?"라고 하면 된다. 둘 다 최근 프로그램 한두 편은 보았을 터다. 수준 높은 영국 텔레비전 프로그램에서도 쓸 만한 불평거리를 찾을 수 있을 것이기 때문이다.

연속극 규칙

우리의 사교불편증과 사생활 보호 강박관념은 우리가 만들고 보는 텔레비전 프로그램 가운데 특히 연속극에 반영된다. 영국 텔레비전 연속극은 어느 나라의 연속극과 비교해도 상당히 유별나고 색다르다. 구성, 주제, 줄거리 등은 어디나 비슷하다. 부정, 폭력, 죽음, 근친상간, 원치 않은 임신, 부권 논쟁, 비현실적 사건과 사고 등이 적당히 혼합돼 있다. 그러나 오로지 영국의 연속극에서만 이런 일이 전적으로 평범한 인물, 노동자계급, 많은 경우에 중년이나 노년층, 육체노동자, 따분한 일을 하고, 싸구려 옷을 입고, 아주 평범한 음식을 먹고, 지저분한 퍼브에서 마시고, 작고 좁고 초라한 집에서 사는, 아주 현실적인 사람들 사이에서 일어난다.

미국 텔레비전 연속극 혹은 대낮에 방영하는 연속극도 영국의 〈이스트 엔더East Ender〉나 〈코로네이션 스트리트Coronation Street〉처럼 하류층 시청자를 대상으로 한다(중간 광고를 보면 시청 대상을 알 수 있다). 그러나 등장인물과 무대장치나 생활환경을 보면 전부 중류층 이야기로, 모두 화려하고, 매력적이고, 부유하고, 젊음이 넘쳐난다. 죄다 변호사, 의사, 성공한 사업가들이고, 외양은 그럴싸하나 실제로는 엉망진창인 가족이 흠 하나 없이 비싼 집에 산다. 그들은 애인과 몰래 만나는 장소로 언제나 세련된 레스토랑과 고급 호텔을 이용한다. 세계의 거의 모든 연속극은 이렇게 현실에서는 채울 수 없는 갈망을 묘사하는 미국 스타일을 따른다. 오로지 영국인들만 먼지투성이 부엌, 싱크대, 노동계급, 사실주의에 열광한다. 심지어 우리와 가장 가까운 오스트레일리아 연속극도 불쾌하고 지저분한 영국에 비하면 상대적으로는 호화스럽다. 왜 이런가? 왜 수백만의 보통 영국인은 자신과 같거나 이웃 같은 평범한 사람들 이야기를 보려고 하는가?

내 생각에는 영국인의 정신에 깊이 박힌 경험론과 사실주의 때문이다.[88] 또 우리의 현실적이고 실제적인 품성, 사실·현실·실제에 대한 외고집, 가식과 기만에 대한 혐오에도 기인한다. 만일 페브스너가 오늘날 '영국 연속극의 영국다움'을 쓴다면 그는 〈이스트 엔더〉와 〈코로네이션 스트리트〉에서 호가스, 컨스터블, 레이놀즈 그림에서 본 듯한 대단히 영국적인 특성, '직접 보고 경험한 것을 선호하는 경향' '우리 주위의 사물들에 대한 주의 깊은 관찰' '진실과 일상의 자질구레한 것들'을 발견할 것이다.

하지만 이것은 충분한 설명이 아니다. 스위스 화가 푸젤리Fuseli가 얘기한 우리의 "취향과 느낌은 모두 현실과 관련이 있다"라는 관찰이 옳은 것 같다. 물론 영국인도 현실을 벗어난 예술 형식이나 드라마를 음미할 능력이 있다. 그러나 다른 나라 사람들과는 달리 오로지 연속극에서만 자신들의 평범성에 거울을 바싹 들이대기를 요구한다. 내 직감으로 보아 이 이상한 취향은 우리들의 사생활 보호에 대한 강박관념, 남의 일에 간섭하지 않는 성향, 집에 가서 문 닫고 도개교를 내리는 경향과 밀접한 관련이 있다. 나는 앞 장에서 이 사생활 집착과 관련한 상세한 사항을 이미 다룬 바 있다. 이것은 우리의 끝없는 호기심과 참견 때문이라고 추론했는데, 오로지 끝없는 뒷이야기로 겨우 일부나마 채워진다. 금단의 열매의 유혹이 여기서 작용한다. 영국인은 사생활 규칙 때문에 가까운 친구나 가족 말고 다른 사람들의 삶을 별로 알지 못한다. 자신의 추문을 밖에 드러내지도 않을뿐더러 타인에게 물어보거나 상담하는 일도 상상할 수 없다.

---

88 내가 느낀 바에 의하면 철학적 교리로서 경험론과 사실주의는 다르다(모든 지식은 감각적인 경험에서 유래한다. 그리고 그것은 우리의 직관과 별도로 존재한다). 더 넓고 일반적인 언어의 의미가 여기 내포되어 있다. 그러나 나는 이러한 공식적 철학 전통과 비공식적 일상의 태도와 마음가짐 그리고 연속극에 대한 우리들의 취향은 서로 깊이 연관돼 있다고 본다.

그래서 우리 이웃이 닫힌 문 뒤에서 무슨 일에 매달려 있는지 모른다(하도 시끄러워서 경찰과 구청에 이미 항의했다면 몰라도). 영국 거리 어디선가에서 살인이 벌어져 경찰이나 기자가 이웃에게 물으면 대답은 항상 거의 같다. "사실 우리는 그들을 잘 모르는데…." "워낙 우리와 접촉을 잘 안 해서…." "그냥 큰 문제 없이…." "이 동네는 다른 사람들 일에 별로 상관을 안 해서…." "약간 이상하긴 했는데, 그렇다고 남의 집 기웃거리도 이상하고 해서…." 사실 우리 모두는 엿보길 좋아한다. 우리는 엄격한 사생활 규칙 때문에 좌절하면서도, 무한한 호기심으로 커튼 사이로 엿보는 이웃들의 나라다. 서민층이 주인공인 일일연속극이 인기 있는 이유는 등장인물인 '우리 이웃일 수도 있는 사람'을 관찰하는 데 있다. 〈이스트 엔더〉나 〈코로네이션 스트리트〉 같은 연속극 시청은 자신과 같은 이웃과 친구의 숨겨지고 금지된 개인 생활을 벽에 뚫린 구멍을 통해 엿보는 것이다. 항상 추측하고 짐작만 했던 그들의 삶을 실제로 볼 수 있게 된 셈이다. 이 연속극의 중독 같은 마력은 좀이 쑤실 정도의 호기심을 충족하는 데 있다. 연속극 시청은 관음증의 하나이다. 우리는 굳게 닫힌 이웃집 문과 열어볼 수 없는 커튼 뒤에서 벌어지는 간통, 알코올 중독, 아내 구타, 상점 도벽, 마약 판매, 에이즈, 십대 임신, 살인 같은 최악의 의혹을 확인할 수 있다. 연속극에 나오는 가족은 우리와 같은 사람들이다. 하지만 그들의 삶은 우리보다 훨씬 더 극적이고 엉망진창인데다 혼란으로 점철돼 있다.

지금까지 나는 가장 인기 있는 연속극만을 얘기했다. 〈이스트 엔더〉와 〈코로네이션 스트리트〉는 의문의 여지없는 노동계급의 것이다. 그러나 우리 텔레비전은 약삭빠르고 친절하다. 그래서 영국의 모든 계급과 계층을 만족시키려고 최선을 다해 각종 연속극을 만들어낸다. 심지어 같은 계급의 경우에도 다양한 연령층을 감안해서 제작한다. 〈이스트 엔더〉와 〈코로네이션 스트리트〉는 남부와 북부의 노동계급을 각각 그려내고 있다. 〈에머데일Emmerdale〉은 한두 눈금 위를 노리는데, 각별히 중하층과 중류층 중에서도 도시민이 아닌 시골 사람 스타일이다. 〈홀리오크스Hollyoaks〉는 주로 십대 교외 스타일 이스트 엔더이다. 흠결이 있음에도 전혀 숨기지 않고 현실을 있는 그대로 옮겨놓는 방식에서 조금 벗어나 약간 매력 있는 인물도 등장하는데, 옷은 그래도 아주 현실적으로 시내 번화가 체인점의 중저가 제품을 입었다. 심지어 때로는 중상층이나 중류층도 자신들만의 연속극을 즐길 수 있다. 한때 〈디스 라이프This Life〉가 방영됐는데, 여기에는 신경과민에 걸린, 말을 세련되게 하는 삼십대 변호사들이 등장했다. 그들은 상당히 매력 있고 세련된 옷을 입었으나 미국 연속극 주인공들처럼 아침에 막 일어났는데도 화장과 머리가 흠 하나 없이 완벽한 상태는 아니었다. 그들의 잦은 과음은 메스꺼울 정도였고 싸움과 다툼에는 그럴싸한 욕이 버무려져 있었다. 싱크대에는 더러운 접시가 들어 있고.

시트콤 규칙

영국 시트콤에도 이런 흠투성이 사실주의 규칙이 적용되는데, 거의 실패자에 대한 얘기다. 실패한 사람, 따분한 일을 하는 사람, 연애도 잘 못하는 사람, 황량한 교외주택에 겨우 사는 사람들 얘기다. 보통 노동계급이거나 중하층이다. 그러나 부유한 인물이 등장한다 해도 절대 잘나가는 사람이 아니다. 주인공들 혹은 영웅들은 차라리 반反영웅이고 우리가 비웃을 수밖에 없는 실패자들이다.

그래서 이 프로그램들은 해외시장 판매에서 문제에 봉착했다. 인기 있던 영국 시트콤 〈남자들은 행실이 나빠요!Men Behaving Badly!〉와 〈디 오피스The Office〉는 미국 시장에 맞게 '번역'되었다. 원본 주인

공은 너무 하류층이고, 너무 실패자이고, 너무 매력이 없고, 너무 노골적이었을 뿐만 아니라 전체적으로 너무 불편하게 사실적이었다. 미국판의 경우 직위를 높이고, 좀더 단정한 얼굴, 좀 나은 머리 모양, 세련된 옷, 좀더 화려한 여자친구, 더 비싼 집, 더 멋있는 라이프스타일로 바꾸었다. 그들의 불쾌한 버릇은 부드럽게 순화하고 더러운 말버릇은 목욕탕과 부엌과 마찬가지로 깨끗이 청소를 했다.[89] (최근 풍자 코미디 〈에피소드Episodes〉도 이런 과정을 거쳤다.)

미국 시트콤이라고 실패자가 안 나온다는 얘기는 아니다. 실패자가 있는데, 그래도 더 나은 실패자이다. 미국의 실패자는 영국과 달리, 전혀 가망이 없고 지저분하며 단정치 못하고 매력이 없는 사람은 아니다. 〈프렌즈Friends〉에서도 등장인물 한두 명은 직업에서 성공하지는 못했지만, 머리 모양은 늘 단정하다. 〈투 브로크 걸즈2 Broke Girls〉에서도 주인공은 무일푼 여종업원이지만 완벽한 몸매와 흠 없는 화장은 시청자들에게 큰 위안이었다. 영국에서 장기간 방영되는 성공적인 미국 시트콤 중에서 〈로잔느 아줌마Roseanne〉[90]만이 경험주의적이랄까. 더불어 현실적이고 냉소적이며, 호기심에 좀이 쑤셔 커튼 사이를 엿보는 영국 시청자들이 선호하는 서민 일일연속극의 초라함에 가장 가까웠다. 영국 시청자들은 시트콤과 연속극에서도 '진실과 일상의 자질구레한 것들을' 보기를 원한다.

내가 미국이나 다른 나라 프로그램보다 영국 코미디가 좋을 뿐

---

[89] 나는 〈남자들은 행실이 나빠요!〉를 쓴 사이먼 나이Simon Nye와 극을 미국 시장에 맞게 각색한 폴 도넌Paul Dornan에게 이런 정보와 영국 코미디의 본성에 대하여 도움을 받는 큰 신세를 졌다.

[90] 영국산 코미디를 말한다. 미국식으로 바꾼 거친 영국 코미디 〈셰임리스Shameless〉는 포함하지 않았다. 하지만 미국식 〈셰임리스〉는 다른 것에 비해 건전해 보이게 하거나 미화하지는 않았다.

아니라 미묘하고 섬세하다고 주장하는 것은 아니다. 차라리 반대에 가깝다. 대개 훨씬 더 유치하고 노골적이고 바보스럽다. 나는 일상 생활을 하거나 대화를 나눌 때는 영국인이 다른 어느 나라 사람들보다 예민하고 미묘한 유머 감각을 발휘한다고 생각한다. 이 재치, 비꼬기, 겸손한 말투의 능숙함은 여러 텔레비전 코미디에 분명히 나타난다. 하지만 아직도 수많은 작품의 등장인물들이 방귀를 뀌고, 궁둥이라는 둥 욕을 하고 다니고, 실제로 궁둥이와 관련된 행위에 법석을 떨어야 최고로 재치 넘치는 대화라고 여긴다.

우리는 〈예스, 미니스터Yes, Minister〉〈예스, 프라임 미니스터Yes, Prime Minister〉 같은 프로그램의 빛나는 재치나 〈더 식 오브 잇The Thick of It〉〈디 오피스〉와 〈로일 패밀리The Rolye Family〉 같은 프로그램이 보여주는 색다른 천재성에 자부심을 가져도 좋다. 영국인이 아이러니와 비꼬기에 정말 뛰어나다는 사실은 누구도 부정할 수 없다(우리는 그럴 수밖에 없다. 혁명과 분노 대신에 이걸 가졌으니까). 우리가 〈베니 힐Benny Hill〉과 〈캐리 온Carry On〉을 만들었음을 잊지 말아야 한다. 이것들은 같은 섹스 코미디라도 곤경과 혼란이 기본인 유럽식(그리고 미국, 오스트레일리아, 일본식) 야단법석 코미디와는 다르다. 동음이의어를 이용한 말장난에 치중하는 방식pun과 두 가지 뜻 중에 하나는 나쁜 뜻을 가진 단어를 이용하는 방법double entendres, 아이러니 등을 이용해서 차별화했다. 이는 영국인이 무엇보다 언어를 사랑한다는 사실을 방증하는데, 이런 요소가 아니라면 우리 프로그램이 더 나을 이유가 없다. 〈몬티 파이튼Monty Python〉은 내용의 사회성이나 사용되는 언어로 보아 이런 것들과는 수준이 다르긴 해도 결국 조금 유치한 학생 수준 유머를 조사하는 프로그램임에 틀림없다.

내게 중요한 것은, 우리 코미디가 다른 나라 코미디보다 더 좋다거나 나쁘다거나, 혹은 더 영리하다거나 노골적이라거나 하는 것이

아니다. 다른 나라 프로그램과 확연히 구별되는 공통 주제나 특색
(이미 언급한 경험주의는 제외하고)이 있어 영국인다움을 이야기해주
고 있는가 하는 점이다. 나는 이 문제를 상당히 오랫동안 여러 코미
디 작가를 비롯한 전문가들과 상의했다. 또 수십 편의 텔레비전 시
트콤, 아이러니 극, 조롱이 난무하거나 상투적인 프로그램들을 열심
히 보면서 이것도 조사의 일환이라고 주장하며 가족과 친구들을 괴
롭혔다. 나는 결국 답에 도달했다. 노골적이든 세련됐든 간에, 영국
텔레비전 코미디는 모두 우리의 영원한 집착, 즉 부끄러움과 창피를
다룬다는 점이다.

　　창피는 다른 나라 텔레비전 코미디, 아니 모든 코미디의 기본 요
소이다. 영국인의 경우 다른 문화권보다 창피를 당할까 두려워하는
심리가 더 강하게 잠재해 있다고 할까. 왜냐하면 우리는 창피를 더
자주 경험하고 걱정하며 염려하기 때문이다. 우리는 자신이 두려워
하는 것을 두고 농담을 하는 경향이 있다(영국인뿐만 아니고 모든 인
간이). 영국인은 창피를 당할까 두려워하는 촉수가 유난히 발달해서
수많은 코미디에서 이를 다룬다. 사교를 두려워하는 영국인은 이런
관계를 맺을 때면 창피를 당할 개연성이 높아지는데, 그래서 우스운
드라마 소재가 많다. 시트콤의 경우 일부러 있을 법하지도 않은 상
황을 만들어낼 필요가 없다. 당신이 다음 시트콤 상황을 상황이라
부르지 않는다면, 우리 시트콤sit+comedy에는 상황sit: situation이라 부
를 만한 것이 없다.

　　보통 교외주택 가족의 무사태평한 생활상(〈우리 가족My Family〉
〈2.4명의 아이들2.4 Children〉〈버터플라이스Butterflies〉〈아웃넘버
드Outnumbered〉), 따분한 사무실의 지루한 일상(〈디 오피스〉), 심지어
평범한 노동계급 가족이 둘러 앉아 텔레비전 시청하는 이야기(〈로일
패밀리〉) 같은 걸로도 충분히 창피할 만한 순간을 잘 그려내고 내고

있다. 내가 틀렸을 수도 있다. 하지만 이런 걸 아주 좋은 시트콤 소재라고 다른 나라에 내세우기는 상당히 힘들 것이다.[91]

리얼리티 텔레비전 쇼 규칙

소위 '리얼리티 텔레비전 쇼'가 영국인의 사교 억제와, 정신분석가들이 말하는 우리네 '사생활 이슈'에 대한 증거가 된다. 리얼리티 텔레비전 쇼는 정신이 제대로 박힌 사람이라면 누구도 '현실reality'이라고 부를 수 없는, 기괴하고, 절대 있을 수 없는 상황에서 등장인물에게 실로 가소로운 임무를 맡겨 서로 경쟁하게 만든다. 이들은 텔레비전에 출연하기 위해 훈련받지 않은 평범한 인간이라는 관점에서는 우리와 같은 진짜real 인간이다. 그러나 텔레비전에 나오기 위해 어떤 일도 감수하겠다는 필사적인 욕망이 있어 우리와는 구별된다. 리얼리티 텔레비전 쇼를 제작 방영하는 것은 영국에서만 볼 수 있는 현상은 아니다. 가장 유명하고 인기 있는 프로그램 〈빅 브러더Big Brother〉는 네덜란드에서 시작되었는데 이제는 각국 현지판이 있어 비교문화 연구의 이상적인 사례가 되었다. 구성은 정말 간단하다. 수천 명의 신청자 중에서 열두 명, 때로 몇 명 더 선정해 특수 제작된 집에 투입되어 9주를 살게 한다. 그 집에는 24시간 일거수일투족을 촬영하는 몰래카메라가 있고 그중 중요한 부분은 그날 저녁 텔레비전에 방영된다. 그들의 생활은 전적으로 쇼 프로듀서들(하나로 묶어서 빅 브러더라고 부른다)이 조정하는데 이들이 임무를 부여하고 상을 내리고 벌도 준다. 매주 하우스 메이트라 불리는 참가자들은

---

91 다른 나라에서도 몇몇 우리 시트콤을 즐긴다(혹은 리메이크 한다). 우리도 다른 나라 것을 많이 본다. 그러나 나는 영국인다움에 대해 말해 줄 영국 텔레비전 코미디에 관심이 있다.

퇴출 대상자 두 명을 정해야 하고 이중 하나를 시청자들이 지목해 내보낸다. 이렇게 매주 반복해서 마지막으로 살아남은 한 명이 승자가 되는데 제법 큰돈을 상금으로 받는다. 모든 참가자들은 잠깐 동안의 명성을 얻고 그중 일부는 D급 연예인이 된다.

영국과 미국 두 나라의 빅 브러더 프로그램만이 참가자들끼리 성행위를 하지 않았다(이유는 각기 다른 것 같다. 우리는 억제하기 때문이고, 미국은 고상한 체 얌전을 빼기 때문이 아닌가 한다). 네덜란드에서는 이제 성행위를 그만하라는 얘기가 나올 정도이다. 시청자들이 이들의 논스톱 성행위를 지켜보기 시작한 것이다. 영국 신문들은 두 참가자가 키스만 해도 발작 증상을 일으킨다. 세 번째 시즌에서 두 사람의 애정 행각이 약간 더 진전되었는데, 그래도 이불로 조심스럽게 잘 가려져 정확히 무슨 일이 일어나고 있는지 모를 정도였다(다른 커플은 거품이 나는 자쿠지 욕조를 이용했다). 심지어 프로듀서들은 프로그램에 흥미를 더하려고 필사적으로 노력했는데, 특별히 작은 연인의 둥지를 하나 만들었다. 다른 동료들의 눈을 피해 두 사람이 사용하라고 만들었는데도(물론 몰래카메라가 촬영은 다 하지만) 감정 억제가 천품인 영국 출연자들은 아무도 유혹을 받아들이지 않았다. 둥지 안에서 개인적인 수다만 떨었다. 2003년 대중지 하나가 5만 파운드(우승 상금과 맞먹는 금액)를 걸고 성행위를 유도했는데도 아무 일도 일어나지 않았다.

다른 나라 프로그램에서는 동료들끼리 정기적으로 고함을 지르는 말싸움, 심지어 의자가 부서지고 접시가 날아다니는 진짜 싸움과 소동이 일어났다. 영국에서는 심지어 목소리를 조금 높이거나 부드러운 야유를 보내는 게 큰 사건이 되었다. 이 정도로도 집 안팎의 수많은 골수팬들이 며칠을 논의하고 추측했다. 그들은 자주 상스럽게 말했는데, 사실은 감정이 격해진 탓이라기보다는 어휘력이 제한된 탓이었다. 처음 몇몇 시즌에서는 놀랄 정도로 절제되고 공손하게 행동했다. 그들은 동료 참가자에게 아주 드물게 화를 냈을 뿐 정말 영국적인 방법으로 불평과 불만을 토해냈다.

비록 쇼는 시합이었지만 진짜 경쟁심이 보이기만 하면 참가자들은 심하게 눈살을 찌푸렸다. 속임수는 페어플레이 정신을 모독하는 것이기에 최악의 범죄였다. 심지어는 이기기 위한 작전을 세우는 행위도 금기였다. 한 참가자는 사실을 인정하고 대가를 치렀다. 거만하게 자신이 세운 영리한 계획을 떠벌렸는데 그는 결국 따돌림당했을 뿐 아니라 바로 퇴출됐다. 만일 동기를 숨기고, 다른 사람들처럼 '즐기기 위해' 왔다고 했으면 승자가 될 수도 있는 좋은 기회였다. 위선의 규칙rule과 함께 위선이 지배한다rules.

억제, 창피, 간접적인 행동, 위선, 철저한 공손함… 모두 영국인다운 특성이다. 당신은 별로 놀랄 일이 아니라고 얘기할 것이다. 그러나 빅 브러더 참가자들이 누구인가를 잠시 생각해보라. 이들은 대중들의 시선에 노출되기를 갈망하며, 참가 신청을 하고, 시험을 치렀다. 9주 동안 하루 24시간을 사생활이라고는 전혀 누릴 수 없고 명령에 따라 바보 같고 창피한 임무를 수행해야 한다. 정상적인 보통 사람들이 아니다. 이들은 이 나라 어디에서든 당신이 만날 수 있는 사람 중에서 최고 노출증 환자들이고, 부끄러움을 모르는 최고 철면피, 최고 관심병 환자들인, 가장 억제가 안 되는 사람들이다. 그러면서도 빅 브러더 쇼에서는 전형적인 영국인으로 행동하는데, 대부분 내성적이고, 행동을 억제하고, 메스꺼워하고, 창피해한다. 아주 취했을 때나 있을 법한 일탈 행위를 합리화하기 위해 일부러 술에 취한 경우에만 이 규칙을 깬다.[92] 비록 그랬다 하더라도 이 출연자들

---

92 영국인의 술에 대한 믿음과 만취 상태에서의 예절에 대해서는 다음 장에서

은 영국인으로서 허용된 범위를 결코 벗어나지 않는다.

내게 이 빅 브러더 쇼의 처음 몇 시즌은 영국인다움 규칙의 내구력을 시험해본 흥미로운 실험이 돼주었다. 비록 악명 높은 노출증 환자들이 빅 브러더 쇼에 참여했는데도, 아무 일도 일어나지 않은 것이다. 이 규칙들은 정말 영국인의 정신에 깊이 박혀 있음이 분명하다.

당시 필사적인 심정이던 프로듀서는 쇼를 좀더 활력 있게 만들 방법을 찾으려고 극적인 장면과 갈등을 통해 참가자들이 영국인다운 억제를 벗게 하려고 애썼다. 그들은 점점 더 극단적인 책략을 쓰기 시작했다. 저열한 임무와 속임수를 써서 불운한 참가자들에게 고통을 주었다. 심지어 참가자를 선정할 때 단순히 시끄럽고 음란하고 불쾌한 타입을 넘어 투렛증후군이 있는 신경정신병 환자(뭐, 분명 욕이 많이 나오게 하는 방법이긴 하다)까지 선정했다.

범죄학자 데이비드 윌슨 교수는 일주일도 안 되어 너무 매스꺼워서 이 쇼의 고문직을 사임했다. 프로듀서가 쇼가 벌어지는 집을 "불량배, 병적으로 자기중심적인 사람, 약탈자, 노출증 환자로 채웠다. 인격장애는 프로그램에 참가하는 자격증이 되었다"라며 비난했다. 제작진들은 정신적으로 불안정한 사람들을 선정하고 나서 출연자를 최대한 자주 술에 취하게 해서 갈등을 빚고 공격을 할 수밖에 없는 상황을 만들었다. 어떤 경우에는 실제로 참가자에게 서로 모욕하고 도발하라고 지시를 내리기도 했다. 또 음란한 행동을 부추겼고 참가자들이 혼란과 방탕에 빠지지 않으면 지루하다고 비난했다.[93]

더 자세히 설명하겠다.

93 나는 윌슨 교수의 언급에 대한 빅 브러더 제작사의 반박을 찾을 수가 없었다. 대신 방송사인 채널4가 입장문을 내놓았다. 프로그램 제작자들은 철저한 검증 절차를 거쳤다고 주장했고 24시간 모니터링과 안전장치, 심리 안정 조치가 항상 따른다고 했다. 윌슨 교수의 걱정과 비난에 정신건강 자선단체

이런 모든 필사적인 책략은 결국은 실제 몸싸움으로 번졌다(여전히 주로 고함과 욕설이 오갔으나 조금 밀고 당기기가 있었고 음식 조금과 식기 몇 개를 던졌다). 심지어는 누구도 다치지 않았으나 안전 요원들이 달려들어 말렸고 '격투의 밤'이라고 기록에 남게 되었다. 고함과 욕설이 오간 다른 사건이 있었는데 이 경우도 신체 폭력은 참가자 한 명이 다른 참가자에게 침을 뱉은 정도에 그쳤다. 언론은 그날을 '두 번째 격투의 밤'으로 기록했다. 그리고 몇몇 성적인 표현(제대로 보이지도 않는 성애 장면)으로 소란이 일어났다. 국제적인 빅 브러더 기준으로 보면 아주 순화된, 사실 별것도 아닌 장면이었다. 그런데도 영국 시청자들은 바로 이 프로그램이 조금 더 창피하고 기괴한 쇼라고 느끼기 시작했다. 결국 이 쇼는 바로 인기가 떨어져 채널4는 할 만큼 했다고 여겨 종영을 결정했다. 쇼는 좀더 안목이 떨어지는 채널5로 옮겨갔으며, 기괴한 짓은 여전히 계속되고 시청률은 더욱더 떨어졌다.

비록 처음 몇 시즌에서 보인 전형적인 영국인의 억제가 쇼에서 지속되진 않았지만 나는 내가 내린 결론을 의심하지 않는다. 사실 탈억제는 감정이 불안정한 참가자를 선택한 다음, 심지어 프로듀서가 의도적이고 극단적인 도발을 계속함으로써 달성할 수 있었다. 결국 이 말은 리얼리티 쇼 프로그램에서도 영국인의 실제reality 행태를 어떤 방식으로든 보여줄 수 없었다는 뜻이다.

독서 규칙

영국인의 언어 사랑은 내가 이 책을 쓰려고 조사를 하다 발견한 국민성 목록에서 중요한 부분을 차지한다. 이 수많은 목록은 우리가

SANE과 영국 정신치료상담협회 같은 심리학계에서도 우려를 표했다.

국가 정체성에 그만큼 불안을 느끼고 있음을 확인해준다. 우리는 불안한 나머지 이런 목록들을 만드는 것이다. 아마 오웰이 선구자인 듯한데 이제는 모두가 이 작업에 참여한다.

팩스먼도 본질적인 영국인다움 목록(오웰 식으로 만든)에 있는 '퀴즈와 십자말풀이'를 들어 영국인이란 말에 강박관념을 가진 사람들이라면서, 엄청난 종류의 신간을 출판하는 출판 산업(세계 어느 나라보다 많은 1년에 15만 종의 신간), 세계에서 제일 많은 1인당 신문 발행 부수, '편집자에게 보내는 독자들의 멈추지 않는 편지의 물결', 만족을 모르는 언어 게임과 퍼즐, 번창하는 극장과 책방들을 예로 들었다.

나는 전국적인 여가 활동 조사 보고서에 독서를 DIY와 정원일보다 더 인기 있는 항목으로 올릴 것이다. 80퍼센트가 넘는 사람들이 정기적으로 신문을 본다(종이 신문이든 온라인 신문이든). 우리의 단어 게임과 언어 퍼즐은 유명하다. 언어와 무관한 취미와 오락, 즉 낚시, DIY, 정원 손질, 수집, 조류 관찰, 걷기, 운동, 반려동물, 뜨개질 등에 관한 전문 잡지들이 많다. 아주 인기 있는 취미일 경우 적어도 여섯 종의 잡지가 주간 혹은 월간으로 발행되고 수백 개의 인터넷 사이트가 있다. 우리는 좋아하는 취미 활동을 실제로 하기보다는 그것에 대한 글 읽기를 더 좋아하는 듯하다.

화장실 독서 규칙

우리는 언제 어디서나 읽는다. 강박관념이라도 있는 것 같다. 영국인은 화장실 근처에 책이나 잡지를 쌓아놓거나 심지어 화장실 안에 선반을 만들어 책과 잡지를 가지런히 놓아두고 읽을 수 있게 한다. 다른 나라 화장실에서도 책이나 잡지 몇 권씩을 보긴 했지만, 이것이 영국처럼 습관이나 전통으로 굳어 있지는 않다. 특히 영국 남성들은 배변을 하는 동안 뭔가를 읽지 않으면 안 되는 경우가 많다고 한다. 읽을거리가 없으면 하다못해 물비누통 사용설명서나 방향제 통에 적힌 성분분석표라도 읽어야 한다.

냉소적인 친구 하나는 아마도 영국인의 변비 증세 때문일 거라며, 글을 좋아해서 그런 것은 아니라고 지적했다. 영국인은 장에 심하게 집착한다는 지적을 종종 받는다. 화장실 캐비닛이나 약장을 뒤져보면(예, 나는 항상 남의 집 세간을 뒤져봅니다. 당신은 안 그런가요?) 우리는 변비약과 지사제를 평균 이상으로 많이 쓰는 것을 알 수 있다. 영국인은 정상적인 배변을 유지하기 위해 고심함을 알 수 있다. 그러나 우리가 독일인보다 더 장에 집착하는가? 독일인의 변기를 보면 우리와 반대로 대변 부분이 편편하게 올라오고 소변 부분이 오목하다. 대변을 걱정스럽게 검열하거나 자랑스럽게 바라보려고 그런 듯하다(달리 설명할 수가 없다). 사실 화장실 독서 습관은 배설 과정에 대한 우리의 창피함 혹은 부끄러움에 대한 강도를 표시하는 것이다. 배설물에 너무 열심히(독일인 방식으로? 혹은 항문 쪽으로?) 초점을 맞추지 말고 글을 보면서 주의를 다른 곳으로 돌리라는 뜻이다. 뭐 이것도 영국인의 위선이다.

화장실 독서 불문율 규칙에 따르면 여기 놓인 책과 잡지는 그렇게 심각한 종류여서는 안 된다. 유머, 인용구 모음집, 유명인 편지나 일기를 모은 책, 기이하고 이상한 기록을 모은 책, 옛날 잡지 등 가볍게 듬성듬성 읽을 수 있는 것이 좋고, 계속 집중해야 하는 책은 곤란하다.

화장실 독서는 영국 가정의 각종 세간과 마찬가지로 유용한 계급표시기이다.

• 노동계급 화장실 도서는 거의 유머러스하고 가벼운 연예계 가십

이나 스포츠 소식을 다룬 것이다. 농담 모음집, 만화, 가끔 퍼즐이나 퀴즈 책이 눈에 띄고, 가십이나 고급 스포츠 잡지가 많다. 모터사이클이나 스케이트보드 같은 취미 잡지도 어쩌다 발견된다.

- 중하층과 중중층은 화장실 독서를 즐기지 않는다. 화장실에 책이나 신문을 가지고 들어가지만, 영구 전시용 도서를 두진 않는다. 그들은 이를 좀 상스럽게 보인다고 여긴다. 이 계급 여성은 화장실 독서를 인정하길 꺼린다.

- 중상층은 화장실 독서가 상스럽게 보일까 두려워하지 않고 대개 화장실에 작은 서재를 둔다. 어떤 중상층의 화장실 수집품은 좀 과시형이다. 책과 잡지는 즐기기 위해서라기보다 감동을 주기 위해 선정한 듯하다.[94] 그러나 재미있는 도서를 잘 선정해놓아서 손님이 정신없이 보다가 소리를 질러야 디너 테이블로 나오는 경우도 종종 있다.

- 상류층 화장실 독서는 노동계급의 취향과 거의 비슷하다. 주로 스포츠와 유머로 이루어져 있다. 스포츠 잡지라면 축구보다는 사냥, 사격, 낚시 관련 도서일 가능성이 많다. 어떤 상류층 화장실 서재에서는 놀랍게도 옛날 어린이책과 오래되고 낡은 《호스 앤드 하운드*Horse and Hound*》나 《컨트리 라이프*Country Life*》를 볼 수도 있다.

---

94 약간 양심의 가책을 느껴 나는 우리 집 화장실 책들을 돌아보았다. 거기서 제인 오스틴의 편지 모음 문고판과 다 떨어진 《타임스》 문학 특집판을 발견했다. 오, 이런, 이걸 보면 과시한다고 할까? 이제는 이런 소리를 해도 소용없지만 다른 사람의 화장실 독서에 대한 언급이 멋지게 빈정거린 것인지 아니면 기막히게 웃긴 것인지 모르겠다. 다른 사람의 화장실 서재를 가지고 그렇게 촐싹거리면서 비난할 일이 아니었다. 어떤 사람은 위르겐 하버마스Jürgen Habermas나 자크 데리다Jacques Derrida를 화장실에서 읽고 정말 즐길 수도 있는 것 아닌가? 나는 내 책을 전부 가지고 나왔다.

신문 규칙

영국인이 글을 사랑한다는 주장을 증명하기 위해 우리 중 80퍼센트가 넘는 사람이 신문을 읽는다고 얘기하면,[95] 영국 문화에 익숙하지 않은 사람은 우리가 죄다 엄청나게 유식한 지식인이라 전부《타임스》나《가디언》혹은 또 다른 심각한 신문을 읽으며 정치 시사 분석에 정신을 빼앗긴 국민이라고 오해한다. 사실은 겨우 네 개만 그런 신문이고, 우리 중 16퍼센트만이 이른바 고급지라 불리는 전국 일간 신문을 읽을 뿐이다.

이것들은 브로드시트broadsheets라고도 불리는데, 왜냐하면 타블로이드tabloids보다 두 배는 크고 넓기 때문이다. 나는 왜 아직도 이 신문들이 다루기 힘든 꼴사나운 크기를 고집하는지 이해하지 못했는데, 통근자들이 기차에서 신문을 읽는 것을 보고는 이유를 알았고, 신문 크기와 이독성易讀性과 다루기 어려움은 문제가 아님을 깨달았다. 요점은 신문이 충분히 커야 사람들이 그 뒤에 숨기 쉽다는 말이다. 영국 브로드시트 신문은 심리학자가 얘기하는 장애물 표시의 경이적인 보기이다. 지금 이 경우는 차라리 성곽 표시라고 해야 옳겠다. 이 큰 사이즈 뒤에 완전히 숨을 수 있을 뿐만 아니라, 넓게 펼친 쪽는 아주 효과적으로 다른 인간과의 상호접촉을 예방한다. 또 타인이 거기에 존재하지 않는다는 착각을 성공적으로 유지함으로써 안도한다. 영국인은 낱말들로 쌓은, 틈 하나 없이 완전한 벽에 누에고치처럼 둘러싸여 있다. 아, 얼마나 영국인다운가?

다른 말로는 대중지라 불리는 타블로이드판은 크기도 작고(그래

---

95 우리는 세계에서 제일 신문을 많이 읽는 나라이다. 정말 놀랍게도 일본을 제외한다면 말이다. 사람들로 꽉 찬 복잡하고 조그만 섬들이니 그럴 거라는… 뭐가 어떻다고?

도 머리와 어깨를 감추기에는 충분하다) 사실 지적으로도 덜 도전적이다. 2004년 이 책이 처음 발간된 이후로 네 개의 브로드시트 신문 중 세 개가 전통적인 독자들의 떠들썩한 항의 속에 좀더 작고 손으로 잡기 쉬운 타블로이드 판형으로 바뀌었다.《데일리 텔레그래프*Daily Telegraph*》는 변화에 저항한 덕에 오히려 판매 부수가 늘었다. 그러나 아직도 사람들은 '타블로이드'와 '브로드시트'로 대중지와 고급지를 구분한다.

타블로이드는 또 레드톱red-top과 콤팩트compact로 갈린다. 후자는 자신을 전자보다 진지하고 더 고급스럽다고 여긴다. 비록 논쟁의 여지는 있지만 콤팩트 신문은 차분하고, 위선적이고 독선적이다. 레드톱은 토플리스 모델의 사진을 실으면서도 전혀 부끄러워하지 않지만, 콤팩트는 레드톱 비슷하게 제대로 옷을 입지 않은 유명 연예인의 파파라치 사진을 실으면서도 '연예계 가십'이라고 포장해서 내놓는다. 신체가 다 드러나는 사진을 실은 기사에 못마땅하다는 코멘트를 달아서 말이다.《데일리 메일》은 전형적인 콤팩트인데 교육 수준이 낮은 중류층의 공포를 악용해서 집값에 대한 강박관념을 부추기며 독자들을 끝도 없이 가지고 논다. 거기에 비해 가장 잘 팔리는 레드톱인《더 선*The Sun*》은 정직하게 노동계급 독자를 겨냥해 맥주 가격을 이용해 분노를 자극한다. 철학자 줄리언 바지니Julian Baggini는 두 신문의 차이를 '더 선＋돈＋공포＝더 데일리 메일'이라고 축약했다. 멋진 지적이지만, 나는 돈 문제를 가지고 조금 궤변을 늘어놓으려 한다. 영국에서는 사회 계급을 부의 유무로 정하지 않는다.《데일리 메일》은 단순히 수입이 많은 사람이 아니라 신분 상승 욕망을 가진―자신을 '중류층'이라고 여기고 이 지위를 증명하고 유지하느

라 불안 초조해하는―중류층을 겨냥한다.[96]

브로드시트는 중상층, 상류층, 그리고 교육 수준이 높은 중중층이 더 선호한다. 이들 신문은 해당 그룹 내에서 어느 정도는 정치적 성향을 대변한다(모두 본질적으로 보수적인 타블로이드와는 달리).《타임스》와 보통 토리그라프Torygraph[Tory: 보수당의 속칭]라 불리는《데일리 텔레그래프》는 우익지인데 그중에도《데일리 텔레그래프》는《타임스》보다 조금 더 우익 성향이다.《인디펜던트Independent》와《가디언》이 조금 좌익 성향이라 보기 좋게 균형을 맞춘다.《가디언》이《인디펜던트》보다는 좀더 좌익 성향으로 알려져 있다. 그래서《가디언》독자라는 말은 주로 조금 정돈이 안 된 듯한, 좌익 성향의, 정치적 올바름을 중요시하는, 수제 두부를 만드는 자연주의자 부류의 사람들을 애기한다. 그럼에도 여기는 영국이니, 이 신문들의 정치적 입장은 극단적이지 않다. 당신이 영국인이 아니라면 그 미묘한 차이를 알아보기 쉽지 않다. 영국인은 정치뿐만 아니라 어느 분야에서도 극단을 싫어한다. 다른 것은 차치하고라도, 특히 정치적 과격파와 광신자들은 좌우를 막론하고, 유머 규칙 중에서 제일 중요한 진지하지 않기 규칙을 깨는 이들이다. 히틀러, 스탈린, 무솔리니, 프랑코가 저지른 숱한 죄 중에서도 겸손하지 않은 죄가 가장 크다. 그런 독재자들은 영국에서는 집권할 가능성이 전혀 없다. 심지어 윤리와 도덕적인 문제는 차치하고 거만함 때문에라도 금방 국민들의 외면을 받

---

96 바지니에게 공정하기 위해, 그는 이런 미묘한 차이와 복잡한 영국 사회 계급은 재미있고 외우기 쉬운 이런 짧은 공식으로 전달하기 어렵다는 점을 인정했다. 나는 내가 왜 이렇게 양심적으로 공정을 기하려고 하는지는 모르겠다. 바지니가 우리들과 술의 역기능적인 관계에 대한 조심스러운 나의 분석을, 내가 한 번도 사용하지 않은 극히 간단한(그리고 잘못된) 방정식으로 축약했는데도 말이다.

을 것이다. 오웰은 최소한 한 번은 잘못을 저질렀다. 소설 『1984』는 영국에서는 현실성이 없다. 그의 소설처럼 빅 브러더(텔레비전 쇼가 아니라 이 소설 속 등장인물)가 정말 등장했다면 우리들은 분명 "어이! 됐거든!"이라고 소리치고 수많은 조롱을 퍼부을 것이다. 이것이 우리들의 파시스트 지도자 지망생 오즈월드 모슬리에게 실제 일어났던 일이다. 거의 대다수의 영국인은 그를 어처구니없는 자로 여겼고 불쌍할 뿐만 아니라 웃기는 사람 취급했다.

브로드시트 독자들은 때로 인쇄된 거대 장벽을 내리고 타블로이드 독자를 깔본다. 그들이 언론의 추함을 두고 불평을 하면, 이는 대부분 타블로이드를 욕하는 것이다.

모리MORI 여론조사에 의하면 우리 중에는 언론에 불만을 품은 사람이 만족한 사람보다 많다. 그래도 차이는 아주 적다고 하니 거의 반반이라는 얘긴데 조사자가 지적하는 바로는 여기에도 모순이 상당히 많다. 전체적으로 소수인 고급지 독자들 때문에, 불만이 있다는 쪽으로 균형추가 약간 더 기울었다. 그들은 자신들이 안 읽는 대중지 때문에 신문에 불평을 터뜨린 것이다. 이들 때문에 언론 전체에 불만을 가진 사람이 많다는 식의 비난이 일었다. 실제로는 읽지도 않으면서 불만을 품은 사람들 때문인데, 이는 영국의 경우 아주 공정한 논점이다. 영국인은 항의를 사랑한다. 영국의 교육 받은 계급은 자신들이 잘 모르거나 전혀 알지 못하는 문제에 시끄럽게 항의하기를 좋아한다. 내가 보기엔 고급지 독자는 자신이 안 읽는 신문뿐만 아니고 사실은 자신이 읽는 신문에도 불만을 표한다. 영국인의 경우 무엇을 산다고 해서 실제 좋아한다거나 만족해한다는 뜻은 아니다. 또 불평이나 불만이 없다는 얘기도 아니다. 아무 뜻 없이 불만을 늘어놓을 기회가 생기면, 예를 들어 우리 의견에 흥미를 표하는 여론조사원을 만나면, 우린 정말 무엇에 대해서든 불평을 한다.

지금은 거의 모든 신문이 온라인판을 내보낸다. 대중지가 수준이 낮다고 냉소하는 속물적인 고급지 독자들도 비밀스럽게 온라인 기사를 본다. 남들 앞에서는 계급과 교육 정도를 과시하기 위해 고급지만 본다. 그들의 컴퓨터 검색 기록을 들춰보면 아마도 대중지 온라인 사이트에 몰래 방문한 기록이 나올 것이다. 일부러 그런 조사를 하지 않아도 많은 중상층 사람들이 자신이 구독하는 신문에 대해 거짓말을 하고 있음을 나는 안다. 조사원에게 대답할 때는 어떻게 빠져나갈 수 있지만 대화 중에는 자신도 모르게 말꼬리가 잡힌다. 나는 그날 대중지에만 나온 기사를 그냥 가볍게 언급해 꼬리를 잡아 몰래 대중지를 읽는 사람 몇 명을 밝혀내기도 했다. "그런 거지 같은 신문을 절대 안 읽는다"던 내 희생자들이 《데일리 메일》과 《데일리 익스프레스》에만 특종으로 나온 기사의 상세한 내용을 얼마나 속속들이 잘 알고 있던지 놀랄 정도였다.

구독료를 내는 고급지 독자로서, 대중지에 어떤 호평을 한다면 나는 아마 반역자로 몰릴 것이다. 그러나 어떤 면에서는 대중지가 부당하게 악평을 받고 있다고 생각한다. 맞다, 나도 그들의 선정주의와 피해망상에 이제 질렸다. 하지만 이른바 고급지도 그런 죄에서 자유롭지 못하긴 마찬가지다. 영국에는 고급지 네 개와 대중지 네 개, 전국 일간지가 도합 여덟 개 있어 서로 생사를 걸고 경쟁을 하고 있다. 그들 모두 때로는 과장과 오도를 해서라도 주목을 끌고 싶은 유혹을 느낄 것이다. 그러나 도덕적인 면은 제쳐두고라도, 대중지와 고급지 기자들은 일반적으로 자질이 훌륭하다. 대중지와 고급지는 스타일이 다르나 기자들 자질은 동일하게 뛰어나다. 이는 놀랄 일이 아닌데, 이유는 그들이 종종 동일 인물이기 때문이다. 기자들은 고급지와 대중지를 왔다 갔다 하고 심지어 두 언론에 정기적으로 기사를 쓰기도 한다.

내 생각에는 계급 장벽을 뛰어넘는 영국인의 말 사랑, 이 열정의 본질은 유식하고 재치 있으며 재능이 뛰어난 고급지 칼럼니스트에 의해서가 아니라 대중지 기사 제목을 쓰는 기자와 부편집자들에 의해 완벽하게 표현된다. 영국의 대중지 중에 아무거나 하나 골라 대충 넘겨보라. 당신은 금방 눈치챌 것이다. 거의 모든 제목이 일종의 말장난, 즉 동음이의어, 농담을 하려고 일부러 철자를 잘못 쓴 단어, 문학이나 역사적 사건 인용, 영리한 신조어, 빈정거리는 되받아치기, 머리와 끝 철자를 이용한 교묘한 말장난인 동운어同韻語[단어의 끝 발음이나 철자가 같은 단어. 영시에서 많이 사용함]와 두운법 등을 사용해서 무릎을 치게 만든다.

물론 동운어의 상당수는 끔찍하다. 그런 유머들은 이해하기 어렵고, 천하며, 유치하다. 성적인 암시가 지나치고, 무자비한 말장난에 우리는 금방 지치고 만다. 그래서 당신을 웃기려거나 영리한 척하지 않고 간단히 요점만 알려주는 단순한 기사 제목에 목마를 것이다. 그러나 뛰어난 창조력과 말재주는 찬사를 받아 마땅하다. 또 의무에 가까운 동음이의어, 동운어를 이용한 말장난, 농담 등은 우리 대중지에 필적할 신문이 없고 정말 영광스럽게 영국답다. 다른 나라도 고급지가 있을 테고, 적어도 우리만큼 기사를 유식하게 잘 쓸 것이다. 그러나 다른 어느 나라의 신문도 영국 대중지만큼 광적으로 말장난에 열을 올리지는 않으리라 장담한다. 여기에 우리가 자랑스러워할 만한 것이 있지 않은가?

가상공간 규칙

최근 영국인은 가공의 도개교를 들어 올리고 상호대면과 접촉으로 인한 정신적 충격을 피하여, 집에 틀어박혀 있을 만한 새롭고 정당한 핑계를 찾았다. 이름하여 가상공간, 즉 이메일, 대화방, 인터넷 게시판, SNS, 인터넷 서핑, 블로그, 메시지 교환 등이다. 이 모든 것이 편협하고 비사교적이며 글을 사랑하는 영국인을 위해 만들어진 게 아니고 무엇이겠는가?

이 가상공간, 영육이 분리된 말의 세계에서 우리는 뜻대로 할 수 있다. 무엇을 입을지 걱정할 필요도 없고, 눈 맞춤을 할지 악수를 할지 에어 키스를 할지 미소만 지을지 고민하지 않아도 된다. 당황스러운 순간, 창피한 첫 대면에 따르는 불편한 침묵을 날씨 이야기로 메울 필요도 없고, 공손한 꾸물거림도 필요 없다. 차 준비도 필요 없고, 회피 행위도 필요 없고, 끝없이 지속되는 이별도 필요 없다. 육체적이고 신체적인 실제 인간을 상대할 필요도 전혀 없다. 그저 쓰인 글들뿐, 우리가 제일 좋아하는 바로 그것들만이 있을 뿐이다.

그중에서도 제일 좋은 것은 가상공간이 탈억제의 장이라는 것이다. 가상공간의 탈억제는 영국만의 유별난 현상이 아닌 세계적인 현상이다. 여러 문화권 사람들이 온라인에서는 더 열려 있고, 더 수다스럽고, 얼굴을 마주 보거나 전화 통화를 할 때보다 덜 과묵해진다. 그러나 이 탈억제 경향은 다른 나라 사람들보다 사교적 촉진제가 훨씬 더 필요한 영국인에게 특별히 중요하다.

중점 집단과 영국인 인터넷 사용자와 인터뷰를 할 때 온라인 대화에서의 탈억제 경향이 계속 거론되었다. 참가자 모두 예외 없이 가상공간에서는 실제 만남보다 주저하지 않고 자신을 더 자유롭게 표현할 수 있다고 했다. "현실 생활에서는 감히 할 수 없을 말을 페이스북에서는 했답니다." "맞는 얘깁니다. 나는 온라인에서는 자제력을 잃어버립니다. 약간 술에 취했을 때와 같습니다."

많은 정보 제공자들이 온라인이냐, 오프라인이냐에 따라 대화 스타일이 크게 달라진다. 정말 대단한 차이다. 현실에서는 하지 않을 말을 온라인에서는 한다는 게 아닌가. 이 흥미로운 실수는 온라인 대화 분위기로 인해 우리가 탈억제되는 현상의 본질을 알 수 있는 실마리를 제공한다. 사이버스페이스라는 말을 만들어낸 윌리엄 깁슨William Gibson[미국, 캐나다에서 활동하는 SF 소설가]의 "이것은 장소가 아니고 공간도 아니다"라는 말이 옳다. 우리는 가상공간은 현실과 어떻게든 분리되어 있다고 여긴다. 여기서 하는 행동은 현실 생활('in real life' 줄여서 'IRL'이라고 부르는)하고는 다르다.

이런 의미에서 가상공간은 문화인류학자들이 경계 공간, 즉 해방구라 부르는 곳이라 볼 수 있다. 변경이고 어디에도 속하지 않고 경계에 있는, 일상의 영역과는 분리된 곳이다. 여기서는 통상의 규칙과 사회 체제는 일시 정지되고 대안적 존재 방식을 짧게나마 탐험할 수 있다. 이메일과 채팅에서는 통상의 철자법과 문법을 따르지 않듯이, 현실에서 우리의 태도를 좌우하는 사교불편증과 제한을 쉽게 무시할 수 있다. 영국인이 비영국인처럼 행동하는 것이다. 예를 들면 가상공간의 SNS, 채팅, 게시판에서는 현실과는 달리 전혀 모르는 사람과 쉽게 말문을 여는데 이것이 정상일 뿐만 아니라 적극 권장된다. 심지어 현실 생활에서는 절대 밝히지 않을 개인적인 사항도 밝힌다. 이는 정기 연구로 밝혀진, 왜 전통적인 현실 공간보다 가상공간에서 친구 관계 형성과 발전이 더 쉽게 이루어지는지를 설명해준다.

많은 친사교적 탈억제는 환상에 근본을 두고 있다. '해방구 효과'로 사람들은 이메일이 일과성을 띨 뿐만 아니라 종이에 쓴 글이나 얼굴을 보고 하는 이야기보다 구속력이 적다고 느낀다. 사실은 이것이 더 오래갈 수 있고 훨씬 조심성이 없는 일일지도 모르는데 그렇게 느끼지 않는다. 그래서 많은 영국인이 온라인 대화의 대체 현실alternative reality에서 해방감을 느끼지만 사실은 바람직하지 못한 상황에 처할 수도 있다. 술에 취해서 한 말이나 행동에 후회하듯이 가상공간에서 자제하지 않고 한 행동으로 그럴 수도 있다. 문제는 가상공간이 현실과 떨어져 있지 않고, 사무실 크리스마스 파티가 열린 현실과 나란히 동행하는 세계라는 것이다. 지나치게 탈억제된 이메일, 게시물, 트윗은, 사무실 파티에서 저지른 경솔한 실수처럼 나중에 우리를 괴롭힐지 모른다. 그래도 나는 이 가상공간 해방구 효과는 영국인의 사교불편증을 극복하게 하는 것만으로도 단점보다 장점이 훨씬 더 많다고 주장한다.

내가 서문에서 지적했듯이 국가적인 성격이란 은유일 뿐 문자 그대로 받아들여선 안 된다. 영국인의 억제는 문화적인 것이다. 불문율과 규범에 대한 순종의 문제이고 이런 규칙들은 깊이 각인되어 있으며 우리들은 거의 무의식적으로 이에 순종하지만, 개성 문제는 아니다. 불문율 규칙의 '문화적인 해방구'(퍼브, 경마장, 축제 줄서기 등등)에서는 우리들은 억제를 던져버린다. SNS, 게시판 같은 가상공간은 나름의 사교 규칙(공지와 불문율)이 있다. 우리 영국인들도 자주 방문하는 사이트와 게시판의 규칙에 따라 억제를 풀고 거기에 적응한다. 이런 사이트와 게시판은 여러 나라 네티즌도 방문할 수 있으며 언어적 지표가 없다면 영국인 참여자와 다른 나라 참여자를 구별하기 정말 어렵다. 우리가 갑자기 영국인 특유의 억제와 함께 이상한 버릇을 완전히 던져버리지는 않는다. 그러나 가상현실 공간에서는 사교불편증에서 잠시 해방되어 영국인 같지 않은 행동을 한다.

나는 이 나라 십대들과 아이들이 텔레비전 시청보다 온라인 채팅과 서핑으로 더 시간을 보낸다는 사실을 알았을 때 전혀 놀라지 않았다. 많은 부모들과 지식인들이 이런 경향에 우려를 표했지만 나는 여기에 동참할 생각이 전혀 없다. 텔레비전 스크린을 멍청하게 쳐다보기보다는 우리들의 아이들과 십대들은 과거에는 펜팔이라 불렀던 외국 친구들과 스스럼없이 어울리거나 구글 검색을 하고 인터넷 서핑으로 관심 있는 주제를 찾아 읽으며 시간을 보낸다. 그들은 상당한 시간을 최소한 읽고 쓰면서 보내고 있지 않는가? 뭐가 그리도 엄청난 일인가? 그들이 찾아 읽고 쓰는 주제들이 비록 우리들의 입맛에는 안 맞을지 몰라도, 언제는 그들이 우리 입맛에 맞추어 행동했나.

덧붙여 말하면, 우리 젊은이들이 SNS에 몰두하면서부터 공공장소 기물을 파괴하거나 훼손하는 행동이 크게 줄었는데, 아마도 우연이 아닐 것 같다. 페이스북, 트위터, 게시판, 대화방 그리고 블로그를 통해 십대 시절의 고민을 내뱉고 관심을 끌고 친구를 사귀고 사람들에게 영향을 미칠 수 있는데 누가 버스정류장을 부수고 빌딩 벽에 스프레이로 힘들게 벽화를 그리고 공중변소 벽에 낙서를 끼적이겠는가?[97]

쇼핑 규칙

비록 온라인 쇼핑이 늘어나고는 있지만, 쇼핑은 분명 집 안이 아니라 공공장소인 상점에서 일어나는 일인데도, 개인적이고 가정적인 행동인 오락에 포함하니 좀 이상할 수도 있다. 우리는 지금 영국인 얘기를 하고 있으므로, 이 말은 영국인의 경우 옥외 활동도 개인적인 행동이나 가정 활동과 비슷하게 취급할 수 있다는 뜻이다. 대다수 사람에게 쇼핑은 사회적 오락이 아닐뿐더러 집안일에 불과하다. 그래서 쇼핑은 일의 규칙을 다룬 장에서 다루어야 한다.

쇼핑이 일에 포함되어 있는 것을 보면 좀 이상할 것이다. 쇼핑이

---

97 인터넷은 인간의 사교 활동을 근본적으로 변화(내 생각에는 우리에게 이득이 되는 쪽으로)시키고 있다. 우리는 휴대전화처럼 인터넷을 좀더 부족적인 사교 활동을 부활시키는 데 사용하고 있다. 그러나 영국인다움을 논하는 책에서 아주 넓은 사회문화적 변화를 논하는 일은 적합하지 않다. 그래서 나는 거기에 대해서 다른 책을 쓸 계획이다.

일이라고는 여겨지지 않기 때문이다. 개념으로서의 쇼핑과 실제 쇼핑은 흥미로우나 좀 이상한 조합이다. 즉 우리가 얘기하는 쇼핑에 대한 추상적인 개념과 직접적인 경험의 대비를 말하는 것이다.[98] 미디어, 조사자, 사회문제 평론가들은(그리고 일상 대화 속에서는) 쇼핑을 얘기할 때 쾌락주의, 물질적·개인적 관점에만 초점을 맞추는 경향이 있다. 특히 쇼핑 중독, 쇼핑 중독 치료, 광고의 힘, 섹스와 쇼핑을 다룬 소설, 쇼핑과 자기 탐닉, 쇼핑의 즐거움, 여가로서의 쇼핑, 사람들이 필요도 없는 물건을 있지도 않은 돈으로 산다는 식의 논의를 할 때는 거의 그런 쪽에만 초점을 맞춘다.

쇼핑은 앞서 말한 모든 것을 의미할 때도 있다. 하지만 부자나 젊은 사람을 제외한 보통 사람의 쇼핑은 정신 나간 쾌락주의 이미지와는 딴판이다. 일상에서의 쇼핑은 대개 비축 행위다. 자질구레한 생활용품들, 즉 식품, 음료, 가루비누, 화장지, 전구, 치약 등을 산다. 이는 물질을 획득해 만족을 얻으려는 행위라기보다는 수렵채집인이었던 우리 선조들이 옛날부터 해오던 일일 뿐이다. 쇼핑은 생산이라는 측면에서 보면 일이 아니고 소비 활동이다. 그래서 쇼핑객은 소비자다. 그러나 많은 쇼핑객에게는—서비스 제공이라는 개념으로 보면—이것은 일이다. 특히 무보수로 하는 서비스다.

반면 쇼핑을 짜증 나는 자질구레한 일이라 여기는 사람에게도 때로 쇼핑이 즐거운 여가 활동이 될 수 있다. 내 조사에 따르면 81퍼센트의 사람들이 한 달에 한 번은 즐거움이나 여흥을 위해 쇼핑을 했다.

---

98 대니얼 밀러Daniel Miller는 북부 런던에서 실시한 민족지학적인 쇼핑객 연구에서 이를 관찰했다. 나도 그에 흥미를 느껴 현장조사에서 준과학적인 방법으로 시험해보았다.

나의 비공식 현장조사 중 인터뷰를 한 대다수 쇼핑객은 일상적인 쇼핑과 즐거움을 위한 쇼핑, 비축과 재미, 일과 놀이를 구분했다. 실은 내가 제한을 두지 않고 질문을 던지면 때로 어떤 타입의 쇼핑을 말하는지 되물었다(한 여성은 통조림과 기저귀 구입을 말하느냐, 아니면 여자들끼리 재미로 하는 쇼핑을 말하느냐고 되물었다). 또 다른 경우에 대답을 들어보면 내가 어떤 쇼핑을 가리키는지를 그들이 어떻게 짐작했는지 분명해진다. 이는 대개 인터뷰 장소에 따라 달라진다. 슈퍼마켓에 있는 사람들은 일상 쇼핑으로 짐작하고, 옷 가게, 골동품 가게, 정원 센터에서 만난 이들은 재미 쇼핑으로 짐작해버리는 경향이 있다. 나이에 따라서도 다르다. 십대, 학생, 이십대는 주로 쇼핑이라고 하면 놀이, 여가, 재미 종류라고 짐작하고, 나이든 층은 자질구레한 물건, 비축, 일상적인 행위를 연상하는 경향이 있다.

성별과 쇼핑 규칙

쇼핑에 대한 구분에는 성별에 따라 큰 차이가 있다. 남자는 여성들보다는 쇼핑을 구분하지 않고, 심지어 어떠한 쇼핑에서든 즐긴다는 것을 인정하려 하지 않는다. 특히 영국 노년층 남자의 사고에는 쇼핑 즐기기를 금하는, 혹은 적어도 그런 즐거움이 있다고 인정하거나 말하기를 금하는 불문율이 있는 것 같다. 그들은 쇼핑에서 즐거움을 느끼면 남자답지 못하다고 여긴다. 진정한 남성미는 특히 필수품이 아닌 물건과 고급품을 포함한 모든 상품을 대하는 태도에서 보여야 한다고 믿는다. 이는 필요에 따라 하는 일이지 즐기자고 하는 일은 아니다. 그에 반하여 대다수 여자들은 재미로 하는 쇼핑을 기꺼이 인정한다. 심지어 일부는 비축을 위한 쇼핑조차 대단히 즐긴다고 한다. 혹은 적어도 자부심과 즐거움을 느낀다 한다. 이런 규칙을 따르지 않는 남자와 여자도 있는데 그들은 표준이 아니라 별

종들로 여겨진다.

쇼핑을 대하는 마음가짐의 규칙은 몸가짐에 나타난다. 나는 이를 수렵 채집 규칙이라고 부르는데, 남자는 설득을 당해서 마지못해 쇼핑할 때는 사냥꾼처럼 한다. 여자는 쇼핑할 때 채집하듯이 한다. 남성 쇼핑은(혹은 더 정확하게 말해 남성다운 쇼핑) 목적론에 입각해 있다. 먹이를 선택하고 옆도 안 돌아보고 단호하게 잡아챈다. 여성(혹은 여성다운) 쇼핑은 더 유연하고 기회주의적이다. 천천히 구경하면서 무엇이 있는지 본다. 대충 무엇을 찾는지 알면서도 더 좋은 물건, 혹은 바겐세일 상품을 보면 마음을 바꾼다.[99]

상당수 영국 남성은 자신들이 얼마나 지독하게 쇼핑을 못하는지 강조해서 남성다움을 나타낸다. 쇼핑을 여성의 기술로 여긴다. 이것을 너무 잘하면, 사냥꾼 같은 몸가짐을 인정받아야 하는 남성의 성적 취향이나 기백을 의심 받을 위험에 빠진다. 자신의 이성애 취향을 애써 증명하고 싶어 하는 사람들 사이에서는 이런 쇼핑 기술은 오직 동성애 남자─혹은 몇몇 정치적 올바름을 실천하는 자, 신남성New Man, 페미니스트 부류─들만이 자랑스러워한다는 생각이 암암리에 자리 잡았다. 진짜 남자라면 쇼핑을 피하고 쇼핑에 대한 증오를 고백하며, 쇼핑을 꼭 해야 한다면 아무 짝에도 쓸모없을 정도로 엉망으로 해야 한다.

이유는 게으름 때문이기도 하고, 미국인이 일부러 사고 치기klutzing out라 부르는 방법 때문이기도 하다. 이는 집안일을 일부러 엉망으로 처리해 다시는 그런 일을 시키지 않게 하는 수법이다. 그

---

99 쇼핑에 관한 내 조사에 최근 미세하긴 하나 큰 변화가 나타났다. 젊은 남자들 중에는 쇼핑을 할 때 여성스러운 쇼핑을 하는 경향이 나타나고 있다. 늙은 여성 소비자들은 남성스러운 태도로 쇼핑하기 시작한다. 그러나 일반적인 수렵 채집 규칙은 아직 살아 있다.

러나 영국 남성이 쇼핑을 못하는 다른 이유가 있으니, 쇼핑을 못한다는 데 대단한 자부심을 갖기 때문이다. 그들의 배우자는 대개 장단을 맞춰준다. 남편들이 슈퍼마켓에서 길을 못 찾는 꼴을 보면서 화를 내는 척하고, 계속 놀리고, 남들에게 최근의 바보 같은 실수를 얘기해준다. 그렇게 해서 남편이 남성미를 과시하는 것을 은근슬쩍 돕는다. 내가 슈퍼마켓 커피숍에서 인터뷰한 부인은 "오, 저 사람은 전혀 가망이 없어요. 아무것도 몰라요. 그렇지요? 당신?"이라고 하면서 짐짓 수줍은 표정을 짓는 남편을 사랑스럽게 바라보면서 미소 지었다. "내가 토마토를 사오라고 했더니 글쎄 토마토케첩 깡통을 사왔지 뭐예요. 그러곤 하는 말이, '그것도 토마토로 만들었잖아' 하지 않겠어요? 기가 막혀서! 토마토케첩을 샐러드 만드는 데 어떻게 써요? 남자란! 항상 그렇지요, 뭐!" 남자는 분명 자부심으로 얼굴에 홍조를 띠면서, 자신의 남성다움을 확인 받은 터라 매우 유쾌하게 웃었다.

'쇼핑은 절약' 규칙

대개 일상용품을 비축하는 타입의 쇼핑을 하는 대다수(최근 통계에 의하면 93퍼센트) 영국 여성들에게 쇼핑은 기술이자 관습이다. 심지어 비교적 부유한 계층에서도 쇼핑이란 철저히 절약해서 해야 하는 일로 간주해 이를 잘하면 자부심을 갖는다. 모든 물건을 가능하면 싸게 사야 한다는 뜻이 아니고, 가격에 비해 좋은 상품을 사야 하고 낭비나 사치를 하지 않아야 한다는 얘기다. 영국 쇼핑객은, 쇼핑은 지출 행위가 아니고 절약 행위라는 취지를 공유한다.[100] 식품이나 옷

---

100 이것도 대니얼 밀러가 관찰 실험했고, 성공적으로 내 현장조사에 응용되었다.

에 얼마를 썼는지를 말할 게 아니고 얼마를 절약했는지를 얘기해야 한다. 당신은 절대 어떤 물건에 터무니없이 돈을 썼다고 자랑해서는 안 된다. 그러나 싼 물건을 찾았을 때는 자부심을 느끼고 얘기해도 된다.

이 규칙은 모든 계급에 적용된다. 상류층에서도 터무니없는 소비는 천박하다고 여기며 하류층에서는 거드름을 피우거나 과시하는 행동으로 취급한다. 영국인은 노골적이고 어리석은 미국인이나 어떤 물건에 얼마나 썼는지 자랑해서 자기 부를 내보인다고 여긴다. 영국인은 계급을 막론하고 어떤 물건을 얼마나 싸게 샀는지 자랑한다. 이는 돈 얘기 금기의 몇 안 되는 예외 중 하나다. 어느 정도가 싸고 좋은지는 계급과 수입에 따라 다르다. 그러나 원칙은 같다. 당신이 얼마를 주고 샀든, 어쩌다 보니 돈을 절약했다고 하면 된다.

430

사과와 불평의 선택

당신이 비싼 물건을 제값 주고 샀을 때는 그냥 가만히 있어야 한다. 그게 불가능하면 두 가지 선택이 있는데, 둘 다 대단히 영국적이다. 사과조로 한탄하거나("오, 어쩌면, 이럼 안 되는데, 너무 비싼 물건인데 도저히 참을 수가 없어서, 내가 정말 못됐어요…") 불평해야("정말 말도 안 되게 비싸더라고요. 그렇게 비싸게 받아도 괜찮은지 몰라? 완전 바가지예요") 한다.

둘 다 결국은 자랑이다. 공공연히 부를 과시하는 천한 짓을 하지 않고도 미묘하게 낭비의 능력을 보여주는 방법이다. 그리고 둘 다 공손한 평등주의의 한 형태를 보여준다. 때로 부자조차도 아주 비싼 물건을 샀다며 창피해하면서 사과하거나 언짢아하고 분개하는 척한다. 별로 힘 안 들이고 살 수 있는데도 사람들이 빈부 차에 관심을 쏟지 않게 하려고 그러는 것이다. 영국인의 삶이 그렇듯, 쇼핑도 예의 바른 조그만 위선 덩어리다.

블링 예외

쇼핑의 절약 원칙에서 불평이나 사과와 연관이 있는 중요한 예외가
있다. 지금 이 나라 일부 젊은이들 사이에는 미국 흑인 힙합·갱스
터·랩 문화의 영향을 받아 부를 자랑하는 하위문화가 있다. 비싼 디
자이너의 옷과 화려한 금 장신구를 달고(이를 블링블링bling bling이라
하는데 지금은 그냥 줄여서 블링이라고 한다) 비싼 크리스털 샴페인과
코냑을 마시며 비싼 차를 몬다. 이런 터무니없는 사치를 조금도 창
피해하지 않고, 오히려 아주 자랑스러워한다.

그럴 수 없는 대다수 젊은이들(특히 하류층 십대들)은 제대로 된
디자이너 옷 한두 벌이라도 사려고 안달복달한다. 이런 옷을 샀을
경우에는 얼마나 비싼지 궁금해하는 친구들에게 자랑한다. 이 블링
문화는 주류 영국인다움에 대한 도전일 뿐 그리 큰 예외도 아니다.
반지를 많이 낀 두 손가락을 위로 치켜들어 우리의 모든 불문율, 즉
겸손, 억제, 겸허, 공손한 평등주의 그리고 전반적인 위선 등에 도전
한다. 젊은이들이 이 코드에 도전함으로써, 이 코드가 여전히 매우
중요하다는 사실이 또다시 확인되었다. 다시 말해 자기네 방식대로
반항함으로써 되레 주류 문화 코드를 증명했다고나 할까.

어찌 되었건 반항의 형태로서 블링은 별로 효과적이지는 못했
다. 단어와 마찬가지로 스타일 또한 점차 주류 문화가 되어버렸기
때문이다. 블링은 이제 단순히 반짝거리고 광채가 나거나 화려한 물
건을 가리키는 단어가 되어버렸다. 그래서 이제는 젊은이들의 여러
하위문화 패션들처럼 아주 약화된 형태로 모든 연령대와 계급의 옷
장을 차지하고 있다. 결정적으로 주류 문화에서 이제 블링은 더 이
상 부를 과시하는 것이 아니다. 전형적인 영국 패션에서, 모든 연령

대의 주류 블링 착용자들은 블링한 샌들이나 목걸이를 얼마나 싸게 샀는지를 자랑하곤 한다.

계급과 쇼핑 규칙

쇼핑에서 절약 규칙은 계급 장벽을 넘어서 적용된다. 심지어 블링 예외도 한 계급에만 해당되지 않는다. 이 스타일은 출신 배경을 막론하고 상류층 남학생들에게까지 퍼졌다. 그들은 자기 꼴이 얼마나 우스운지 모르고, 포주 같은 옷을 입고 슬럼가의 흑인 갱처럼 말하면서 걸으려고 애쓴다(다른 상류층 청년들은 옷이 아니라 은어를 받아들였다. 전원형 트위드, 바부어Barbour[전형적인 영국 시골 귀족이나 지주 신사들이 즐겨 입는 스타일의 상표] 재킷을 입고, 녹색 장화를 신은 채로 서로를 '형제bro'나 '친구homie'라고 불러 더욱 바보처럼 보인다).

쇼핑의 다른 측면들은 영국 계급제도의 복잡성과 깊이 얽혀 있다. 어디서 무얼 쇼핑하느냐가 바로 계급표시기이다. 그러나 이는 상류층이 비싼 상점에서 쇼핑하고 하류층이 싼 상점에서 쇼핑한다는 식으로 간단히 설명할 문제가 아니다. 예를 들면 중상류층은 바겐세일 상품을 찾아 중고 가게나 자선단체 상점을 간다. 중하층이나 노동계급은 죽으면 죽었지 절대 안 가는 곳이다. 최근까지 많은 중상층이나 중중층은 이름마저 박리다매임을 내보이는, 노동계급이 이용하는 코스트커터Costcutter, 파운드랜드Poundland 같은 저렴한 슈퍼마켓에서 식품을 사고 싶어 하지 않았으나 점점 변하고 있다. 대신 중류층이 가는 세인즈버리Sainsbury's나 테스코Tesco(필요하다면 슈퍼에서 추천하는 가성비 좋은 물건을 산다) 혹은 그보다 고급인 웨이트로즈Waitrose를 이용했었다.

출신 계급 때문에 슈퍼마켓을 선택한다는 사실은 물론 아무도 인정하지 않을 것이다. 아니다, 우리는 양질의 식품과 다양한 유기농과 외래종 채소 때문에 중류층 슈퍼마켓을 이용한다고 말한다. 심지어는 물건이 싼 아스다Asda와 모리슨Morrison 혹은 어디에나 있는 독일계 할인 매장 리들Lidl과 알디Aldi에도 중류층 슈퍼마켓과 똑같은 상표의 물건이 있는데 그걸 알면서도 모르는 척하며 그렇게 얘기한다. 청경채를 어떻게 요리하는지, 유기농 뿌리셀러리를 어떻게 먹는지는 모를 수 있다. 그러나 켈로그 콘플레이크와 안드렉스 화장지 옆을 지나가면서, 그것들이 거기 있다는 건 알고 싶어 한다.

경제 위기 때문에 쇼핑 태도가 약간 바뀌었다. 이제는 중상층 계급도 노동자 계급의 저렴한 슈퍼마켓에서 쇼핑하기를 덜 꺼린다. 확실하게 안정되어 계급 구분에 초연한 중상층은 자선 상점에서 좋은 물건을 샀을 때 본인의 미덕을 자랑하는 기분으로 노동계급 슈퍼에서 쇼핑한 일을 자랑하기까지 한다. 사실 알디나 리들 쇼핑백을 자랑함으로써 이런 슈퍼에서 발견한 할인 상품 자체가 자신들이 확고한 상위 계급임을 대신 말하게 하는 것이다. 그들은 "나는 하류층의 상징을 두려워하지 않을 정도로 의문의 여지없이 확고한 상류층이다"라는 말을 효과적으로 하고 있는 셈이다. 그들은 리들이나 알디 같은 대륙에서 건너온 이국적인 할인 매장을 따분한 아스다나 모리슨보다 좀더 선호하는 편이다. 하릴없이 '디스커버리' 취급을 받기를 고대해온.

M&S 실험

만일 당신이 대단히 난해한 쇼핑의 계급표시기를 판독하고 싶다면, 막스&스펜서M&S: Marks and Spencer에서 쇼핑객들과 인터뷰를 해보고 그들을 지켜보라. 당신은 이 영국적인 번화가 체인점의 복도에서 있는 투명한 계급 장벽을 잘 살펴보아야 한다. M&S는 의류, 신발, 가구, 침구류, 비누, 화장품, 식품, 음료 등을 파는 일종의 백화점으로, 자가 상표 제품만을 판다.

- 중상층은 품질 좋고 비싼 식품을 M&S 식품부에서 사고 아주 행복하게 M&S 내의와 평범하고 기본적인 티셔츠 등을 산다. 그러나 어린이옷을 제외하면, M&S 제품이라는 표시가 나는 무늬가 들어가는 옷은 절대 사지 않는다. 물론 파티 드레스도 여기서 안 산다. 아무리 잘 만들어지고 편안하다 해도 M&S 신발을 신는다는 생각만 해도 메스꺼움을 느낀다. M&S 수건과 침대보는 사도 소파, 커튼, 쿠션은 안 산다.
- 중중층도 M&S 식품을 산다. 그러나 일주일치 식품을 전부 여기서 사기에는 예산이 모자라 값이 비싸다며 불평(물론 M&S 측에 하지 않고 자기네들끼리)을 늘어놓는다. M&S 식품의 가격은 품질에 비하면 비싼 편이 아니라는 점은 그들도 인정한다. 그리고 콘플레이크와 화장지는 세인즈버리 혹은 테스코에서 산다. 그들은 중상층보다는 (무늬가 들어간 것들을 포함해서) 많은 종류의 옷을 여기서 산다. 비록 최근에는 교육 수준이 더 높고 계급 상승을 원하는 중중층도 M&S의 패턴이 들어간 옷을 더 이상 사지 않음으로써 계급의 상징 같은 M&S을 떠나 중상층과 합류하는 경향이 나타나긴 하지만 말이다. 하지만 화려한 페르 우나Per Una는 그래도 비난하지 않는다(젊은 계층을 위한 컬렉션이라고 했지만 실 구매자는 거의 중년층이나 나이든 여성들이다). 그들은 여전히 무늬가 없는 특별 한정 상품이나 오토그라프Autograph 종류는 겸손한 마음으로 가끔 산다. 또 M&S 소파, 커튼, 쿠션에 불만이 없다. 십대 자녀들은 여기 옷을 싫어한다. 계급 때문이 아니라 더 젊고 유행에 민감한 번화가 패션 체인점 옷을 사고 싶어서다.
- 중하층과 신분 상승을 열망하는 상류 노동계급은 M&S 식품을

산다. 그러나 보통 아이들에게 주는 특식이나 산다. M&S의 조리된 식품은 외식을 대신해 일주일에 한 번 정도 먹으려고 산다. 여기서는 식품을 정기적으로 살 수 없다. 그러면 사치를 한다거나 거들먹거린다는 소리를 듣는다. "올케가 글쎄 채소랑 물비누를 포함해 뭐든 M&S에서 산대, 멍청한 것!"이라고 중년 여인이 경멸하는 투로 콧방귀를 뀌었다. "완전히 폼 잡는 거지! 자기가 우리보다 낫다고 생각하는 거라고." 반면에 M&S 옷은 검소하고 훌륭하며 품위 있는 중하층들에게 비싸지만 값을 한다는 평을 받는다. 그들은 "잘 봐! 싸지는 않아. 그래도 품질은 좋지!"라고 얘기한다. 일부 중하층은 쿠션, 이불, 수건 등에 대해서도 그렇게 느낀다. 나머지 중하층은 "좋긴 한데 그래도 너무 비싸!"라고 한다.

만일 당신이 영국 쇼핑객의 계급을 재빨리 파악하고 싶다면 집안 내력, 수입, 직업, 집값(물론 물으면 무례하다고 하니)을 묻지 말고 M&S에서 무엇을 사는지, 또 무엇을 사지 않는지를 물어보라. 이 실험은 오로지 여자에게만 통한다. M&S 여자용 니커 반바지와 무늬 있는 파티 드레스의 차이, 이 하품 나고 골치 아픈 사회적 차이를 남자들은 다행스럽게도 알 필요가 없고 알려 하지도 않는다.

반려동물과 페티켓

영국인에게 반려동물을 키운다는 것은, 삶이 오락이 아니듯 정말 오락이 아니다. 사실 '반려동물을 가진다keeping pet'는 표현은 부정확하고 불충분하다. 우리 동물들의 기고만장한 신분을 전달하는 데는 역부족이기 때문이다. 집이 영국인의 성이라면, 성의 진짜 주인은 그의 개다. 다른 나라 사람들은 별 다섯 개짜리 개집을 사고 비단 안감 바구니를 사준다면 영국인은 개가 온 집을 점령하도록 그냥 내버려

둔다. 우리 개와 고양이는 소파와 의자 여기저기에 늘어져 자고 언제나 벽난로 앞이나 텔레비전 앞 제일 좋은 자리를 차지한다. 우리 아이들보다 더 관심, 애정, 감사, 격려, 좋은 시간과 음식까지 제공받는다. 좋은 대접은 다 받고, 하고 싶은 일은 다 하고, 놀고 싶은 데는 다 가본 이탈리아의 어린아이를 상상해보라. 그러면 당신은 대충이나마 영국 반려동물의 신분을 알 수 있을 것이다. 왕립동물학대방지협회가 전국아동학대방지협회보다 반세기도 전에 생겼다는 것을 아는가. 그나마 느낀 바가 있어 후자를 모방해 만든 것처럼 보인다.

왜 이런가? 영국인과 개가 어떻다고? 그렇다. 다른 문화권에도 반려동물은 있다. 그중 일부는 자기네 방식으로는 우리만큼 반려동물에게 물러빠졌다. 그러나 영국인의 무절제한 동물 사랑은 많은 외국인들이 어리둥절해하는 유명한 특성 중 하나이다. 반려동물에 대한 미국인들의 과장되고 지나친 감상주의와 입을 딱 벌리게 하는 씀씀이는 우리를 능가한다. 온갖 싸구려 눈물바람을 일으키는 영화들, 수고를 아끼지 않은 반려동물 공동묘지, 최고급 장난감, 정말 웃기는 유명 디자이너의 개 옷들을 보라. 하긴 그들은 언제나 모든 면에서 넘쳐나는 감정과 헤픈 씀씀이로 우리를 능가했으니 사실 놀랄 일도 아니다.

영국인과 동물의 사이는 유별나다. 우리 개는 신분의 상징보다 더 중요하고(비록 이 분야에서 충분한 역할을 하고 있지만) 그들에 대한 우리의 애정은 단순한 감상을 훨씬 넘어선다. 때로 얘기하기를, 우리는 그들을 사람처럼 대한다는 데 이는 사실이 아니다. 당신은 우리가 사람을 어떻게 취급하는지 본 적이 있나? 동물을 사람처럼 차갑고 불친절하게 대하는 일은 도저히 상상할 수도 없다. 오케이! 나는 과장하고 있다. 약간. 그러나 사실 영국인은 사람보다는 동물들에 훨씬 더 열려 있으니, 동물과 함께 있으면 마음이 편해지고, 대화가 통하며, 감정 표현도 더 잘되는 경향이 있다.

일반적인 영국인은 동류 인간과 사교적인 접촉을 피한다. 그래서 필요에 따라 대화를 할 때면 우물쭈물하고 어색해하거나 공격적으로 행동한다. 그래서 말문을 트는 데 필요한 소품과 촉진제의 도움을 받아야 한다. 하지만 개와는 처음부터 아주 활기차게 우호적인 대화를 시작하는 데 아무런 문제가 없다. 심지어 처음 보았고 정식으로 소개 받은 적도 없는 개와도 쉽게 대화할 수 있다. 인사할 때 과장된 창피함을 무시하고 진심을 털어놓는다. "야, 안녕!"이라고 말하고 "너 이름이 뭐니? 그런데 어디서 왔어? 내 샌드위치를 먹고 싶구나? 음, 여기 있다. 그런데 먹을 만하지? 괜찮지? 여기 올라와 내 옆에 앉아. 여기 자리 널찍해!"

이럴 때 보면 영국인도 라틴 지중해 타입의 따뜻하고 매우 친절한 사람이 될 가능성이 있다. 우리도 소위 접촉 문화권 사람들처럼 상대에게 직접 접근하고 감성적일 뿐 아니라 감각적인 인간이 될 수도 있다. 우리는 이런 품성을 오로지 동물과 상호접촉할 때만 드러낸다. 동물은 영국인과는 달리 이런 비영국적인 감정 표현에 당황하거나 쑥스러워하지 않는다. 이렇게 보면 동물이 영국인에게 그토록 중요한 존재라는 사실이 그리 놀랍지 않다. 우리에게 동물은 의식과 감각이 있는 생명체와 아무런 경계심 없이 감성적인 관계를 맺은 유일하고 중요한 경험을 상징한다.

내가 만난 어느 미국인은 전형적인 영국인 가정에 손님으로 갔다가 지배자로 군림하는 크고 몹시 사나운 개 두 마리 때문에 일주일을 고생했다고 한다. 개는 고질적으로 주인 말을 안 듣는데 무능한 주인은 개들과 끝도 없이 수다를 떨고 그들의 변덕과 나쁜 버르장머리까지 사랑스럽게 웃으면서 다 받아주었다. 그녀는 예의 주인과 개들의 관계는 비정상이고 무분별하며 기능장애 사례라고 불평을 늘어놓았다. 내가 "당신은 오해하고 있다. 그건 이 사람들에게는 아마도 거의 유일하게 정상적이고 분별 있으며 잘 유지되는 관계다"라고 말하니 눈치 빠르고 예민한 이 미국인은 금방 동물에 대한 예의를 가리키는 페티켓pet+etiquette을 알아챘다. 이는 다른 사람의 반려동물을 절대 비판하면 안 된다는 규칙을 말한다. 집주인의 무서운 개가 당신을 괴롭히고 신발을 물어뜯어도 나쁘게 얘기하면 안 된다. 이는 그들 자녀를 비판하는 것보다 사교상 더 무례한 행동으로 여겨진다.

자신의 반려동물을 비판하는 것은 허락된다. 하지만 이것도 애정이 듬뿍 담기고 응석을 받아주는 목소리로 해야 한다. "쟤는 정말 장난꾸러기예요. 저것이 이 달에만 저놈이 망친 세 번째 신발이랍니다. 아이구 참! 정말 끔찍하지요?" 이런 거짓 불평에는 자부심마저 엿보인다. 흡사 우리는 반려동물의 결점과 단점에 비밀스럽고 별나게도 마음을 빼앗긴 듯하다. 우린 때로 반려동물의 비행을 두고 네 것이 나으니 내 것이 나으니 하는 아이들 자랑 같은 유치한 짓을 한다. 어떤 파티에서 큰 사냥개 종류인 래브라도 주인 두 명이 서로 자기 개가 망치거나 부순 물건을 얘기하느라 정신들이 없었다.

"그냥 신발 같은 보통 물건 정도가 아니라니까! 글쎄 이놈은 휴대전화를 먹었다니까!"

"그래? 그런데 내 개는 하이파이 시스템 전체를 씹어서 조각을 내버렸다니까!"

"내 개는 볼보를 먹어버렸다니까!"(여기서 어떻게 더 올라갈 수 있나 모르겠다. 내 개는 헬리콥터를 먹었다? 내 것은 "퀸 엘리자베스 2세 유람선을 먹었다니까"라고 하려나?)

나는, 영국인은 반려동물의 탈억제 행동에서 대단한 대리 만족을 맛보고 있다고 확신한다. 우리는 자신에게는 금하는 모든 자유를 그들에게는 허락한다. 세상에서 가장 억압되고 억제된 사람들이 세상에서 가장 뻔뻔스럽게 날뛰고 버릇없이 구는 개를 키우고 있다. 반려동물은 우리의 분신이다. 혹은 심리치료사들이 말하는 내면의 아이가 아마도 개가 아닌가 한다(그러나 이 아이는 영혼의 눈을 가진, 깊이 포옹해주어야 할 아이가 아닐 것이다. 들창코에 천박하고 역겨운, 귀싸대기를 한 대 맞아야 하는 꼬마임이 틀림없다). 동물들은 우리의 거친 면을 나타내고, 우리는 녀석들을 통해 가장 비영국적인 성향을 표현한다. 우리는 대리인을 통해서만 규칙을 깰 수 있다.

불문율에는 우리의 동물이자 우리의 분신, 내면 아이는 절대 잘못을 저지를 수 없다고 적혀 있다. 만일 영국 사람의 개가 당신을 물었다면 당신이 도발했음에 틀림없다. 그렇지 않은데도 동물이 설명할 수 없는 이유로 당신을 싫어했다면, 개 주인은 분명 당신에게 의심할 만하거나 불쾌한 무언가가 있었을 거라 넘겨짚는다. 영국인은 우리 개가(그리고 고양이, 기니피그, 당나귀, 앵무새 등) 분별력 있는 인격을 감정하는 힘이 있다고 굳게 믿는다. 반려동물이 누군가를 싫어하면, 심지어 상대를 싫어할 이유가 없다 해도 영국인은 경계하고 의심한다.

반려동물과 좋은 유대 관계를 맺고 대화를 나눔으로써 우리는 인간과 감정을 나눌 때 얻는 중요한 치유 효과를 대신 얻는다. 또 이를 통해 다른 사람들과 좋은 관계를 맺기도 한다. 우리가 개와 동행할 때는 심지어 초면인 사람과 대화를 트는 경우도 있다. 양쪽 모두 개의 후견인으로서 얘기하려는 것이지 인간 대 인간으로서 말문을 트는 것은 아니다. 개 주인들은 무언의 신호를 비롯해 언어마저도, 건망증이 있어서 행복한 개를 통해 주고받는다. 개는 처음 만난 사람끼리라면 섣부르게 친한 척한다고 여길 수 있는 눈 맞춤과 친한 접촉마저 행복하게 받아들인다. 반려동물은 중개자나 촉진제가 되기도 하고, 심지어 잘 아는 사람들 사이에서도 좋은 역할을 한다. 예를 들면 영국 부부는 기분을 직접 전달하기 힘들 때 반려동물을 이용하기도 한다. "엄마가 상당히 기분이 안 좋은 듯한데. 그래 보이지, 패치야? 그래, 맞아, 그런 것 같지? 패치야! 네 생각에도 우리 둘 때문에 엄마가 좀 삐친 것 같지?" "자, 보자, 패치야! 엄마가 좀 피곤하거든. 그런데 저 게으르고 늙은 아빠가 하루 종일 궁둥이를 의자에 붙이고 신문만 보지 말고 날 좀 도와주면 엄마가 참 고마워할 것 같지 않니? 네 생각은 어때?"

이 규칙은 계급의 장벽을 넘어 누구에게나 적용된다. 여기에는 몇 가지 변형이 있다. 중중층과 중하층은 다른 계급과 마찬가지로 개가 이뻐서 정신을 못 차리지만 그래도 집 안을 엉망으로 만들면 덜 관대하다. 또 개의 막돼먹은 행동에는 상하류층의 물러터진 태도와는 달리 자기 개든 남의 개든 마음에 안 들어 한다. 그렇다고 중중층과 중하층의 태도가 더 낫다고 할 수는 없으나 그들은 반려동물이 어지럽힌 것을 더 잘 치우고, 막돼먹은 짓을 하면 더 창피해한다.

당신이 키우는 반려동물의 종류와 혈통이 그들을 대하는 태도보다 더 신뢰할 수 있는 계급표시다. 예를 들면 개는 계급을 막론하고 다 좋아하지만 특히 상류층은 래브라도, 골든리트리버, 킹찰스스파니엘을 선호하고, 하류층은 로트바일러, 알세이션, 푸들, 아프간, 치와와, 불테리어, 코카스파니엘 등을 좋아한다.

상류층에서 고양이는 개보다 인기가 적으나 시골 큰 집에 사는 이들은 쥐를 없애기 위해 고양이를 키우기도 한다. 반대로 하류층은 쥐나 기니피그, 햄스터, 금붕어를 반려동물로 키운다. 신분 상승을 열망하는 일부 중중층과 중하층은 아주 비싼 비단잉어 같은 이국풍 물고기를 정원 연못에 키우는 데 아주 자부심을 느낀다. 중상층과 상류층은 이를 천하다고 생각한다. 말은 전반적으로 사치스러운 동물이라 여긴다. 그래서 신분 상승을 꿈꾸는 부류가 자기들이 갈망하던 승마족과 어울리기 위해 승마를 하거나 아이들을 위해 조랑말을 산다. 그러나 계급에 걸맞은 악센트, 불가사의한 어법, 행동 방식, 의복들을 갖추지 않으면 진정 호사스러운 마주들을 속일 수 없다. 물론 어느 계급이든 사람들은 말을 가지고 있으니, 어떤 의미에선 그들이 소수파다.

당신이 반려동물을 다루는 태도 역시 계급표시기이다. 일반적으로 중중층과 이하 부류가 개나 고양이 전시회를 참관하고 자기 개에게 복종심 테스트를 받게 한다. 오로지 이 계급만 차의 뒤 유리창에 자신이 키우는 개에 대한 애정을 표하는 스티커나 박람회 같은 데 나가는 고양이를 운반하는 중이라고 다른 운전자에게 경고하는 스티커를 붙이고 다닌다. 상류층은 개나 고양이를 내보이는 짓은 천하다고 여기나 말이나 조랑말은 문제없다. 무슨 합당한 근거가 있는 것은 아니다.

중중층과 이하 계급은 개나 고양이를 화려한 목걸이, 리본, 옷들로 치장한다. 인용 부호가 들어간 이름표를 목에 건 개 주인은 중중층 이상은 절대 아니다. 중중층이나 상류층 개는 평범한 갈색 가죽 목걸이를 할 뿐이다. 오로지 자신감 없는 노동계급 남자만이 크고 무섭게 생긴 경비견(혹은 불테리어)에 굵고 침이 박힌 까만 목걸이를 걸어 데리고 다닌다.

영국 반려동물 주인은 자신의 동물이 신분 상징이라는 사실을 인정하려 들지 않는다. 혹은 반려동물 선택이 계급과 관련 있음을 인정하지 않는다. 그들은 래브라도(또는 스프링어스파니엘 혹은 무엇이든)를 기질 때문에 좋아한다고 주장할 것이다. 만일 당신이 그들의 숨은 계급 강박관념을 보고 싶다면 몬데오나 벤츠 테스트에 상응하는 개 테스트를 해보면 된다. 당신이 지을 수 있는 가장 순수한 표정으로,

래브라도 주인에게 "오, 난 당신이 알세이션(푸들, 치와와 혹은 뭐든)을 키우는 타입의 사람이라고 생각했는데요?"라고 말해보라.

만일 당신이 꽤 친절하고 붙임성 있는 사람이라면 영국인의 마음속으로 들어가는 가장 빠른 길은 반려동물과 이어져 있음을 명심해야 한다. 그들의 반려동물을 칭찬하라. 그리고 반려동물과 말을 나눌 때는 (가능하다면 많이) 우리 내면 아이와 직접 얘기하는 것이라는 사실을 반드시 기억해야 한다. 당신이 방문자여서 무슨 수를 써서라도 현지인 친구를 만들어야 한다면, 개를 한 마리 사든지 빌려서 말문을 트는 여권으로 삼아보라.

소품과 촉진제: 사교, 대외 활동

만일 개가 없다면 사교를 위해 다른 여권을 찾아야 한다. 이는 이 장 서두에 언급한 사교, 대외 활동에 해당하는 여가 활동, 즉 스포츠, 게임, 퍼브, 클럽 활동 등으로, 우리네 사교불편증을 치유하는 둘째 방법과 직접 연관이 있다.

시합의 규칙

지구상에서 성행하는 인기 스포츠는 거의 다 영국에서 시작되었는데, 이는 우연이 아니다. 축구, 야구, 럭비, 테니스는 모두 여기서 만들어졌다. 심지어 우리가 고안하지 않은 스포츠라 해도 제대로 된 공식 규칙 등은 영국에서 제정되었다(하키, 경마, 폴로, 수영, 조정, 권투와 심지어 눈이 안 내리는데 스키마저도!). 이외에도 신체 운동이 아닌 다트, 포켓볼, 당구, 카드, 크리비지[카드로 하는 일종의 보드게임], 스키틀[소규모 10핀 볼링]이 있고 사냥, 사격, 낚시 등도 빼놓을 수 없다. 이런 스포츠와 게임은 우리 문화, 전통, 유산의 중요한 일부로 인정받고 있다. 스포츠와 게임을 빼고 영국인다움을 언급할 수 없다.

___ **테스토스테론의 규칙**　영국인다움을 연구하는 몇몇 학생들이 영국인의 게임에 대한 강박관념을 설명해보려 노력했고 대다수 해설자들은 역사적인 설명을 찾으려 했다. 팩스먼은 이 강박관념은 안정과 번영 그리고 여가 시간과 관련이 있거나, 대륙보다 먼저 결투가 환영받지 못하자 대체물로 나타난 것인지도 모른다고 했다. 그럴지도 모르지만, 팩스먼는 우리의 위대한 사립기숙학교 학생들의 넘치는 테스토스테론 때문에 생겨난 문제의 해결 방안이 스포츠였다는 관찰에 상당히 접근한 것 같다. 사실 이것은 어느 문화든 공통의 현상이라 하겠다. 테스토스테론 때문에 어느 인간 사회에서든 스포츠와 게임을 고안하게 된 것이다. 테스토스테론이 끓는 사춘기 남성과 사춘기 이후의 남성이 있다. 그들의 파괴적이고 분열적인 성향을 비교적 안전한 스포츠와 게임으로 돌려야 한다.

그러나 이 주장은 세계 어디서나 불거지는 테스토스테론 문제가 왜 영국에서만 특별히 오락의 발달을 자극했는지를 설명해주지 못한다. 나는 일반적인 호르몬 문제와 더불어, 특히 사교장애가 있는 영국 남성은 더 많은 스트레스를 받기에 스포츠로 풀어야 했지 않았을까 생각한다. 우리 또한 사교불편증을 이겨낼 무슨 방법을 찾아내야 했다. 영국인이 게임을 사랑하는 진정한 이유는 내 조사를 통해 설명해야 할 듯하다.

___ **'소품과 촉진제' 규칙**　퍼브 예절을 연구하는 동안 나는 게임의 중요성을 이해하기 시작했다. 관광객들과 대화하다가 많은 영국 퍼브가 외국 방문객에게는 어른들의 술집이라기보다는 어린이들

의 놀이터처럼 느껴졌음을 깨달았다. 내가 인터뷰한 미국인 관광객은 수많은 게임이 동네 퍼브에서 벌어지고 있는 사태에 어리둥절해했다. "여기를 보세요! 당신들은 다트, 당구, 네 가지 보드 게임, 카드 게임, 도미노 게임, 또 이상하게 생긴 작은 막대기로 하는 게임에다 퀴즈 나이트도 하고, 축구팀과 크리켓 팀을 하나씩 가지고 있다면서요? 당신은 이걸 바라고 부른다고요? 우리나라에서는 유치원이라 부를 것 같은데요?" 경멸을 감추지 않는 이 관광객이 단지 열몇 개의 전형적인 퍼브 게임만 발견해내고, 동네마다 다른 기이한 게임, 즉 안트 샐리Aunt Sally[늙은 여자 인형의 입에 물린 진흙 파이프를 막대를 던져서 깨는 게임], 장화 던지기, 동전 밀어내기, 콩거 커들링conger-cuddling[인간을 이용한 10핀 볼링으로, 뒤집힌 화분 위에 올라선 사람을 뱀장어를 던져 넘어뜨리는 게임], 매로 댕글링marrow-dangling[콩거 커들링과 같은 방식이나 뱀장어가 아니고 서양 호박을 이용한다], 발가락 레슬링을 알지 못해 나는 정말 다행스러웠다. 거의 같은 정도로 황당해하는, 그러나 조금 공손한 다른 방문객이 "당신네 영국인은 어떻게 된 사람들인가요? 왜 이런 죄다 바보 같은 게임을 하나요? 왜 다른 나라 사람처럼 바에 가서 그냥 한잔하면서 얘길 하지 않나요?"라고 물었다.

약간은 변명하듯이, 나는 다른 나라 사람들은 우리처럼 사교에 소극적이거나 서투르지 않기 때문이라고 설명했다. 우리는 처음 만난 사람과 대화하기 어려워하고 퍼브 단골과도 쉽게 친해지지 못한다. 그래서 무언가 도움이 필요하다. 우리는 소도구가 필요하고 누군가를 접촉하려면 핑계가 필요하다. 서로 친해지기 위해 장난감과 스포츠와 게임이 필요하다.

퍼브에서 통하는 룰은 영국 사회 전체에서도 통한다. 사실은 퍼브보다 바깥 세상에 스포츠와 게임이 더 필요하다. 억제가 꽤 풀린 사교적인 소단위 분위기 그리고 처음 보는 사람과 대화를 터도 괜찮은 퍼브에서마저 게임과 스포츠의 도움을 받아야 한다면, 퍼브 바깥 정상적인 사교 환경에서는 더더욱 촉진제와 소도구의 도움이 필요할 터다.

___ **자기기만의 규칙** 스포츠와 게임은 우리가 사교를 시작하고 유지하는 데 필요한 소도구를 제공할 뿐만 아니라 이런 행위의 본질도 규정한다. 스포츠와 게임은 아무렇게나 이루어지는 사교 행위가 아니라 수많은 규칙과 규정, 의례와 예절이 갖추어진, 공식·비공식적으로 잘 다듬어진 사교 행위이다. 영국인은 서로 잘 어울릴 수 있는 능력이 있다. 그러나 무엇을 할지, 그리고 무엇을 언제, 어떻게 말할지를 정해주는 명확하고 정확한 지침이 필요하다. 게임은 우리의 사교 접촉을 의례화하여 서로 안심할 수 있는 구조와 질서 의식을 제공해주었다. 게임 규칙과 의례, 세부 사항에 집중하는 동안, 우리는 게임 자체가 목적이고 사교적 접촉은 단지 부수 조항일 뿐이라고 가장하면 된다.

사실은 정반대가 진실이다. 게임은 필요에 의해 고안된 수단이고, 결국 우리에게 필요한 것은 서로 만나 접촉하고 친해지는 것이다. 다른 문화에서는 이런 난리 법석과 핑계, 구실과 자기기만 없이도 다들 잘해나가는 것 같다. 영국인도 분명 인간이고 다른 나라 사람들과 같은 사교적인 동물이다. 그러나 우리가 서로 만나 사귀기 위해서는 지금 하는 짓이 다른 무엇이라고 위장해서 자신을 속여야 한다. 그래서 등장하는 것이 바로 축구, 크리켓, 테니스, 럭비, 다트, 포켓볼, 도미노, 카드, 단어 맞추기 보드 게임scrabble, 단어 맞추기charades, 장화 던지기, 발가락 레슬링 등이다.

벽장 애국심과 유쾌한 예외

영국인은 대부분 벽장 속 애국자라고 이미 언급한 바 있다. 우리는 영국을 자랑스러워할지도 모른다. 그러나 일부 소수를 제외한 대다수는 아주 격정적으로 유니언잭을 흔들며 애국심을 드러내는 일을 심히 창피해한다. 결벽증이라도 있나 싶을 정도다. 아마도 너무 냉소적이거나 심히 억제되어 있기 때문일 것이다. 스포츠 행사는 예외다. 2012년 런던 올림픽 같은 거대 스포츠 행사는 우리들의 병적인 불편증의 해독제이다. 또 평소 영국인을 괴롭히는 불편증에서 벗어나는 해방구 같은 것이다. 우리들의 억제를 핑계로 조금 더 격정적이 되고 대놓고 감정을 표현하기도 한다.

2012년 올림픽은 카니발이나 부족적인 축제 같은 것이었다. 보통의 사회 기준이나 불문율이 일시 정지되어 일상에서 하지 않는 행동을 해도 되는 '문화 해방구' '합법적인 일탈' '축제적인 전도'의 기간이었다. 길에서 춤을 추고, 국기를 흔들고, 고함을 지르고, 환호하고, 심지어는 낯선 사람에게 말을 거는 억제되지 않은 행동에 빠지기도 했다.

스포츠는 통합하는 힘이 있다. 사교적으로 억제된 영국인조차 이에 저항할 수 없다. 거대한 스포츠 행사 때 관중들은 일종의 공동체 에너지를 경험하게 된다. 이럴 때 쓰는 문화인류학자들의 전문용어들이 많다. 에밀 뒤르켐Émile Durkheim은 이를 집합적 열광collective effervescence, 빅터 터너Victor Turner는 커뮤니타스communitas[축제, 혁명, 전쟁 등의 특수 환경에서 일시적으로 보통의 신분 질서나 도덕이 정지되고 사회나 집단이 평등한 개인의 집합체가 되는 현상]라고 불렀다. 유대와 통합 효과를 내는 일종의 특수한 군중 에너지를 말한다. 어떤 정신분석학자들은 이를 변연계 공명limbic resonance[사랑에 빠진 두 사람 사이에 일어나는 내부적 공명 같은 현상], 감정 전염emotional contagion, 혹은 분위기 전염mood contagion이라고 부른다. 간단히 설명하면 우리들 주위에서 박수를 치거나 춤을 추고, 웃고, 환호를 하면 두뇌 속의 신경이 작동해서 그런 행동을 따라 하게 한다. 그리고 두뇌 신경과 변연계가 서로 연결되어 감정을 자극하고, 우리는 행복함과 유대감을 느낀다(이는 심지어 텔레비전을 보는 시청자들에게도 감염된다. 코미디 프로그램에 나오는 녹음된 웃음소리는 방에서 혼자 시청할 때도 주위에서 함께 웃는 느낌을 주는데 이는 변연계 공명 현상에서 기인한 것이다. 같은 현상이 올림픽 경기에 환호하는 군중들을 보는 텔레비전 시청자들에게도 적용된다). 이런 효과는 물론 어느 나라에서나 생길 수 있다. 그러나 영국인은 올림픽 등의 거대 스포츠 행사 같은 아주 진한 마약에 취해야 낯선 사람과 친근한 말 몇 마디라도 주고받을 수 있다.

물론 이것은 절대 지속되지 않는다. 런던 올림픽 전에 라디오 인터뷰에서 예상했듯이 올림픽 기간에는 대중교통에서 영국인답지 않은 사교성이 잠시 터져 나왔다. 올림픽이 끝나자 바로 늘 그렇듯이 접촉을 기피하고 신문, 태블릿, 노트북 뒤로 숨어 원래 자리로 돌아갔다. 이제 다른 사람과의 대화 금기는 오로지 기차가 지연되거나 혼란이 생겨 불평할 때만 깨진다. 만일 불평 올림픽이 있다면 영국인이 모든 금메달을 획득할 거라는 말도 있었다. 좋게 보자면 특별히 유머러스하기까지 한 우리들의 가짜 찡얼거림이 스포츠보다 더 유용한, 사회적 유대 관계를 이루는 주요한 방법이라는 사실을 기억하자. 올림픽의 흥분은 단명했다. 그러나 우리는 언제나 지연되고 취소되는 열차에 힘입어 전통적이고 편안한 사교적인 유대 강화에 빠져들 수 있다. "잘못된 종류의 낙엽"이나 "항상 그렇지, 뭐!" 같은 오래된 농담을 서로 나누면서 말이다.

게임 예절

이 모든 게임에는 규칙이 있다. 영국인이 원하는, 가능한 한 더 복잡하게 만든 공식 규칙뿐만 아니라 거의 비슷하게 복잡한, 선수 및 관중의 행태와 상호접촉을 규제하는 비공식 불문율 규칙 세트도 있다. 퍼브 게임이 좋은 예다. 심지어 이 사교적인 소단위 분위기에서도 다른 사람과 접촉을 망설이고 주저하는 우리 본성은 정해진 소개 규칙을 따를 때 더 편안해진다. 정확한 예절을 알면 우리는 주도권을 잡을 용기가 생긴다. 비록 말벗이 필요하다 해도 테이블에 술잔을 들고 앉아 있거나 동료와 함께 있는 사람에게 접근하기란 쉽지 않다. 그러나 상대가 다트를 하거나 당구를 치고 있으면 접근할 핑계가 생길 뿐만 아니라 따라가기만 하면 되는 정해진 형식이 있어서 모든 과정이 훨씬 덜 두렵다.

포켓볼이나 당구를 치는 사람을 위한 사교 형식은 아주 단순하고 직설적이다. 당신은 그냥 간단하게 "이기는 사람이 계속하는 건가요?"라고 묻는다. 이 전통적인 물음은 동네와 퍼브마다 다른 순서 규칙에 대한 물음이자 현재의 승자를 게임에 초대하는 것이다. 대답은 "예, 동전을 놓으면 됩니다" "맞습니다. 게시판에 적힌 이름순으로요"이다. 이는 당신의 초대를 받아들인다는 뜻이고, 퍼브마다 조금씩 다른 당구 테이블을 확보하는 방법을 가르쳐주는 것이다. 동전을 테이블 코너에 놓든지 근처 게시판에 당신 이름을 써놓으면 된다. 둘 다 당신이 게임비를 낸다는 뜻이므로 금기인 돈 얘기를 해서 서로 창피해할 일도 없다. 만일 당신의 질문에 대한 대답이 "예스"라면 "동전을 놓는 건가요?" 혹은 "이름을 게시판에 적으면 되나요?"라고 물으면 된다.

소개를 마쳤다면, 근처에 서서 진행 중인 게임을 지켜보면서 순서를 기다리고 가벼운 농담에 자연스럽게 끼면 된다. 더 자세한 동네 규칙을 물어보는 것이 다음 대화로 넘어가는 좋은 방법이다. 이는 흔히 비인칭으로 시작된다. "검은 공일 때 두 번 칩니까?"라든지 "정해진 포켓에 넣어야 하나요, 아니면 아무 포켓에 넣어도 되나요?"라고 말하는 식이다. 너무 친근하게 접근하는 느낌을 주지 않도록 인칭대명사를 쓰지 않는다. 일단 게임 참가자로 인정되면 불문율에 따라 게임에 대해 한두 마디 해도 된다. 사실은 여기서, 특히 남자들 사이에서는 누군가 정말 잘 쳤을 때 "쇼트shot"라고 한마디 해주는 게 가장 좋다. 이 단어는 두 음절이 있는 것처럼 "슈우~ 트"라고 길게 발음해야 한다. 다른 사람들끼리 서로 놀리고 비웃더라도(아이러니하게도 이때도 "슈우~ 트"라고 한다) 신참자는 슬기롭게 좀더 친해질 때까지 깔보는 말 등은 피해야 한다.

성 차이와 세 가지 감정

퍼브 게임을 관장하는 코드에는 남녀 차이가 있다. 물론 다른 스포츠와 게임도 마찬가지다. 남성은 선수로나 관중으로나 강하게 참고 견디고 남자답게 게임에 임해야 한다. 자신과 다른 사람의 운이나 기술을 보고 펄쩍 뛰거나 외치면 안 된다. 예를 들면, 다트에서는 자신의 실수에 욕을 해도 되고, 상대방의 게임 내용에 야유할 수도 있다. 그러나 자신의 더블 톱 점수[다트는 화살을 던져 맞힌 점수를 정해진 전체 점수에서 빼나가는 게임이다. 그러나 마지막 점수는 항상 짝수이고 그 짝수를 반으로 나눈 점수 칸을 맞혀야 한다. 그것이 더블 톱 점수인데 예를 들어 마지막 점수가 4점이면 더블 2점 칸을 맞혀야 이긴다]에 기쁜 나머지 박수를 친다거나 보드 자체를 아예 못 맞히는 실수에 크게 웃는 행동은 계집애 같거나 적절하지 못한 짓이라고들 여긴다.

통상 세 가지 감정 규칙이 적용된다. 그러니까 영국 남성에게는 세 가지 감정을 드러내는 것이 허락된다. 놀라움은 고함이나 욕설과 함께, 분노 역시 감탄사나 욕설과 함께, 의기양양·승리감도 감탄사나 욕설과 더불어 드러낸다. 훈련 받지 않은 눈이나 귀로는 이 세 가지 감정을 구별하기 쉽지 않지만 영국 남자들은 이 미묘한 차이를 구별하는 데 큰 어려움이 없다. 여성 선수와 관객은 훨씬 더 넓은 범위의 감정을 표할 수 있고 더 다양한 표현으로 기분을 드러낼 수도 있다. 상황에 따라서는 남성이나 여성 한쪽이 다른 쪽보다 더 '영국인다워야' 하는 경우가 생긴다. 당구에서는 남성이 더 제한을 받는다. 하지만 칭찬을 주고받는 상황에서는 복잡한 불문율에 의해 여자의 행동이 더 억제된다. 이렇게 해서 균형을 이루는 것 같지만 전체적으로 영국인다움의 규칙은 여성보다는 남성에게 더 가혹한 듯하다.

페어플레이 규칙

페어플레이에 대한 관심은 영국인의 생활과 문화의 저변에 깔린 주제이다. 스포츠와 게임에서 페어플레이는 말세주의자들이 과장해도 여전히 우리가 가장 중요시하는 이상 중의 하나이다. 비록 우리 모두가 언제나 그렇게 하기는 어렵지만.

어느 스포츠든 최고 수준에 이르면 영국뿐만 아니라 모든 국가에서 거의 목숨을 건 비즈니스로 변해버린다. 고상한 신념에 의한 단체정신이나 스포츠맨십보다는 오로지 승리가 있을 뿐이고 스타 플레이어의 퍼스널리티(잘못 쓴 용어다. 프로 스포츠 세계에 이런 게 있기나 한가?), 즉 개인의 인기를 상업적으로 착취하는 데 더 초점이 맞추어져 있다. 하지만 여전히 우리는 속임수, 불공정하고 추악한 행위, 스포츠맨답지 않은 행동을 강력히 비난한다. 또 그런 행위를 보면 의분으로 들끓고 부끄러움과 창피함에 몸 둘 바를 몰라 움츠리며 이제 이 나라는 몰락하고 있다고 탄식한다. 이처럼 영국인에게 스포츠 정신은 여전히 매우 중요한 덕목이다.

영국 정체성의 죽음에 대한 섣부르기 짝이 없는 조사弔辭 중의 하나로 클라이브 애슬릿Clive Aslet의 『영국을 위해 울어줄 사람이 아무도 없나요?』라는 책을 들 수 있다. 그는 신사도 정신의 상실을 슬퍼한다. 심지어 "스포츠 이상과 동의어인 크리켓 게임의 정신마저 알아보기 힘들 정도로 변해버렸다"고 주장한다. 또 세계적인 크리켓 선수였던 이언 보덤Ian Botham과 임란 칸Imran Khan이 1996년에 벌인 꼴사나운 논쟁은 차치하고라도, 그가 지목한 영국 팀이 저지른 최악의 잘못은 선수들이 의복을 통해 신사도 이미지를 배양하기 위해 아무런 노력도 하지 않는다는 것이다. 그는 야구 모자, 일부러 기른 수염, 휴식 중에 선수들이 입은 티셔츠와 반바지 등에 반대한다. 또 아무런 예도 들지 않고 신사답지 않은 기술 얘기도 했다. 그의 크리켓 친구 말로는 충격적이게도 이제 동네 시합에서도 이 기술을 따라 한다. 텔레비전으로 중계한 국제 시합에서 보았듯이 위협적인 전투용 얼굴 페인팅과 헬멧도 때때로 사용하며, 이제는 상대방 타자가 좋은 플레이를 해도 항상 박수를 치지도 않는 것 같다고 한다. 또 햄프셔의 우드만코트 팀은 너무 프로 선수들 같다는 이유로 전국 마을 크리켓 시합에서 추방당했다는 예를 들었다. 앞의 두 가지 예는 별로 놀랄 일이 아닌 듯하나, 세 번째 예를 보면 구식 아마추어 정신과 페어플레이 정신이 그래도 남아 있고 특히 마을 크리켓 시합에는 잘 보존돼 있는 것 같다.

애슬릿도 인정하듯이 스포츠맨십 사망에 대해서 사람들이 울먹거리기 시작한 지가 적어도 한 세기가 넘었다. 사실은 빅토리아시대 사람들이 스포츠 이상을 만들어내자마자 부고 기사가 나오기 시작했다. 영국인들은 아무것도 아닌 걸로 시대정신에 걸맞은 전통을 만들어내는 재주가 있다. 그러고 나서는 바로 그것이 우리 문화유산의 중요한 일부였는데 이제 비극적으로 죽어가고 있다는 식으로 향수에 젖어 울기 시작한다.

이와 관련해 축구를 살펴보자. 현대의 악마인 축구팬들의 홀리거니즘, 즉 축구장 난동 사건이 당연히 여기 등장해야 한다. 축구 난동은 국가정체성에 대한 SRIC 토의 그룹 참여자 중 한 명이 거론했고, 응답자 30퍼센트가 국가적 특성의 주요한 일부로 꼽았다. 그리고 축구장 난동은 영국이 망해가고 있다며 불평하는 사람들이 꾸집어내는 증거 제1호이다. 우리는 이제 촌놈들의 나라가 되어가고 있으며, 스포츠가 이제 더 이상 옛날 같지 않다는 둥 아무튼 그들은 항상 징징댄다. 이런 불평분자들은 많다. 나는 우리의 엄살·불평이 진실이 아니라는 증거로, 모든 일에 항상 비관적으로 한탄하는, 불평을 위한 불평을 사랑하는 우리들의 불필요한 자기 채찍질을 들겠다. 이 울보들과 불평분자들이 이해 못하는 점은 이 축구 난동이 새로운 현상이 아니라는 것이다. "싸움을 하러 갔더니 축구가 생겨났다"는 이야기가 있듯이, 축구라는 경기는 13세기 영국에서 시작된 이래 폭력과 연관되어 있었다. 중세의 축구라는 것이 원래 주변 마을 사람들이 벌이는 총력전이었다. 수백 명이 선수로 참가했는데 이 기회를 이용해 개인들 사이의 문제, 예를 들면 오래된 상속 부동산, 개인적인 시비, 토지 문제 따위를 처리했다. 다른 나라에도 민중 축구 같은 것이 있었다(축구 비슷한 놀이로 독일의 크나펜knappen, 피렌체의 칼초 인 코스투메calcio in costume가 여기에 해당한다). 그러나 현대 축구는 분명 영국의 폭력적 의례에서 시작되었다.

훨씬 더 억제되고 규율이 잘 잡힌 게임 형태로 우리에게 익숙해진 축구는 빅토리아시대에 오락으로 개선한 것이다. 그러나 폭력의 전통과 마을 사이의 라이벌전 풍습은 줄기차게 이어져 내려왔다. 오로지 영국 역사에서 두 번의 짧은 기간, 즉 양차 세계대전 사이와 제2차 세계대전 이후 약 10년간만 축구 폭력이 없었다고 할 수 있다.

역사적으로 보아 이 시기는 예외라고 할 수 있다. 그래서 미안하지만 최근 축구장 난동꾼들의 폭력은 스포츠맨십 실종이나 가치 저하 증거라고 볼 수 없다.

규칙이든 예외든 내가 여기서 걱정하는 것은 빅토리아시대 신사도가 아니라 기본적인 페어플레이의 실종이다. 그런데 이 페어플레이가 승리의 욕망, 고상하지 못한 복장, 금전적 이득, 상업적인 후원 등, 특히 폭력을 포함한 모든 악행과 절대 양립할 수 없다고 생각할 필요는 없다. 피터 마시와 그의 팀이 밝힌 바에 의하면 특히 축구 난동꾼 폭력을 포함한 인간의 폭력은 즉흥적으로 무작정 벌이는 행동이 아니고 규칙의 규제를 받는다. 공정하게 행동해야 한다는 생각도 한단다. 축구 폭력은 소문만큼 심하지 않다. 대단히 위협적인 노래와 야유, 협박, 공갈 등과 난투극 몇 건 벌어지는 정도이다. 심각한 물리적 폭력은 그리 흔치 않다. 난동꾼들은 상대팀 팬들을 놀라게 해서 도망가게 만들어 상대의 비겁함을 야유하려는 것이지 늘씬하게 패주려는 것이 아니다. 전형적인 축구팬의 노래에는 그들의 임무가 요약돼 있다. 팝송 〈햇빛 속의 계절들Seasons in the Sun〉에 맞추어 이런 노래를 부른다.

우리는 기쁘고 즐거웠다, 우리가 스윈던을 도망가게 해서.
그러나 기쁨은 짧았다. 왜냐하면 그 겁쟁이들이 너무나 빨리 도망가버려서!

난동꾼들의 과실을 호도하거나 변호하려는 것은 아니다. 그들은 시끄럽고 무례하며 많은 경우 인종차별주의자이다. 내 얘기는 축구장 폭력에는 그들만의 행동 규범이 있어 위협적이고 폭력적인 자들이 우연히 얽힐 개연성이 낮다는 것이다.

약자의 규칙

1990년 보수당 국회의원 노먼 테빗이 영국 전역에 있는 인도와 파키스탄 이민자들이 "크리켓 테스트"에 너무 많이 떨어진 데 불만을 터뜨리자 소란이 일어났다. 그가 말한 "크리켓 테스트"란, 영국팀이 경기를 할 때 이민자들이 파키스탄이나 인도가 이기면 환호성을 지른다고 해서 나온 얘기이다. 그는 영국에서 태어난 카리브제도와 인도, 파키스탄 이민 2세를 두고 한 말이었다. 테빗은 이 현상을 갈라진 충성심이라고 부르면서 영국팀을 응원함으로써 영국인임을 표하라고 했다. "새 나라에 올 때는 이 나라에 자신을 완전하고 철저히 섞을 각오를 해야 한다"라면서.

무지하고 거만한 테빗 시험이라고 불린 그의 인종주의는 숨 막힐 정도였다. 그럼 초대 받지 않은 주민이었던 우리가 그들 나라에서 보인 빛나는 예를 아시아 이민자들이 따라 해야 된다는 말인가? 오스트레일리아에 정착한 영국인이 새로운 모국인 오스트레일리아에서 영국과 오스트레일리아가 시합할 때 누구를 위해 환호성을 질러야 하나? 영국[여기서는 잉글랜드를 말한다]에 살고 있는 스코틀랜드와 웨일스 사람들은 어떻게 해야 하나? 영국이 다른 나라와 시합할 때 스코틀랜드인들이 항상 원칙적으로 누구를 응원했는지 아나? 대다수의 냉소적이고 말 많은 영국 지식인들은 애국심을, 특히 스포츠에서 표하는 것은 촌스럽다고 여긴다. 그건 그렇다 치고, 사실 애국적인 열정을 드러내는 행동을 보면 조금 창피한데, 우리 영국인들은 의무적으로 영국을 응원하라는 요구를 받으면 그건 유치하고 너무 남의 눈치를 보는 짓이라고 느낄 것이다. 그럼 우리는 모두 시민권을 박탈당해야 하나?

그러나 이런 걸 모두 제쳐둔다 하더라도 테빗 시험은 영국인다움을 시험하는 데는 쓸 수 없을 것 같다. 진정 문화적인 영국인은 인종과 출신을 불문하고, 타고난 성향상 패자를 위해 환호하기 때문이다. 내가 이 특질을 처음 발견한 것이 아니다. 패자를 응원하는 성향은 현장조사 과정에서 반드시 파악해보겠다고 결심한 국민적 고정관념 중 하나였다. 나는 이런 예를 수도 없이 보았다. 그러나 내 마음에 아직도 남아 있고, 이 규칙의 깊고 복잡함을 진정으로 이해할 수 있게 도와준 예는 2002년 윔블던 테니스 남자 결승전이었다.

테니스광에게 그해의 윔블던 결승은 좀 싱거웠다. 나는 선수가 아니고 관중을 보러 갔는데 정말 마음을 다 빼앗기고 말았다. 세계적으로 유명한 오스트레일리아의 레이턴 휴잇Lleyton Hewitt과 윔블던에 처음 출전한 무명의 아르헨티나 선수 다비드 날반디안David Nalbandian의 시합이었다. 예상대로 오스트레일리아 챔피언이 날반디안을 6-1, 6-3, 6-2로 간단히 물리쳤다.

시합 시작부터 영국인 관중은 날반디안을 위해 환호성을 올렸다. 날반디안이 점수를 올리거나 좋은 샷을 칠 때마다 박수를 치고 소리를 지르며 "힘내라, 다비드"라고 함성을 질렀다. 오스트레일리아 선수를 응원하는 박수는 정말 아주 적었다. 내 주위의 영국 관중에게 왜 아르헨티나 선수를 응원하느냐고 물었다. 특히 영국과 아르헨티나가 전쟁을 벌인 터라 두 나라 사이에 이렇게 난리를 칠 정도의 우정이 있을 리 없기 때문이었다. 국적은 전혀 고려 사항이 아니라는 얘기였다. 날반디안이 이길 가망이 전혀 없는 약자인 언더도그underdog이기 때문에 응원을 받을 자격이 있다는 것이었다. 그들은 내가 너무나 뻔한 사실을 묻자 놀라는 표정이었다. 몇 명은 내게 규칙을 일일이 설명해주었다. "우리는 항상 약자를 응원합니다." "당신은 약자를 반드시 응원해야 합니다." 그들의 말투로 보아 내가 이미 알고 있어야 하는 사항인 모양이었다. 왜냐하면 이것은 자연법칙이기 때문이다.

옳지! 또 하나 '영국인다움의 규칙'을 챙겼다. 자기만족에 의기양양하여 시합을 조금 보았는데 지겨워지기 시작했다. 아이스크림을 사러 살짝 빠져나갈까 생각할 무렵인데 무언가 이상한 일이 벌어지기 시작했다. 휴잇이 아주 훌륭한 플레이를 했다(뭐냐고는 묻지 마라. 난 테니스에 대해 정말 아는 게 없다). 주위 사람들이 박수를 치고 함성을 지르며 환호를 했다. "어? 잠깐! 내가 보기에 당신들은 분명 약자 날반디안을 응원하고 있었는데 왜 지금은 휴잇한테 환호를 하지요?" 한 사람이 대충 설명하기를, 휴잇이 정말 잘하고 있음에도 모든 사람이 약자인 날반디안을 응원하고 있었다. 그 말은 불쌍한 휴잇은 훌륭한 경기를 했는데도 전혀 응원이나 격려를 받지 못하고 있는데 이건 좀 불공정한 것 같아서 관중들이 미안함을 느끼기 시작했다. 그래서 휴잇을 위해 조금 환호를 해서 균형을 맞추고 있다는 것이다. 다르게 말하면 강자(오버도그overdog? 그런 말이 있기는 한가? 하여튼 무슨 말인지 아시지요?)가 어쩌다 보니 약자가 되어버렸으니, 이제는 휴잇도 응원을 받을 자격이 있다는 설명이다.

바로 그것이다. 나는 자기만족에서 깨어나 정신을 바짝 차렸다. 그래서 휴잇한테 가던 응원이 언제 줄어들지 궁금해하며 관중들의 태도를 면밀히 지켜보기로 했다. 관중들이 날반디안을 다시 응원하기 시작하자, 다음 질문을 할 준비가 되었다. "이제는 뭐지요? 왜 이제는 휴잇한테 더 이상 응원을 안 하지요? 이제 그가 잘못하고 있나요?" 사실 그는 더 잘하고 있는 중이었다. 바로 그것이 요점이다. 휴잇이 이제 완벽한 승리를 거둘 참이었다. 날반디안은 헤매고 있어서 완패할 게 뻔했고 반전의 기회가 전혀 없을 것이기 때문이다. 그래서 요란한 격려와 칭찬이 그에게 가야 공정하다는 것이다. 승자에게는 박수나 공손하게 쳐주면 된다는 얘기다.

그래서 영국인의 페어플레이 논리에 따르면 언제나 약자를 응원해야 하나 때로 약자에 대한 지나친 응원은 강자에게 너무 불공정하다. 그래서 진짜 강자는 명예 약자가 되니 관중은 어느 정도 균형을 맞출 때까지만 응원한다. 혹은 진짜 약자의 패배가 분명해질 때까지만 응원한다. 바로 그때가 진짜 약자가 모든 응원을 다시 받을 때라는 것이다. 규칙을 일단 알게 되면 정말 간단하다. 적어도 윔블던에서는 간단하다. 거기에서는 누가 정말 약자인지를 알 수 있기 때문에 아무 의구심도 없기 때문이다. 이게 명확하지 않을 때는 좀 어려움이 있을 수 있다. 누가 모든 응원을 받아야 하는지 당황스러울 수밖에. 또 영국 선수가 강자일 때는 조금 더 어려움이 따른다. 우리의 적일지라도 최소한 어느 정도 응원을 약자에게 나누어주어야 공정하기 때문이다.

영국 최고의 육상선수(올림픽에서 금메달을 여러 개 땄다)가 내게 말하길, 약자에게 응원하는 영국인의 습관은 자신과 같이 항상 승자의 위치에 있을 수밖에 없는 사람에게는 가장 짜증 나는 일이란다. 정확하게는 "짜증 나 미치겠다"였다. 최선을 다해 정상에 선 사람에게는 영국 응원단이 자신보다 훨씬 재능이 없는 경쟁자에게 열심히 환호를 보내면 정말 짜증이 날 일이다.

가장 애국적인 관중들은 국제 시합에서 이런 걱정을 전혀 하지 않는다. 자기가 응원하는 클럽이 시합을 할 때도 마찬가지다. 그러나 두 팀 다 자기와 상관없거나, 특히 강자가 지금까지의 승전에 너무 자랑스러워한다든지 시합 결과에 자신만만해한다면 약자를 응원한다. 많은 영국 축구팬들은 가망도 재능도 없는 3부 리그 팀[영국에는 프리미어 리그, 챔피언스 리그, 1·2·3부 리그가 있다. 3부 리그라면 동네 조기 축구회 수준으로 보면 된다]을 한번 응원하기 시작하면, 아무리 팀이 형편없더라도 일생 동안 절대 변치 않고 계속 응원한다. 여기에도 불문율이 있으니, 어릴 때 무슨 이유로든 팀을 한번 정하면 그걸로 끝이다. 절대 충성심은 변하지 않는다. 아주 잘하는 팀, 예를 들어 맨체스터유나이티드의 기술이나 실력을 칭찬하고 부러워할 수는 있다. 그래도 당신이 응원하는 팀은 역시 스윈던Swindon이고 스톡포트Stockport이다. 당신이 어릴 때부터 응원한 바로 그 팀 말이다. 꼭 자기 지방 축구팀만을 응원해야 하는 것은 아니다. 전국의 많은 어린이들이 맨체스터유나이티드, 첼시, 아스널 등을 응원한다. 요점은 한번 선택하면 충성 대상이 변치 않는다는 것이다. 아스널이 요즘 더 시합을 잘한다고 첼시 팬이 아스널 팬으로 말을 갈아타지 않을 뿐 아니라 다른 어떤 이유로도 바꾸지 않는다는 말이다.

경마에서는 페어플레이와 약자의 규칙을 준수하는 극단적인 예를 더 볼 수 있다. 이는 일반적인 영국인다움과 함께, 아니, 그보다 더 유쾌한 측면의 하나이다. 내가 '경마 대화'에서 말한 경마 고유의 '사회적 미기후'가 비교적 느슨한 억제와 대단히 좋은 언행의 드문 조합으로 특징이 규정되었듯이, 우리에게 최선의 결과를 끌어내는 듯하다. 전통적으로 영국 대 아일랜드의 시합이라고 여겨지는, 모든 경주에 국가적 자존심을 거는 첼트넘 페스티벌 첫날이 다 끝나갈 때였다. 나는 아일랜드가 한 번도 못 이긴 것에 안달하는 영국 경마 팬을 목격했다. "만일 아일랜드가 하나도 못 이긴다면 정말 참혹한 일이지요"라고 말하면서 "하나라도 이기면 아일랜드에서는 난리가 날 터인데 말이야. 그런데 다음 경주는 분명 아일랜드가 이길 가능성이 상당히 높은데 그들을 위해 행운을 빌자"라고 하는 말을 들었다. 결국은 아일랜드 경주마가 이기자 이런 영국인 경마 팬은 환성을 지르고 환호를 하고 축하를 했다. 그들은 모두 가장 승률이 높았던 영국 말에게 승부를 걸어 돈을 잃었는데도 말이다. 그러나 '약자'가 승리하자 모든 사람이 축하를 했다. 이렇게 우주의 균형이 회복되었다.

클럽 규칙

영국인의 강한 개인주의와 클럽을 만들고 가입하는 욕구, 사생활에 대한 강박관념과 클럽 애호 등에는 분명 상호모순이 있어서 많은 비평가들이 혼란스러워한다. 팩스먼은 편협하고 개인주의적이고 사생활에 집착하리라 여겨지는 영국인이 거의 모든 것에 관한 클럽을 만들어 즐긴다는 점을 지적했다. 낚시, 축구 응원, 카드, 꽃꽂이, 비둘기 경주, 잼 만들기, 자전거 타기, 조류 관찰, 심지어 함께 휴가 떠나기 클럽까지 있다. 종합 리스트를 만들 생각은 없다. 그러면 이 책의 반을 차지할 테니까. 영국인의 각종 여가나 오락에 관한 잡지가 하나 혹은 여러 개 있다. 아주 사소한 관점의 차이를 보이는 클럽이 전국 협회와 지역 지부 그리고 단위 조직까지 갖추고 있다. 그들은 별것도 아닌 차이로 언쟁을 벌이며 행복하게 시간을 허비하고 있다.

알렉시 드 토크빌Alexis de Tocqueville의 글을 인용한 팩스먼은 "어떻게 영국인, 그렇게 개인적인 사람들이 끝도 없이 클럽과 협회를 만들 수 있는지? 어떻게 협동정신과 배타 정신이 한 사람 안에서 그렇게 왕성하게 발현될 수 있는지?" 궁금해한다. 팩스먼은 토크빌의 실용적이고 경제적인 설명을 인정하는 것 같다. 토크빌에 따르면, 영국인은 개인의 노력으로 각자 원하는 것을 구할 수 없을 때 자원을 합치기 위해 협회를 구성했다. 또 클럽 가입은 누구의 강요가 아니라 언제나 각자의 선택이었다.

나는 클럽은 실용성이나 경제성보다는 사교적인 필요로 만들어졌다고 주장한다. 그러나 클럽 가입에 각자의 선택이 중요하다는 점에 동의한다. 영국인은 마구잡이, 무체계, 자연발생적, 길거리 사교성은 별로 마음에 들어 하지 않고 그렇게는 아무 일도 못할뿐더러 불편해한다. 우리는 정해진 시간과 장소에서 논쟁 규칙을 정해 토의 의제, 초안, 월보를 미리 준비해 운영하는 질서 있는 회합을 원한다.

스포츠 및 게임과 마찬가지로 가장 중요한 것은, 이 클럽이나 협회(꽃꽂이, 아마추어 연극, 자선, 토끼 키우기 등등)는 모임 자체가 목적이지 친교는 덤이라고 주장해야 한다는 점이다.

이 또한 자기기만이다. 영국인들이 한없이 클럽과 협회를 만드는 이유는 사교불편증을 극복하여 다른 사람들과 사귀기 위해서다. 그러자면 소도구와 촉진제의 도움이 필요하다. 동시에 우리는 지금 사교가 아닌 다른 무언가를 하는 중이라는 환각도 필요하다. 이런 환각은 우리가 모이는 이유는 다들 흥미로워하는 오락을 즐기고, 자원을 모아 혼자서는 할 수 없는 것을 이루기 위해서라는 자기최면을 거는 데 필요하다. 실용적인 토크빌과 팩스먼은 영국인의 클럽 만들기 성향이 대단히 영국적인 것이라고 설명했다. 그리고 이러한 환각을 완벽하게 묘사하긴 했으나 이것이 환각임을 인식하지는 못했다. 이 모든 클럽의 진짜 목적은 우리가 필사적으로 얻고 싶어 하면서도 심지어 자기 자신에게도 필요성을 인정하지 못하는 사회적 접촉과 친교다.

만일 당신이 진정한 영국인이라면 내 설명을 인정하지 못할 것이다. 나 자신도 내키지 않는다. 내가 아랍말협회AHS: Arab Horse Society에 가입하고 칠턴 지구 모임에 참석하는 이유는 아랍 스탈리온종種 말을 키우고 있어서 아랍말 사육과 승마에 관심이 있고, 쇼와 행사에 참석하여 다른 애호가들과 논의하고 싶어서라고 믿고 싶다. 내가 대학교에서 무수한 좌익 정파에 가입해서 셀 수 없는 데모와 행진과 반핵운동CND: Campaign for Nuclear Disarmament 집회에 참석한 이유는 관련 이슈에 확신과 원칙을 갖고 있기 때문이라고 생각하고 싶다.[101] 실은 이런 게 다 의식적으로 대는 핑계다. 영국인은 사

---

101 내가 영국인답지 않게 유머러스하지 못한 진지파로 오해받지 않으려고 밝

교를 하려고 일부러 자신을 속인다고 얘기하는 것은 아니다. 그러나 솔직히 말한다면 나는 소속감을 원했고, 같은 주제에 흥미를 느끼고 견해가 비슷한 사람들과 쉽게 어울리고 싶었다고 고백하지 않을 수 없다. 대화가 잘 풀릴 수 있게 도와주는 공통의 취미가 전혀 없이, 순전히 사교가 목적인 모임이나 대중적인 장소에서 낯선 사람들과 대화를 나누려 애쓰는 참담함을 생각하면 내가 왜 아랍말협회에 가입했는지 이해할 것으로 믿는다.

당신이 영국의 어떤 클럽이나 협회 회원이라면 이렇게 당신들을 한 덩어리로 묶어 취급하는 데 불쾌해할 수도 있을 것 같다. 특히 내가 아랍말협회와 반핵운동, 전국여성협회와 오토바이클럽 사이에 아무런 차이가 없는 것처럼 말한다고 노여워할 게 분명하다. 그러나 미안하지만, 거기에는 정말 아주 조그만 차이밖에 없다고 감히 얘기하겠다. 내가 참석한 전국여성협회와 오토바이클럽 모임을 보면 둘의 가장 큰 차이는 오토바이족은 자신들의 자선 활동과 다음 자선 행사 계획을 논의하는 데 시간을 더 많이 소모한다는 것이었다.

나도 영국의 수많은 클럽과 협회 회원이었고, 몇몇 모임에는 초대 받지도 않은 채로 조사를 위해 가기도 했다. 미안하지만 별반 차이 없었고 사실 그게 그거였다. AHS, CND, WI 혹은 MAG Motorcycle Action Group: 오토바이행동그룹와 이웃살펴주기그룹Neighbourhood Watch Group의 지부나 지역 모임은 거의 같은 형식을 따른다. 어색한 인사와 농담으로 시작해 기본적인 날씨 이야기, 그다음엔 차, 샌드위치나 비스킷(두 가지 다 챙겼다면 당신은 상당한 행운이다), 수많은 가십, 많고 많은 엄살·불평 의례, 매번 반복되는 그들끼리만 통하는 농담들로

히는데, 나도 세이브 농담 클럽에 가입했다. 세이브는 '거의 모든 것에 반대하는 학생들SAVE: Students Against Virtually Everything'이다.

이어진다. 이제 누군가 목청을 가다듬고 너무 사무적으로 거만해 보이지 않으려 노력하면서 정식 회의를 시작하려 한다. 불문율에 의하면 의제, 회의록, 의순, 회장 등의 단어는 별로 심각하게 생각하지 않는다는 뜻으로 약간 자조적인 목소리로 말해야 한다. 장황한 연설은 심드렁한 회원들의 지겨움을 불러일으켜 다들 눈살을 찌푸린다.

흔히 자기중심적인 인물이 회장이 되는 경우가 많은데 그는 자신의 직함을 모든 경우에 다 쓴다. 그러고는 주야장천 회람 메일을 발송하는데 거기서 "회칙 13조에 의하면 모든 교류는 회장인 자신에게 보고되어야 하고…"란 내용을 아주 자세하고 길게 설명한다. 진지함에 대해 공포를 느끼는 영국인이 왜 그런 지루하고도 성실한 인물을 그토록 많은 클럽과 연합회, 위원회와 협회의 회장을 맡길까? 대답은 간단하다. 그런 사람들만이 직책을 수행하는 데 따르는 회의, 의제, 순번, 회의록, 초청 연사 등등의 피곤하게 마련인 사무적인 일(admin. 그들은 운영management이라고 말한다)들을 나서서 맡으려하기 때문이다. 그러고는 이런 어려운 일을 굳이 맡아서 한다는 순교자 같은 분위기를 풍기면서 구성원 누구도 자신들의 이런 고충을 알아주지 않는다고 불평을 하게 마련이다. 다른 회원들은 지겨운 일을 맡아 대신 해주는 데 정기적으로 감사를 표시한다. 보통 한 회원, 대개 신규 회원이나 정기적으로 참석하지 않거나 자주 참석하지 않는 회원이 불문율을 잘 이해하지 못한 채 공개적으로 회장의 거만함과 다른 점을 두고 크게 웃는 엄청난 중죄를 범하기도 한다("당신에게는 회장으로서의 내 임무가 아주 큰 농담일지도 모르나 만일 회의에 한번이라도 제대로 참석을 해 보면 당신은 이 협회가 그냥 돌아가는 게 아님을 알 수 있을 것이다"). 이렇게 자신을 과신하는 회장은 사회적으로 인기가 없기 십상이라 이러한 직책에 앉는 것이 사람들의 시선 집중을 받고 모든 일의 중심이 될 기회이다. 그래서 다음 연례 총회 때 힘들다는 듯이 한숨을 쉬면서도 "내년에는 회원들이 좀더 자발적으로 협조해주길 바랍니다"라는 말과 함께 또다시 한 해의 성가신 짐을 맡는다.

참견하기 좋아하는 회장들의 노력에도 영국인다움은 클럽 회의에서 주요 안건을 논의할 때나 초보적인 사교 모임을 열 때나 가리지 않고 만연하다. 중요한 논의를 농담으로 망치고, 적들을 야유하고(혹은 같은 목적의 라이벌 클럽, 예를 들면 MAG는 영국오토바이연맹British Motorcycle Federation을 야유한다) 아무런 상관도 없는 사소한 세부 사항을 가지고 회원들끼리 공손하게 구역 논쟁도 좀 한다. 간혹 어떤 결정을 내리고 결의를 하고, 아니면 의견 일치에는 이르렀으나 결정은 다음 모임 때까지 미룬다. 그리고 다시 차와 농담과 가십과 특별히 많은 불평이 뒤따른다. 나는 당신에게 감히 도전한다. 당신이 알기에 오해 받거나 이용 당한다고 느끼는 회원이 없는 영국 클럽이나 협회가 있으면 얘기해보라고. 내가 아는 놀랍도록 비슷한 예를 들자면, WI 숙녀들은 답답한 구식의 전형이란 불평을 듣는다("사람들은 아직도 〈잼과 예루살렘Jam and Jerusalem〉[전형적인 영국 시골 여성협회 회원들의 일상사를 다룬 영국 드라마] 같다고 생각한다니까!"). 반면에 오토바이족은 대중과 언론이 자신들을 거칠고 무책임하고 무서운 작자들로 본다고 불평한다("우리는 '지옥의 천사Hell's Angel'라고 하긴 힘들지. 오늘밤 변호사 둘과 가정의 하나가 참석했어. 사실은 망할 로터리클럽에 가깝다고!"). 그러고는 길고 긴 영국식 작별로 모임을 마감한다. 때로는 내빈이 있어 그를 환대하느라 법석을 좀 떨고 이 양반의 연설이 아무리 지겹고 배울 것이 없어도 공손히 박수를 쳐야 한다. 그러나 기본 형식은 언제나 같다. 만일 당신이 영국 클럽이나 협회의 모임을 하나 보았다면 모든 것을 본 셈이다. 심지어 내가 참석했던 무정부주의자들 모임도 똑같았다. 하지만 그들은 잘 조직되어 있었고, 다음 날 시위에서는 모든 회원이 검은 제복을 입고 정말 제대로 된 깃발을 들고 질서정연하게 노래하고 행진했다.

퍼브 규칙

당신은 이제 퍼브가 영국 문화에서 아주 중요한 위치를 차지하고 있음을 알았을 것이다. 억제된 영국인들이 서로 친밀하게 사귀도록 돕는 사교촉진제로는 퍼브가 제일 인기 있다. 영국에는 5만 개의 퍼브가 있고, 성인 인구 4분의 3이 퍼브를 자주 이용한다. 대충 성인 인구의 3분의 1이 퍼브 단골이며 일주일에 한 번은 간다. 어떤 사람들은 동네 퍼브를 제2의 집이라 여긴다.

모든 퍼브가 비슷하다는 얘기로 들릴지 모르지만 사실 요즘은 정신이 혼란할 정도로 다양한 퍼브가 있다. 대학생, 젊은이, 테마, 가족, 별미 식당형, 사이버, 스포츠 퍼브 등 별별 퍼브가 다 있다. 카페 바, 와인 바 등 주로 술집만을 지향하는 퍼브도 많다. 이 진기한 신상품에 대해 허풍과 비관론 그리고 무시무시한 경고도 많이 나왔다. 이제 퍼브도 옛날 같지 않다는 둥, 온통 새로이 유행하는 깔끔한 바만 보일 뿐 전통 퍼브는 다 없어질 거라는 둥, 그래서 나라가 이제 멸망으로 치닫고 있다는 둥, 세상의 종말이 가까웠다는 둥, 아니면 최소한 더 가까워졌을 거라는 둥.

항상 똑같은 복고풍에다 향수 어린 불평들. 언제나 접하게 되는 섣부른 부고 기사들(내 말을 문자 그대로 설명하면, 20년 전에 이미 『영국 퍼브의 죽음』이라는 책을 쓴 사람이 있다. 만일 그가 지금 로즈앤드크라운이나 레드라이온스 같은 전통 퍼브 앞을 지나갈 때, 사람들이 여전히 행복하게 마시고 다트를 하는 모습을 보면 어떻게 느낄지 궁금해서 견딜 수가 없다). 그러나 이 호들갑은 순전히 영국식 비관주의에 물든 한탄, 불평일 뿐이고, 일부는 '민족지학적 현혹' 비슷한 증후군이기도 하다.

즉 말세주의자들은 전통 퍼브와 새로운 퍼브의 실내외 장식에 너무 정신을 뺏겼다. 그래서 퍼브를 퍼브로 만드는 불변하는 전통과 규범이 두 퍼브에 비슷하게 존재하는데도 못 보고 지나친 것이다. 비록 한탄 불평분자들이 맞다 쳐도 그들이 반대하는 새 퍼브와 바는 시내 중심가에 몇 개 모여 있는 데 불과하다. 우리에게 익숙한 전통적인 동네 퍼브가 지금도 수만 개나 건재하지 않은가?

수많은 시골 동네 퍼브들이 생존에 허덕이고 있는 것은 사실이다. 아주 작은 마을의 많은 퍼브가 문을 닫아야 했으니 참 슬픈 일이다. 그래서 퍼브가 없는 마을은 더 이상 마을이 아니라고들 얘기한다. 이런 일이 생길 때면 동네 신문들에는 비명 같은 항의가 울려퍼진다. 그리고 시무룩한 표정을 한 마을 사람들이 '우리 퍼브를 살리자'라고 쓴 종이를 들고 있는 사진들이 신문에 실린다. 어떻게 하면 퍼브를 살릴 수 있을까? 퍼브에 가서 마시고 먹는 데 많은 돈을 써야하는데 그들은 이 두 가지를 연관 지어 생각할 줄 모르는 것 같다. 우리 모두가 '동네 가게의 죽음'에 책임이 있다. 모두들 동네 가게를 살리고 싶어 하나 일부러 거기 가서 물건을 사려 하진 않는다. 이 역시 영국식 위선이다.

그러나 영국 퍼브는 하나의 제도이자 소사회로 여전히 건재하다. 그리고 여전히 흔들리지 않는 이심전심 규칙으로 잘 규제되고 있다. 앞의 '퍼브 대화' 장에서 이 규칙을 얘기한 바 있다. 퍼브는 심지어 대화를 그렇게 싫어하는 영국인마저 대화를 해야 하는 사교 장소이다. 그러므로 이 모든 규칙들이 말과 신체언어와 관련이 있다는 사실은 놀랄 일이 아니다. 몇몇 규칙은 '게임 에질'에서 다루었다. 그러나 아주 중요한 몇 가지는 아직 다루지 못했다. 예를 들면 술 마시는 규칙이다. 공식적인 주류 판매 법률이 아니라 더 중요한 불문율인 사교적 음주 말이다.

음주 규칙

음주 규칙을 공부하면 해당 문화에 대해 많은 것을 배울 수 있다. 모든 문화에는 술에 관한 규칙이 있다. '무작정 마시기'란 없는 법이다. 모든 문화에서 술이 쓰이는데, 음주는 규칙에 따르는 활동이다. 음주 규정과 표준은 누가, 얼마나, 언제, 어디서, 누구와, 어떤 태도와 취지로 술을 마실 수 있는지를 정해놓은 것이다. 이는 물론 예상했던 바이다. 나는 지적 존재, 호모사피엔스인 우리 인간의 특징 중 하나인 통제에 대한 열정을 이미 여러 차례 지적한 바 있다. 심지어 가장 기본적인 행위인 먹고 짝짓기 하는 일까지 정교한 규칙과 의례로 감싸야 하는 우리의 성향을 말이다. 그래서 다른 문화들에서도 성과 음식뿐만 아니라 음주에 관해 명확한 규칙과 표준을 만들었다. 이는 해당 문화의 특징을 규정하는 가치, 신념, 태도를 잘 반영하고 있다. 드와이트 히스Dwight Heath는 더 유창하게 이렇게 표현했다. "음주와 그 효과가 문화의 단면에 흔적으로 남아 있듯이 문화의 각종 단면이 음주 행위에 영향을 미쳤다." 그래서 영국인다움을 이해하고 싶다면 영국인의 음주와 관련한 특성을 자세히 살펴보아야 한다.

___ 돌아가면서 사기 규칙 '돌아가면서 사기'는 세계 어디서나 통용되는 관례의 영국판이다. 서로 나누거나 답례하면서 마시는 방식이다. 음주는 모든 문화에서 아주 기본적인 사교 행위이고, 이에 대한 방식과 예절은 더 빨리 친해지기 위해 만들어졌다. 영국인의 상호 답례하는 방식이 특별히 독특하진 않은데, 이 서로 사기 혹은 돌아가면서 사기에 많은 외국인들은 어리둥절해하고 심지어 섬뜩해한다. 과연 무엇이 영국만의 특성인가? 바로 퍼브 애호가들이 이 관례에 부여하는 종교에 가까운 헌신이다. 돌아가면서 사기를 지킨다고 예의 바르다고 생각하면 안 된다. 이것은 성스러운 의무 사항이지

선택 사항이 아니다. 자신의 차례에 사는 것을 빼먹는다? 이건 음주의 예절을 깨는 정도가 아니고 파문을 당할 만한 엄청난 이단 행위이다.

내가 조사하던 중에 얘기해본 외국인 방문객들은 좀 극단적이지 않냐는 의견을 피력했다. 영국인 퍼브 애호가들에게 이것이 필사적으로 중요한 이유가 뭐냐는 것이다. 나는 유혈 참사를 막기 때문에 중요하다고 설명했다. 이 설명마저도 문화인류학자가 아닌 보통 사람들을 이해시키기는커녕 사태를 더 악화시킨 듯해서 변명을 조금 더 했다. 선물 교환은 언제나 부족들(가족들, 일족들, 종족들, 나라들)과 개인들 사이의 분쟁을 막는 효과적인 방법이었다. 영국 주당들, 아니 남성 주당들 사이에 이 평화 유지 제도는 필요불가결하다. 사교 장애를 안고 태어난 그들은 때로 공격적으로 바뀌는데 이런 사태를 막기 위해 필요하다는 얘기다. 남자들의 퍼브 대화는, 대개 아주 열띤 말싸움 수준이다. 그래서 이 말싸움이 너무 심각해져서 몸싸움으로 번지지 않게 보증하는 해독제가 필요하다. 적에게 음료를 사주는 행위는 술로 하는 악수이다. 당신은 여전히 내 친구라고 밝히는 것이다. 아주 영리한 퍼브 여주인이 말하기를 "만일 남자들이 서로 음료를 사지 않는다면 갈 데까지 간 겁니다. 욕도 하고 고함도 지르지만 서로 음료를 사주는 한 우리 집에서 싸울 일은 없지요." 나는 직접 욕설이 오가던 뜨거운 말싸움이 말 한마디로 평화롭게 수습되는 광경을 많이 보았다. "어쨌든 그건 그렇고, 이번에는 자네 차례구먼." "내 생각에는 이번에는 망할 놈의 내 차례구먼, 맞지?" "오, 입 닥치고 가서 맥주나 사와!"

돌아가면서 사기는 심각한 폭력과 부상을 막아줄 뿐만 아니라 다른 이유로도 영국 남성에게는 없어서는 안 될 정도로 중요하다. 이는 감정 표현의 한 방편이기 때문이다. 보통 영국 남자는 친밀감을 표시하기를 죽기보다 무서워한다. 하지만 그들도 인간인지라 다른 인간과(특히 다른 남자들과) 유대 관계와 우정을 맺고 싶어 한다. 그래서 "당신이 마음에 듭니다"라는 나약한 말을 직접 하지 않고 에둘러 전하는 방법을 찾아야 한다. 다행스럽게도 남자의 품위를 잃지 않고 이를 전할 수 있는 방법이 바로 '돌아가면서 사기'이다.

이 돌아가면서 사기에 특별한 가치를 두는 이유는 우리의 강박관념의 하나인 페어플레이와 연관이 있기 때문이다. 돌아가면서 사기도 줄서기와 마찬가지로 순서를 지키는 것이다. 그러나 모든 영국인 예절처럼 이 규칙도 부칙 및 예외 등이 덧붙어 좀 복잡하다. 그래서 페어플레이는 여기서는 조금 불안정한 개념이기는 하다. 이는 대충 비슷한 가격대의 음료를 사는 문제가 아니다. 돌아가면서 사기의 규칙은 아래와 같다.

- 두 명 이상이 모이면 한 사람이 전원에게 음료를 산다. 이는 타인을 위한 행동이 아니고 그냥 서로 돕는 행동이다. 모든 사람이 각자 돌아가면서 한 잔씩 사는 것으로 다들 알고 있다. 한 순배 돌면 다시 시동을 걸었던 사람이 사기를 시작한다.
- 바에서 마시는 것이 아니라면 사는 사람이 웨이터 역할까지 해야 한다. 자기 순서라고 하면 돈만 내는 게 아니라 바에 가서 주문을 한 다음 테이블까지 들고 오는 것을 의미한다. 만일 사람이 많아서 혼자서 가져오지 못할 때는 누군가 도와주거나 사는 사람이 두세 번 왕복해야 한다. 이 수고마저도 선물에 들어간다(이 규칙에서 예외인 사람은 흔히 허약하거나 늙은 사람들이다. 기사도가 충만한 남성은 돌아가면서 사기 순번이 돌아온 여성을 위해 이 서비스를 자주 한다. 혹은 적어도 자청해서 도와주려 한다).
- 돌아가면서 사기에서 공정함이란 아주 엄격한 정의의 문제가 아

니다. 모임이 일찍 끝나 한 사람이 두 번 사는 사이에 다른 사람은 한 번만 살 수도 있기 때문이다. 여러 번 돌아가는 동안 서로 공평하게 사는 게 좋지만, 너무 여기에 신경 쓰는 것도 좋지 않은 태도다.

- 이 의례에 진심으로 참여하지 않고 인색함, 주저함, 계산적 태도 등을 조금이라도 내보이면 심하게 지탄받는다. 영국 남성에게 '자기 순서에 안 산다'라는 말을 듣는 것보다 더한 모욕은 없다. 가능하면 빨리 자기 순서를 외치고 사는 것이 좋다. 다른 사람이 다 사고 결국 내 순서가 돌아와야 어쩔 수 없어 사는 것은 예의가 아니다.

- 놀랍게도 내가 알기로는 돌아가면서 사기 바람잡이(항상 맨 처음 사는 사람)가 기다리는 사람보다 결국 돈을 덜 쓰게 된다. 후한 태도가 인기를 끌어 사람들이 그에게는 너그러워지기 때문이다.

- 동료의 잔이 다 빌 때까지 기다렸다가 자기 순서를 찾을 게 아니라 미리 챙겨야 한다. 내 차례를 챙겨야 할 가장 적당한 시기는 동료들 잔이 4분의 3 정도 비었을 때이다. 이 규칙은 자신의 후함을 증명하고, 음료가 끊기지 않고 부드럽게 돌아가도록 하는 것이 목적이다. 동료들 중에 음료가 없어서 몇 분간 기다리는 사람이 있어선 안 된다.

- 자신이 술을 적게 마신다는 이유로 다른 사람을 욕하거나 투덜거리지 않는다면, 때로는 다른 사람이 살 때 주문하지 않아도 상관없다. 그렇다 해도 당신 의무가 사라지는 것은 아니다. 하지만 다른 사람이 화해를 청하거나 우정의 표시로 음료를 권했는데, 거절하는 것은 상당히 무례한 일이다.

성스러운 돌아가면서 사기 의례에서 빠져도 되는 핑계는 보통은 없다. 그러나 몇 가지 예외는 있다. 예를 들면 머릿수 문제일 경우이다.

- **숫자 예외** 사람이 아주 많을 때는 전통적인 돌아가면서 사기가 부담스러운 경우도 있다. 그렇다고 전통 의식을 완전히 깰 수는 없다. 이때 누군가 나서서 교통정리 하지는 않으며 자연스럽게 몇 개 그룹으로 나뉜다. 그리고 각자 알아서 전통 의례를 행하면 되는 것이다. 혹은 다른 방법으로 이른바 휩 라운드Whip Round가 있다. 이는 선물 교환으로 볼 수 있는데, 전원이 조금씩 돈을 모아 전체 음료를 사는 방식이다. 웨이터 서비스는 돌아가면서 한다. 마지막으로 학생들이나 돈이 조금밖에 없는 사람들은, 각자 자기 음료를 사는 방법이 있다.

- **커플 예외** 어떤 사교 집단에서는 돌아가면서 사기를 할 때 커플을 한 명으로 취급하기도 한다. 그때는 남자들만 참여한다. 조금 다른 사례가 있는데, 싱글과 커플이 같이 온 모임의 경우는 커플을 두 사람으로 취급한다. 그러나 남자 파트너가 여자 음료를 사주는 것이 관습이다. 이런 커플의 예외는 젊은이들 사이에서는 널리 퍼져 있지 않아서 참석한 남자들 나이가 마흔이 넘는 그룹에서 이 관례를 볼 수 있다. 극소수의 영국 남자들은 여자가 남자의 음료를 사는 꼴을 볼 수 없어서 남자 동반자가 있건 없건 커플 예외 조항을 연장해 여자들은 모두 제외하기도 한다. 이런 풍습에 따라 나이 들고 구식인 남자들은 여자와 외출했을 경우 음료를 모두 사겠다고 주장하는 반면, 젊은 남자들은 여자도 당연히 순서에 끼거나 적어도 사겠다는 제안은 해야 한다고 여긴다.

- **여성 예외** 여자들은 보통 이 관행을 남자들에 비해 존중하는 편은 아니다. 혼성 모임일 경우 여자들은 남자 동반자를 유머로 꼬드겨서 순서에 끼게 하고 자기는 빠지는 경우도 있다. 그러나 참석자가 모두 여성인 경우는 별난 변형이 다 나오고 심지어는 규칙에 노골적으로 불복하기도 한다. 그들도 서로 음료를 사지만 이것이 그렇게 중요한 사안은 아니다. 누구 순서인지를 굳이 따지지 않고, 자기네들끼리 누가 샀네 누구는 안 샀네 하면서 친근한 입씨름을 한다. 그들은 남자들이 집착하는 이 관례를 지루하고 귀찮은 일이라 생각한다.

여자들은 남자들과 달리 술로 하는 악수인 돌아가면서 사기를 상호교환할 필요가 별로 없기 때문이다. 논쟁이 주요 소통 방법이 아니기에 굳이 화평의 표시를 내보일 이유가 없는 것이다. 그냥 쉽게 호감을 전하고 다른 방법으로 우정을 나눈다. 예를 들면 칭찬, 가십, 비밀 교환 등이다. 영국 여성도 외향적인 다른 나라 여성보다는 쉽게 속을 털어놓지 않는다. 만난 지 5분 만에 복잡한 이혼 이야기나 심리치료사가 무슨 얘기를 했는지를 털어놓지는 않는다. 하지만 일단 친구가 되면 그런 얘기를 어렵지 않게 하기도 한다. 그러나 영국 남자들에겐 있을 수 없는 일일뿐더러 심지어 제일 친한 친구에게조차 그런 얘기를 하지 않는다.

어떤 영국 남자들은 친구friend라는 말도 좀 어려워하고, 그 말을 들으면 너무 감상적인 기분이 든다고 한다. 그래서 동료mate라고 부르기를 선호한다. 당신은 어떤 사람의 사생활, 기분은 물론이고 희망과 두려움 따위를 알 필요도 없이 상대가 좋아하는 축구팀이나 차만 알면 동료가 될 수 있다. 동료라는 용어, 특히 '좋은 동료'와 '최고의 동료'는 표면상으로는 친근함의 정도나 차이를 말하는 것처럼 보인다. 그러나 '최고의 동료'라 해도 당신의 결혼 문제는 거의 혹은 전혀 모를 수도 있다. 혹은 농담처럼 엄살·불평에 슬쩍 끼워 전하는 게 고작이고, 들은 사람은 그냥 "아, 여자들이란! 참! 그들이야 항상 그렇지, 뭐!" 정도로밖에 반응할 수 없을 것이다. 물론 당신이 그를 위해 생명을 거는 위험을 감수할 수 있고, 상대도 그렇게 할 것이다. '최고의 동료'는 당신의 골프 핸디캡은 알아도 아이 이름은 모른다. 그러나 당신들은 진정으로 서로를 염려한다. 그걸 굳이 입으로 얘기할 필요는 없고 그렇게 하지 않아도 아무 문제 없이 잘 굴러가고 있다. 굳이 얘기해서 괜히 창피스러워질 이유가 없지 않은가? 그리고 어찌 되었든 이제 자네가 살 차례네!

당신이 마시는 것을 보면 당신을 알 수 있다

어느 문화권이건 술은 여러 종류가 있다. 술은 모임에서 차지하는 의미에 따라 분류되는데 이는 사교 세계를 정의하는 데 도움을 준다. 사회적으로 여기저기에 다 속하는 중립 술은 없다. 다른 어디나 마찬가지로 영국에서도 '당신은 무엇을 마시나?'는 유도성 질문이다. 우리는 대답에 따라 그들을 구분한다. 음료의 종류는 절대 개인의 취향 문제만은 아니다.

여러 상징적인 기능 중에서도 음료수는 성별구분기이자 신분표시기이다. 영국인들 사이에서는 이 두 가지가 술의 가장 중요한 상징적 기능이다. 당신이 선택하는 술은(적어도 바깥에서는) 주로 당신의 성별과 신분, 나이에 따라 결정된다. 관련 규칙은 다음과 같다.

- 노동계급과 중하층 여성은 음료 선택 범위가 가장 넓다. 사교적으로 무엇이나 선택할 수 있다. 칵테일, 달거나 크림 같은 리큐어, 모든 소프트드링크, 맥주, 증류주와 알코팝(병에 든 칵테일. 보

통 보드카나 럼주를 기본으로 한 WKD, 스미노프 아이스, 바카디 브리저 등 젊은 술꾼들에게 인기 있는 술). 단지 한 가지 제한만 있다. 맥주를 마실 때 사용하는 유리잔의 크기다. 노동계급과 중하층 여자들은 큰 잔pint은 비여성적 혹은 비숙녀적이라 여겨 반잔half pint 크기로 마신다. 여자가 큰 잔으로 마시면 라데트ladette라고 하는데 여성 남자, 즉 꼴사나운 목쉰 소리로 주정하는 남자를 흉내 내는 여자라는 뜻이다. 어떤 여자들은 이런 이미지에도 전혀 개의치 않으나 그들은 아직 소수다.

- 다음으로 자유로운 선택권을 가진 축은 중중층부터 상류층까지의 여자들이다. 그들의 선택권은 조금 줄어든다. 너무 단 알코팝, 크림 같은 리큐어, 칵테일 등은 좀 천하다고 여긴다. 베일리Bailey를 주문하면 몇몇은 눈썹을 찡그리거나 약간 비웃듯 곁눈질을 한다. 그들은 와인, 증류주, 셰리, 소프트드링크, 사과주, 맥주 등을 마신다. 여성이 큰 잔으로 맥주를 마시는 것은 특히 젊은 대학생에게는 용인된다. 나는 중상층 여학생이 맥주를 큰 잔이 아닌 소녀같이 반잔으로 주문할 때는 이유를 말해야 한다고 느끼는 것을 발견했다.

- 중류층과 상류층 남자들은 같은 계급의 여자들보다 선택 영역이 상당히 좁다. 그들은 맥주, 증류주(다른 것과 혼합은 가능), 와인(스위트가 아닌 드라이), 소프트드링크만 주문할 수 있다. 달거나 크림 같은 주류는 여성스럽지 않냐는 눈치를 받고 칵테일은 칵테일파티나 칵테일 바에서만 주문 가능하다. 보통 퍼브에서는 절대 주문하면 안 된다.

- 노동계급 남성은 사실상 거의 선택권이 없다. 맥주나 증류주 이외에 다른 술을 마시면 남자답지 못하다는 소리를 듣는다. 나이든 노동계급 남자들 중에는 심지어 다른 술과 섞는 것조차 금하

는 사람도 있다. 진 토닉 정도나 겨우 허락될까 말까 할 정도다. 그러니 이상하게 혼합하면 당연히 눈총 받는다. 그러나 젊은 노동계급은 훨씬 자유롭다. 증류주가 충분히 혼합된 알코팝 같은 것도 알코올이 충분히 들어 있고 이름과 이미지가 남성다울 경우 허용된다.

만취 규칙: 반사회적 오락

또 다른 세계적인 현상으로, 술이 행동에 미치는 영향은 에탄올의 화학작용보다는 해당 사회 문화의 규칙과 표준에 따른 정신적인 상태에 의해 결정된다. 사람들이 술을 마셨을 때 하는 행동은 문화에 따라 천차만별이다. 일부 국민(영국, 미국, 오스트레일리아, 스칸디나비아 일부—세계 문명의 거의 5분의 1)들은 술을 마시면 공격적, 폭력적, 반사회적 행동을 하는 반면, 다른 나라 사람들은(라틴 지중해 문화권 같은, 사실 결국 대부분의 문화권에서) 그러지 않는다. 이런 차이는 음주의 양이나 유전적인 이유 때문이라고 얘기할 수 없다. 문화마다 다른 술에 대한 생각과 음주 효과, 음주 행동거지를 보는 일반적인 시각에 기인하는 게 분명하다.

이 기본 사실은 이미 여러 차례 증명되었다. 각국에서 시행한 수준 높은 비교문화 조사뿐만 아니라 과학적인 이중맹검법二重盲檢法[진짜와 가짜 약을 무작위로 주되 환자와 의사 모두에게 약의 진위를 알려주지 않고 약효를 시험하는 방법]이나 플라세보placebo[가짜 약으로 환자의 심리 효과를 노리거나 신약을 테스트하는 방법]를 비롯한 모든 방법을 동원한 결과로 증명되었다. 간단히 얘기하면, 사람들은 취하면 술기운에 따라 몸이 절로 움직이는 게 아니라 문화적으로 통용되는 일반적인 믿음에 따른다. 영국인은 술이 탈억제제라 믿어 욕망을 불러일으키고 공격적으로 만든다고 생각한다. 영국인은 술이라고 믿는 것을 마시면, 사실은 그들이 마신 음료가 술이 아닌 플라세보, 즉 가짜 술임에도 억제를 벗어버린다. 훨씬 더 시시덕거리고 일부는(특히 젊은 남성은) 공격적으로 변하기도 한다.

이제 우리는 영국인의 고질적인 불치병에 해당하는 사교불편증에 대처하는 셋째 방법을 살펴보아야 한다. 즉 '시끄러워지고, 공격적인 언행을 하고, 불쾌해지는' 방법 말이다. 이 어둡고 불쾌한 성격을 찾아낸 사람은 분명히 내가 아니다. 영국인 관찰자와 외국인 들이 공히 수세기 동안 이 얘기를 해왔고, 우리들의 국가적 자기반성 버릇에 따라 하루가 멀다 하고 신문에도 나온다. 주정뱅이, 축구 난동꾼, 시끄러운 라데트 여성, 지옥에서 온 이웃neighbours-from-hell[소음을 비롯해 온갖 악행을 일삼는 이웃], 취객들의 싸움, 청소년 범죄, 무질서, 기타 일일이 거론할 수 없는 기막히고 뻔뻔스러운 짓들. 이 모든 불행한 사태들은 예외 없이 원인 모를 도덕관념의 쇠퇴나 술 때문이라고들 얘기한다. 아니면 둘 다라고 하는데 둘 다 만족스럽지 않은 설명이다. 우리 역사를 대충 조사해봐도 이런 불쾌한 주정뱅이들로 인한 혼란이 낯선 사건이 아님을 알 수 있다.[102] 심지어 플라세보 실험은 제쳐두더라도 우리보다 술을 더 많이 마시는 다른 나라 사람들은 우리같이 무례하거나 폭력적이지 않고 잘들 해나간다.

술에 취하면 어떻게 될 거라는 자기충족적 예언을 믿는 우리에게 부분적으로 책임을 돌려야 한다. 술은 당신을 공격적으로 만든다

---

102 여기에는 아주 익숙한 예가 많다. 한 독자가 내게 보내온 1901년 발행된 난해한 책 『작은 런던인 *The Little Londoner*』의 독일인 저자 R. 크론은 "런던 퍼브는 술 취한 남자와 여자 들로 북적인다. 세계 어느 도시에 가도 영국 수도처럼 하류층의 주정이 눈에 거슬린 곳은 없었다"고 관찰을 적었다.

고 굳게 믿고 그렇게 예상하면, 정확히 그렇게 된다. 그래도 왜 우리가 그런 이상한 믿음을 갖게 되었느냐는 물음은 남는다. 술이 위험한 탈억제제라는 믿음이 영국인에게만 해당되는 것은 않는다. 상극적이고 무미건조한 북유럽 스칸디나비안 계열의 절제와 중용의 문화에 관심을 기울이는 문화인류학자와 사회과학자들에게 잘 알려진 몇몇 문화에도 그런 이상한 믿음이 있다. 이런 문화는 상극적, 비도덕적, 애증, 금단의 열매 등과 술이 연관이 있는데, 보통 역사적인 중용과 절제 운동과 관련이 있다고 한다. 이는 서로 융화하고 감정적이며 중용이나 절제와 거리가 먼 지중해 문화와 비교된다. 이 문화에서 술은 필수품이며, 자연스럽게 즐길 뿐만 아니라 도덕적으로도 전혀 문제가 없는 일상용품이다. 이들이 지난날 중용과 절제 운동가들의 눈을 벗어나 있었던 것은 큰 행운이었다. 1인당 술 소비량이 훨씬 많은데도 '융화의 문화'는 '상극의 문화'를 몹시 괴롭힌 술과 관련된 사회적·정신의학적 문제가 아주 적은 편이다.

비교문화를 조사한 내 동료와 선입견이 없는 공평한 알코올 전문가들 사이에서 이건 지겨울 정도로 분명한 사실인데도 도저히 믿으려 하지 않는 영국의 청중들에겐 두 손을 들 수밖에 없다. 나의 직업적인 삶은 대개 술에 관련된 많은 조사와 관련되어 있다. 나와 동료들은 정부기관, 경찰 관계자, 수심에 찬 양조업자, 각종 단체가 전문가 의견을 청하면 다른 문화와 비교실험한 결과를 20년 이상 자랑스럽게 보여주고 다녔다.

모두들 대단히 놀란다. "진짜로요? 정말로 당신 말처럼 술이 폭력을 안 일으킨다고 믿는 문화가 있다는 말입니까? 정말 이상하네요!" 그러면서도 악령의 음료에서 솟아나는 악마 같은 힘에 대한 믿음을 도저히 어쩔 수 없다며 공손하게 체념해버린다. 이는 마법사와 기우제의 힘에 사로잡힌, 외딴 진흙집에 사는 부족에게 강우의 원인을 설명하려는 것과 같다. 그들은 예, 예!라고 말은 하지만 그래도 비가 안 오는 진짜 이유는 다른 데 있다고 믿는다. 무당이 비를 부르는 춤을 제대로 안 추었거나 희생 제물인 염소를 바쳐야 할 시간에 할례하지 않은 남자아이나 월경 중인 여자아이가 성스러운 동물의 머리를 만져서 조상이 분노한 거라고 굳게 믿는다. 모든 사람이 알고 있다. 술을 먹으면 사람들이 자제력을 잃어버려 서로의 머리를 때리고 다닌다고.

혹은 '알코올과 대중의 무질서'란 컨퍼런스에서 만난 어느 수심에 찬 신봉자에 의하면 알코올은 '다른 사람들'을 그렇게 만든다. 자신들은 어찌 요령 좋게 면역이 되어 있다고 믿는다. 사무실 크리스마스 파티나 친구들과의 모임에서 좋은 카베르네 쇼비뇽 와인 몇 병을 마시고, 동네 퍼브에서 진 토닉 몇 잔 마셔도, 혹은 어딘가에서 얼근히 취해도 주먹질은 물론이고 욕 한마디 하지 않을 수 있다고 굳게 믿는다. 단지 노동계급만 폭력을 휘두르고 욕을 하게 만드는 특별한 힘이 술에 있다고 생각한다. 정말 기적 같은 일이다. 비를 오게 만드는 것보다 더 기가 막힌 마술이다. 우리는 설명할 수 없는 것을 설명할 수 있는 비논리적인 종교적 교리를 믿듯이, 이 술의 힘에 대한 이상한 믿음을 가지고 있다. 그런데 이 경우에 설명이 불가능한 논제를 존립케 하는 교리란 그저 논제를 피해버리는 것이다. 예의 바르고, 내성적이며, 절제된 행동으로 많은 사람들의 감탄을 받는 영국인이 왜 바보, 멍충이, 촌스러운 폭력배란 악평을 받느냐는 불편한 질문을 술을 핑계로 간단히 피해 갈 수 있다.

나는 우리의 예의 바른 내성적 성향과 불쾌한 공격 성향은 동전의 양면이라고 본다. 더 정확히 얘기하면 사교불편증과 동일한 증상이다. 우리는 다른 나라 사람들에게는 자연스럽고 손쉬운 감정 표현과 우호적인 사교적 접촉을 어렵게 만드는 만성적인 사교장애로 고통 받고 있다. 이 선천적 사교장애증은 우리에게 깊이 새겨진 자기 억제에서 비롯된 것이다. 어쩌다 이렇게 되었는지, 왜 이 사교불편 증 때문에 고통받는지는 쉽게 알 수 없는 신비이다. 이 책을 끝낼 때까지도 답을 얻을 수 없을 것이다. 그러나 원인은 몰라도 병과 장애를 진찰하고 진단할 수는 있을 듯하다. 개인적 차원이든 국가적 차원이든, 이 정도의 정신적 장애의 원인은 규정하기 어렵거니와 아예 불가능한 경우도 많다. 이것은 자폐증일까, 광장공포증일까, 혹은 다른 무엇일까. 무작위로 뽑은 증세들이긴 하나 가만히 생각해보니 영국인의 사교불편증과 상당히 비슷한 점이 있다. 그러나 불쌍한 우리를 너그러이 봐주는 자비로운 마음과 정치적 올바름에 따라 그냥 '사교장애'라고만 부르자.

우리가 뭐라고 부르든, 영국인의 사교불편증은 정반대 극단을 포함하고 있다. 누군가를 불편해하거나 스스로 창피해질 때면(거의 모든 사교 상황에 해당하긴 하지만) 우리는 극단적인 감정을 택한다. 지나치게 공손해지고 예의를 차린다. 침묵하고 어색한 태도로 자제한다. 또는 시끄러워지거나 무뚝뚝해지며, 공격적이거나 폭력적으로 변하고, 전반적으로 참을성이 없어진다. 행복한 중용이란 없다. 모든 영국인은 악마적인 음료의 도움을 받든 말든 정기적으로 한 번씩 이 양극의 감정을 표출한다.

'시끄럽고 불쾌한' 성향의 가장 나쁜 형태는 '해방 의식' 기간에 나타난다. 예를 들면 금요일, 토요일 밤 시내 한복판이나 국내외 휴가지에서 영국 젊은이들이 바, 클럽, 퍼브 등에 모여 술을 마셨을 때 전통처럼 일어난다. 이 소란스러운 주정은 단순히 저녁 한때의 환락이 만들어낸 예상치 못한 부산물이 아니고, 이들은 사실 이러려고 휴가를 간다. 젊은 남녀 영국인 난동꾼과 휴가객은 이런 목적으로 휴가를 가서는 작정을 하고 일을 벌인다. 그리고 예외 없이 성공한다(우리는 영국인임을 기억하자. 알코올이 안 들어간 가짜 술로도 곤드레만드레 취해서 주정할 수 있다). 동료들에게 인정받을 수 있을 정도로 만취해야 한다. 그들은 뭔가 미친 짓을 해야 한다는 의무를 느낀다. 억제를 벗어난 행동을 보여주어야 하는데, 문제는 인정받을 수준이란 게 상당히 한정되어 있다는 것이다. 사실 입이 떡 벌어질 정도도 아니다. 비교적 단순한 고함지르기나 욕하기부터 조금 더 용기를 내서 바지 벗고 엉덩이 보여주기 정도다(영국 청년들은 엉덩이를 우스운 것이라고 여긴다). 그리고 가끔씩 하는 싸움질이 고작이다.

소수 무리들의 경우 패싸움 한 번 없이 토요일 밤을 보낼 수는 없다. 이는 대개 규칙이 규제하는, 예상 가능한, 거의 각본이 짜인 일상 업무이다. 주로 사내다움을 내세운 거들먹거림과 허장성세를 내보이고, 가끔 만취하여 주정을 부리다가 한두 번 어설픈 주먹질을 하고 끝난다. 이런 사건은 대개 조금 길어진 우연한 눈 맞춤이 시비로 번진 것이다. 술 취한 젊은 영국 남자들 사이에서는 싸움이 벌어지기 십상이다. 그러기 위해서 당신이 할 수 있는 가장 쉬운 일은 간단히 눈만 좀 오래 마주치면 된다. 영국인은 눈 마주치는 데 익숙지 않기 때문에 1초 이상만 쳐다보면 된다. 그러고는 "뭘 쳐다보는데?"라고 하면 상대도 그걸 반복한다. 흡사 "어떻게 지내세요?"를 서로 반복할 때와 똑같다. 우리들이 내보이는 불쾌함은 공손함과 마찬가지로 어색하고, 비논리적이고, 고상하지도 않다. 그러나 공손한 "어떻게 지내세요?"가 아주 드문 경우에만 더 내밀한 대화로 이어지듯 "뭘 쳐다보는데?"라는 호전적인 말을 교환하는 것도 단순히 남성성을 과시하는 의식일 뿐 실제 몸싸움으로 이어지는 경우는 거의 없다.

이런 말 하기는 내키지 않지만, 이런 공격적인 행동들은 사교촉진제로 술 대신 대마초, 엑스터시 등의 불법 '기분 전환 마약recreational drug'을 쓰는 젊은이들 사이에서는 훨씬 적다. 우리는 대마초가 기분을 부드럽고 유쾌하게 풀어준다(요즘 말로 '느긋하다chilled out, chilled, chillaxed')고 믿는다. 그리고 엑스터시로 활기차고, 행복감에 빠지고, 동료에게 무한한 친절을 보이고, 기막힌 춤꾼이 된다. 춤의 수준을 제외하면 나머지는 자기충족적 예언에 따른다. 어쨌든 그들 모두 멋진 시간을 보냈다는 얘기렸다!

놀이 규칙과 영국인다움

놀이 규칙을 통해 지금까지 확인한 주요 영국인다움의 기본 요소를 재확인할 수 있다. 지금까지 영국인다움 후보는 유머, 위선, 계급 상승 갈망과 불안, 페어플레이, 겸손 등이었다. 경험주의가 이제 영국 문화 유전자에 포함될 강력한 후보자로 떠오르는 것 같다. 그러나 이 장에 있는 모든 규칙은 영국인다움의 결정적인 기질 중 하나와 특별히 관련이 있다. 이는 내가 명명한 '사교불편증'으로, 억제된 편협성, 사교에서 나타나는 고질적인 어색함, 잠복성 자폐증과 광장공포증의 복합 증세를 말한다. 우리 여가 활동은 위에서 예를 든 영국인의 불행한 기질에 나름대로 대처해보려는 몸부림이다. 대처 방법이라 해봐야 거의 자기부정과 망상이다. 실은 우리의 집단적 자기기만 능력 자체가 결정적인 기질이 되기 시작하는 듯하다.

영국인이 스포츠, 게임, 클럽 등을 사교촉진제로 이용할 뿐만 아니라 집단적 자기기만의 힘을 빌린다는 점도 대단히 흥미롭다. 우리는 사교를 위해 접촉하고 유대를 맺으면서도 실은 다른 일을 하는 것처럼 우리 자신을 속인다. 술의 신비로운 탈억제력에 대한 굳은 믿음도 사실은 동일한 망상증후군이다. 우리는 타인과의 접촉과 친교를 너무나 갈망하면서도 솔직하게 인정할 수 없다. 또 인간의 따뜻함과 친근함을 간절히 찾으려 하면서도 자연스럽고 솔직하게 표현하지 못한다. 그래서 접촉에 목말라 하면서도 쓸데없이 기묘한 체계와 신념과 의례를 만들어 이 불타는 욕망을 해소한다. 그래서 테니스를 잘하기 위해, 꽃꽂이를 잘하기 위해, 오토바이 관리 기술을 배우기 위해, 고래를 구하고 세계를 구하기 위해, 요컨대 그 무엇을 위한 행동으로 가장해야만 상대를 만날 수 있다. 퍼브로 가면 또 그냥 맥주만 마시러 온 거라고 가장한다. 우리는 사람을 만나서 얘기하고 싶어 하는 보통의 감정을 창피하게 느끼고, 이게 다 인간의 기적 같은 본능의 책임이라고 핑계를 댄다.

정말로 나는 문화인류학자들이 기이한 믿음과 신비스러운 관습을 숭배하는 기이한 부족문화를 연구하러 왜 각종 열대병과 위험을 무릅쓰고 굳이 저 지구 오지로 들어가는지 모르겠다. 세상에서 가장 불가사의하고 수수께끼 같은 부족이 집 앞에 떡하니 버티고 있는데도 말이다.

옷의 규칙

영국인의 옷 규칙을 살펴보기 전에 세계적인 문화 현상 몇 가지를 함께 살펴보아야 할 것 같다. 옷은 추운 날씨에 몸을 따뜻하게 하는 것을 포함해 가장 중요한 세 가지 기능이 있다. 바로 성별 구별, 신분 표시, 소속감 표시이다. 성별 구분이 보통 가장 분명하다. 어떤 사회 성원의 옷이나 장신구가 별 다르지 않다 하더라도, 남자와 여자 사이에는 아주 작은 차이라도 있게 마련이다. 이성에게 더 매력적으로 보이려고 노력함으로써 생기는 차이 말이다. 신분이란 말은 넓은 의미에서의 사회적 신분이나 직위를 의미하는데, 나이에 따른 옷의 차이도 여기에 포함된다. 인간은 또 부족, 일족, 하위문화 집단, 사회 활동이나 생활양식 등에 따라 생겨난 집단의 소속감을 표시하려고 옷을 입는다.

혹 옷이란 개인의 표현이라는 주장 혹은 이와 비슷한 헛소리를 굳게 믿는 고급 패션지 편집자나 독자를 기분 나쁘게 했다면 사과한다. 현대 서구 탈공업화 문화는 유행을 스타일이나 개성 표현이라고 보고 싶어 한다. 그러나 유행은 결국 미화된 성 구별, 신분 및 소속 표시의 복합체이다. 혹시 옷을 단순히 편하고, 경제적이고, 실용적인 이유로 입을 뿐이지 사회적 주장을 하기 위해 입진 않는다고 강조하는 특정 협회 사람들을 내가 불쾌하게 했다면 사과한다. 일부 사람들은 유행에 별 관심이 없다 해도 싸고 편하고 실용적인 옷을 하나둘씩 사지 않을 수 없다. 그래서 자신들이 원하든 원치 않든 결국은 의복으로 사회적인 주장을 하는 셈이다(게다가 옷이 하찮은 것이라는 주장 자체가 결국은 아주 요란하고 중대한 사회적 선언인 셈이다).

영국은 전통 복장이 없는 나라다. 이 점이 국가 정체성 위기를 왜곡 과장하는 사람들에 의해 강조되고 부풀려지고 있다. 내가 보기에 그들은 영국의 옷을 아주 이상하고 비논리적 방법으로 이해하려 한다. 그들은 옷이 영국인에 대해 애기해주는 바를 오직 일정 시기의 특정한 고정관념의 산물에 불과한 옷에서만 찾으려 한다. 마치 그런 옷의 색깔, 재단, 박음질이나 밑단에 영국인다움의 비밀이 숨겨져 있는 것처럼 난리를 친다. 예를 들면 클라이브 애슬릿은 "영국 옷의 기본 요소는 왁스를 입힌 진흙색 바부어 재킷에 있다"고 했다. 전직《컨트리 라이프》편집장이 고정관념에 따른 스타일을 골랐다고 놀랄 일은 아니다. 하지만 이 케케묵은 스타일의 영국 옷은 우리뿐만이 아니라 어디서나 입는 것 같다. 애슬릿은 해리스 트위드Harris tweed[스코틀랜드 해리스 섬에서 나는 손으로 짠 모직물] 스타일이 한물갔다고 슬퍼한다. 그는 이런 경향이 전통적인 컨트리 스타일의 쇠퇴라고 했다. 그의 주장에 긴가민가하는 참인데 이번엔 날씨를 비난하는 소리가 들려온다. "영국은 전통적으로 여름 날씨랄 게 없기 때문에 우리는 일반적으로 여름옷 스타일이 없는 편이다."『어떻게 영국이 영국인을 만들었나?』에서 해리 마운트는 여름옷에 대한 통탄할 만한 취향 결여를 영국 날씨 탓으로 돌렸다. 익숙하지 않은 여름 햇빛에 영국인은 "엄청 덥군! 기념으로 가능한 한 피부 노출이 많은 특별한/우스꽝스러운 것을 입자"라고 한단다. 이런 전형적인 영국 날씨 불평은 웃기지만 설명에는 전혀 도움이 안 된다. 왜냐하면 훨씬 더 한 나라 사람들도 우리보다 여름옷을 더 잘 입는데 이건 어떻게 설명할 텐가. 그렇다고 춥고 눅눅한 잿빛 하늘이 드리운 익숙하기 그지없는 가을, 겨울을 맞는다 해도 우리가 뭐 대단히 고상한 멋쟁이가 되는 것도 아니다. 애슬릿은 마지막으로 우리는 이제 너무 평상복 차림을 선호한다고 불만을 털어놓는다. 군대, 시골, 왕실에서 입는 옷, 일부 의식용 옷을 빼면 우리는 이제 더 이상 복장 규정이 없다고 한다.

다른 사람들은 시작조차 하지 않고 포기해버린다. 팩스먼은 펑크와 스트리트 패션마저도 영국인다움 기본 목록에 포함했다. 그러고 나서는 다음과 같이 단언하고는 옷 문제를 피해가버린다. "옷에 관한 여론은 이제 더 이상 일치하지 않는 듯하다. 세월이 지나 그냥 정해지는 대로 따라가기로 하자." 그런데 이 "이제는 더 이상 규정이 없다"는 말이 바로 영국인에겐 전형적인, 복고 성향의 불만이 섞인 불평이다. 영국인다움을 설명하려는 입장에서는 전형적인 영국인다운 발뺌으로 보인다. 그래도 이 푸념 섞인 비판은 최소한 원칙에 근거한 것이다. 이러한 국가 정체성은 규칙에 관한 것이니 규칙 없음은 곧 정체성 상실을 의미한다. 진단 기준은 정확했으나 애슬릿, 팩스먼 둘 다 증상을 잘못 판단했다. 50년 전만큼 뚜렷하거나 딱딱하지는 않지만 그래도 영국인의 복장 규정은 분명 현재도 살아 있다. 비공식적인 불문율은 사실은 전보다 더 엄격하다. 가장 중요한 규칙은 사실에 근거한 것으로, 심지어 메타 규칙이라고 부를 수도 있다. 그러니까 규칙에 관한 규칙 말이다.

규칙이 지배한다

영국인은 옷을 불편하고 어려워할 뿐만 아니라 이걸 두고 기능장애를 일으킨다. 옷을 어떻게 입어야 하는지를 가르쳐주는 규정을 필사적으로 필요로 하고 딱하게도 그것 없이는 아무 일도 못한다. 이 메타 규칙이 영국인은 옷을 못 입는다는 국제적 평판이 생긴 이유를 설명해준다. 그러나 최고급 남자 양복, 사냥복, 시골 전원용 복장, 의식용 정장 같은 특정 분야(주머니가 많은 옷들) 옷들과 혁신적인 스트리트 패션 등은 훌륭하다. 다시 말해 우리 영국인은 따라야 할 엄격하고 공식적인 규정과 전통이 있는 의복에 관한 한 최고이다. 다시 말해 정해진 규정에 따를 때나 유니폼을 입었을 때가 최고라는 얘기다. 그래서 규정이 일일이 말해주지 않고 죄다 자신에게 맡겨지면 허둥대다 결국은 실패하고 만다. 우리는 선천적으로 타고난 스타일과 우아한 감각은 전혀 없거나 있다고 해도 조금밖에 없다. 그래서 오웰이 얘기했듯이 심미안적인 무감각 때문에 고통 받고 있다.

복장 규정의 필요성은 최근 미국의 영향으로 시작된 '평상복 입는 금요일' '편한 옷을 입는 금요일' 풍습에서도 잘 나타났다. 이는 미국 회사들이 직원들에게 금요일은 정장을 입지 말고 평상복을 입도록 한 데서 시작되었다. 일부 영국 회사들이 따라 해보았으나 대다수가 이를 포기할 수밖에 없었는데, 하위직 직원들이 아주 우스꽝스럽고 전혀 어울리지 않는 복장으로 출근하기 시작했기 때문이다. 어떤 사무실에도 어울리지 않을뿐더러 해변 아니면 나이트클럽에 갈 때나 입을 만한 옷이었다. 아니면 아무렇게나 되는 대로 입고 나왔다. 고객들은 기가 막혀 했고 동료들은 창피해했다. 어쨌든 간부급들은 평상복 금요일 지침을 무시하고 통상의 정장을 고집함으로써 위엄을 유지했다. 이 일련의 사건은 회사가 계층별로 분리돼 있음을 보여주었고, 분위기 좋은 민주적인 효과를 기대한 평상복 입기 정책은 실패로 돌아갔다. 요컨대 실험은 성공하지 못했다.

다른 나라 사람들도 옷차림에 약점과 결점이 다 있다. 그러나 우리들의 식민지 후손 미국과 오스트레일리아만 지독히도 미적 취향이 형편없는 것 같다. 영국과 용호상박이다. 강박관념 같은 기후 이야기와 변덕스러운 날씨에 대한 자랑에 비춰보면, 우리는 다양한 기후변화에 맞추어 누구보다 옷을 잘 입어야 한다. 그런데 복장에 관한 한 우리보다 별로 나을 게 없는 미국과 오스트레일리아도 기후에 맞추어 옷을 입을 때는 우리보다 한수 위인 것 같다. 우리는 엄청난 시간을 기상예보 논의로 허비한다. 그런데 어찌하여 거기에 맞는 옷은 절대 안 입는지 모르겠다. 예를 들면 나는 여러 날 동안 비 내리는 많은 오후를 길거리에 서서 우산을 세며 보냈다. 아침 일기예보에는 분명 아주 많은 비가 예상된다고 했는데도, 단지 25퍼센트만이 그것도 중년 이상의 나이대 사람들만이 변덕스러운 영국 날씨에 필요불가결한 우산으로 무장하고 있었다. 이 삐뚤어진 버릇은 우리에게 너무 덥네, 너무 춥네, 비가 오네 하는 투덜거릴 핑계거리를 제공해준다. 그리고 내친 김에 얘기하자면, 이 날씨 이야기는 우리에게 정말 강박관념이 있음을 방증하는 게 아니라 사교적인 대화의 촉진제라는 주장이 옳음을 뒷받침해준다.

괴짜 양羊 규칙

눈이 날카로운 독자는 이미 내가 유니폼 범주에 '혁신적인 스트리트 패션'을 포함했음을 눈치채고 의아하게 생각했을 것이다. 이건 틀림없이 모순이 아닌가? 정말 기발하고 색다른 하위문화인 스트리트 패션, 즉 앵무새 머리의 펑크족, 빅토리안 뱀파이어 고스족Victorian Vampire Goths[흡혈귀처럼 창백한 피부, 진한 눈, 입술 화장을 하고, 머리는 흑발로 물들이고, 빅토리아시대 분위기의 검은 드레스를 입는 무리들], 무서운 장화를 신은 스킨헤드족 등으로 유명한 영국인은 우리가 순응주의자, 보수적인 규칙 추종자가 아닌 특이한 괴짜라는 증거가 아니고 무엇이겠는가? 영국 스트리트 패션의 괴짜 같은 풍부한 상상력은 대중 잡지뿐만 아니라 영국 의류에 대한 학술적이고 전문적인 연구서 지은이들도 인정하고 칭찬한다.[103] 그런데 보통 때는 아주 냉소적인 팩스먼마저도 영국의 스트리트 패션은 '개인의 자유에 대한 신념의 표현'이라는, 널리 알려졌고 모두들 그렇게 얘기하는 고정관념에 의문을 제기하지 않았다. 그런데 모든 사람들이 생각하는 이 괴짜스러움은 사실은 반대 의미를 갖고 있다. 이것은 일종의 부족 개념이고 제도에 대한 순응이며 유니폼이다. 펑크, 고스 등은 언뜻 보기에는 색다르다. 그러나 자기네들 이외의 사람들과 색다를 뿐이다. 그들은 아주 잘 규제된 그룹이어서 모두 똑같은 모양으로 색다르다. 사실은 이 영국 스트리트 패션은 전혀 색다르지 않고 괴짜 취향도 아니다. 그저 자신들이 속한 하위문화에 대한 소속감의 표시일 뿐이다.

디자이너 비비언 웨스트우드, 알렉산더 매퀸이 이 스트리트 패션 경향을 발견하고 나름대로 해석해서 매력을 더한 작품을 만들어 국제 패션쇼에 올렸다. 모두들 "와우, 얼마나 괴짜스러운가? 얼마나 영국다운가?"라고 했다. 그러나 사실 이것은 별로 괴짜스러울 것도 없는, 누그러뜨려 베낀 유니폼에 불과하다. 스트리트 패션은 심지어

---

103 예를 들어 앨리슨 구드럼Alison Goodrum의 『국가적 직물 *The National Fabric*』과 크리스토퍼 브리워드Christopher Breward의 『영국인 의상의 영국인다움 *The Englishness of English Dress*』 등.

하위문화 표시로도 그렇게 오래 행세할 수도 없었다. 이 스타일이 주류 문화에 금방 흡수돼버렸기 때문이다. 젊은 하위문화 패거리가 자신들 무리만의 색다른 옷을 만들어내자마자, 전위 디자이너가 이걸 발견하여 좀 완화한 옷을 만들어 변화가 상점에 건다. 그러면 보통 사람들은 물론이고 심지어 하위문화에 소속된 사람의 엄마까지도 입어버린다. 이는 정말 스트리트 패션의 젊은 창작자에게는 복장 터질 일이다. 영국의 젊은 패거리들은 많은 시간과 노력을, 그들이 모욕할 때 쓰는 더러운 단어인 주류 문화와 다르게 하는 데 쏟는다. 그렇다고 이런 시도로 그들이 정말 괴짜답고 무정부주의적 개성주의자가 되는 것은 아니다. 그들은 여전히 늑대 옷을 입은 순한 양들일 뿐이다.

이 나라에서 진정으로 가장 괴짜답게 옷을 입는 사람은 여왕이다. 그녀는 유행이나 어떤 주류 문화에도 전혀 관심을 쏟지 않는다. 누구 말도 듣지 않고, 아주 기이한 스타일의 옷만 입는다. 만일 패션 평론가같이 말하자면, 그것은 약간 변형된 1950년대 복고풍 패션에 개인 취향이 가미된 것이다. 하지만 여왕이기 때문에 사람들은 괴짜라고 하지 않고 그냥 고풍스럽다 한다. 혹은 공손한 태도로 시대를 초월한 스타일이라고 봐주고 또 그렇게들 부른다. 여왕 말고는 아무도 그렇게 이상하게 옷을 입지 않는다. 거리의 순한 괴짜 양떼들과 그들의 옷 베끼기 선수인 유명 디자이너들에게 신경 쓰지 말자. 어쨌든 영국인 중에서 옷에 관한 한 최고 괴짜의 표본은 여왕이다.

그럼에도 젊은 우리 하위문화 양들이 창작한 옷 스타일은 다른 어느 나라 스트리트 패션보다 유별나서 입이 딱 벌어질 정도다. 그래서 다른 나라 젊은이들은 따로 창작하는 수고를 하기보다는 그냥 영국 스트리트 패션을 따라 한다. 우리는 여왕을 빼고는 개인적으로는 괴짜가 아닐지 모른다. 그러나 우리의 하위문화 젊은이들은 집단적인 괴짜들이다. 이 말이 모순이 아니라면 그렇게 부르겠다. 우리는 창의성의 진가를 알아본다. 또 의류에 관한 한 괴짜라는 명성에 대해, 우리가 그런 칭찬을 받을 자격이 없을지 몰라도, 자부심을 가진다.

가식적인 무관심 규칙

이는 우리 정신에 아주 깊이 새겨진 유머 규칙에서 일부 기인한, 옷에 관한 불문율 때문에 생겼다고 볼 수 있다. 옷에 대한 태도 역시 아무 때나 등장하는 예의 진지하지 않기 규칙이 규제한다. 옷도 진지하게 생각하면 안 된다. 옷에 너무 관심을 기울이는 것은 좋지 않다. 다른 말로, 너무 유행에 맞추어 옷을 입은 듯하거나 그런 데 너무 신경을 쓰는 것처럼 보이면 안 된다. 우리는 괴짜를 흠모한다. 왜냐하면 진정한 괴짜는 남들의 눈 따위는 상관도 안 하기 때문이다. 사실 그 정도로 완벽한 무관심이나 냉담은 정신적으로 문제가 있거나 늙은 귀족이 아니라면 결코 이르지 못할 경지라 우리 모두 갈망하는 이상일 뿐이다. 그래서 우리는 차선, 즉 가식적인 무관심을 만들어 냈다. 자신이 무엇을 입었는지, 내가 어떻게 보이는지에 대해 전혀 신경을 안 쓰는 척해버린다.

　가식의 무관심 규칙은 영국 남성에게 가장 엄격하게 적용된다. 남자가 유행이나 외모에 관심을 가진 것처럼 보이면 여성스러운 짓을 한다는 소리를 듣는다. 심지어 이를 굳이 말로 표현하지 않더라도 옷에 그런 자취가 있다거나 외모에 조금이라도 신경을 쓰는 듯하면 남자다움이 의심받는다. 그래서 많은 영국 남자들은 단순히 자신이 동성애자가 아니라는 증거를 보여주기 위해서라도 옷을 일부러 대충 입어야 한다는 의무감 같은 것을 느낀다.

비록 남들이 눈치채지 못하게 조심하지만, 젊은 남자들은 다른 젊은이들과 동일한 소속감을 얻기 위해 최신 스트리트 패션에 상당히 신경을 쓴다. 그게 얼마나 중요한지를 너무나 잘 아는 어머니에게 애걸해서 돈을 빌려 옷을 산다. 여성은 일반적으로 가식적 무관심 제한이 덜하다. 그래도 '패셔니스타'가 아니고서야 유행에 지나치게 민감한 사람을 보면 눈살을 찌푸린다. 십대 여자아이들만 가식적 무관심에서 예외이다. 그들은 옷에 열정적으로 관심을 갖고—적어도 자신들끼리는—어떻게 보일지 엄청 신경을 쓴다. 모든 영국 여성들은 남자들과 있을 때는 좀 내숭을 떨어 패션 잡지를 읽고 최신 유행의 장점을 논의하느라 얼마나 많은 시간을 소비하는지를 말하지 않는다.

창피의 규칙

나는 나머지 영국인들도, 심지어는 남자들도 이런 걱정을 할 거라고 생각한다. 우리가 가식의 무관심 규칙을 따르는 이유는 옷에 대한 깊은 불안을 숨기는 데 도움이 되기 때문이다. 이 규칙을 따르면 최소한 다른 친구에 비해 너무 빠지거나 튀지 않을까 하는 걱정을 하지 않아도 된다. 나에게 옷에 관한 가장 예리한 조사 협력자는 유행 고민 상담자 아날리사 바비에리Annalisa Barbieri이다. 그녀가《인디펜던트 온 선데이Independent on Sunday》에 연재하는 칼럼 '친애하는 아니'에는 근심 많은 의류장애증 영국인이 매주 편지를 수백 통 보낸다. 그녀는 기사를 쓰기 위해 나를 인터뷰했다. 상대가 바로 그 '친애하는 아니'임을 안 나는 옷 걱정에 머리가 빠지는 영국인에 관한 최고 권위자를 직접 '신문'할 수 있는 기회를 덥석 잡았다. 특히 바비에 리는 국제적인 배경이 있어 우리와 다른 문화의 선입견을 비교할 수 있다고 생각했기 때문이다.

바비에리는 영국인이 가식적 무관심 규칙이 허락하는 것보다 훨씬 더 옷과 외모에 신경 쓰고 있다고 말했다. 그녀에게 제일 많이 오는 편지는 역시 다른 사람과 '적당히 어울릴 수 있는 옷 입기'에 대한 것이었다. 그리고 무엇보다 큰 관심사는 우리들의 끝없는 걱정, 즉 어떻게 하면 남에게 창피를 당하지 않을까였다. 맞다, 우리도 신체의 흠을 감추어 더 매력적으로 보이고 싶어 한다. 그러나 다른 나라 사람들이 남들보다 눈에 띄고 싶어 하는 것과는 달리 우리는 정반대이다. 본인이 자랑하고 싶어 하는 것처럼 보이지 않을까 하는 공포에 가까운 두려움을 느낀다. 심지어 잘 보이기 위해 너무 노력했다든지, 설사 그렇게 노력하지 않았다 하더라도 신경 쓴 게 들키지 않을까 걱정한다. 어떻게 하면 다른 사람과 비교해 너무 튀지 않고 빠지지도 않아 그냥 잘 받아들여질까 노심초사한다.

그녀가 받는 편지 중 다수는 어떤 옷이 아름답고 화려한지를 묻는 내용이 아니었다. 그냥 이 옷이 사교적으로 받아들여질 것 같으냐, 어울리냐, 적당하냐는 취지의 질문이었다. 그냥 "X와 Y를 같이 입으면 OK냐?" "이것과 저것을 결혼식 참석 때 입어도 되느냐?" "이것이 사무실용으로 적당한가?" "이건 너무 천하게 보이나?"처럼 남들이 어떻게 볼까를 묻는 질문일 뿐이었다. 그녀는 "1950년까지는 수많은 공식 규칙이 있었다. 유니폼 같은 것이었는데, 그때까지만 해도 영국인은 옷을 참 잘 입었다. 1960년 이후부터 규칙이 줄어들어 수많은 혼선을 일으키고 창피를 당할까 걱정하면서부터 영국인은 옷을 잘 못 입게 되었다. 그러나 여전히 옷 예절에 대한 강박관념은 살아 있다. 그들이 진짜로 원하는 것은 더 많은 규칙이다"라고 말했다.

이런 맥락에서, 나름 명성을 얻은 기이한 젊은 하위문화 스타일로 옷을 입는 사람은 극소수라는 점은 주목할 가치가 있다. 거의 대부분의 영국 젊은이들은 심지어 집단적으로도 괴짜가 아니다. 매일 하교한 뒤 '강압적인' 학교 교복을 벗고 자유롭게 자신을 표현한다. 그럼에도 다들 거의 비슷해 보인다. 예를 들면 내가 방문한 여자 기숙학교의 경우 학생들이 저녁을 먹으러 식당에 왔을 때 보니 모두 똑같이 개성 없는 색깔의 헐렁한 셔츠나 스웨터, 스키니 청바지와 윤이 없는 레깅스를 입고, 똑같이 낮은 펌프스를 신고 있었다. 정말 똑같은 꽃무늬 숄더백을 소지하고 있었고 거의 같은 길이의 머리카락을 별로 신경 안 쓴 듯 포니테일 스타일로 묶거나 늘어뜨렸다. 모두가 너무 놀랍게 똑같아서 학교 교복을 안 입을 때도 적용되는 무슨 복장 규정이 있느냐는 내 물음에 교사들은 아니라고 대답했다. 규정은 없고 무슨 옷이든지 자신들 마음대로 입을 수 있다고 했다. 나는 "결국 또 다른 교복을 입은 셈이네요"라며 웃었다. 교사는 내 언급에 조금 놀라다가 주위의 똑같은 옷을 입은 학생들을 둘러보고는 나와 같이 웃었다. 물론 이런 비공식적인 교복은 학교마다 다르게 마련이다. 그러나 어떤 학교든 불문율의 복장 규칙이 있고 모든 학생이 거의 노예처럼 복종해야 한다.

역설적이게도 이 필사적인 순응 때문에 특히 유행에 민감한 사람들이 극적이고 우스꽝스러운 실수를 자주 범하게 된다. 텔레비전 시트콤 《앱솔루틀리 패뷸러스*Absolutely Fabulous*》에 등장하는 에디나는 우스꽝스러울 정도로 옷을 잘 입으려 드는 인물로 영국 패션 희생자를 희화한 인물이다. 유행을 따르고 싶어 하는 불타는 욕구를 타고 났으나 불행히도 거기에 필요한 취향이나 스타일 감각이 없는 전형적인 영국인이다. 흡사 지나치게 장식한 크리스마스트리처럼 기괴한 최신 디자이너 제품을 맹목적으로 차려입는 타입이다. 에디나는 일부러 과장을 하는 것으로 희화화되었다. 그러나 영국 여성들에게 아주 친근하고 잘 알아볼 수 있는 특색과 태도에 기초를 두고 있다. 우리들의 연예계 인물이나 유명인 중에는 수많은 에디나가 있다. 또 한 시내 번화가에서는 저렴한 체인점 수준의 신통찮은 취향을 내보이는 많은 에디나들을 볼 수 있을 것이다.

다른 나라 여성들은 이 연속극을 보면서 에디나의 어처구니없는 옷을 보고 그냥 웃을 수 있다. 물론 영국 여성들도 마찬가지다. 그러나 우리는 대리 경험의 창피함 때문에 몸이 오싹해진다. 그리고 맹목적인 유행 추종으로 인한 실수, 그리고 이에 대한 사소한 걱정과 전율 때문에 재미가 더해진다. 에디나의 사례는 좀 극단적이지만, 사실 영국 여성들은 과도한 상상력을 발휘한 디자이너들의 터무니없는 의상에 상당히 약한 편이다. 영국 여성의 1980년대 옷장에는 정말 웃기는 털북숭이 치마가 한 벌씩은 있었을 테고, 우리는 초미니 스커트가 유행할 때마다 자신의 다리가 긴지 짧은지 상관하지 않고 모두 그걸 입었다. 마찬가지로 허벅지까지 오는 말 장화, 렉 워머, 핫팬츠, 브라 톱, 그리고 입거나 신어봐야 더 나아지긴커녕 심지어 바보처럼 보이는 온갖 창작물들에 우리도 약했다.

밤에 영국 도시 중심가의 바나 나이트클럽은 겨우 몸을 가리기만 한 옷을 입은 젊은 여성들의 무리로 꽉 찬다. 물론 하도 노출이 심해서 상상할 여지조차 남겨주지 않는 옷들이다. 모든 여성이 다리와 배꼽과 가슴을 보여주기 위해 꽉 끼고 빛나는 초미니 드레스를 입고 눈에 띄려고 갖은 노력을 다 한다고 생각될 것이다. 그런데 튀고 싶어 하는 그들을 가만히 보면 창녀나 다름없이 행동하는데, 사실은 동료들과 어울리고 규칙에 순응하기 위해 최선을 다하고 있음을 알 수 있을 것이다. 이 역시 또 하나의 제복인 셈이다. 노출이 적은 옷을 입는 편이 차라리 눈에 띄므로 오히려 더 창피한 일이 된다.

영국인만 사회의 일반적인 유행에 순응하는 것은 물론 아니다. 나는 이 장을 시작할 때 모든 문화에서 소속감 표시가 옷의 기본 기능이라고 말한 바 있다. 다른 문화는 소속감 표시를 보다 미적이고 즐거운 방식으로도 할 수 있다. 이런 미적 결여가 우리만의 종특은 아니어서 미국과 오스트레일리아 사촌들도 거의 비슷하게 취향이랄 게 없다. 그러나 세계 각국에서 온 내 여자친구, 친지, 제보자 들은 특히 영국 여성의 무능력과 자신 없는 태도에 각별히 가혹했다. 한번은 우리 모두를 이런 식으로 한꺼번에 몰아세우다니 좀 심하다고 이의를 제기하자, 대단히 위엄 있는 프랑스 여성이 대답했다. "그것은 아주 공정합니다. 우리는 식민지 출신 사람들에게는 별로 기대하지 않습니다. 그러나 영국인은 문명화한 유럽인이지 않습니까. 그건 당신들이 더 잘 알지 않나요? 파리는 여기서 한 시간 거리지요?" 그녀가 완벽한 눈썹을 위로 올리고 두 손과 우아한 어깨를 위로 치켜들며 콧방귀를 뀐 뜻은, 이웃에게 배우기를 포기한다면 우리는 자기네 밥이라는 얘기다. 나는 당시에는 별로 상관 안 했지만 이 즉석 인터뷰는 로열애스컷 경마장에서 진행되었다. 다른 데도 아닌 망할 놈의 로열엔클로저Royal Enclosure[경마 마지막 날 여왕이 참석해 이 로열엔클로저에 내려온다. 거기에는 영국 전역의 잘나간다는 귀족, 부자, 상류층 여인들이 온갖 치장을 하고 뽐낸다. 이날 남자들은 연미복에 실크해트를 반드시 쓰고 와야 하고, 여자들은 이브닝드레스에 모자를 꼭 쓰는데, 모자가 반드시 눈에 띄도록 화려하게 장식하고 나온다. 한마디로 전영국의 최상위 계급 최고 수준의 여자들이 다 모이는 날이다]였다. 이날은 심지어 신분을 숨긴 사회과학자까지, 모든 여인들이 최고로 세련된 옷에 모자까지 쓰고 있었다. 그리고 나는 분홍 미니드레스와 말 재갈 모양의 버클이 달린 분홍 신발, 특히 말 관련 장식을 오늘의 행사와 연관 있게 고른 내 재치와 매력에 상당히 자랑스러워하고 있었다. 그런데 스타일 경찰 프랑스 마담의 매서운 지적에 내 장식이 상당히 바보스럽고 유치하기까지 하다는 점을 자각하게 되었다. 소위 모든 것에 농담을 곁들여야 하는 전형적인 영국인 취향을 갑자기 느낀 것이다.

옷은 기본적으로 소통의 형식이고 어찌 보면 사교 기술의 하나이다. 그래서 사교 기능장애를 앓는 영국인이 이것도 잘 못한다고 해서 그리 놀랄 일이 아니다. 우리는 모든 소통에 어려움을 겪기 때문이다. 따라야 할 규칙이 없을 경우에는 더욱더 그렇다. 어쩌면 1950년대식 엄격한 드레스 코드의 실종이 우리의 표준 인사 "어떻게 지내십니까?How do you do?"가 사라진 것과 비견되는 영향을 미쳤는지도 모른다. 공식 인사법 '어떻게 지내십니까?'가 없어지자 우리는 과연 무슨 말을 하고 어떻게 인사를 나누어야 하는지를 모르게 되었다. 비공식 만남에서 인사는 항상 난처하고, 서투르고, 우아하지 못하고, 창피하다. 공식 인사법이 구식 취급을 받아 갑자기 사라지고 나서 생겨난 혼란이 여전한 것이다. 그와 마찬가지로 옛 의복 규정도 유행에 따라 자연스럽게 없어지자 혼란이 생기고 말았다. 이제 우리는 무엇을 입어야 하는지를 모른다. 평상복으로 무엇을 입어야 하는지를 몰라 항상 창피하고 어색하고 당황스럽다.

우리는 형식에 구애되는 것을 좋아하지 않고 까다롭고 자잘한 규정과 규율에 따라 움직이길 싫어한다. 그러나 편안하게 사람을 만나는 타고난 세련미가 없어 그런 상황에서 불편해한다. 반항적인 십대 같다. 흔히 부모들은 십대들에 관해 불평하는데 우리가 딱 그 짝이다. 십대들에게 자유와 결정권을 주었는데, 어떻게 해야 하는지도 모르고 성숙하지도 않아 혼란에 빠져 문제를 만든다고 하니 말이다.

주류 문화 규칙과 패거리들의 유니폼

이에 대한 우리의 해결책은 규칙을 더 만드는 것이다. 엄격한 옛날 의복 규정이 완전히 사라져서 무정부 상태가 된 것은 아니다. 비록 패션 잡지들이 '요즘은 무엇을 입어도 된다'라고 선언했지만, 사실 옳은 얘기는 아니다. 현재 주류 문화라고 일컫는 복장이 1960년대 이전의 세계적인 공식 의복 규정을 따른 것은 분명 아니다. 예를 들면 그때 여자들은 모자, 장갑, 특별히 정해진 길이의 치마를 입어야 했고, 비교적 사소한 것만으로 명확히 구분되는 계급과 하위문화에 기반을 둔 변형이 있었을 뿐이다. 지금도 느슨하긴 하지만 대다수가 지키는 규칙과 유행이 있다. 1960년대, 1970년대, 1980년대 그리고 1990년대 군중의 사진을 보여주면 누구든 그들 머리와 옷 모양을 보고 사진이 찍힌 시대를 금방 알아챌 수 있다. 같은 현상이 반복되고 있는데도 우리는 지금 어느 때보다 당황스럽고 혼란하고 무언가 빠르게 바뀌고 있다고 생각한다. 복고풍 패션 사진을 보면 1990년대에 1970년대, 2003년에 1960년대와 1980년대, 2011년에는 1950년대와 1970년대, 2013년에는 또 1960년대 스타일이 유행했음을 알 수 있다. 그러나 스타일은 절대 똑같이 반복되지 않고 아주 미묘한 변화를 보이는데 그건 머리 모양과 화장도 마찬가지다. 군중 사진이나 가족 앨범 몇 장을 대충 넘겨봐도 옷들이 생각보다 당대의 규칙을 많이 따랐음을 느낄 것이다. 동시에 당신도 실제 느낌보다는 아마 더 많이 현재 의복 규정의 미묘한 부분까지 잘 따르고 있음을 알게 될 것이다. 심지어 자신이 유행에 전혀 관심이 없는 사람이라고 생각하더라도 말이다. 당신은 무의식중에 이런 규칙을 따르고 있다. 그래서 미래의 사람들이 사진을 보고 당신네 시대의 풍습 중 하나로 지목할 수 있을 것이다.

하다못해 내가 주류 문화의 군중 사진을 보여주는 대신 하위문화 젊은이의 사진을 보여주어도 당신은 이 하위문화가 왕성하던 시대를 아주 쉽게 알아챌 수 있을 것이다. 이제 이들 '부족들'의 의복 규정을 살펴보려 한다. 영국 하위문화의 옷이 주류 문화 다수의 의복과 다르다는 점은 전혀 새로운 일이 아니다. 1800년대 중반 당대의 반문화인 라파엘전파Pre-Raphaelite 예술가들은 중세풍의 고전 스타일로 보이지만 근대적인 자연주의의 영향을 받은 '예술적' 드레스에 영향을 미쳤다. 이는 1800년대 후반, 축 처지고 폭이 풍성해서 자연스럽게 늘어지는 '탐미주의' 스타일 옷의 유행으로 나타난다. 또 느슨한 형태에 더 선명한 색채의 보헤미안 스타일로 약간 변형되어 1900년대 초반에 다시 등장한다. 1950년대에 테디 보이Teddy Boy[1950년대 영국에서 시작된 하위문화의 하나로, 1900년대 초 에드워드 시대 옷을 입어 유행을 만들었고 당시 미국 록 문화를 받아들여 새로운 사조를 만들었다]와 대학생 그리고 예술가 타입들은 자신들만의 독특한 스타일이 있었다. 그러다가 날카롭고 거친 록커rocker들의 옷이 나타났고, 다시 히피들에 의해 부드러운 보헤미안 스타일이 1960년대 후반과 1970년대 전반에 다시 유행했다(그전에 이 모든 것이 존재했음을 전혀 느끼지 못하고). 다시 거친 펑크, 스킨헤드, 고스(이들은 아직도 인기 있는 하위문화로 존재한다)가 뒤를 따랐다. 그러고는 1990년대에 그런지grunge, 크러스티스crusties, 에코워리어eco-warrior 스타일과 함께 축 처진 보헤미안식 자연 테마로 돌아갔다가, 2000년대에는 시계추 현상에 의해 다시 윤곽이 뚜렷하고 날카로운 스타일의 뉴메탈러, 갱스터 블링, 후드 스타일이 유행했다. 그리고 고스는 약간 더 펑크 같은 이모emos로 부활했다. 비록 이런 거친 스타일이 여전히 남아 있으나, 하위문화 유행의 시계추는 또다시 지난 시대의 부드러운 보헤미안 스타일의 재발명 쪽으로 돌아갔다. 지금은 서퍼, 스케이터, 페스티벌 형태와 최신 형태의 인디(비록 그런 뜻은 전혀 없지만 독립independent의 준말이다) 속에 있다.

너무 간략히 요약한 탓에 이 결론은 완전하지 않다. 그리고 당신이 이 글을 읽을 때쯤이면 유행은 벌써 바뀌었을 것이다. 요지는 이거다. 우리에게는 언제나 하위문화가 있었고 구성원들은 주류 문화와 다른 하위문화 구성원들과도 의복 규정을 이용해 서로 구별 지었다. 그러나 자신들의 독특한 스타일이 주류 문화에 흡수될 때가 되면 다시 뭔가 새로운 것을 고안할 수밖에 없다.

내가 최근에 본 큰 변화라면 오로지 하위문화 스타일이 다양해졌다는 사실이다. 이 패거리가 늘어나는 까닭은 주류 문화에 영향을 주는 세계화 현상에 대한 반작용 때문이 아닌가 한다. 과거 영국 젊은이들이 자신의 정체성을 찾으면서 부모들을 괴롭히는 방법은 한두 가지, 많아야 세 가지 정도의 젊은 반문화 패거리가 되는 수밖에 없었다. 그러나 지금은 여섯 개 정도가 있는데 이 안에서 다시 작은 그룹으로 나뉘고, 변형되어 떨어져 나간 그룹도 있다. 1950년대 이후 젊은 하위문화 스타일은 각자 나름의 음악으로 확실히 구별되었고, 이 음악들은 거의 미국 흑인음악에서 유래했으나 백인 젊은이들이 도용해서 변형한 것이다. 현재 거의 모든 유행은 이 형태를 따르고 있다. 개러지(Garage: 'barrage'가 아니라 'marriage'와 같은 운율로 발음해야 한다), 리듬앤드블루스R&B, 힙합Hip-hop, 드럼앤드베이스Drum&Bass, 테크노Techno, 트랜스Trance, 하우스House(그리고 최근에는 덥스텝dubstep, 그라임grime, 그라인디grindie 족속들은 모두 조금씩 다른 옷을 입는다. 테크노, 하우스, 트랜스 그룹들은 좀 스마트한 캐주얼을 입고, 다른 그룹들은 갱스터 스타일의 뽐내는 듯하고 화려한 유명 디자이너 옷을 걸치고 '블링' 장신구들을 달고 다닌다. 나는 이미 인디에 대해 이야기했는데, 이는 좀더 중류층의(그리고 점점 주류가 되어가는) 젊은 하위문화로, 불안으로 고통받는 서정적인 가사와 기타를 베이스로 한 음악을 듣고 부드럽고 더 예술적인 보헤미안 스타일의 드레스를 입는 다양한 세부 하위문화(인디-팝, 그런지, 새드코어, 슈게이즈, 메스 록, 인디트로니카 등등)를 포함한다.

이 그룹들의 스타일 차이는 아주 미묘하다. 훈련받지 않은 귀가 음악의 차이를 모르듯이, 충분한 경험이 없는 사람들 눈에는 보이지 않는다. 이런 젊은 무리들 눈으로 보면 하우스, 테크노, 트랜스의 중요한 차이가 보이고 들릴 뿐만 아니라, 하위 장르인 애시드하우스Acid House, 딥하우스Deep House, 테크하우스Tech House, 프로그레시브하우스Progressive House, 하이엔아르지Hi-NRG, 엔유엔아르지NU NRG, 올드스쿨Old Skool, 고아트랜스Goa Trance, 사이트랜스Psy Trance, 하드코어Hardcore, 해피하드코어Happy Hardcore, 일렉트로하우스Electro House, 피젯하우스Fidget House, 사이코하우스Psycho House, 레그하우스Reg House 등도 다 구분된다. 예를 들면 하드하우스Hard House와 하이엔아르지는 특히 동성애자 남성 사이에서 현란하고 신체적인 특징을 잘 드러낸 스타일의 드레스와 함께 인기가 있는데, 이것과 과시적이고 화려한 블링과 함께하는 힙합 스타일은 당신도 쉽게 구별할 수 있다. 이 하위문화 패거리들은 이런 다양한 장르에 관해 외부인들은 도저히 이해하지 못하는 은어로 자기들끼리 얘기하고, 전문 잡지에 나온 논평을 암호화된 언어로 읽는다.

슬램Slam은 테크하우스 믹스를 반복했고, 엉클Unkle은 트위스티드 비트 판을 만들었다.

플로어와 퓨리스트 스와트가 좋아할 만한 풍부한 짜임새의 믹스.

매시브 파워는 미스터 스프링의 영향을 드러낸 애시드 음악을 통해 290bpm으로 치닫는 최고의 댄스 분위기를 빚어냈다.[104]

내가 이 책의 2004년판에서 '하우스' '트랜스' 등의 하위문화는 아마도 책이 발간될 때는 이미 유행이 지났을 거라고 말한 바 있다. 물론 그중에서 일부는 이미 지난주에나 유행한 것(문자 그대로 음악 유행이 정말 빨리 변함을 말해준다)이 되어버렸다. 또 일부는 대치됐거나 '주류로 편입'되었다. 그러나 '하우스'를 비롯한 관련 장르는 지금도 클럽에서 아주 인기가 있다. 나는 이것이 젊은이들 하위문화에 기본을 둔 다양한 세부 문화의 훌륭한 사례라고 본다.

집단적 차별성 규칙

그들은 주류 문화에 반항하고 반순응주의적인 개인의 정체성을 선언한다. 얻는 것은, 조직에 속해 있어서 안전하다는 느낌, 규칙이 제어하는 사교 조직, 같은 취향과 가치와 속어, 잘 정해진 행동 범위와

---

104 《뮤직Muzik》과 《믹스매그MixMag》라는 잡지 기사들이다. 이런 음악을 하는 이들은 멋있게 보이려고 일부러 철자를 틀리게 쓰곤 한다. '카무플라주(camouflage: 위장)' '뉴클리어즈(nucleus: 핵)' '올드 스쿨old school' '뮤직music' 등의 단어 중 일부 철자를 바꾸어 Kamaflage, Nukleuz, old-skool, Muzik 등으로 쓴다. '올드 스쿨'은 1993~94년 이전 '하우스House' 음악을 말한다. '플로어floor'는 클럽에서 댄스를 하는 사람들을 말하고, 퓨리스트 스와트purist swots는 '아노락(anoraks: 지겨운 사람들)' '트레인스포터(trainspotter: 열차에 관한 각종 자료를 모으는 것이 취미인 사람을 말하는데 여기서는 아주 자질구레한 일에 열중하는 사람들을 일컫는 말)'를 말한다. 이들은 이런 음악을 순수하게 그냥 즐기지 않고 백과사전식 지식 추구의 대상으로 여겨서 주위 사람들을 정말 지겹게 한다. bpm은 beats per minute의 약자로 290bpm은 1분 동안 비트를 290번 반복하는 것을 말한다. 나머지는 정말 제대로 이해할 수 없는 신비스러운 것들이다.

코드 그리고 실수와 창피의 위험이 없는 옷 입기 등이다. 왜냐하면 주류 문화에는 어설픈 안내 지침만 있을 뿐인데 여기서는 무엇을 입고 어떻게 하라는 정확한 지시가 있다. 그래서 영국 젊은이들이 이런 반항 집단을 선택하는 것은 전혀 놀랄 일이 아니다.

젊은이들이 즐기는 하위문화의 의복 규정, 즉 드레스 코드라는 단어에서 코드는 규칙rule과 암호cipher라는 원래 뜻이 동시에 담겨 있다. 그들 패거리 옷에 대한 논평은 앞에서 거론한 대로 외부인들이 해독하기 어려운 자신들만의 은어와 암호로 전해진다. 이 암호화한 의복 규정은 너무 자세히 규정되어 만일 이를 부모나 학교에서 지키라고 했다면 상당한 압박감을 느낄 정도로 엄격하다. 일탈은 허락되지 않는다. 아주 인기 있는 하위문화 나이트클럽에 안 맞는 옷을 입고 가본 경험이 있는 사람은 이해할 수 있는 일이다. 무엇을 입느냐뿐만 아니라 어떻게 입느냐도 문제이다. 털모자를 쓴다면 아주 깊이 눌러 써서 온 눈썹과 귀가 덮여야 하고 그렇게 써야 털모자 하나는 제대로 쓴 것이 된다. 사실 아주 걱정이 많은 엄마가 모자를 씌워준 여섯 살짜리 아이의 모습이지만 그건 중요하지 않다. 겉모양이 아니라 그런 식으로 제대로 썼다는 것이 중요하다. 만일 모자 달린 스웨터의 목까지 지퍼를 올리고 모자를 쓰면 이상하게 약하고 유치해 보인다. 한데 그것이 스웨터를 제대로 입는 방법이다. 만일 당신이 고스라면 검은 옷을 껴입고, 머리카락을 검게 물들이고, 흰색으로 얼굴 화장을 하며, 짙은 검은색으로 눈 화장을 하고, 검은 립스틱을 바른다. 그리고 긴 머리가 중요하다. 제대로 된 장례용 긴 옷을 입고 화장까지 해도 머리가 길지 않으면 당신은(적어도 일부 고스 그룹에게는) 풋내기거나 신참 고스다. 빨리 자라게 하거나 가발을 쓰거나 붙임머리를 해야 한다.

하위문화에서도 개성을 표현하기 위한 변화 혹은 자유가 없지는 않다. 하지만 반드시 하위문화의 상징적인 주제의 한계 내에서만 선택해야 한다. 고스는 고스임을 알아볼 수 있어야 하고 이모는 이 모임을 알 수 있어야 한다. 만일 그렇지 않다면 아무런 의미도 없다. 몇몇 하위문화 멤버는 이 자신들만의 순응 의식에 대해 남들과 다른 통찰력을 가지고 있다. 폴 호킨슨Paul Hodkinson은 고스 하위문화에 대한 뛰어난 연구에서, "고스 생활 방식이 뭘 뜻하나?"라는 질문에 한 응답자가 "원하는 대로 입고 표현하는 절대적인 자유를 누리는 것이다"라고 대답한 사례를 들었다. 호킨슨은 거기에 대해 "하위문화 구성원에게 단도직입으로 질문하면 아주 헷갈리는 결론이 나오게 말도 안 되는 대답을 한다"고 말한다. 이런 장황한 설명은 "아이구? 그래요오…?"라고, 웃기지 말라는 듯이 비꼬는 말을 학술적인 방식으로 표현한 것이다.

다른 응답자는 조금 더 통찰력이 있다. '남들과 다름'이 얼마나 중요한지를 묻는 질문에 그녀는 "예, 당신들은 항상 너희들은 모두 개인이라면서 똑같은 부츠를 신고 있지 않느냐고 타박하잖아요. 무슨 말인지 아시죠? 오우, 똑같이 찢어진 그물 스타킹과 뉴록(상표명) 부츠를 신었지만 그래도 우리는 모두 개인이잖아요?" 셋째 응답자는 이 분명한 모순에 대해 아주 멋지고 사랑스럽고 솔직하게 설명했다. "튀고 싶어서 고스가 되는 것은 아니랍니다. 그냥 다른 사람들과 어떤 면에서는 좀 다르고 싶어서 그래요. 비록 많은 고스들과 함께 있을 때면 조화롭게 섞여들지만 그래도 우리는 모두 다르지요. 내 말을 아시잖아요? 우리 모두는 밖에 있는 모든 사람들과는 다르지요."

이 말은 집단적인 노력 같은 거라고 생각되는 특이한 복장은 정확히 말하면 개인 창의성의 발현이라기보다 집단 차별성의 산물임을 의미한다. 우리는 창의적이고 개성적인 사람이 되고 싶어 한다. 그러나 튀는 데에는 깊은 거부감을 가지고 있다. 우리는 섞여서 받아들여지기를, 어딘가에 소속되기를 바란다. 그래서 하위문화에 가담하고 모두 같은 방법으로 괴짜가 되어 두 세계에 동시에 속한다. 반항의 흥분과 순응의 안심. 정말로 기막힌, 약간 위선이 섞인 영국인의 타협.

유머 규칙

암호화한 하위문화 복장 규칙에도 영국인의 모든 대화와 마찬가지로 유머가 있다. 이미 주류 문화의 옷에 대한 태도에서 진지하지 않기 규칙(영국 유머 십계명의 제1조)의 역할을 언급했다. 그러나 놀랍게도 젊은이들의 하위문화에서도 이 규칙이 강력하고도 철저히 지켜지고 있었다.

젊은이들, 특히 자기 자신에 집착하는 십대들은 잘난 척하는 편이다. 이 무리들의 사교에서 옷이 차지하는 엄청난 중요성을 감안하면, 옷 입는 스타일이야말로 그들이 끔찍하게 싫어하는 주류 문화와 자신을 구분 짓는 기본 방법이다. 또 옷 입기가 무리의 일원이라는 소속감과 정체성을 표현하는 유일한 방법임을 감안한다면 옷과 외모에 조금 심각하게 신경을 쓰는 것쯤은 용서해줄 수도 있다. 나는 이 하위문화의 경우 진지하지 않기와 아이러니 규칙에서 벗어나리라고 예상했다. 이 젊은 무리가 자신이 아끼는 복장을 통해 어떤 집단에 속해 있음을 알리는 표시를 비웃고 뒤로 물러나 있을 수는 없을 거라 짐작했고 그건 충분히 이해할 수 있는 일이었다.

내가 틀렸다. 나는 영국인 유머 규칙의 완전무결한 힘이 그렇게 널리 영향을 미칠 줄은 몰랐다. 심지어 유니폼이 정체성과 친교를 아주 단단하게 해주는 고스 사이에서도, 자신들을 제삼자 입장에서 너무나 초연하게 빈정거리는 것을 발견했다. 사실 고스의 소름 끼치는 검은 복장을 보면 너무 잘난 척하는 게 아닌가 싶을 정도이다. 그러나 일단 대화를 해보면 그들도 전형적인 영국인 특유의 자조로 가득 차 있음을 발견하게 된다. 많은 경우에 그들 복장에는 반어적인 표시가 있다. 어느 버스정류장에서 분필 가루를 덮어쓴 듯 분칠한 얼굴, 진한 보라색 입술, 검은색 긴 머리칼 등 완벽한 흡혈귀 차림을 한 고스를 만났다. 티셔츠 가슴에 크게 프린트된 '고스'라는 글자를 보고 "이건 왜 여기에 있는데?"라고 묻자 그는 "당신이 내가 누군지 모르고 그냥 지나칠 때를 대비해서 써놓은 거야!"라고 하는 게 아닌가. 아주 심각한 척하는 대답이었다. "사람들이 나를 지겨운 보통 사람으로 취급할까봐 써놓은 거죠, 알았어요?" 우린 눈에 확 띄는, 절대 오해할 리 없는 가장무도회 복장을 내려다보면서 폭소를 터뜨렸다. 그는 사실은 '늙고 슬픈 고스'라 쓴 티셔츠도 하나 있다고 털어놓았다. 그들 사이에서 상당히 인기 있다는데, 이유는 이렇단다. "사람들이 우리를 너무 심각하게 보지 말라는 뜻이자 우리 자신도 너무 잘난 척하지 말자는 뜻이죠. 솔직히 말해 우리가 조심하지 않으면 좀 그런 경향이 있거든요. 우리도 자신을 좀 조롱할 줄 알아야 하거든요."

하위문화 패거리의 복장을 이해하면, 옷으로 전하는 그들의 메시지가 자신들을 조롱하는 자기네들끼리의 언어임을 알게 된다. 자신들의 엄격한 복장 코드를 놀리는 것을 포함해서 말이다. 예를 들면 몇몇 고스는 아주 밝고 예쁜 분홍색 옷을 입고 즐거워하면서, 칙칙하고 소름 끼칠 뿐만 아니라 오로지 검은색 일색인 규칙을 놀린다. 분홍색은 전통적으로 고스들이 경멸하는 색이다. 분홍색 머리칼과 분홍색 장갑을 낀 젊은 고스 여성은 "분홍색 차림은 사실 농담이지요"라고 설명하면서 다시 덧붙인다. "왜냐하면 분홍색은 모든 고스 이념에 반대하는 것이니까요." 그래서 분홍색 머리칼, 분홍색 옷 (심지어 진짜 귀여운 '마이 리틀 포니'나 '헬로 키티' 티셔츠)은 자신들을 놀리는 것이고, 자기 무리들의 엄격한 드레스 코드뿐만 아니라 정체성을 규정하는 가치와 취향을 놀리는 것이다. 최대한 '초연하게 빈정거리기'의 극치였다.

나는 지금까지 영국인의 옷을 논하면서 상당히 비난조로 얘기했다. 그러나 우리 자신을 조롱할 수 있는 이 능력으로 충분히 자신들의 결점을 메울 수 있을 것이다. 거울에 자신을 비추어보면서 '오, 됐거든요! 그만둬!' 혹은 '이제 그만해!'라고 할 수 있는 자성 능력을 갖춘 자기 집단에 헌신적인 젊은이들을 또 어디서 찾아볼 수 있을까? 나는 이 정도로 자신을 비웃을 줄 아는 집단을 어느 나라에서도 만나본 적이 없다.

그래서 이 꽃분홍색 흡혈귀는 자랑할 만하다. 내가 기억하기로 우리가 마지막으로 작은 애국심을 발휘한 것은 타블로이드지 헤드라인의 치졸한 말장난에 대해 말할 때인 것 같다. 흠! 이제 당신은 내 판단력과 취향에 의구심을 갖고 걱정하는 것 같다. 그러나 적어도 이런 애국심의 발로에는 지속되는 패턴이 있다. 나의 영국인에 대한 찬사는 모두 유머 감각과 연결되어 있다. 나는 유머를 무엇보다 소중하게 생각한다. 아! 그러니 나는 얼마나 참되고 올바른 영국인인가!

이 유머 감각은 왜 영국인이 가장무도회에 흠뻑 빠지는지, 이 풀수 없는 궁금증을 해소하는 데 분명 도움을 줄 수 있을 것이다. 다른 나라들도 전국 축제 혹은 지방 축제에서 가장무도회를 열 것이다. 그러나 영국인처럼 가장무도회를 별 이유도 없이 매주 열지는 않을 것이다. 영국 남자들은 특히 여장을 좋아하는 것 같다. 기회만 있으면 코르셋, 그물 스타킹, 하이힐로 치장하고 나타난다. 가장 남성적이고 요란한 이성주의자인 군인과 럭비 선수들이 가장무도회에 야하게 차려입은 여자로 나타나 그렇게 즐거워한다. 또 하나의 집단적인 괴짜 증상이다. 규칙이 주어지고, 그래서 개인적으로 창피할 일이 없는 해방구, 즉 가장무도회 혹은 총각 파티에서 모두 공모한다면 영국인은 즐거이 복장 규정을 깨뜨린다.

계급 규칙

요즘은 옷차림을 보고 계급을 판단하기가 참 어렵다. 그러나 여전히 상당히 믿을 만한 신호기가 있긴 하다. 옛 계급표시기인 천 모자cloth-cap[천으로 된 납작한 모자로 노동자의 상징]와 줄무늬 양복pinstripe[사무직 중류층의 상징]만큼 분명한 것은 없다. 그러나 아주 찬찬히 들여다보면 여전히 불문율의 복장 규칙과 희미한 신분 상징이 있다.

중류층 젊은이 규칙과 노동계급 젊은이 규칙

젊은이들 사이에서는 계급표시기를 이용해 신분을 가늠하기가 상당히 어렵다. 젊은이들은 같은 무리들의 스트리트 패션이나 주류 문화(이것도 스트리트 패션의 약화판이다)를 따르기 때문이다. 이는 계급의식이 강한 부모뿐만 아니라 계급 구분을 해야 하는 문화인류학자들을 상당히 짜증 나게 한다. 한 중상류층 어머니가 투덜거렸다. "제이미와 사스키아는 꼭 공동주택단지의 건달 같지 뭐예요? 도대체 부모의 고생이 다 무슨 소용이 있어요?" 자식들에게 아주 세련된 중상류층 이름을 지어주고, 비싼 중상류층 사립학교를 보내느라 애를 먹었는데도, 그들이 동네 공립학교의 대런과 샨텔처럼 옷을 입겠다고 고집하니 하는 말이다.

그러나 좀 주의 깊게 보는 엄마라면 절대 그들 자식은 공립학교를 나온 아이들과 똑같이 옷을 입지 않는다는 사실을 알 것이다. 제이미는 분명 머리를 짧게 깎고 젤을 발라 머리칼을 세우는 데(혹은 최신 거리 패션에 따른 머리 모양을 하는데) 비해 대런은 한술 더 떠 전체 머리를 잔털만 남겨놓을 정도로 박박 밀어버린다. 사스키아의 몇 개나 되는 귀걸이 구멍에 그녀의 부모는 기막히겠지만, 그보다 더 대담하게 배꼽에 구멍을 뚫거나 작고 신중한 문신을 할 수도 있을 것이다. 하지만 사스키아는 샨텔처럼 큰 문신을 여러 개 하지도, 눈썹, 코, 혀에 고리나 징을 달지도 않을 것이다. 앤 공주의 딸 자라도 혀에 징을 박아 넣었다. 이것은 규칙 위반으로, 전국 대중지 머리기사에 올랐을 정도로 예외적인 사건이다. 상류층과 귀족들은 가장 낮은 계급과 마찬가지로 불문율의 드레스 코드를 무시한다. 왜냐하면 이웃집에서 어떻게 생각하는지를 상관하지 않고, 중류층과 달리 계급 걱정을 안 하기 때문이다. 만일 중류층 딸 사스키아가 혀를 뚫으면 그녀는 하류층으로 취급 받을 위험이 있지만, 귀족인 자라가 그러면 사랑스러운 괴짜라고 할 것이기 때문이다.

흔치 않은 상류층의 예외는 제쳐놓고, 중류층과 노동계급 젊은이의 옷차림은 일반적으로 그 정도 차이가 있다. 제이미와 대런이 엉덩이에 낮게 걸치는 베기 진(미국 흑인 갱스터 영향이다)을 입더라도, 대런의 옷이 더 아래로 내려가고 통이 넓을 것이다. 노동계급 대런 엄마는 중류층 제이미 엄마보다 더 어린 나이에 이런 스타일 옷을 입었을 테고 그들 누이에게도 같은 원칙이 적용될 것이다. 샨텔은 사스키아보다 더 극단적인 최신 유행을 더 어린 나이에 따랐을 것이다.[105]

---

105 최소한 이 규칙은 펑크족에 적용되고 요즘 유행하는 블링블링하는 갱스터,

샨텔들은 사스키아들보다 더 일찍 그리고 빨리 '성숙'해질 수 있다. 아직 사춘기가 안 된 소녀가 섹시한 십대 유행 옷과 화장으로 치장하고 나타났다면 그녀는 분명 중류층이 아니다.

중류층 아이들 옷은 노동계급 자녀들 옷보다 자제되고 좀더 자연스럽다. 샨텔과 사스키아가 같은 스타일과 형태의 티셔츠와 바지를 입을 수는 있다. 그러나 최소한 낮에 사스키아가 입는 옷은 번쩍거리기보다는 무광택이고 천연섬유가 좀더 들어가 있을 것이다. 여기서 계급 신호는 상당히 미묘하다. 사스키아와 샨텔은 아마 같은 시내 중심가의 십대를 위한 체인점에서 옷을 사고 종종 같은 물건도 사겠지만, 그걸 섞어서 입는 방법은 서로 다르다. 그들이 톱숍Top Shop[젊은이 대상의 중저가 의류 체인점]의 스키니 청바지를 샀다 치자. 샨텔은 디자이너 로고가 들어간 블링 스타일의 상의를 입고 매우 굽이 높은 하이힐을 신을 것이다. 사스키아는 똑같은 청바지에 울 스웨터, 부츠, 크고 부드러운 스카프를 목에 몇 번 두를 것이다. 무슨 이유에선지 중류층 젊은이들은 하류층 젊은이들보다 스카프를 더 이용하는 것 같다. 이 크고 부드러운 스카프가 가장 믿을 만한 계급표시기다. 그리고 겨울에는 더 따뜻하게 몸을 감싸려는 것 같다. 대런과 샨텔은 모두 일부러 춥게 입고 나가려는 모양이다. 얼어붙은 1월 밤에 대런은 티셔츠 하나와 청바지만 입었고, 샨텔은 미니스커트에 끝이 달린 짧은 윗옷을 입었고 맨다리다.

이것은 돈 문제가 아니며, 옷 가격표로 계급을 매기면 안 된다. 사스키아와 제이미의 옷(차라리 더 쌀 수도 있다. 인디·보헤미안 스타일의 옷을 찾아 자선 중고 상점에 갈지도 모른다)이 샨텔과 대런의 옷보다

힙합 패션에도 적용된다. 그러나 상당히 많은 고스는 중류계급이고, 대다수 인디도 그러한데, 여기에도 예외는 있다.

결코 비싸진 않다. 아마 같은 개수의 디자이너 명품이 두 계급 아이들 장롱에 들어 있을 것이다. 그러나 숨길 수 없는 차이가 있다. 노동계급 아이들이 선택하는 디자이너 옷은 상표가 크고 분명히 드러난다. 무엇을 입었는지 표가 안 난다면 뭐하러 비싼 주시 쿠튀르나 토미 힐피거 스웨터를 입겠는가. 중상류층 이상은 상표가 크게 드러나는 것을 천하다고 여긴다.

만일 의심이 든다면 머리를 보라. 머리 모양은 상당히 믿을 만한 계급표시기이다. 샨텔의 헤어 컷은 사스키아보다는 손이 많이 간 듯하고 동시에 좀 부자연스럽고 인위적이다. 물론 샨텔은 젤, 염색, 스프레이를 많이 사용했다. 거의 모든 중상류층과 상류층 사립학교 여학생들은 생머리를 그냥 두는데 머리칼이 깨끗하게 반짝거리면서 팔랑거린다. 묶지 않으니 앞으로 흘러내려 계속해서 뒤로 밀어내야 한다. 손가락을 그 사이로 집어넣어 뒤로 넘기고 귀 뒤에 집어넣기도 한다. 손가락으로 머리카락을 꼬다가 뒤로 묶는 듯 올렸다가 떨어뜨리는 식으로 아무 의식 없이 가볍게 어루만진다. 이는 사립학교 여학생들 특유의 머리카락 만지는 버릇인데 노동계급 여자들한테서는 보기 힘든 광경이다. 많은 하류 노동계급 여성은 최근 '크로이던 페이스리프트' '카운슬-하우스 페이스리프트' '차브 페이스리프트' 스타일로 머리를 묶는다. 바싹 머리를 당겨서 포니테일 스타일로 묶는 것을 말한다. 인기 있는 변형의 하나인데, 숱 적은 머리카락두 갈래는 얼굴 쪽으로 늘어뜨리기도 한다.

중류층 젊은이들의 좀더 자제력 있고 자연스러운 모습은 계급에 안달하는 부모들의 엄격한 지도 때문이라고 봐야 한다. 영국 아이들은 어른 못지않게 계급의식이 있다. 비록 중류층 아이들이 하류층의 옷이나 장신구를 반항의 신호로 사용하기도 하지만, 그들 나름대로 속물적인 복장 규정과 계급 걱정도 있다. 그들 부모들은 의식하지 못할지 모르지만 실은 이들 또 공동주택단지 아이들과 구분되기를 원한다. 심지어 중류층 아이들은 그런 옷을 입고 그런 행동을 하는 하류층 아이들을 경멸적인 별명으로 불러 범위를 정한다. 하류층 아이들을 타우니스townies, 스칼리스scallies, 오이크스oiks, 요브스yobs, 파이키스pikeys, 블레브스plebs 혹은 이제는 누구나 쓰는 차브스chavs 등으로 부른다. 반면 하류층 아이들은 중류층 아이들을 '호화스런 바보들posh chav' '야흐스yahs' '슬론스Sloanes' '후레이스hoorays'라고 부르며 절대 어울리려 하지 않는다.

조금 감각 있는 중류층 젊은이들은 이런 자신들의 속물근성을 약간 부끄러워하고 그런 단어를 쓴다는 사실을 인정하길 주저한다. 계급 이야기를 꺼내기만 하면 조금 쑥스러운 웃음과 더불어 대화가 중단된다. 한 중상류층 십대 소녀는 아주 비싼 장신구를 갖고 싶어 했는데, 알고 보니 미용사들 사이에서 상당한 인기를 끌고 있다 해서 이렇게 말했다. "조금 기분이 상해서 관심이 적어졌지요. 사실 이러면 안 되는 줄 알고 그럴 필요도 없지요. 나도 내가 속물임을 아는데 어쩔 수가 없네요. 다들 그걸 달면 난 별로 안 좋아하게 될 것 같아요." 계급에 안달하는 소녀의 어머니는 자신의 영향력이 위력을 발휘한다 싶어 좋아할 것 같다.

영국 젊은이들은 자신들이 인정하는 것보다는 더 계급을 의식한다. 사실 계급 딱지가 옷에 붙는 것보다 자신이 주류 문화에 속한 사람처럼 보일까봐 두려워한다. 음악이든 옷이든 '주류' 취향이라고 하면 경멸이자 심한 모욕으로 받아들인다. '쿨cool하다'는 주류라는 말의 반대말이고, 인정한다라는 말의 속어이다. 주류라는 단어의 정의는 다양하다. 《타임 아웃Time Out》[영국에서 가장 유명한, 각종 여흥과 여가에 관한 한 최고의 정보 주간지]에는 어떤 클럽이 쿨(이제 더 이상 쿨하지 않게 되어버린 단어다)하고 어떤 클럽이 주류 문화에 속하는지를 둘러싼 젊은 음악 애호가들의 의견이 분분하다. 과격한 축은 의문의 여지없이 '언더그라운드' 클럽이 아니면 전부 주류라고 하는가 하면,《타임아웃》에 나온 클럽은 자동적으로 주류라고 매도해버리는 축도 있다. 쿨한 클럽은 오로지 입에서 입으로만 전해진다는 것이다.

이건 젊은 영국인에게는 아주 심각한 문제인데, 나는 여기에도 유머가 흐르고 있을 뿐 아니라 심지어 자기 조롱까지 엿보여 상당히 기뻤다. 일부 십대는 옷에 대한 주류 문화 기피증에 얽힌 농담도 알려주었다. 예를 들어 1990년대에 스파이스걸스가 그들 자신은 쿨하고 언더그라운드라고 주장했음에도 사실 주류 문화의 전형이던 시절 일이다. 일부 반문화적인 그런저들이 스파이스걸스 티셔츠를 입고 다녔는데 이건 사실 빈정거리는 장난으로 자신들을 놀리는 것이다. 이른바 주류 문화를 기피하는 행동도 너무 심각하게 하지 말자는 뜻이기도 했다. 이런 장난은 이미 쿨하다고 인정받은 부류들이 해야 성공할 수 있고 물론 그들은 이미 인정받은 부류였다. "나는 정말 쿨해서, 이렇게 내놓고 스파이스걸스 티셔츠를 입고 다녀도 내가 스파이스걸스를 정말 좋아하는 게 아니라는 사실을 다들 안다"고 자신 있게 말하는 셈이다.

어른들의 계급 규칙

어른들 복장 기호는 십대들의 규칙과 신호보다는 상대적으로 덜 복잡하고 계급 표시도 훨씬 명확하다.『에티켓과 모던 매너에 관한 드브렛 가이드 *Debrett's Guide to Etiquette and Modern Manner*』는 "지나치게 격식을 갖추어 입도록 배운 옛 영국 격언은 다 잊으라"고 충고한다. 이 책의 지은이는 "이 규칙은 정원일을 할 때 외에는 옷을 차려입어야 했던 시대"에 만들어졌다고 주장한다. 지금은 "온 나라가 현대 스포츠에서 영감을 받은 운동복과 운동화의 노예가 되었는데 이를 무시하고 번쩍거리게, 너무 공들여 차려입으면 창피해질 뿐"이라는 것이다. 그의 말은 분명 일리가 있다. 상류층 사람들은 운동복을 입고 외출하려 하지 않으려 한다. 그러나 지나치게 공들인 옷은 두 번 볼 것도 없이 하류층 표시이다. 상류층은 지나치지 않고 야단스럽지 않은 옷들로 잘 차려입어야 하는 것이다.

___ **여성의 계급 규칙** 너무 많은 장신구(특히 금붙이, 이름이나 이니셜이 들어간 목걸이, 커다란 고리 귀고리), 너무 진한 화장, 너무 손이 간 머리 스타일, 요란스럽게 치장한 옷, 반짝거리거나 불편할 정도로 꼭 끼는 신발 등은 하류층의 상징이다. 특히 간단하고 편안한 모임인데도 이런 식으로 치장을 하고 나오면 더 볼 필요도 없이 하류계급 신호다. 천연이든 인공이든 상관없이 지나치게 많이 태운 피부도 상류층에서는 천하다고 여긴다. 많이 걷기, 승마, 사냥, 정원일과 다른 야외 활동으로 태운 적당히 탄 피부는 인정받을 만하다. 거칠고, 날씨에 의해 만들어진 듯한 얼굴, 목, 팔뚝이 탄 피부는 확실히 전원 생활의 자연스러운 부산물이기 때문이다. 이는 상류층 여성들에게서 흔히 보인다. 해변이나 선베드에서 애써 굽다시피 태웠거나 태닝 스프레이를 쓴 피부는 공을 들인 것 같고 부자연스러워 하류층의 표시로 본다.

가구와 집 장식이 너무 귀엽다거나, 옷과 액세서리들이 아주 잘 맞추어져 있으면 이 역시 하류층 표시이다. 특히 색깔이 너무 밝으면, 예를 들어 푸른색 드레스에 붉은색 레이스 장식, 벨트, 신발, 핸드백, 모자(만일 이것들이 반짝거리기까지 하면 계급이 더 강등된다)까지 동일한 색이면 말할 것도 없다. 이런 복장은 노동계급의 결혼식장이나 집안 행사 등에서도 볼 수 있다. 이렇게 지나치게 색깔을 맞추더라도 톤을 떨어뜨려 부드러운 컬러를 고르면 얘기가 다르다. 예컨대 크림 컬러 정도로 하면 중하층이 되고, 매칭되는 액세서리를 두세 가지만 줄이면 중중층 정도로 올라간다. 사실 이것도 일요일 외출복 표시가 나는 정장 타입의 옷이라 중상층 옷으로는 적당치 않다.

중하층 혹은 중중층과 중상층 사이 옷의 결정적인 차이는 마거릿 대처 수상(조심스럽고 딱딱하고 단정하고 밝은 푸른색 정장 한 벌, 반짝거리는 블라우스, 색깔을 맞춘 신발과 백, 헬멧같이 손질한 머리)과 셜리 윌리엄스Shirley Williams[영국 정치인, 학자. 원래 노동당 국회의원이었으나 사회민주당을 창당했다]의 옷(낡고 구겨지고 대충 겹쳐 입은 듯한, 그러나 질 좋고 별로 눈에 띄지 않는 회색 계열의 트위드 스커트와 카디건. 색깔이 죄다 어울리지 않고 머리는 흐트러졌으며 스타일 자체가 없다)을 비교해보라.[106] 그렇다고 흐트러지고 단정치 못하기만 하면 중상류층의 우아하고 고급스러운 차림과 통한다는 뜻은 아니고, 잘 차려입었다고 무조건 하류층이라는 얘기도 아니다. 어떤 중상류층이나 상류층 여성도 와이네타 슬로브Waynetta Slob 상표의 레깅스에 지저분한 벨벳 스웨터를 입고 세련된 식당에 나타나지는 않는다. 그녀는 색깔과 스타일 등을 맞추기 위해 손질을 많이 하지도 않고 액세서리를 적게 하고 그냥 단순하고 강조되지 않은 차림으로 나타난다. 머리 스타일도 별로 눈에 띄지 않고, 기름을 바르지도 않았다. 그러나 블론드로 염색한 머리가 반은 자라 까만 모발 뿌리가 몇 인치 보이게 하지도 않는다.

영국 성인 여자의 경우 노출 정도가 바로 계급표시기이다. 옷 사이로 나타나는 가슴골의 깊이는 사회적 계급을 반대로 나타낸다고

---

106 전성기 때의 셜리 윌리엄스를 기억 못 하는 젊은이들에게 사과한다. 그러나 아무리 현재의 인물 중에서 예를 찾으려 해도 찾을 수가 없었다. 요즘 여성 정치인들은 모두 조금 하류층이나 중중층 정도의 매너밖에 갖추지 못했다. 적어도 나는 셜리 윌리엄스만큼 분명한 상류층 특유의 손질이 안 되고 흐트러진 세련됨을 보지 못했다.

한다. 더 많이 노출될수록 사회적 신분은 낮다(물론 옷에 따라 다르다. 저녁 파티 드레스나 댄스파티 드레스는 조금 더 드러나도 된다). 이 법칙은 중년층 이상의 여자들에게는 팔뚝에도 적용된다. 빈약한 몸에 딱 붙는 옷을 입어서 볼록 나온 배가 더욱 강조되게 하는 것도 하류층 표지이다. 신분이 높은 사람들도 배는 나온다. 하지만 헐렁하거나 좀 큰 옷으로 덮을 뿐이다.

다리의 경우 두 가지 요인이 문제를 좀 복잡하게 하기 때문에 규칙이 명확하지 않다. 바로 유행과 '다리의 품질' 문제이다. 하류층 노동계급 여성(또 노동계급 출신 신흥 부자)은 짧은 스커트를, 유행이든 아니든 또는 자기 다리가 쓸 만하든 그렇지 않든 즐겨 입는 경향이 있다. 점잖은 노동계급, 중하층, 중중층 여자들은 유행에 상관없이 다리를 많이 드러내지 않는다. 계급이 위로 올라갈수록 젊고 유행에 민감한 여자들은 짧은 스커트를 입는 경향이 있는데, 단지 다리가 아주 멋질 때만 그렇다. 중상층과 상류층에서는 다리, 특히 발목이 굵으면 매력적이지 않을 뿐만 아니라 나쁘게 얘기하면 노동계급 같다고들 한다. 상류층 여자들은 모두 다리가 아주 우아하고 발목이 가늘다고 하는데, 그렇지 않은 사람은 다리를 잘 감추어 이런 전설이 유지되게 한다.

그래서 다리가 굵은 영국 여자가 짧은 스커트를 입고 다니면 거의 노동계급이다. 하지만 멋진 다리에 짧은 스커트를 입고 다니면 이는 최상층 아니면 최하층 계급 여성일 확률이 높다. 그래서 당신은 다른 실마리를 찾아야 한다. 위에서 얘기한 세목들, 즉 가슴골의 깊이, 볼록한 배, 화장, 선탠, 매칭, 광택, 지나친 장식, 장신구, 머리 스타일, 신발 등. 이런 계급표시기는 모두 업무복과 평상복에 공히 적용된다. 영국의 복장 규정과 옷에 의한 신분 표시는 1950년대 이후에 덜 의례적인 성격을 띠게 되었고 더 불분명해졌다. 그렇다고 옷으로 계급을 알아채기가 불가능하다는 얘기는 아니다. 분명히 더 힘들어진 것은 사실인데 여전히 수많은 실마리가 있다. 특히 상류층과 하류층의 세련미 개념을 확실히 파악하고 나면 둘의 차이는 상당하다. 이보다 더 중요한 것은 하류층과 상류층의 흐트러짐을 알고 나면 눈에 다 보인다는 점이다.

영국 여자의 사회적 위치를, 경계선상에 있거나 미묘해서, 간단히 눈으로 봐서는 알 수 없다면 천상 다른 쪽에서 찾는 수밖에 없다. 예를 들면 드레스, 쇼핑 버릇, 옷 이야기 등이다. 어느 정도 나이가 든 중상층 이상의 여자들이나 부끄럼 없이 자선단체에서 운영하는 중고품 상점에서 옷을 산다고 얘기한다. 이 규칙은 엄격하게 지켜지고 있지는 않다. 요즘은 '빈티지' 옷들을 찾으려는 십대나 이삼십대 사이에서 그런 가게에서 옷을 사는데 마치 오락처럼 유행하는 일이다. 더군다나 고급 패션 잡지와 노동계급 출신 모델들이 격찬하여 더욱 그렇게 되었다. 그래서 하류층 젊은 여자들도 이제는 따라서 한다. 그러나 나이든 여자들 사이에는 계급이 아주 높거나 아주 낮은 경우에만 옥스팸Oxfam, 캔서 리서치Cancer Research, 수 라이더Sue Ryder 등의 자선 상점에서 옷을 사고 상류층 여자들만 그 얘기를 한다. 한 상류층 여자는 자기가 산 스커트를 자랑스럽게 내보이면서 "옥스팸에서 4파운드 50펜스밖에 안 주었어!"라고 떠들었다. 자기가 똑똑하고, 검소하고, 매력적인 보헤미안식 괴짜이고, 속물이 아님을 인정해주기를 바라는 듯했다.

어떤 경우에는 그녀가 정말 경제적으로 어려운 사정에 처했을 수도 있다. 하지만 영국의 계급이 부유함만으로 갈리는 것은 아니니, 부끄러워할 일도 아니다. 그러나 충분히 새 옷을 살 능력이 있는데도 원칙(정확히 무언지는 확실치 않지만) 때문에 자선 중고품 상점에서 싼 옷을 산다는 중상층 여성도 있다. 이들은 자기 원칙을 자랑스러워한다. 좀 좋게 보자면, 이것은 이 여자들의 겸손과 돈 이야기 금기 규칙을 단숨에 깨는 유일한 기회이다. 그러니 이들이 지나치게 흥분하는 것도 이해해야 한다. 이런 중류층 여자들의 환희는 사회적 신분이 낮거나 수입이 적은 사람들에게는 정말 이해가 가지 않는다. 하류층이나 가난한 사람들이 자선 중고품 상점에서 물건을 사는 이유는 절박한 필요 때문이지 무슨 칭찬을 받거나 자부심을 높이기 위해서가 아니기 때문이다. 아니 하류층은 거기서 물건 사는 데 심한 수치를 느낀다.

경제 위기와 이베이의 출현, 이 두 가지로 인해 상류층 여성들은 알뜰한 구매를 자랑할 수 있게 되었고 더 많은 기회가 생기기도 했다. 중상층은 옷에 사치스럽게 낭비하는 것을 언제나 천박한 짓이라고 여기며 눈살을 찌푸렸다. 그러나 불황으로 인해 그들의 반감은 사회 문제가 아닌 도덕성 문제로 보이게 되었다. 그리고 그들이 구입한 중고 물품은 더 심한 독선을 내보일 수 있다. 경제 위기에 상류층 여자들 사이에서는 자신이 입고 있는 비싸 보이는 옷이 사실은 이베이에서 원가보다 엄청나게 싸게 샀다고, 거의 줍다시피 했다고 자랑하는 것이 관습이 되어버렸다. 나는 실제로 명품 가게에서 정가에 샀으면서도 "그래, 맞아. 이건 마크 제이콥스(혹은 샤넬, 마르니, 클로에 등등)지. 하지만 이걸 이베이에서 반값도 안 주고 샀어"라고 하는 사람을 알고 있다.

일반적으로 중상층 여자들은 자선 상점과 이베이에서 물건 사는 것을 자랑스러워하지만, 계급 걱정을 하는 중상층은 M&S(내의, 무늬 없는 단순한 티셔츠와 남자 점퍼는 여기서 산다) 같은 일부 시내 체인점에서 산 물건임을 인정하기를 더 주저하기도 한다. 또 아스다의 조지George나 세인즈버리의 투Tu 같은 슈퍼마켓 의류 코너 옷도 말이다(이 두 곳에서는 니커스 바지조차 사지 않는다). 만일 당신이 M&S

에서 재킷 같은 중요한 물건을 샀더라도, 보통은 그걸 돌려보면서 얼마나 싸냐고 호들갑 떨지 않는다. 그러나 친구가 옷이 좋다면서 어디서 샀느냐고 물으면 아주 놀라는 듯한 목소리로 "이게 M&S 물건이라고 믿을 수 있겠니?"라고 얘기한다. 흡사 자신도 도저히 못 믿겠다는 시늉까지 하면서 과장해서 얘기한다. 그러면 친구는 같은 목소리와 태도로 "오, 노! 정말?"이라고 대답한다.[107] 그들의 십대 딸도 친구들과 같은 얘기를 할 것이다. 또래를 상대하는 중심가 싸구려 체인점 뉴룩New Look과 클레어 액세서리Clair's Accessories에서 산 물건을 들고서 말이다.

사회적 신분이 전혀 불안하지 않은 확고한 중상층 쇼핑객은 슈퍼마켓이나 초저가 중심가 상점에서 옷을 산다고 신이 나서 자인한다. 이렇게 확신하는 중상층은 고결함과 알뜰함의 귀결인 '발견'을 자랑하곤 할 것이다. 자부심으로 충만해서.

___ **남성의 계급 규칙**　영국 여성들의 계급은 옷만으로도 판단할 수 있으나 남성들의 경우 상당히 어렵다. 성인 남성의 옷은 훨씬 종류가 적고 특히 업무복은 상당히 선택 폭이 좁다. 의도적으로 혹은 우연하게라도 옷을 통한 계급 표시를 할 수 있는 기회가 적다는 얘기다. 옛날에 사무직과 생산직을 구별하던 '화이트칼라'와 '블루칼라'라는 기준은 이제 쓸모가 없다. 제조업 쇠퇴와 함께 신생 기업과 산업에서 널리 퍼진 평상복 풍조 때문에 정장 한 벌만으로는 노동계급과 중하층 사무직이 구분되지 않는다. 한 젊은이가 티셔츠와 진 바지를 입고 출근한다면 그를 건설 현장의 일용직이라고 추측할 수도 있겠지만, 독립 소프트웨어 개발사 혹은 IT 회사 사장일 수도 있다.

107　M&S와 쇼핑에 대한 기호학을 더 자세한 설명은 433쪽을 보라.

유니폼이 도움이 될 수도 있지만 딱 들어맞지는 않는다. 물론 버스 기사나 상점 점원의 유니폼은 노동계급표시이다. 하지만 바 종업원 이나 웨이터의 유니폼은 그렇지 않다. 왜냐하면 중류층 대학생들이 (혹은 구직에 허덕이는 졸업생까지) 종종 바나 식당에서 아르바이트를 하기 때문이다. 일반적으로 직업은 계급 구분 수단으로는 믿을 만한 것이 못 된다. 특히 사무직의 경우는 더 어렵다. 경리나 회계원, 의사, 법조인, 기업인, 교사, 부동산 회사 직원 등은 어느 사회 계급에서나 나올 수 있다. 그래서 옷으로 직업은 알아맞힐 수 있어도, 계급에 관해서라면 얘기가 달라진다.

비록 요즘은 직업에 따라 복장 규정이 많이 완화되었지만, 사무직의 경우 대부분 정장으로 출근해야 한다. 양복을 입은 남자가 아침에 출근 기차를 타는 것을 보면 모두 똑같다. 솔직히 말하면 두 번을 봐도 세 번을 봐도 똑같다. 내가 만일 남자 양복 전문가라면 그를 붙들고 라벨을 보지 않더라도 아르마니 양복인지 M&S 양복인지를 알 것이다. 하지만 이를 통해 그들의 수입은 알 수 있을지 모르나 계급은 알 수 없다. 영국에서 계급을 결정하는 데 재산보다 직업의 비중이 더 큰 것은 아니다. 어느 정도 여유 있는 상류층 남자라면 아르마니 양복을 사기보다는 저민 스트리트에서 양복을 맞추어 입을 것이다. 만일 형편이 어려워지면 자선 상점에서 중고 맞춤 양복을 사입을망정 중심가 체인점에서 옷을 사지는 않을 것이다. 그래도 이 양복들은 죄다 똑같아 보여서 전혀 도움이 되지 않는다.

장신구나 액세서리는 더 좋은 가이드이다. 크기가 중요한데, 부피가 크고 화려한 금속 시계, 특히 금색은 하류층 신호다. 비록 그것이 무지 비싼 롤렉스(혹은 제임스 본드가 찰 법한 새로운 발명품처럼 6개국의 시간을 알려주고 심해에서나 작은 원자폭탄이 떨어진 상황에서도 끄떡없는 거라든가)일지라도 하류층의 물건이다. 중상층 이상은 별 표시가 없는 단순한 가죽 줄 시계를 찬다. 같은 원칙이 커프스 버튼에도 적용된다. 크고 광택이 나며 뽐내는 듯한 것은 하류층 물건이고 작고 단순하고 겸손한 것은 상류층 물건이다. 물론 여기서도 값은 아무 상관이 없다.

평범한 결혼반지가 아닌 어떠한 반지를 끼었든 그는 중중층 이상이 될 수는 없다. 어떤 중상층이나 상류층 남자는 가문의 문장이 새겨진 반지를 왼쪽 새끼손가락에 낀다. 그러나 이 역시 과시하고자 하는 중중층 남자도 끼기 때문에 믿을 만한 가이드는 아니다. 가문의 문장이 아닌, 이름 이니셜이 있는 반지를 어느 손가락에 끼건 그는 중하층이다. 넥타이는 조금 더 도움이 된다. 노골적이고 화려한 색깔과 어지러운 무늬(특히 만화나 장난스러운)는 하류층 표시다. 단색에 무늬 없는(특히 연한 색에 밝고 광택이 있거나, 밝거나, 광택이 있거나) 것은 중중층 이상의 표시가 아니다. 중상층 이상은 약간 가라앉고 진한 색에 작고 잘 보이지 않는 무늬가 들어간 타이를 맨다.

하지만 나는 정장을 입은 남자를 옷만으로는 제대로 맞혀본 적이 없음을 고백한다. 그들의 몸짓이나 신문을 보고 맞히는 척할 수밖에 없었다(무엇을 입었든 노동계급 남자들만 버스나 기차에서 다리를 넓게 벌려 앉고, 대다수 중상층 남자들은 최소한 남들이 보는 데서는 대중지를 안 읽는다).

평상복은 정장보다 신체적으로나 계급 표시로나 조금 더 많은 정보를 준다. 조금 더 변화가 많고 선택권이 넓기 때문이다. 문제는 무엇을 어떻게 입어야 한다는 규칙과 제약이 없으니 영국 성인 남자들은 옷을 아주 못 입는다. 타고난 스타일 감각이 없을뿐더러 세련되게 입으려는 욕망이 없다. 오히려 그 반대이다. 세련된 남자라는 평을 받거나 단지 옷을 잘 입었다는 이유만으로도 남성성을 의심받을 정도이고, 옷을 너무 잘 입었다는 이유만으로도 게이라고 의심

받는다. 영국 남자들은 올바르게 혹은 적절히 옷을 입는 데 신경을 쓴다. 너무 튀어 보이거나 자신에게 관심이 쏠리는 것을 원치 않기 때문이다. 그냥 적당히 입어서 잘 섞이고, 잘 어울리기를 원하고, 의문의 여지없는 이성애자인 다른 사람들과 똑같기를 바란다. 그들이 직장 제복과 넥타이를 착용하지 않을 경우에는 전혀 구별이 안 되는 진 바지에 티셔츠와 점퍼 차림이거나 평상복 바지에 셔츠와 점퍼 차림이다.

나도 물론 모든 티셔츠와 평상복 바지가 제각기 달리 만들어졌다는 것쯤은 안다. 그래서 계급에 따라 다른 스타일, 재질, 브랜드 등을 구분할 수 있어야 한다. 이것이 가능하기야 하겠지만 결코 쉽지는 않다(넋두리를 늘어놓으려는 것이 아니다. 아니, 맞다. 나는 지금 하소연하고 있다. 나는 당신이 알아주기를 원한다. 내가 남자들 바지 뒤의 라벨을 자세히 보려 할 때 내 의도를 오해하고 쳐다보던 이상한 표정은 굳이 언급하지 않더라도… 조사하느라 정말 애먹었다).

남자 평상복의 계급 규칙은 여자와 다소 차이가 있을 뿐 거의 같은 원칙에 기초한다. 차이가 있다면 화려하게 치장하면 여자의 경우는 하류층이라고 생각하는데 남자의 경우는 게이라고 여긴다. 광택 나는 나일론 대 천연섬유 원칙은 여자뿐만 아니라 남자들에게도 적용된다. 그러나 계급 탐지에는 큰 도움이 안 된다. 왜냐하면 남자들은 광택이 나는 합성섬유는 남자답지 못할뿐더러 불편하다 여겨서 피하기 때문이다. 노동계급 셔츠 재질이 순면이 아니더라도 그냥 봐서는 잘 모르고, 이걸 확인하려고 모르는 남자의 소매를 붙들고 있을 순 없는 노릇이기 때문이다.

여기서도 신체 노출 정도와 사회 계급은 반비례한다. 셔츠의 단추를 열어 가슴을 많이 내보이면 하류층인데, 단추를 많이 열면 열수록 아래 계층으로 내려간다(가슴에 체인이나 메달이 보이면 10점을 감해야 한다). 팔의 노출도도 중요하다. 나이든 남자의 경우, 상류층 남자일수록 티셔츠보다는 와이셔츠를 좋아하고, 아무리 날씨가 덥더라도 소매 없는 셔츠나 속내의 바람으로는 절대 집 밖으로 안 나간다. 그런 복장은 철저히 노동계급 표지이다. 가슴 노출은 수영장이나 해변이 아니면 확실히 노동계급의 행위다.

만일 당신이 와이셔츠를 입는다면 계급은 팔꿈치에서부터 구분된다. 소매가 팔꿈치 위로 올라가면 노동계급이고, 높은 계급일수록 팔꿈치 이상으로는 절대 안 올라간다. 상류계급이 팔꿈치 이상 소매를 올릴 때는 정원일 같은 상당한 육체 활동을 할 때다. 신체 노출의 경우는 다리도 마찬가지다. 중상층과 상류층 남자는 운동하거나 조깅을 할 때, 산길을 걸을 때, 집에서 정원일 등을 할 때가 아니면 반바지를 잘 안 입는다. 중중층이나 중하층 남자 또는 일부 젊은 중상층과 상류층 남자들은 외국에서 휴가 중일 때나 반바지를 입는다. 오로지 노동계급 남자들만 자기 동네에서 반바지를 입는다.

일부 상류층과 중상층 남자들의 여름 제복 하나가 있다. 특히 상류층·중상층 텔레비전 프로그램 사회자들이 즐겨 입는 옅은 하늘색 민무늬 셔츠에 옅은 베이지색 바지 혹은 헐렁한 민무늬 색깔 바지 차림 말이다. 최근의 텔레비전쇼 《앤티크 로드 트립*Antiques Road Trip*》의 남자 사회자와 상류층 출연자 둘 다 이 제복을 입었다. 그러나 하류층 출신(악센트로 판단해서) 사회자는 약간 잘못된 옷을 입었다. 약간 반들거리는 큰 줄무늬 셔츠와 함께 '정답'인 갈색 혁대와 신발이 아니라 검은색 혁대를 매고 검은 신발을 신었다.

일반적으로 계절과 무관하게 계급이 높아질수록 남자들은 옷을 많이 입는 것 같다. 더 많이 겹쳐 입고, 코트, 스카프, 모자, 장갑을 갖추며 도시에서는 우산까지 들고 다닐 개연성이 더 많다. 우산과 관련한 금기가 있다. 신사는 시골에서는 경마 등 행사 때 차려입은 숙녀를 비에서 보호할 때가 아니면 우산을 들고 다니지 않는다. 그래서 도시에서 우산을 들고 다니면 때로는 상류계급이라는 뜻인데 특히 아주 크고 구형에다 튼튼해 보이며 손잡이가 제대로 된 목재라면 두말할 나위 없다. 시골에서 그럴 경우 신부나 목사를 제외하면 하류계급이라는 뜻이다. 무슨 이유에서인지는 몰라도 시골 사제는 이 규칙에서 제외된다.

상류계급 영국 남성은 일반적으로 튀지 않기라는 규칙을 철저히 지킨다. 사람들 사이에서뿐만 아니라 주위환경에도 섞여들도록 옷을 입는다. 시골에서는 초록색 트위드와 갈색 옷, 도시에서는 어두운 회색과 감청색 줄무늬 옷을 입는다. 이건 상류층의 보호색이다. 시골에서 적절치 못한 도시 옷차림을 하는 것은 남녀를 막론하고 상당히 심각한 사교적 무례이다. 시골 유서 깊은 가문의 상류층 사이에서는 약간이라도 유행을 따르는 것은 금기 사항이다. 신분이 높은 사람일수록 유행에 뒤처지고 더 오래된 듯한 옷을 입는다.

어찌 되었건 이 상류층의 위장 규칙에는 기가 막힌 예외가 몇 개 있다. 특별한 행사 때에 주로 적용되는 예외이다, 예를 들면 보트 경기나 가든파티에 입는 멋쟁이dandyish 줄무늬의 블레이저 상의가 그중 하나다. 또 일부 대학 고급 정찬 모임에 갈 때 입는 화려한 색 조끼도 해당된다. 그러나 일부 상류층 남성들 중에는 아주 야한 색상의 바지를 거의 일상적으로 입는 취미를 즐기는 사람들도 있다. 특히 빨간색은 '붉은 바지의 신사'라고 국가적인 농담의 소재가 될 정도이고 극적인 색조의 겨자 같은 노란색 바지도 아주 인기 있다. 그러나 만일 당신이 이들 계급에 끼이고 싶어서 빨간 바지를 입는다면 아주 조심해야 한다. 오래된 빨간 바지를 대충 입어서는 안 된다는 말이다. 불문율은 아주 복잡하고 확고하다. 윤이 나지 않는 투박한 천이어야 하고(코르덴 바지나 무거운 면바지가 좋다) 언제나 헐렁해야 한다(꽉 끼는 빨간 바지는 상류층 같지 않고 동성애자 같다). 산딸기 색조의 빨간색이 가장 선호되고 오렌지 색조의 빨간색도 무난하다. 밝은 빨간색은 문제없으나 형광은 안 된다. 빨간 바지는 반드시 갈색 혁대, 구두와 같이 입어야지 검은색 혁대나 신발과는 같이 입지 말아야 한다. 그리고 언제나 티셔츠가 아닌 그냥 셔츠 아래에 입어야 한다. 셔츠는 반드시 민무늬에 색이 약해야 하며(그래서 연한 푸른색이 가장 인기 있다) 어둡거나 밝은 색은 절대 안 된다. 아주 가는 줄무늬는 허용되나 굵은 줄무늬는 안 된다. 스웨터(얇은 스웨트셔츠가 아니라 뜨개질한 모직 스웨터)는 어느 색상이나 문제가 없는데 위에 입는 재킷은 반드시 청색, 베이지색이어야 하고, 색실로 된 트위드 혹은 바버 스타일이어야 한다. 안전 운행을 하려면 부드러운 모직 스카프를 더하면 좋은데 이 스카프는 언제나 상류층의 상징이다. 그러나 솔직히 말하면 상류층의 빨간 바지 예절은 거의 언제나 지뢰밭이다. 자칫 실수하면 주위의 관심을 불러일으킬 망신을 당할 위험이 있는 요란한 바지는 자신 없는 초심자는 절대 안 입는 것이 상책이다.

상류층 위장 규칙의 생생한 예외—플랑부아양 줄무늬 블레이저, 밝은 색깔 바지, 잔뜩 뽐내는 듯한 조끼 등등—는 기이해 보인다. 그러나 고스, 펑크, 그리고 정말 이상해 보이는 길거리 패션 추종자들도 그렇지만 이런 상류층 멋쟁이들은 괴짜 양들이다. 모두들 엄격하게 규정된 부족 유니폼을 입고 거리를 활보하고 있다.

복장 규정과 영국인다움

유감스럽게도 옷 입기는 영국인이 어찌된 노릇인지 제대로 못하는 일 가운데 하나다. 이는 살아가는 중요한 기술 중 하나인데, 우리는 도저히 배울 수가 없는 일이다. 제복이나, 같이 어울리는 무리들의 하위문화 조직의 유니폼처럼 따라야 하는 확실한 규정이 없을 경우, 우리들의 의복을 통한 자기표현은 좋게 말하면 불분명하고 솔직히 말하면 엉망이다.

물론 소수의 예외도 있고 꽤 많은 사람들은 큰 어려움 없이도 상당히 능숙하게 옷을 입는다. 하지만 일반적으로 우리 영국인은 어떻게 옷을 입는지를 잘 모른다. 자꾸 더 많은 증거가 나오는 걸로 보아 사교불편증은 우리의 가장 두드러진 특징이 아닌가 한다.

영국 복장 규칙을 해부함으로써 나는 '영국인의 괴짜 정신'을 들여다볼 수 있었다. 현미경으로 자세히 살펴보니 우리들의 자랑인 괴짜 정신이 사실은 칭송받을 만한 개성, 독창성, 창조성의 소산도 아니었다. 영국 괴짜 의류의 괴짜 정신을 면밀하게 들여다보니 모두 같은 늑대 옷을 입은 순한 양 같은 순응주의의 산물이었던 것이다. 그래도 우리는 이런 독창성을 귀하게 여기고 가치를 중요시해야 한다. 또 우리 스트리트 패션의 집단적인 괴짜 정신에 자부심을 가져야 한다.

우리는 제복과 제도와 규칙을 따를 때 가장 뛰어나다. 그러나 이에 조금 반항하고, 자만하지 않고, 자기 비난의 유머를 아는 특별한 재능을 실컷 즐기자. 비록 다른 나라 사람들보다 옷은 세련되게 입지 못하고, 옷차림 때문에 비웃음을 받을지 모른다. 대신 우리는 뛰어난 유머 감각이 있어서 언제나 스스로 비웃을 수 있어서 참 다행이다.

음식 규칙

헝가리인 조지 마이크의 "유럽 대륙 사람들은 좋은 음식이 있고, 영국 사람들은 좋은 테이블 매너가 있다"라는 말(1949년)은 유명하다. 그후 1977년 마이크는 다시 우리 음식이 조금 나아졌고, 테이블 매너는 나빠졌다고 했다. 여전히 영국 음식에 입맛이 당기진 않으나, 테이블 매너는 그런대로 훌륭하다는 말인 것 같다.

다시 거의 40년을 지나는 동안 마이크의 논평은 지금도 영국 요리에 대한 국제적 평판을 대변하는 듯하다. 여행 작가 폴 리처드슨Paul Richardson이 외국 친구들에게 앞으로 18개월 동안 영국의 요리법을 조사해서 책을 써보겠다고 했다. 스페인, 프랑스, 이탈리아인 친구들은 영국인에겐 요리법이 없다, 이는 음식에 대한 무한한 열정을 요구하는데 영국인에겐 그게 없다고 주장했다. 그들이 넌지시 암시하는 바는 이러하다. '영국인과 음식의 관계는 사랑 없는 결혼 생활과 같다.'

나도 외국 친구들과 제보자들에게 들은 장황한 불평의 예를 들면, 우리는 좋은 음식을 권리라고 생각하지 않고 특혜라고 생각한다는 것이다. 또 지역 고유의 요리가 없고 가족들이 같이 먹는다는 개념도 없다고 한다. 대신 쓰레기 같은 정크푸드를 텔레비전 앞에서, 그것도 먹는다기보다 소비한다는 것이다. 우리 음식물은 주로 짜고 단 스낵류, 즉 감자튀김chips, 튀긴 감자 과자crisps, 초콜릿 바, 조리된 냉동식품, 전자레인지용 피자를 포함한 쓰레기들이다. 심지어 좋은 음식에 관심이 있고 여유도 있는 사람들조차, 시간이 없거나 신선한 재료를 사서 요리할 힘이 없다는 핑계를 댄다고 한다. 다른 나라 사람들이 보기에는 당연하고 정상적인 일상을 우리는 피해버리고 만다는 것이다.

우리는 이런 비난을 들어 마땅하다. 통계로도 확인된다. 예를 들면, 전자레인지 음식을 유럽인 전체보다 영국인이 더 많이 먹는다. 우리에게 쏟아지는 비난이 모두 진실은 아니나 사실 당치도 않은 지나친 칭찬도 사실과 거리가 멀다. 최근 '멋있는 영국Cool Britannia' 캠페인이 주장하는 바도 사실이 아니다. 이에 따르면 영국 요리는 최근에 너무나 좋아져서 도저히 알아볼 수 없을 정도이고, 런던은 세계 미식의 수도가 되었다는 것이다. 이제 음식은 새로운 '로큰롤'이고 그래서 우리는 진미와 미식가의 나라가 되었다는 얘기다.

나는 여기서 영국 요리의 질을 장시간 논할 생각은 없다. 내가 보기에 영국 음식은 외국인들의 비판이 딱 들어맞을 만큼 끔찍하지 않고, 그렇다고 최근 캠페인에서 얘기하는 것만큼 훌륭하지도 않다. 우리는 이 중간쯤에 있다. 어떤 것은 상당히 좋으나 어떤 것은 음식이랄 수도 없다. 대충 수수하다는 정도이다. 내가 영국 음식에 관심을 기울이는 이유는 이것이 우리와 음식의 관계를 반영하기 때문이다. 나는 음식에 대한 우리의 태도를 규제하는 불문율과, 이것이 우리의 정체성에 대해 무엇을 얘기해주는지 정도에만 관심이 있다. 어느 문화나 특유의 규칙이 있다. 음식과 요리를 대하는 태도에 대한 규칙과 누가, 어떤 음식을, 얼마나, 언제, 어디서, 누구와, 어떤 예절로 먹어야 하는지에 대한 규칙, 이 두 가지 규칙이 반드시 있다. 우리는 이 음식 규칙을 연구함으로써 해당 문화에 대해 많은 것을 배울 수 있다. 나는 영국 음식 자체보다 영국 음식 규칙에서 발견할 수 있는 영국인다움에 흥미가 있다.

상극의 규칙

'사랑이 없는 결혼 생활'은 영국인과 음식의 관계를 터무니없이 잘 못 표현한 말까지는 아니라 해도 지나친 비유가 아닐까. 우리가 음식/요리와 맺는 관계는 불편하고, 아직 약혼하지 않은 동거 정도로 보는 편이 더 정확할 것 같다. 이 둘은 양면적이고 자주 부딪치며 빨리 변하는, 상당히 불안정한 관계이다. 거기에는 순간의 애정이 있고, 심지어 열정도 있다. 그러나 전체적으로 보아 우리는 깊고도 오래 지속되는, 음식과의 운명적인 사랑, 유럽 이웃들과 세계 모든 문화권 사람들이 품고 있는 그런 사랑이 없다는 것이 정확한 표현이 아닐까. 우리는 일상생활에서 다른 나라 사람들과는 달리 음식에 최고 우선권을 주지 않았다. 심지어 미국의 일반적인(그들은 민족이 없으니 민족적이란 말을 못 쓴다) 음식은 우리 것보다 결코 낫다고 할 수 없으나 그들도 우리보다는 훨씬 더 신경을 쓰는 것 같다. 예를 들어 우리는 온갖 정크푸드에 맛이라고 해야 다 합쳐서 스무 가지가 있을 뿐인데 반해 그들은 수백 가지 맛을 슈퍼마켓 진열대에 갖추고 있으니 말이다.

다른 문화권에는 음식에 관심을 가지고 요리를 즐기며 얘기하는 사람들이 있다. 어디서도 그들을 '푸디foodies'라고 부르면서 냉소하거나 가볍게 취급해버리지는 않는다. 음식에 대한 각별한 관심은 예외가 아니고 표준이어야 한다. 영국인이 푸디라 부르는 사람은 표본에 해당하는, 건강하고 적절하게 음식에 관심을 쏟는 보통 사람이다. 우리가 미식가의 강박관념이라고 칭하는 것이 다른 문화권에서는 정상적인 반응이며 이상하거나 주목할 일이 아니다.

영국에서 음식에 대한 깊은 관심은 잘 봐주어야 좀 별나다는 소리를 듣는데 심지어 도덕적으로 의심스럽다는 말까지 들을 정도다. 그들의 마음에 있는 정확한 표현은 분명 '적절하지 않고 옳은 일도 아니다'라고나 할까? 남자가 미식가 성향을 보이면 좀 남자답지 못하고 여성스럽다면서 성적 취향까지 의심하려 든다. 이런 상황에서 미식가는 패션이나 커튼 같은 것에 지대한 관심을 쏟는 남자와 대충 같은 사람으로 보인다. 영국 텔레비전에 나오는 남성 스타 요리사는 최선을 다해 자신의 남성미와 이성애 성향을 선전해야 한다. 일반인이 쓰는 언어를 쓰고 거칠고 남성다운 태도를 보여주어야 하며 축구에 대한 열정, 아내나 여자친구, 특히 자녀에 대해 끊임없이 얘기하고(물론 일반인이 쓰는 단어를 이용해서) 가능하면 최고로 흐트러진 옷을 입고 나와야 한다. 영국 최고의 스타 요리사 제이미 올리버Jamie Oliver는 소년들에게 요리사가 얼마나 매력적인 직업인지를 인식시켰다. 그런 올리버도 "내가 얼마나 충실한 이성애자인지를 좀 알아달라"는 자기선전 혹은 변명의 최고 표본으로 보일 만큼 눈물겨운 노력을 한다. 그는 "이것 조금 저것 조금 집어넣고 하면 돼, 이 친구야! chuck in a bit of that and bit of this and you will be alright, mate!"라는 말을 급하고 거친 코크니Cockney[동부 런던 특유의 아주 심한 사투리] 악센트로 "척 인 아 비 오 디스 안 아 비 오 댓 안 유 윌 비 오우라이트 메이트"라고 발음한다. 다른 영국의 스타 요리사들도 언제나 고함과 욕설로 남성성을 증명하려고 한다.

미식가 성향은 여성들 사이에서는 조금 더 용인된다. 그러나 여기서도 눈총을 받고, 사람들 입에 오르내린다. 어떤 사람들은 잘난 체한다고 여긴다. 아무도 음식에 깊이 매료되었거나 열정에 불타는 사람으로 비치길 원하지 않는다. 우리는 이웃 나라들, 특히 프랑스와는 달리 살기 위해 먹지 먹기 위해 사는 것이 아니라고 아주 자랑스럽게 얘기한다. 우리는 프랑스 요리를 정말 즐기고 감탄하면서도 그들의 부끄러움을 모르는 요리에 대한 신앙심을 경멸한다. 우리는 실은 이 두 가지가 밀접한 관계에 있다는 사실을 잘 모르는 것 같다.

진지하지 않기와 외설의 규칙

음식에 대한 우리의 양면성에는 아마도 진지하지 않기 규칙도 영향을 미친 듯하다. 어떤 일에서든 지나친 열정 표출은 창피한 일이고 특히 음식같이 하찮은 것에 진지하고 열정적이라니 솔직히 바보 같은 짓이다.

한데 내가 보기에는 우리가 음식과 미식가에게 느끼는 거북함에는 단순히 거북함 이상의 무언가가 있다. 관능적인 쾌락을 불쾌하게 여기는 것 말이다. 좋은 음식에 대한 열정을 과시할 뿐 아니라 내놓고 그런 즐거움을 얘기하면 지나치게 진지하고 좀 외설적이라고 생각한다는 말이다.

영국인은 청교도적 성향이 있다고들 한다. 내가 보기에 정확한 평은 아니다. 예를 들면 우리는 섹스가 죄라고 여기지 않으나 이것이 개인적이고 사적인 영역으로 가면 좀 창피한 일이 된다. 섹스에 대한 농담은 좀 심한 내용까지도 괜찮다. 그러나 신체의 세부 사항을 열심히, 그것도 진지하게 얘기하면 외설이다. 음식도 관능적인 쾌락과 같은 범주에 넣어 생각하는 게 아닌가 한다. 분명히 금기는 아니지만 그래도 가능하면 심각하지 않고 가볍게 얘기해야 하고 장난기를 약간 섞으면 더 좋다는 식이다.

완벽하게 만들어진 베어네즈Béarnaise 크림소스의 관능적인 맛을 즐기면서 인생을 너무 성애적이고 감상적으로 사는 미식가나 외국인을 보면 우리는 부끄러워서 몸 둘 바를 모르고 얼굴이 붉어져 고개를 돌려버린다. 그와 관련된 말을 한 상대의 기분이 상하지 않게 하려고 우리가 할 수 있는 일은 고작해야 분위기를 좀 바꾸고, 자조 섞인 농담을 좀 하고, 너무 심각하게 생각하지 않고 넘어가는 것이다. 초연하게 빈정거리는 투가 없는 미식가의 탐미적이기만 한 대화는 일종의 '미식가 포르노gastro-porn'가 되어버린다(이 단어는 원래 요리나 음식 잡지의 사치스러운 음식 사진에 붙은 자세하고 입에 군침이 돌게 하는 설명을 일컫는 말이다. 그러나 지나치게 열성적인 미식가의 대화에도 적용될 수 있다).

텔레비전 디너 규칙

이제는 우리가 안목 있는 미식가의 나라로 바뀌고 있다는 주장은 미안하게도 미식가들의 선동 아니면 과장이다. 어쨌든 음식과 요리에 대한 관심은 최근에 많이 늘었다. 텔레비전 채널마다 매일 최소한 한 가지 음식 프로그램이 방영된다. 아마추어 요리사 몇 명이 나와서 다섯 가지 재료로 3코스 요리를 20분 만에 만들기 시합을 하는 게임 쇼 스타일 프로그램은 순수한 요리 프로그램보다는 훨씬 더 재미있다. 물론 거의 모든 외국인 제보자는 자기가 보기에 음식에 대한 이런 식의 접근은 우스꽝스러울 정도로 어리석고 충격적으로 무례하다고 평한다. 그래도 텔레비전에는 좋은 정보를 얻을 수 있는 쇼가 많다.

이것이 영국 가정의 진정한 요리에 영향을 주고 있는가, 이건 논쟁의 여지가 있다. 영국 시청자들이 스타 요리사가 신선하고 이국적인 재료로 멋진 요리를 만드는 모습을 열심히 보는 동안, 전자레인지에는 플라스틱 용기에 포장된 슈퍼마켓 즉석식품이 3분 동안 돌고 있는 게 아닐까(나 자신이 그렇다). 추정하기로 영국에는 요리책이 1억 7100만 권 있다지만, 그중 6100만 권은 한 번도 펼쳐진 적이 없다. 펼쳐봤던 요리책 레시피 중에서 실제로 써먹은 것은 더욱 드물다.

여기에는 예외가 있다. 방송을 보고 감명 받은 사람들은 텔레비전에 나온 요리사들의 책을 사서 요리 방법을 그대로 따라 해본다. 나는 중류층의 유행을 따르는 소수 미식가만을 얘기하는 것이 아니다. 소수의, 그러나 의미 있는 숫자의 친구와 제보자들이 이 텔레비전 프로그램들 때문에 모험적으로 요리에 깊은 관심을 가지게 되었다. 버스 기사 한 명은 게리 로즈Gary Rhodes의 열렬한 팬이라면서 "나는 그의 요리법을 아주 좋아한다"고 했다. "나는 지금까지 한 번도 생선을 요리해본 적이 없어요. 그냥 생선이 아니고 제대로 된 정말 신선한 생선 말입니다. 나는 이제는 가게에 가서 생선을 사다가 음식을 만들어 먹는답니다. 지난주에는 광어를 구워 먹었는데, 아주 비쌌지만 정말 좋았습니다."

영국의 거듭난 음식 애호가들도 어쨌든 일주일에 겨우 한 번, 토요일 하룻밤에만 제대로 된 요리를 해 먹는다. 아직도 영국에는 극소수의 가정에서나 비싸긴 하지만 신선한 재료로 아주 정성 들여 음식을 매일 만든다. 고급 슈퍼마켓 채소 선반에 가면 이국적인 채소,

허브, 향신료 같은 재료들이 상당히 많은데, 대다수 쇼핑객들은 이것이 무엇이고 어디에 어떻게 쓰는지를 모른다. 내가 꽤 오랫동안 과일과 채소 선반 근처를 돌아다니면서 청경채, 야생 버섯, 레몬그라스 등을 쳐다보기도 하고 쇼핑객들에게 무엇에 쓰는 것인지를 물어보았다. 거의 아는 사람이 없었을 뿐만 아니라 슈퍼마켓 직원조차도 모르고 있었다.

진미의 규칙

어찌 되었건 나는 지금 진기한 외국 식재료를 이용해 새로운 방식으로 만들어낸 요리를 좋은 음식과 동일시하는 아주 영국적인 미식 트렌드라는 함정에 빠져들려 하고 있다. 외국 친구와 제보자들은 영국 미식가의 진기한 것 찾기 소동이 좀 괴상하다고 느낀다. 그리고 끝없이 바뀔 뿐만 아니라 선풍적이고 일시적인 유행에 웃음을 터뜨린다. 현대 프랑스 요리에서 시작해서 미국식 케이준 요리로 갔다가 퓨전으로 와서 다시 이탈리아 토스카나 요리로 가고 거기서 태평양 연안을 거쳐 현대 영국 요리로 돌아온다. 햇빛에 말린 토마토 일색이더니 바로 돌아서서 그건 이미 낡은 걸로 치부하고 이제는 산딸기 식초 혹은 곱게 간 마늘, 아니면 옥수수 가루로 만든 폴렌타, 아니면, 사실 나도 잘 모르겠는데 블랙 푸딩의 콩피confit[프랑스 남서부 지방의 요리로 거위, 오리나 돼지 등에 소금을 뿌리거나 고기 자체의 지방으로 천천히 조리해서 오래 보존할 수 있다]와 뢰스티rösti[스위스 요리로 감자를 으깨서 만드는 감자전]를 커다란 흰 접시 중앙의 위태로운 탑 안에 층층이 쌓아서 집어넣고 산양 치즈 필로filo[동유럽과 발칸 지방 요리로 얇은 밀가루 껍질을 겹쳐 만두처럼 만들어 각종 속을 넣은 요리]와 연한 발사믹 식초 혹은 로즈마리 액 혹은 홀스래디시 사바용sabayon[계란 노른자, 와인, 설탕으로 만든 소스]을 어쩌고저쩌고 하는 등등으로 온갖 호들갑을 떤다.

지금은 이런 건들거리는 탑은 구식이고 최근 유행은 가리비와 초리조chorizo[스페인식 훈제 돼지고기 소시지]에다가 보라색과 노란색 사탕무를 가늘게 썰어놓고 잘 안 알려진 야생 허브들을 석판 위에 예술적인 모양으로 배치하고 가늘고 긴 눈물방울 모양으로 샬롯 퓨레와 물냉이 거품을 두르고, 완두콩 줄기와 식용 꽃으로 장식한다는 식이다. 오! 그리고 극도로 복잡한 방식으로 만든 건조 분말 혹은 비슷하게 고도의 기술로 만들어진 아주 작은 사각형 젤리, 아니면 극적인 액체질소 첨가 어쩌고저쩌고 블라블라… 또 '분자 요리법'이 최신 유행이다. 요리사들은 멋진 요리에 관심을 쏟기보다는 커다란 과학 기기를 가지고 놀며 텔레비전 화면에서 남성적으로 보이려고 안달을 한다.

이 진기함을 쫓는 난리 법석이 이상한 영국만의 현상만은 아니어서 우리 사촌들인 미국과 오스트레일리아에서도 눈에 띈다. 하지만 그들은 우리보다 훨씬 더 젊은 나라들이다. 게다가 각기 다른 문화권에서 온 이민자들로 구성되어 국가 특유의 전통 음식이 없는 곳이다 보니 그런 난리를 피워도 좋은 핑계가 있다. 그러나 유구한 역사를 자랑하는 우리는 수십 세기에 걸친 전통과 역사 감각이 있어야 하는 유럽 국가가 아닌가? 그런데 요리 문제에 들어가면 유행에 정신이 나간 십대들처럼 난리를 치고 있다. 아마 짐작건대, 우리는 음식 전통이 없다 보니 우리 십대처럼 행동하는 예전 식민지 국가들과 거의 같은 신세이다. 역사를 좀 아는 일부 요리 애호가들은 영국 요리도 항상 이렇게 형편없었던 것은 아니라고 변명한다. 그들은 풍부한 게임 파이, 수많은 향신료 등을 이용한 과거의 연회 음식들을 예로 든다. 하나 그것은 극소수 부유한 사람들을 위한 요리였을 뿐이다. 외국인들은 지난 수세기 동안 거의 모든 영국 요리에 불평을 해 댔다. 그런데 우리가 무분별하게 외국의 영향을 억지 춘향으로 끼워 맞추는 꼴을 보고는 경이롭다는 표정이다.

"나는 영국인은 변화를 싫어한다고 알고 있었는데요?"라고 외국 인 제보자가 말했다. "그런데 당신네들 식당에서 보니 그게 아니더 라고요. 우리 이탈리아에서는 음식에 관해서는 항상 전통을 고수하 고 새것을 잘 받아들이지 않지요. 물론 프랑스인들은 우리보다 훨씬 더하지만…." 그러고는 두 손가락을 눈과 귀 사이에 대고 두 나라 사 람들의 좁은 시야와 마음을 뜻하는 점멸등이 깜빡거리는 흉내를 냈 다. 그는 요점을 아주 정확히 지적했다. 영국인은 전통에 집착해 변 화를 모른다는 말을 들어왔다. 그러나 음식에 관한 태도를 보면 우 리도 변화에 아주 기막히게 대응할 수 있음을 알 수 있다. 새것을 먹 어보려고 다른 요리 방법을 받아들인다. 최근 진기한 것 찾기 소동 은 주로 유행에 민감한 젊은이들에게 국한되어 있다. 그러나 그리 스, 이탈리아, 인도, 중국 요리는 우리 영국인에게 아주 친근하고 익 숙한 '고기 한 종류, 채소 두 종류meat-and-two-veg[영국인들의 전통 식 단]'라는 기본 식단이 되었다. 이 외국 음식들은 아주 오래전부터 영 국인 음식 문화에서 중요한 몫을 차지하고 있었다. 특히 인도 음식 은 영국인의 문화에 없어서는 안 될 정도다. 우리의 관습은 돌고 돈 다. 토요일 밤 퍼브 순례에서 동네 인도 식당을 빠뜨리면 큰일 난다. 영국인이 해외로 휴가를 가서 제일 먹고 싶어 하는 영국 음식은 감 자와 생선 튀김fish and chips이나 스테이크 앤드 키드니 파이steak and kidney pie가 아니라 '제대로 된 영국 커리'다.

불평과 항의의 규칙

어디서나 마찬가지로 영국인도 식당의 형편없는 음식과 불친절한 서비스에 불평하고 투덜거린다. 그러나 늘 억제하는 버릇과 사교불편증 때문에 식당 종업원에게 직접 얘기하지 않고 세 가지 방법으로 대처하는데, 뭐든 그리 효과적이지는 않다.

침묵 항의

대다수 영국 사람은 정말 맛이 없어서 도저히 먹을 수 없는 음식을 받았을 때는 너무 당황스러워서 전혀 항의를 못 한다. '소란을 일으키게 되고' '그러면 다른 사람들의 시선을 받아야 하기' 때문이다. 이 두 가지 다 불문율에 의해 금지되어 있다. 이런 항의를 하면 타인과 대립하게 되고 감정을 드러내야 하는데 이는 불쾌하고 불편한 일이다. 피할 수 있으면 피하는 것이 최고다. 영국인은 마음에 안 드는 요리를 옆으로 밀어버리고, 서로 쳐다보면서 자기 동반자에게는 화가 나서 불평을 한다. 그러나 종업원이 와서 뭐 문제 없느냐고 물으면 아주 공손하게 웃지만 눈길은 피하면서 웅얼거린다. "예, 좋습니다, 감사합니다." 퍼브나 카페의 계산대 근처에서 천천히 움직이는 줄에 서서 한숨을 크게 쉬고, 팔짱을 끼고, 발로 바닥을 차고, 시계를 보고 또 보고 해도 절대 항의는 하지 않는다. 거기는 다시 안 갈 테고, 그걸 모든 친구들에게 얘기한다. 그러니 불쌍한 식당이나 퍼브 주인은 무엇이 잘못되었는지 전혀 알 길이 없다. 요즘 우리가 자기주장이 강하고 툭하면 소송을 걸고 있다는 평에도 이런 경향은 여전히 영국인 소비자의 표준 행태이다. 최근 조사에 의하면 영국인 4분의 3은 형편없는 고객 서비스에 항의하지 않고 항의를 하는 이들마저도 불만을 SNS나 트립어드바이저Tripadvisor 같은 여행 평가 사이트에 익명으로 올린다. 실제 식당 주인에게 직접 항의하지 않고 친구들에게 말하는 또 하나의 방법이자 특히 더 넓은 범위의 친구들에게 알리는 방법이다.

사과하는 듯한 항의

약간 용감한 사람은 둘째 방법을 쓴다. 사과하는 듯한 항의로, 이것은 영국인의 특기다. "실례합니다. 상당히 죄송한데요. 음, 그런데, 지금 이 수프가 조금, 음, 별로 따뜻하지를 않아서, 약간 찬 것, 정말…" "귀찮게 해서 미안합니다만, 그런데, 음~, 나는 스테이크를 주문했는데, 이건, 음, 생선…." "미안합니다, 그런데 우리가 이제 주문을 좀 하면 안 될까요?"(이건 20분이나 지났는데 아무도 신경을 안 쓰니 하는 소리다.) "우리가 조금 빨리 먹고 가야 할 일이 있어서. 미안합니다." 때로는 이 항의가 너무 완곡하게, 사과하는 것같이 들려서 종업원들은 손님이 뭔가 불만이 있어서 항의를 하는 줄도 모를 정도이다. "그들은 바닥을 내려다보며 중얼거립니다. 흡사 자기네들이 뭔가를 잘못했다는 듯이." 경험 많은 웨이터가 내게 해준 말이다.

우리는 완벽하고 분별 있게 요구하면서도 그걸 사과하듯 한다. "오, 실례합니다만, 죄송합니다. 저어~ 소금 좀 얻을 수 있을까요?" "죄송합니다만, 계산서 좀 주실래요?" 심지어 돈을 더 쓰려고 하면서도 "죄송합니다만, 그런데 이것 한 병 더 주실래요?"라고 하는데, 사실은 나도 마찬가지다. 그리고 하나 더. 나는 음식을 다 먹지 못하면 항상 미안해하며 사과해야 한다는 의무를 느낀다. "미안합니다. 이거 정말 맛있는데, 배가 그리 고프지 않아서."

시끄럽고, 공격적이고, 추한 항의

마지막으로 영국인의 항의 방법 셋째는 평소와 같이 시끄럽고 공격적이며 추하게 하는 항의다. 얼굴을 붉히고, 호통을 치고, 무례하게 불평을 하는데, 거만한 손님은 아주 사소한 실수를 빌미로 그러기도 한다. 때로는 상당히 인내심 있는 손님이 아주 오래 기다린 끝에 받은 정말 형편없는 음식을 보고 속이 터져서 항의하기도 하지만.

영국 웨이터는 정말 게으르고 형편없다는 소리를 많이 듣는다. 어느 정도는 사실이다. 우리는 프로 정신과 서비스 정신이 좀 부족하다. 그리고 이웃나라 사람들처럼, 선천적으로 솟아나오다 못해 넘치는 친절을 아무리 용을 써도 도저히 끌어낼 수 없다. 하지만 웨이터에게 돌을 던지기 전에 그들이 참아내야 하는 영국인 손님들의 난센스를 자세히 지켜봐야 한다. 우리들의 서투르기 짝이 없는 항의는 성자라고 해도 참기 어려울 정도다. 무언의 항의를 알아들으려면 무언의 행동을 이해해야 하는데, 그러기 위해서는 몇 명의 심리분석가가 필요하다. 그런데 웨이터들은 감자를 튀기면서 접시를 나르는 동시에 무언의 항의들을 다 이해해야 하는 것이다.

세 가지 항의가 다 다른 듯하지만 모두 밀접한 연관이 있다. 영국인의 사교불편증에는 두 가지 극단적 행동이 동시에 개입되어 있다. 우리가 타인과 어떤 형태로든 접촉하는 상황에서 편안하지 않을 때나 창피할 때는 두 가지 극단적 행동 중 하나를 취한다. 지나치게 공손해지고 거북하게 참든지, 참기 어려울 정도로 시끄럽고 무뚝뚝하며 공격적이든지.

'항상 그렇지, 뭐!' 규칙의 재탕

우리가 식당에서 항의하기를 주저하는 이유 중에 선천적인 사교불편증의 비중은 아주 미미하다. 제일 큰 이유는 우리가 처음부터 음식에 기대를 안 한다는 것이다. 이 장 서두에서 나는, 영국인은 좋은 음식을 권리라고 생각하지 않고 특혜라고 여긴다고 한 리처드슨의 말을 인용한 적이 있다. 다른 문화에서는 음식과 요리의 기술을 중요시하는 전통이 있으나 영국인은 집에서 준비하는 음식뿐 아니라 심지어 식당에 갈 때도 큰 기대를 하지 않는다. 극소수 미식가를 빼고는 우리가 먹는 음식이 특별히 뛰어나리라고는 기대하지 않는다. 음식이 좋으면 물론 우리도 좋아한다. 그러나 마음에 안 들 때도 다른 나라 사람들처럼 아주 불쾌해하거나 마구 화를 내지 않는다. 우리는 너무 탄 스테이크나 축 처진 감자튀김에 속으로 짜증은 좀 내겠지만 그렇다고 인간의 아주 중요한 기본권이 침해를 받은 것처럼 난리를 치지는 않는다. 그런 음식은 늘 보아왔기 때문이다.

단순히 음식에만 그러는 게 아니다. 많은 제보자, 특히 미국인은 상품과 서비스의 결점과 무능에 우리가 제대로 항의하지 않는 것을 이해하지 못한다. 그가 "내 생각에는 영국인 의식 밑바닥에는 무슨 일이든 제대로 안 될 거라는 체념이 있는 것 같아요. 내 말이 무슨 말인지 알지요?"라고 말하자 나는 "예, 맞습니다. 특히 미국과 비교한다면 말이죠. 미국인은 좋은 서비스, 가격에 걸맞은 가치, 상품이 원래 목적에 맞게 기능하리라 예상하고 제대로 안 될 때는 화를 내고 소송을 하지요? 영국인은 특별히 좋은 서비스와 제품을 처음부터 기대하지 않습니다. 그래서 예상된 비관주의가 확인될 때는 '항상 그렇지, 뭐!'라고 얘기합니다"라고 답했다.

그는 소리쳤다. "정확하네!" "내 아내는 영국인인데, 항상 그 얘기를 하지요. 우리가 호텔로 갔는데 음식이 나빠서 내가 항의하려고 하면 '그런데 호텔 음식이야 항상 그렇지, 뭐. 뭘 기대했는데?', 우리가 식기세척기를 샀는데 약속한 시간 내에 도착을 안 하면 '항상 그렇지, 뭐!', 기차가 두 시간 연착한다고 하면 '뭐 언제는 안 그랬나? 항상 그렇지, 뭐!', 그래서 내가 '그래 언제나 있는 일이라고 치자! 그렇다고 당신들은 항상 모여 앉아서 서로 '항상 그렇지, 뭐!'라고만 하면, 만날 이 모양 이 꼴일걸' 하고 말했습니다. 하긴 영국인들이야 항상 그렇지, 뭐!"

맞다. 우리는 그런 문제들을 무능한 인간이 저지른 잘못이 아니라 불가항력으로 여기는 경향이 있다. 휴일 소풍에서 비가 오는 거야 '항상 그렇지, 뭐!'이지만, 오지 않는 식기세척기나 연착하는 기차가 '항상 그렇지, 뭐!'일 리는 없다. 이런 불편은 분명 짜증 나는 일이지만, 우리에게는 보통, 친숙한, '그냥 예상했던' 또 하나의 항상 있어온 일일 뿐이다.

한데 여기에는 뭔가 다른 게 있다. 나는 앞에서 영국인 품성의 원소 격인 "항상 그렇지, 뭐!"는 짜증 섞인 소극적 분노, 체념 어린 인정, 잘못될 일이 잘못된 데 대한 확인, 인생은 원래 이런 사소한 짜증과 어려움으로 가득해서 어쩔 수 없이 참고 살아야 하는 거라는 등의 불만이 한데 뒤섞인 것이라고 얘기했다. "항상 그렇지, 뭐!"에는 또 마지못해 하는 인내, 용서, 관용과, 너무나 영국적인 투덜거림을 동반한 극기, 태연, 냉철이 모두 들어 있다. 그러나 나는 여기서 삐뚤어진, 자포자기식 만족감도 발견한다. 우리는 "항상 그렇지, 뭐!"라고 하면서 곤혹과 분노를 내보인다. 그러나 세상 돌아가는 꼴이 우리의 우울한 예측과 자조적인 가정에 정확히 맞아떨어진 데에 안도 비슷한 기쁨도 느낀다. 우리는 좌절했고 불편하지만 적어도 모르고 당한 것은 아니다. 이런 일이 생길 줄 알았다. 우리는 무한한 지혜로 호텔, 기차, 배달의 특성상, 호텔 음식은 형편없고, 기차는 늦게 오며, 식기세척기는 제 시간에 도착하지 않으리란 사실을 이미 알고 있었다. 우리는 이류 물품을 제공하는 사람들에게 제대로 항의도 못하고, 당연히 그래야 하는 상황에서도 단호하게 대처하지 못하지만, 그래도 이런 일을 사전에 알 정도로 전지全知하지 않은가?

모든 일은 원래 그렇게 되게 되어 있다. 차는 상당히 까다롭고,

보일러는 예측하기 힘들며, 토스터, 주전자, 문손잡이는 툭하면 고장이 나고, 화장실 물 내리는 레버는 두 번 계속 내려야 하는데 두 번째 시도에서는 좀 잡고 있어야 제대로 내려가는 경향이 있으며, 컴퓨터는 꼭 중요한 시점에서 갑자기 깜박거리다가 자료가 다 날아가 버린다. 항상 제일 늦게 줄어드는 줄에 서고, 물건은 매번 늦게 오며, 집수리는 늘 제대로 끝을 못 맺고, 언제나 버스를 오래 기다리며, 그러다 한 번에 세 대가 오고, 제대로 되는 일이 없으며, 아예 죄다 잘못되었는데 이제는 비까지 내리려 한다. 영국인에게 이는 논란의 여지가 없는 기정사실이다. 둘과 둘을 더 하면 넷이 되는 것과 같은 물리법칙에 준하는 일이다. 이 주문은 우리가 요람에 있을 때부터 배우기 시작해 성인이 될 때는 입에 붙어 다니는 불평 한탄식 세계관과 함께 본성의 일부가 되었다.

이 괴상한 사고방식과 여기 내포된 의미를 충분히 인식하기 전엔 당신은 절대 영국인을 이해하지 못할 것이다. 앞으로 20년 동안 위 주문을 매일 외워보면 무슨 뜻인지 이해가 갈 것이다. 순종하는 듯한 기쁜 목소리로 낭송하되 거기다 '투덜거리지 말고' '상관하지 말고' '좋게 생각하기'까지 하면 당신은 영국인이 되는 길로 제대로 접어들었다. 그래서 토스트를 태웠을 때로부터 제3차 세계대전까지, 어찌 보면 좀 약 오르는 듯이, 냉철한 듯이, 전지전능한 자기만족을 동시에 느끼면서 "항상 그렇지, 뭐!"라는 마음가짐으로 받아들이면, 당신은 문화적으로도 완벽한 영국인이 되는 것이다.

요리 계급 코드

재료와 칼로리 함량 목록과 함께 거의 대부분의 영국 음식에는 보이지 않는 계급 라벨이 달려 있다(경고: 이 제품은 중하층 성분의 재료를 포함하고 있음. 경고: 이 제품은 소시민과 연관이 있어 중상층 디너파티에는 적당하지 않을 수도 있음). 사회적으로 볼 때 당신은 무엇을, 언제, 어디서, 어떤 매너로 먹고, 어떻게 부르고 얘기하느냐에 따라 신분이 규정된다.

어느 사회학자보다 영국인의 계급제도를 잘 이해하는 인기 소설가 질리 쿠퍼는 한 식품점 주인이 한 말을 인용한다. "어떤 여성이 삼겹살streaky을 사면 그녀를 '아줌마dear'라고 부르고, 다른 여성이 등심back을 사면 '사모님madam'이라고 불러야 한다." 요즘은 이 두 종류의 고기에 더해, 기호에 따라 엑스트라 린extra-lean[기름을 뺀 것] 유기농 현지 생산 베이컨, 라돈lardon[돼지고기나 베이컨의 가느다란 조각], 프로슈토prosciutto, 스펙speck[비계]과 세라노 햄Serrano ham[스페인 산악지방에서 만드는 햄] 등도 알아야 한다(모두 아줌마들보다는 사모님들이, 특히 교육 받은 중상층 사모님이 좋아한다고 한다). 또 베이컨 조각, 포크 스크래칭pork scratching, 베이컨 맛 감자튀김(이건 분명히 아줌마들의 음식이다)도 잘 알아야 한다.

영국 사람들은 베이컨 샌드위치(북부 영국 사람들은 이를 베이컨 버티라 부른다)를 좋아한다. 그러나 자기 취향이 고상하고 우아하다고 잘난 척하는 일부 중하층과 중중층 계급과 건강에 유의하는 허세 부리는 중상층들이 이건 기름지고, 짜고, 콜레스테롤이 많아 심장에 나쁘다며 난리들을 친다.

하류층과 관련 있다는 보이지 않는 경고 라벨이 달린 음식은 다음과 같다.

- 새우 칵테일(새우는 괜찮은데, 분홍색 칵테일소스는 중하층 음식이다. 그리고 이를 '마리 로즈 소스'라고 부른다고 해서 갑자기 우아해질 리는

없다).

- 계란과 감자튀김(재료 자체로는 문제가 없으나 같이 먹으면 노동계급 음식이다).
- 파스타 샐러드(파스타 자체는 문제가 없으나 이를 차게, 그리고 마요네즈와 섞으면 평민의 음식이 된다).
- 라이스 샐러드(어떤 형태이든 하류층 음식인데 특히 옥수수를 곁들이면 그렇다).
- 과일 통조림(설탕 시럽과 곁들이면 확실한 노동계급 음식이고, 그냥 주스 속에 들어 있어도 중하층 음식이다).
- 얇게 썬 삶은 계란과 썬 토마토를 올린 채소 샐러드(방울토마토는 거의 오케이. 그러나 계급 걱정하는 사람은 보통 토마토, 썬 계란, 상추는 따로 놓으라는 충고를 받는다).
- 통조림 생선(어묵이나 참치 마요네즈 샌드위치를 만드는 경우처럼 재료는 오케이. 그러나 그대로 상에 올리면 제대로 된 노동계급 음식이다).
- 칩 버티스(주로 북부 영국 전통인데, 만일 이것을 버티스가 아니라 칩 샌드위치라 부르면 노동계급 음식을 말한다).

정확한 발음과 더불어 여타 조건을 모두 갖춘 상류층과 중상층은 예를 든 일부 혹은 모든 음식을 좋아해도 아무 탈이 없다. 그냥 매력 있는 괴짜 취급을 받을 뿐이다. 계급 걱정이 더 많은 사람들이 이 매력 있는 괴짜를 따라 하려면 자신 신분과 근접한 것(주스 안에 든 과일 통조림)보다는 아예 더 밑으로 내려가서 칩 버티스를 먹는 편이 오해를 불러일으킬 가능성이 적다.

건강 공정성 표시기

1980년대 중반 이후 '건강 공정성health correctness'이 미식 관련 계급표

시기가 되었다. 중상층은 건강식 유행과 풍조에 아주 민감하다. 상하
류층은 건강 경찰 같은 중류층 사람들의 권고와 주의에도 면역이 되
어 별로 신경 쓰지 않고 자신들이 좋아하는 음식을 계속 즐긴다.

　음식은 새로 나타난 섹스이다. 내가 '참견하는 계급'이라 부르는
중상층의 주요 관심사가 섹스에서 음식으로 바뀐 세태를 보면 분명
하다. 그들은 바쁘기 그지없는 중류층인데, 잔소리 많은 유모 같다.
또 자기 자신을 국가의 요리 도덕 보호자로 임명했다. 최근에는 노
동계급이 채소를 먹게 만들려고 거의 강박관념 수준의 난리를 치고
있다. 이제는 고상한 메리 화이트하우스Mary Whitehouse[영국의 도덕 종
교 운동 주창자]가 텔레비전에 나와 섹스와 나쁜 언어에 대해서 설교하
지 않는다. 대신 중류층 아마추어 영양사와 영양학자들이 젊은이들
을 오염시키는 정크푸드 광고에 항의한다. 그들이 지목하는 젊은이
는 노동계급 젊은이들이다. 그들은 제이미와 사스키아가 아니라 주
로 대런과 샨텔이 기름지고 달디단 패스트푸드에 빠져 있음을 안다.

　특히 사스키아 같은 중상층 아이들 대부분은 거식증과 대식증의
경계에 있거나, 음식과민증으로 인해 식단 제한을 받고 있다. 건강
공정성 전도사들이 보기에 이건 별 걱정거리가 아니다. 그들은 그저
하류층의 대런과 샨텔로부터 감자튀김을 몰수한 뒤 하루 치 다섯 가
지 과일과 채소를 강제로 먹이는 일에만 관심이 있다.

　여론 주도자인 이 중상층이 건강 공정성 설교에 가장 쉽게 감동
하고 귀가 얇은 신봉자들이다. 이 계급 여성들의 경우 특히 음식 금
기가 그들의 사회 정체성을 규정하는 가장 중요한 척도가 되었다.
당신이 무엇을 안 먹는지를 보면 당신을 알 수 있다. 이 여론 주도 계
급의 디너파티는 참석자의 음식 알레르기, 과민증, 신념 등을 자세
히 조사해야만 열 수 있다. 한 중상층 언론인이 "난 요즘 디너파티를
안 엽니다. 거의 불가능해요. 이상한 채식주의자는 그런대로 괜찮은

데, 밀가루 알레르기가 있다는 사람부터 시작해서, 유당불내증, 완전채식주의자vegan, 자연식주의자macrobiotic, 앳킨스Atkins 다이어트에 빠진 이들이 등장하고 계란을 못 먹는다거나 소금에 대한 '문제'가 있다거나 식품첨가물에 편집증을 가졌거나 유기농만 먹는다거나, 디톡스를 해야 한다는 사람 등 한도 끝도 없어요, 모두 감안한다면 파티 음식 준비는 아예 불가능하답니다"라고 했다.

음식 알레르기가 있는 사람에게는 심심한 동정을 표하는 바이다. 그러나 스스로 알레르기가 있다고 믿는 사람들 중 소수만이 의학적으로 규명된 진정한 알레르기 환자라고 한다. 영국의 수다 계급 여성들은 안데르센의 동화 『공주님과 완두콩Princess and the Pea』 속의 공주님이 되고 싶은 모양이다. 모든 음식에 대한 극단적인 과민 반응이 자신들을 섬세하고 감각적인, 조심스레 키워진, 아무거나 주워 먹는 시중의 어중이떠중이가 아닌 존재로 만들어주는 줄 아는 모양이다. 이 고귀한 사람들은 당신이 만일 빵이나 우유같이 노동자계급 음식을 마구 먹어치우고도 전혀 탈이 안 나면 당신을 멸시한다.

그래서 당신이 어떤 이유로든 음식 소동에 동참할 수 없다면, 당신 아이가 알레르기 몇 가지에 시달리게 하든지, 아니면 혹시 있을지도 모른다며 소동을 좀 떨면 된다. "오, 안 돼요! 타마라한테 살구를 주지 마세요! 아직 타마라는 한 번도 복숭아를 먹어본 적이 없거든요. 딸기에는 좀 반응이 있었으니 혹시 모르지만 그래도 조심해야지요.""밀리는 병에 든 이유식을 못 먹어요. 나트륨이 너무 많아서 유기농 채소를 직접 사서 만든답니다." 만일 당신 아이들이 유행에 어울리지 않게 튼튼해서 아무거나 다 잘 먹는다 해도 한두 번 정도는 음식 소동 일화를 만들어야 한다. 1980년대에는 지방이 위험했고, 그러다 탄수화물이 위험해져 새로운 지방이 되었다. 그래서 섬유질 다이어트는 유행이 지나고 고단백 저탄수 다이어트가 대세가 되었다 어쩌고저쩌고 하는 식이다. 유전자 변형 식품 논쟁의 결과, 여론 주도 계급이 여는 파티의 공식 정책은 아직도 '유전자 두 개는 오케이, 네 개는 노'이다. 경험칙으로 보아 안전한 식품이란 없다. 찰스 왕세자가 손으로 직접 키운 홍당무라면 몰라도.

중하층과 중중층은 중상층으로부터 배운다(그리고《데일리 메일》에 나오는 최소 하루에 다섯 가지나 되는 건강에 대한 경고에서도). 그들도 이제는 고상한 음식공포증의 전면 공세에 속속 무릎을 꿇고 있다. 최근 중상층의 음식 유행과 금기가 유사 튜더 또는 네오 조지 디태치드 하우스를 점령하는 데는, 다음 단계로 넘어가는 과정에서 생기는 약간의 지연 효과 때문에 한두 발짝 늦어진다. 이것이 다시 1930년형 세미 디태치드semi detached[한 건물을 둘로 나눈 연립주택]로 넘어가기 전에 또 한 번 정지한다. 교외의 세미 디태치드 주민은 지방 공포증과 섬유질 숭배는 이미 지나가고, 탄수화물 공포와 단백질광 시대가 왔음을 이제야 알았다. 나는 이 책 2004년판에서 지금의 모든 발암물질과 음식공포증이 중하층을 점령하고 나면 중상층은 또 뭔가 새로운 것을 생각해봐야 한다고 말했다. 만일 '실례합니다'를 파든이라 하고 냅킨을 서비엣이라고 하는 평민들한테까지 밀가루 과민증이 생긴다면, 그들과 같은 알레르기를 가질 이유가 없기 때문이다.

예상했던 바와 마찬가지로, 앳킨스 다이어트가 결국은 교외 중하층까지 이른 지금 이미 모든 유행이 지났다. 탄수화물 공포는 여전히 표준이지만, 지방 공포가 다시 살아나고 있고 단백질은 더 이상 숭배받지 않는다. 밀가루과민증은 중상층 사이에서 인기가 떨어지고 있다. 하류층이 이걸 정말로 믿고 또 자신들의 과체중에 대한 핑계로 이용하기 시작했기 때문이다. 또 예상했듯이, 중상층은 다른 음식공포증으로 말을 갈아타고 있다. 최근 중상층의 음식과민증은 방부제인 것 같다. 값싸고 가공되고 포장된 음식 혹은 인근에서 생산된, 농부의 이름이 적힌 신선한 유기농 식품이 아닌 무산자 계급의 음식은 소화가 안 된다든지 '뭔가 불편을 느낀다'는 식이다.

노동계급은 이런 허튼소리를 할 시간이 없다. 인생을 좀더 흥미진진하게 꾸려가기 위해 허황한 음식 알레르기를 꾸며낼 필요도 없이 해결해야 할 진짜 문제가 있기 때문이다. 상류층도 노동계급과 마찬가지로 꾸밈없이 솔직해서 그 따위 소동을 의혹의 눈으로 보는 경향이 있다. 그들은 기발한 음식물 금기에 동참할 시간과 돈은 있지만, 자신들의 계급 정체성에 전전긍긍하는 중류층이 겪는 불안이 없다. 그래서 다른 사람 눈에 잘 띄는 빵과 버터를 안 먹는 시험을 통해 자신을 증명할 필요가 없다. 그러나 다이애너 왕세자비 같은 예외는 있다. 그녀는 자신이 여느 귀족들과는 다르다는 사실을 애써 나타냈다. 또 자신은 아무 의식 없는 귀족이 아님을 강조해서 존재감을 드러내려고 안간힘을 썼다.

시간과 언어 표시기

___ **디너, 티, 서퍼의 규칙** 당신은 저녁 식사를 어떻게 부르나? 그리고 언제 저녁을 먹는가?

- 만일 저녁 식사를 '차tea'라고 부르고 6시 30분경에 먹는다면 당신은 분명 노동계급이거나 노동계급 출신이다(만일 당신이 개인적 성격을 부여해서 "내 차" 혹은 "우리 차" "당신 차"라고 하고 "나는 내 차를 마시기 위해 집에 가야 한다" "오늘 차는 뭐야? 여보" "차 마시러 우리 집에 와"라고 하면 당신은 아마 영국 북부 노동계급 출신일 것이다).
- 만일 당신이 저녁 식사를 '디너dinner'라 부르고 7시경에 먹는다

면, 당신은 중중층이나 중하층일 확률이 높다.

• 만일 당신이 공식 모임의 저녁 식사를 '디너'라고 부르고, 집에서 가족끼리 하는 저녁 식사를 '서퍼(supper: 서파ㅎsuppah라고 발음한다)'라고 하면 중상층이거나 상류층이다. 식사 시간은 좀 융통성이 있으나 가족 서퍼는 7시 30분경에, 디너는 좀 늦게 대개 8시 30분부터 시작한다.

노동계급을 제외한 나머지 사람들에게 '차tea'는 오후 4시경에 먹는 가벼운 간식이다. 차, 케이크, 스콘, 잼, 비스킷, 가장자리를 잘라낸 작은 샌드위치(전통적인 오이 샌드위치도 포함한다)로 이루어진다. 노동계급은 이를 오후의 차afternoon tea라고 불러서, 다른 사람들이 서퍼나 디너라고 부르는 저녁 티(식사)와 구별한다.

___ **런치, 디너 규칙** 모든 사람이 오후 1시경에 먹기 때문에, 점심시간은 계급표시기가 아니다. 이것을 뭐라고 부르느냐에 따라 계급이 정해진다. '디너'라 부르면 당신은 노동계급이다. 질리 쿠퍼가 약간 서인도제도식이라고 한 발음, 'ㄷ런치d-lunch'[디너와 런치가 합쳐져서 나온 발음이다]는 당신이 노동계급이라는 사실을 감추려 하다가 마지막 순간에 런치라고 정정해서 나온 발음이다(내가 눈치채기로는 'ㅌ디너t-dinner'[티와 디너가 합쳐져서 나온 발음이다]라고 하는 경우도 있는데 약간 요크셔 발음 같다. 이는 티라고 하려다가 마지막 순간에 디너로 바꾼 경우다). 어떤 계급이든, 그것을 뭐라고 부르든, 영국인은 점심을 심각하게 여기지 않는다. 대개 샌드위치 같은, 손으로 붙들어 빠르고 간단하게 먹을 수 있는 것으로 때운다.

술을 곁들인, 상다리가 부러지게 차린 접대성 '점심'에는 요즘은 모두 눈살을 찌푸린다(미국 청교도 정신에 입각한 건강 공정성 때문에).

이는 상당히 불행한 일인데, 이런 거창한 점심은 사실 문화인류학이나 정신의학의 원칙에 기반을 둔 것이기 때문이다. 밥을 같이 먹는 것은 세계 어디서든 가장 효과적인 친교 방법이 아니겠는가. 문화인류학자들은 이를 특수 용어로 '친교 회식commensality'이라 부른다. 어떤 문화권에서도 적과 함께 식사를 하지는 않으므로, 식사 친교는 둘 사이의 적대감 해소를 의미하기 때문이다. 그리고 의미 있는 우의와 동맹을 다지는 전향적인 행동이기도 하다. 만일 거기에 사교의 윤활유인 술이 포함되면 훨씬 더 효과적이다.

사교를 위해 소도구와 촉진제가 꼭 필요한 영국인은 결국은 해야 할 돈 얘기를 우선 다른 데로 돌리기 위해서라도 이런 확실히 증명된 전통적인 방법을 쓴다. 분명히 업무의 일환인 점심 무용론은, 환경론자들의 말을 빌리자면, 오래가지 못할 것이다. 한때 유행한 잘못된 생각임이 곧 증명될 것이다. 이는 영국인은 일반적으로 음식을 심각하게 생각하지 않는다는 내 주장을 뒷받침한다. 특히 먹을거리를 같이 나누는 행위가 사교상으로 중요하다는 점을 다른 민족들은 선천적으로 이해하고 있음에도 영국인은 이를 과소평가한다.

이런 면에서 중류층 미식가들은 우리보다는 좀더 계몽되어 있다. 미식가들의 표현, 예를 들어 '저온에서 가장 먼저 짜낸, 과일 향의 올리브 오일, 촉촉하게 잘 숙성된, 저온 살균하지 않은 브리 드 모치즈' 같은 말은 음식 자체에만 집착하는 소리다 싶고 이상하게도 인간이 음식을 먹을 때 느껴야 하는 호감과 친밀감이 느껴지지 않는다. 그들은 프로방스와 토스카나 지방 점심시간의 명랑하고 들뜬 분위기를 서정적이고 감상적으로 미화하면서 식사의 사교상 중요성을 이해한다고 주장한다. 그러나 불행히도 친구들의 디너파티나 업무상 점심을 당시 분위기로 판단하지 않고 요리의 질로만 평가한다. "그런데, 존스네는 참 좋은 사람들인데, 유감스럽게도 정말 생각이란 게 없는 것 같아! 파스타는 너무 끓였고, 채소는 너무 삶아서 풀이 완전히 죽었잖아. 게다가 그 닭으로는 도대체 뭘 만든 거야!"라고 저녁 식사 초대자를 생각해주는 양하다가 결국은 비웃고 마는 태도를 보면, 외려 미식 혁명이 일어나기 전 옛날이 그리워진다. 그때 상류층은 자신이 대접 받은 음식을 평하면 천한 짓이라 여겼고, 하류층은 식사란 그냥 배를 채우는 일일 뿐이었다.

__ **아침 식사 규칙과 차의 믿음** 　전통적인 영국의 아침 식사는 차, 토스트, 마멀레이드, 계란, 베이컨, 소시지, 토마토, 버섯 등으로 이루어져 맛있고 든든하다. 영국 요리에 관한 한 아침 식사만이 많은 외국인의 진심 어린 칭찬을 받는다. 그런데 기이하게도 소수의 영국인만이 이 '제대로 된 영국식 아침'을 정기적으로 먹는다. 호텔에 묵는 관광객들이 자기 집에 있는 현지인인 우리보다 훨씬 전통적인 우리 음식을 먹는다.

전통은 중류층보다는 상류층과 하류층에서만 여전히 지켜진다. 일부 상류층과 귀족들은 이 정식 아침 식사를 시골 저택에서 먹는다. 그리고 많은 노동계급 가족(특히 남자들)은 베이컨, 계란, 소시지, 삶은 콩, 토스트 등으로 이루어진 '조리된' 아침 식사로 하루를 시작해야 한다고 믿는다.

때로 집에서보다는 간이식당에서 진한 벽돌색 홍차에 설탕과 우유를 타서 이 성찬을 즐긴다. 중하층과 중중층은 하류층이 마시는 이 피지 팁스PG Tips보다 연하고 우아한 '트와이닝 잉글리시 브렉퍼스트Twining's English Breakfast'를 마신다. 중상층과 상류층은 이보다 약한, 세탁기 물 색깔 같은 얼 그레이Earl Grey를 설탕이나 우유 없이 마신다. 홍차에 설탕을 타는 것은 실패할 여지가 없는 계급표시기로 여겨진다. 심지어는 한 숟갈이라도 탈 경우 약간 의심 받는데

(만일 당신이 1955년 이전에 태어났으면 오케이) 한 숟갈 이상이면 잘해봐야 중하층, 두 숟갈 이상이면 분명 노동계급이다. 우유를 먼저 넣는 것도 지나치게 야단스럽고 시끄럽게 저어야 하기 때문에 하류층 버릇이라고 한다. 일부 잘난 척하는 중중층이나 중상층은 과시하듯이 랍상 소총Lapsang Souchong[중국산 고급 홍차]을 설탕이나 우유를 넣지 않고 마신다. 이는 노동계급의 차에서 가장 멀리 간 차다. 좀 정직한(혹은 계급 걱정이 없는) 중상층이나 상류층은 진하고 짙은 빌더스builder's 스타일을 좋아하는데 이 비밀을 기꺼이 인정한다. 당신이 이 차에 대해 얼마나 속물근성을 드러내는지가, 또 피하려고 노력하는지가 당신의 계급안달증에 대한 좋은 시험이 될 것이다.

모든 영국인이 여전히 차는 기적 같은 약효가 있다고 믿는다. 차 한 잔이 두통이나 무릎 통증 같은 작은 증상들을 고치거나 최소한 완화시킨다고 믿는다. 차는 또한 상처 받은 자아, 이혼의 충격, 사별의 아픔 등 사교적이고 정신적인 아픔의 중요한 치유제이다. 이 마술 같은 음료는 사람의 마음을 진정시키고 격려하며 평온하게 하고 달래며 회복시키고 기운 나게 하는 데 매우 효과적이다.

아마도 가장 중요한 사항일 텐데, 차 끓이기는 최고의 전이轉移 행동, 즉 분위기 바꾸기 행동이다. 영국인은 사교적인 상황에서 난처하고 불편하면(우린 사람을 만나면 언제나 불편하고 난처하지만) 언제든 차를 끓인다. 우리는 일반적으로 불안하거나 불편하면 주전자를 불에 올린다. 누구나 찾아오면 인사 절차에서 어려움을 겪는데 그러면 "자, 불에 주전자를 올리고 올게"라는 얘기로 대화를 시작한다. 대화 중에 불편한 정적이 조금 흐르는데, 이미 날씨 이야기도 다 했고, 별로 때울 말도 없다. 그러면 우리는 "자, 누구 차 더 하실 분은 없으신가요? 내가 가서 주전자를 올려놓을게요"라고 한다. 상담 중 돈 얘기를 꼭 해야 할 순간이 되면 불편한 상황을 잠깐 미루고 모두 차가 남아 있는지를 확인한다. 아주 험한 사고가 나서 사람들이 부상 당하고 충격을 받아도 차가 필요하다. "가서 주전자 올리고 올게." 전쟁이 터져서 곧 원자폭탄이 떨어질 것 같다. "가서 내가 물 올리고 올게요."[108]

이제 알아챘을 것이다. 우리는 정말 홍차를 좋아한다.

우리는 또한 토스트를 대단히 좋아한다. 토스트는 아침 식사의 필수품이고 다용도로 쓰이며, 언제나 우리를 위로해준다. 차 하나로 문제가 해결 안 되면, 차와 토스트로 모든 문제가 해결된다. 식탁 위 토스트 걸이는 영국 특유의 물건이다. 내 아버지는 미국에 살아서 그런지 버릇과 취향 등이 미국인이 다 되었다. 그는 이것을 토스트 쿨러라 부르는데, 이것의 유일한 존재 이유는 토스트를 돌처럼 (가능하면 빨리) 차게 만드는 것이라 비아냥댄다. 하지만 영국인은 이게 토스트를 건조해 파삭하게 만들어준다고 반박할 것이다. 우리는 토스트를 분리해 세워놓아 눅눅해지는 것을 방지한다. 그러나 미국인은 토스트를 습기가 보존되고 배어나오도록 접시에 쌓아놓는다. 심지어 어떨 때는 습기를 보존한다고 냅킨에 싸서 놓기도 한다. 영국인은 토스트가 따뜻하고 눅눅하기보다는 차고 마른 쪽을 좋아한다. 미국 토스트는 자제와 위엄이 없다. 너무 땀이 많이 나고 경솔하고 열정적이다.

모든 사람이 토스트를 좋아하기 때문에 토스트는 계급표시기로는 쓸모가 없다. 일부 상류층은 얇게 잘려 포장된 토스트에 편견이 좀 있으나, 계급이 별 걱정거리가 아니면 굳이 안 먹으려고 애쓰지

---

108 이건 농담이 아니다. 2005년 7월 7일 사건 때(런던 대중교통을 자살 폭탄 테러리스트들이 공격해서 버스와 지하철이 폭파됐다) 걱정이 된 인근의 상점 주인이 사건 현장으로 달려가서 다치고 충격을 받은 부상자들에게 도움과 위안을 주었다. 뭘 가지고 갔다고? 물론 홍차다.

는 않는다. 토스트에 무엇을 발라 먹느냐는 계급표시기가 될 수 있다. 버터를 쓰는 중류층과 상류층(혹 다이어트를 하거나 유제품 알레르기가 있는 경우가 아니라면)은 마가린이나 다른 모든 버터를 대체하는 '스프레드spread'를 평민용 물건 취급한다. 마멀레이드는 전체적으로 인기가 있다. 그러나 진하고 두꺼운 옥스퍼드Oxford나 던디Dundee 마멀레이드는 상류층이 좋아한다. 하류층은 연하고 얇은 골든 슈레드Golden Shred를 좋아한다.

불문율은 잼에 관해서도 마찬가지인데 색깔이 진하면 진할수록, 과일의 크기가 크면 클수록 계급 위치가 올라간다. 계급 걱정을 하는 일부 중중층과 중상층은 남들 모르게 색깔이 연하고 부드러운 하류층 마멀레이드와 잼을 좋아하지만, 계급 때문에 더 큰 덩어리를 사야 한다는 의무를 느낀다. 상류층은 상점에서 살 수 있는 다양한 제품보다 훨씬 더 덩어리가 많은데도 자신의 계급을 애써 강조하기 위해 집에서 만든 잼이나 마멀레이드를 선호한다. 펙틴이 적어 즙도 많고 설탕이 적어 신데도 말이다. 오로지 하류층, 특히 중하층 노인들이 이들 잼을 고상하게도 '보존식품preserves'이라 부른다.

식탁 예의와 '물질문화'표시기

___ **식탁 예의** 영국인의 식탁 예의는 일반적으로 좀 느슨해지긴 했지만, 그래도 아직은 유머리스트 조지 마이크가 인정했듯이 상당히 고상하다. 진정으로 중요한 식사 예절은 상대방을 배려해주는 것이다. 모든 영국인이 이 예절을 아주 엄격하게 지키진 않지만 그래도 이기적이지 않게, 탐욕스럽지 않게, 공정하고 공손하게, 사교적으로 잘 지키는 것으로 알려져 있다.

요즘은 제대로 된 가족 식사는 평균 일주일에 한 번밖에 안 하지만, 그래도 대부분의 영국 어린이들은 "부탁합니다"와 "감사합니다"
를 음식을 주문할 때나 받을 때 말하도록 배우며 자랐다. 대다수 어
른들도 그런대로 공손하다. 우리는 내키는 대로 들고 오는 게 아니
라 달라고 부탁해야 하고, 자기 양껏 너무 많이 가지고 와 음식이 모
자라게 하지 말아야 함을 안다. 음식을 아직 안 받은 사람에게 "먼저
드세요, 아니면 다 식으니"라는 독촉 겸 권유를 받은 경우가 아니라
면, 음식을 모두 받은 다음에 함께 먹기 시작해야 한다. 남은 것을 원
하는 사람이 없느냐고 물어보지도 않고 집지는 말아야 하고, 입에
음식을 물고 얘기하지 말아야 한다. 많은 양을 꼴사납게 한꺼번에
밀어넣어 소리 내서 씹지 말고, 혼자 장광설을 늘어놓거나 말을 가
로채지 말아야 한다. 그리고 이 모든 예절을 잘 안다.

　여기에 더해 식당에서 식사를 할 때는 웨이터에게 공손해야 하
며, 특히 절대로 손가락으로 소리를 내거나 큰 소리로 웨이터를 부
르지 말아야 한다. 의자에 약간 기대서 호소하는 듯한 표정으로 그
들과 눈을 맞추려고 노력해야 한다. 그리고 눈썹이나 턱을 위로 올
리는 동작을 재빠르게 취해야 한다. 웨이터가 근처에 있는데도 당신
의 동작을 알아채지 못하면, 손을 올리는 행동은 "실례합니다"로 인
정받을 수 있다(혹은 좀 말이 안 되지만 "아, 죄송합니다" 쪽이 알맞다).
그러나 고압적인 태도는 안 된다. 주문은 여러 차례 "부탁합니다"와
"감사합니다"를 거듭해 예의를 갖추면서 부탁하는 투로 해야 한다.
우리는 공공장소에서 식사할 때, 추태나 소동을 부리거나 남의 시선
을 끌 무례한 짓을 해서는 안 된다는 것을 안다. 돈 문제로 소란을 피
우는 것은 불쾌한 일이다. 그리고 부를 과시하는 듯한 천한 행동은,
눈에 띄게 인색하게 구는 것만큼이나 나쁘다. 밥값을 나누어 낼 때
누가 무엇을 먹었는지를 너무 자세히 따지는 것도 경멸한다. 인색하
게 보일뿐더러, 이 역시 모든 사람이 아주 창피해하는 돈 얘기 금기

에 저촉되기 때문이다.

우리가 언제나 이를 지키는 것은 아니나 적어도 이런 규칙이 있음을 안다. 만일 영국인에게 테이블 매너를 물으면, 상대는 아마 무엇을 먹을 때는 무슨 포크를 쓰는 따위의, 까다롭고 쓸모없는 예절 얘기로 짐작할 것이다. 그러나 그들에게 식사를 할 때 해도 되는 일과 안 되는 일에 대해 무엇을 배웠는지 물어보라. 그리고 무엇을 자녀들에게 가르치는지를 물어보면, 이런 규칙들은 정말 기본적이고 일반적이며 계급을 막론한 예의임이 밝혀진다. 자세히 살펴보면 많은 것들이 영국인이 심취해온 공정함과 관련이 있다.

일부 하류층 어머니, 특히 자랑할 만한 상류 노동계급과 중하층 어머니는 다른 무엇보다 기본에 엄격하다. 규칙과 규정을 비판하고, 아이들이 구속 받지 않게 하고, 자기표현을 권장하는 자녀 중심의 부모 교육 서적에 영향을 받은 일부 중중층이나 중상층 부모보다 더 엄격하다.

여기서도 최상류층은 여러 가지 점에서 중류층보다는 노동계급과 유사하다. 어머니와 유모들이 아이들에게 테이블 매너를 엄격하게 가르치는 반면 아버지는 이걸 따르지 않는 점 등이 닮았다. 일부 귀족 남자 중에는 형편없는 테이블 매너로 명성이 자자한 사람도 있다. 그런데 이런 특성은 일부 하류 노동계급과 최하류층 남자들이 다른 사람들이야 뭐라든 전혀 신경 쓰지 않는 점을 빼닮았다.

전체적으로 기본 예의는 계급 차가 거의 없다. 당신이 이를 더 깊숙이 살펴보면 계급에 따라 큰 차이가 보이기 시작한다. 더 애매하고 난해한 테이블 예절은 상류층이 지키는 경향이 있다고 알려져 있다. 영국인들의 세세히 지켜야 할 예절(완두콩을 포크 등 쪽으로 먹어야 하는 매너와 방법 등)은 유명하며 이는 사람들에게 조롱받고 있다. 물론 이런 까다로운 테이블 매너가 오로지 자신들을 하류층과 구별하려고 하는 행동이라고 의심해도 무리가 없을 듯하다. 그것 말고는 무슨 용도가 있는지 아무리 생각해도 알 수가 없기 때문이다.

___ **물질문화표시기** 이 많은 계급표시기 규칙은 나이프, 포크, 스푼, 유리잔, 사발, 접시 같은 물건과 도구의 사용과 관련이 있다. 여기에서 '물질문화material culture'가 등장한다. 나는 케임브리지 대학에 간 첫 주, 고고학과 문화인류학 도서관 커피 룸에서 만난 아주 진지하고 자만심에 가득 찬 대학원생과 나눈 대화를 기억한다. 그는 학위 논문으로 어떤 물질문화에 대해 쓰고 있다고 했다. 그래서 내가 "물질문화라니 그게 무슨 뜻이죠?"라고 하자 "그러면 설명해드리죠"라면서 숨을 깊이 들이쉬고는 20여 분 동안 길고 뒤엉키고 전문용어 범벅이라 숨도 못 쉴 지경인 논문 이야기를 했다.

그가 강의를 마치자, 내가 "오, 알겠네요. 당신이 얘기하는 '그것things'이 뭔지 알겠어요. 화분, 나이프, 옷, 뭐 '그런 것'들 아니예요?"라고 말하자 상대는 거의 쓰러지려다가 결국은 한숨을 쉬면서 동의했다. "예, 간단히 얘기하고 싶다면 그렇게 얘기할 수도 있겠네요." 그후 지금까지 나는 찬란하고 오만했던 그 물질문화라는 단어를 쓸 수 있는 기회가 오기를 간절히 바랐다. 나는 사실 결국 '그것'에 관한 말을 하는 중이다.[109]

---

109 그때는 몰랐지만, 이 간단한 정의를 선호하는 것은 나만이 아니다. 예를 들자면, 하나는 물질문화에 관한 고전인 아르준 아파두라이Arjun Apparadurai가 편저한 『물질의 사회적인 삶 *The Social Life of Things*』이고, 또 하나는 유니버시티 칼리지 런던의 물질문화 교수인, 훌륭할 정도로 거만하지 않은 대니엘 밀러Daniel Miller의 『물건 *Stuff*』이다. 제목마저 뛰어나게 수수하다.

나이프를 잡는 법 규칙

거만한 드브렛의 예절 가이드는 영국의 물질문화, 식탁 예절 등 모든 세부 사항에 합리적인 요점이 있는 것처럼 서술하려고 많이 노력했다. 식사하는 상대를 배려한 거라고 강변하면서. 하지만 나는 당신 나이프가 정확히 손 어느 부위에 있는지가 왜 그렇게 중요한지를 도저히 이해할 수가 없다. 나이프 손잡이가 당신 손바닥 밑으로 가야 하고(옳음), 혹은 연필처럼 엄지와 검지 사이에 있어야 하고(틀렸음). 다시 말해 내가 나이프를 잡을 때의 정확한 손가락 위치가 함께 식사하는 사람의 즐거움과 무슨 상관이 있는지를 그 책은 설명하지 못한다. 드브렛은 여전히 당신은 어떤 경우에도 나이프를 연필처럼 잡으면 안 된다고 주장한다. 당신의 연필 쥐는 방법이 저녁 식사 상대의 계급 레이더 경고등을 작동시켜, 그로 하여금 당신 계급이 자기보다 못하다는 점을 일깨워주는 것 말고는 다른 이유를 찾을 수가 없을 듯하다. 그래서 짐작건대, 계급의식이 강한 영국인이라면, 합리적인 이유를 전혀 찾을 수 없더라도, 이것만으로도 그렇게 하지 않아야 할 충분한 이유가 된다.

포크와 완두콩 먹는 법 규칙

포크를 잡을 때도 같은 원칙이 적용된다. 포크를 왼손에 잡고 나이프나 스푼을 함께 사용할 때 포크의 끝이 절대 위가 아니라 아래를 향해야 한다. 교양 있게 자란 영국인은 다음과 같이 포크를 이용해 완두콩을 먹는다. 나이프로 완두콩 두세 개를 움직이지 못하게 한 다음 포크 끝부분으로 살짝 꿰고 나이프로 몇 개의 완두콩을 포크 등에 올리는데, 포크 끝에 이미 꽂힌 콩을 이용해 등에 올린 콩이 떨어지지 않게 한 다음 들고 먹는다. 실제 해보면 듣기보다 훨씬 쉽다. 그리고 이를 제대로 설명하면 '영국인의 완두콩 먹는 법'이라는 농담과는 달리 바보 같은 절차가 아니다. 하류층은 포크 끝부분을 위로 해서 나이프로 그 오목한 부분에 많은 양의 완두콩을 올려 먹는다. 아니면 아예 나이프는 내려놓고 포크를 오른손에 잡고 오목한 부분을 스푼처럼 이용해 퍼서 먹는다. 이 두 가지 방법이 포크의 볼록한 등에 올려서 먹는 것보다는 더 많은 콩을 접시에서 입으로 가져갈 수 있어 훨씬 똑똑한 방법이고 인체공학적으로도 합리적이다. 사회적으로 더 지체 높은 방식, 즉 꽂고 눌러서는 많아야 한 번에 여덟 알을 가져갈 수 있다. 하지만 국자나 스푼 기술은 열세 개 정도는 (내가 직접 세어본 바에 의하면) 운반할 수 있다. 물론 콩과 포크의 크기도 중요한 요인이겠지만(나도 정말 인생 좀 제대로 살아야겠다! 이런 것이나 세고 다니고…).

드브렛의 책을 비롯한 어느 예절 안내서도 포크 끝을 아래로 해서 먹어야 하는 실용적인 이유를 대지 못하고 있다. 노동계급의 뒤집어서 퍼 담아 먹는 방법이 왜 같이 먹는 사람의 밥맛에 영향을 주는지에 대해서도 설명을 못한다. 그래서 이 방법이 상대방을 배려하기 위해서라는 이유는 별로 설득력이 없다. 우리는 이제 나이프를 잡는 규칙과 포크로 완두콩을 먹는 규칙은 단순히 계급표시기일 뿐이라는 결론을 내려야 한다.

최근에 이 '무례하게' 퍼서 완두콩 먹는 방식이 상당히 많이, 특히 젊은이들 사이에 퍼졌다. 아마 미국의 영향으로 보이는데, 이제는 중하층과 중중층의 영국인 대다수가 이렇게 완두콩을 먹는 모습을 많이 볼 수 있다(옛날에는 노동계급 출신 중류층이 무의식중에 저지르는 실수였다). 어쨌든 거의 모든 중상층과 상류층은 지금도 고집스럽게 찌르고 눌러서 완두콩을 먹고 있다.

'적고 느린 것이 아름답다'의 원칙

사실 완두콩뿐만이 아니다. 다른 사람들이 영국인의 완두콩 먹는 법을 가지고 하도 놀리니 그런 예를 든 것이다. 물론 다른 것보다 완두콩 먹는 방식이 특히 더 우습기도 하지만. 그러나 우리 계급표시기인 식탁 예의는 나이프와 포크로 먹는 모든 음식은 이 방식, 즉 끝부분을 아래로 향해 찌르고 눌러서 먹어야 한다고 규정하고 있다. 그리고 거의 모든 음식은 반드시 이 두 가지 도구를 같이 사용해서 찌르고 눌러서 포크 등에 올려서 먹어야 한다. 몇 가지 특수한 음식, 예를 들면 대개의 전식과 샐러드 혹은 스파게티, 셰퍼드 파이 등은 포크 하나로 먹을 수도 있다. 포크를 오른손에 잡고 끝부분을 위로 하고 퍼 담아서 먹어도 흉이 안 된다는 것이다.

포크와 나이프를 쓸 때 하류층만 미국식을 따른다. 일단 모든 음식을 나이프와 포크로 잘게 자른 다음 오른손에 든 나이프를 내려놓고 포크를 오른손으로 옮겨 들고 삽질하듯이 퍼서 먹는다. '옳은 방식' 혹은 사회적으로 조금 더 지체 높은 방식은 고기는 매번 조금씩 잘라서 먹고 다른 음식은 한 번에 조금씩 먹어야 한다. 언제나 적은 양의 음식을 찌르고 눌러서 포크 등에 올려서 먹어야 한다.

'적은 것이 아름답다'와 '느린 것이 아름답다', 이 두 가지 규칙은 많은 계급표시기 규칙의 뿌리다. 이 규칙들의 상당 부분은 단지 적은 음식만을 접시에서 입으로 운반하려고 만든 것처럼 보인다. 또 입안에 있는 것을 다 삼킨 다음 천천히 다시 자르고 찔러서 먹는 식으로 충분한 간격을 두고 먹기 위해서인 듯하다. 자르고, 찌르고, 누르는 방식은 완두콩, 고기를 비롯한 모든 먹을거리에도 적용된다.

빵을 예로 들어보자. 제대로 된 (혹은 우아한) 빵과 관련된 무엇이든 먹는 방법, 즉 긴 빵과 버터, 아침으로 먹는 토스트와 마멀레이드, 파테pâté[고기, 생선 등을 으깬 페이스트 소스]와 토스트 같은 걸 먹는 방법은 이렇다. 빵 조각을 한입에 먹을 만큼 작게 손으로 떼어내(나이프로 자르는 것이 아니고) 버터, 파테, 마멀레이드를 발라서 한 입에 먹는다. 그리고 다시 빵을 작게 떼서 이 과정을 반복하는 것이다. 피크닉용 샌드위치를 준비하듯 토스트나 롤빵 전체에 버터든 뭐든 바른 다음에 한 입씩 먹는 것은 아주 천한 행동이라고 손가락질받는다. 비스킷이나 크래커가 치즈와 같이 나오면 빵과 토스트를 먹던 방식으로, 한 입에 들어갈 적당한 크기로 부순 다음 치즈를 발라서 한 번에 먹는다.

뼈가 붙은 생선을 먹을 때도 '적게 천천히'라는 규칙이 적용된다. 한 입에 들어갈 만큼만 뼈에서 발라 먹고 다음 절차를 반복한다. 포도도 알이 서너 개 달린 작은 가지 하나를 잘라서 손에 들고 한 알씩 먹는다. 큰 송이 전체를 손에 들고 먹으면 안 된다. 사과를 테이블에서 먹으려면 껍질을 벗기고 4분의 1로 자른 다음 한쪽을 들고 조금씩 먹는다. 절대 사과 하나를 들고 베어 먹어서는 안 된다. 바나나는 원숭이가 먹는 방식 말고, 껍질을 까서 얇게 잘라 포크와 나이프로 한 번에 하나씩 먹는다. 이런 방식이 모든 음식에 적용된다.

당신은 여기서도 '적게 천천히'라는 예법이 되풀이되는 것을 눈치챌 수 있을 것이다. 계급표시기 규칙은 식사를 편하고 빠르게 효율적으로, 혹은 실용적으로 먹기 위해 정한 것이 아니다. 그 반대다. 더 적은 양을 가장 많은 시간과 노력을 들여서 먹게 하는 것이 목적이다. 우리는 맛있는 음식을 자주 먹겠다고 탐욕을 부리는 게 아니다. 음식 자체에는 우선권을 주지 않는다. 어떤 종류의 탐욕도 제일 중요한 페어플레이 규칙을 위반하는 것이다. 동반자와 나누는 대화보다 음식에 욕심을 부리는 것은 말보다 신체적 즐거움과 쾌락에 더 큰 가치를 둔다는 뜻이다. 영국 같은 공손한 사회에서는 눈살을 찌푸리게 할 뿐만 아니라 대단히 창피한 일이다. 무엇에든 너무 진지해지는 것은 점잖지 못한 일인데, 음식을 너무 진지하게 대하는 것은 구역질나는 일이고 조금 외설적이기까지 하다. 영국인은 음식을 한 번 먹을 때 적게 먹고, 또 한 번 먹을 때까지 충분한 간격을 두며, 더욱 자제하고, 아무 열정 없이 식사에 임한다.

냅킨 고리와 다른 공포

냅킨은 유용하고, 다용도로 쓰는 물건일 뿐만 아니라 계급표시기이기도 하다. 냅킨을 서비엣이라 부르면 의문의 여지가 없는 하류층임을 드러내는 7대 중죄 중 하나임을 앞에서 살펴보았다. 그것 말고도 냅킨이 영국인의 계급 레이더 경고등에 불이 들어오게 만드는 많은 방법이 있다. 다음을 보라.

- 식사 준비를 할 때 냅킨을 너무 화려하게 접기. 심지어 종이접기 하듯 접는 경우도 있음(상류층 사람들은 그냥 간단하게 접음).
- 유리 잔 안에 냅킨을 접어서 세워놓기(그냥 접시 옆에 놓으면 됨).
- 냅킨을 혁대나 셔츠 목에 밀어넣기(그냥 무릎에 놓으면 됨).
- 냅킨을 이용해 입을 계속해서 문지르듯이 닦기(부드럽게 톡톡 치듯 닦음).
- 식사가 끝나고 조심스럽게 냅킨을 접어서 식탁 위에 올려놓기 (그냥 구겨진 채로 아무렇게나 올려놓으면 됨).
- 혹은 냅킨을 말아서 다시 냅킨 고리에 집어넣기. 이건 더 나쁨(냅킨을 서비엣이라 부르는 사람들만 냅킨 고리를 씀).

처음 두 가지는 너무 세밀하고 우아하고 꼼꼼한 것은 중하층 성향이라는 원칙에 기인한 것이다. 고상하지 못하게 혁대에 밀어넣고 입을 문지르는 것은 노동계급의 행동이다. 마지막 두 가지는 냅킨이 세탁도 안 하고 다시 사용될 가능성이 있어 혐오감을 일으키기 때문에 곤란하다. 상류층 사람들은 면이나 리넨 냅킨보다는 차라리 종이 냅킨을 쓴다. 상류층 사람들의 농담 중에 '냅킨 고리를 쓰는 사람들'이라는 말이 있다. 이는 중하층이나 중중층을 가리키는데, 자신들은 상당히 우아하고 깔끔하다고 생각하지만 사실은 게으르고 지저분한 사람들이라는 말이다.

어떤 면에서는 이 냅킨 규칙은 일리가 있다(냅킨을 다시 쓸지도 모른다고 우려하는 것은 온당하다고 본다). 그러나 생선 나이프에 대한 편견은 정당화하기 어렵다. 한때는 많은 중류층, 심지어 상류층까지 생선 먹는 데 특수한 포크와 나이프를 사용한 적이 있다. 일부는 이를 너무 깔끔 떨고 잘난 척하는 일이라 여기기도 했다. 그러나 단도직입적인 금기는 존 베처먼John Betjeman의 시에서 비롯된 듯도 하다. 그는 중하층 부인의 디너파티 준비를 묘사함으로써 허세 부리기와 잘난 척하기를 야유한다.

노먼에게 생선 나이프를 사오라고 전화했네
요리를 하려 해도 용기가 안 생기네
당신의 아이들이 서비엣을 구겨버렸네
그리고 나는 반드시 모든 것을 깔끔하게 갖추어 접대를 해야지

생선 나이프는 '실례합니다'를 '파든', '냅킨'을 '서비엣', '화장실'을 '토일렛'이라 부르는, 냅킨 고리를 사용하는 중하층 사람들이 사용했으리라 항상 의심을 받아왔다. 이제 생선 나이프는 기가 막힐 정도로 유행이 지났고 중하층과 중중층의 나이든 사람들이나 사용할 것이다. 스테이크 나이프도 교외 거주자들이 사용하고 작은 냅킨, 케이크 나이프, 소금통과 후추통, 잔 받침을 비롯해 무엇이든 금

칠한 물건은 동일한 취급을 받는다.

당신은 손가락을 씻는 핑거볼도 같은 범주로 보고, 이 역시 격식을 차리고, 귀엽고, 허세를 부리는, 중하층 교외 거주자의 별나게 깔끔 떠는 행위의 소산이라고 생각했으리라 믿는다. 그러나 어떤 이유에선지 이는 봐줄 만한 것이 되어, 중상층이나 상류층 디너파티에도 등장한다. 이런 규칙에는 아무런 논리가 없다. 무식한 하류층 손님이 이 핑거볼 물을 마시자 정말 너무나 공손한 상류층 주인도 손님이 창피해하지 않게 하려고 따라 마셨다는 전설 같은 얘기도 있다. 손가락 끝을 잠깐 담갔다가 냅킨에 살짝 두드려서 말려야지 화장실 세면대에서처럼 손을 담가 문지르거나 씻으면 안 된다. 혹여 주인의 계급표시기를 작동시키고 싶다면 모를까?

__ **포트와인 돌리기** 영국인의 계급표시 레이더 경고등을 작동시키는 또 다른 방법은 포트와인 반대로 돌리기이다. 포트와인은 항상 식사 마지막에 나온다. 때로 상류층 사이에서는 옛 전통대로 여자들은 다른 방으로 가서 커피를 마시면서 수다를 떨고 남자들만 따로 남아서 자기네들끼리 교제한다. 이때 포트와인을 돌리는데 항상 시계 방향으로 돌려야 한다(만일 시계 반대 방향으로 돌리면 세상이 끝장난다). 언제나 와인 병이나 디캔터는 자기 왼쪽으로 돌려야 한다. 설사 당신 차례를 놓쳤다 하더라도 포트와인을 당신 쪽으로 다시 돌리라고 요청해서는 절대 안 된다. 이 말은 포트와인이 반대로 돌아야 한다는 뜻인데, 아주 큰일 날 일이다. 포트와인이 돌아서 당신에게 다시 오기까지 기다리든지, 아니면 당신 잔을 그쪽으로 돌려서 잔을 채우게 한 다음 당신에게 돌아오도록 하면 된다. 잔에 든 포트와인은 시계 반대 방향으로 돌아와도 된다. 오른쪽으로 돌리지 말라는 금기는 포트와인이 병이나 디캔터에 들어 있을 때의 얘기다.

왜 포트와인이 왼쪽으로만 돌아야 하는지, 그게 왜 중요한지는 아무도 모른다. 이를 모르는 사람에게 창피를 줄 수는 있는데, 이런 이유 말고는 왜 그러는지를 알 도리가 없다. 짐작건대 모르는 사람들 사이에서 잘난 척해서 얻는 자기만족을 위해 정해둔 규칙이 아닌가 한다.

이 책의 2004년판을 읽은 친절한 독자들이 편지로 알려주길, 공정한 원칙을 적용하기 위해 시계 방향으로 포트와인을 돌린다고 했다. 도움이 되는 설명이다. 일정한 방향으로만 포트와인을 돌려야 모든 사람이 공정하게 한 잔씩을 마실 수 있으니까. 만일 원칙 없이 아무렇게나 술병을 돌리면 잘못하면 누군가를 빠뜨릴 수 있다는 얘기다. 좋은 지적이다. 나는 공정성을 지키는 방법으로 한 방향으로 질서 있게 포트와인을 돌리는 원리를 이해할 수 있었다. 이는 전형적인 영국식이고 이해가 갔다. 한쪽으로만 두 번째 혹은 세 번째 병을 돌림으로써 먼저 잔이 비는 사람의 잔을 먼저 채우기 때문이다.

왜 반드시 시계 방향으로 돌려야만 공정의 원칙을 지킬 수 있는 지는 설명이 되지 않았다. 어떤 정찬장에서든 시계 반대 방향으로도 계속 돌리면 똑같이 공정한 결과가 나올 터인데도 말이다.

그래서 '한쪽 방향' 규칙이 오로지 공정성 준수를 위한 거라면, 엄격한 '시계 방향' 규칙은 여전히 유효한 계급표시기이다. 우리들의 포트와인 돌리기 전통은 속물적인 계급 집착과 예절 바른 공정성의 조합을 그런대로 잘 관리하고 있다. 이 얼마나 영국적인가?

칩스의 의미

칩스감자튀김가 어떤 의미가 있는지를 언급한 SIRC 보고서는 한 음식의 국가적 중요성에 대해서 다루었다. 영국인의 90퍼센트는 칩스를 먹는다. 그리고 절반이 넘는 이들이 일주일에 최소한 한 번은 칩스를 먹는다. 칩스는 우리 문화유산의 중요한 일부이다. 그런데 SIRC가 우리와 칩스의 관계, 칩스가 상호접촉에서 하는 역할, 또 우리 문화와 시대정신에서 어떤 비중을 차지하는지를 조사하기 전에는 이런 점이 거의 알려지지 않았다.

칩스, 애국심과 영국인 경험론

칩스는 원래 벨기에에서 처음 만들어져 세계적으로 인기를 끌었다 (frites, patate, fritte, patatas fritas 등의 용어로). 우리는 이것이 영국을 대표한다고 생각한다. '피시 앤드 칩스fish and chips'는 영국의 국가적인 요리인 것이다. 영국인들은 음식에는 절대 열을 올리지 않으나 보잘 것없는 칩스에는 놀랍게도 애국적이고 열정적이다.

　　우리의 중점 집단 참가자는 "칩스는 실속 있다"라고 설명했다. "좋은 면에서 이는 기본 음식이고 단순하다. 그래서 우리는 칩스를 좋아한다. 우리는 좋은 자질을 가지고 있다. 칩스를 가지고 야단법석을 떨지 않더라도, 우리는 영국인이다." 이 튀긴 감자 덩어리가, 내가 영국인다움의 결정적인 특징이라고 망설이며 정의한, 소박한 경험론과 명료한 사실주의를 이렇게 감동적으로 표현하게 해줄지는 몰랐다. 그래서 이러한 통찰을 선사한 이들에게 감사한다.

칩스 나눠 먹는 방법과 사교성

칩스는 중요한 사교촉진제로, 나누어 먹을 수 있는 유일한 영국 음식이다(적어도 식사 시간에 뜨겁게 요리된 경우에만. 봉지에 든 튀긴 감자나 견과류 얘기가 아니다). 불문율 또한 이를 허락한다. 칩스를 먹을 때 영국인은 굉장히 사교적이고, 스스럼없고, 영국인답지 않은 태도를 보인다. 모두들 같은 접시, 같은 종이 봉지, 때로는 다른 사람의 접시에서도 어지럽게 집어 먹는다. 심지어 서로 먹여주기도 한다. 대개 나눠 먹어야 하는 인도 음식을 주문할 때도 우리는 각자 주문한다. 칩스는 사교성을 부추기는 매력이 있는 듯하다. 이것이 많은 영국인이 칩스를 좋아하는 이유 중의 하나임에 분명하다. 우리는 음식을 나누어 먹음으로써 서먹서먹함을 넘어 스스럼없이 우정을 나누고 친교를 다진다. 우리에겐 이러한 소품과 촉진제가 다른 어떤 나라 사람들보다 더 필요하다.

음식 규칙과 영국인다움

음식 규칙은 영국인의 사교불편증을 다시 한 번 확인해주었다. 설명이 불가능한 영국인의 행동, 예를 들어 불만이 있을 때도 말 없이, 사과하듯이, 애매모호하게 항의하는 행동도 이 사교불편증에 기인한다.

음식과 관련된 행동을 살펴봄으로써 우리는 '항상 그렇지, 뭐' 규칙을 더 정확히 분석해 영국인다움을 좀더 잘 알 수 있었다. 즉 "항상 그렇지, 뭐"는 투덜거림을 동반하는 인내, 태연, 냉철 같은 성격보다 좀더 심각하다. 이는 세상을 향한 우리의 냉소적인 태도, 고질적인 비관주의, 세상일이란 항상 잘되기보다 나쁘게 되어 있어 우리를 좌절에 빠뜨리고 실망시킨다는 체념을 반영한다. 더 중요한 것은 잘못되어서 차라리 잘됐다는 듯이 만족해하는 우리들의 삐뚤어진 감정의 발견일 것이다. 잘못될 게 틀림없으리라는 우울한 예측이 맞아떨어진 데 대한 삐뚤어진 기쁨 말이다. 언제나 비관적으로 불평, 한탄하는 마음가짐이 영국인다움을 이해하는 데 결정적인 단서를 제시할 것이다. 영국인의 경험주의가 다시 튀어나왔는데 이 역시 주의할 가치가 있다. 그것도 전혀 그럴 법하지 않은 사항, 즉 초라한 감자 튀김 덩어리 칩스와 우리의 관계를 통해서 말이다.

다른 장보다 이 음식 장에서 논하는 계급 규칙이 더 분명히 밝혀 낸 것이 있으니 바로 영국 계급제도의 상상을 초월하는 어리석음이 다. 정말 대단한 어리석음이다. 완두콩 몇 개가 포크 등에서 춤을 출 수 있을까? 나는 이 주제를 쓰면서 정말 창피했고 부끄러움을 금할 수 없었다. 비록 내 직업이 이를 관찰하고 기술하며 이해하고자 노 력하는 일이라 해도 말이다. 어떤 인간 사회에도 신분제도와 이를 표시하는 방법이 있음은 안다. 그러나 영국인은 이를 정말 우습고도 극단적으로 심각하게 받아들이고 있는 것 같다.

적은 것, 느린 것이 아름답다는 원칙은 비록 계급표시기로 사용 되기는 하지만 그래도 다른 계급 관련 규칙보다는 덜 어리석다. 이 는 영국인의 중요한 이상, 즉 예의, 페어플레이를 반영한다. 또 절제 의 진가와 더불어 탐욕스러운 이기심에 대한 혐오를 부각시킨다. 유 쾌한 대화를 이어나가기 위해서는 게걸스럽게 먹는 행위보다 더 중 요한 게 있다는 점도 상기시켜주었다.

칩스의 의미 규칙은 우리에게는 음식에 대한 열정이 없음을 말 해주었다. 아마도 다른 것들, 예를 들어 애국심에서도 볼 수 있는 우 리의 무심함도 그중 하나이다. 이는 가끔 주범으로 지목받는 우리의 타고난 무관심 때문이라기보다 진지하지 않기 규칙 때문이 아닌가 한다. 우리도 감정을 드러낼 수 있고, 심지어 무언가에 열정을 보이 기도 한다. 칩스에 대해서는 특별히 그렇다. 이는 우리가 진지하면 안 된다는 금기를 지키기 위해 자신의 충동을 억제하기 때문에 비롯 된 일이다. 우리가 많이 놀림받는 섹스에 대한 열정 결핍도 이에서 비롯된 것인가? 영국인의 유머 규칙은 우리의 섹스 욕망보다 더 강 력한가? 다음 장에서 이를 살펴보자.

섹스의 규칙

"영국인다움에 관한 책은 어떻게 되어가나요? 어느 장을 지금 쓰고 있는데요?"

"섹스에 관한."

"그러면 20쪽짜리 빈 면이 될 테니 훨씬 쉽겠네요."

조건반사적인 유머 규칙

몇 번이나 이 반응에 마주쳤는지 이젠 잊어버렸다. 아니면 이런 것들도 마찬가지다. "그 장은 굉장히 짧겠는데요!" "별로 길지는 않겠는데요!" "그건 쉽겠구먼!" "섹스 얘기는 그만, 우리는 영국인No Sex Please, We are British[인기 있는 연극 제목이다]" " 그런데 우리는 섹스가 없고 따뜻한 보온물통을 가지고 있는데" "누워서 가만히 영국을 생각해봐요, 무슨 얘길 한 거죠?" "영국인은 어떻게 재생산을 하는지, 그

신비로운 과정을 좀 설명해줄래요?" 이는 모두 영국인 친구와 제보자 들이 하는 말이다. 외국인도 때로 비슷한 농담을 했는데, 영국인은 예외 없이 이런 농담을 했다. 분명 영국인은 섹스에 별로 관심이 없다고들 믿는다. 혹은 조소를 받을 정도로 성욕이 낮다는 설이 널리 받아들여진다. 심지어 영국인 자신들 사이에서도.

정말 그런가? 우리는 국제적으로 알려진 고정관념처럼 열정도 없고, 내성적이며, 성에 관해 순진하고, 애정장애를 앓는 영국인인가? 우린 정말 섹스보다 축구를 더 좋아하는 녀석들이고, 우리 마누라는 맛있는 홍차 한 잔을 더 좋아하는가? 그러면 저 상위계급, 불쾌하고 말 없으며 소심한 사립 기숙학교 출신 남자와 똑같이 멍청하고 언제나 낄낄대는 승마 좋아하는 여자 파트너는 또 다른가? 우리가 진짜 이런가?

양적으로만 본다면 우리의 섹스 부재 이미지는 정확하지 않다. 영국인도 인간이다. 그래서 섹스는 다른 모든 생물과 마찬가지로 우리에게도 중요하다. 세계의 다른 나라 사람들과 마찬가지로 성교를 하고 재생산하는 것으로 보아, 우리가 성적으로 서투르다는 평판은 사실로나 통계로나 맞지 않다. 다른 나라 사람들과 특별히 다른 점이 있다면 우리는 성행위를 일찍 시작한다는 것이다. 영국인은 산업화 국가 중에서는 십대 성생활 비율이 가장 높다. 결혼하지 않은 19세 여자 86퍼센트가 활발한 성생활을 한단다. 미국은 75퍼센트라고 한다. 우리 영국보다 섹스에 대해 훨씬 더 고상하고 억압적인 태도를 보이는 나라는 수없이 많다. 우리가 위험하리만치 관대하다고 여기는 나라도 수없이 많다. 우리 검열법이 유럽 다른 나라들보다 더 엄격할 수는 있다. 유럽 몇몇 나라에서는 가벼운 성적 실수로 여기는 사소한 사건 때문에 영국에서는 정치인이 물러날 수도 있겠지만 국제 표준으로 볼 때 우리는 아주 관대한 편이다.

어찌 되었건, 고정관념이 하늘에서 갑자기 뚝 떨어지는 것은 아니다. 영국인은 다들 섹시하지 않다고 모두 인정하는 판이라면 분명 사실에 근거한 이유가 있을 것이다. 섹스는 선천적이고 본능적이며 일반적인 인간 활동의 하나로, 영국인도 다른 사람들처럼 이를 실행하고 있다. 그러나 이 역시 사교 활동의 하나로, 다른 사람과의 감정적인 접촉, 친밀함, 깊은 이해 등이 따라야 한다. 하지만 우리는 그걸 잘 못한다. 그래도 결코 우호적이지 않은 고정관념을 아무 말 없이 인정하는 우리의 태도에는 설명이 필요할 것 같다(영국인은 날씨에 대해서는 섹스에 대한 시비보다는 훨씬 더 애국적으로 변호한다).

나는 영국인 제보자와 섹스에 대해 이성적으로 얘기하려 할 때마다 어려움을 겪었다. 나는 노트에 "영국인은 섹스에 관해서 얘기할 때는 농담을, 그것도 매번 같은 식의 농담을 곁들여야 직성이 풀린다. 누가 내게 섹스에 관한 조사를 도와달라고 요청한다면 비명을 지를 것이다"라고 적어놓았다. 내가 섹스라는 단어를 언급만 해도 야유, 재담, 노골적으로 팔꿈치를 툭툭 치는, 〈캐리 온〉[1958년부터 오랫동안 시리즈로 제작된 영국의 유명 코미디 영화] 타입의 놀림과 찡그림 혹은 낄낄거림이 유발된다. 이는 규칙보다 더하고 무의식적인 반응이다. 섹스를 입에 올리면 영국인은 반사적으로 유머가 튀어나온다. 이럴 경우에는 자기비난이 가장 효과적이고 알아주는 농담이라는 점을 우리 모두 잘 안다. 서두의 섹스 장에 대한 '20쪽짜리 빈 면'이라는 야유도 우리가 꼭 성적인 장애가 있는 영국인이라는 고정관념을 인정했다는 뜻은 아니다. 섹스라는 단어에 대한 전형적인 영국인의 반응일 뿐이다.

왜 우리는 섹스가 그렇게 우스운 걸까? 사실은 그게 아니다. 유머는 우리를 창피스럽거나 불편하게 만드는 무엇에 대처하는 기본 방식일 뿐이다. 영국인다움 십계명의 하나를 가르쳐주겠다. '불편할 때는 농담을 해라.' 물론 다른 나라 사람들도 섹스에 대해 농담을 한다. 그러나 내가 알기로는 어느 나라도 우리 영국인처럼 싫증이 묻어나고 마치 반사작용처럼 예측 가능한 농담을 하지는 않는다. 다른 나라에서도 섹스는 죄, 예술의 한 형태, 건강한 오락 활동, 상품, 정치적인 논제이며, 수년간의 치료와 '관계' 지침서 여러 권이 필요한 골칫거리이다. 하지만 유독 영국에서는 농담거리이다.

유혹의 규칙

한 나라의 성격에 대한 고정관념에는 일말의 진실이 있는 법이다. 영국인이 성적으로 억제되어 있다는 생각은 미안하게도 대단히 정확하다. 우리가 일단 침대에 들면 누구보다 능력이 있고 정열적일지도 모른다. 문제는 거기까지 가는 데 상당히 서투르고 미숙하다는 점이다.

우리의 내성적인 성격과 억제가 성에 대한 무관심에서 기인한다는 생각은 잘못된 것이다. 이 주제를 거론하기가 좀 창피하다고 느낄지는 몰라도 영국인도 섹스에 강렬한 흥미를 가지고 있다. 특히 사생활 보호 규칙에 의한 금단의 열매 효과로 우리는 호색적일 뿐 아니라 타인의 성생활에 만족을 모를 만큼 매료되어 있다. 이런 궁금증은 대중지와 인터넷에 끝도 없이 실리는 섹스 추문과 폭로성 기사로 좀 완화되는 편이다.

우리 자신의 성생활에 대한 관심은 무엇보다 억제를 떨쳐버리는 데 집중돼 있다. 만일 우리가 유혹에 서투르다면, 그걸 원치 않기 때문이 아니다. 영국인 유혹 방식에 관한 나의 조사에 의하면 최근 18~40세 응답자 중 1퍼센트만 한 번도 유혹을 해본 적이 없다고 했다. 3분의 1이 넘는 사람이 오늘 혹은 지난 일주일간 누군가를 유혹해보았다고 했다. 다른 나라에서 조사해보아도 같은 결과가 나올 것으로 생각된다. 유혹, 이것이 없었으면 우리 인류는 오래전에 멸종했을지도 모른다. 그만큼 인간의 기본적인 본능이다. 만일 몇몇 진화심리학자들 말을 믿는다면, 유혹이야말로 인류 문명의 기초일지도 모른다. 큰 두뇌로 인해 복잡한 언어, 뛰어난 지혜, 문화 등을 일구었고 이로써 우리는 동물과 구별된다. 이것이 공작 꼬리 같은 기능을 하며 상대를 유혹하고 차지하는 도구로 진화되었다는 것이다. 만일 내가 농담으로 수다 진화론이라고 부른 이 이론이 맞다면 인간의 모든 성취, 즉 미술과 문학, 우주과학도 단지 성적 상대를 찾는 데 필요한 능력의 부산물일 뿐이다.

NASA, 『햄릿』, 〈모나리자〉가 모두 수다에 의한 우연의 산물이라는 설은 좀 억지스럽지만, 분명 진화는 유혹을 좋아한다. 우리의 먼 조상 중에서 가장 기술이 좋고 매력 있는 사람이 상대를 잘 구해 후손을 생산했고, 이 유전자가 자손들을 통해 지금까지 전해져온 것이다. 우리는 결국 성공적인 유혹의 산물이고 유혹 본능은 우리 머릿속에 잘 내장되어 있다. 현대인은 원시인 같은 짝짓기는 하지 않을지 몰라도 아직도 유혹 행동을 한다. 우리는 두 종류의 유혹을 한다. 그중 하나는 짧게 말해서 '의도가 깃든 유혹', 즉 짝짓기 의도가 숨겨진 유혹이고 다른 하나는 '오락용 유혹', 즉 즐거움이나 다른 사교적인 이유로 (혹은 아예 처음부터 연습 삼아) 하는 유혹이다. 그래서 사고하는 인간은 종족 보존을 위해 의무적으로 작업을 걸어야 하는 유전자가 들어 있는, 타고난 바람둥이다.

영국인도 다른 나라 사람들과 마찬가지로 이성을 유혹하도록 프로그래밍되었고 다른 나라 사람들만큼은 하는 것 같다. 그러나 기술이 서투르고, 편안해하지도 않고, 하기는 하면서도 확신이 없다. 혹은 우리 중 50퍼센트는 이런 품성이 현저히 떨어진다고 한다. 성적 장애가 있는 전형적인 영국인을 자세히 살펴보면, 이런 것들을 못 갖추었다는 이유로 놀림을 당하고 비난받는 남자들이다. 잘 알려진 농담이나 야유 중에는 영국 여성들의 성적 불감증이나 무지를 암시하는 것도 있다. 그러나 영국 남성의 성적 불능, 무관심, 능력 부족에 관한 근거 없는 주장들이 대부분이다. 영국 남자들의 성적인 무능력 혹은 결점 때문에 영국 여자들은 짜증이 나 있다. 18세기 초 스위스 비평가[110]는 영국 여자들에 대해 "그들은 조금 버릇이 없는데, 남자들의 관심 때문이기도 하지만, 남자들이 시간을 같이 보내주지 않아 성격과 버릇이 좀 나빠졌기 때문이다. 대개 남자들은 여자보다는 사냥과 포도주를 더 좋아한다. 그러나 영국 포도주보다는 영국 여자가 더 괜찮은데도 포도주를 더 좋아하는 것을 보면 영국 남자들은 욕을 먹어 마땅하다"라고 했다. 외국 제보자들도 같은 요지의 말을 했다. 그들은 영국 포도주를 맥주와 바꾸어 얘기했는데, 그래도 맥주에 대해서는 불평하지 않는다.

영국 남성의 성적 불능과 무관심을 비난하는 목소리가 높은데 이런 혐의는 근거 없고 부당하다. 사실과 관찰에 근거한 것이 아니다. 이는 주로 영국 남자들이 비난 받는 셋째 결점, 즉 유혹하는 기술과 능력 부족에서 기인한 인상 때문으로 보인다. "영국 남성은 여성들을 다루는 데 타고난 재주는 없는 듯하다"고 예의 스위스 비평가는 얘기했는데, 또 "그들은 극도의 친근함과 점잖은 과묵 사이의 중용은 없다는 사실을 알고 있다"라고 덧붙였다. 영국 남성은 활발한 성생활을 하는지 몰라도, 분명히 이야기하지만 선수가 아니다.

---

110 드 무랄B. L. de Muralt의 『영국인에 관한 편지 *Lettres sur les Anglais*』,

한 남성 제보자가 "여성이라 불리는 반대쪽 종"[111]이라 부른 여성과 부딪치는 상황에서는 결코 능숙하지 않다. 그들은 보통 과묵하거나 말이 없거나 어색해한다. 나쁜 경우에는 촌스럽고 우둔하고 어색하다.[112] 영국 남자들은 술을 많이 마시는데, 술이 자제심을 누그러뜨리는 데 도움을 준다고 믿는다. 그러나 이는 어색하고 말 없는 과묵함에서 촌스럽고 볼품없는 우둔함으로 무대를 옮겨가는 것일 뿐이다. 불운한 영국 여성 입장에서는 별로 나아진 것이 없다. 만일 그녀의 판단력도 비슷한 양의 음주로 흐려졌다면, '어이, 한번 어때?'라는 식의 유혹도 재치와 재담의 극치로 보일 것이다.

영국인이 후손을 재생산해내는 신비의 열쇠는 술에 있다고 간단히 얘기하고자 한다. 알았다. 내가 조금 과장했다. 그러나 영국인 유전인자가 전해지는 데 술이 한 역할을 절대 과소평가하면 안 된다.

SAS 시험

물론 다른 요인도 있다. 나는 애국심의 발로에서, 영국인의 유혹 기술 향상을 위한 실험을 고안해보았다. 집중적인 현장조사로 최고의 유혹 장소를 골랐다. 우리 문화 풍토에서는 가장 즐길 수 있고 유혹

---

111 해리 마운트는 20세기에 학교가 들어오기까지 분리돼 있었고 영국 남자들이 전통적으로 저녁에 집으로 가서 부인을 비롯한 가족과 지내는 대신 퍼브에서 남자들끼리 술을 마시며 시간을 보낸 오래된 전통에서 이유를 찾는다. 문제는 남녀공학이 아닌 학교 제도는 거의 모든 유럽 나라에도 존재했다는 점이다. 그리고 영국 남자들이 부인과 가족을 제쳐두고 남자들만의 친교 모임을 연 것은 선택이었다. 그래서 이 설명은 좀 앞뒤가 맞지 않는다.

112 어떤 관찰자는 영국 남성이 그럼에도 세계 최고의 섬세한 연애시를 짓는다는 사실에 당황해한다. 나는 여기에 모순이 없다고 본다. 섬세한 사랑의 시는 작가의 사랑을 받는 이가 안전하게 멀리 있을 때 쓰였기 때문이다. 그리고 많은 경우에 이는 여자가 아니고 글에 대한 사랑이다. 영국 남성의 글에 대한 사랑은 결코 의심받아본 적이 없다.

에 도움이 되며 흠이 안 되는 장소다. 나는 이를 SAS 테스트라 불렀다. SAS에서 S는 사교성 sociability(낯선 사람에게 먼저 말 거는 행동이 받아들여지는 편안한 분위기), A는 술 alcohol(억제된 영국인에게 가장 중요한 유혹의 보조기구), S는 공통의 화제 shared-interest(공통의 흥미를 비롯한 화제가 있거나 관점이 같은 사람들이 있는 상황. 영국인이 사교불편증을 벗어나도록 도와주는 소도구와 사교촉진제가 있는 분위기)다. 내 연구를 응용한 이 실험 결과를 통해 영국인의 짝짓기 불문율과 유혹 버릇을 좀더 깊이 살펴보고자 한다.

___ **퍼브** 퍼브, 바는 얼핏 보기에는 첫째 후보일 듯한데, 여기는 오로지 술과 사교성 항목만 합격이고 공통 화제 항목은 불합격이다. 영국 퍼브와 바는 매력을 느끼는 낯선 사람과 말문을 트기가 허락된 곳이다(물론 일정한 제한이 있고 주의를 기울여야 하지만). 그러나 공통 화제가 없기에 화제를 만들기 위해 머리를 짜내야 하는 문제가 있다. 날씨라는 화제가 있기는 하지만, 그래도 서로 소개하는 과정을 통과해야 하는 등 여전히 상당한 수고가 필요하다.

그럼에도 조사에 의하면 우리들 중 27퍼센트는 지금 파트너를 퍼브에서 처음 만났다. 그래서 퍼브는 우리가 유혹을 하려고 노력해야 할 장소로 드러났다. 영국인 퍼브 애호가의 관찰 연구와 인터뷰에 의하면, 이 짝들 중 과반수는 바 카운터에서 누군가 접근해서 사귀게 된 게 아니다. 친구나 지인의 간단한 소개로 교제를 시작했다. 두 사람 다 우연히 그 퍼브에 있었다. 역시나 퍼브는 영국인들이 많은 시간을 보내고 사람을 만나며 사교를 하는 곳이다.

___ **클럽 이용자 그리고 '섹스는 그만, 우리는 너무 쿨해서' 규칙** 나이트클럽은 퍼브나 바보다는 음악이라는 공통 화제가 있어 점수를 더

얻을 수 있다. 하여튼 말문을 트는 문제는 음악 소리 때문에 좀 줄어든다. 시끄러워서 고함치는 단음절로나 의사소통이 가능하므로 말이 아닌 다른 방법으로 유혹해야 한다. 높은 사교성과 술에 의해 나이트클럽은 이론상으로는 유혹 장소로 최고에 가깝고, 대부분 그렇게 여긴다. 그러나 영국의 젊은 클럽 단골들 사이에 이상하고 분명한 불문율이 생겼다. 거기서는 춤—그리고 클럽 내에서의 일상적인 활동 모두—은 무성無性 활동이라고 여겨진다. 적어도 전자 댄스 음악EDM: electronic dance music('옷의 규칙'에서 말한 바 있는 하우스, 트랜스 등의 음악)을 좋아하는 수많은 클럽 단골들에게는 진실이다. 그들의 목적은 음악과 군중이 하나 되어 행복감에 도취된 상태에서 초현실적 경험을 공유하는 집단 친교다(문화인류학자 빅터 터너는 이를 '커뮤니타스' 혹은 '집단적인 흥분'이라 불렀다. 현실 탈피를 통해 맺는 집단 친교는 강렬하고 친근한, 오로지 해방 상태에서만 경험할 수 있다). 그들은 클럽에 가는 이유가 천하고 우둔한 '유인pulling'을 위해서라고 하면 펄쩍 뛴다.

전국 조사에 의하면 클럽 이용자의 6퍼센트만이 섹스 파트너를 만나기 위해 클럽 댄스 이벤트에 간다고 인정했다. 그러나 이런 조사 결과는 우리 조사자들이 '사교적으로 호감 가는 형으로 꾸미기SDB: Social Desirability Bias'라 부르는 예 때문이다. 이 SDB는 응답자가 적어내는 설문지에 통상 있는 표준 오류를 이르는 말로, 자신을 사교적으로 호감 가는 형으로 꾸미려 하는 것을 말한다. 거짓말을 한다는 얘기다. 클럽 이용자 조사에서 응답자들은 의식적으로 꾸며 답을 한다. 다른 질문에서는 반수 이상의 응답자가 클럽 댄스 이벤트에서 만난 상대와 섹스를 한 적이 있다고 대답했다. 이 조사가 제시하는 바는 섹스 파트너와의 만남이, 자신들이 인정하는 다른 목적보다, 클럽을 가는 주요한 요인이라는 것이다.

그래도 SDB는 상당히 유용하다. 이런 반응은 특정 집단이나 하위문화 집단의 사교 규칙과 기준을 가르쳐준다. 이 경우 음악 취향이 '주류 문화'와 다르다고 자부하는 젊은 영국 클럽 이용자들 사이에는 '섹스는 그만, 우리는 너무 쿨해서'라는 규칙이 있음을 알 수 있다. 클럽에서 기대하는 상대를 만나는 것이 쿨하지 않음의 기준인 이상 클럽 이용자들은 그게 자신들의 동기였다고 인정할 수 없다. 만일 자신들이 클럽에서 만난 상대와 잤다고 한다면 단지 하룻밤 유흥의 부산물일 뿐이다. 그 일이 그날 밤의 목적은 아니라는 것이다. '섹스는 그만' 규칙은 입으로만 하는 소리다. 우리는 섹스에 별 관심이 없는 양한다. 그래도 우연을 가장한 고의로 상당히 많은 사건을 만들어낸다. 그게 바로 사랑스러운 영국인의 위선이다.

게이 클럽 이용자들이 보통 클럽 이용자들보다 훨씬 더 솔직하고 정직하다. 일부는 '섹스는 그만' 규칙을 내세우지만, 대다수는 유혹과 짝짓기, 섹스가 클럽에 오는 중요한 목적이라고 솔직히 인정한다. 여타 최신 대중음악 장르(힙합, R&B, 록 같은) 애호가들은 EDM 클러버들보다 무성애 취향이나 집단 유대감 도취 기준을 따르진 않는다. 행동이나 댄스 스타일에서도 아주 공공연히 성적인 표현을 한다. 동성애자 클러버들과 마찬가지로 구애와 파트너 구하기가 클럽에 오는 주요 목적이라고 순순히 인정한다.

___ **파티** 개인적인 파티와 축하 모임은 보통 알코올 항목에서는 높은 점수를 받는다. 하지만 사교성의 경우 조금 다르다. 비록 개인 파티에서는 모르는 사람에게 말을 건네도 되지만 그래도 대부분의 영국인은 주저하고 불편해한다. 그래서 이미 알고 있는 사람들 사이에 끼여 있게 마련이다. 적어도 손님들이 모두 주인을 안다는 이유 하나만으로도 파티는 퍼브, 바, 나이트클럽보다는 공통 화제라는 이점

이 있어 조금 더 높은 점수를 받는다. 이것이 우리에게 대화—영국인이 자기를 소개할 때 어쩔 수 없이 거쳐야 하는 단계—의 어려움을 극복할 수 있는 얘깃거리("그런데 당신은 사라를 어떻게 알게 되었나요?" 등등)를 제공하기 때문이다.

__ **직장** '의도적인 유혹'과 '오락 목적의 유혹'은 영국 직장과 사무실에서는 흔한 일이다. 조사에 의하면 영국인 20퍼센트가 배우자와 성적 상대를 직장에서 만났다. 또 유혹 행위가 사무실 스트레스와 걱정을 풀어주는 방법이란다. 유혹하는 듯한 가벼운 농담으로 좋은 분위기를 조성하고 서로 칭찬함으로써 불화가 줄고 자신감이 생긴다.

우리는 잘 아는 얘기다. 그러나 미국에서 수입된 청교도 분위기 때문에 사무실에서 유혹하는 행위가 위협받고 있다. 미국의 경우 많은 사무실과 직장에서 유혹은 공식 금지되었다('정치적으로 바르게 행동하기' 로비스트들이 추진하는, 인간 정신에 깊이 각인된 유혹 행위를 법으로 금지하는 조치는 반드시 실패할 것이다). 영국에서 사무실과 직장은 다른 데보다는 유혹하기 좋은 곳이다. 사무실이나 공장에는 술이 없어서 SAS 테스트에서 두 항목만 합격했지만, 직장 동료들은 술이 있는 장소에서도 만날 기회가 많기 때문에 별문제가 되지 않는다. 그래서 직장은 사교성과 공통 화제 면에서 좋은 점수를 받는다. 중점 그룹 참여자들은 특히 업무 훈련, 세일즈 컨퍼런스, 학계 컨퍼런스처럼 직업과 관련된 짧은 여행이나 모임을 지목했다. 여기서는 공통 화제, 편안하고 사교적인 대화 분위기, 모임의 윤활유인 술까지 겹쳐 유혹 행동에 아주 좋은 상황이다.

영국 직장에서도 유혹 행동은 오로지 특정한 장소, 특정한 사람들 사이에, 정해진 시간과 상황에서만 허용된다. 직장마다 나름의 유혹 행동을 규제하는 불문율이 있다. 내가 본 바로 일부 회사는 커피 자판기, 복사기, 카페테리아 등이 비공식 유혹 지역이다. 어떤 회사의 경우 담배 피우는 사람들이 모이는 발코니가, 특히 흡연자들이 금연자들보다 사교성이 좋기 때문에 인기가 있었다. 그들 사이에 시대 사조를 역행하는 반항적인 연대감이 형성되기 때문이기도 하다. 한 여성은 담배를 안 피우는데 피우는 척한다고 한다. 왜냐하면 담배 피우는 사람들과 같이 있으면 재미있기 때문이란다. 나는 공공 장소에서 접촉 기피를 설명하면서 흡연의 예외를 이미 언급한 바 있다. 담배가 흡연을 하는 소외된 소수 사이에서 모르는 사람들이 쉽게 친교를 맺게 하는 훌륭한 소도구와 촉진제 역할을 한다는 사실 말이다. 또 '가벼운 관계casual connection'가 금기시되는 직장 동료들이 서로 관계를 맺는 데 아주 유용한 촉진제 역할을 하기도 한다.

___ **학교**   교육기관은 최고의 유혹 장소이다. 한창 때인 독신 젊은 이들이 생애 첫 짝을 찾으려고 시도하는 곳으로, SAS 테스트 항목을 모두 통과했다. 각종 학교와 대학은 공통 화제와 사교성에서는 아주 높은 점수를 받았다. 수업을 하는 교실에는 술이 없지만, 더불어 술 마실 기회는 얼마든지 있기 때문이다.

공통 화제는 영국 젊은이들에게는 각별히 중요하다. 어느 젊은 이들이나 자의식이 강하고 특히 어색해하며, 안면이 없는 사람과 말 문을 트는 데 필요한 사교 기술이 없다. 그러나 공통 생활방식과 학생 특유의 걱정거리, 스스럼없는 분위기 등은 서로 말문을 트기에 좋은 환경을 조성한다. 학생 신분 자체가 많은 공통점이 있어서 굳이 화제를 찾으려고 머리를 쥐어짤 필요가 없다.

___ **스포츠, 클럽, 취미 활동 참여자와 무능력의 규칙**   스포츠와 취미 활동 참여자들은 사교성과 공통 화제에서는 SAS 테스트에서 높은

점수를 받는다. 술은 이 활동에 꼭 포함돼 있진 않기 때문에 알아서 조달해야 한다.

영국 아마추어 스포츠 팀이나 취미 클럽 회원들 사이에서 유혹 활동 정도는 참여자의 수준이나 관심과 반비례한다. 약간의 예외를 제외하곤 초보 테니스인, 제대로 못 걷는 등산객, 형편없는 화가, 발이 꼬이는 댄서들 사이에서 특별히 유혹 활동이 활발하다. 그러나 제대로 하고 열심이며 경쟁력 있는 참가자들 사이에서는 좀 적은 편이다. 심지어 형편없는 참가자도 자신은 이 클럽이 지향하는 목적에 걸맞은 활동을 하기 위해서 다니는 척한다. 영국인은 자기망상의 달인이기에, 정말 그렇게 믿는 이들도 있다. 그러나 그들의 테니스 라켓이나 오드넌스Ordnance 정밀조사 지도, 유화물감 붓은 사교를 위한 소도구와 촉진제이고 유혹 도구로도 아주 유용하다.

__ **관람용 행사** 공통 화제와 사교성에서 그저 그런 점수를 받을 스포츠나 극장, 영화관 등은 유혹이나 짝짓기에는 별 도움이 되지 않는다. 상호접촉 기회가 짧은 휴식 시간에 유혹해야 한다는 제약 때문이다.

가장 큰 예외는 경마다. 여기서는 모든 활동이 불과 몇 분 내로 끝난다. 그리고 다음 경주가 시작되기 전 30분 동안이 통째로 사교 시간이다. 여기서는 경마장 예절에 따라 낯모르는 사람과 친밀한 접촉이 권장된다. 경마는 세 가지 SAS 테스트 항목을 다 통과한다. 거기다 '마음에 드나요fancy'라는 단어까지 들어간, 잘 만들어진 작업용 어구까지 준비되어 있다. "3시 30분 경주에 나서는 말 중에서 무엇이 가장 마음에 드나요?"

__ **독신자 행사, 중매 회사, 노 데이트 규칙** 독신자 파티 또는 독신

자 클럽이나 중매 회사가 주선하는 데이트는 SAS 테스트를 겨우 통과한다. 이것들은 공통 대화 요인에서 아주 낮은 점수를 받는다. 참가자들이 짝짓기라는 공통의 화제가 있는데 왜 그러느냐고, 정신 나간 소리라고 생각할지 모르겠다. 문제는 이 공통 화제가 너무 창피한 주제라 대화를 시작하는 데 별 도움이 안 된다는 것이다. 심지어 성적인 상황이 아닌 경우에도 영국인은 모임 자체가 목적이 아니고 다른 무언가를 위해 모인다고 가장해야 한다. 그리고 행사의 진정한 목적이 개인적이고 내밀한 짝짓기임에도 이보다 더 눈에 띄는 뚜렷한 동기가 있어야 한다. 심지어 우리는 데이트를 하는 중이라도 이 말을 쓰기 싫어한다. 영국 남자는 데이트한다는 말 자체를 특히 불편해한다. 모든 행동을 너무 노골적이고 공식적으로 만들어버려 창피하다는 것이다. 너무 진지하기도 하고. 우리는 유혹 과정이 너무 심각해지는 것을 싫어한다. 데이트라는 말 자체가 영국인의 유머 규칙을 위반하는 기분이 드는 모양이다.

짝짓기 주선이 여전히 오명을 떨치지 못하는 것 같다. 독신자 행사나 중매 회사가 주선하는 만남이 어찌 보면 부자연스럽고, 억지로 꾸며낸 듯하고, 인위적이며, 우연과 자연스러움이 결핍되어 만남의 낭만이 훼손된다고 보는 것이다. 많은 사람이 중매 회사나 독신자 파티에 의존하는 것을 부끄러워한다. 이는 엄숙하지 못하고 자신의 실패를 인정하는 행위로 본다. 물론 이러한 짝짓기가 전적으로 부자연스러운 것은 아니고, 아예 품위가 없다고 할 수는 없다. 인간 역사에서 통상 있어온 관습이었고 세계 여러 나라에서 지금도 성행한다. 다만 사생활 보호 강박관념이 있는 영국인은 현대화된 서구에서 필요성이 이미 인정된 것을 받아들이는 데 주저한다.

___ **가상공간과 해방구 의식 영향** 온라인 구애는 다른 문제이다. 가

상공간은 SAS 테스트의 술 항목에서는 당연히 불합격 판정을 받았다. 물론 실제 술을 제공할 수야 없지만 가상공간 구애는 나름의 무언가를 제공하긴 한다. 그러나 사교성에서는 다른 항목보다 아주 높은 점수를, 공통 화제에서는 더욱더 높은 점수를 받았다. 가상공간에서는 영국의 현실 공간의 환경과는 다르게 전혀 모르는 사람과 대화를 나누는 것이 정상이고 심지어 장려된다. 공통 관심사는 소셜미디어 사이트 가운데 적당한 인터넷 카페나 포럼, 온라인 데이트 에이전시 중에서도 특별한 사교, 문화 그룹에 가입하면 훨씬 더 쉽게 나눌 수 있다.[113] 혹은 관심사가 상세히 분류된 온라인 데이트 에이전시 인적 사항을 보고 가능성이 높은 사람을 선택하면 된다. 인터넷이 실제 세상과 조금 분리돼 있다는 선입관이 주는, 보통의 사회적 속박과 제한이 적용되지 않는 가상공간의 '해방구 효과로 인한 탈억제력'은 술이 주는 탈억제의 힘과 같다. 사교 장애가 있는 영국인이 구애 활동을 하는 데 이상적인 환경을 만들어준다. 그래서 인터넷은 SAS 테스트를 우수한 성적으로 통과했다. 그래서 우리들 중 다섯 명 중 세 명이 온라인에서 파트너를 발견해 행복하게 구애하고 만나는 중이다. 결혼한 커플 가운데 17퍼센트가 이런 과정을 거쳤다 (이 숫자는 증가 추세에 있어 당신이 이 책을 읽을 때쯤이면 훨씬 더 높아졌을지도 모르겠다).

---

113 온라인 중매 에이전시들은, 결국 상대를 찾는 사람들은 천성적으로 '동종수정endogamous'의 사교를 원한다는 사실을 결국 알게 되었다. 사람들은 사회 문화 배경이 동일한 상대를 만나 결혼하려 한다는 사실 말이다. 그래서 특별한 사이트를 따로 만든 것이다. 나는 수년 전 사적으로 주문받은, 그래서 발표하지 않은 보고서에서 이 점을 예상했고 권했더랬다. 나는 사업 안목은 맹탕이라 이런 종류의 웹사이트를 내가 만들어봐야겠다는 생각은 전혀 해본 적이 없다. 얼마나 바보 같은가!

예의상 유혹의 규칙

내 영국인 제보자가 알아챈 바에 의하면 "기혼자도 일종의 정신적인 유혹을 할 수 있다. 어떤 경우는 기대도 하고 심지어는 공손해야 한다는 이유 때문에 유혹을 해야 하는 경우도 있다".

이는 불문율이 규정하는, 내가 '예의상 유혹'이라고 부르는 특수하고 안전한 오락이자 유혹 행동의 하나이다. 이는 주로 남자들이 정중한 방식으로 여자에게 가벼운 추파를 던지는 행동이다(여자들도 어느 정도는 이렇게 하지만 더 조심하는 경향이 있다. 남자들은 이런 신호를 오해하는 성향이 더 강하기 때문이다). 예의상 유혹은 영국을 비롯한 유럽 대륙에서 흔하다. 그러나 조금 미묘한 차이가 있다. 영국 남자들은 조금 장난기가 섞인 놀림 쪽이고, 유럽 남자들은 친절하고 정중한 칭찬 쪽이다. 미국인들은 이 예의상 유혹 두 가지를 모두 진짜로 믿는 경향이 있다.

불확실의 규칙

영국 남자는 여자에게 정말 관심이 있더라도, 분명히 전달하기를 꺼린다. 우리가 정리한 바 영국 남자는 첫째, 실력이 없는 유혹자로서, 어색하거나 말이 없고 우둔하거나 촌스럽다. 둘째, 데이트라는 개념에 조금 불편해한다. 한 여자와의 만남을 데이트라고 규정하면 이는 너무 솔직하고 공식적이며 분명하고 애매하지 않아서 불편하다. 자기 카드를 다 보여주는 것은 창피한 일인데, 선천적으로 조심스럽고 에둘러 접근하는 쪽을 선호하는 영국 남자로서는 당연히 내키지 않을 것이다.

심지어 술이 취한 상태에서 접근한다 해도 차라리 '성교shag'(이
와 비슷한 단어든)라는 단어를 쓰면 썼지 데이트라는 단어는 쓰지 않
는다. 이 성교(혹은 bonk, hook up, pull 같은 단어들)라는 단어가 분명
데이트라는 단어보다는 훨씬 더 노골적이니 아주 이상하게 들릴지
모른다. 그러나 맥주에 취한 영국 남자의 논리로는 이쪽이 훨씬 더
이치에 맞다. 여성에게 성교(혹은 어설프게 키스를 하려고 든다든지 손
으로 더듬으려 한다든지)를 하자고 말하는 것은 저녁이나 커피를 함께
하자는 초대보다 어째 덜 개인적이고, 내밀하지 않고, 창피하지 않
다는 것이다.

영국 남자는 목적을 달성하기 위해 (성적이든 사교적이든) 확실
한 초대를 하지 않는다. 애매모호한 힌트와 완곡한 수단으로, 심지
어 잘 알아채지 못하고 지나칠 수 있는 표현을 통해 목적을 이루어
야 이상적이다. 혹은 너무 성적으로 (그러나 전혀 로맨틱하지 않은) 노
골적이어서 잘못되었을 때는 술이 취해서 저지른 아무 뜻 없는 실
수거나 농담이라고 둘러댈 수 있을 정도로 말이다. 불확실의 규칙은
몇 가지 이점이 있다. 영국 남자는 감정을 표현하지 않아도 된다. 너
무 일찍 '깊은 관계'로 복잡하게 얽히는 쪽을 피한다(이 단어를 데이
트보다 더 싫어한다). 그는 감상적인 언행을 할 필요도 없으니 말없이
남자의 위엄을 지킬 수 있다. 무엇보다 중요한 것은 분명하고 직접
적인 말로 유혹하지 않았으니 직접적인 말로 거절당할 일도 없다는
점이다. 어찌 되었건, 맥주에 취해서 여성에게 달려들다 귀싸대기를
맞았거나 밀려났어도 커피 한잔 하자는 데이트 신청에 정중하게 거
절당하는 것보다는 덜 창피스러워한다는 말이다(이것은 다음 날 아
침 동료들과 둘러앉아 어제 저녁 사건을 분석하는 경우에 해당되는 일이다.
'어제 그 여자하고 어찌어찌 해보려고 했는데 말을 안 들어서…', 이건 적어
도 건들거리는 젊은이다운 말이지만 '그녀에게 커피 한잔 하자고 했다가 거

절당했다'라고 하면 불쌍한 인간 취급을 받기 때문이다).

영국 여자들도 이런 어정쩡하고 이중적인 유혹에 익숙해져 있다. 심지어 신호를 정확히 읽기 어려워 남자가 보낸 이상한 힌트와 모호한 행동을 해석하려고 여자 친구들과 오랜 시간을 허비한다. 그러나 영국 여자도 이 불확실 규칙에서 얻는 게 있다. 비록 남자들보다는 감정 문제에 조금 덜 예민하지만, 여자들도 쉽게 창피해한다. 그리고 갑작스러울뿐더러 주체할 수 없는 애정 표현은 피하고 싶어한다. 불확실 규칙은 남자에게 호감을 표하기 전에 상대의 의중을 가늠해볼 시간을 허락해준다. 게다가 여자들도 상대를 거절하면서 굳이 큰 소리로 얘기할 필요는 없다.

어쨌든 외국 여성들은 종잡을 수 없고 불분명한 영국 남자들의 유혹 때문에 상당히 혼란스러워하고 짜증을 낸다. 나의 외국 여자 친구들과 제보자들은 부끄러움, 거만함 혹은 억눌린 동성애 성향 등에 기인한 듯한 일인다역의 영국 남자들 행동에 불평과 분노를 늘어놓는다. 외국인 친구들은 영국인의 유혹은 서로 체면을 구기지 않기 위한 게임 방식으로 진행되는 일인데 이걸 이해하지 못한다. 이 유혹의 주된 목적은 섹스 파트너를 구하고, 잘못되었을 경우 무례와 창피를 피하는 것이다.

이 게임에서 무례를 피하려는 행동은 영국인의 소극적인 공손함의 또 다른 예이다. 소극적인 공손함은 상대방을 방해하거나 강요하지 않으려 할 때, 적극적인 공손함은 당사자가 제안을 받아들여 동참하기를 원할 때 표하는 것이다. 영국 남자들의 조심스럽고 신중하고 애매모호하고 억제된 방식의 괴상한 유혹 행위는 외국 여자들이 불평하는 특이한 형태의 소극적인 공손이다. 창피를 피하려는 우리들의 유혹 게임은 이기심의 발로인 듯하다. 그러나 어느 정도는 예의라고 봐도 될 것 같다. 불확실 규칙에 따르면 매력을 발산하거나 거절을 하거나 무언가를 시도하거나 물러나는 행동들이 죄다 분명치 않고 애매모호한 힌트에 불과하다. 그러니 양쪽 모두 체면을 구긴 것은 분명 아니다. 유혹은 여느 스포츠와 마찬가지로 페어플레이 규칙이 적용되는 게임이다.

야유의 규칙

다른 문화권에서는 유혹과 구혼은 칭찬을 주고받는 것을 의미하나, 같은 상황에서 영국인들은 모욕을 주고받을 가능성이 높다. 물론 거짓 모욕이지만, 말로 하는 상호접촉 중에서 가장 인기 있는 방법(일종의 불평하는 방식)이다. 이는 유혹 방식으로도 가장 인기 있다. 유혹을 위한 야유의 요소들은 아주 영국적이다. 유머, 특히 빈정거림, 말장난, 논쟁, 냉소, 거짓 공격, 야유, 에두른 표현 등 우리가 좋아하는 모든 것이 포함되어 있다. 야유에는 우리가 싫어하는 것은 모두 빠져 있다. 감정, 감상, 진지함과 명확함.

유혹의 야유 규칙에 따라 당사자들은 털어놓고 싶어도 부끄러워서 말 못 하는 진심을 전할 수 있다. 사실은 정말 하고 싶은 말을 반대로 얘기하게 된다. 영어는 그런 면에서 최고의 언어다. 다음은 버스에서 만난 십대들의 전형적인 유혹 대사를 축약한 것이다. 친구들이 다 보는 데서 일어난 일이다.

"너 그 셔츠 허락받고 입는 거야? 아니면 그냥 내기 때문에 입는 거야?"

"허, 누가 지껄이는지 한번 봐라! 속옷 보인다, 갈보 같은 년!"

"이건 티팬티거든, 멍청아! 이젠 그 차이를 알겠어? 여기가 네 까짓 게 가까이 올 수 있는 한계야."

"내가 그걸 원한다고 누가 그래? 내가 널 좋아한다고 누가 그래? 넌 정말 갈보 같은 년이야!"

"그래도 불쌍한 변태보다는 낫지!"

"여우에다 암캐 같은 년!"

"변태!"

"갈~, 어~, 나는 여기서 내려야 하는데, 너 나중에 나올 거지?"

"그래, 아마 8시쯤."

"그래."

"안녕."

친구들의 대화로 미루어 이 둘은 지난 얼마간 서로 매력을 느끼다가 드디어 제대로 같이 놀기로 한 것 같다(데이트를 영국식으로 아주 모호하게 시작했다). 이렇게 하여 머지않아 한 쌍이 맺어지는 것이다. 내가 이 두 사람의 친구들 대화를 듣지 못했더라도 이렇게 주고받는 모욕이 전형적인 유혹의 대화임을 알아챘을 것이다. 아마도 내가 들은 최고로 재치 있고 분명한 유혹의 대화는 아니었는지 몰라도, 정상적이고 별 특기사항이 없는, 일상적인 유혹의 한 장면이다. 이걸 자세히 적은 이유는 바로 그때 유혹에 관한 연구를 하고 있었기 때문이다. 이는 설득하는 순간의 전형적인 모습이다.

내가 본 바로는 영국 십대들은 특수한 단체 유혹도 한다. 한 무리의 남자아이들이 비슷한 수의 여자아이들과 주로 성적인 모욕이 담긴 야유를 주고받는 것이다. 이런 단체 유혹은 특히 북부 지방 노동계급 아이들 사이에서 아주 흔한 일이다. 나는 거기서 길을 사이에 두고 마주 서서 유혹에 해당하는 모욕을 주고받는 젊은 남녀들을 보았다. 영국 십대와 이십대는 이 특이한 집단 유혹을 외국 휴양지에서도 즐긴다. 넋을 잃고 쳐다보던 현지인들은 어떻게 저렇게 목쉰 야유와 악담 퍼붓기가 사랑과 결혼의 서곡이 될 수 있는지 궁금해한다(나는 스페인과 그리스 휴가지의 똑똑한 현지인 남성들에게 말도 못 하게 감탄한 적도 있다. 그들은 젊은 영국 여자들이 평범한 유혹에 감동할 거라고 생각하고 접근해서 촌스러운 영국 남성들한테서 그녀들을 낚아채는 데 성공했기 때문이다).

나이 많은 성인들의 경우 젊은이만큼 심하게 모욕적이지는 않지만, 비꼬기, 모욕하는 척하기 등을 써먹는다. 영국 여성들은 아마도 뒤틀리고 애매모호하기보다 좀더 기사도에 입각한 정중하고 친절한 유혹 방식을 선호할 것이다. 그러나 야유의 규칙은, 남자들보다 훨씬 덜 억제되고 사교술도 뛰어난 여성들보다는, 불확실 규칙에서 보듯 감정적으로 숫기가 없고 사교 장애가 있는 영국 남성의 감수성에 잘 맞춰져 있다. 우리 여성들도 이 규칙에 맞추는 데 익숙해져 있어서 무의식중에 잘 따른다. 우리는 논쟁이 영국 남성들의 친교 수단임을, 따라서 야유도 그들에겐 익숙하고 편안한 친근감을 표현하는 방법임을 안다. 우리는 또 한 남자가 계속해서 야유하고 놀리는 이유는 상대를 좋아하기 때문이라는 사실도 안다. 만일 화답하고 싶으면 야유와 악담을 고스란히 돌려주시라, 이것이 가장 좋은 방법이다.

불확실 규칙 때문에 외국 여성들은 영국 남성의 이런 괴상한 접근을 도무지 이해할 수 없어 어리둥절해하거나 나아가 이런 야유를 무례라고 느끼기도 한다. 그래서 나는 '바보 같은 소'라는 욕이 정말 사랑의 부름이 될 수도 있고, 야유하는 중에 내뱉는 '당신은 정말 내 타입이 아니다'라는 말도 분위기에 맞는 목소리로 하면 청혼을 받아들이는 대답이 될 수도 있음을 애써 설명해야만 했다. 영국 남자는 절대 단도직입으로 칭찬하거나 정식으로 데이트 신청을 안 한다는 얘기는 아니다. 어색하게나마 그렇게 하고 청혼도 한다. 그러나 동일한 결과를 얻을 수만 있다면 애매모호하고 완곡한 방법을 택할 것이다.

남자들의 친교 규칙과 여자 구경하기 의례

영국 남자들이 능숙하지 못하고 짝짓기에 서툴러도 남자들의 친교에 관한 한 누구에게도 안 진다. 동성애 얘기가 아니고, 남자들의 친교와 우정을 말하는 것이다. 인간 사회에서 어떤 형태로든 남자들은 서로 친교 행동을 하는데, 거기에는 보통 클럽, 단체, 기관이 개입된다(예를 들면 세계적으로 유명한 런던의 신사 클럽들이다). 이는 여자들을 제외하고 실행되는 특수한 의례 같은 것이다.

    이러한 남자들만의 친교 필요성은 여자들과의 섹스 필요성만큼이나 강렬하다고 알려져 있다. 일반적인 영국 남성의 친교 욕구는 경우에 따라서는 섹스보다 더 강렬하다고 한다. 영국 남자의 이성애 욕구에 무슨 문제가 있다는 말이 아니고 그들은 남자들과 있는 것을 더 좋아한다는 뜻이다. 이것은 비밀스러운 영국 남성의 동성애 얘기가 아니다. 게이들은 마음에 안 맞는 남자들과 있기보다는 여성들과 있는 편이 훨씬 더 편안하고 즐겁다고 한다. 그러나 영국 남성들은 친교 의례에서 자신들의 남성미와 이성애를 증명하는 데 전념하는 듯하다.

    그런 의례 중에서도 여자 구경하기가 첫손 꼽힌다. 영국판은 상당히 오래된 것이긴 하나, 어느 나라에서든 남자들은 오락 삼아 지나가는 여자들의 몸매를 품평할 것이다. 관심만 있다면 세계 어느 퍼브, 바, 카페, 나이트클럽, 길거리에서든 다양한 형태로 그런 일을 경험할 수 있다. 물론 이제는 짐작하겠지만, 영국 스타일은 암호로 이루어진다. 아주 소수의 어구들은 설명을 듣기 전에는 거의 알아듣기 힘들다. 어쨌든 암호는 해독하기 그리 어렵지는 않다. 모든 표준 문장은 두 가지 범주에 들어간다. 승인(여자가 매력적이다)과 비승인(매력적이지 못하다).

가장 전형적인 배배 꼬인 영어로 지나가는 여자에게 던지는 한마디를 가장 재미있어한다. "네 것이라고 너무 좋아하지 마!" 여자 두 명이 들어올 경우 가장 일반적으로 쓰는 표현인데, 매력이 좀 떨어지는 여자를 보고 하는 말이다. 이는 두 사람의 차이를 안다는 진술이자 매력이 적은 여자를 '네 것'으로 지정함으로써 더 매력 있는 쪽이 자기 것이라는 주장이다. 이 촌평은 여자 두 명이 지나가는 경우에 쓰도록 만들어진 것이다. 그러나 동행한 여자가 있건 없건, 혹은 다른 쪽 여자가 더 매력이 있고 없고에 상관없이, 지나가는 여자의 매력 없음을 지적하여 동료 남자의 시선을 끌기 위해서 사용된다. 내가 버밍엄 근처의 퍼브에서 보고 기록한 것이다.

> 남자 1: (여자 넷이 퍼브 안으로 들어오는 것을 흘끗 보고는) "네 것이라고 너무 좋아하지 마!"
> 남자 2: (머리를 돌려 여자들을 보고 나서, 얼굴을 찡그리면서) "에이, 어떤 걸 얘기하는 거야?"
> 남자 1: (웃으면서) "상관없어, 이 친구야! 그냥 아무거나 골라. 다 네 꺼야!"
> 남자 2: (마지못해서 웃는다. 이번에는 선수를 뺏겨 점수를 좀 잃어서 김이 좀 샌 듯하다.)

이런 유의 촌평 중 수수께끼 같은 문장은, "저중에 1파운드짜리는 별로 없겠네?"이다. 이는 여성의 가슴이 평균보다 크다는 얘기이다. 여기서 파운드는 화폐 단위가 아니고 무게 단위이다. 그래서 이 문장의 뜻은 채소 가게의 저울에 달았을 때 저기 있는 가슴들 중에 1파운드에 해당하는 것이 별로 없다는 뜻이다. 가슴이 클 경우 무게는 당연히 1파운드가 넘을 것이므로 이는 사실 과소평가인데 너무 따지지 말기로 하자. 어느 경우에도 이는 호평을 한 것이다. 영국 남자들 사이에서 큰 가슴은 무조건 좋은 것이기 때문이다. 심지어 작은 가슴을 좋아하는 사람도 큰 가슴이 좋다는 데 무조건 동의해야 할 의무를 느낀다. "1파운짜리는 별로 없겠는데"라고 말할 때는 무언가를 손에 올려 무게를 재는 시늉을 한다. 손을 자기 가슴 앞에 대고 손바닥은 위로 하고 손가락은 약간 안으로 구부려서 아래위로 올렸다 내렸다 하면서. 다음은 런던 퍼브에서 들은 대화이다. 흡사 코미디 한 장면 같은데, 실제 일어난 일이다.

> 남자 1: (가슴이 멋진 여자를 보고 한마디 한다) "아이구, 저 중에는 1파운드짜리는 별로 없겠네?"
>
> 남자 2: "쉿! 요즘은 그런 말 해서는 안 돼! 지금이 어떤 세상인데 그래."
>
> 남자 1: "뭐라고? 여성인권론자 경찰처럼 거지같은 소리 하시네! 나는 여자 젖꼭지도 입에 올릴 수 있어!"
>
> 남자 2: "아니, 여성인권론자 얘기가 아니고, 무게와 단위에 관한 얘길세. 이제 파운드라는 말은 못 쓴다구. 미터법 몰라? 킬로그램이라고 해야 돼! 킬로그램!"

자기만족에 빠져든 표현으로 보아 남자 2는 코미디언 역할에 매료된 것 같은데 이 유머를 써먹으려고 상당히 오래 기다린 모양이다. 그런데 자신의 재치에 너무 크게 웃고 쓸데없이 한마디를 더해 망쳐버린다. "흐음, 브뤼셀에서 온 새 규정, 알아? 우리는 이제 '저중에는 1킬로그램짜리는 별로 없겠네?'라고 해야 돼, 알았어? 킬로그램!"

"난 기꺼이!"는 일반적으로 승인을 의미한다. 관찰하고 있는 여자와 기꺼이 섹스를 할 수 있다는 뜻이다. "딱 열 잔 감인데"는 경멸의 촌평인데, 저 여자와 자려면 큰 맥주잔으로 열 잔은 마시고 취해버려야 생각이라도 해보겠다는 뜻이다. 두 명 혹은 여러 영국 남자들이 '여섯' '넷' '둘'이라는 단어들을 입에 올리면서 지나가는 여성들을 자세히 살펴보는 광경을 볼 수 있을 것이다. 그건 10점 만점에 몇 점을 준다는 뜻이 아니고 술을 몇 잔 마셔야 저 여자와 잘 수 있을지를 생각이라도 해보겠다는 얘기다. 어떤 여자도 미인대회 심사위원으로 자천한 그들을 전혀 돌아보지 않으리라. 여자 구경하기 의례는 남자들의 허세이자 순전히 자기네들끼리 즐기기 위해 하는 짓이다. 이런 표준 문장들을 반복함으로써 이 의례 참가자들은 남성미와 활기찬 이성애 성향을 다시 한 번 확인하는 것이다. 원하기만 하면 자신들이 관찰하는 여자쯤은 언제든 고를 수 있다는 무언의 양해가 전제되어 있다. 이런 집단 망상을 부추기는 공모는 여자 구경꾼들 사이의 친교를 강화한다.

계급의 규칙

계급 내 결혼 규칙

우리 삶의 모든 면에서 그러하듯 영국인의 섹스도 계급 규칙에 따라야 한다. 비공식적인 계급 내 결혼 규칙을 한번 보자. 다른 계급과 결혼하는 것은 금지 사항은 아니지만 권장하지 않고 실제로 많이 일어나지도 않는다. 물론 예외는 있고 옛날보다 흔해진 것은 사실이다.

그러나 상류층과 하류층 사이의 결혼은 지금도 대단히 드문 편이다.

로맨스 소설 작가 바버라 카틀랜드Barbara Cartland와 소설가 겸 극작가 우드하우스P.G. Wodehouse 소설 말고는 현실에서 공작과 백작의 아들이 하찮은 하녀를 위해 가족을 버리지는 않을 것이다. 상류층 남자가 성적 모험을 하거나 노동계급 여자에게 미칠 수는 있지만, 결국 이사벨라, 헨리에타, 크레시다(동화책 별명의 피기와 티기 식의)라는 이름의, 글로스터셔에 있는 큰 집에서 래브라도 개와 말과 함께 자란 여자와 결혼한다. 반면에 헨리에타와 크레시다도 반항적인 젊은 시절 한때 제이든 혹은 대런과 사귀기도 하겠지만, 어머니 말마따나 정신이 돌아오면 자신과 배경이 비슷한 사람과 결혼한다.

그럼에도 영국에서 계급 구성원이 서로 섞이는 가장 중요한 계기는 여전히 교육과 결혼이다. 이 둘은 거의 연결되어 있다. 대학은 사회계급이 다른 젊은이들이 동등하게 만나(영국 왕세손 윌리엄과 케이트 미들턴의 경우가 분명한 예이다) 짝을 찾을 수 있는 몇 안 되는 장소이다. 심지어 여기서도 다른 계급 사이에 결합하는 예는 별로 많지 않다. 정기 조사에 의하면 대학에 진학한 영국인은 뛰어난 요령으로 사회적 배경이 같은 친구들을 골라서 사귄다.

그러나 이런 동물적인 본능이 있음에도 사회 배경이 다른 학생들이 세미나, 수업, 스포츠, 연극, 음악 같은 활동을 통해 한데 섞이게 마련이다. 어느 중상층 여학생에 따르면, 심지어 일부 학생들은 일부러 가정환경이 비슷한 사람들을 만나지 않으려고 노력한다.

계습 상승 결혼 규칙

노동계급 지식인 남자는 약간 반항적인 중상층 여자에게 매력을 느끼는 경향이 있어서 그녀와 결혼한다. 비록 많은 예외가 있겠지만, 이런 결혼은 여자가 상위 계급과 결혼하는marrying-up 반대 경우보다 성공률이 상당히 낮은 편이다. 왜냐하면 불문율에 따라, 신분이 낮은 쪽이 높은 쪽에 취향과 매너를 맞추어야 하는 등 더 많이 타협하고 조정해야 하기 때문이다. 그런데 위로 이동하는 여자는 남자에 비해 큰 불만이 없이 기꺼이 따르려 노력한다는 것이다.

노동계급 남자가 상위 계급과 결혼할 때는 쉽게 없어지지 않는 속물주의와 성차별 때문에 문제가 발생한다. 상위계급과의 결혼 규칙과 전통적인 남성우월주의 규칙에 의하면 여자가 더 적응과 순응을 해야 한다. 교육에 의해 중류층이 된 노동계급 출신 똑똑한 젊은 남자는 특히 대학에서 만난 중상층 여자와 결혼하여 서너 계급 뛰어올랐을 경우 때로는 자기 버릇을 바꾸어야 하는데 이에 대해 호전적이고 반항적인 태도를 보이거나 분개하고 화를 낸다. 예를 들면 저녁 식사를 계속 차tea라고 부르고, 정원에 대초원 풀과 금잔화를 심고, 포크 등에 완두콩 올리기를 거부하고, 처가의 크리스마스 파티에서 일부러 속물근성에 찌든 장모를 창피하게 해주려고 일부러 'sorry(미안합니다)'라고 해야 할 때 'pardon'이라 하고, 'loo(화장실)'라고 해야 하는데 'toilet'이라 하고, 'napkin(식탁용 종이)'이라고 해야 할 때 노동계급 식으로 'serviette'라고 한다. 새로운 신분에 기꺼이 적응한 남자의 경우는 이제 자신의 부모 때문에 문제가 생긴다. 여기서는 서로 창피해하고 화를 낸다. 이렇게 되면 속수무책이다.

상위 계급으로 이동한 여자는 보통 좀더 순응해서 끼어들려 노력하는 편이다. 남편 계급의 악센트, 단어, 취향, 버릇, 매너를 배우려고 많은 노력을 기울인다. 그렇게 열심히 노력하고 갈망하는 중에도 제일 중요하고도 미묘한 차이를 놓치고 만다. 맞는 옷을 입어도 틀린 종류를 섞어 입고, 맞는 단어를 써도 틀린 상황에서 쓰고, 맞는 꽃을 심는데 틀린 화분에다 심는 등 이것저것이 섞인 중상층 생활을 하는 것이다. 이런 식으로 금세 신분이 탄로 나고, 시부모들을 창피하게 만들며, 친정 부모들은 소외시킨다. 지나치게 노력하느니 차라리 아무것도 안 하느니만 못하다. 그리고 이는 진지하지 않기 규칙에 대한 심각한 도전이다.

아예 정반대 계급과 결혼하는 경우는 차라리 긴장과 대립이 없을 수도 있다. 영국인들은 자신보다 아예 먼 경우보다는 한 단계 아래 계급을 더 경멸하는 경향이 있다. 예를 들면 중상층은 노동계급보다 중중층의 취향과 버릇을 더 거만하고 가차 없이 무시한다. 이 두 계급의 경계에는 수많은 지뢰들이 묻혀 있어 탈 없이 지나기 정말 어렵다.

'노동계급의 특별한 힘'이라는 신화

일부 중상층 여자들이 노동계급 남자들에게 매료되기도 한다. 노동계급 남자가 중상층이나 상류층 남자들보다 더 강력하고 박력 있으며 사랑도 잘한다는 널리 퍼진 속설 때문이다. 증거는 없다. 노동계급 남자는 상위 계급들보다 좀더 일찍 섹스를 시작한다고는 한다. 그렇다고 다른 계급 남자보다 더 섹스를 많이 한다든지 능숙하다고 믿을 이유는 없다. 천한 신분 남자들이 성적으로 더 강하고 억제되어 있지 않다는 속설은 D.H. 로렌스나 존 오스본John Osborne의 책을 읽은 중류층 사이에 퍼져 있는 신화이다. 다른 이유로는 포르노 영화들이, 중류층 여자들이 온종일 건장한 노동계급 소방수, 건설공사 인부, 배관공과 멋진 시간을 보내는 환상에 빠진다는 신화를 퍼뜨려 이제는 그것이 사실처럼 되어버렸기 때문이다. 이런 노동계급 힘이라는 신화는 최근에 '라드Lad' 혹은 '라드 문화'에 의해 되살아난 것 같다. 이는 전통적으로 노동계급, 남성미의 가치와 흥밋거리(축구, 자동차, 젊은 여자, 맥주 등)를 찬양하는 문화이기 때문이다.

내 생각에는 이 신화의 집요함은 주로 하류 노동계급의 특징인 우둔하고 촌스러운 유혹이 성적 에너지의 상징이라는 잘못된 짐작에 근거를 둔 것이다. 거기에 비해 과묵하고 어색한 매너는 중류층과 상류층 남자들의 전유물로 취급돼버렸다. 이 두 가지 접근 방식 모두 사교불편증과 성적 억제의 증상으로, 둘 중 어느 것도 강건한 힘이나 성적인 능력의 믿을 만한 표시는 아니다. 어떤 경우에도 영국 남성의 접근 양상은 계급에 달렸다기보다는 그가 마신 술의 양과 더 관련이 있다. 모든 영국 남자는 술의 마술 같은 탈억제력을 철석같이 믿고 있다. 상류계급으로 갈수록, 술이 자신들을 여자들이 도저히 저항할 수 없는 촌스럽고 꼴사나운 노동계급의 섹스 화신처럼 만들어준다는 특별한 믿음을 가지고 있다.

그리고 침대로

그렇다면 실제 섹스는? 내가 이 장을 섹스의 규칙이라고 했기에 당신들은 지금쯤 속았다고 느낄 것 같다. 지금까지 유머, 유혹, 같은 계급끼리의 결혼 등을 얘기했는데, 노동계급의 특별한 능력이 가짜라고 폭로한 걸 빼놓고는 영국인이 실제 침대에서는 어떤지를 전혀 얘기하지 않았기 때문이다. 다른 나라에 비해 우리네 성적인 역량이 어떻게 다른지도 얘기하지 않았다.

여기에는 두 가지 주된 이유가 있다. 첫째로 나 자신 영국인이므로 이 모든 일이 개인사 같고 창피하기도 하다. 그래서 질질 끌면서 꾸물대고 있다(당신이 지금 내 아파트에 있다면 난 지금쯤 소심하게 떠듬거리면서 날씨 이야기를 하고는 일어서서 "가서 주전자를 불에 올리고 오겠습니다"라고 할 것이다). 둘째, 자료 문제도 조금 있다. 통상의 조사에서 참가자 관찰은 기막힌 방법이다. 그러나 한 사람의 성생활을 직접 관찰한다? 이건 또 다른 얘기다. 주요 참가자가 현지인을 대표하는 표본들을 비롯해, 우리와 비교해야 할 외국인 표본들과 섹스를 할 수도 없는 노릇이다. 그래서 문화인류학자들은 자신들이 연구하는 사람들과 내밀하게 얽여 들어가지 않을 수 없었다고 한다(아버지는 이를 옛날에는 농담으로 '문화 삽입cultural penetration'이라고 불렀다고 했다). 이는 상당한 비난을 받았지만 내 생각에는 자기 민족문화를 연구한다면 허락될 수 있는 일이다. 그런데 나는 영국인이어서 당연히 영국인 남자 친구들이 있고 외국 친구도 몇 명 있다. 그래도 학문 연구를 위한 표본으로는 불충분하다. 그리고 내 개인의 경험으로 인구의 반인 여성을 대표해서 얘기할 수도 없다.

그러나 이는 상당히 설득력 없는 핑계다. 수많은 사회학자들이 직접 경험하지 않고도 성적인 문제에 대해 아주 자세히 글을 썼다. 나도 충분할 만큼 광범위하게 영국인과 섹스를 하진 않았으나 이 연구를 수행하는 동안 많은 논의를 했다. 우리들의 성적인 태도와 불문율을 어느 정도라도 이해하기 위해, 각계각층의 영국인 그리고 외국인과 대화를 나누었다.

섹스 이야기 규칙

영국인과 성에 관한 얘기를 하기란 쉬운 일이 아니다. 우리가 딱히 고상한 사람은 아니나 이 문제는 우리를 창피하게 한다. 그래서 창피함을 외면하거나 무마하려고 조건반사 같은 농담, 공손한 시간 끌기를 한다. 결국 나의 귀중한 시간이 농담, 야유, 재담, 분위기 전환용 날씨 이야기와 차 끓이기 등으로 낭비되었다. 여기에도 진지하지 않기 규칙이 작용해, 성에 관한 솔직하고 진지하며, 비꼼 없는 대답을 듣는 것 자체가 거의 투쟁이었다.

내 일을 더 어렵게 하는 것은, 여성이 아무리 간접적으로 성에 관한 얘기를 하더라도 영국 남성은 짐작을 해버린다는 사실이다. 이는 성적인 행위의 가능성을, 직접 얘기하지는 않더라도, 넌지시 알리는 거라고 짐작해버린다는 말이다. 미국인 친구 하나가 이 규칙 때문에 문제에 봉착했다. 그녀는 도저히 이해할 수가 없었다. 왜 수많은 영국 남자들이 자신에게 집적대는지, 그리고 갑작스러운 접근을 거절 했을 때 왜 화를 내고 기분 상해 하는지를. 그들이 오해할 행동은 전혀 하지 않았다고 확신하는데도 말이다. 좋은 실험 기회를 잡았다는 생각이 들었을 뿐만 아니라 도와주고 싶어 안달이 나서 나는 그녀가 우리 동네 퍼브에서 남자들과 나누는 대화를 근처에서 듣기로 했다. 그녀는 어떤 사람과 인사를 나눈 지 10분도 안 되어 "내가 첫 남편이 게이임을 알게 된 직후라 나는 자신의 성정체성에 혼란을 느끼기 시작했고…"라는 식의 대화를 하는 것이었다. 나는 그녀에게 이런 내밀한 사생활을 공개하는 것은, 네가 오프라 윈프리의 나라 미국에서 왔다 하더라도, 영국 남자들에게는 문서로 된 초대장이나 마찬가지라고 얘기해주었다. 그녀가 자신의 선천적인 솔직함을 마지못해 조정한 이후부터는 그런 원치 않는 관심은 사라졌다.

나는 '또 한 건 했군' 하고 생각했다. 이건 자신도 모르고 실험 대상이 되어 규칙을 깬 누군가와 함께한 성공적인 규칙 실험이었다. 사실 내가 가장 좋아하는 현장실험 방법이다. 이 실험으로 내가 정확히 밝혀낸 불문율은 확인했다. 하지만 규칙 자체가 내가 찾아내려는 영국인의 침실 버릇을 아는 데는 방해가 된다. 이 난관을 극복하기 위해서는 하던 대로 하는 수밖에 없었다. 날조해서 속이는 것이다. 나는 주로 아는 여자들과 얘기했다. 그리고 이런 종류의 얘기를 해도 오해를 하지 않을 만큼 잘 아는 남자들과도 얘기했다. 여자, 특히 영국 여자들도 사적인 장소에서는 대단히 솔직하고 정직할 수 있다. 애인의 이상한 버릇과 특별한 점, 태도, 그리고 자기 자신에 대해서도 얘기했다. 그래서 나는 양쪽에 대해 많은 것을 배웠다. 솔직히 말하면 나도 남자 친구와 제보자들과 협의를 통해 유용한 정보를 많이 수집했다. 한 남성 제보자로부터는 자신의 생각과 버릇에 대한 귀여운 자아비판을 들었고, 그가 어쩌다 알게 된 영국 여성의 성적인 행동에 관한 백과사전식 지식도 많은 도움이 되었다(MORI 여론 조사의 개인별 샘플을 이용할 수 있었다. 감사드린다).

규칙 제외 구역

20년간 힘들게 요령껏 정보 수집을 했는데 이를 통해 나는 영국인의 성생활에 대해 무엇을 알아냈는가? 사실 좋은 소식이다. 침대는 우리가 모든 억제를 던져버리는 유일한 장소인 것 같다. 비록 임시로라도 여기서는 사교불편증이 마술처럼 치유된다. 커튼을 치고 어둑하게 만들어 옷을 벗으면 우리는 갑자기 진짜 사람이 된다. 어쨌든 다른 인간과 감정적으로 깊은 관계를 맺을 수 있다. 정열적이고, 솔직해지며, 따뜻해지고, 사랑하며, 흥분하고, 충동적으로 행동하기도 한다. 흡사 반려동물과 대화할 때처럼 바뀐다.

이것이 정말 탈억제 행동이다. 규칙이 규제하는, 토요일 밤과 휴가지에서 주정을 빌미로 억제를 벗어버리는 행동 따위가 아니다. 거기서는 단순히 정해진 사회적 역할을, 억제를 벗어버리면 이렇게 행동할 것으로 예상되는 희화화된 삼류배우 노릇을 하는 데 불과하다. 그러나 우리의 성적 탈억제 행동은 진짜다.

우리 중 일부는 이불 안에서는 다른 사람들보다 더 자유롭고 거리낌 없이 행동한다. 침대에서 우리는 우리 자신이 된다. 온갖 섹스 스타일이 나타난다는 얘기다. 즉 수줍어하고, 자신 있어 하거나 없어 하며, 수다스럽고, 조용하며, 서투르고 능수능란하다. 몇몇은 창조적이고 변태적인데 다른 사람들은 평범하고, 일부는 자기가 무슨 거장이나 된 듯한 쌀쌀함도 보이는 등 온갖 변형이 존재한다. 나이, 경험, 개성, 특정 상대를 어떻게 느끼느냐에 따라, 또 그날의 기분 등에 따라 바뀐다. 이런 모든 요인들이 다양한 성적 스타일에 영향을 미친다. 사람을 사귀는 행동을 규제하는 영국인다움의 규칙과도 아무 상관이 없다는 말이다.

성행위로 나아가는 모든 단계는 영국인다움의 규칙에 의해 모양이 갖추어진다. 어디서 파트너를 만나고, 어떻게 유혹하며, 저녁에 무엇을 어떻게 먹고, 어떻게 얘기하며, 어떤 농담을 하고, 무엇을 마시며, 마신 술의 영향으로 어떻게 행동하고, 어떤 차를 타고 집에 가며, 어떻게 운전하는지(혹은 버스와 택시 안에서는 어떻게 행동하고), 또 파트너를 데리고 가는 우리 집과 거기에 대해 어떻게 느끼고 얘기하는지, 우리를 반기는 개와 우리가 듣는 음악은 어떤지, 자기 전의 마무리 한잔은 무엇을 권하는지, 침실은 어떻게 꾸미는지, 어떻게 커튼을 내리고 옷을 벗는지, 우리가 좋아하든 그렇지 않든 그 순간에 이르는 모든 행동이 부분적으로는 숨겨진 영국인다움의 규칙에 의해 정해진다. 우리가 성행위를 하는 도중이라 해서 영국인이라는 정체성을 아예 벗어버리는 것은 아니다. 하지만 그 짧은 시간이나마 우리 행동은 영국식 규칙의 규제를 받지 않는다. 우리도 다른 나라 사람과 같은 본능과 성적 취향을 가지고 있다. 우리가 실제 성행위를 하는 동안 침대는 일종의 치외법권 지역이 된다.

지침서에 따른 섹스 불균형

그럼에도 영국인의 섹스를 몇 가지로 일반화할 수 있을 것 같다. 예를 들면 영국 남자는 미국 남자와는 달리 섹스 테크닉에 관한 자습용 책이나 교범을 잘 읽지 않는다. 영국 여자는 이런 책들을 읽지 않는 대신 잡지를 통해 성 지식을 얻는다. 그래서 최근까지 이렇게 얻은 지식으로 전문가가 된 여자와 이런 책을 전혀 안 읽은 남자들 사이에 약간의 불균형이 있었다.

그러나 요즘은 영국 남성 잡지들에 사진이 들어간 '당신의 파트너를 야성적으로 만드는 방법' '멀티오르가슴에 이르는 세 가지 단계' 등의 기사가 실린다. 당신이 심지어 문맹자라 해도 텔레비전 채널의 심야 성교육 프로그램이나 가벼운 포르노 수준의 모조 기록영화를 보면 된다(이 프로그램은 시청하기 편리하게 퍼브가 문 닫는 시간에 시작한다). 그래서 이제는 우리 영국 남자들도 여자들을 많이 따라잡은 편이다. 젊은 남자들을 비롯해 노년층 일부도 시대에 뒤떨어진 원시인이 아님을 증명하기 위해서는 구강 섹스 정도는 필요사항임을 알게 된 듯하다. 일부는 초보 딱지를 한참 전에 떼고 이제는 올림픽 메달을 받아도 될 정도의 경지에 도달했다.

섹스 후의 영국인다움

성행위 후 혹은 둘 다 곯아떨어진 뒤 맞은 다음 날 아침에 우리는 다시 영국인다운 어색한 상태로 돌아간다. 이런 대화를 나눈다.

"대단히 미안한데, 그런데 당신 이름이 뭐라고 했지요? 어제 잘못 알아들어서…."

"당신 수건을 좀 쓰면 안 될까요?"

"가서 주전자를 좀 올려놓고 올게요."

"노! 몬티 이놈! 내려놔! 우리는 멋진 여성의 브래지어를 먹지 않는다! 그녀가 우리를 어떻게 생각하겠어? 내려놔! 너는 나쁜 개야!"

"미안해요. 이게 좀 타버렸네요. 미안하게도, 토스터가 좀 성질이 있어서…. 정말 월요일은 싫은데, 다른 날도 그렇지만…."

"아이구, 이럴 필요 없는데, 정말 좋네요! 오우, 예스, 차! 정말 좋네. 고마워요!"(이 대사는 적어도 지난밤의 강렬한 즐거움을 반영한 것이다.)

물론 내가 좀 과장했다. 하지만 그렇게 많이 과장하진 않았다. 이건 다음 날 아침에 실제로 오간 대화이다.

영국인의 악덕과 웃기는 엉덩이 규칙

팩스먼은 『영국인 *The English*』에서 성에 관한 장 첫 4쪽를 전부 프랑스인이 '영국인의 악행 le vice Anglais'이라 부르는 성적인 매질(손바닥으로 때리기, 채찍질과 엉덩이 때리기) 이야기로 채웠다. 이 주제에 대한 재미있는 얘깃거리를 조사한 후 "이런 악행이 영국인 사이에 널리 퍼져 있다는 것은 바보 같은 얘기다. 많이 퍼져 있지 않다. 또 실제로는 영국인만 하는 행동이 아니다"라고 했다. 맞는 얘기다(그는 여기서 다른 이야기도 할 수 있었다. 예를 들면 영국인의 악행이라는 이름에 붙은 영국이라는 말도 사실 큰 의미가 없는 것이, 프랑스인은 뭔가 마음에 안 들거나 놀리고 싶은 것이 있으면 아무 데나 영국을 갖다 붙이기 때문이다. 우리도 같은 식으로 프랑스라는 말을 붙이긴 한다. 예를 들면 무단이탈을 프랑스식 이탈 French leave이라 한다. 그들은 영국식 이탈 filer á l'Anglaise이라 부르니 피장파장이긴 하지만. 그리고 우리는 콘돔을 프랑스 편지 French letter라 하고 그들은 영국 외투 capote Anglaise라 한다).

그러나 이런 변태 행위는 영국인 사이에 많이 퍼져 있지 않고 영국인만 하는 짓도 아니다. 그런데 왜 그렇게 많은 책에서 중요하게 다루었는지 모르겠다. 팩스먼은 "그런 매질이 상이고, 고통이며, 쾌락이다. 이런 행위는 영국인의 위선과 관련이 있다"고 말한다. 아마 그럴 수도 있겠지만 팩스먼이 왜 섹스에 관한 장을 영국만의 악행이랄 수도 없는 걸로 시작했는지 간단히 설명할 수 있을 듯하다. 영국인이 성에 관해 얘기할 때는 유머가 반사적으로 튀어나온다. 우리는 또 엉덩이를 원래 우스워한다. 그러니 당신이 성에 대해 얘기해야 한다면, 엉덩이에 대한 우스개를 하면 일거양득이다.[114]

대중지 3쪽과 야하지 않은 가슴

이제 가슴으로 옮겨가자. 왜냐하면 우리는 그것에도 즐거워하기 때문이다. 팩스먼이 "영국 남자들은 가슴에 강박관념을 갖고 있다"라고 했다. 매일 대중지 3쪽에 줄지어 나오는 가슴 사진들을 이런 집착의 증거로 언급했지만 나는 별로 동의하지 않는다. 가슴은 두 번째 성적 상징으로, 남성들이라면 누구든 이를 보고 싶어 한다. 잡지에서뿐만 아니라 직접 보고 싶어 한다. 영국 남자들이 유별나게 미국, 오스트레일리아, 스칸디나비아, 일본, 독일 남자들보다 더 여자 가슴에 집착한다고는 생각하지 않는다. 대중지 《더 선》의 3쪽에 매일 나오는 여자 가슴 사진을 비롯, 비슷한 신문들에 비슷한 사진이 실리는 것은 어쨌든 영국적인 현상이다. 사실 좀더 자세히 들여다볼 가치가 있다고 생각한다.

MORI의 전국 조사에서 영국인의 21퍼센트만 3쪽에 실린 가슴 사진이 비도덕적이라 했다. 언론에 나오는 섹스 기사에 대한 항의 중 맨 가슴을 드러낸 3쪽이 가장 적은 비난을 받았다. 여자들 사이에서도 단지 24퍼센트만이 도덕적인 면에서 3쪽을 문제 삼은 데 비해 46퍼센트는 신문·잡지 판매점에서 가벼운 포르노 잡지를 파는 데 반대했다(예를 들면 비슷한 사진을 싣는 《플레이보이 *Playboy*》 같은). 그리

---

114 내가 이런 트집 잡기를 하는 이유는 팩스먼에게 결례를 범하기 위해서가 아니라는 점을 강조하고 싶다. 차라리 그 반대이다. 그의 책은 훌륭해서 트집 잡을 가치가 있어서 하는 일이다.

고 54퍼센트는 극장에서 도색영화를 상영하는 것은 비도덕적이라고 했다. 그렇다고 24퍼센트를 제외한 나머지 76퍼센트의 여자들이 3쪽을 보고 즐긴다는 얘기는 아니나, 많은 여자들이 이를 포르노 사진이라고 보지도 않는다. 이것들이 가벼운 포르노 잡지와 같은 수준의 사진임에도 이를 무해하다고 본다.

　나는 이 통계를 보고 호기심이 생겼다. 그리고 왜 이 3쪽이 가벼운 포르노 잡지들과 다르다고 생각하는지를 알고 싶어 물어보기 시작했다. 비록 조사 대상자 숫자는 MORI 여론조사에 비해 아주 적었지만, 비율은 거의 비슷하게 나왔다. 5분의 1 정도의 응답자만 3쪽의 노출 사진에 반대했다. 제보자들 가운데 여성 인권 보호자들마저 3쪽에 대해서는 큰 분노를 못 느끼는 듯했다. 왜 그런가? "왜냐하면 3쪽 여자들은 내 생각에는 조금 농담 같아서 말이야" "심각하게 여길 게 아닌 듯해서" "오, 우린 이미 거기에 너무 익숙해서" 등의 반응을 보였다. 상당히 식견 있는 여성 한 분은 "3쪽은 해변가 휴양지의 재미있는 사진엽서 같아서"라고 하면서 "그냥 좀 바보 같은 것인데, 어리석은 해설에다 형편없는 동음이의어 하며, 이런 걸로 불쾌해하면 좀 우습지요"라고 말한다. 한 십대 여자애는 말하길 "사람들이 인터넷에서 다운로드 받는 동영상에 비하면, 혹은 텔레비전에 나오는 것에 비하면 정말 순수하지요. 이건 그냥 좀 즐겁고 재미있는 옛날 물건 같네요."

　내가 3쪽에 대해 물은 사람들은 거의 전부, 심지어 반대하는 소수의 사람들조차 대답할 때는 웃거나 미소를 띠고 있었다. 눈을 치켜뜨고 머리를 흔들면서도 좀 체념하듯이 관용한다는 반응을 보였다. 흡사 아주 작은 잘못을 저지른 장난스러운 아이나 반려동물을 대하는 태도였다. 3쪽은 전통이고, 명물이다. 그리고 〈아처 The Archer〉[BBC 라디오의 60년이 다 되어가는 연속극으로 어느 시골 가족의 이야기를 담고 있다)나 비 오는 휴일처럼 우리를 안심시키고 친근하다. 오웰은 "영국 노동계급은 음담패설에 푹 빠져 있다"라고 하면서 "천하기 짝이 없는" 노골적인 코믹 우편엽서를 언급했다. 3쪽에 실린의 유치한 동음이의어, 말장난, 중의어로 도배된 설명은 맨 가슴처럼 이미 하나의 전통이 되었고, 섹스는 약간 농담 같고 너무 심각하게 받아들이면 곤란하다는 사실을 상기시킨다. 3쪽에 실린 젖꼭지와 동음이의어를 포르노로 보기는 상당히 어렵다. 더군다나 장난스러운 해변가 엽서에 나오는 가슴 사진과 동음이의어 말장난 그리고 〈캐리 온〉보다 더 심한 포르노라고는 절대 말할 수 없다. 심지어 섹시하지도 않다. 3쪽 내용은 너무 바보 같고, 만화처럼 우스우며, 섹시하기에는 너무 영국적이다.

"영국인은 성교는 하는지 몰라도 성애erotic의 나라는 아니다"라고 조지 마이크가 1997년에 얘기했다. "유럽인에게 성생활이 있다면 영국인에겐 뜨거운 물병이 있다"던 원래 주장(1946년)보다는 많이 개선된 것이다. 그래도 아직은 우리들 비위를 맞추려 하진 않는다. 마이크의 말은 일리가 있고 나는 그걸 3쪽에서 확인했다. 오로지 영국인만이 매혹적인 반라의 여자 사진을 3쪽처럼 전혀 성애적이지 않게 만들어버리는 재주를 가지고 있다.

섹스의 규칙과 영국인다움

이 모든 것은 영국인다움의 어떤 면을 얘기해주는가? 여기서도 익숙한 혐의 항목들이 나타난다. 유머, 사교불편증, 위선, 페어플레이, 계급의식, 예의, 겸손 등등. 좀더 명확히 해둘 것이 있으니, 이런 특징들이 서로 연결되지 않은 채 따로 존재하는 단순한 품성이나 원칙이 아니라는 점이다(오웰, 프리스틀리, 베처먼, 브라이슨, 팩스먼, 줄리언 반스 그리고 다른 목록을 만드신 분들께는 미안한 일이지만). 이것은 분명 일종의 시스템으로 이해해야 할 것이다.

이 장에 나오는 규칙과 행동을 자세히 살펴보면, 거의 모두 두 가지 결정적인 특징이 복합되어 또는 상호작용하여 만들어진 듯하다. 반사작용 같은 유머 규칙은 유머를 사용하는 사례(이것만으로도 결정적인 특징)이고 우리의 사교불편증(또 하나의 결정적인 특징)을 완화하기 위한 것이다.

SAS 테스트에 의해서 발견된 유혹의 장소는 결정적인 특징들이 상호작용하는 곳이다. 우리는 단순히 모이기 위해 모이는데도, 이런 사교적인 이유 말고도 다른 목적이 있다고 가장해야 하는 독신자들의 모임과 중매 회사가 주선하는 맞선, 데이트라는 개념 자체에 불편해하는데 여기에는 사교불편증 위선, 진지하지 않기의 복합 등이 공존한다.

EDM 클럽 이용자들의 슬로건 '섹스는 그만, 우리는 너무 쿨해서'는 단순한 위선이다. 이걸 여기서 언급해야 하는 이유는 내가 상당 기간 의구심을 품었던 바를 확인했기 때문이다. 영국인의 위선은 진정 특별한 종류의 위선이다. 진심으로 남을 속이려는 것이라기보다 자기 자신을 속이려는 무언의 합의나 결탁이라는 점에서 그렇다.

공손한 예의 유혹은 위선과 예의가 합쳐진 것이다. 이 둘은 자주 동행하는 것 같다. '공손한 평등주의'도 위선과 예의, 계급의식이 합쳐진 결과이다.

유혹할 때 적용되는 불확실 규칙은 억압된 동성애 신호는 아니다. 하지만 영국인다움의 세 가지 결정적인 특징, 사교불편증과 예의, 페어플레이가 상호작용해서 만들어낸 것이다. 야유의 규칙은 사교불편증과 유머, 여자 구경하기는 사교불편증과 유머 집단 망상형 위선(영국인 특유의)의 혼합물이다. 계급을 올려서 결혼하기 규칙은 계급의식과 위선의 혼합물이고, 섹스 대화 규칙과 우스운 궁둥이 규칙은 사교불편증과 유머가 합쳐진 것이다.

아직은 좀 거친 느낌이지만, 앞으로 나올 방정식은 상당히 복잡할 것 같다. 우리는 단순한 목록이 아니라 어떤 모양의 도표를 형성해가는 중이다. 생각해보지는 않았지만 이 책을 마칠 때쯤이면 도표 같은 것을 만들 수 있기를 희망한다. 각 요소들의 상호작용과 연결을 드러내 우리 국민성을 그림으로 보여줄 것이다.

마지막으로 3쪽 푸노그래피punography: pun+pornography의 바보 같은 말장난(이것은 전염성이 있는 것 같다. 미안! 나도 금방 말을 만든 것을 보니)은 사진의 섹시함을 약화시키는데, 이 역시 영국인이 유머를 사용하는 방식이다. 이것은 예상되는 창피나 무례를 사전에 중화시킨다. 그리고 사교불편증과 유머와 예의의 혼합물이다. 어떤 문화는 섹스와 성애를 찬양하고 어떤 문화(주로 종교적인)는 검열로 중화시킨다. 다른 문화(미국과 스칸디나비아 일부)는 무표정하고 진지한 '정치적 올바름'으로 중화시킨다. 우리 영국인은 유머로 중화시킨다.

통과의례

나는 이 장을 종교의 장이 아니라 통과의례의 장이라 부르기로 했다. 왜냐하면 대다수 영국인의 삶에서 종교는 거의 무의미하기 때문이다. 성공회 신부가 행하는 의례를 불경하게도 '열고hatching[영세], 짝 맞추고matching[결혼], 보내고dispatching[장례]'라 부르기는 하나 그래도—그보다 못한 작은 의례들을 포함해서—이런 의례는 여전히 중요하다. 솔직한 성공회 신부들은 신자들과 직접 접촉하는 경우는 통과의례인 결혼, 장례식 그리고 이보다 무겁지 않은 유아영세 때뿐이라고 스스럼없이 인정한다. 우리 중 일부는 크리스마스 미사에나 참석하고 그보다 더 적은 사람들이 부활절 미사에 참여하는 것이 고작이다. 우리는 대개 결혼식, 장례식, 유아영세를 할 때 교회에 간다.

기본값 종교

엘리자베스 1세 여왕의 궁중 신하 존 릴리John Lyly는 영국인은 신의 직할교구민이라고 했다. 진짜 그렇다면 전지전능한 신께서는 정말 기이한 선택을 하셨다. 왜냐하면 영국은 지구상에서 가장 종교적이지 않은 나라로 보이기 때문이다. 조사에 의하면 영국인 45퍼센트는 자신이, 거의 대다수가 성공회를 뜻하는데, 어떤 형태로든 기독교인이라고 말한다.[115] 그러나 '당신은 종교적입니까?'라고 물으면 단지 30퍼센트만 그렇다고 답하고, 오로지 14퍼센트만이 정기적으로 교회를 간다고 말한다. 우리들 중 많은 사람들이 기독교 의례의 마지막 행사인 장례식 때만 성당에 간다. 영국인 대다수는 오늘날 영세도 받지 않고(마지막 조사에서는 88퍼센트), 3분의 1 정도만 성당에서 결혼을 하고 40퍼센트는 어떤 방식이든 기독교식 장례를 치르며 우리는 다들 거기에 참석할 것이다. 우리에게 갑자기 신심이 생겨서 종교적으로 행동하는 것은 아니다. 왜냐하면 이것은 최근까지는, 말하자면 기본값이었기 때문이다. 원래의 기본값으로 돌아가듯이, 사전에 정해진 무엇이 없다면 자동적으로 성당으로 돌아간다는 뜻이다. 기독교적 장례식을 하지 않으려면 단호한 노력이 필요했다. 대신에 무엇을 원하는지를 정확히 결정해야 했고 상당히 난처한 혼란

---

115 2004년판에서 나는 훨씬 더 높은 수치를 인용했다. 그러나 이 지금은 수치가 최신 것이다. 그리고 조금 더 믿을 만한 조사 방법에 의한 것이다. 전국 인구조사(여타 죄 중에서도 특히 중한)는 잘못된 대답이 나오도록 종교 질문을 만들었다. 사람들에게 '당신의 종교가 무엇입니까?'라고 했다. 흡사 모든 응답자가 종교를 가지고 있다는 듯이 말이다. 그러고는 그중 하나를 선택할 수 있게 세계 종교를 늘어놓았다. 거기에 비해 영국 사회 행태 조사에서는 예를 들면 '당신은 어떤 특정 종교에 속해 있습니까?'라고 먼저 물은 다음 대답이 '예'로 나온 사람에게만 특정 종교를 선택하게 했다.

을 겪고 성가심을 감수해야 했다. 지금은 다른 방법을 쉽게 이용할 수 있어서, 심지어는 기독교식 장례식마저도 줄어들고 있다. 이런 종교적인 열성이 사그라든 것은 최근 경향이다. 1941년 오웰이 '평민들의 믿음이 미지근해진 지는 벌써 수세기가 되었다. 영국 성공회가 그들을 진정 신자로 둔 적은 결코 없었으며 단순히 시골 지주들이나 교회에 갔다. 그리고 성공회 이외의 종교의 영향은 아주 미미했다'라고 썼다. 나는 영국인들이 교회에 가는 이유는 신앙 때문이라기보다는 사교 활동을 위해서가 아닌가 의심한다.

어찌 보면 영국 성공회는 지구상에서 가장 종교적이지 않은 교회이다. 항상 혼란스럽고, 비행에 관대하고, 정해진 기준 없이 일을 처리하기로 악명 높다. 인구조사서나 신청서에 습관처럼 자신을 성공회Church of England(우리는 말이나 글로 쓸 때면 어디서건 가능하다면 C of E라는 약자를 선호한다. Church라는 단어는 종교적이고, England라는 단어는 애국적이란 이유 때문인 것 같다) 신자라 쓴다고 해서 종교적인 의식이나 믿음이 있는 것도 아니다. 심지어 신의 존재를 믿지도 않는다. 작가 앨런 베넷Alan Bennett이 기도서협회에서 한 말에 의하면, 영국 성공회 안에서는 "신을 믿든 믿지 않든 모두들 이를 논하려 하지 않는데 이는 상당히 안 좋은 취향이다. 누군가 말하기를 영국 성공회는 너무 자의적인 결정을 많이 해서 신자들이 무엇이든 믿을 수 있게 되었다. 그나마 이제는 그 무엇마저도 거의 안 믿지만."

내 가정의家庭醫 대기실에서 있었던 일이다. 12~13살쯤 된 여자아이가 서류를 쓰고 있는데 어머니가 중간중간 도와주고 있었다. "종교? 내 종교가 뭐지? 우리는 종교가 없지요? 그렇지요?" "응, 우리는 종교가 없어. 그냥 C of E라고 써." "엄마 C of E가 뭐야?" "Church of England." "그게 종교야?" "그래 일종의, 아니야, 사실은 아닌데…, 그냥 그렇게 써." C of E는 기본값이다. 이런 선택은 설문지 칸에 있는 '인정하는 것도 아니고 안 하는 것도 아니고'라는 칸 같은 것으로, 성공회는 영적으로 중립인 사람들을 위한 이도저도 아닌 종교인 것 같다.

풍자 잡지 《프라이빗 아이 *Private Eye*》[영국의 정치·사회 가십을 다루는 주간지로, 지식인들 사이에서 상당한 영향력을 행사한다] 편집장이자 미온적인 성공회 신자라고 고백한 이언 히슬롭Ian Hislop은 영국의 한 성공회 기숙학교에서 일어난 영성 폭발 사건을 통해 영국 성공회를 잘 그려냈다. 신심으로 거듭난 졸업생 두 명이 모교로 돌아와 복음을 전파해서 한때 후배 재학생들의 영적 상상력을 사로잡은 사건이다. "정말 정말 괴기스러웠다"라고 히슬롭은 말했다. "학생들은 기숙사에서 기도 모임을 열었고 선생들은 심하게 우려했다". 어떤 사람들은, 영국 성공회 기숙학교 직원들이 학생들이 자발적으로 기도 모임을 여는데 왜 그렇게 두려워하나, 하고 이상하게 생각할 수 있다. "당신이 알지 모르겠는데, 영국 성공회 신자들은 원래 아주 조용하고 겸손하게 신앙생활을 하는 이들이다"라고 하면서 히슬롭은 자신의 신앙을 "그래서 존재하는지도 모를 정도로 희미하다"라고 토로했다. 바로 영국 성공회가 불어 넣은 조용함과 겸손함의 수준이 이 정도임을 알 수 있는 사례다.

영국 성공회를 진지하게 믿는 사람을 찾기란 상당히 어렵다. 심지어 고위 성직자들 사이에서조차 찾기 어렵다. 1991년 당시 캔터베리 대주교 조지 캐리George Carey 박사는 이렇게 말했다. "나는 우리 교회를 늙은 숙녀라고 본다. 대부분의 시간을 무시당하고 혼자 중얼거리면서 길모퉁이에 서 있는…." 이 전형적인 한탄은 성공회에서 가장 높고 중요한 자리에 임명된 직후 인터뷰에서 한 말이다. 만일 캔터베리 대주교가 자신의 교회를 시대에 뒤떨어진 노망한 늙은 노파라고 비유했다면 우리가 아무렇게나 무시해도 놀랄 일이 아니다.

거의 10년 뒤에 한 강론에서 캐리는 "무언의 무신론이 이기고 있다"는 사실에 슬퍼했다. 그렇다면, 정말, 대주교는 무엇인가를 기대하긴 했다는 말인가?

2007년 캐리 대주교의 후임자인 캔터버리 대주교 로언 윌리엄스 박사는 우리를 묘사하길 '명목상으로는 기독교인이 다수인 국가'라고 했다. 여기서 주요 단어는 '명목상으로'이다. 심지어는 명목상 기독교인도 이제는 절반이 못 된다.

따뜻한 무관심 규칙

캐리 대주교의 한탄의 화두는 '무언'이었다. 영국은 무신론자의 나라가 아니다. 그렇다고 우리가 회의론자도 아니다. 둘 다 신의 존재에 어느 정도 관심은 갖고 있어야 한다. 그래야 받아들이든 말든 할 것이다. 그런데 대부분의 영국인은 전혀 상관을 안 한다.

한 여론조사에서 인구의 55~60퍼센트가 신을 믿느냐는 질문에 '예'라고 답했다.[116] 그러나 캐리 전 대주교는 이를 액면 그대로 받아들이지 않았는데 사실 타당한 일이다. 내가 알아보니, 많은 사람들이 '예'라고 대답한 이유는 다음과 같았다.

- 특별히 종교적이지는 않으나 무언가 있다고 믿는다.
- 신이 있을 수도 있다고 겨우 받아들이려 한다. "아니요"라고 말하자니 너무 단호한 것 같아서.
- 신이 있다고 생각하고는 싶은데, 그래도 정확히 말해야 한다면

---

116 그런데 우연히도 56퍼센트만이 여론조사 결과를 믿는다고 했다.

있는 것 같지는 않지만.

- 정말 모르겠는데 그래도 있다는 쪽으로 믿고 싶다. 없다는 증거가 충분치 않으므로.
- 솔직히 말해 정말 진지하게 생각해본 적은 없는데, "예"라고 하지 뭐, 그냥 아무거나 까짓것.

한 여성이 말하길 "난 크리스천이라고 첫 장에는 적었지요. 그래도 크리스천인 듯하고, 또 무슬림이나 힌두 뭐 그런 것에는 반대하니까요. 그래놓고 신의 존재를 믿지 않는다고 하면 너무 일관성이 없는 것 같아서."

다른 사람들은 일관성에 별로 신경을 쓰지 않았는지, 정기적인 조사에서 크리스천이라고 밝힌 사람들 중 최고 15퍼센트가 신을 믿지 않는다고 솔직하게 밝혔다. 정말 기괴해 보인다. 그러나 베넷이 농담을 한 게 아니다. 영국 성공회에서 신앙은 선택 사항일 뿐 아니라 신심을 입에 올리는 것 자체가 저속한 짓이라고 여겨진다. 조사에서 자신이 크리스천이라고 밝힌 사람 중 절반 이상이 예수를 믿지 않는다.[117]

내 조사에서도 많은 비신자가 크리스천 항에 표시를 했는데 앞에서 어떤 여자가 말했던 이유로 그랬다. 이는 종교적인 정체성이 아니라 문화적인 정체성에 해당하는 것 같다. 나는 조사서에 크리스천이라고 적고도 자신은 어떤 종교적인 신앙심도 없다고 말하는 많은 영국인을 인터뷰했다. 그들에게 신앙심은 (심지어는 신약은 말할 것도 없이) 성경에서 가져온 내용을 비롯해 애매모호한 도덕적 가치와 원칙의 집합체 같은 것에 불과했다. 내 제보자들은 금언('네가 대

---

117 신의 아들로. 역사상 실존 인물로 믿는 것 같다.

접받고자 하는 대로 남에게 그렇게 하라')을 인용했다. 이는 비록 기독교에서 자신들 거라고 주장하지만 거의 모든 종교와 민족문화에서 조금 다른 모습으로 신봉되는 금언이다. 그리고 예수가 이 땅에 오기 몇 세기 전의 고대 자료들에서도 발견된다. 다른 제보자들은 성경에는 나오지 않는, 관용과 공정에 관한 도덕 교훈들도 인용했다. 내가 알기로 기독교에는 없는 것이다. 예를 들면 '서로 참견하지 않고 살기Live and Let Live' 혹은 '두 개의 잘못으로 한 개의 옳음을 못 만든다Two wrongs don't make a right' 같은 것들이다. 나의 토론 그룹 참가자들은 심지어 '각자 능력에 따라 일하고 필요에 따라 분배받는다'를 예수의 가르침이라고 확신했다(나는 구글 검색을 이용할 수밖에 없었는데 이는 마르크스가 한 말이었다).

영국인의 70퍼센트가 국가정체성은 '기독교의 가치'에 근거를 두어야 한다고 응답했다고 하는데, 이 기독교의 가치는 예수, 신, 교회, 종교와는 아무런 관련이 없다. 우리들의 전 부수상이자 자민당 당수였던 닉 클레그 하원의원은 자타가 공인한 비신자인데 그래도 소속당의 정책을 설명하면서 기독교적 가치가 중심이라고 말했었다.

똑똑한 MORI 여론조사원은 적어도 한 조사에서는 아직 결심하지 못한 사람들에게 맞도록 질문 항목을 바꾸었다.

"나는 제도화된 종교에 참여하는 신자이다": 18퍼센트. 이는 무슬림, 힌두, 시크 등 어딘가에는 참여하는 신자들이다.

"나는 제도화된 종교의 신자이나 참여는 하지 않는다": 25퍼센트. 이건 C of E에 표시한 경우와 마찬가지이다.

"나는 정신적으로 믿으나 제도화된 종교에는 소속되어 있지 않다": 24퍼센트의 영국인을 끌어들이기에 충분하게 애매모호하다. 이는 아마도 점성술을 믿는 31퍼센트, 유령을 믿는 38퍼센트, 영감을 믿는 42퍼센트, 수호천사를 믿는 40퍼센트 등을 다 포괄할 수 있을 것이다.

"나는 회의론자다(신이 있는지 잘 모르겠다)": 14퍼센트. 너무 많은 생각을 요구한다.

"나는 무신론자다(신이 없다고 확신한다)": 12퍼센트. 너무 많은 생각을 요구한다. 또 너무 단호하다.

"질문 사항 어디에도 해당되지 않는다": 7퍼센트. 모든 가능성을 다 포함하려고 한다.

"모르겠다": 1퍼센트. 너무 질문이 이중적이고 종잡을 수 없어서, 아무것도 선택하지 않으면 촌뜨기처럼 보일 것 같아서.

최근 조사에 의하면 오로지 12퍼센트만이 굳이 무신론자라고 밝혔다. 그렇다면 전 캔터베리 대주교의 말마따나 영국인 사이에서 무언의 무신론이 이기고 있다. 우리도 정말 무신론자라면, 대주교와 교회는 전심전력을 기울여 해볼 만한 사업과 논쟁을 벌일 사람들이 있는 것이다. 그러나 보시다시피 우리는 어떻게 흘러가든 상관하지 않는다.[118]

우리는 그냥 무심한 게 아니다. 이보다 더 나쁜 (교회 입장에서는) 공손한 무관심, 관용하는 무심함, 인자한 무심함이 있다. 우리는 실제로 신을 반대하지 않는다. 누군가 압력을 조금 가하면 심지어 신이나 그 비슷한 무언가 존재한다고 인정할 수도 있다. 그리고 평화와 평온에 필요하다면 그를 신이라고 부를 수도 있다. 신은 자기 자

---

118 기술적으로 보면 이것은 종교무관심론apatheism(apathy 무관심+(a)theism (무)유신론)이다. 그러나 이는 내가 여기서 설명하고자 하는 영국인들의 이상한 무관심을 제대로 전달하지 못한다.

리인 교회에 잘 있다. 영국인은 결혼식과 장례식에 참석해 신의 집에 있을 때는 의식을 제대로 따르하고 흡사 사람들의 집에 있을 때처럼 예의 바르게 행동한다. 비록 교회에서 행해지는 모든 의식이 너무 진지하여 기절할 정도로 가소롭고 조금 불편할망정 잘 견딘다. 어찌 되었건, 신은 우리 삶이나 사고를 침범하지 않는다. 다른 사람들이 그를 선택해서 믿는 것은 환영한다. 영국은 자유의 나라이고 신앙은 일이니까. 그러니 하고 싶으면 자기네들끼리 할 일이고 괜히 난리법석을 떨어서 우리를 지루하게 하거나 창피하게 하지만 않으면 된다(영국인에게 난리법석보다 더 끔찍한 것은 없다).

　다른 여러 나라에서는 정치인들과 저명인사들이 기회 있을 때마다 독실한 신앙심과 기도 생활을 내세워야 할 의무를 느낀다. 영국에서는 반드시 반대로 해야 한다. 심지어 자신의 믿음을 언급하기만 해도 아주 곤란하다. 우리의 전 수상 토니 블레어[이 책이 출판되었을 때 수상은 토니 블레어였는데, 현직일 때는 성공회 신자라고 했으나 퇴임 직후 가톨릭으로 개종했고, 뒤를 이은 수상 고든 브라운은 신교 목사의 아들이며 신앙심도 아주 깊다]는 독실한 크리스천으로 알려져 있다. 블레어 총리의 신앙심을 우리는 항상 그러듯이 예의상 참아주고는 있으나 사실 두통거리였다. 그는 센스가 있어서 아주 신중히 처신하기 때문에 큰 문제 없이 지나갔다. 아마 홍보 담당자로부터 신의 '시옷'자도 꺼내지 말라는 엄격한 충고를 받았을 것이다(수상의 대변인은 언젠가 기자들에게 '우리는 신을 하지 않는다We don't do God'라는 알쏭달쏭한 말을 했다). 이런 예방조치에도 《프라이빗 아이》는 블레어를 거만하고 독선적인 시골 신부로 만들어 놀려먹었다. 그의 연설과 의견 등을 샅샅이 뒤져서 털끝만 한 신앙심이라도 보이면, 즉시 맹렬히 비난하고 웃음거리를 만들었다(우린 혁명과 봉기 대신 아이러니와 빈정대기를 가졌음을 상기하라). 블레어가 백악관을 방문했을 때 조지 부시와 같이 기도를 했다는 말이 돌아서 언론에서 난리가 났다. 그러나 블레어는 지금까지도 그런 부적절한 일은 하지 않았다고 부정하고 있다.

우리의 따뜻한 무관심은 누군가의 신앙심이 그 자리에 머물러 있는 한 계속 따뜻할 것이다. 참여하지 않고, 영적으로 중립이며, 신앙적인 열정을 지루하고 창피해하는 우리 대다수를 불편하게만 하지 않으면 말이다. 어떠한 경우에도 신의 '시옷'자라도 쓸 경우에는 적절치 못한 습관 취급을 받는다. 빈정거리는 말이나 경탄, 놀람을 나타내는 수사적 표현(하느님 맙소사, 아이구 하느님 등)은 물론 예외다. 우리는 어떠한 진지함에도 두드러기가 난다. 또 종교적인 진지함에 깊은 의구심을 품고 그런 걸 보면 안절부절못한다.

블레어와 관련한 사건 하나는 이런 불문율의 규칙을 말해준다. 몇몇 구세군 대표가 블레어 수상을 방문했을 때 기도로 면담을 마치자고 제의했다. 블레어의 측근은 간이 덜컹할 정도로 놀랐다. 그러나 블레어가 이를 요청했을 때 측근 중 하나는 어찌나 기가 막혔는지 낮게 중얼거렸다. 영국인다움의 규칙에 따르면, 그가 이를 갈면서 했다는 욕설 '빌어먹을For the God's Sake'은 이 면담 전체에 걸쳐 아마도 가장 정확하게 'God'이란 단어를 쓴 사례이다. 블레어가 안전하게 퇴임 이후까지 기다렸다가 가톨릭으로 개종한 것은 전혀 놀라운 일이 아니다. 그는 2007년에도 기독교를 언급하면 자칫 미치광이 소리를 들을까봐 조심하고 있다고 자인했다. 우리는 상대가 조심만 한다면, 성공회를 종교라고 인정하긴 좀 어려워도, 수상이 영국 성공회 신자라 해도 참아줄 수 있다. 어찌 되었건 가톨릭은 진지하게 신심을 요구하기 때문에 공손히 얼버무리거나 피할 수가 없는지라 수상이 그렇게 노골적이고 명백한 신앙심을 내보이면 겁이 날 정도로 창피할 수밖에 없다. 우리는 블레어가 처음부터 가톨릭 신자임을 숨기고 있음을 알았지만 대중 앞에서 공개적으로 선언하는 것은 완전히 다른 문제이다. 우리 국회에는 커밍아웃을 한 동성애자 국회의원이 많다. 그러나 종교에 관한 불문율은 미국 군대가 동성애에 적용하는 원칙 '묻지도 말하지도 말라Don't ask, don't tell'와 전혀 다르지 않다.

열고 짝 맞추고 보내기

종교적인 것[119]은 그렇다 쳐도, 교회에서 여전히 실행되는 통과의례는 어떻게 해야 하나? 별 뜻 없이 관례로 이어져온 행사 또는 편의에 따라 거행되는 유사한 행위들은 어떻게 해야 하나? 통과의례라는 단어는 1908년에 문화인류학자 아르놀드 방주네프Arnold van Gennep가 처음 사용했다. 그는 이를 "모든 변화, 즉 장소, 신분, 사회적 지위, 나이 등의 변화에 따르는 의례"라고 정의했다. 방주네프에 의하면 모든 동물은 태어나고 성숙하며 생산하고 죽는데, 오로지 인간만이 삶의 전환기와 달력의 몇몇 날짜에 의미를 두어 매우 값진 것을 바치는 거창한 축제를 벌일 필요성을 느낀다. 그래서 사회적으로 중

---

119 나는 어느 성공회 신부가 『영국인의 신앙심』이란 책을 발간할 때까지는 어느 정도는 종교에 대해 충분히 다루었다고 생각했다. 그는 내 책 『영국인 발견』 내용을 주요 문구로 이용해 전체 기본 구조를 짠 교회 신자 그룹의 교육 프로그램을 만들었다. 교육 프로그램의 목적은 기독교 신심과 영국인다움이 소통하게 하려는 것이었다. 나는 부드럽게 말한다면 놀랐다. 이 장에 나오는 침묵의 무관심, '온화한 무관심'등에 대한 모든 관찰이 그런 시도를 하려는 사람을 좌절시켜야 마땅했기 때문이다. 사실 이 책은 지적이고 매우 흥미롭다. 그리고 신부에게는 불편하게 마련인 내 관찰과 교회에 대한 노골적인 논평을 전형적인 영국식으로 공손히 무시해버리는 식으로 잘 대처했다.

대한, 생물학적이고 계절적인 변화를 맞을 때도 정성 들여 축제를 벌이고 싶어 한다는 것이다.[120] 다른 동물들도 지배하거나 신분을 과시하기 위해 무리나 사회집단 내에서 투쟁하고 선택한 동료들과 특별한 친교를 맺으며 연대한다. 인간은 그런 일, 이를테면 승진하거나 다른 집단에 가입할 때도 의례, 의식, 축하의례를 통해 수없이 법석을 피운다(그런데, 방주네프는 동물들을 실제 언급하지 않았다. 그리고 분명히 노래와 춤의 횟수를 두고 농담을 하지 않았다. 그러나 프랑스인이고 상당히 성실하다).

그렇다면 이런 통과의례가 딱히 영국만의 풍습이라 할 수는 없다. 비록 문화마다 세부 내용과 강조하는 바는 다르겠지만 모든 인간 사회에 이런 전환 의례가 있다. 방주네프는 이런 의식은 대개 세 단계를 거친다고 했다. 분리와 이탈(해방 의식 전 단계), 경계의 변경과 전환(해방 의식 기간), 다른 형태와의 재합체(해방 의식 이후 단계).

심지어 영국의 통과의례는 세부 내용과 강조점까지도 서구 현대 문화와 별반 다를 것이 없다. 우리 아이는 흰옷을 입고 대부모와 같이 유아영세를 받는다. 신부도 흰 웨딩드레스를 입고 신랑과 함께 결혼식을 하고 신혼여행을 간다. 그리고 장례식 때는 검은 상복을 입고 크리스마스에는 선물을 주고받는다. 전형적인 영국인의 결혼식과 장례식 형식인데, 행사 순서는 미국, 오스트레일리아 혹은 서유럽과 비교해 이상하거나 특이하지 않다.

---

120 터너는 나중에 달력의 날짜에 따른 의례를 빼고 단지 개인의 사회적 전환에만 초점을 맞추는 식으로 통과의례를 재규정했다. 그러나 방주네프가 이 개념을 만들었으므로 의미 역시 그가 결정해야 한다. 나는 터너의 더 광범위한 정의를 따르기로 했다.

상극성 규칙

영국의 어떤 통과의례에는 특별히 영국적인 성격이 있는가? 만일 그렇다면 우리와 가까운 서유럽에서 온 방문객이나 이민자들조차 이상하거나 다르게 볼 무언가가 있는가? 이에 관해 몇 사람에게 물어보았다. 그중 미국 여성 제보자는 예리한 통찰력이 있고, 대서양 양쪽에서 결혼식을 해본 경험이 있었다. 한 번은 신부로, 한 번은 신부의 어머니로. "전통이나 관습은 별 차이가 없이 거의 동일하지요. 그런데 참석하는 사람들의 태도가 문제입니다. 전체적인 매너 말이지요. 이는 상당히 묘사하기 어려운데, 영국인들은 결혼식 자체에 우리 미국인과 달리 완전히 참여하지 않는 것 같아요. 언제나 거리를 두는 듯하고, 좀 냉소적이고 동시에 어색해하는 것도 같고. 어쨌든 진실로 몰입하지 않는 느낌이 들어요." 다른 미국인 협력자도 "나는 언제나 영국인들은 의식을 참 잘 치를 거라고 생각했어요. 거 왜 있잖아요, 장엄한 기념식 같은 거요. 정말 큰 행사를 치를 때는 아무도 영국인을 따라오지 못하지요. 왕실 결혼식, 국장, 왕실 행사 등등. 그런데 평범한 개인 결혼식을 갔더니만 모든 사람들이 좀 불편한 것 같았고, 딱딱하게 굳은 데다 어색해서 뭔가 좀 이상했어요. 완전히 취해서 바보 같은 짓이나 하고. 극단과 극단을 오가는 것 같았어요."

군이 정의한다면 통과의례는 사교 행사다. 그래서 정해진 시간 동안은 다른 사람들과 의무적으로라도 대화를 나누어야 한다. 가족 행사(결혼식, 약혼식, 장례식, 성인식 등등)가 대중 행사가 된 것이다. 무엇보다 주최자는 이런 행사에서 최소한 감정 표현은 해야 한다. 스스로 인정하듯이, 영국인은 감정 표현을 잘 하지 않는다. 장례식에서 도를 넘는 통곡을 하지 않고, 결혼식에서도 열광하지 않는다. 유아영세식에서조차 감상에 빠지지 않는다. 우리는 다들 통과의례에 당연히 따라야 할 아주 조그만 감정 표현에도 못 견디고 아주 고통스러워한다(교회에서 하는 평화의 인사마저도 견디기 어려워한다. 이는 신부들이 일반 교회에서 권하는 의례인데 주위 사람들과 단순히 악수를 하면서 "평화를 빕니다"라고 중얼거리는 것이다. 나를 돕는 사람 중 하나는 "내가 만난 모든 사람은 이를 정말 증오했어요"라고 말했다. 어떤 이는 "나는 그 생각만 해도 소름이 끼쳐요"라고까지 했단다).

물론 다른 나라에서도 삶의 전환점에 행하는 의례는 긴장된 일일 수 있다. 통과의례로 기념하는 행사에는 당연히 걱정, 근심, 두려움이 따른다. 심지어 좋은 행사이거나 축하 행사, 예를 들면 유아영세, 성인식, 졸업식, 약혼식, 결혼식이라 해도 스트레스가 마구 쌓일 수 있다. 사회적으로 한 신분에서 다른 신분으로 옮겨가기란 아주 힘든 일이다. 그래서 어느 나라를 막론하고 이런 행사에는 술이 아주 많이 소비된다.

그러나 영국인은 이런 전환 의례가 '특별히' 어려운 일로 느껴지는 모양이다. 아마도 흥미로운 이중성 때문이 아닌가 한다. 이런 행사를 치르기 위해서는 강력한 규칙과 의전 절차가 필요하다. 그러나 우리는 이런 행사 자체가 불편하고 어색하기만 하다. 제복을 입고 조직적으로 움직일 때는 최고다. 예를 들면 큰 왕궁 행사나 국가 의식은 동작이며 대사가 모두 준비되어 있어 불확실하고 서투르거나 즉흥적인 요소가 전혀 없다. 참가자는 이 행사를 즐길 수 없을지 모른다. 그러나 적어도 무엇을 해야 하고 무슨 말을 해야 하는지는 안다. '옷의 규칙'에서 지적했듯이 우리는 격식을 좋아하지 않고 쪼잔한 규칙과 시시한 규정에 의해 움직이기를 싫어한다. 그런데 격식을 차리지 않아도 되는 상황에서 필요한 자연스러운 품위가 없고 사교성도 없어서 오히려 불편하기만 하다.

결혼식, 장례식을 비롯한 통과의례는 우리가 긴장하고 싫어하기에 충분할 만큼 공식적인 일인데 사교불편증이 나타날 만큼 정해진 형식도 없다. 개인사가 아닌 공식 의례 절차의 행동과 말은 너무 가식적으로 진지하고 인위적이며 창피할 정도로 종교적이어서 보고 듣자면 조바심이 나서 몸을 움찔거리고 옷깃 속으로 목을 움츠리며 발장난을 하게 된다. 그러나 모든 결정을 내리고 문제를 해결해야 하는 사적인 자리는 더 어색하고 당황스럽다. 결혼식을 비롯한 통과의례 절차의 어려움도 영국인에겐 사교 만남의 어려움과 다를 바 없다. 고통스럽게 어설픈 소개와 인사, 각종 절차에서 무슨 말을 해야 하는지 손은 어디에 두어야 하는지를 아는 사람은 아무도 없다. 그런데 이런 통과의례에서는 그런 어려움에 행사의 무게가 더해진다. 우리는 이런 날 신부와 자랑스러운 부모들, 유족들, 졸업생에게 뭔가 뜻 있는 말을 한마디 해야 한다. 그런데 너무 거만하거나 감상적이지 않으면서도 상투적이지 않게 한마디 해야 한다는 중압감을 느낀다. 이에 걸맞은 태도도 취해야 하는데, 지나치게 기뻐하거나 슬퍼하지 않도록 적당히 조정해야 한다. 그러고서도 우리 손을 어떻게 해야 하는지를 모른다. 포옹을 하고 키스해야 하는지, 아니면 그냥 키스해야 하는지를 몰라 어리둥절해한다. 결국은 꼴사납고 우유부단한 악수와 딱딱하고 뻣뻣해서 어쩔 줄 몰라 하는 포옹, 어색한 뺨 맞추기로 끝낸다(결혼식이나 유아영세식에서는 모자챙을 맞대며 끝내기도 한다).

열기의 규칙

영국인 중에 25퍼센트만이 아이들이 영세를 받게 했다. 이는 아이들에 대한 태도보다 종교에 대한 무관심을 말해주는 것 같다. 그러나 영국인의 3분의 1은 교회에서 결혼했고, 또 그만큼이 교회에서 장례식을 치를 것이다. 그래서 유아영세가 인기 없는 이유는 아이들에 대한 부모들의 문화적 무관심 때문이 아닌가 하는 생각도 든다.

유아영세를 안 해주는 부모가 다른 걸 해서라도 탄생을 축하하는 것도 아니다.[121] 출생은 분명 경사다. 그러나 영국 부모들은 법석을 떨지 않는다. 자랑스러운 아버지는 퍼브 동료들에게 술 몇 잔 돌린다 (이 관습을 '아이의 머리를 적신다'고 표현하는데, 아이가 자리에 없는데도 그렇게 부르는 이유가 궁금하다). 그러나 다른 때에도 무슨 핑계로든 영국인은 축하주를 몇 잔씩 돌리니, 자랑스러운 아이 아버지가 술을 돌리는 게 대수로운 일은 아닌 듯하다. 아이 이야기는 그다지 길게 하지도 않는다. 아버지가 좋은 뜻으로 놀림을 좀 당하고 간단한 불평, 즉 아버지가 됨으로써 줄어든 자유, 잠 못 자는 밤, 사라진 남자의 욕망, 소음과 혼란, 아무튼 이런 얘기가 끝나면 이야기는 다시 일반 퍼브 대화로 돌아간다.

조부모와 가까운 친척들, 엄마 친구들은 아이에게 진짜 관심을 기울인다. 하지만 이건 비공식적인 개인 차원의 이야기지 사회적 통과의례는 아니다. 일부는 새 엄마를 위해 파티를 열고 선물을 주는 미국식 '베이비 샤워' 풍습을 따르기도 하는데, 아직 미국만큼은 하지 않는다. 어쨌든 이는 아이가 태어나기 전에 하는 일이다. 유아영세는 작고 조용한 행사이다.[122] 실제 영세식에서도 아이는 잠깐 동안만 시선을 모은다. 영국인은 대개 유아를 어르는 것을 좋아하지 않는다. 어떤 경우에는(드브렛이 여기에 한마디 하면서 야단을 칠 정도로) 계급 상승을 열망하는 부모가 부자나 저명인사를 아이의 대부모로 삼기 위한 핑계로 영세를 이용한다. 이를 보통 자랑하기 위한 것이

---

121 세속적인 아이 작명 예식은 점점 더 인기를 얻고 있기는 하나 아직도 약 80만 명의 신생아 중 이런 의식을 허락받는 아기는 수백 명에 불과하다.

122 적어도 초청되는 손님의 숫자에 관한 한은. 유아영세식은 보통 가족 아침 미사로 거행되고 숫자는 평소 미사에 얼마나 많은 신자들이 참석하는지에 달렸다.

라 해서 '트로피 대부모trophy godparents'라 부른다.

제발 내 말을 오해하지 않았으면 한다. 모든 영국 부모들이 자기 아이를 사랑하지 않거나 귀하게 여기지 않는다는 말이 아니다. 그들은 아이를 사랑하고, 귀히 여기며, 다른 나라 부모들과 마찬가지로 친부모의 본능을 가지고 있다. 이건 그냥 다른 문화에서처럼 아이를 귀중히 여기지 않는 문화로 보일 뿐이다. 우리는 아이들을 개별적으로 사랑한다. 그러나 다른 문화권 사람들이 보이는 만큼의 열정으로 탄생 의례를 치르지는 않는다. 우리 영국인은 자식들보다 반려동물에게 더 관심을 쏟는다는 말을 많이 듣는다. 이는 부당한 과장이다. 그러나 전국아동학대방지협회가 왕립동물학대방지협회보다 60년 뒤에 세워졌다는 점에서 문화적인 우선순위를 어느 정도는 알수 있다.

자식 이야기와 낮추어 말하기 규칙

영국 부모는 자기 아이들을 자랑스러워한다. 하지만 실제로 그들 얘기를 들으면, 영국인의 자식 사랑을 짐작도 못 할 것이다. 겸손의 규칙은 자식 자랑을 금할 뿐만 아니라, 거짓으로라도 자식들을 깎아내리라고 한다. 심지어 자식을 맹목적으로 자랑스러워하는 부모들일수록 아이들 얘기를 할 때는 더 눈을 아래위 좌우로 돌리고 깊은 한숨을 쉬면서 불평을 한다. 그들이 얼마나 시끄럽고, 피곤하게 만들며, 게으르고, 희망이 없는지 모른다며 투덜거린다. 나는 어떤 파티에서 한 엄마가 다른 엄마에게 어떤 아이를 칭찬하는 말을 들었다. "당신네 피터가 GCSE를 열 개나 한다는 얘기를 들었는데 정말 똑똑한가봐!"[한국의 수능과 비슷한 시험으로 전국적으로 시행하는 고등학교 졸업 학력고사 같은 것이다] 이 말은 코웃음 치는 웃음과 함께 자기 자식을 깔보는 듯한 아이 부모의 불평이 튀어나와 제대로 끝을 못 맺었다. "흠,

그놈이야 당연히 머리가 좋아야겠지. 공부는 전혀 안 하고 정신 나간 컴퓨터게임이나 하고 형편없는 음악이나 듣고 있는 걸 보면." 거기에 아까 얘기한 엄마가 다시 대답한다. "오, 나한테 그런 말 말아요, 샘은 그거 모두 실패할 거예요. 잘하는 거라고는 오로지 스케이트보드 타는 것인데, A레벨[고등학교 졸업 후 대학에 진학할 학생들만 모여 2년간 공부한 다음 이 A레벨 시험을 치러 앞의 GCSE와 합쳐서 대학입학 전형에 사용한다]에는 그런 과목이 없으니 큰일이지요. 그러면서 내 얘기는 한 귀로도 안 들으니 참 어쩌려는지!" 지금 이 얘기에 등장하는 아이들은 정말 공부를 잘할 수도 있고 이 어머니들은 그것을 잘 알고 있다. 그들의 목소리에 진짜 걱정하는 마음이라곤 전혀 실려 있지 않은 걸로 보아 어머니들은 아이들 성적이 분명 좋을 거라 믿어 의심치 않는 듯하다. 그렇다고 곧이곧대로 말하는 것은 실례이니 그렇게 말할 수 없다.

자기 아이 얘기를 할 때는 목소리가 초연하고, 냉소적이며, 유머가 섞인 체념조여야 한다. 흡사 그들을 지나치지도 모자라지도 않게 사랑하는 듯이, 그럼에도 조금 지겹고 귀찮다는 듯이 얘기해야 한다. 이 불문율을 깨고 자식의 천재성과 성과를 자랑하고 뻐기거나 감상에 빠져 신나게 얘기하는 부모도 있다. 그런 행동은 허세를 부리고 잘난 척한다고 여겨져 당사자들은 자기도 모르는 사이에 기피되고 따돌림당한다. 가족이나 가까운 친구들 사이에서는 터놓고 자식을 자랑하거나 진짜 머리가 아플 경우 걱정을 드러낼 수 있다. 그러나 학교 정문에서 만나는 아는 사람 또는 사교적인 대화나 나누는 사람들과는 가볍게 우스운 듯, 남의 아이 얘기 하듯 심드렁한 투로, 싹수가 노란 자식 욕하기에 열을 올려야 한다.

그러나 이 전형적인 영국인의 자식 낮추기를 곧이곧대로 받아들여서는 안 된다. 앞에서도 얘기했듯이 영국인은 다른 나라 사람들보다 선천적으로 겸손한 것은 아니다. 비록 불문율에 적힌 대로 규칙을 따르기는 하지만, 진짜 속내가 그런지는 또 모를 일이다. 그들이 깔보듯이 하는 말은 사실 자식 자랑이다. 자식이 게을러 숙제를 안 한다는 얘기는 공부를 안 하고도 잘할 만큼 머리가 좋다는 자랑이다. 또 못 말리는 자식이 하루 종일 친구들과 싸돌아다니면서 무얼 하는지 모르겠고, 전화통을 붙잡고 누구와 무슨 할 얘기가 그렇게 많은지 모르겠다는 불평은 사실 그만큼 아이가 친구들 사이에서 인기 있다는 말이다. 한 어머니가 자기 딸이 화장과 옷에 집착한다며 절망하는 척할 경우 이는 딸이 얼마나 예쁜지 에둘러 자랑하는 것이다. 적절한 대답은, 자신을 좀더 낮추어 당신 자식의 스포츠에 대한 집념을 분개해서 얘기한다. 이 역시 사실은 그애가 육상에 얼마나 뛰어난지를 말하는 것이다.

당신이 정말 자식의 버릇이나 태도 때문에 고민하더라도, 절망하는 듯한 목소리를 제대로 구사하는 것이 요점이다. 진정한 절망이나 걱정은 아주 가까운 친구에게만(혹은 익명으로 인터넷 게시판에) 털어놓을 수 있는 법이다. 학교 정문 앞이나 사교 모임에서는 심지어 진심이더라도 거짓으로 절망하는 것처럼 가장해야 한다. 이런 대화를 들으면서 나는 진정한 절망이 목소리에 스며들어 있음을 알아챈 적도 있다. 그녀는 정말 자신의 '가망 없는' 아이가 한계를 넘어서는 상황을 얘기하고 있었다. 동료는 조금 불편해하면서 눈 마주치기를 피하고 발끝을 다른 쪽으로 옮긴다. 이 자리에서 탈출하고 싶다는 무의식적인 신호이다. 이럴 경우에는 말하는 사람이 자신을 추슬러서 평상시 목소리로 돌아가면 된다. 그냥 아무 일도 없었던 것처럼 가볍게, 유머 섞인 가장된 고민으로 돌아가면 된다. 참을 수 없이 가벼운 영국인이여….

낮추어 말하기 게임의 규칙에는 엄격한 금지 사항이 있다. 다른 사람 아이를 절대 비판해서는 안 된다. 자기 자식은 얼마든지 비판해도 좋다. 하지만 제 자식을 욕하는 상대방 말에 절대 맞장구를 치면 안 된다(적어도 면전에서는). 남의 자식의 잘못한 행동이나 부족함에 대한 반응으로 동정 표현은 가능하다. 그러나 상대방이 기분 나쁘지 않도록 아주 조심스럽게 단어와 문장을 골라야 한다. 일부러 분명치 않게 "오, 나도 알아요" 혹은 이와 비슷한 공감의 표현, 즉 혀도 차고 애처롭다는 듯 머리를 흔드는 정도가 가장 안전한 반응이다. 그러고는 즉시 자기 자식 불평을 늘어놓으면 된다.

이 모든 행동은 보기보다는 계산된 위선이 아니다. 대다수 영국 부모들은 생각하지도 않고 거의 자동으로 더 낮추어 말하기 규칙에 따른다. 거의 본능적으로 냉소적인 거짓 절망의 목소리를 내고 걸맞은 표정까지 짓는다. 그들은 자랑하거나 감상적인 언행을 해서는 안 된다는 사실을 의식할 필요도 없이 잘 알고 있다. 심지어 미묘한 비난을 가장한 간접적인 자랑도 신중하게 생각해서 하는 게 아니다. 영국 부모들은 자신에게 "으음, 난 자랑하면 안 되고… 그러니 가만 보자. 어떻게 내 아이를 욕하면서도 녀석이 천재라는 것을 자랑할 수 있을까"라고 자문자답하지 않는다. 이러한 영국인의 에둘러 말하기는 배워서 되는 게 아니고 타고나는 것이다. 우리는 뜻하는 바를 말하지 않는 데 익숙하다. 비꼬기, 자기 비난, 낮추어 말하기, 애매모호함, 양면성, 공손한 가식은 우리에게 깊이 각인되어 있고 영국인으로 살아가기 위해 필요한 소양이다. 이 괴상한 마음가짐은 아주 어릴 때부터 심어진다. 아이들도 초등학교를 갈 때쯤이면 간접적인 자기 자랑 정도는 식은 죽 먹기로 한다. 그리고 직접 고안한, 비난을 가장한 자기 자랑도 곧잘 한다.

영국 어린이들은 모두 혹시 대놓고 내가 자기 자랑을 하지 않을까 하고 걱정하는데, 이 점은 나중에 구직 인터뷰, 승진이나 봉급 인상을 요구할 때처럼 '자신을 팔아야 할' 상황에서는 장애가 될 수도 있다. 혹은 자신의 기술, 능력, 성과를 확신을 가지고 얘기해야 하는 상황에서도 그렇다. 심지어 아주 좋은 집에서 태어나 잘 교육 받은 똑똑한 영국 십대들도 자기 자랑이나 홍보는 잘 못한다. 그래서 한 사립학교가 '자기 자랑하기 주일blow your own trumpet week'을 만들어 학생들에게 자신의 강점과 성취를 인정하라고 권장했다. 농담 같은 행사명에도 학생들은 이때 겸손하게 낮추기 연습을 한다. 예를 들면 학생들이 엽서에 자신의 성취 몇 가지를 적어서 나무에 꽂는 식이다. 그러나 여기는 영국이다. 그래서 신문들이 '자랑 수업'이라는 걱정스러운 제목을 달고 난리가 났다. 그래도 꼴사나운 자랑을 한 사람은 없었다는 인내심이 가득한 교장의 말도 함께 실었다.

자기 비하의 모욕 규칙

좋은 집안 출신 학생들과, 영국인의 예술에 가까운 에둘러 말하기를 논하려면, 자신의 딸이 저 대단한 말버러 사립기숙학교에서 케이트 미들턴(왕세손 윌리엄 왕자와 결혼해서 케임브리지 공작부인이 되었다)과 같이 공부했던 어느 어머니가 고급 잡지와 한 인터뷰를 인용해보자. "미들턴과 같은 학교에 당신 아이들을 보내면 언제나 약간 짜증이 날 것이다. 모든 물건은 신품이고 거기에는 인쇄된 이름표가 아주 예쁘게 달려 있다. 나머지 우리처럼 네임펜으로 갈겨쓰는 일은 그쪽 사람들은 상상도 못한다. 성대한 운동회 같은 날도 항상 최고의 테니스 라켓을 들고 나오는 식이다. 우리는 모두 힘이 쭉 빠졌다."

영국인의 계급표시기를 이해하는 사람이라면 누구나, 이 어머니의 아주 겸손한 표현과 자기 비하와 미들턴 가족의 완벽함을 부러워하는 온갖 표현이 결국 에두른 자기 자랑일 뿐만 아니라 속물근성에 대한 깔보기임을 눈치챌 수 있다. 비록 당신이 영국인이 아닐지라도 만일 이 책을 끝까지 다 읽는다면, 이런 모욕의 신호를 무리없이 해석할 수 있을 것이다.

- 당신도 알다시피, 이 어머니가 분명히 말했듯이, 모든 물건이 완벽하게 재봉된 이름표가 달린 '신품pristine'이라는 것은 중중층 심지어는 중하층 표시라는 뜻이다. '신품'이라는 말도 사실 비웃는 표현이다. 교외의 소자본가나 이를 칭찬으로 받아들인다. '신품'이나 '흠 없는' 물건으로만 구비하려는 소란 자체가 바로 계급을 드러내는 것이다. 베처먼의 풍자 시구를 기억하는가? "당신 아이들은 구겨진 서비엣을 가지고 있고 / 나는 까다롭게 골라서 제공된 것들을 가져야 하나?"(혹은 만일 당신이 좀더 현대적인 예를 원한다면 텔레비전 코미디 〈외모를 갖추어라Keep Up Appearances〉'에서 필사적으로 사회계급을 높이려고 아주 상세한 것까지 챙기는 하이신스 버켓의 끊임없는 노력을 생각하라.)
- 상류층과 흔들리지 않는 중상층 계급의 어머니('나머지 우리들'이라고 두 번이나 조심스럽게 주지시킨)들은 그런 사소한 것에 신경 쓰지 않고 무심하다. 그리고 구겨진 옷에 네임펜으로 갈겨 쓴 이름표를 달아주고는 아무 문제도 없는 것처럼 아이를 명문 말버러 기숙학교로 보낸다. 미들턴 가족들에게는 '생각조차 할 수 없는' 일이라고 말함으로써 그들을 보기 좋게 소자본가 자리로 몰아넣어 버렸다.
- 이 어머니는 성대하고 화려한 학교 운동회 날 미들턴이 들고 나온 고가의 신품 테니스 라켓과 '그런 종류의 물건'에 대한 열등감을 토로하는데 이는 정말 속이 빤히 보이는 음해이다. 거짓 칭찬보다 더 나쁘다. 그런 식으로 화려하게 부를 과시하는 행위는 졸부들이나 하는 짓이라는 뜻으로 사실 심히 모욕적인 말이다.

- 이 어머니와 '나머지 우리들'이 미들턴과 비교해서 기가 죽었다는 뜻이 아니다. 미들턴의 홈 하나 없는 옷, 우아한 이름표, 화려한 운동회 자리에서 빛나는 고가의 운동기구들은 오히려 우월함과 자부심을 느끼게 해주었다.

- '나머지 우리들'(우리가 혹시 중요한 말을 놓칠까봐 '모두'를 두 번이나 거듭 말하고)의 반복은 결정적인 증거이다. 이 어머니는 진짜 상류층/중상층인 말버러 학부모들은 미들턴 가문을 '우리들과 같은 사람PLU: people like us'으로 보지 않고 갑자기 나타난 신참 출세주의자 취급을 한다고 말하는 것이다. 하지만 여기는 영국이라 대놓고 까발리지 않고 암호로 얘기했을 뿐이다. 이것은 절묘한 영국인의 아이러니에 대한 한 가지 예이다. 구절 하나하나가 속물 깔보기이고 자기 비하를 가장한 자랑인데 아주 교묘하다.

건방진 말버러 사립학교 어머니들이 중류층 미들턴을 생각하면 진정으로 짜증 나는 일이 하나 있다. 케이트가 다음에 왕이 될 왕세손과 결혼했다는 사실이다.

보이지 않는 사춘기 규칙

영국에서는 아이들을 성가신 애물단지로, 특히 사춘기 아이들을 골치 아픈 존재 정도로 취급하는 경향이 있고 이는 하나의 문화이다. 사춘기는 어쩐지 취약하고 위험한 시절로들 여긴다. 걱정거리이자 잠재적인 위협이고, 보호해야 할 대상일 뿐만 아니라 속박할 필요도 있는 애들이 있다. 아무튼 녀석들은 골칫거리다. 그래서 소수 종교만이 이 젊음의 출발을 어떤 방식으로든 축하하는데 놀랄 일도 아니다. 이 어색하고, 창피하며, 호르몬 장애 단계의 삶은 어디를 둘러봐도 축하할 구석이 없는 듯하다. 영국인은 머리를 모래에 박고는 이런 시절이 안 오는 걸로 생각하고 싶어 한다. 영국 성공회는 전통적으로 적당한 나이라고 보는 11세부터 14세 사이의 십대들에게 견진을 주는데 이건 영세보다도 인기가 없다. 세속 의례 중에는 이에 해당하는 것이 없어 대다수 영국 아이들은 이 십대의 공식 통과의례를 거치지 않고 지나간다.

자기들 권리인 통과의례를 거부당한 영국 십대들은 비공식 의례를 만들어냈다. 불법 음주, 마약, 도벽, 낙서, 차 훔쳐 타기 등이다. 게다가 자신들의 섹스 능력을 과시하려다 덜컥 임신하는 경우도 있다. 영국은 유럽에서 십대 임신율이 가장 높다.

그들이 우리 사회의 정회원이 되려면 사춘기 때 몸살을 앓아야 한다. 다음 통과의례는 성인이 되는 18세 생일에 치르나, 때로는 17세 때 약식으로 치르기도 한다. 운전면허 시험 합격을 축하하기 위해서다. 그러나 18세 때가 되면 영국에서는 정식으로 투표하고, 부모의 허락 없이 결혼하고, 동성애도 하고, 성인 영화도 보고, 그리고 (가장 중요한 일인데) 술도 사서 마실 수 있다. 대다수는 이미 숨어서 술도 마시고, 어떻게라도 할 수 있으면 섹스도 해봤고, 성인 영화(인터넷 성인물은 말할 것도 없이)를 본 지도 상당히 오래되었다. 많은 아이들이 벌써 고등학교를 졸업하고 직장을 다니고, 심지어 일부는 이미 결혼이나 동거 혹은 임신도 해서 아이가 있을 수도 있다. 그래도 18세 생일은 아직도 중요한 기념일 취급을 받으며 꽤 시끄러운 파티를 하는 핑계도 된다. 혹은 겨우 보통 토요일보다 더 취할 수 있는 날일 뿐 별 의미는 없을 수도 있다.

어찌 되었건 이제는 약간 바른 방향으로 가고 있다. 비록 '사라진 사춘기'에 대한 나의 비탄이 이것과 어떤 관련이 있다고 믿지는 않지만 나는 아주 새로운 의례를 아주 행복하게 보고하련다. 이 책이 처음 발간된 2004년 이후 중학교로 진학하는 11학년 학생들의 초등학교 졸업 파티, 디스코, 프롬prom이 유행이 되어 점점 늘어나고 있다는 점이다. 할리우드식 낭비에다 호사스러운 극소수나 즐기는 이런 행사를 사람들이 뭐라고 생각하더라도 그래도 아무런 의례 없이 사춘기를 지나는 우리들의 불쌍한 청소년들에게 축제를 제공한다는 점에서 한발 나아간 거라고 보아야 한다. 소년 성인식bar mitzvahs과 소녀 성인식bat mitzvahs은 다른 문화권에서는 대단히 성대한 행사이다. 일부는 이런 미니 프롬을 지나친 방종과 사치라고 하지만 나는 세계의 여러 문화권에서 소녀들의 초경을 맞을 때쯤 치르는 아주 거창한 축제식의 의례와 전혀 다를 바가 없다고 본다. 그냥 무작위로 예를 든다면 미국 인디언 나바호족의 키나알다 4일 축제 혹은 아파치족의 8단계 성인식인 나이이Na'ii'ees 혹은 선라이즈 댄스 같은 것이다. 대다수의 문화권에서 이런 의례를 치르는 데는 이유가 있다. 사춘기는 중요한 전환기이다. 어른들이 이를 무시하려 하더라도 우리들의 사춘기 젊은이들은 분명 이를 잘 느끼고 있다. 그들도 하루쯤은 특별하고 중요하고 '성인'이 된 것 같은 기분을 느낄 필요가 있다. 우리는 그들이 성인으로 전환되는 시점을 축하하고 기념하는, 일종의 정식 축제를 벌이려는 시도에 박수갈채를 보내야 한다. 새로운 유행인 초등학교 졸업 파티와 프롬에 찬성하지 않는 사람들은 다른 걸 제안해도 된다. 물론 그들은 절대 그러지 않을 것이다. 그냥 투덜거리면서 트집을 잡는 보통의 이요르식 한탄을 늘어놓을 것이다.

이미 미국에서 아주 널리 퍼지고 있는 달콤한 16세 파티Sweet Sixteen Party 같은 또 다른 '일정 연령 축하'도 이에 해당한다고 나는 생각한다. 라틴아메리카의 15세 파티 킨세아녜라quinceañera같이 다른 나라들에도 동일한 의례가 많다. 영국에서도 최근에 점점 유행이 되고 있다. 대개 우리들의 스위트 식스틴 파티는 동일 제목의 초호화판 텔레비전 쇼 같은 '마이 슈퍼 스위트 식스틴 U.K.' 같은 것과는 거리가 먼 아주 소박한 행사이다. 이건 극소수의 부유하고 막돼먹은 친구들의 이야기일 뿐이다. 다시 말하지만, 대표적이지도 않은 표본 하나로 새롭게 생겨나는 일정 연령에 이를 때 하는 축하 행사를 싸잡아 비난하는 일은 온당치 않다.

갭이어의 시련

교육받은 사람들은 18세 생일 의례 이듬해는 대개 갭이어gap year를 맞는다. 이는 고등학교를 졸업하고 대학 생활을 시작하기 전 1년을 휴학하고 하고 싶은 일을 하는 '해방' 기간이다. 관례적으로 몇 달 정도는 해외여행도 하는데 17~18세기의 그랜드 투어 같은 것이다. 지금은 흔히 봉사활동과 연계해서(페루의 마을에 가서 아이들 학교 짓는 데 참가하고, 루마니아 고아원에 가서 일하며, 열대림에 가서 보호운동을 하고, 아프리카에 가서 우물도 판다) 보내나 보통은 외국으로 나가서 진짜 (혹은 가난한) 세상을 경험하면서 의미 있고 인격 형성에 도움이 되는 시기를 보낸다. 갭이어 여행을 보통 고난통과식으로 보는 경향이 있다. 어떤 부족들이 성인식을 하기 전 소년들을 정글이나 황야로 보내 어려움과 고통을 겪게 함으로써 그들이 성인 사회에 정식으로 들어올 자격이 있는지 시험해보는 일 말이다. 이보다는 덜 힘들지만, 비슷하다고는 할 수 있다.

중상층과 상류층들은 자식을 사춘기에 이르기 전에 기숙학교로 추방해 이를 성격 형성의 기회로 삼아 이런 목표를 달성해왔다. 최근까지도 상류층과 귀족들은 아주 단호한 반反주지주의자들이었다(이 특질은 스포츠와 도박에 대한 강한 애착과 함께 노동계급도 지니고 있다). 그리고 중류층의 고등교육에 대한 숭배를 멸시했다. 아들을 대학에 보내기는 하나 그건 별로 중요한 일이 아니었다. 군대나 농업학교, 아니면 무엇이든 상관없다는 식이었다. 딸의 학업 성적에는 더더욱 관심이 없었다. 젊은 다이애너 왕세자비는 형편없는 성적을 전혀 부끄러워해본 적이 없다. 심지어 대중연설에서 자신의 비참한 O레벨 성적과 얼마나 멍청했는지를 스스럼없이 농담조로 얘기하곤 했다[O레벨은 현재의 GCSE의 전신인데 만 16세에 고등학교를 졸업하면서 치르는 일종의 학력고사다. 보통은 이 시험을 끝으로 사회에 나온다. 대개 열 과목 정도 시험을 치르는데 60점이면 합격이다. 다이애너 왕세자비는 모든 과목에서 낙제했는데 그녀의 출신 계급에서는 창피한 일이 아니었다]. 다이애너 왕세자비가 중류층 소녀였다면 대단한 굴욕이었을 것이다. 이런 태도는 조금씩 바뀌고 있다. 특히 상류층 중에서도 계급 위계에서 조금 낮은 쪽이거나 덜 부유한 계층의 경우 자식들이 중류층 대학 출신자들과 직업전선에서 경쟁해야 하기 때문이다. 상류층과 심지어는 귀족, 혹은 사춘기를 지난 왕족과 왕족의 자식들이, 친교를 맺고 단체정신을 함양하기 위해 모기 물린 자국을 중류층 자식들과 비교해가면서 가치 있는 갭이어 모험을 하고 있다(다이애너 왕세자비의 아들 윌리엄 왕세손과 그의 동생 해리가 2000년과 2004년에 했듯이).

청년들은 갭이어 경험을 통해 어른스러워지고 사회의식을 얻으며 자기 행동에 대한 책임감도 갖는다. 그래서 전보다 신뢰할 수 있을 만큼 성숙해져 거대한 도전과 책임을 감당할 준비를 하고 돌아옴으로써 통과의례를 마친다. 누군가 모든 일을 돌봐주던 아이를 벗어나 대학교 기숙사에서 세탁도 직접 하고, 기숙사 식당이 문을 닫았을 때는 통조림을 열어 끼니를 해결하는 법도 배운다. 대학 첫 해에는 갭이어를 갔다 온 학생들이 고등학교에서 그대로 넘어온 학생들보다 자신들이 더 어른스럽고 세상일에 밝아서 우월하다고 느낀다. 갭이어를 안 한 바보 같고 철없는 학생들보다 얼마나 더 성숙한지를 되새기며 뻐기듯이 과시한다.

이 대학 신입생들과 같은 또래 중 사회 혜택을 못 받은 일부 지역

청소년들 사이에서는 교도소나 소년원에서의 경험이 갭이어 같은 성격 형성, 어른스러움 효과를 대신한다. 이런 통과 수난을 거친 자신에 비해 유치할뿐더러, 그들은 이런 경험도 못 해본 또래에 우월감을 느껴 종종 빼긴다. 사실은 악센트와 은어 때문에 혼동하기 쉬운데, 표면에 드러난 모습을 무시하고 살펴보면, 소년원을 갔다 온 청년과 갭이어를 다녀온 학생의 말과 태도는 놀랄 만큼 닮았다.

대학생 의례

___ **신입생 주간의 규칙**　영국인 중에서도 대학 진학이라는 특혜를 받은 대학생들은 18세 의례, A레벨 시험, 갭이어 수난을 거쳐 '신입생 주간'이라고 알려진 통과의례를 지나야 한다. 이 입학 의례도 방주네프가 발견한 전통적인 형식, 즉 분리와 이탈(해방 의식 전 단계), 경계의 변경과 전환(해방 의식 기간), 다른 형태와의 재합체(해방 의식 이후) 단계를 거친다. 이 입학 의례도 각자 가족, 익숙한 환경, 고등학생 신분의 탈피와 더불어 시작된다. 그들은 대부분 부모와 같이 옛 삶의 흔적(옷, 책, CD, 이불, 가장 좋아하는 베개, 포스터, 사진, 테디베어)을 잔뜩 실은 차를 타고 대학에 도착한다. 특별히 새로 산 반짝거리는 주전자, 머그잔, 대접, 숟가락, 수건 등과 같이.

　부모님 도움을 받아 이 물건들을 다 내려놓고 나면, 이제 부모는 창피하고 성가신 존재가 되어버린다. 그리고 신입생은 무뚝뚝하게 서두르고, 섣부른 확신을 내보이며, 부모의 등을 떠민다. "알았어요. 예, 문제없어요. 아 그거 안 풀어도 돼요, 내가 나중에 할게요. 난리 치지 말고, 제발, 예, 알아요. 내일 전화할게요. 예, 알아요, 바이바이." 신입생은 이제 조금 겁도 나고 헤어진다고 생각하니 약간 눈물도 나려고 한다. 아무도 그런 얘길 해주지 않았지만 눈물을 흘리거나 하면 안 되는 줄은 안다. 그건 정말 쿨하지 않은 짓이다. 더군다나 다른 신입생들 앞에서.

신입생은 벽에 포스터 몇 장을 겨우 붙이고 나면 끌려나와서 해방 의식에 참여한다. 각종 학생 클럽과 협회가 스포츠, 사교, 연극, 예술, 정치 등의 과외 활동 회원 모집을 위해 다투어 여는 파티, 설명회, 행사가 계속 이어져 헷갈리고 시끄럽고 피곤해서 정신이 하나도 없다. 이 공식 행사는 퍼브 순례, 심야의 피자 파티, 졸린 눈을 비비고 어슬렁거리면서 여는 새벽 3시 커피 모임 등으로 변주된다. 그리고 수강 신청, 학생증 수령, 알지도 못하는 서류에 서명하기 위한 끝없는 줄서기로 이어진다. 일주일간의 해방 의식 기간에는 문화적 면죄부를 받아 세상이 뒤집힌 것 같다. 뭔가 새로이 시작한다는 기분은 술과 수면 부족으로 흐릿해지고, 너무 여기저기 넘나들어 사회적 경계와 범위는 이미 희미해져버렸고, 과거의 신분은 도전받고 훼손되었다. 학생 클럽과 협회 가입을 통해서 새 사교계의 일원이 되었다. 일주일이 지날 때쯤 새로운 사회의 신분증을 얻음으로써 통과의례는 끝났다. 이제 이들은 대학생이 된 것이다. 드디어 조금 쉴 시간이 주어진다. 차분하게 안정을 취하고 수업에 들어가면서 정상적인 대학 생활이 시작된다.

학생들은 이 신입생 주간을, 미치고 혼란스러웠으나 문화적인 면죄부를 받은 해방의 시기로 온갖 애깃거리를 만든 때라고 회고했다. 그러나 분명한 규칙을 따라야 했고, 예상 가능했으며 관습에서 일탈한 기간이기도 했다. 축제 기간에 통상의 사회적인 규칙은 정지되거나 뒤집혔다. 예를 들면 처음 보는 사람과 얘기할 뿐만 아니라 이걸 강권하다시피 한다. 학생회에서 만든 설명서는 이 기간이 당신 생애에서 아마도 유일하게 처음 보는 아무에게나 접근해서 말문을 터도 되는 기간이라고 알리면서 이 기회를 충분히 이용하라고 권한다. 설명서의 두 가지 의미는 뚜렷했다. 신입생 주간이 지나면 정상적인 영국인다움의 규칙이 되살아나고, 이제 낯모르는 사람에게 그럴듯한 이유 없이 말을 걸기란 불가능하다. 신입생은 동료 학생들과 가능하면 많이 만나고 사귀라는 권유를 받는다. 이 말은 계급 장벽을 버리라는 완곡화법이기도 하다. 동시에 이 신입생 주간이라는 해방 기간에 생긴 우정은 구속받지 않는다는 사실을 에둘러 얘기해 안심시켜준다. 이후에는 출신 배경이 다른 학생들과 꼭 만나야 할 의무감은 안 느껴도 된다는 뜻이다. '당신은 기억할 수도 없을 만큼의 새로운 사람들을 만날 테고(그중 많은 사람들은 첫 두 주 이후에는 다시 안 만날 것이다. 많은 일들은 다음 날 아침에 또 맞닥뜨릴 것이다), 셀 수도 없을 만큼 술잔을 기울일 것이다'라는 말은 '신입생 주간에 어떻게 살아남을 것인가?'라는 안내서에 나온다.

신입생 주간에 술을 마시는 것은 일종의 의무이다(셀 수 없이 많은 술을 마실 것이다). 술을 마시면 억제를 벗어버린다는 영국인의 자기적 믿음이야말로 무엇보다 중요하다. 이것 없이는 처음 보는 사람에게 말을 걸어도 된다는 규칙의 일시적인 전위도 아무 의미가 없다. 술의 힘을 빌리지 않으면 수줍은 영국 학생들이 처음 보는 사람에게 말을 걸기란 불가능하다. 사교의 윤활유인 공짜 술이 이 기간에는 모든 파티와 행사에서 제공되고, 마음속의 어떠한 억제도 벗어버리고 마음껏 즐기라고 속삭인다. 그러나 규정은 술 취한 뒤 허락되는 태도 몇 가지를 정하고 있다. 무닝mooning(엉덩이 보여주기)은 허락되나, 플래싱flashing(성기 노출)은 안 된다. 논쟁과 심지어는 싸움까지도 용인되나 새치기는 절대 안 된다. 야한 농담은 가능하나 인종차별적 농담은 안 된다. 영국인들 사이에 술 취한 뒤의 탈억제 행위는 질서 있게 잘 규제된다. 신입생 주간 동안의 혼란과 방탕은 극본에 따라 각 장면이 펼쳐지는 전통적이고 관습적인 의례에 불과하다. 매년 10월이면 전국의 신입생들이 이렇게 전통에 따라 그 억제에서 벗어난다.

___ **시험과 졸업 규칙**   다음의 중요한 전환 의례는 마지막 시험과 시험 후 축하 그리고 졸업식이다. 학생 시대에서 제대로 된 성인 시대로 옮겨가는 것이다. 학생 시대 자체는 어찌 보면 연장된 해방 의식 단계라고 볼 수 있다. 중간 지대랄까, 사춘기도 아니고 그렇다고 완전한 성인이 되었다고 할 수도 없는 어중간한 상태이다. 대학 생활은 성인으로 바뀌는 것을 다시 3년[영국의 대학교는 일부 과를 제외하고는 대개 3년이다] 연기해버린 것이다. 이 중간 단계가 지속되는 동안은 아주 쾌적할 것이다. 학생들은 성인의 특혜는 다 누리면서도 이에 따르는 책임은 아주 적게 진다. 영국 대학생들은 도저히 따라갈 수 없는 공부량, 특히 논문 위기(이 말은 논문을 써야 한다는 뜻이다)에 언제나 엄살을 부리고 우는 소리를 한다. 그러나 학위 과정의 공부량은 직장의 업무량에 비하면 크게 짐이 되는 것도 아니다.

마지막 시험 수난 역시 치유성 엄살의 핑계를 제공한다. 여기에는 불문율이 있는데 특히 겸손 규칙이 중요하다. 시험을 앞두고 대체로 차분하고 자신감이 있다 해도 그렇게 얘기하면 안 된다. 당신은 틀림없이 시험에 실패할까봐 걱정이 되고 자신감이 없어서 죽을 지경이라고 가장해야 한다. 뭐 굳이 말 안 해도 다 아는 얘기다(비록 수도 없이 반복한 얘기라고 하더라도). 오로지 아주 건방지고, 거만하며, 인간관계에 둔감한 학생들만 시험 준비를 충분히 했다고 자랑한다. 하지만 그런 사람은 아주 드물고, 보통 친구들에게 미움을 받는다.

당신이 정말 미친 듯이 기를 쓰고 공부했다면, 이를 어느 정도 드러낼 때조차 자기 비난 대사를 읊듯 우는소리를 해야 한다. "난 정말 열심히 하긴 했는데 유전자 쪽은 엉망이야. 그쪽은 완전히 망칠 것 같아. 어쨌든 한쪽에서 문제가 나올 듯한데, 제대로 복습을 안 했거든. 완전히 머피의 법칙이지 뭐야. 안 그래?" 무언가를 확신하면 확신하지 못하는 쪽을 이용해 균형을 맞추어야 한다. "난 사회학 쪽은 괜찮은데 아무래도 통계학 쪽은 포기해야 할 것 같아"라고 하면서.

시험 전에 이렇게 우는소리를 하는 이유는 큰소리치면 안 된다는 학생들 사이의 미신 때문이고 정말 시험을 못 쳐서 바보가 될 수도 있기 때문이다. 그러나 시험 결과가 원하는 대로 나왔더라도 겸손한 태도를 유지해야 한다. 좋은 성적이 나와도 항상 놀라는 시늉을 해야 한다. 심지어 마음속으로는 그런 결과가 당연하다 생각하면서도, "아이구, 하느님 맙소사, 정말 믿을 수가 없네", 이런 비명이 좋은 성적을 받은 학생의 표준 반응이다. 의기양양해 마땅한 경우에도, 좋은 성적은 머리가 좋거나 노력을 많이 한 결과가 아니고 순전히 운 때문이라면서 자신을 낮추어야 한다. 한 옥스퍼드 의과대학생이 최우수 성적을 받았다. 친구와 친척들의 축하를 받으며 점심 식사를 하는데 계속해서 머리를 숙이고 양손을 올려 부끄러워하면서 변명을 한다. "과학 과목은 정말 별것 아니라니까요. 정말 머리가 좋아야 할 필요도 없고 그냥 답이 거기에 있는 거잖아요. 외워서 답을 쓰면 되는 건데요. 그냥 앵무새같이 외우면 되는 거라니까요."

시험이 끝나고 나서도 학생들은 걱정거리가 드디어 사라진 뒤에 밀려오는 허탈함을 관례대로 풀어야 한다. 어떤 파티에서나 학생들이 얼마나 지치고 싫증났는지 털어놓는 불평을 들을 수 있다. "나는 정말 행복하고 축하라도 하고 싶은데 사실은 좀 허탈하거든" "모든 사람이 도취감에 빠져 있는데, 나는 지금 기분이 좀 그래. 왠지는 몰라도." 모든 학생들이 그런 기분을 처음 느끼는 양하는데 사실 이런 넋두리는 너무 흔하고, 도취감에 빠져 자축하는 사람은 원래 소수에 불과하다.

흥분하지 말아야 할 다음 행사는 졸업식이다. 학생들은 이게 정말 지겹다고 주장한다. 아무도 자랑스러운 기분을 못 느낀다고 한다. 정말 지겨운 의식이고, 오로지 맹목적인 사랑을 퍼붓는 부모들을 위해 참을 뿐이다. 신입생 주간 때와 마찬가지로 부모는 창피의 원천이다. 많은 학생들은 부모나 친척들을 식장에 나온 친구, 교수나 지도교수에게서 떼어놓으려고 난리다. ("아니요, 아버지! 그분한테 '내 장래 문제'를 물어보지 마세요. 이건 학부모회의가 아니잖아요." "엄마 봐, 제발 감상적인 행동 좀 하지 마세요, 알았죠?" "오우, 할아버지 울지 마세요! 이건 그냥 대학 졸업장이에요, 내가 무슨 노벨상을 받은 것이 아니란 말이에요.") 정말 주책없는 부모를 모신 학생들은 지겹고 기가 막힌다는 표정으로, 특히 아는 사람들이 근처에 보이면, 눈을 아래위로 올렸다 내렸다 하면서 한숨을 푹푹 쉰다.

졸업생 의례

지금까지 교육받은 중류층의 통과의례인 갭이어, 신입생 주간, 졸업식을 다루었다. 그 이유는 16세에 고등학교를 떠나는 학생이나 18세에 A레벨 2년을 끝으로 대학에 안 가고 교육을 마치는 학생을 위한 국가적이거나 공식적인 통과의례가 없기 때문이다. 학교를 떠나는 청년들은 친구들이나 가족들과 나름대로 축하를 하겠지만, 직업훈련을 받거나 취업을 했거나 실업자가 됐을 경우 이에 대한 공식 의례는 없다. 첫 취업(혹은 실업수당 수령)은 기념할 만하다. 논쟁의 여지는 있지만 단순히 고등학교에서 대학으로 가는 것보다는 훨씬 더 중대한 변화다. 어떤 학교는 상을 주는 행사를 열지만 실제 졸업식은 없다. 분명 미국의 고등학교 졸업식 같은 것은 없다. 미국 고등학교 졸업식은 영국의 대학 졸업식보다 더 크고 화려하다. GCSE나 A레벨 결과는 학년 말이 지난 8월 말이나 되어야 통보된다. 그래서 이들에게 졸업은 학업의 성공이나 성과가 아니고 학창 시절의 끝을 의미한다. 그래도 고등학교 졸업 그리고 학교에서 성인 세계로 나아가는데 의미 있는 의식으로 기념하지 않는 것은 유감스러운 일이다.

이번에도 나의 불평이 어떤 영향을 미칠 거라는 생각은 전혀 안 하지만, 행복하게 보고하건대, 비록 우리는 제대로 된 몇몇 졸업 축하 의식을 거행하긴 하지만, 이제는 이 의례가 제대로 챙겨지고 있다. 많은 학교에서 새롭게 수입된 의례인 고등학교 프롬이 거행되고 있다는 얘기다. 지난 10년간 미국식 프롬—대형 리무진을 빌리고, 여학생들은 멋지게 머리를 하고 화려한 드레스나 파티 드레스를 입고, 남학생들은 제대로 된 정장에 나비넥타이를 매고, 몇 달을 준비한 파티를 연다—의례가 이제는 영국에서 인기를 끌고 있어 85퍼센트가 넘는 학교에서 이를 행하고 있다. 일부 학교들이 매년 여름 방학 전에 열던 지루하고 반쯤 하다 마는 듯한 '학교 디스코 축제'를 매혹적인 행사가 대체하고 있다. 학교 디스코 축제가 크리스마스나 다른 때도 열리긴 했지만 졸업생을 위한 특별 행사는 없었고 그들을 특별히 챙겨주거나 인정해주지도 않았었다. 사실은 영국에서는 학교를 실제로 졸업하는 것이 아니라 단순히 떠난다는 식으로 말해서 이들을 '학교를 떠나는 사람school leaver'이라 부른다. 어떤 성취나 달성 같은 의미가 전혀 들어 있지 않은 아주 우울한 단어이다. 특히 '고등학교 졸업생'이라는 인상적인 느낌의 단어와 비교하면 말이다. 프롬이라는 이 새로운 풍습은 적어도 졸업생들에게 어떤 중요한 느낌을 주고 사회적으로 중요한 전환을 기념하는 공식 의례를 제공한다.

영국 언론의 식자라는 사람들은 물론 이 과시적이고 현란하고 화려한 미국식 유행을 두고 낭비와 경비를 언급하며 냉소적인 경멸을 퍼부어댄다. 그들은 극소수의 부모들이 딸의 디자이너 드레스나 호화판 마차에 쏟아붓는 엄청난 금액을 집중 거론했다. 대다수의 젊은이들이 비교적 싼 시내 중심가 가게에서 산 드레스를 입고 대여한 대형 리무진에 10여 명이 끼어 타서 클럽으로 간다는 사실에는 아예 관심도 안 두었다. 대중지 도덕군자 기자들은 야회복과 화장이 십대 여학생들을 너무 어른스럽게 보이게 한다고 고결한 분노를 토해낸다. 그들은 입은 둥 만 둥 한 드레스를 입은 프롬에 참석한 여학생 같은 가장 자극적인 사진과 함께 통상의 위선적인 혹평의 기사를 실었다. 이 성년으로 이행하는 것이야말로 전환점 통과의례의 핵심이기에 특별한 어른 복장 차림이 전환의 상징임을 제대로 알아채지 못한 것이다. 비록 우리의 프롬이 미국 영화와 텔레비전 드라마에서 크게 영감을 받은 것은 사실이지만 다른 많은 나라들도 미국식 프롬이 있다. 많은 나라들이 이런 축제를 오랜 국가적 혹은 지역적 전통으로 인정하고 있다. 졸업 파티와 무도회 역시 거의 모든 나라에서 성대하게 거행되는 축하 의식이고 홍보되는 행사이다. 지루하고 의미 없고 제대로 갖춰지지 않은 학교 디스코 축제는 최근까지 영국 십대들이 참고 받아들였던 행사였다. 우리는 그들의 아동 시절로부터 청소년기로 들어가는 통로를 사춘기 의례로 기념해주는 데 실패했던 것이다. 그들이 학교생활을 끝내는 것을 기념해주지 않았고 졸업 축하 행사도 못 열어주었고 지금은 학교에서 성인의 세계로 들어가는 전환을 축하하는 작은 의례를 두고도 어떤 이들은 인색하게 군다.

미국화에 대한 모든 불평에서 미디어의 비평가들이 놓치고 있는 것이 있다. 우리네 프롬은 미국식 프롬과 비교해볼 때 적어도 한 가지 큰 차이가 있다. 할리우드 영화와 텔레비전 드라마가 보여주는 프롬을 노예처럼 따라함에도 우리 십대들은 처음부터 참석자 모두 파트너와 동행하거나 사전에 구해서 가는 미국식 '프롬 데이트'는 일반적으로 받아들이지 않았다. 예외는 있겠지만 대다수의 영국 학교 졸업생들은 프롬에 쌍쌍이 아니라 남녀가 따로 그룹으로 참석한다. 미국 프롬의 사진을 보면 모두 쌍쌍이 나오거나, 노아의 방주에 타기 위해 기다리는 동물들처럼 모두 두 명씩 짝을 지어 긴 줄을 서 있다. 영국 프롬 사진을 보면 반대로 거의 모두 남자 여자 따로 두서너 명씩 참석한다. 결국 파티가 진행됨에 따라 자연스럽게 짝이 지어지긴 하지만 그것도 전형적인 영국식으로 애매모호하고, 양극의 감정이 공존하고, 데이트를 하지 않는 것 같은 방식으로 한다. 그들도 애무를 하고 심지어는 파티 뒤에 어딘가 불편하고 체면치레도 하지 않은 채로 어설픈 데서 은밀한 섹스도 한다. 물론 반은 벌거벗은 채 서로 매달린 '섹스팅 sexting' 사진도 찍고 때로는 제대로 된 섹스도 한다. 그러나 누군가에게 프롬에 같이 가자며 하는 데이트 신청은 너무 노골적이고 너무 싸구려 같고 정말 창피할 정도로 은밀하다.

결혼식

이 장의 서두에서 나는 영국 결혼식에는 서구 다른 나라 방문객이 보기에도 특이한 게 없다고 지적했다. 결혼식 바로 전날 밤 신랑과 친구들이 모여 독신의 마지막 밤을 만끽하려고 벌이는 총각 파티(미국에서는 이를 독신자 혹은 독신녀 파티라 부른다)는 물론이고 교회에서 하는 정식 결혼식이든, 구청에서 혼인신고 서류에 서명하는 것으로 끝내는 약식 결혼식이든, 결혼 연회에는 언제나 샴페인, 웨딩드레스를 입은 신부, 웨딩 케이크, 신부 들러리(선택 사양), 신랑 들러리, 축하 연설, 특별 음식, 술, 춤(선택 사양), 가족 사이의 긴장과 말싸움(거의 의무 사항) 등이 따른다. 영국인 결혼식은 현대 서구인의 눈에는 이상해 보이겠지만, 문화인류학자의 관점으로 보면 진기한 부족 결혼식 절차와 아주 비슷하다. 외관상 차이를 제외하면 방주네프가 정의한, 기본적인 통과의례의 세 단계인 분리, 전환, 합체를 거친다. 사람들은 의례를 갖추어 한 사회의 문화나 생활습관을 벗어버리고 다음 단계로 옮겨간다.

영국인은 약혼식의 경우 다른 문화권보다 덜 법석을 떤다. 일부 사회에서는 약혼식이 결혼식만큼이나 중요한 행사일 수도 있다(아마도 이를 보상하기 위해 총각 파티를 거창하게 하는 모양이다. 때로는 약혼식을 결혼보다 훨씬 더 길게 축제처럼 거행하는 경우도 많다).

드브렛은 예절 규범에서는 좀 비관적인 어조로 "약혼식은 두 가족이 친하게 되어 가능하면 빨리, 부드럽게, 어려움과 차이점을 극복하자는 뜻이 담긴 의식"이라고 설명한다. 이는 영국인의 결혼식에 대한 태도를 많이 말해준다. 결혼식이란 즐거운 행사여야 한다. 그러나 통상 불평 한탄하는 영국의 관습에 따르면, 우리는 이를 수난으로 여겨 위험과 어려움이 가득한 행사라고 본다(혹은 절대 쾌활하지 않은 드브렛에 의하면 "사회계급이 불안한 사람들에게는 지뢰밭이고 세부 계획을 짜는 주최자에게는 악몽 같은 것"이며 "좋게 본다 해도 두 가족 사이의 긴장 요인"이다). 무언가 크게 잘못될 듯하고, 어떤 사람이건 엄청 불쾌할 것도 같다. 그리고 술을 마시면 마술처럼 억제를 벗어난다는 믿음 때문에 공손하고 즐거운 연회 분위기가 누군가에 의해 깨질 수도 있다. 결국은 서로 피할 수 없는 가족들의 긴장이 폭발해 꼴사나운 눈물과 언쟁이 터져나온다. 비록 그날은 모두들 참지만, 나중에는 반드시 불평과 비난이 나온다. 어떤 경우든 아무리 좋게 보아도 모든 의례 절차가 상당히 난처하리라고 우리는 예상한다.

___ **돈 얘기 금기의 규칙** 대개 그렇긴 하지만 특히 결혼식은 원래 돈이 많이 드는 일이기 때문에 두 배로 난처하다. 다른 나라 사람들과 달리, 우리는 사랑과 결혼은 돈과는 아무 관련이 없다고 주장하기 때문이다. 결혼식에 관계된 어떠한 일이라도 돈 얘기를 하면 의미를 훼손하는 일이라고 여긴다. 예를 들면 신랑은 몇 달 월급을 털

어 약혼반지를 준비한다(미국의 경우는 두 배 이상 돈을 들인다. 약혼반지는 부양자의 경제력을 상징하기 때문이다). 그런데 반지가 얼마짜리인지를 물어보는 것은 무례한 일이다. 주위 사람들이 나름대로 추측하는데 보석과 장식을 통해 값을 가늠한다. 오로지 신랑만이(혹은 그의 은행 매니저도) 정확한 가격을 알아야 하고, 세련되지 못하고 천박한 신랑만이 값비싼 예물을 뽐내거나 불평을 한다.

전통적으로 결혼식 비용은 신부의 부모가 부담한다. 그러나 다들 늦게 결혼하는 오늘날엔 신랑 신부와 조부모 혹은 친척들이 분담하기도 한다. 그러나 누가 경비를 냈든 간에 신랑은 항상 공식 인사에서 장인 장모에게 이렇게 훌륭한 파티를 열어주셔서 (혹은 다른 적당한 말로 완곡하게) 고맙다는 인사를 한다. 물론 돈이나 지불 같은 단어는 쓰지 않는다. 만일 신랑 부모, 조부모, 숙부 등이 샴페인, 신혼여행비 등을 지불했다면, 그들은 이런 것을 '제공하셨다' 혹은 '주셨다'는 식으로 밝힌다. '지불했다'라는 말은 돈을 뜻하기 때문에 쓰지 않는다. 우리는 물론 돈이 연관돼 있는 줄 알지만 거기에 관심이 쏠리게 하는 것은 좋은 매너가 아니다. 또 하나의 영국인 위선이다. 이 공손한 완곡화법으로 숱한 돈 문제를 덮을 수 있다. 어떤 경우에는 누가 무엇을 냈고 불필요하게 마구 돈을 썼다느니 하는 소란스러운 불만이 들끓는다. 만일 당신 형편이 어렵다면 딸의 결혼식을 호화롭게 올려주려고 자신을 곤궁에 빠뜨릴 필요는 없다. 이 경우 다른 문화권에서는 좋은 인상을 주겠지만, 영국인은 쓸데없이 허세를 부렸다고 비난할 것이다. 그리고 당신이 왜 수수하게 식을 치르지 않았는지 의아해할 것이다.

___ **유머 규칙** 돈으로 생긴 문제들 말고도 요즘 두 가족이 개입되는 의례에는 늘 갈등이 생길 개연성이 있다. 예컨대 한쪽 부모가 이혼

했을 개연성이 상당히 높다. 혹은 재혼했거나 새로운 상대와 동거를 하여 두 번째 혹은 세 번째 결혼에서 낳은 아이가 있을 수도 있다.

비록 아무도 주정 부리지 않고, 좌석 배치나 이동용 자동차 수배 때문에 화가 안 났어도, 혹은 신랑 들러리의 인사말에 문제가 없어도, 꼭 누군가의 입에서 무슨 말인가 나와서 창피하고 곤혹스러운 일이 생기고야 마는 것이 결혼식이다. 나는 다섯 살 때 처음으로 결혼식에 참석했는데 그때 문제를 일으킨 장본인이었다. 부모님은 나와 내 동생에게 이 중요한 통과의례를 설명할 필요가 있다고 생각하셨다. 아버지는 우리를 앉혀놓고 짝짓기, 다른 문화권의 결혼식 풍습과 순서를 묘사하면서 외가 쪽 고종사촌 간에 치르는 결혼이 얼마나 복잡한지를 설명해주셨다. 어머니는 성교육을 했다. 아기가 어떻게 태어나는지를 비롯, 섹스에 관한 조기교육을 시키신 것이다. 내 동생들은 세 살과 네 살이었으니 관심을 기울이기에는 너무 어렸지만 나는 못에 박힌 듯이 집중해서 들었다. 다음 날 교회에서 의식에 매료되었는데, 어느 땐가 잠시 침묵(아마 "이 결혼에 반대하는 사람은 지금 얘기하고 아니면 영원히 가만히 있으라"고 얘기할 때가 아니었나 한다)이 흐르자, 나는 어머니에게 얼굴을 돌려 크고 날카로운 속삭임으로 "이제 저 남자가 씨를 집어넣는 거야?"라고 물었다.

나는 그후 몇 년간 결혼식에 참석하지 못했다. 그건 좀 심한 것 같았다. 왜냐하면 나는 정확하게 요점을 파악했고, 단지 사건들의 발생 순서를 잘못 파악했을 뿐이었는데 말이다. 내가 기억하는 다음 결혼식은 미국에서 열렸다. 아버지의 두 번째 결혼이었다. 나는 여덟 살인가 아홉 살이었다. 이번에는 이미 둘로 갈라진 가족관계와 부계거주 대 모계거주 형태가 어떻고 하는 이혼 관련 법률 용어 강의를 할 정도였다. 그렇다고 예식 도중 가장 엄숙한 순간에 참을 수 없이 갑작스럽게 터져 나온 웃음(다행히도 그리 큰 소리를 내지는 않았지만)을 멈출 수는 없었다. 나는 그때 너무 애같이 굴어 정말 창피했다(아버지는 항상 "아이처럼 굴지 말아라"라고 얘기하셨다). 지금 나는 웃음을 참을 수 없었던 내 행동이 아주 영국인다운 반응이었다고 느낀다. 우리는 엄숙함이 불편하고 좀 가소롭다고 느낀다. 가장 진지하고, 공식적이며, 심각한 분위기의 예식에서 우리는 웃고 싶어진다. 이는 긴장되고 거북한 웃음이다. 그리고 반사작용으로 터져 나오는 유머와 밀접한 관련이 있다. 유머는 난처한 상황을 벗어나도록 도와주는 우리가 가장 좋아하는 방안이다. 그리고 폭소는 사교불편증을 해결하는 기본 수단이다.

우리에게 이 도움의 도구는 지금 더욱더 필요하다. 이제는 커플을 위한 세속 결혼식에서는 신랑신부가 직접 쓴 결혼 서약을 스스로 읽고 교환해야 하기 때문이다. 이상하게도 이 서약의 요점은 성당의 전통적인 결혼 서약과 거의 같다. 단지 유창하지 않고 간결하지 않게 말한다는 점이 다를 뿐이다. 특히 개인 감정을 담은 진지한 발언은 영국인들 입장에서는 엄청나게 당황스럽다. 듣는 사람이 쑥스럽고 창피해서 손발이 다 오그라든다. 그래서 손님들은 이 의식이 거행되는 동안 웃음을 참으려고 노력하며 보낸다. 흔히 신랑신부 자신들마저도 이 창피한 과정을 거치면서 낄낄거리는 경우도 많다.

이 불편할 정도로 진지한 과정이 일단 지나가면, 영국인의 결혼 피로연은, 다른 통과의례와 마찬가지로 폭소로 뒤덮인다. 거의 모든 대화는 과장된 유머이거나 유머가 담긴 말이다. 그렇다고 모든 사람이 아주 행복하고 즐거운 시간을 보낸다는 얘기는 아니다. 어떤 사람은 정말 기분이 좋을 수도 있다. 하지만 그들조차도 영국 유머의 불문율을 지키고 있는 것이다. 이 규칙은 너무 깊게 각인되어 있어, 우리는 생각하지 않았고 의도하지 않았는데도 자동으로 튀어나와 제어가 불가능한 충동이 되어버렸다.

장례 의례

이 유머 때문에 우리가 장례식을 치르는 데 큰 문제가 생긴다. 이 세상에서 영국 장례식만큼 딱딱하고 형식적이며 불편하고 견딜 수 없으리만치 어색한 장례식은 많지 않다[123]

__ **유머 생체 해부의 규칙** 장례식에서 우리는 기본 문제에 대처하는 기능을 정지시켜야 한다. 보통의 유머와 폭소는 정말 슬픈 경우에는 분명히 적절하지 않다. 다른 경우, 예를 들어 놀라거나 혼이 났을 때도, 우리는 끊이지 않고 죽음에 대해 농담을 한다. 그러나 장례식에서 이는 불경스럽고 적절하지 못하다. 도를 넘은 농담은 찡그린 미소나 자아낼 뿐이다. 농담이 없으면 우리는 발가벗겨져 비보호 상태가 되고, 사교술의 미숙함을 만천하에 노출한다.

이런 우리를 지켜보는 일은 매혹적인 동시에 고통스럽다. 잔인한 해부학자의 동물 행태 실험 같다. 장례식에서 영국인을 보는 것은 등딱지가 벗겨진 거북이를 보는 것 같다. 반사적으로 튀어나오는 유머 기능이 정지된 우리는 아주 취약하고 중요한 기관 하나가 제거된 것처럼 보이는데 사실이 그렇다. 유머는 이렇게 영국인의 성격에 뿌리박혀 있는데 사용을 금지(혹은 아주 엄격하게 규제)하면 우리는 정신적으로 한쪽 팔을 잘린 것이나 마찬가지다. 간단히 말해 유머 없이는 사교 행위를 할 수 없다. 영국인의 유머 규칙은 기본적으로 옥스퍼드 영어사전에 실린 표제어의 넷째 의미, 즉 '보통 또는 사

---

123 아직 대다수의 영국인 독자들이 언젠가는 한 번쯤은 참석해보았을 기독교식 혹은 전통적인 보통 장례를 얘기하는 것이다. 물론 내가 여기서 다 다룰 수가 없을 정도로 수많은 소수 종교들의 장례식이 있을 것이다. 약 7퍼센트 인구만이 소수 종교의 신자이기 때문에 '전형적으로 영국적'이라 부를 수는 없다.

물의 정상적인 상태'이다. 팔이 있는 상태 혹은 정상으로 숨을 쉬는 상태와 같다. 장례식에서 이를 박탈당했으니 어찌할꼬. 빈정거리지도 못하고! 거짓 장난도 못 치고! 야유도 못 하고! 놀리지도 못하고! 유머러스하게 낮추어 말하지도 못하고! 말장난이나 중의어까지도 금지라니! 세상에 그럼 우리보고 도대체 뭘 어떻게 하란 말입니까? 아마도 이해할 수 있듯이 영국인의 유머 반응은 흔히 장례식 관례보다 더 강력해서 생체 해부의 규칙이 언제나 지켜지는 것은 아니다. 비록 우리는 더 확실한 형태의 유머는 피할지 몰라도 어떻게든 약한 형태의 아이러니와 낮추어 말하기는 슬쩍 끼워넣으려고 노력하게 마련이다.

___ 진지하지 않기 규칙의 정지와 눈물 할당량 모든 일에 농담을 해서 고질적인 사교불편증을 치료하고, 긴장을 풀며, 말문을 트는데, 이제 그걸 못하게 할 뿐 아니라 엄숙하라고 요구한다. 유머는 철저히 제한되고, 평소에는 진지함이 금기라더니 지금은 그래야 한다고 한다. 우리는 상을 당한 유족들에게 엄숙하고 진지하게, 진심에서 우러나오는 위로를 전해야 한다. 혹은 우리가 상을 당하면 그런 말들에 우리도 엄숙하고 진지하게, 진심에서 우러나오는 말로 답해야 한다.

하지만 너무 절실하지 않게 해야 한다. 오로지 평상시 금기를 정지시켜놓고 어느 정도는 진지해지고 감상적이 되어도 좋다는 뜻이다. 그것도 완전 정지가 아니고 일부 해제이다. 심지어 진정으로 슬픈 가족과 친구들까지도 감정 해소를 위해 눈물과 통곡에 빠지지 못하도록 제한한다. 눈물은 허락된다. 그러나 소리 없이 흘려야 한다. 흐느끼거나 코를 훌쩍거릴 수는 있으나 다른 문화권에서는 정상으로 여겨지는 고통에 찬 비명과 절규는 영국에서는 위엄 없고 적절치 못한 반응으로 간주된다.

사회적으로 허락된 조용한 울음과 코 훌쩍임도 너무 길어지면 창피한 일이 되고 사람들을 불편하게 만든다. 전 세계에서 전혀 눈물이 없는 장례식이 정상으로 간주되고 용인되는 유일한 문화일 것 같다. 영국 성인 남자들은 장례식장 조문객들 앞에서 울지 않는다. 만일 눈물이 차오르기 시작하면 화난 듯이 재빠르게 물기를 닦으며 자신을 추스른다. 여자 친척이나 친구들은 눈물 몇 방울을 흘리긴 하는데, 그러지 않더라도 슬퍼하지 않는다거나 인정이 없는 사람 취급은 받지 않는다. 슬픈 듯한 표정을 유지하고, 때때로 '슬픈 그러나 용감한 미소'를 보이면 된다.

모든 사람들은 이런 절제를 감탄할 만한 일이라 여긴다. 다이애너 왕세자비의 장례식에서 보인 일부 왕실 사람들의 냉담한 태도는 많은 비난을 불러일으켰다. 그러나 어린 아들들의 지각 있는 태도는, 몇 방울 눈물만 보인 모습은 물론이고 영구차를 따라 한참을 걸을 때나 장례식 전 기간에 보여준 침착한 태도에는 아무도 놀라지 않았다. 그들은 용감하고 위엄 있게 행동하여 칭찬을 받았다. 특히 군중 앞을 걸어다니면서 조문받을 때 보여준 미소와 중얼거리는 듯한 감사 표시 등으로 칭찬을 받았다. 그것은 참지 못하고 터져 나오는 어떤 흐느낌보다 감동적이었다. 영국인은 눈물로 슬픔을 가늠하지 않는다. 너무 많은 눈물은 어느 정도 자기 탐닉이라고 본다. 심지어는 조금 이기적이고 불공정한 일이라고까지 여긴다. 슬픔으로 충격을 받은 가족들이 장례식에서 울지 않거나 잠시 우는 것은 다른 사람을 배려한 행동이다. 위로와 관심을 가져달라고 요구하지 않고 용감한 표정으로 손님들을 안심시키는 태도는 존경받는다. 내 계산으로 보통의 영국인 장례식에서 최적의 눈물 할당량은 다음과 같다.

- 성인 남자(고인의 가까운 가족이나 아주 친한 친구): 한두 번 재빠르게 눈가를 훔치고 용감한 미소 짓기.
- 성인 남자(위를 제외한 모든 경우): 눈물 흘리지 않고, 침울하고 동정적인 표정 유지. 슬프고 걱정하는 미소 짓기.
- 성인 여자(고인의 가까운 가족이나 친구): 장례식 동안 눈물 한두 방울과 훌쩍임은 보여도 좋고 안 보여도 좋다. 조문에 대한 답례로 가끔 눈가의 물기를 사과하듯이 손수건으로 두드려 닦고 용감한 미소 짓기.
- 성인 여자(위를 제외한 다른 모든 경우): 눈물 흘리지 않거나 눈가에 물기를 보이는 정도. 침울하고 동정적인 표정 유지, 슬프고 걱정하는 미소 짓기.
- 남자아이들(가까운 가족이나 친구들): 10세 이하면 눈물은 무제한, 좀더 큰 소년들은 장례식 동안 떨어지는 눈물 한 번 보이고 용감한 미소 짓기.
- 남자아이들(위를 제외한 모든 경우): 남자 성인과 마찬가지.
- 여자아이들(가까운 가족과 친구들) 10세 이하는 눈물 무제한. 더 자란 소녀들은 성인 여자 눈물 할당량의 대략 두 배 흘리고 용감한 미소 짓기.
- 여자아이들(위를 제외한 모든 경우): 눈물은 흘리지 않아도 되고, 눈가의 물기를 보이거나 장례식 중 잠깐 훌쩍임 가능.

나는 물론 정상적인 장례 풍경을 그리고 있다. 아이나 젊은이 혹은 어린아이들의 부모들의 정말 가슴 아픈 장례식은 이런 불문율과 눈물 할당량 규칙이 적용되지 않는다. 하지만 그런 장례식에서조차 아주 큰 흐느낌이나 제어하지 않는 슬픔의 표현은 보기 어렵다. 누군가가 '참지 못하고break down' 흐느끼다가도 중단하고 거의 본능적으로 '미안합니다'를 연발한다.

　　우리가 느끼는 참된 슬픔은 제외하더라도, 유머 금지, 진지함의 금기 정지, 눈물의 양 제한 조치 등으로 영국의 장례식은 상당히 불쾌한 행사가 되어버렸다. 우리는 유머 반응을 제어해야 하고, 느끼지 않는 감정을 표현해야 하지만 자기 감정은 억눌러야 한다. 영국인은 죽음 자체를 창피하고 꼴사나운 것이라 여겨 이를 생각하거나 말하고 싶어 하지 않는다. 죽음에 대한 우리들의 본능적인 반응은 부정이다. 우리는 죽음을 무시하려 들고 이 일이 일어나지 않은 양한다. 하지만 장례식에서 그럴 수는 없는 노릇이다.

　　그러니 우리가 말 없이 딱딱한 자세로 불편해하는 것은 놀랄 일이 아니다. 전반적으로 합의된 인사말이나 동작이 없다(특히 상류층 사이에서는 위안하는 상투적인 말은 통속적이라고 여긴다). 그래서 서로 무슨 말을 해야 하고 손은 어디다 두어야 하는지를 모른다. 그러다 보니 결국은 중얼거리듯, 유감이고 슬프고 무슨 말을 해야 할지 모르겠다는 말을 건네고, 어색하게 포옹하며, 나무처럼 딱딱하게 팔이나 두드리고 만다. 비록 많은 장례식이 어정쩡한 기독교식이라 특별히 고인의 신앙에 대해 알려주는 것도 없다. 그래서 고인의 신앙심이 독실하다면 몰라도 그렇지 않으면 신이나 영생에 대한 언급도 적당하지 않다. 만일 돌아가신 분이 80세(75세부터라도)가 넘었으면 장수하셨다고 한마디 해도 무방하다. 그리고 장례식 직후 모임에서 한두 마디 부드러운 농담은 허용된다. 이걸 제외하면, 보통은 말 없이 애처롭게 머리나 흔들고 의미심장한 한숨이나 쉴 뿐이다.

　　장례식에서 추도사를 하는 사제를 비롯한 이들은 그래도 운이 좋다. 써먹을 수 있는 상투어가 있기 때문이다. 고인을 묘사할 때는 일종의 아이러니 용어를 사용하되 나쁘게 말하는 것은 금지된다. 그러나 모든 사람이 알고 있는 방법이 있으니, 예를 들면 '그는 파티의 생과 정신을 가지고 있었다'라는 말은 술 주정뱅이였다는 이야기다. '바보짓을 안 당했다'는 말은 심술꾼 구두쇠 녀석이었다는 얘기고 '그녀는 애정에 아주 후했다'는 품행이 형편없었다는 말이며 '지치지 않는 이야기꾼이었다'는 본인 목소리 듣기를 좋아하는, 즉 혼자 떠드는 지루하기 짝이 없는 사람이었다는 소리, '확인된 독신자'는 게이였다는 소리이다.

___ **대중들이 쏟아내는 비통함**   다이애너 왕세자비의 죽음과 장례식에 대한 우리의 반응에 대해 신문, 잡지, 라디오, 텔레비전 기자들은 '전례 없이 쏟아지는 대중들의 비통함'이라고 보도했다. 정말 겁이 날 정도로 예외 없이 모든 매체들이 똑같은 용어를 썼다. 앞에서 지적했듯이 이 비영국적인 대중들이 쏟아낸 슬픔은 주로 질서 있고 조용하게, 위엄 있는 줄서기로 나타났다. 그러나 '다이애너 이후'부터 언론은 '대중들이 쏟아내는 비통함'이라는 단어에 매료되어 기회만 있으면 그 말을 꺼내기 시작했다. (실은 일반인들의 의견과는 달리, 다이애너 왕세자비의 죽음 이후 슬픔의 표현 면에서 아주 큰 문화적 변화가 있었다고는 할 수 없다. 울음에 대한 내 조사에 따르면 영국인은 다이애너 왕세자비의 죽음 전보다 지금 훨씬 눈물을 적게 보인다. 단지 11퍼센트만이 대중적인 인물의 죽음에 눈물을 보였다 하고 텔레비전에 나오는 눈물 흘리는 유명한 장면들은 희귀한 경우라 대표 사례라 할 수 없다. 당신이 어떤 쪽으로 표를 던질지는 모르지만 우리는 강한 사람들 아니면 정서적인 변비 환자, 둘 중 하나이다.)

여왕의 모친 장례식(그때도 우연히 긴 줄이 생겼지만) 때는 반응이 훨씬 차분했는데도 매체들은 '대중들이 쏟아낸 비통함'이라는 표현을 사용했다. 심지어 대중들이 훨씬 약한 반응을 보인 비틀스 멤버 조지 해리슨의 장례식 때도 그 말을 썼다. 어린이나 십대 학생이 살

해당하는 등 기삿거리가 되는 일이 일어나 친구를 비롯해 애도하는 사람들이 피해자의 집 앞이나 교문 앞, 동네 교회 등에 꽃을 좀 놓아도 '대중들이 쏟아내는 비통함'이 되어버렸다. 누군가 대중의 눈앞에서 죽었는데 그가 밥맛 떨어지는 사람만 아니면 '대중들이 비통함을 쏟아내는 일'을 기대하지 않을 수 없게 되어버렸다.

많은 사람들에게 미움을 받은 대중적인 인물, 예를 들면 전 수상 마거릿 대처의 죽음에 대중들의 농담이 쏟아졌다. 대처가 죽었다는 뉴스가 나오자마자 수초 내로 농담은 부글부글 폭발적으로 끓어오르기 시작했다. 전형적인 영국식 말장난이 시작되었다. 그중 하나가 '평화 속에 녹슬어라Rust in Peace'[평화 속의 안식Rest in Peace을 비꼬면서 저주한 것이다]이다. 대처의 별명인 '철의 여인'을 이용한 비꼬기다.

조금 더 정성을 들인 농담도 따랐다. 장난으로 길거리 파티를 열어 자신도 우유를 마시면서 지나가는 행인들에게 우유를 주는 행사와 대처의 집 앞에 우윳병을 가져다 놓는 일이었다. 이는 대처의 옛날 별명 '매기 대처, 우유 탈취범'을 이용한 것이다. 1971년 교육부 장관이던 대처는 학교에서 주는 무료 우유 급식을 없앴다. 가난한 사람들에 대한 냉담함을 비꼰 것이다.

대처에게 예를 제대로 갖춘 국장을 치러주어야 하느냐를 둘러싼 언론의 논쟁은 '대처에게 국가state 장례를? 개인private 장례로 해야 한다!'라는 농담으로 더 부각되었다. 이것은 물론 대처가 공공 서비스를 제공하는 공기업 민영화privatise를 계속 추진한 데 대한 비꼬기였고 대처의 신앙과 같은 국유기업 민영화에 대한 반감의 표시였다. 또 '대처는 지옥에 들어간 지 20분도 채 안 되어 벌써 지옥 불가마를 민영화했다'가 최고의 농담이었다. 이런 기가 막힌 농담꾼에게 고인에 대해 최소한의 동정심이 없다는 비판이 나왔으나 농담꾼들은 '동정심이 없다고? 그게 바로 대처가 원하던 것이다'라고 쏘아붙였다.

또 시위, 허수아비 화형식 같은 전혀 유머러스하지 않고 훨씬 더 신랄한 반응도 많았다. 물론 대처의 지지자들은 경건하게 고인을 칭송했다. 이것들은 표현의 자유가 있는 어떤 나라에서든 논쟁의 여지가 많은 지도자가 죽었을 때 얼마든지 일어날 수 있는 일이다. 비록 대처의 죽음에 대한 미국 언론 반응은, 논쟁의 여지가 많다는 점에서 대처와 거의 동일한, 로널드 레이건 전 미국 대통령의 죽음에서 보여준 것처럼 찬사 일색이었다.

영국 언론의 '죽은 사람에게 나쁜 말을 하지 않기' 규칙은 친구와 친척의 개인 장례식에서는 적용되지만, 죽은 정치인에 대한 논평에는 해당되지 않는다. 언론은 찬미자 대 항의자와 풍자객들을 거의 같은 수준으로 다루었다. 한 풍자 운동 모임이 대처 사망 단 일주일 만에 〈딩-동! 마녀가 죽었다Ding-Dong! The Witch is Dead〉라는 노래를 만들었는데 가요 순위 2위에 올랐다. BBC 라디오1 방송은 보수당 의원들로부터 노래를 틀지 말라는 압력을 수도 없이 받았다. 그래서 BBC는 아주 전형적인 영국식 타협을 했다. 노래의 짧은 '문제의 합창'은 틀어주고 전체 노래는 틀어주지 않았다. 양쪽 다 결정에 만족하지는 않았지만 모두가 이겼다고 주장했다.

달력 의례와 다른 전환 행사

달력 의례는 크리스마스, 연말연시 같은 명절과 매년 정해진 날짜에 찾아오는 부활절, 노동절, 추수감사절, 핼러윈, 가이 포크스의 밤Guy Fawkes Night[매년 11월 5일 폭죽놀이를 해서, 1605년 국회의사당을 폭파하려 했던 가이 포크스 일당의 음모를 기억하자는 의도에서 시작된 민속이다], 어머니날, 밸런타인데이, 그리고 각종 공휴일을 포함한다. 나는 연중 여름휴가를 날짜가 일정하진 않지만 이 범주에 포함한다(일부 잔소리꾼들은 엄격히 말해 여름휴가는 의례는 아니고, 적어도 크리스마스나 추수감사절 같은 것은 아니지 않느냐고 하겠지만 나는 그렇지 않다고 생각하며, 그 이유를 나중에 설명하겠다). 그리고 이 범주 안에 매일 매주의 일이 놀이로 바뀌는, 일과 후에 퍼브에서 한잔 하는 전환 의례도 들어간다고 생각하나 이는 이미 '일의 규칙' 장에서 설명했다.

다른 전환 행사에는 인생의 중요한 통과의례 이외의 것이 포함된다. 예를 들면, 은퇴 축하, 중요한 생일(10년 단위 등), 결혼기념일(은혼식, 금혼식 등) 그리고 사회적 장소·신분·생활환경 변화에 따른 의례, 예를 들면 집들이 혹은 송별 모임 등이 들어가야 한다고 생각한다.

이렇게 보면 의례가 상당히 많다. 이들 중 많은 것들이 대개 서구의 산업화된 문명국들의 의례와 거의 비슷하다. 선물, 파티, 특별한 식사, 노래, 그리고 크리스마스 장식, 부활절 초콜릿, 밸런타인데이의 카드와 꽃, 축제 때의 술, 어떤 경우든 빠뜨릴 수 없는 음식 등등. 여기서는 모든 의례를 공들여 자세히 설명하기보다 주로 이러한 의례들과 관련된 영국식 행동과 태도를 규제하는 불문율을 살펴보겠다.

모든 문화에는 계절이나 전환에 관련된 축하 의례 비슷한 것들이 있다. 다른 동물들은 그냥 알아서 계절 변화에 적응하고 행동을 조절한다. 한데 인간은 사소한 기념일 등에도 큰 의미를 두고 난리법석을 떤다. 문화인류학자에게는 다행스럽게도 인간은 상당히 예상 가능한 일들을 한다. 그런 일에 유사하게 난리 치는 경향이 있기 때문이다. 서로 다른 문화권의 축제에도 비슷한 점이 많은데, 예를 들면 노래하고 춤을 춘다. 어느 문화권이든 먹고 마시는 일은 중요하다.

술의 역할

축하 의례에서 술이 하는 역할은 영국인을 이해하는 데 아주 중요하다. 그리고 설명이 조금 필요하다. 술을 사용하는 모든 문화에서 축하를 할 경우 술이 가장 중요한 요소이다. 그 이유는 두 가지로 설명할 수 있다. 첫째는 카니발이나 페스티벌은 즐거움이 다가 아니다. 이런 행사는 어느 정도 문화적인 해방이나 심지어는 축제 분위기의 전도轉倒가 포함되어 있다. 보통 때는 눈총을 받거나 금지되던 일들(예를 들면 난교의 유혹, 심하게 야한 노래, 이성 옷 입기, 분수에 들어가기, 낯선 이에게 말 걸기 등등)도 할 수 있을 뿐 아니라 이걸 부추기기까지 한다. 기존 가치관과 도덕관 등이 잠시 정지되는 해방의 기간이다. 어디에도 소속되지 않는 중간 형태의 휴가인 이때는 일상을 벗어나 잠시라도 달리 살아보는 것이 허용된다. 이 기간은 술 없이는 존재할 수도 없을 정도이다. 술에 취해서 겪는 경험은 각종 축제 기간에 중간 휴식 지대에서 겪어본 초현실적인 해방감을 선사한다. 술의 화학적 효과가 축제의 문화적 화학반응과 공명한다.

때로는 지겨운 일상에서 탈출해 이런 변화도 맛보고 싶은 욕망이 누구에게나 있지만, 사실은 이것도 엄청 겁나는 일이다. 그래서 우리는 현실을 변화시키려는 움직임이 도를 넘지 않게, 한정된 상황에 머물도록 제한하고 있다. 요컨대 그런 해방의 욕망이 실제로 변화를 원할 만큼 분명하진 않다는 것이다. 그래서 이 욕망은 현재와 같은 일상의 안전과 안정을 요구하는 강력한 힘에 의해 균형이 잡힌다. 축제의 초현실적인 경험에 매료되었을지는 몰라도 또 한편 두렵다. 우리는 다른 현실을 가보고 싶어 하지만 거기서 영원히 살고 싶어 하지는 않는다. 술은 축제 상황에서 이중 역할 혹은 균형을 잡는 역할을 한다. 술에 의해 변화된 의식으로 우리는, 한번 맛보길 원하지만 위험할 수도 있는 또 다른 현실을 탐험할 수 있는데, 이때 기분이 좋아져서 솟아나는 사교성이 우리를 안심시켜 균형을 맞춘다. 술은 우리가 축제의 주요 목적 중 하나인 초현실적 경험을 더 잘할 수 있도록 기분을 끌어올린다. 그러나 친근하고, 일상적이며, 편안하고, 사교적인 의례, 즉 서로 나누고, 따라주고, 돌아가면서 사는 친교는 술 마신다는 말과 동일한 말이고, 이때 술은 음주 후 우리가 탐험할 해방 공간의 두려운 면을 조금 순화시키도록 도와준다.

거기에 세계 공통의 요소가 있으나 이는 문화에 따라 변형되기도 한다. 술을 마시는 문화에서 술과 축하가 분리될 수 없도록 묶여 있지만, 술에 대해 반대 감정이 병존하는 문화에서는 이런 연결성이 더욱 강하게 나타난다. 영국 같은 상극 음주 문화권에서는 보통 술과 도덕이 서로 부딪쳐서 술을 먹는 데는 이유가 필요하다. 이에 반해 술이 평상시 생활의 중요한 요소인 융화 음주 문화권에서는 술을 마시기 위한 이유나 정당화가 필요 없다. 영국인은(미국, 오스트레일리아, 스칸디나비아, 아이슬란드를 포함해서) 술을 마시기 위해서는 이유가 필요하다고 느낀다. 그래서 가장 흔하고 인기 있는 이유가 축하다. 융화 음주 문화권(라틴, 지중해 문화권 같은)에서는 음주를 반대하지 않는다. 그래서 술을 마시는 데 이유가 필요 없다. 융화 음주 문화권에서는 축제 분위기가 음주와 아주 강하게 연결되어 있다. 그렇다고 이것이 모든 음주에 대한 변명이 될 수는 없다. 축하하는 자리에는 대개 술이 필요하다. 그러나 사람들은 다른 이유로도 술을 마신다.

___ **축하의 핑계와 마술적인 믿음**　나는 SIRC 동료와 함께 축제 시의 음주에 대한 비교문화 조사를 했는데 더불어 영국인의 축제와 이에 대한 태도를 함께 조사했다. 연구는 통상의 방법, 즉 현장 관찰 조사, 비공식 인터뷰, 전국적인 조사로 진행되었다.

그 결과 영국인은 축하 음주를 위해 찾을 수 있는 핑계는 절대 안 놓치는, 파티를 위해 사는 사람들이라는 사실이 밝혀졌다. 달력에 나오는 축제를 열 뿐만 아니라 무려 응답자 87퍼센트가 기괴하고 하찮은 일로 음주 축제 같은 모임을 벌인다고 했다. 예를 들면 '내 테디 베어 생일이라' '내 친구가 이빨을 삼켜서' '우리가 숫놈이라고 생각했던 이웃집 뱀이 알을 낳아서' '주중의 첫 금요일이라서' '내 반려동물 햄스터의 열네 번째 기일이어서.'

이런 기막힌 이유 이외에도 60퍼센트가 넘는 응답자가 아주 일상적이고 별일 아닌 이유로 파티를 연다고 했다. 예를 들면 '친구가 지나가다 들러서'가 한바탕 축하 음주를 해야 할 충분한 핑계라는 것이다. 50퍼센트가 넘는 인구가 토요일 저녁을 축하하기 위해서, 50퍼센트에 약간 못 미치는 사람들이 금요일이라는 이유로, 40퍼센트에 가까운 젊은이가 '하루 일을 마쳤다'는 핑계를 대고는 흥청망청 술판을 벌였다.

술판을 축하 자리라고 칭해 음주에 대한 도덕적 모순을 피하려는 것이다. 이는 또 음주에 대한 정당한 핑계일 뿐만 아니라 음주 자체로 탈억제를 공식 허가 받은 것이기도 하다. 그렇게 되면 해방 의식으로 정의되고, 평소의 억제에서 풀려 잠시나마 자유로워진다. 그래서 축하라는 이름이 붙은 술자리는 아무 핑계 없는 단순한 술자리보다 더 큰 탈억제력을 갖게 된다. 축하는 마술 같은 힘을 가진 단어이다. 그냥 축하라는 단어만 끌어다 붙여도 단순한 술판이 파티가 되고 여기서는 모든 사회적 규제가 완화된다. 축하라는 말 한마디에 즉석에서 수리수리 마수리! 급조된 놀라운 초현실이 펼쳐진다.

이런 마술은 다른 문화권에서도 힘을 발휘한다. 술 자체가 술판의 성격을 규정하고 결정하는 데 사용된다. 말로 할 필요도 없고 마술이나, 또 다른 것으로 정의할 필요도 없다. 예를 들면 술 종류는 특정한 사교와 강하게 연관되어 있다. 그 술을 마신다는 것만으로도 앞으로 이 자리에서 무슨 일이 일어날 거라는 확실한 표시가 된다. 혹은 그 술을 마시면 어떻게 행동해야 한다는 지시이기도 하다. 서구 문화에서 샴페인은 축하와 같은 단어이다. 통상의 술자리에서 샴페인을 주문하면 누군가 "자! 우리는 이제 무엇을 축하하나?"라고 한다. 샴페인은 축제 분위기와 즐겁고 마음이 가벼워지는 분위기를 만들어주니 장례식에서 마시기는 부적당하다. 오스트리아에서 젝트sekt는 공식 모임의 술이고 슈납스schnapps는 친근하고 우호적인 분위기의 술이다. 술에 따라 모임 성격이 규정되고 참여자의 사이도 정해진다. 사람들 행동도 술에 맞추는데, 단순히 슈납스 한 병이 탁자에 등장하면 사람을 부르는 형식마저도 공손한 당신sie에서 친근한 너du로 바뀐다. 영국에서는 그런 식으로 말이 바뀌진 않지만, 포도주보다 맥주는 허물없이 가볍게 마실 수 있는 음료로 여겨진다. 그래서 식사 때 맥주를 마시면 분위기가 누그러진다. 심지어 손님들 몸짓까지도 허물이 없어진다. 의자에서 좀 구부려 앉는다든지 편안한 자세가 된다. 또는 더 열린 자세를 취하고 조금 넓게 앉기도 한다.

이런 면에서는 영국인들도 다른 문화권 사람들과 별반 다를 게 없다. 하지만 우리의 믿음과 필요 때문에 술과 파티라는 마술적인 단어의 탈억제력은 아마 다른 문화의 경우보다 훨씬 강하다. 우리의 사회적 억제가 더 강력하기 때문이다. 술에 대한 상극성과 마술의 힘에 대한 믿음은 영국 통과의례의 성격을 결정하는 핵심 요인이다. 중요한 삶의 전환 시점과 연관된 의례에서 아주 사소한 테디베어 생일 파티 의례에 이르기까지 그러하다.

크리스마스와 연말 파티의 규칙
영국의 1년은, 달력에 표시된 국가적인 휴일로 매듭지어진 다음에 다시 시작된다. 별로 중요하지 않은 날도 있고, 특히 중요한 날도 있다. 크리스마스 휴가와 새해 연초 휴가에는 모든 것이 완벽히 멈춘다. 모든 달력상 의례는 원래 종교적인 행사로 시작되었고, 때로는 고대 무속신앙의 축제 등이 기독교적으로 원용된 것도 있다. 그러나 이제는 이런 의례에서 기독교적인 중요성은 많이 무시되고 있다. 반면 원래의 무속신앙적인 의미가 되살아나는 듯하다. 그래서 크리스마스의 경우 원래 자리로 돌아가는 것 같다. 크리스마스와 송년회 파티는 아주 중요하다. 크리스마스는 가족 의식으로 자리 잡았고, 대신 송년회 파티는 친구들과의 소란스런 축하 파티가 되었다. 그러나 영국인이 크리스마스라는 단어를 쓸 때는("너 크리스마스 때 뭐해?" "난 크리스마스를 증오해!") 크리스마스 휴가 전체를 가리킬 때가 많다. 이는 12월 23일 또는 24일부터 신년 휴가까지를 뜻한다. 이때 영국인들은 대체로 그리고 전통적으로 다음과 같은 일들을 한다.

- 크리스마스 이브: 가족—마지막 선물 구입, 허둥대고 말다툼, 크리스마스트리에 불 밝히고, 술 마시고, 땅콩 종류와 초콜릿을 너무 많이 먹고, 가능한 한 교회에 가서 초저녁에 캐럴 부르고 자정미사 참석하기.
- 크리스마스 날: 가족과 보내기—아침에 크리스마스트리 밑에서 선물 주고받기, 장시간 요리, 아주 많은 음식으로 푸짐한 점심, 텔레비전이나 라디오로 여왕 연설 시청하거나 혹은 일부러 보지 않기, 〈토이 스토리〉나 〈ET〉 혹은 그 비슷한 영화를 보다가 낮잠, 저녁에 과식과 과음으로 속이 불편한 밤을 보냄.
- 복싱 데이boxing day: 술이 덜 깸, 가족 외출(그러나 오로지 동네 공원으로), 시골 들판이나 언덕 오래 걷기, 다른 친척 방문, 저녁에는 가족들로부터 탈출해 동네 퍼브로 가기[12월 26일로, 우체부, 청소

부, 신문배달부 등에게 크리스마스 선물을 주는 날이다].

- 12월 27~30일: 약간 이상하게 어중간한 기간. 일부는 출근하는데 별로 하는 일은 없고, 다른 사람은 쇼핑 또는 산보나 하고, 아이들을 즐겁게 해주기도 하고, 과식과 과음을 하고, 친구나 친척 방문하기, 텔레비전이나 DVD 시청하기, 퍼브 가기.
- 말일: 친구 만나기. 고주망태가 되는 거창한 파티 참석 혹은 퍼브 순례하기, 정장무도회 또는 가장무도회 참석하기, 요란한 음악 듣기, 춤추기, 샴페인 터트리기, 자정에 냄비 두드려서 소음 만들기, 폭죽이나 불꽃놀이 하기, 〈올드 랭 사인〉 부르기, 새해 결심하기, 택시 잡느라 난리를 치르고 추위에 떨며 오래 걸어서 귀가하기.
- 새해: 긴 잠, 작취미성 昨醉未醒.

크리스마스를 이렇게 보내지 않는 사람도 많겠지만 그래도 다들 이중 몇 가지는 한다. 대다수 영국인은 이처럼 간략하게 묘사한 크리스마스 시나리오를 인정할 것이다.

사실 크리스마스란 단어는 이보다 훨씬 더 많은 것으로 이루어져 있다. 많은 사람들이 '나는 크리스마스를 증오한다'고 불평하거나 크리스마스가 점점 더 악몽이나 수난이 되어가고 있다고 엄살을 떤다. 크리스마스를 제대로 맞기 위한 사전 준비가 상당하기 때문이다. 최소한 한 달 전에는 시작하는데, 거기에는 사무실이나 직장에서 여는 크리스마스 파티, 크리스마스 쇼핑, 크리스마스 무언극 관람이 포함되고, 학교 다니는 아이가 있는 사람은 학교에서 하는 '예수 탄생 연극'이나 음악회도 챙겨야 한다. 연중행사인 수많은 카드를 쓰고 발송하는 일은 또 어떻고.

학교에서 하는 예수 탄생 연극은 많은 사람들에게 크리스마스에 만날 수 있는 유일한 종교적인 행사이다. 크리스마스의 종교적인 중요성은 이미 드라마와 의례 속에서 사라지고 없기 때문이다. 특히 누구 아이가 운 좋게도 주인공(마리아, 요셉)과 주요한 조역(동방박사 세 사람, 여인숙 주인, 목동 대장, 주님 천사)들로 뽑혔는지를 비롯해서 모욕을 무릅써야 할 무대 뒤 나머지 배역들(목동, 천사, 양, 소, 당나귀 등등) 얘기로 학교는 한참 시끄럽다. 학교가 갑작스레 '정치적으로 올바른' 행동하기 변덕에 휘말려 전통적인 예수 탄생 얘기보다는 다문화적인 행사를 택할 수도 있다("여기는 대단히 다문화적이거든요"라고 요크셔의 한 인도계 젊은이가 내게 얘기했다). 우리는 영국인인 관계로 아이들의 배역 선정이든 다른 문제에 관한 것이든 말다툼과 논쟁은 드러나지 않고 더 간접적인 책략, 마키아벨리식 권모술수, 분노에 찬 투덜거림의 문제가 되어버린다. 그날 밤 아이 아버지는 대개 늦게 나타나고 후반부 영상이 마구 흔들리는 다큐멘터리식 촬영을 한다. 그런데 양으로 분장한 다른 집 아이를 계속 찍었다.

크리스마스 무언극 관람은 기괴하고 근원적인 영국식 관습이다. 거의 모든 지방 극장은 크리스마스에 어린이 요정 이야기나 민속 설화에 기초한 무언극 공연을 한다. 〈알라딘〉〈신데렐라〉〈장화 신은 고양이Puss in Boots〉〈딕 위팅턴Dick Whittington〉〈어미 거위Mother Goose〉 등이다. 항상 여자 옷을 입은 남자(팬터마임 부인이라 불린다)가 여주인공 역할을 하고 남자 옷을 입은 여자가 남자 주인공을 맡는다. 전통적으로 극본은 음탕한 이중의 뜻을 가진 대본이어야 하고 (그럼에도 아이들도 흔쾌히 폭소를 터뜨린다) 관객인 아이들의 왕성하고 시끄러운 참여가 요구된다. "그 사람이 당신 뒤에 있어!" "오, 아니야! 그 사람은 아니야!" "그래, 그 사람이야!"라고 소리를 지른다 (적지 않은 어른들도 여기에 참여해서 즐거워한다). 영국 정치인들이라면 누구든 오바마 미국 대통령의 '예! 우리는 할 수 있다' 캠페인에서 벗어날 수가 없다. 심지어는 동정적인 청중 중에서도 많은 사람이 '오! 아니! 우리는 못해!'라는 무언극 반응을 억제할 수가 없다.

__ **크리스마스 엄살·불평 축제와 코웃음 규칙** 크리스마스 쇼핑은 영국인들이 크리스마스를 증오한다고 할 때 떠올리는 말이다. 보통은 크리스마스 선물, 식품, 카드, 장식과 장식품 걸이 등을 산다. 어떠한 쇼핑에도 불평해야 하는 것이 남자다운 일이다. 영국 남자들은 특히 자기가 크리스마스를 얼마나 싫어하는지 토로하며 심하게 엄살을 떠는 경향이 있다. 최근 조사에 의하면 47퍼센트의 남자들은 모든 크리스마스 선물을 마지막 순간인 크리스마스이브까지 미룬다고 자인했다. 30퍼센트는 고속도로 휴게소에서 산다고 자백했다(나는 '자인했다admitted'와 '자백했다confessed'라고 표현했다. 이 말 속에는 남성적인 자부심이 일부 들어 있다는 의구심이 든다). 이제는 크리스마스 엄살·불평이 국가적인 관습이 되어버렸다. 남녀를 막론하고 11월 초만 되면 엄살을 떨기 시작한다.

사실상, 매년 이때쯤이면 가식으로 흥! 하고 코웃음을 치고 크리스마스를 증오하는 불문율이 있다. 그리고 18세 이상만 돼도 크리스마스를 즐긴다고 말하는 사람은 상당히 드물다. 그래서 크리스마스를 싫어하는 사람들은 자신의 취향에 자부심을 갖는다. 심지어 자신이 흡사 처음으로 크리스마스가 얼마나 상업화되고 있는지를 알아챘거나, 이 의식이 매년 더 빨라져서 잘못하면 8월부터 크리스마스 장식을 할 판이란 사실을 발견한 것처럼 군다. 그리고 해가 갈수록 크리스마스 물가는 올라가고 거리와 상점은 점점 더 복잡해진다는 둥, 같은 소리를 되풀이한다. 어리석게도 이것이 자신들의 새로운 생각이고 자기네들은 통찰력 있는 소수라는 자부심을 가진다. 사실 진짜 괴짜들은 크리스마스 쇼핑과 의례를 좋아하고 자신들의 이단적인 취향에 대해서는 입을 다문다. 사교적으로 공손해지기 위해 연례 불평불만 축제에 참여한다. 흡사 비를 즐기는 사람들도 예의 때문에 고약한 날씨 불평에 참여하는 것과 같다. 냉소적으로 크리스마스를 비웃는 것이 표준이고 모든 사람이 즐기는데 이런 즐거움을 굳이 망칠 필요는 없지 않은가? 남자가 크리스마스를 좋아한다고 하면 많은 남자들은 그가 수상하고 남자답지 못하다고 생각한다. 크리스마스를 아주 좋아하는 우리는 그런 특이한 취향을 가진 데 사과하다시피 해야 한다. "그런데, 예, 음, 그러나 사실은 솔직히 말해 나는 유치한 장식과 사람들에게 선물 사주는 것을 좋아하고… 물론 이제는 이런 것도 별로 쿨하지는 않지만….″

__ **크리스마스 선물 규칙** 문화인류학과에 몸담았다면 1학년 학생이라도 선물은 공짜가 아님을 안다. 모든 문화에서 선물은 무언가를 돌려받으리라 기대하고 주는 것이다. 이것은 나쁜 행위가 아니다. 답례로 주고받는 선물은 친교의 중요한 형태이다. 심지어는 어린아이에게 주는 선물도 예외가 아니다. 즉 아이들에게 주는 크리스마스 선물은 아이들이 감사하면서 좋은 행동으로 보답하기를 기대하고 건네는 것이다. 이런 규칙을 이해하지 못하는 아이들에게는 크리스마스 선물을 직접 주지 않는다. 그래서 선물을 가져다준다는 마술 같은 존재, 산타 할아버지를 만들어낸 것이다. 산타 할아버지가 존재하지 않는다는 사실을 알고 충격을 받았다면 상호답례 규칙을 발견했음을 의미한다. 크리스마스 선물은 조건이 붙어서 오는 것이다.

영국인의 돈에 대한 거부감은 이러한 상황에서는 문제일 수 있다. 특히 이 문제에 예민한 중상층과 상류층에게는 작은 문제가 아니다. 크리스마스 선물의 가격을 말하는 것은 아주 천한 행동으로 여겨진다. 어떤 사람에게 선물의 실제 가격을 말하거나 심지어 비싸다고 말하는 것조차 상상이 안 갈 정도로 세련되지 못한 일로 여겨진다. 비록 가격을 제외한 크리스마스 선물에 관한 불평은 허락된다. 하지만 선물 교환 이야기를 하면서 금전을 자꾸 거론하면 선물을 받은 사람이 불편해하기 때문에 꼴사납고 사려 깊지 않은 행동이다.

크리스마스 선물의 실제 가격은 본인 수입과는 정반대로 가는 경향이 있다. 가난하거나 노동계급일수록, 특별히 아이들에게 주는 선물일수록 비싼 것을 사서 부모가 빚을 지는 경우가 많다. 여기에 대해 중류층은(특히 남의 일에 참견하기 좋아하는 지식인들) 자신들은 성자나 되는 것처럼 혀를 찬다. 그러고는 터무니없이 비싼 유기농식품을 입에 집어넣고 크리스마스트리에 장식된 고가의 고상한 빅토리아 시대 장식품을 바라보면서 자신들의 뛰어난 분별력에 흐뭇해한다.

___ **연말 저녁 파티와 무질서 속 질서 규칙** 연말 저녁 파티는 대다수가 즐긴다고 인정할 정도로 솔직한 카니발식 축제다(비록 괜히 코웃음 치는 패거리들은 또 매년 같은 스타일이라며 불만을 토하지만). 이는 아주 관례적이고 기본적인 해방 의식을 치르는 기분, 문화 면죄부, 합법적인 일탈, 축제에 의한 가치관 전도, 변화된 의식 상태, 파라다이스 같은 소규모 정신적 공동체 의식, 집단적인 흥분 등이 합쳐진 것으로, 고대 무속신앙의 풍습인 한겨울 축제의 직계 혈통임이 분명하다. 고대 이교의 풍습을 기독교가 종교적인 소독과 수사학적 손질을 더해 정리한 것이다.

신입생 첫 주간, 사무실 크리스마스 파티 등의 카니발 형태의 의례는 난잡함과 무질서함이 과장된 경향이 좀 있다. 이런 재미에 찬물을 끼얹기를 즐기는 청교도 성향이 이를 인정하지 않기 때문이기도 하고, 참가자들 자신이 그렇게 거칠고 난잡하게 굴러먹은 반항아들이라고 여기기 때문이다. 사실은 우리들의 연말 저녁 파티의, 주정을 핑계로 한 난잡함은 아주 질서정연한 무질서이다. 정해진 몇 가지 금기만 깰 뿐이고, 정해진 몇 가지 억제에서만 탈출하며, 기본적인 주정 부리기 예절은 여전히 살아 있다. 궁둥이라면 몰라도 성기를 보여주면 안 되고, 장난으로 하는 유혹은 돼도 새치기는 안 되고, 야한 농담은 돼도 인종차별은 안 되고, 좀 야한 유혹이나 애무는 괜찮지만 간통 행위는 금지다. 난교는 가능하나 당신이 만일 이성애자라면 동성애는 안 되고 동성애자라면 이성애는 안 된다. 구토나 방뇨(남자라면)는 돼도 배변은 안 된다. 자기 집 주소나 이름은 잊어버려도 술 살 차례는 잊어버리면 절대 안 된다 등등.

소소한 달력행사

연말 저녁 파티가 가장 타락하고 탈억제된, 이른바 달력행사라면 나머지(핼러윈 파티, 가이 포크스의 밤, 부활절, 메이데이, 밸런타인데이 등)는 대단히 순화된 것이다. 비록 이들도 원래는 상당히 소란스러웠던 고대 무속신앙의 축제와 관련이 있으나 지금은 많이 약해진 것이다.

메이데이 May Day에 볼 수 있는, 침착하고 점잖으며 대개 중년인 모리스 댄서 Morris Dancer[영국 민속무용으로 봄에 남자들이 발목에 방울을 달고 나무 기둥을 돌면서 추는 춤이다] 춤과 이따금 참가하는 순수한 아이들의 메이폴 Maypole 나무 기둥 춤 행사는 벨테인 Beltane[스코틀랜드와 아일랜드 게일족의 풍습이다] 의례가 부활한 것이다. 일부 지역에서는 머리를 여러 갈래로 땋고 수염을 기르고 몸 여기저기를 뚫어 장신구를 단 뉴에이지 / 반문화 축제자 들과 모리스 댄서들이 메이데이를 즐기는데 감시자인 마을 방범대 대원이나 구청 직원 등이 옆에 서서 보고 있지만 대개 평화롭게 끝난다.

11월 초의 모닥불 피우기와 허수아비 태우기 풍습 역시 무속신앙에서 유래한 것이다. 겨울을 환영(허수아비는 지난해를 상징함)하는 불의 축제 비슷하게, 17세기에 국회를 폭파하려 했던 가이 포크스 음모를 발각하고 나서 그를 기념하기 위해 원용한 것이다.[124] 이는 또한 모닥불과 불꽃놀이의 밤이라 알려져 있는데, 이는 11월 5일만을 기념하는 것이 아니며 적어도 그전 2주 동안 불꽃놀이 파티를 계속한다. 카드와 꽃, 초콜릿을 선물하는 밸런타인데이는 고대 로마의 루페르쿠스 축제Lupercalia의 기독교식 변용이다. 이 축제는 원래 2월 15일에 거행되었는데 봄(다른 말로 하면 모든 것이 짝을 짓는 계절)을 축하하는 훨씬 더 난잡한 축제로서 들판, 가축, 사람들의 다산을 기원했다.

많은 사람들이 부활절을 진정한 기독교 행사로 보지만 심지어 이름마저도 기독교적이 아니다. 즉 색슨족 봄의 여신을 가리키는 이오스터Eostre에서 변형된 말이다. 달걀에 관계된 듯한 부활절 풍습들도 사실은 무속신앙의 다산 의례에서 생겨난 것이다. 평소에는 교회에 가지 않는 신자들도 부활절 일요일에는 교회 예배에 참석한다. 신앙과는 거리가 먼 사람도 전통적인 금식 기간인 사순절에 맞추어 무언가를 희생하거나 억제한다(이때 인기 있는 것은 1월 셋째 주에 결심이 흐트러져 포기한 다이어트를 다시 시작하는 것이다).

달력 의례의 중요도는 대개 낮다. 부활절은 그래도 중간급은 되는데, 사람들은 이 절기를 기준점으로 많이 사용했다. 사람들은 '부활절까지' 할 일 혹은 '부활절 뒤에' 할 일 혹은 '부활절 무렵에' 생길

---

124 우리는 축제나 기념일 명칭을 관련 상징물을 따라 새로 짓는 버릇이 있는 것 같다. 예를 들면 현충일을 전몰자들을 기억하기 위해 가슴에 다는 빨간 종이 개양귀비인 포피poppy를 따서 포피 데이라고 부른다. 코믹 릴리프Comic Relief 자선 모금 기획자는 아예 선수를 쳤다. 그들이 사서 달라고 권하는 빨간 플라스틱 코를 따서 전국적인 자선 모금 날을 레드 노즈 데이Red Nose Day라고 부른다.

일을 얘기한다. 밸런타인데이는 비록 하루 쉬지는 않지만 그래도 짝 짓기와 구애 행동에 중요한 역할을 하니 중간급은 된다(이때 자살률 이 연중 최고로 치솟을 정도로 어쨌든 중요한 역할을 한다).

이런 주류 문화의 전국적인 달력행사에 더해 영국 소수민족과 종교 집단도 자신들의 연중행사가 있다. 힌두교의 디왈리Diwali와 잔 마시타미Janmashtami, 시크교의 디왈리와 바이사키Vaisakhi, 무슬림의 라마단Ramadan과 이드울피트르Eid-Ul-Fitr와 알히즈라Alhijra, 유대교 의 하누카Hanukkah와 욤키푸르Yom Kippur와 로시 하샤나Rosh Hashana 등이 금방 생각나는 것이다. 그리고 영국의 소집단도 자신들만의 달 력행사 모임과 축제 들이 있다. 이들 중에는 상류층의 로열 애스컷 경마Royal Ascot race-meeting, 헨리 레가타Henley Regatta 조정 경기, 윔블 던Wimbledon 테니스 시합(이 세 가지는 항상 그냥 애스컷, 헨리, 윔블던이 라고 줄여서 부른다) 등이 중요하다. 경마 행사는 애스컷에 더해 그랜 드 내셔널Grand National, 첼트넘Cheltenham 페스티벌, 더비Derby가 있 다. 고스Goths는 요크셔의 위트비Whitby에서 연차총회를 연다. 뉴 에 이저 등의 다른 반문화 소집단들은 글래스톤버리Glastonbury 페스티 벌에서 연중 모임을 연다. 현대식 드루이드Druids들도 하지 모임을 스톤헨지Stonehenge에서 연다. 문학도들은 헤이온와이Hay-on-Wye에 서, 오페라 애호가는 글린드본Glyndebourne과 가싱턴Garsington에서, 애견인들은 크루프츠Crufts에서, 오토바이족은 피터버러Peterborough 에서 하는 BMF 쇼BMF Show에서, 승마족은 배드민턴Badminton, 힉스 테드Hickstead, 호스 오브 더 이어 쇼Horse of the Year Show에서 각각 만 난다. 일일이 다 열거할 수도 없을 정도로 많은 달력행사가 소집단 별로 전국에서 열린다. 추종자들에게 이런 행사는 크리스마스보다 중요하다. 모든 하위문화 집단의, 크리스마스처럼 제일 중요한 행사 들만 예로 들었지만, 이들 나름대로 덜 중요한 행사들도 있다.

일상에 중간 휴식을 선사하고 연중 일정을 만들어주는 이런 특별한 날, 작은 축제도 필요하다. 그런 것들이 우리를 오로지 영국인이 아니라 인간으로 만들어준다. 우리 영국인은 빡빡한 규제에서 벗어나 반드시 정기적으로 휴식을 취해야 한다.

휴가

이렇게 해서 휴가[125] 개념, 특히 여름휴가에 이른다. 나는 이를 달력 행사에 집어넣었다(잔소리꾼들은 분명 이는 기술적으로 불가하다고 시비를 걸겠지만). 왜냐하면 여름휴가는 매년 빠뜨릴 수 없는 행사이고, 문화적으로는 크리스마스보다 더 중요하며, 이미 크리스마스도 달력행사라고 규정했으니 말이다. 그리고 해방 의식 의례의 중요한 행사라고 방주네프가 언급한 통과의례 성격을 갖추고 있어 나는 이를 의례라 부른다(그리고 이건 내 책이기 때문에 그렇게 부를 수 있다).

구두점으로 치자면(원한다면 나는 이렇게 비유할 수도 있다) 여름휴가는 생략부호(…)이다. 점 세 개는 시간의 흐름이나 말줄임 표시다. 이야기 흐름에서 중요한 일시 정지나 휴식, 신비가 있다고 넌지시 알려주는 이 세 점 안에는 분명 해방 의식적인 요소가 있다. 특히 여름휴가에는 더욱 그렇다. 이 2~3주일의 휴식은 정상적이고 평범한 일상에서 벗어나 통제와 일상과 억제가 일시 정지된 특별한 시간이다. 우리는 단조로운 세상에서 벗어나 해방감을 느낀다. 일과 학교와 집안일에서 벗어났다. 이것은 노는 시간이고, 공짜 시간, 우리 시간이다. 휴가 때 우리는 "당신의 시간은 당신 것이다"라고 말한다.

여름휴가는 대안對岸의 현실이다. 할 수만 있다면 외국으로 갈

---

125 나는 휴가라는 개념을 전영국인의 감각으로 사용하고 있다. 이는 미국인들의 vacations에 해당한다.

수도 있고, 다른 옷을 입을 수도 있으며, 평소에는 먹으면 안 되는 음식(그냥 먹어! 아이스크림 하나 더 먹어! 지금은 휴가 중이잖아!)도 먹을 수 있다. 우리는 행동도 달리 한다. 휴가 중인 영국인은 긴장이 풀려 있고, 사교적이며, 자연스럽고, 덜 편협하며, 덜 긴장되어 있다(내 SIRC 동료가 실시한 전국적인 연구 결과를 보자. 사람들에게 여름휴가 하면 무엇이 연상되느냐고 물어보니 '더 사교적으로 행동한다'라는 답이 가장 많았고 나머지 둘은 '퍼브 정원' '바비큐'였다. 결국 이 세 가지 답이 모두 사교성과 관련이 있다). 우리는, 휴가는 '머리를 풀어 내린' '즐거움을 누리는' '긴장을 푸는' '편안해지는' '약간 정신을 놓는' 시간이라 얘기한다. 심지어 모르는 사람과 얘기도 한다. 그래 봐야 이게 전부다. 영국인은 여기서 더 나아갈 수 없다.

영국인의 휴가, 특히 여름휴가에는 카니발이나 페스티벌 같은 해방 의식이 주어진다. 축제처럼 휴가는 마술의 단어다. 그러나 축제처럼 해방 의식 면죄부로 고삐를 푼다고 해서 죄다 무시하고 혼란에 빠지는 것은 아니다. 이미 정해진 관습적인 방법으로 억제를 벗어버리고 자연스럽게 세련되어 조금 떠들썩해지는 것이다.

휴가 중인 영국인이라고 해서 갑자기 다른 나라 사람이 되진 않는다. 해외에서도, 많은 영국 휴가객들은 같은 음식을 고집하고 같은 차와 맥주를 마시고 집에서 즐기던 게임을 즐긴다. 그래서 많은 휴양지, 특히 스페인 휴양지는 이런 섬나라 근성에 영합해 피시 앤드 칩스 가게, 티 룸, 퍼브, 빙고 같은 익숙한 편의시설(영국인에게 중요한 것들)을 따뜻하고 햇살 넘치는 장소에서 제공한다. 또 스페인 별미 파에야의 밤 행사나 플라멩고 공연, 상그리아sangria[붉은 포도주에 과즙, 소다수를 섞은 차가운 스페인 칵테일]를 이국적인 흥분과 전율을 불러일으키기 위해 준비한다. 원래 품성은 마술처럼 사라지지 않을뿐더러, 더욱더 모험적인 휴가를 선택하는 소수의 행동조차도 우리 정신에 깊이 각인된 유머, 위선, 겸손, 계급의식, 페어플레이, 사교불편증 규칙을 결국 따라가게 마련이다. 그러나 우리는 경계를 조금 내려놓는다. 휴가라는 면죄부로 사교불편증이 완치되는 것은 아니나 어느 정도는 진정된다.

우리의 사교술이 갑자기 기적적으로 좋아지지도 않는다. 그러나 조금 더 마음과 입을 열어서 더 사교적으로 변한다. 그렇다고 이것이, 우리 영국인이 주로 가는 해외 휴가지 주민들이 증언하듯이, 항상 좋은 일도 아니다. 우리 중 일부는 솔직히 말해 억제를 벗지 않는 편이 훨씬 보기 좋다. 또 바지, 브래지어, 위장 속 내용물도 우리의 위엄과 마찬가지로 벗거나 드러내지 않으면 더 좋을 것이다. 내가 계속 지적하는, 우리의 공손한 수줍음과 역겹고 촌스러운 짓은 동전의 양면이다. 어떤 이들에게 휴가라는 마술 같은 단어는 동전 뒤집기 같은 것인지도 모르겠다.

좋은 일이든 나쁜 일이든 간에 이 축제나 휴가의 해방 의식 규칙은 통상 주말을 포함한 달력에 표시된 별로 중요하지 않은 일반 공휴일에도 적용된다(예를 들면 일부 비주류 하위문화 집단 무리들은 특유의 인격, 복장, 생활을 오로지 이 해방 의식의 휴식 기간인 주말에만 내보일 수 있다. 좀더 열렬하거나 운 좋은 전업 멤버는 이들을 주말 고스 혹은 주말 오토바이족이라 부르면서 얕잡아본다). 저녁시간과 점심시간도 어떻게 보면 소소한 해방의 시간이다. 심지어 커피나 차 마시는 시간도 해방의 순간이다. 오아시스 같은 작은 휴식을 얻어, 혹은 초현실로 탈출함으로써 현실의 고통을 치유하는 1회분 동종요법同種療法 같은 것이다.

휴가 뒤에 우리는 '현실로 돌아간다' 혹은 '진짜 세상으로 돌아간다'라고 말한다. 그래서 휴가의 뜻과 기능의 일부가 '진짜 세상'과 휴가를 더 날카롭게 대비시킨다. 휴가와 작은 해방의 시간은 이 기간 동안 정지되는 표준이나 규칙에 도전하거나 파괴하는 기회가 아니다. 차라리 반대이다. 휴가나 휴식은 이런 규칙과 표준을 더 강화한다. 휴가에 '비정상' '특별' '가짜'라는 딱지를 붙여 우리에게 무엇이 '정상'이고 '진짜'인지를 일깨워준다. 규칙을 의식적이고 계획된 방식으로 깸으로써, 이런 중요한 표준을 더 두드러지게 하고, '진짜' 시간에는 그들에게 돌아가 자발적으로 복종한다. 매년 영국 휴가객은 현실로 돌아간다는 생각에 깊이 한숨을 쉬면서도 현명한 말로 서로를 위로한다. "그러나 물론 매일이 이렇다면 우리는 이를 귀중하게 생각하지 않을 것이다." 정말 옳은 말이다. 그러나 역발상도 맞는 말이다. 휴가는 우리 일상의 체계와 확실성을, 심지어는 규제까지도 귀중하게 여기게 해준다. 영국인은 단지 어느 정도까지만 초현실을 받아들일 수 있다. 여름 휴가철 끝 무렵이면, 그새 탐닉과 무절제를 충분히 누린 나머지 이제는 중용이 좀 그리워진다.

다른 전환: 개인적인 의례와 불규칙동사

10년 단위의 생일, 결혼기념일, 집들이, 직장 송별식, 은퇴 기념식 등은 중대한 생의 전환 행사에 비하면 작은 행사이다. 비록 개인 입장에서는 다른 것보다 마찬가지로 중요하긴 하다.

직장에서 열리는 은퇴식이나 송별식에 떠나는 사람과 가까운 사람들만 참석하는 것은 아니다. 그래서 통상 영국적인 행사가 될 가능성이 많다. 술과 끊임없는 유머로 치유되는 사교불편증, 계급 강박관념을 덮는 공손한 평등주의, 간접적인 자랑으로 가득 찬 겸손한 자기 비난의 말, 엄살·불평 의례, 장난스러운 선물 증정, 탈억제의 주정, 어색한 악수, 불편한 포옹과 엉성한 등 두드림이 나타난다.

가까운 친구와 가족만 모인 생일, 기념일, 집들이, 은퇴식 같은 개인적인 통과의례 모습은 사실 예상하기 어렵다. 이런 행사에 늘 따르는 케이크, 풍선, 노래, 특별 음식, 술, 건배 등은 역시 빠지지 않 겠지만 실제로 이를 나누는 방식이나 참석자의 태도는 상당히 다를 수 있다. 이런 훨씬 더 내밀한 의례는 보통 사교적으로 한층 덜 힘들 뿐 아니라 규모가 더 크고 공개적인 전환 모임보다 덜 당황스럽고 과장되지도 않는다. 잘 아는 사람들 사이에서는 영국인들도 따뜻할 수 있고 열려 있기도 하고 친근하고 우정과 가족관계로 인한 열정으 로 충만할 수 있다. 우리들 중 일부는 다른 사람들보다 더 따뜻하고 열려 있기도 하나 개성에 따른 차이일 뿐이지 국가적인 특성과는 아 무런 상관이 없다.

이런 아주 개인적인 행사에서조차도 어찌 되었건 가장 기본적인, 영국적이어야 한다는 법은 적용된다. 예를 들면 유머 규칙, 특히 진 지하기 않기의 규칙은 꼭 따라야 한다. 그래서 당신은 놀려고 하는 꼭 농담을 엄숙하고 눈물 나거나 감성이 폭발하는 얘기보다 더 많이 들을 것이다. 우리는 통과의례를 거행하는 가족이나 친한 친구에게 당신을 정말로 사랑하고 귀하게 여기고 존경한다는 식으로 표현하 지 않는다. 대신 애정 섞인 놀림과 은밀한 농담, 미소, 사랑이 담긴 눈 길, 가벼운 포옹, 키스, 손을 꼭 잡는 등의 방식으로 축하해준다.

나는 아버지의 칠순을 축하하는 영국인 가족의 파티에 참석해 여기에서 말한 모든 감정이 영국인다운 모습으로 전해지는 모습을 보았다. 발언 하나 없이도 부드러운 농담만으로 이루어진 파티는 아 름답고 감동적이었다. 유감스럽게도 아버지의 미국인 부인은 이런 영국적인 가벼움이 견딜 수 없었는지 분연히 일어서서 진지하고 달 콤한 한마디('우리는 이 파티를 당신을 위해서 열었다. 왜냐하면 우리는 당신을 사랑하고 또 우리는 당신을 너무 자랑스러워하고 우리는 당신이 우 리에게 특별하다는 것을 당신이 알았으면 한다… 등)를 했다. 영국인 가족들은 공손하게 잘 참아냈다. 하지만 그들의 견딜 수 없는 불편은 눈치채기 어려운 찌푸림, 꿈틀거리기, 긴 곁눈질, 조심스러운 눈 돌리기, 참으면서 숨 들이마시기, 억누른 한숨, 안절부절못하는 발 길 등으로 다양하게 나타냈다. 고통스럽고 창피한 고난의 시간이 지나가자 예의 바르게 박수를 치고는 바로 전의 경쾌한 분위기로 돌아가 농담을 계속했다. 가족 중 한 명이 내게 "그녀가 무슨 말을 하는지 아는데 그래도 메스꺼워!"라고 했다. 다른 가족은 미국인 부인의 달콤한 말투를 흉내 내서 "우리는 이 파티를 당신을 사랑해서 준비했다. 아니야! 정말? 말할 필요도 없지, 제발!"이라고 빈정거렸다. 영국인에게 충만한 감정을 불러일으키는 일은 너무나 당연해서 '말할 필요도 없다goes without saying'. 이런 따뜻하고 친숙한 모임에서도 참지 못하고 말로 감정을 표현하는 것은 아주 부적절한 일이다.

이런 가장 기본적이고 중요한 법칙은 제쳐두더라도 내밀한 통과의례에 참석한 사람의 태도는 상당히 다를 수 있다. 나이, 계급으로 예측하기 어려울 뿐만 아니라, 개인적인 기질·기벽·역사·특유의 심정과 동기에 따라서도 달라질 것이다. 이런 사항은 우리 같은 사회과학자가 아닌 임상 정신과 의사가 다루어야 한다.

이런 현상은 공식 통과의례에도 해당될 수 있다. 이런 통과의례에 참석하는 우리도 개인이고, 국민성이 정해준 기준에 따라 자동으로 움직이는 기계가 아니기 때문이다. 우리 각자의 개성을 부정하려는 것은 아니나 대개 영국인은 공식 모임에서 더 쉽게 행동하며 모든 규칙에 더 충실히 순응한다.

친근한 축하연에서는 우리 행동을 쉽게 예상할 수 없다고 하여 여기에 규칙이 전혀 없다는 얘기는 아니다. 이런 모임은 어떻게 보면 흡사 불규칙동사 같다. 다들 자신들만의 규칙이 있으니 이는 평소보다 더 따뜻함, 자연스러움, 열린 가슴 등을 허용한다. 우리는 이런 가족적인 분위기가 흐르는 모임이라고 해서 규칙을 깨진 않는다. 잘 알고 서로 믿는 사람들이 모인 사적인 자리에서는 영국인다움이라는 규칙은 우리가 정상적인 인간으로 행동하도록 특별히 허락해준다.

우리는 그냥 진지한 발언을 하지 않을 뿐이다.

계급 규칙

나는 감동적이고 고무적인 평으로 끝내기보다는, 다시 계급 이야기를 하고자 한다. 물론 당신은 우리가 이 장을 계급제도에 대한 참고 사항 몇 마디만 하고 끝내리라 생각하진 않았을 것이다.

지금쯤은 당신도 혼자 힘으로 할 수 있으리라 짐작된다. 자! 그러지 말고 용기를 내서 한번 해보라! 노동계급과 중류층 장례식에 무슨 중요한 차이가 있나? 중중층 대 상류층 결혼식의 계급표시기는? 물질문화 계급표시기, 의복상의 계급표시기, 계급 걱정 신호를 논해보라! 오우, 알았어! 내가 할게! 그러나 깜짝 놀랄 게 있으리라는 기대는 하지 마라. 당신은 오스틴이 말했듯이, 전체 이야기를 요약하는 것을 보고 우리가 끝에 다다랐음을 알 수 있다. 만일 영국인의 계급표시기와 걱정에 대해 결론을 낼 수 없다면 우리는 절대로 끝을 못 맺을 것이다.

짐작하겠지만, 영국인에게 계급과 무관한 통과의례란 없다. 모든 결혼식, 크리스마스 파티, 집들이, 장례식에 있어서, 용어와 참석자 드레스, 포크에 올리는 완두콩 개수까지 온갖 세부 사항이 어느 정도는 계급에 의해 결정된다.

노동계급 의례

일반적으로 노동계급의 통과의례는 수입에 비추어 가장 사치스럽다. 예를 들면 결혼식은 다들 거창하게 한다. 제대로 된 식당이나 퍼브, 호텔 연회장에 자리 잡고 앉아서 식사를 하고, 크고 화려한 승용차 혹은 신데렐라 마차에 신부를 태워 교회로 데려간다. 신랑신부 측이 제공한, 몸에 딱 붙고 가슴과 등이 다 보이는 드레스를 입은 신부 들러리들, 커다란 3층 케이크, 새로 산 일요일 외출용 드레스에 맞춘 장신구를 단 손님들, 결혼식 전문 사진사와 비디오 촬영 팀, 요란한 음악과 술이 넘치는 성대한 댄스파티, 열대 휴양지 신혼여행 등등 무엇을 하든 돈을 아끼지 않는다. '우리 공주를 위해서는 오직 최고를!' 나는 노동계급 출신 신부가 크고 정성을 들인 각종 장식으로 번쩍거리는 자신의 웨딩드레스가 윌리엄 왕세손과 결혼해 케임브리지 공작부인이 된 케이트 미들턴의 단순하고 소박한 웨딩드레스보다 훨씬 더 '공주 같은 느낌이 들었다'고 행복하게 말하는 것을 몇 번이나 들었는지 모른다. 숫자 세는 것을 잊어버렸으니까.

사치스러운 '테마' 결혼식이 점점 더 인기를 얻어가고 있다. 그리고 예복, 소도구, 장식 등은 점점 더 화려해지고 있다. 테마의 종류는 별로 재미가 없고 밋밋한 요정 이야기와 윈터 원더랜드Winter Wonderland에서 좀더 특색 있고 자의식이 강하며 익살스러운 1950년대 로큰롤, 영화 〈반지의 제왕〉, 〈해리 포터〉, 좀비, 흡혈귀 같은 별난 테마에 이르기까지 다양하다.

노동계급의 장례식(거대하고 화려한 조화, 최고의 화관), 크리스마스(비싼 선물, 풍부한 음식과 술), 어린이 생일(첨단기술로 만든 장난감, 비싼 축구 띠와 명품 운동화)과 여타 의례들도 같은 원칙을 따른다. 비록 경제적으로 어렵더라도 돈을 좀 쓴 것처럼, 성대하게 축하하는 것처럼 보이는 게 중요하다.

중하층과 중중층의 의례

중하층과 중중층 통과의례는 훨씬 검소하게 치러지는 경향이 있다. 결혼식을 살펴보면(비록 같은 원칙이 다른 의례에도 적용되지만), 중하층이나 중중층은 무책임하게 '결혼식에 다 날리는 것'보다 신혼부부가 살 집의 대출금을 지원해주려고 노심초사한다. 그러고도 결혼식은 제대로, 세련되게 치러야 한다(이 계급들을 위해서 결혼식 예절 책이 만들어졌다). 그래서 술에 취해 주정하거나 멍청한 짓을 해서 창피하게 하거나 분위기를 망치는 친척들에 대한 스트레스와 걱정이 상당하다.

노동계급이 이상으로 여기는 결혼식이 화려하고 사치스러우며 부유한 스타 가수, 프로 축구선수와 매혹적인 모델의 결혼식이라면, 중하층과 중중층의 기준은 왕실 결혼식이다. 이런 계급들에게 일반적 결혼식이라는 말은 별난 테마나 장치를 쓰지 않는 요정 결혼식 같은 전통적인 결혼식을 의미한다. 비록 순화되고, 일반적이고 평범한 테마인 영국 시골 정원 같은 것들이 상층계급으로 스며들고 있고 세속적인 결혼 장소로는 전통적이지 않은 장소가 점점 더 인기가 있지만 말이다. 장소는 반드시 적당하게 로맨틱해야 하고 축구장이나 놀이동산이 아닌 진정한 결혼식 장소다워야 한다. 그리고 모든 세부 사항이 반드시 점잖고 품격이 있도록 공을 들여야 한다. 이 소자본가들이나 소자본가가 되고 싶어 하는 계급은 결혼식을 아주 잘 계획하고 세심하게 준비한다. '서비엣'은 꽃과 조화를 이루게 하고 좌석 이름표와도 어울리게 한다. 이것들은 전체를 압도하는 신부 엄마의 파스텔 투피스 정장에 맞추어야 한다. 그녀가 이런 것들에 관심을 보이기 전까지는 이러한 세부 사항에 주의를 기울인 사람이 아무도 없다. 음식은 자극이 없이 입에 잘 맞고 무난하며, 으깬 감자 매시 포테이토를 '크림드 포테이토'라 부르는 호텔 음식 메뉴이다. 음식 양은 노동계급 결혼식 식사만큼 많지는 않은데, 정갈하게 꽃 모양으로 조각된 파슬리와 래디시 장식을 해서 내온다. 좋은 포도주는 사람 수를 너무 인색하게 계산해서 금세 동나고 신랑 친구 대표로 한마디 해야 하는 제일 친한 친구는 신랑의 총각 시절 야한 얘기로 분위기를 깬다. 신부는 분해서 죽으려 하고 신부 엄마는 노발대발이다. 그러나 꼴사나운 언쟁으로 분위기를 망치지 않으려고 아무도 그를 야단치지 않는다. 그러나 화가 나서 서로 식식거리고 일부 고모나 이모 들은 오후 내내 서릿발 날리는 표정으로 신랑 친구를 상대도 하지 않는다.

중상층 의례

신분에 느긋한 중상층의 통과의례는 보통 안달하지 않고 도를 넘지 않는다. 심지어 좀 안달하는 중상층의 결혼, 장례식 혹은 크리스마스 행사는, 중중층이 준비에 얼마나 공을 들였는지를 보여주려는 것과는 아주 다르게, 별로 신경 쓰지 않은 듯한 고상함을 드러내기 위해 준비한다. 자연스러운 화장처럼 중상층의 결혼식은 소탈하고 차분한 분위기로 치러야 하는데, 그러려면 사실 심사숙고하여 공을 들여야 하고 돈도 필요하다.

신분이 불안정해 안달하는 중상층 특히 도시에서 고등교육을 받은 지식인층의 걱정은, 제대로 하려는 것이 아니라 남들과 다르게 하려는 데서 흔히 생긴다. 교양 없고 문화 수준이 낮은 중중층과 거리를 두면서 남들과 다르게 하려고 필사적인데, 중중층의 상징인 앙증맞은 야단법석은 물론 진부한 형태의 전통적인 결혼식도 피하려고 갖은 궁리를 짜낸다. 이들은 돈 좀 있는 중중층이나 생각만 해도 끔찍한 중하층도 쓰는 '언제나 똑같은 오래된 웨딩 마치'나 '언제나 똑같은 지겨운 찬송가'를 쓸 수는 없다. 신부 입장 때 무슨 음악인지 아무도 모르는 유명하지 않은 음악을 틀어 신부가 복도를 걸어 들어오는데 손님들은 계속 떠들고, 모르는 찬송가라 아무도 따라 부르지 못한다. 같은 원칙이 음식에도 적용되어 뭔가 다르고 창의적인 음식이지만 이게 꼭 손님들 입맛에 맞으라는 법이 없는 것이 문제다. 옷은 기이하고 전위적인지는 몰라도 입기도 보기도 불편하다.

불행하게도 이 단호하게 괴짜이고 싶어 하는 중상층들의 특이한 세속 결혼은 노동계급, 중하층, 중중층에서도 점점 인기를 얻고 있다. 그래서 이제는 더 이상 중상층의 결혼식이 다른 계급 결혼식들보다 더 매력적이라고 할 수 없고 특히 하위계급이 선호하는 천한 테마 결혼식과 비교하는 짓도 무의미하게 되었다. 이제 중상층은 매력적인 '복고풍retro'이라고 부를 수 있을 정도로 보다 더 전통적인 장소, 예법, 예식으로 돌아가고 있다.

상류층 의례

상류층 결혼식은 더 전통적이다. 중하층이나 중중층보다는 준비가 덜 되어 있는데, 전통 교과서에 나오는 방식은 아니다. 상류층은 자선 댄스 파티, 여우 사냥 댄스 파티, 규모가 큰 개인 파티와 이벤트성 파티 등에 익숙하다. 그래서 결혼식 같은 통과의례에 우리들처럼 크게 흥분하거나 혼란스러워하지 않는다. 상류층 결혼은 아주 조용하고 단순한 행사일 경우가 많다. 그들은 적당한 옷이 많기 때문에 굳이 옷을 산다고 난리법석을 안 해도 된다. 남자들은 연미복이 있고, 여자들은 "로열 애스컷의 경우는 신경을 써야 하지만 그게 아니면 결혼식을 워낙 많이 다니다 보니 갈 때마다 바꿀 수가 없다"고 뜨르한 상류층 부인이 말하는 것을 보면 이 계급의 여자들도 입던 옷을 돌아가면서 입는 모양이다. 상류층은 결혼식을 남들과 다르게 치르거나 특별히 돋보이게 하려는 욕구가 별로 없다. 결혼서약서를 쓰

는 경우도 아주 드물다. 전통적인 성당 결혼이 허락되지 않는 경우
는 결혼등록소에서 식을 치르고 만다. 그들은 현장에서 쓸 수 있는
가장 간단한 표준 결혼서약을 사용한다.

신 포도 규칙

만일 중상층이나 상류층이 화려한 결혼식(혹은 장례식, 크리스마스, 생
일, 기념일)을 할 형편이 못 되면 이솝 우화의 여우와 신 포도 식 덕목
으로 둘러댄다. "크고, 허례허식에 불과한 예식을 하지 않고 그냥 작
고 단순한 가족 결혼식을 가까운 친구들만 불러서 한다"고 말한다.
노동계급처럼 신용카드 빚을 늘리거나 중하층이나 중중층처럼 예
금을 깨지 않는다. 돈 자랑에 대한 혐오와 연관이 있는 영국인의 겸
손 규칙은 무일푼 상류층에게 잘 들어맞는다. 감당할 수 없는 것은
무조건 '자랑'이거나 '천한' 것이다(크고 화려한 결혼식은 천한 것이라
고 단호하게 못 박아버린다. 오스틴은 상류층 여주인공 엠마 우드하우스의
작고 조용한 결혼식과 검박한 옷, 누비고 다니는 분위기와 거리가 먼 파티
를 통해 우리에게 이 점을 상기시킨다. 또 창백하고 거만한 벼락부자 엘튼
부인이 했던 "결혼식에 흰색 비단이 너무 없고, 면사포도 너무 적어서 아주
비참한 행사였다"라는 불평이 중류층의 천한 취향이라고 알려준다).

중하층과 중중층도 이 같은 겸손의 원칙을 적용해 좋은 효과를
낸다. 속으로는 부러워하는 사치스러운 결혼을 낭비와 바보스러운
짓이라고 매도하는 식이다. 또 양식良識보다 돈이 더 많은 사람들이
라는 비난도 곁들인다. 이로써 그들의 검소하고 착실함이 돋보여 그
들을 보통 노동계급이 아니라 중류층으로 보이게 한다. 그들은 크고
화려한 결혼식을 속물스러운 전시효과를 내는 거라면서 코웃음을
친다. 나의 제보자가 "그녀는 호텔에서 했다오. 아마 이 퍼브(우리가
얘기하고 있던 동네 퍼브)가 그 여자에게는 충분하지 않았나 보죠. 아

이구! 잘났다! 잘났어!"라면서 이웃의 은혼식을 비웃었다.

경제 불황으로 이런 신 포도 식 비판이 눈에 띄게 늘었다. 이런 내핍 생활에도 좋은 점이 있다. 우리가 할 수 없는 사치스러운 축하식은 이제 간단하게 '천한 짓' '낭비' '잘난 체한다'라고 폄훼하고 치부할 수 있게 되었다(상류층, 중류층, 하류층 모두가 각각). 모든 계급이 자신만이 고결하다는 투로 '많은 사람들이 몸부림치는 지금 적절하지 못한 짓'이라고 비난할 수 있게 되었다.

통과의례와 영국인다움

나는 이 장에 있는 규칙을 자세히 보면서 이것들이 영국인다움에 대해 무엇을 얘기해주는지 찾아내려고 노력하면서 내 판단을 여백에 쓰고 있었다. 그러던 중 내가 얼마나 자주 중용이란 단어를 쓰는지 알고서 놀랐다. 이는 책 전체에 두드러지게 나타나지만, 특히 축제와 휴가, 파티, 그리고 다른 기념일을 집중적으로 다루는 장에서 많이 나오는 것은 좀 놀랍다. 어쩌면 놀랄 일이 아닐지도 모른다. 어쨌든 우리는 지금 영국인에 대해 얘기하고 있기 때문이다. 중용을 얘기하면서 나는 영국인의 극단, 과잉, 강렬한 무언가를 기피하는 성향만이 아니라 균형감각도 얘기하고자 한다. 우리가 중용을 원하는 이유는 페어플레이와 밀접한 관련이 있다. 예를 들면 우리들의 타협 성향은 몇 가지 버릇, 즉 무감동·보수성·모호성처럼, 중용과 페어플레이가 합쳐져서 나온 것이다.

종교에 관한 따뜻한 무관심, 중립, 관용적인 태도 등도 중용과 페어플레이의 합작품에 예의 조금, 유머 조금, 평등주의 한두 줌 정도를 보탠 것이다(어머! 어쩌나? 규칙의 방정식을 만드는 얘기를 하다 요리사의 말투처럼 바뀌어버렸네. 이건 최종 도표를 만드는 데 좋은 징조는 아닌 것 같다).

이 장에서 떠오른 중요한 주제도 거의 매번 등장하는 혐의 목록에 있다. 이제 우리는 더 명확하게, 우리의 행동을 규제하는 규칙들이 두세 개의 결정적인 특성의 혼합체임을 알 수 있다. 예를 들면 낮추어 말하기 규칙의 자녀 이야기 하기는 분명 겸손과 위선(이 둘은 서로 따라다니는 것 같다)에 풍부한 유머가 살짝 깔린 것이다. 자기 비하의 모욕의 규칙에서는 예리한 계급의식과 유머(아이러니의 경우에)를 무기로 한 매우 위선적인 '겸손'의 전형적인 예를 볼 수 있다.

보이지 않는 사춘기 혹은 사춘기 십대들을 외면하기는 영국인의 사교불편증의 또 하나의 실례이다. 사춘기와 청소년기는 이 사교불편증 형성에서 결정적인 단계이다(강렬한 호르몬에 의해 유발되든지 혹은 악화되든지 한다). 우리가 십대들의 사춘기 의례를 인정하기를 주저하는 방법은 단순히 부정하는 것이다. 모래에 머리를 박고 현실을 안 보겠다는 행동 자체가 사교불편증의 반영이다. 사교불편증은 의례로 어느 정도는 고칠 수 있다. 그러나 우리 십대는 사회의 축복 같은 공식 통과의례를 인정받지 못해 사춘기를 자기네들끼리 만들었다(갭이어 수난이라는 일종의 통과의례를 통해 이들에게 적절한 치료 기회를 제공한다. 그러나 시기가 너무 늦고, 이 특혜를 소수만 누린다). 앞에서 지적했듯이, 어찌 되었건 우리는 최소한 지금 전환의 축하 의례를 점점 더 유행을 타고 있는 초등학교 졸업 '프롬'이라는 형태로 실행하고 있다. 나는 이 새로운 관례(그리고 약간 뒤에 오는 스위트 식스틴 축제와 고등학교 프롬)가 확실히 정착되기를 바라고 기대한다. 그러나 이요르식 불평불만과 위선이 이런 새로운 관례를 방해하고 있는 현실이 뚜렷하게 보인다.

신입생 주간 규칙은 사교불편증과 영국인 고유의 '무질서 속 질서'가 합쳐진 것이다. 임시로라도 사교불편증은 술과 의례로 고쳐지는데, '무질서 속 질서'는 극단을 싫어하고 그 중간을 원하는 우리의 기질 때문에 나타난 것이다. 시험과 졸업 규칙에는 겸손과 (항상 따라다니는) 같은 크기의 위선에 불평한탄과 유머와 중용이 양념으로 들어가 있다.

우리의 결혼 의례는 사교불편증 두드러기를 유발한다. 돈 얘기 금기는 사교불편증·겸손·위선의 혼합체인데 계급에 따라 달라진다. 결혼식에서는 사교불편증이 유머로 누그러질 수 있음을 보았고, 고통스러운 장례식 실험을 통해 이 사교불편증이 유머라는 약이 없으면 얼마나 악화되는지를 증명했다. 그리고 중용의 사랑을 다시 한번 증명했다. 눈물량 할당은 중용과 예의와 페어플레이의 결합이다.

기념행사 핑계와 이 핑계의 마술적인 힘에 대한 신뢰를 통해서는 사교불편증이 술과 의례에 의해 치유되는 또 하나의 예를 보았다. 크리스마스 엄살·불평과 가식적인 코웃음 치기 규칙은 불만, 한탄, 예의, 위선의 합작품이다. 크리스마스 선물은 예의와 위선의 혼합물이다. 무질서 속에 질서가 있는 송년회 규칙에서는 중용이 다시 중요한 역할을 한다. 이것은 페어플레이와 밀접한 연관이 있고 이제는 아주 낯익은 사교불편증을 치유하려는 술과 의례도 여기에 한몫한다. 이 모든 것은 작은 달력행사에서도 분명히 나타난다. 휴가도 거의 비슷한데 단지 과잉과 탐닉 제한의 필요성을 다시 한 번 강조하게 만들었을 따름이다. 이 역시 중용의 사례이다.

우리들의 모든 통과의례를 관장하는 규칙은 물론 계급의식이었다. 그러나 항상 따라다니는 위선도 관계되어 있다. 특히 영국인의 겸손과 위선의 특수한 혼합은 모든 사회계급이 같은 수준으로 좋아하는 것임이 드러났다.

우리는 삶의 전환 의례, 생일파티 같은 내밀하고 개인적인 전환

의례에서도 진지하지 않기 규칙을 고수하려 하는데 그럼에도 불구하고 이것은 우리를 허약하게 하는 사회적 질병에서 탈출할 수 있는 몇 안 되는 길이다(또 다른 진정한 탈출구는 섹스인데 이것도 결국은 개인적인 일이다). 사생활에 대한 심한 강박관념도 사교불편증에서 생긴다. 그러나 우리가 사생활을 중요시하는 이유도 이 사교불편증이라는 고통으로부터 구원 받을 수 있기 때문이다. 집에서는 가까운 가족, 친구, 애인과 함께 우리는 따뜻하고 자연스럽고 놀랄 정도로 인간적인 모습을 보인다. 이 나라를 방문하는 외국인들은 이런 우리를 결코 보지 못한다. 혹은 아주 약간만 볼 뿐이다. 당신은 이를 보려면 인내심을 가지고 기다려야 한다. 자이언트 판다가 짝짓기 때를 기다리는 것처럼.

결론

결정적인 영국인다움

이 책 도입부에서 나는 영국인의 결정적인 특성을 찾아나서겠노라고 밝혔다. 영국인의 특징적인 행동을 가까이에서 지켜보고 이를 규제하는 숨은 규칙을 찾아내, 이런 규칙들이 우리 국민성에 대해 무엇을 말해주는지 이해하고자 했다. 이것은 반‡과학적인 방식이나 그래도 어느 정도는 체계적인 방식이다. 서문에서 제법 자신 있게 너스레를 떨었음에도 나는 자신이 없었다. 사실 어떤 국민성을 이해할 수 있을지 알 수 없을뿐더러 한번도 시도한 적이 없었기 때문이다.

　일단은 성공한 것 같다. 어쩌면 이렇게 얘기하는 게 주제넘는지도 모르겠다. 이런 접근 방식은 분명히 내게는 영국인다움의 원리, 마음가짐, 기질, 국민성, 문화 유전자 등을 더 잘 이해하게 해주었다. 그래서 이제는 기괴하고 웃음을 자아내게 하는 영국인의 행동(지금은 크리스마스 파티가 한창 벌어지고 있다)에 대해 나 자신에게 "으음! 이건 전형적인 사교불편증, 술과 축제의 초현실감으로 치유되고 있고, 유머, 중용이 합쳐진 것이다"라고 얘기할 수 있다(나는 큰 소리로 애기하지는 않는다. 미친 사람으로 볼 테니까).

그러나 이 기획의 요점은 어찌 되었건 나 홀로 조용히 잘난 체하거나 죄다 아는 것처럼 빼기려는 게 아니었고 나는 다른 사람들도 이를 통해 도움을 받길 바랐다. 내가 받은 편지들로 판단하건대 2004년판은 분명 도움이 되었다. 혹은 적어도 문화인류학의 사명인 '이상한 것을 친숙하게 하고 친숙한 것을 이상하게 하기'에는 도움이 된 것 같다. 그러나 알다시피, 나도 한 장章씩 써나가는 동안 '이상함Strangeness'이 내내 궁금했다. 그래서 이 책은 흡사 수학 시험에서 선생이 차근차근 '풀어나가는 과정'을 보여주면서 답을 제시해보라는 식이었지, 달랑 답만을 쓰는 방식은 아니었다. 이말은 당신이 "무엇이 영국인다움인가?"라는 물음에 대한 내 답이 틀렸다고 생각한다면 적어도 내가 어디서 잘못했는지를 알 수 있다는 애기다. 지금쯤은 당신도 우리가 그동안 찾아내고자 노력해온 영국인다움의 특성을 나만큼은 알 것이다. 나는 멋지게 끝맺으려고 따로 숨겨놓은 카드가 없다. 원한다면 당신도 이 마지막 장을 쓸 수 있을 것이다.

목록

나는 우리의 결정적인 특성의 최종 목록으로 잘하면 모든 것이 맞아들어가는 모형, 도표 혹은 조리법을 만들기로 약속했다. 그러니 이제 목록을 만들어보자. 문제를 '푸는 과정'에서, 나는 우리의 특징을 말할 때 전체 뜻을 일일이 쓰는 대신 일종의 속기법으로 정의하는 (사교불편증, 중용, 불평 한탄 등등) 방식을 개발해서 사용한 듯하다. 그리고 증거가 나타날 때마다 이 단어들의 정의를 개선해왔다. 특히 영국적인 '예의'와 '겸손' 같은 고정관념은 분해할수록 일상생활에서 사용하는 경우보다 훨씬 더 복잡하고 모순 투성이임이 드러난다. 내가 새 단어를 만들고 옛날 것을 갖고 놀기를 좋아하는 만큼, 여기서 쓴 단어들은 반드시 제대로 정의해놓아야 한다. 잘못하면 도저히 해석이 불가능한 사투리로 아무 쓸모도 없는 새 학문을 구성하기에 충분한, 알 수 없는 전문용어를 늘어놓을 위험이 있기 때문이다. 이런 것도 피하고 '경험주의'나 '페어플레이'가 정확히 무슨 뜻인지 알기 위해, 그리고 당신이 이 책 앞부분으로 돌아가는 수고를 덜기 위해, 지금부터 결정적인 특성의 최종 의미를 써보겠다. 여기에 열 가지 특성이 나온다. '핵심'이 먼저 제시되고, 이어 반응, 견해, 가치로 이루어진 세 범주가 나온다.

핵심 : 사교불편증

영국인다움의 핵심이다. 사교불편증은 우리가 사람을 만날 때 겪는 타고난 어려움인 억제와 장애를 축약한 표현이다. 영국인의 사교불편증은 선천적인 기능장애, 일종의 잠복성 자폐증과 광장공포증의 복합 증세(정치적으로 바르게 행동하기의 완곡한 표현으로는 '사교기능장애'라 불러야 할 듯)에 가깝다. 이것은 사람들과 접촉할 때 느끼는 긴장, 불안에 더해 자신이 없기 때문에 생기는 것이다. 우리는 창피 당할까 두려워하고, 편협성, 어색함, 애매모호한 옹고집, 변비증 걸린 감정에 휩싸여 있다. 게다가 다른 사람과 쉽게 친해지지도 못하고 그런 상황에 두려움을 느낀다. 사람을 사귀는 상황에서 불편을 느끼면(이 말은 사람을 만나는 모든 경우를 가리킨다) 우리는 지나치게 공손하거나, 어색한 태도로 자제하거나, 말이 없어지고, 방어적이고, 피동적으로 호전적이고, 혹은 시끄럽고 촌스러워지며, 퉁명스러워질 뿐 아니라 폭력적이 되기에, 전반적으로 불쾌하고 역겨워진다. 유명한 '영국인의 내성적 성격'과 악명 높은 '영국인의 난동성'은 둘

다 우리들의 사생활 보호 강박관념에서 비롯된 증상이다. 어떤 사람은 다른 이들보다 이것 때문에 더 심하게 고통 받는다. 사교불편증은 치료될 수 있다. 재치 있는 소도구나 촉진제를 통해 완화되거나 진정될 수 있다. 게임, 퍼브, 클럽, 날씨 이야기, 가상공간, 반려동물 등과 의례, 술, 파티라는 마술적인 단어를 이용한 자가 치료가 가능하다. 이런 치료제의 높은 사용빈도로 볼 때 우리들도 여느 문화권 사람들과 마찬가지로 타인과 접촉하고 유대를 맺고 싶어 하는 타고난 열망이 있음을 알 수 있다. 단지 우리는 도움이 조금 필요할 뿐이다. 우리는 염세적이지도 않고, 반사회적이지도 않고, 내향적이지도 않아서 고로 '내성적인 사람'이 아니다. 진정 은둔적인 문화라면 우리처럼 이렇게 많을 뿐만 아니라 매우 효율적인 촉진제를 고안해 내지도 못했을 터이다. 우리는 또 개인적이고 친근한 분위기에서는 사교적인 불편에서 벗어나 '자연스러운' 해방을 즐기기도 하는데 이 증상의 완치는 불가능하다. 그래서 영국인의 기괴한 행동 대부분은 이 사교불편증에서 비롯된 것이다.

주요 어구: "영국인의 집은 그의 성이다." "좋은 날씨지요, 그렇지 않아요?" "어이, 당신 왜 날 째려봐?" "남의 일에 참견하지 말고 당신 일이나 잘해!" "나는 남의 일에 참견하는 것을 좋아하는 건 아니지만, 그래도…." "괜히 소동이나 문제 일으키지 말고…." "다른 사람이 관심을 끌게 하는 행동을 하지 말고." "사람들과 접촉하지 말고 다른 사람 일에도 관여하지 마라." 군중심리를 내보이는 축구 응원 구호 "나가자, 나가자!" "잉-거-랜드! 잉-거-랜드! 잉-거-랜드!"

반응

깊게 각인된 충동. 자동적이고 무의식적으로 뭔가를 하는 행위. 반사적인 반응. 기본값. 문화적인 만유인력의 법칙.

___ **유머** 세 가지 반응 중에서 유머가 가장 중요하다. 우리들의 고질병인 사교불편증에는 선천적으로 타고난 유머가 가장 효과적인 해독제이다. 신이(혹은 다른 무언가가) 우리에게 사교불편이라는 저주를 내렸다. 대신 유머 감각이라는 해독제를 주었다. 영국인이 지구상의 유머를 독점하진 않았으나 우리의 일상과 문화에 파고든 유머의 비중과 중요성은 정말 특별하다. 다른 문화에서는 유머를 하는 시간과 장소가 따로 있다. 그러나 영국 문화에는 언제나 유머가 흐르고 있다. 영국인의 대화와 접촉에는 어느 정도의 야유, 놀림, 비꼼, 재치, 조소, 말장난, 아이러니, 낮추어 말하기, 유머가 깃든 자기 비하, 빈정거리기, 자기자랑 꼬집기, 그냥 바보스러움 등이 있다. 유머는 특별한 대화 기술이 아니고 우리의 기본값이다. 그리고 숨쉬기와 같다. 영국인의 유머는 무의식적인 반응이자 반사작용인데 우리는 특히 불편하거나 어색하다고 느낄 때 혹은 뭔가 확실치 않아 의심스러울 때는 농담을 한다. 진지함에 대한 금기는 영국인의 정신에 깊이 새겨져 있다. 이에 대한 우리 반응은 영국인 특유의 '안락의자에 앉아서 보내는 냉소', 초연하게 빈정거리기, 감상주의를 거북해하는 취향, 미사여구에 대한 무감동, 잘난 체하기, 허식이라는 풍선을 바늘로 터뜨리고 즐거워하기 등이다. 영국인의 유머를 좋은 유머나 즐거운 유머와 혼동하지 말기 바란다. 그 반대다. 우리들의 유머는 대부분 냉소적이고 어둡고 도전적이고, 혹은 직설적이고 잔인하다. 영국인의 유머는 수동적인 공격성을 드러낸다. 비겁하고 계산적이고 위장에 능한 폭력의 한 형태이다. 영국인들은 폭력적인 혁명과 봉기 대신에 야유를 가졌다는 말이 있다. 야유가 얼마나 사악한 풍자인지를 깨닫지 못하면 전혀 해롭지 않은 언사로 들릴 수 있다는 말이다. 우리들의 무자비한 조롱이 정부를 실제로 무너뜨릴 수는 없을지 몰라도 틀림없이 여러 정치 지도자를 망치는 데 지대한 역할을 했다.

더 긍정적으로 보자면 유머는 감정 표현의 기본 수단이다. 그리고 사교적인 유대와 친밀감을 강화하기도 한다.

주요 어구: "어이, 그만 됐거든!" 그리고 냉소적인 "응! 그래~에~~~?"("항상 그렇지, 뭐!"와 함께 둘째로 인기 있는 구호). 다른 것들—유머가 포함된 모든 대화들—은 목록을 만들 수가 없다. 영국인의 유머는 상황에 따라 바뀐다. "나쁘지 않은데요(기막히게 좋다는 말)." "조금 불편한 일(엄청난 재난, 깊은 정신적 충격을 남길 사건, 끔찍스러운 일)." "별로 그렇게 친근하지 않고(진저리나게 잔인한)." "내가 언젠가는 아마도("내가 곧 죽는다"는 말로, 가만히 생각해보면 도저히 우습게 말할 수 없는 상황인데도)" 같은 '낮춰 말하기'처럼.

___ **중용** 깊이 자리 잡은 무의식적인 반응 혹은 기본값. 나는 중용을 이와 관련된 모든 품성을 나타내는 축약어로 쓴다. 극단적이고, 지나치고, 너무 강한 것이라면 무조건 피하려는 마음. 변화에 대한 두려움. 사소한 일에 야단을 떠는 것에 대한 우려. 가정적인 생활과 안정과 편리에 대한 선호. 양면성, 무감동, 모호함, 보통 정도 선호, 중도 노선 선호, 보수주의. 우리의 관용은 어느 정도는 따뜻한 냉담으로 보아야 하는 것이 아닐까. 적당한 근면과 쾌락주의(우리가 말로는 '열심히 일하고 열심히 놀자'라고 하지만, 대다수 영국인이 실제 살아가는 방식은 '적당히 일하고 적당히 놀자'이다). 질서에 대한 사랑과 정해진 억제가 잘 버무려진 듯한 우리의 등록상표인 '무질서 속 질서' 그리고 타협을 잘하는 성향. 완벽한 평범함에 대한 선호. 약간 눈에 띄는 예외를 제외하면 과하게 칭찬받는 우리들의 유명한 괴짜스러움마저도 실은 집단적인 순응주의이다. 우리는 모든 일을 적당히 하는데, 이 적당한 일이라면 극단적으로 열심히 한다. 거칠고 조심성 없기는커녕 요즘 젊은이들은 부모 세대보다 더 신중하고 중용을 택하

며 모험심도 없다. (겨우 14퍼센트만 이런 중도 성향에서 벗어난다. 우리는 이 소수에게 미래의 혁신과 진보를 기대해야 한다.)

주요 어구: "괜한 풍파 일으키지 마라." "괜한 일로 난리 치지 마라." "지나치게 하지 마라." "할 말은 많지만 참고 지나가자." "상관하지 않는다." "가만히 두면 절로 잘될 거다." "모든 것이 적당하게 잘되고 있다." "서로 참견하지 말자." "우리를 귀찮게 하지 않는 한." "모든 것이 적당하게 좋다." "안전하고 완전하다." "조용히, 조용히." "차 한잔." "항상 이렇다면 우리는 이것을 귀하게 여기지 않을 겁니다." "과장하다." "좋은 일이 너무 많아." "행복한 중간." "우리가 원하는 것은 무엇인가? 점진적인 변화! 언제 그것을 원하는가? 적당한 때에!" (그래, 마지막 것은 실제 구호가 아니고 농담 섞인 창작이다. 그래도 당신은 무슨 뜻인지 알 것이다.)

___ **위선** 또 하나의 무의식적인 기본값. 내가 속을 들여다보려 했던 고정관념 중 하나. 영국인이 위선으로 유명하다는 사실은 억울하지 않다. 우리도 모르게 우리의 모든 행동에 침투해 있다. 심지어 우리가 가장 소중히 여기는 '이상'들, 겸손, 예의, 페어플레이에도 배어 있다. 그러나 내가 이 기획에 사용하는 현미경으로 보면 맨눈으로 보는 것보다 훨씬 덜 역겹다. 그리고 어떻게 보느냐에 따라 달라진다. 우리의 공손함, 겸손, 공정함 등이 위선이라고 당신은 얘기할 수 있다. 그러나 동시에 우리의 많은 위선도 공손함의 한 형태라고도 할 수 있다. 상대방이 창피해하지 않도록 진짜 의견과 기분을 감추는 것이다(혹은 괜히 문제를 안 일으키기 위해서. 우리들의 위선은 우리들의 중용과 긴밀히 연결된다). 영국인의 위선은 흔히 무언의 합의를 통해 착각을 불러일으키는 무의식적이고 집단적인 자기 기만에 입각한 행동이지, 다른 사람을 속이기 위해 냉소적으로 계산해서 하는

행동은 결코 아니다(우리들의 공손한 평등주의가 가장 좋은 예이다. 가식으로 가득 찬 예의를 갖춘 겸손과 공정. 엄존하는 우리의 예민한 계급의식을 애써 부정하는 이런 증세에 정신과 의사들은 중증이라는 진단을 내린다). 우리의 위선은 자연스럽게 나타날 뿐 비열하게 남을 속이기 위한 행위가 아니다(다른 문화의 경우보다 특별히 더하지는 않다). 그러나 사교불편증 때문에 우리가 하는(혹은 하려 하는) 말은 더 조심스럽고 애매모호하며 수동적인 공격성을 띠게 된다. 또 단정적으로 솔직히 주장하지 않고 공손하게 가식적으로 하는 경향이 있다(위선의 가면을 벗어버리면, 우리는 자신감 넘치게 차분해지는 것이 아니라 횡설수설하면서 공격적으로 변한다). 우리들의 위선은 가치관을 드러낸다. 우리가 다른 문화권 사람들보다 선천적으로 더 겸손하고 예의바르고 공정한 것은 아니다. 그러나 우리가 중시하는 좋은 품성을 어떻게 나타내야 하는지를 정한 많은 불문율이 있다.

주요 어구: 목록을 만들기에는 너무 많다. 영국인의 대화는 겸손한 완곡어법과 가장, 기만, 부정으로 가득 차 있다. 하지만 일반적으로 '부탁합니다, 감사합니다, 미안합니다, 좋다, 사랑스럽다(미소, 고개 끄덕임 등등)' 등은 좋게 말해도 위선이다.

견해

우리들의 세계관. 우리가 사물을 보고 생각하며 만들고 이해하는 방식, 우리들의 사회문화적 우주관.

__ **경험론주의**　이 '견해'라는 범주에서 가장 근본적인 것이다. 경험주의도 잡다한 영국인의 태도를 간단히 나타낸 단어이다. 엄밀히 말하면 감각적인 경험에서 나온 온갖 지식이 포함된 철학적 개념이 경험주의이다. 이것과 연결된 사실주의는 기술적으로는 그것에 대한

우리의 지각과는 독립적으로 존재하는 어떤 주의를 가리킬 때만 사용되어야 한다.

영국인다움은 이런 철학적인 원칙에 깊게 뿌리박고 있다. 나는 또 이들 단어를 훨씬 더 넓게, 비공식적인 용도로 사용하여, 반이론, 반추상관념, 반교조적인 우리 철학 전통(특히 우리들의 반계몽주의, 유럽 대륙의 공상적인 이론화와 미사여구에 대한 불신), 실제적이고 사실적이며 상식적인 것에 대한 맹목적이고 외고집적인 선호를 다 포함하고자 한다. 경험주의라는 말은 철저한 현실주의, 객관성, 실용성, 명료한 근거, 결연한 사실주의, 기교와 허식에 대한 혐오를 함축한 단어다(그렇다, 마지막 부분은 너무 단호해서 내가 얘기한 우리의 위선, 공손한 완곡화법 등과 모순된다는 것을 느낀다. 그러나 나는 우리가 일관성 있는 사람들이라고 주장한 적은 없다).

주요 어구: "어이, 그만 됐거든!" "아! 그래~~~에?"(유머와 겹친다. 영국인의 유머는 대단히 경험주의적이다.) "결국에는." "사실에 입각하면." "쉽게 얘기하면." "내가 일단 보고 믿을게." "항상 그렇지, 뭐!"(한탄·불평과 겹친다. 또 대단히 경험주의적이다.) "나는 그래서 이를 인정하지 못한다."(아니 우리는 실제로 돌을 발로 차지는 않으며 새뮤얼 존슨의 말을 인용하지 않는다. 그러나 그의 유명한 말은 우리의 사고방식을 잘 요약하고 있다.)

___ **한탄·불평** 우리들의 끝없는 엄살·불평보다 조금 더한 것. 엄살·불평의 엄청난 양에는 못 미치나 품질에서는 각별히 영국적인 듯하다. 이것은 전적으로 무력하고 무익하다. 우리는 불평의 원인이나 제공자에게 직접 대거리하지 않는다. 우리끼리만 끝없이 우는 소리를 하는데, 엄살·불평의 규칙에 의해 실질적인 해결책은 제시할 수 없다. 그러나 사교적으로는 빼어난 치유 효과가 있다. 사람들과

의 친교와 상호접촉에는 아주 효과적인 촉진제로 작용한다. 엄살·불평은 아주 즐겁고 유쾌하며(멋진 엄살·불평만큼 영국인이 더 좋아하는 것은 없다. 이를 지켜보는 것도 상당히 유쾌하고 즐겁다) 재치를 발휘할 수 있는 기회다. 사교를 위한 엄살·불평은 유머가 섞인 가짜 엄살·불평이다. 아주 가까운 사이가 아니면 진짜 눈물 섞인 절망은 금지다. 비록 당신이 정말 절망적인 상태더라도 절망적인 것처럼 보이도록 가장해야 한다(참을 수 없는 영국인의 가벼움). 우울하고 비관적인 한탄을 통해 국민적인 구호 '항상 그렇지, 뭐!'라는 마음가짐과 견해의 실례를 보여준다. 세상일은 애초에 실망스럽고 잘못되도록 만들어졌다고 전제하는 우리들의 고질적인 비관주의. 또 우리들의 우울한 예상이 맞아떨어지는 것을 볼 때의 비뚤어진 만족감. 약 올라하면서도 냉철하게 체념하고 자기는 이미 알았다는 식으로 반응하는 전지전능한 자기만족. 우리들의 등록 상표인 숙명론(아주 이상한 밝은 비관주의).

주요 어구: "항상 그렇지, 뭐!" "허, 항상 그렇지, 뭐!" "정말 맨날 이래!"(이 말에는 수많은 변형이 있다.) "나라가 망조가 들었어!" "뭘 기대했는데?" "내가 이미 얘기했잖아?" "항상 그렇듯이." "언제나 뭔가 있었거든." "안 되는 것은 뭘 어째도 안 돼." "그건 절대 안 돼." "분명 비가 올 거야. 왜냐면 휴일이거든." "투덜거리지 마!" "그래도 좋은 쪽으로 생각해!" "너무 마음 상하지 마!" "아무 기대도 하지 않는 자, 축복받을 것이고, 그대 실망하지 않을 터."

___ **계급의식**　모든 사회에 신분제도가 있고 이를 나타내는 수단도 있다. 무엇이 영국 계급제도를 특별하게 만드는가 하면 (a) 우리의 계급은 개인의 부와 무관하고 직업과는 조금 관계가 있음. 말, 행동거지, 취향, 생활습관과 같은 비경제적인 신호기와 관련 있음. (b) 계

급(더불어 계급 걱정 혹은 안달증)에 따라 달라지는 우리들의 취향, 행동, 판단. (c) 타고난 계급표시기의 민감함. (d) 계급에 관계된 모든 것을 부정하고 수줍어하면서 깨끗한 척하기. 숨겨져 있고, 간접적이며, 묵시적이고, 위선적이며, 자기망상적인 영국 계급의식(특히 중류층).[126] 우리들의 공손한 평등주의. 퇴화해 흔적만 남은 듯한, 그러나 아직도 분명히 존재하는 상업에 대한 편견. 상상을 초월할 정도로 상세하고 엄청난 세목의 바보짓에 불과한 계급 구별 표시와 계급 걱정. 이 모든 것에 대한 우리들의 유머 감각.

주요 어구: "한 영국인이 입을 열면 다른 영국인이 그를 증오하거나 경멸하지 않을 수가 없다." "그런 출신 배경." "좋은 친구이긴 한데 우리한테 끼일 친구는 아냐." "그걸 '서비엣'이라고 부르지 마. 우린 그걸 '냅킨'이라 부른다." "몬데오 맨." "약간 천하고, 평민, 새로운, 번쩍이고 화려한, 야하고, 상스럽고, 세련되지 않고, 무례하고, 거칠고, 평민적이고, 상스럽고, 교외의 반주택, 소자본가, 가짜 튜더 스타일. 점잔 빼는 사치스런 창녀(후레이, 상류층 멍청이, 사립학교 동창, 속물, 사립 기숙학교 출신, 초록색 장화…)는 자기가 우리보다 낫다고 생각한다." "너는 갑자기 출세한 채소 가게 딸을 어떻게 생각하니."[대처 수상을 가리킨다. 그녀가 중하층 출신임을 비꼬는 말이다.] "상점 주인 출신의 괜찮은 작은 사람."[같은 내용으로, 비꼬면서 비하하는 말. 해로즈 백화점 소유주인 이집트 출신 알파예드를 가리키는 듯하다.]

---

126 아직도 이를 부정하거나 그냥 나의 개인적인 집착이라고 여긴다면 그것은 사실이 아니다. 영국적인 특성에 대한 토의에서 '계급 / 계급의식 / 계급에 대한 선입견'은 나의 모든 정보 제공자들도 제기했다. 그리고 거의 모든 SIRC의 영국인 중점 그룹 참가자들도 마찬가지였다. 그리고 이 특성은 우리가 전국적인 조사에서 응답자들에게 우리들의 문화 특성 중 주요 특성을 구분해달라고 한 결과 나온 목록에서 압도적인 1위를 차지했다.

가치

우리의 이상. 우리들의 표준. 우리를 감독하는 근본 원칙. 꼭 지키고 살지는 않지만 그래도 우리가 받아들이고 갈망하는 도덕적 기준. '도덕적 신화'가 더 나은 용어일 듯.

___ **페어플레이** 신앙에 가까운 국가적 강박관념. 많은 영국인의 도덕관은 주로 페어플레이에 근거를 두고 있다. 비록 우리는 자주 이상에 맞추어 살지는 못하지만. 페어플레이를 깨면 엄청난 분노를 불러일으키고 이건 어떤 죄보다 중하다. 영국인의 페어플레이는 아주 비현실적으로 엄격하기만 한 평등주의가 아니다. 승자와 패자가 있음을 인정한다. 그러나 모든 사람은 동등한 기회를 얻어야 하고, 규칙을 반드시 지켜야 하며(공식적 법적 개념은 아니지만 불문율의 사회규칙이다. 그래서 많은 경우 페어플레이 규칙이 불공정하게 적용된다고 불평한다), 속이거나 책임을 회피하지 말아야 한다. 페어플레이는 이것이 철저히 준수되는 스포츠와 게임뿐만 아니라 예절에도 깊이 깔린 생각이다. 줄서기는 페어플레이의 모든 것이다. 돌아가면서 사기, 식탁에서의 행동거지, 무질서 속 질서, 운전 예절, 유혹 규칙, 비즈니스 예절, 공손한 평등주의 등은 모두 페어플레이 원칙의 영향을 받았다(공손한 평등주의는 공정하게 보이려고 신경을 쓰는 위선이자, 불평등과 불공정에 대한 창피함을 숨기는 수단이다. 우리가 이것들 때문에 창피 당할까봐 신경 쓰는 것들). 타협에 대한 애정. 우리가 끝없이 사용하는 '한편으로'와 '다른 한편으로'라는 말로 대변되는 평형을 맞추고자 하는 마음가짐은 때로 우유부단하고 흐릿한 태도의 소산으로 비친다. 또 관용으로 볼 수도 있다. 그러나 실은 페어플레이와 중용의 합작품이다. 우리들의 패자에 대한 응원이나 압도적인 승리에 대한 경계 또한 페어플레이다. 공정함에 대한 지나친 예민함은 때로는 사회주의,

보수주의 심지어는 기독교 정신으로까지 오해를 받는다. 기본적으로 영국인의 도덕은 이 페어플레이와 관련이 있다. 줄리언 바지니가 말한 '보수적 공산사회주의'란 주로 겸손과 페어플레이(거기다가 특별히 영국적인 것이 아닌 인간 보편적인 '사소한 것'을 합치면)를 합친 것이다.

주요 어구: "어쨌든 공정하게 하자면." "공정하게 모든 것을 보면." "모든 공정한 기회를 갖고 본다면." "그만해! 이건 공정한 거야." "공정한 것은 공정한 것이다." "충분히 공정하다." "공정하고 확고하다." "새치기하지 마라." "차례로 하자." "속이지 마라." "속이다가 잡히기." "당신/그/그녀에게 공정하게 해라." "정당하지 않다." "공정한 경쟁 조건." "욕심 부리지 마라." "나도 살고 그도 살게 하라." "다른 한편으로는." "세상일에는 항상 양면이 있다." "자! 합의가 안 된 것으로 합의합시다. 됐지요?"

__ **예의** 강력한 이상. 우리들의 공손함은 하도 깊이 새겨져 있어서 어떤 경우 거의 자동적으로 튀어나온다. 예를 들면 거의 아무런 의미가 없는('죄송합니다'라는 반응은 반사작용에 가깝다), 그러나 대부분 의식적인 노력 혹은 예민한 자의식에 의한 노력이 필요한 행동이다. 영국인은 타고난 예의 때문에 칭찬 받는다. 그러나 내성적 성향 때문에 비난받을 뿐만 아니라 거만하고, 냉정하고, 비우호적인 사람으로 비친다. 비록 우리의 내성적인 성향은 분명 사교불편증에서 유래하지만 어느 정도는 예의의 한 양태이기도 하다. 사회언어학자들이 '소극적인 공손함'이라 부르는 것으로, 여기에는 다른 사람들에게 강요하는 것으로 비치거나 그들을 방해할까봐 우려하는 배려가 숨어 있다(그 반대인 '적극적인 공손'은 다른 사람들이 사교적으로 인정받고 함께할 수 있게 신경을 써주는 것이다). 우리는 자신을 기준으로 타

인을 판단하므로, 그들도 나같이 사생활에 강박관념을 느낀다고 짐작한다. 그래서 내 일에만 신경을 쓰고 그들을 정중하게 무시해버린다. 그러나 우리의 사과, 부탁, 감사는 마음속에서 우러나오거나 진실한 것이 아니다. 여기에는 특별히 따뜻하거나 우호적인 것이 전혀없다. 공손함을 아주 자세히 살펴보면 어느 정도의 기교와 위선이들어 있음을 알 수 있다. 그러니 영국인의 예의는 거의 하나의 형식일 뿐이다. 진정한 감정 표현이 아니라 하나의 규칙을 따르는 것이다. 그래서 우리가 예의 규칙을 깰 때는 우리보다 덜 공손한 나라 사람보다 추악하고 불쾌해지는 경향이 있다. 선천적으로 사교술이 부족해서 만들어놓은 이런 규칙들은 우리 자신을 보호하기 위해 필요하다.

주요 어구: "미안합니다." "부탁합니다." "감사합니다, 건배, 감사ta(어린이 말), 감사thanks(어느 문화권에나 다 이 말이 있지만 우리가 더 많이 쓴다)." "미안하지만." "미안합니다만." "죄송합니다만." "혹시 이것을 좀 해주실 수… 내 생각에는 아닌 것 같은데…." "안녕하십니까?" "좋은 날이지요, 그렇지요?" "예, 그렇네요?" "실례합니다, 혹시 그 마멀레이드를 건네주실 수 있지 않을까 해서 부탁 드립니다." "죄송합니다만, 대단히 미안한데, 당신이 내 발을 밟고 있는 것 같아서요." "깊은 존경을 담아 하는 말인데, 이 존경하는 신사께서는 조금 진실에 인색하신 듯해서[영국 의회에서 쓰는 말로 거짓말을 한다는 뜻]." "미안해요! 하지만 나는 그걸 사과하려는 것은 아닙니다."

___ **겸손** 영국인이 다른 나라 사람들보다 선천적으로 겸손한 것은 아니다. 사실 우리는 상당히 거만한 편이다. 그러나 (예의로) 우리는 자랑하기와 거만 떨기 금지를 포함해 겸손에 대한 엄격한 규칙이 있고 이것을 준수해야 한다. 그리고 계속 자기 비하와 자기 조롱을 권

한다. 우리는 겸손을 귀하게 여기고 열망하지만 사실은 겸손한 척할 뿐이다. 혹은 더 호의적으로 표현한다면, 반어적 표현으로 겸손을 드러낸다. 우리들의 유명한 자기 비하는 반어적 표현이다. 우리 말을 다른 사람들이 반대로 이해해주기를 바라거나, 일부러 자기를 낮추어 말한다. 이는 암호 같은 것이다. 우리는 이 자기 비하가 실은 말하는 바와는 정반대임을 안다. 혹은 낮추어 말하기는 진정으로 말하고자 하는 바와는 상당한 차이가 있음을 안다. 우리는 말하는 사람의 성취나 능력은 물론이고, 그것을 자랑하지 않으려는 의도에 기인한 주저함에 깊은 인상을 받는다. 문제는 영국인이 이 바보 같은 게임을 외국인과 하려 할 때 생긴다. 외국인들은 반어법 암호를 이해하지 못하고 자기 비하와 자기 조롱을 말 그대로 받아들인다. 겸손은 우리가 계급·재산·신분 차이 등을 부정하거나 표가 적게 나도록 노력하라고 요구한다. 공손한 평등주의는 세 가지 '중요한 가치(예의, 겸손, 페어플레이)'를 내포해야 하고 동시에 위선의 도움을 받아야 한다. 영국인의 겸손은 대개 경쟁적인 게임이다. 이름하여 '더 낮추어 말하기'를 해야 한다. 이 게임에서는 간접적인 자랑을 많이 해야 한다. 그리고 자기 비하는 암호화된 모욕으로 이용될 수도 있다. 영국인의 겸손 표시(경쟁적이든, 위선이든, 모욕이든, 진정이든 상관없이)는 유머의 포함 정도 때문에 특별하다. 우리들의 겸손은 흔히 타고난 거만을 죽여서 평형을 맞추는 중요한 역할을 하고, 이는 예의의 규칙이 우리를 공격적인 성향에서 보호하는 것과 마찬가지다.

주요 어구: "자랑하지 마라." "내세우지 마라." "성공을 자랑하지 마라." "약게 놀지 마라." "너무 무리하지 마라." "내가 운동은 조금 한다(올림픽 금메달을 땄다는 말)." "내가 그것은 조금 안다고 생각한다(나는 세계가 알아주는 전문가다라는 뜻)." "아, 그건 그냥 금방 생각난 것인데(위와 같은 뜻)." "보기만큼 힘든 것도 아니고 그냥 운이 좋

앉을 뿐(개인적인 성취를 스스로 칭찬할 때의 표준 반응)." 당신이 만일 우리가 아주 사랑스럽다고 생각하려고 한다면, "그녀의 집(혹은 아이들, 옷, 차 등등)은 항상 신품이에요. 그래서 나를 초라하게 하고 절망시켜요(암호화된 모욕이다. 뜻은 그녀는 물건을 죄다 새 걸로만 장만하려는 소자본가 졸부이고 자신은 중상층이나 상류층으로서 우월감과 자부심을 느끼게 된다)."

도표

여기 영국인다움의 결정적인 특성들이 있다. 이것들은 단순한 목록보다는 조금 더 체계적인 형태를 갖추고 있는 듯하다. 우리는 한 가지 핵심과 뚜렷한 범주 세 개를 가지고 있다. 반응, 견해, 가치는 각각 세 가지 특성이 있다. 나는 도표 작성을 잘 못한다(비영어권 독자들에게: 이것은 크게 낮추어 말하는 것임). 그래도 어떡하든 모든 것을 보여줌으로써 나의 부끄러운 약속을 지킬 수 있을 듯하다.[127]

모든 특성 간의 접속과 상호작용을 보여주기란 불가능했다. 예를 들면 내가 이 책 전체를 통해 기술한 예의와 위선. 겸손과 위선, 유머와 경험론, 유머와 이요르식 불평불만, 페어플레이와 중용 개념의 밀접한 연관성을 나타내는 도표를 고안해보려고 며칠을 시도해

---

127 내가 마지못해 하는 것처럼 보일지 모르겠다. 왜냐하면 내가 알기로 (a) 사람들은 도표에서 많은 것을 기대하고, 이 책을 읽느라 애쓰는 대신 그것을 통해 뭔가 알 수 있을 것이라 생각한다(나 역시 마찬가지다). (b) 700쪽이 넘는 책보다 간단한 도표에서 흠과 실수를 찾아내기가 더 쉽다. 혹은 온갖 경고와 단서를 달아놓았음에도 위의 목록에서 문제를 지적할 수도 있다. 그래서 트집쟁이나 잔소리꾼들의 좋은 목표가 될지도 모르겠다.

보았지만, 보기만 해도 정말 입맛이 떨어질 스파게티 가락이 얽힌 것처럼 보였다. 어떤 경우든 간에 나는 결정적인 특징들의 상호관련성은 영국인의 특정 행동 규칙, 어떤 측면, 어떤 특색과 관련이 있을 때만 의미 있거나 심지어는 명백하게 나타남을 느꼈다. 예를 들면 돈 얘기 금기는 겸손·위선·계급의식(핵심 하나와 각 범위에서 하나씩 추출된 특성)의 혼합물이다. 상당히 복잡한 문제인 우리들의 종교에 대한 태도는 중용＋페어플레이＋예의＋유머＋경험주의＋이요르식 불평불만(모든 집합에서 골라서 섞은 혼합물, 그리고 중심이 간접적으로 연결된 모든 것)이다. 우리들의 뚜렷한 반지성주의는 실제 경험주의 ＋겸손＋유머(특히 반 진지하기) 등이다. 당신도 나처럼 달리 할 일이 없다면 이런 식으로 얼마든지 재미있게 놀 수 있다. 그냥 아무렇게나 영국인의 행동 양태와 결정적인 특성 목록에서 그것들의 문화 유전자로 지도를 만들어보는 것이다. 어떤 고정관념은 이런 식으로 해부해볼 수 있다. 예를 들면 이른바 영국인의 억제는 우리네 불편증의 기본 증상이다(만성적인 창피함/억제는 불편증의 두 기둥이다). 그러나 예의(특별히 '부정적인 공손')＋겸손(언제나 같이 연결되는 위선)＋중용 그리고 이요르식 불평·한탄과 한데 어우러진 것이다.

그러나 이런 특성들의 연결과 상호작용을 모두 도표 하나로 보여주려면 우리들의 행동 패턴의 상세 목록도 포함해야 하는데, 그러자면 이 책에 있는 것을 모두 넣어야 한다. 불가능하다.

우리는 훨씬 더 간단하게 도표를 작성해야 할 것 같다. 현미경을 던져버리고 뒤로 물러서서 큰 그림을 보라. 이 영국인다움에 관한 기본 도표가 내가 제시한 목록에서 깨닫지 못한 무언가를 새삼 가르쳐주지는 않는다. 이는 단순히 결정적인 특성이 무엇이고, 어떻게 구분되며, 중앙의 '핵심'과 어떻게 연결되는지를 보여줄 뿐이다. 그러나 도표는 적어도 영국적인 것이 단순한 통계수치가 아니라 살아

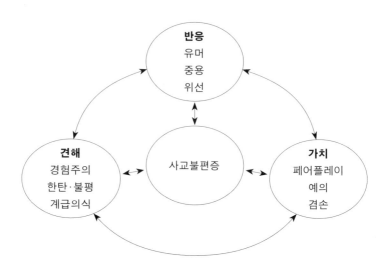

움직이는 개념임을 가르쳐준다. 그리고 이 모든 것을 한 장으로 편안하게 다 보여준다. 간편한 참고 사항 따위로 쓸모는 있겠다. 한눈에 볼 수 있는 영국인다움이랄까. 덧붙이자면 보기에 좋고 유쾌하고 체계적이다.

미안하게도 내가 그린 영국인다움의 도표는 하나의 원칙을 보여주는 모양이 아니고 유전자 같지도 않다. 더 복잡하고 어려우며 학술적인 것을 기대한 사람들에게는 상당히 실망스러운 결과가 나오고 말았다. 하지만 그런 유전자가 어떻고 하는 것은 결국은 미사여구일 것이다. 내가 아무리 확대해석하고 미사여구를 동원해도 영국적인 것을 기존 과학 형식에 밀어 넣을 수는 없다. 그래서 좀 거칠고 너무 단순하다 싶은 틀을 짤 수밖에 없었다. 그런데 만들어놓고 보니 이건 흡사 분자구조 같다. 그렇게 생각하지 않으시는가? 그래서 충분히 과학적인 것 같아 흐뭇하다. 어쨌든 요점은 아주 인상적인 도표는 아니라는 것이다. 보통 영국인의 행동과 태도의 특색을 이해하고 해석하는 데 도움이 될 뿐이다.

원인

영국적인 것을 이해하기 위한 조사에서 의문 하나가 남았다. 만일 우리의 불행한 사교불편증이 핵심이라면 우리는 묻지 않을 수 없다. 무엇이 사교불편증을 일으켰나?

책 전체를 통해, 서로 연관도 없고 조리도 맞지 않는 괴상한 행동, 기괴한 믿음, 이상한 강박관념, 각종 버릇이 뒤얽힌 복합 증상을 겪는 영국인이라는 환자를 진찰하는 내가 무슨 민족 정신과 의사가 된 것 같다. 오랜 기간 조심스러운 관찰과 수많은 창피한 질문을 통해 나는 되풀이되는 형식과 주제를 볼 수 있었고 결국은 진단에 이르렀다. 이 증상을 나는 영국인의 사교불편증이라 부른다. 이는 환자를 심하게 약화시키는 장애는 아니다. 여러 자가 치료로 효과를 볼 수도 있다. 환자는 대처 방안들을 개발했고, 거의 정상적인 생활을 영위하고 있으며, 완벽하고 쓸 만하게 행동한다고 여긴다(그래서 영국인은 자신이 아니라 다른 세상의 다른 사람들이 이상하고 정상이 아니라고 주장한다). 그러나 다른 사람들은 환자가 괴상야릇하고 상당히 반사교적이라 진저리를 치면서도 때로는 아주 매력적이라고 한다. 비록 나는 치료법을 제시하지는 못하지만, 내 진단은 최소한 현 상태를 이해하고 관리하는 데 도움을 줄 수 있을 것으로 보인다.

그러나 이 병의 원인을 캐는 문제는 아직 신비로운 과제로 남아 있다. 많은 정신장애처럼 무엇이 이를 일으키는지는 정말 알 수 없다. 이 책이 처음으로 이 불편증을 제대로 파악했다고 믿는다고 해서, 내가 이 증상을 최초로 알아채고 비평한 것은 분명 아니다. 나는 단지 이 집단적인 문제를 일으키는 증상에 상태의 특성에 따라 처음으로 이름을 붙인 것이다. 우리 국민성을 기술하려 할 때마다 적어도 몇 번은 '영국인의 내성적 성격'과 그와 정반대인 '영국인의 투박하고 촌스러운 짓', 소란 난동, 기타 반사회적 행동들을 거론하지 않을 수 없었다. 이 문제에 대한 나의 기여는 겉보기에는 지킬과 하이드 같은 두 증상이 결국은 한 증후군의 다른 특성이라고 제시한 것이다(지금은 조울증이라 부르는 장애의 조증과 울증 같은 형태라고 본다). 이 진단이 영국인을 이해하는 데는 도움이 될지 몰라도, 이 장애를 찾아내 이름을 붙인다고 해서 원인을 찾는 데 도움이 되는 것은 아니다.

다른 저자들이 나름의 원인을 제시하기도 했다. 그들은 주로 영국의 기후에 혐의를 두었다. 물론 기후가 요인이 될 수도 있으나 나는 이 설명에 상당히 비판적이다. 그 이유는 우리의 기후가―스코틀랜드, 웨일스, 아일랜드를 굳이 언급하지 않더라도―북유럽 국가들과 큰 차이가 없기 때문이다. 그 나라 국민들도 우리 같은 반사회적 이상 성격을 보이나?[128] 그렇다고 기후가 원인일 개연성을 완전히 배제할 수는 없다(담배를 피운다고 다 폐암에 걸리진 않는다). 그러니까 여기에는 다른 이유도 있다는 말이다.

일부 저자들은 우리의 역사에서 원인을 찾는다. 그러나 영국 역사의 어느 대목이 우리 불편증에 책임이 있는지에 대해서는 합치된 의견이 없다. 우리는 제국을 가졌다가 잃어버렸는데, 이건 로마도, 스페인도, 프랑스도, 러시아도, 네덜란드도, 오스트리아도, 포르투갈도 마찬가지다. 그들도 우리처럼 변한 것은 아니지 않은가? 일부는 내 관심사가 상당히 최근에 나타난 경향이라고 말한다. G. J. 라이너(『영국인, 그들은 인간인가?』의 지은이)는 예를 들면 사립 기숙학교가 영국인의 바보 같은 내성적 성격의 원인이라고 비난한다. 나는 사교

---

128 해리 마운트는 우리들의 사교적인 어색함을 영국 기후 탓이라고 본다. 그러나 영국 땅은 연간 일조량이 아일랜드와 같다. 그리고 기온 강우량 등은 거의 같다. 우리가 아일랜드인들(많은 다른 문화와도 같이)과 국민성이 같다 쳐도 아일랜드인은 사교불편증이 없다.

장애의 원인을 남녀 분리 공립학교에 두려는 해리 마운트의 시도를 이미 설명했다(그가 날씨 핑계를 대지 않을 때는). 또 문화인류학자 제 프리 고러Geoffrey Gorer는 우리 국민성의 특정한 측면, 특히 자기 억제 와 질서 의식이 영국 경찰 제도에 기인한다고 주장한다. 어떤 사람은 심지어 우리들의 촌스럽고 투박하고 반사회적인 특징은 섹스라는 요인과 함께 1963년에 시작되었다고 믿는다. 전에는 모든 것이 지금 과 달랐고, 그들이 젊었을 때는 사람들이 어떻게 행동해야 하는지를 알고 있었다고 한다. 역사학자들은 어쨌든 이 영국인의 내성적이고 촌스럽고 투박한 성향은 적어도 17세기에 시작되었다고 얘기하기도 한다. 나는 이미 우리들의 중세의 축구 난동에 대해서 이 책 앞부분 에서 얘기한 바 있다. 나는 역사학자가 아니어서 이것들을 판단할 자 격이 없다. 그러나 이와 관련된 글을 읽어보면, 우리는 이미 이 사교 불편증 때문에—아마도 조금씩 다른 형태긴 하지만—상당히 오래 전부터 고통받았음을 알 수 있다. 이런 상황은 역사상의 특정한 사건 이나 과정이 원인이라고 볼 수는 없음을 말해준다.

그래서 기후나 역사가 우리 불편증의 전적인 원인이 될 수 없다 면 지리적인 원인은 어떤가? 우리가 섬나라 민족이라는 요인이 우 리 국민성의 어떤 측면을 설명하기 위해 제시되기도 했다. 섬나라 근성 말이다. 거기에 진실이 있을 수도 있지만, 섬에 산다는 것이 그 렇게 많은 이유를 제공하지는 않는다고 생각한다. 아무튼 세상에는 많은 섬이 있고 그 나라 사람들은 우리와 성격이 상당히 다르지 않 은가? 물론 어느 정도 비슷할 수도 있겠지만. 그런데 좀더 구체적으 로 우리 섬의 크기와 인구밀도를 고려해본다면 지리적 요인의 가능 성이 조금 엿보인다. 이것은 단순한 섬이 아니고, 비교적 작으나 인 구밀도는 대단히 높은 섬이다. 그리고 이런 조건이 어쩌면 내성적 이고 억제된, 사생활보호 강박관념이 있으며 텃세를 부리는 사람들,

사교적으로 조심스러우며 편안해하지 않고, 때로는 추악하고 불쾌하게 행동하는 반사회적인 사람들을 만들었는지 모른다. 사교에서 상대방에게 폐를 안 끼치도록 방해하지 않고 강권하지 않는 데만 신경을 쓰는 나머지 상대방을 무시하는 소극적인 공손의 문화, 계급의식에 예민한 문화, 신분과 경계와 구획에 대한 집착이 만연해 있고, 어색함과 창피와 애매모호한 감정에 휩싸이고 내밀함을 추구하는 문화, 공연한 야단법석을 두려워하는 사회, 과묵한 공손함과 호전적인 폭력성 사이에서 수시로 변하는 국민성을 생각해보라. 비록 많은 면에서 다르긴 하지만, 우리는 일본인에게서 중요한 유사성을 발견했다. 그래서 작고 인구가 많다는 요인이 중요할 수도 있다는 생각을 했다.

그러나 이 원초적인 지리적 결정론은 기후나 역사 논쟁보다 더 신뢰할 만한 것도 아니다. 지리적 요인이 국민성을 결정하는 데 그렇게 중요하다면, 덴마크인들은 어째서 다른 스칸디나비아 사람들과 그렇게 다른가? 독일인과 프랑스인들은 두 나라 사이에 인공적으로 그어놓은 국경 양쪽에 사는데 어떻게 그렇게 독일인답고 프랑스인다운가? 산악 지방 프랑스인과 산악 지방 이탈리아인은 어떻고? 나는 바로 그 국경 지방에서 4년을 살았는데, 산천은 똑같으나 이탈리아에서 다른 문화를 즐기려고 자주 국경을 넘어갔다. 그리고 텍사스인과 맥시코인들은? 핀란드인들과 러시아인들은? 그런 예는 수도 없이 많다. 지리적인 요인이 결코 궁극의 해답이 될 수는 없다.

우리의 사교불편증을 비롯한 지극히 영국적인 문화의 주요 측면은 당연히 갑자기 하늘에서 뚝 떨어진 것이 아니다. 짐작건대 기후와 역사와 지리적인 요인의 특별한 조합에서 답을 찾아야 할 것이다. 이 특별한 조합이 적어도 유일무이한 거라면. 그러나 내가 이곳뿐만 아니라 이 책 전체에서 지적했듯이 영국인다움의 요인을 우리들의 기후와 지리적 요인 혹은 특정한 역사적 사건이나 절차 등에서 찾으려는, 조금 더 상세하고 '간편한' 설명은 문화비교론이나 면밀한 검증을 절대 통과할 수 없다. 누군가는 심지어 '우리들의 국가적인 특성 및 문화가 날씨·지리·역사의 혼합물이다'같은, 닭이 먼저냐 달걀이 먼저냐 식의 궤변을 늘어놓을 수 있다. 비록 우리가 날씨와 몇 가지 불변의 지리적 요인과 우리네 환경이 모두 인공적이고 영국 역사 전체의 은혜에 달려 있다고 한다면 말이다.

미안하지만 나도 간단하고 '간편한' 답이 있다고는 생각하지 않는다. 그리고 '어떻게 영국인이 사교 장애를 가지게 되었나'에 대해 '그래서 그렇게 되었다 식의 이론적 풀이'로 당신의 지적 능력을 모욕하려고 하지 않는다. 솔직히 말해 우리가 왜 지금 이렇게 되고 말았는지 정말 모르겠다. 사실 아무도 모른다. 그렇다고 나의 사교불편증 분석이 아무 의미도 없는 것은 아니다. 나는 영국인이 장애의 원인을 모르는 자폐증과 광장공포증(혹은 거기에 관한 조울증) 환자, 혹은 그냥 사교장애 환자라고 선고한다. 정신과 의사들은 언제나 그렇게 하고 있는데, 자칭 민족 정신과 의사ethno-shrink인 내가 그런 특권을 누리지 말라는 법이 있는가? 당신이 내 진단에 동의할 수 없다면 나에게 도전해보든지, 아니면 다른 의견을 내보라.

하지만 그만두기 전에(혹은 미사여구 장난 때문에 잘리기 전에) 나는 건강경고문을 발행해야 한다. 영국인다움은 상당히 전염성이 강하다. 어떤 사람은 다른 사람보다 더 쉽게 감염된다. 그러나 당신이 우리 근처에서 오래 왔다 갔다 하다 보면 당신도 모든 불운, 즉 기차 연착으로부터 국가적인 비극까지를 "항상 그렇지, 뭐!"라는 체념 어린 탄성으로 맞게 될지 모른다. 또 약간이라도 진지함이나 거만함을 대하면 "그만 됐거든!"이라고 할 것이고, 새로운 사람들을 만나면 당황하고 부자연스럽게 행동하며 술을 많이 마심으로써 이러한 불편함을 모면할 수 있으리라고 믿는다. 심지어 누군가에게 인사를 한답시고 "어이! 보긴 뭘 봐?" 혹은 "좋아. 네 유방 한번 보여줘"라고 할 수도 있다. 당신은 이런 불편증에 면역이 된 행운의 방문객이나 이민자일지 모르겠다. 그래도 우리에게 섞여들고 싶거나 우리 약점에 기대어 한바탕 웃고 싶다면, 이 책은 당신으로 하여금 가짜 증세를 지어내도록 도와줄 것이다.

요컨대 영국인다움은 특정한 요소, 출생, 종족, 피부색, 종교 문제가 아니다. 마음가짐이고 기질이며 행동과 태도의 원리이다. 당신이 보기에 영국인들의 불문율들이 여전히 불가사의할지 모른다. 그러나 이제 우리는 열쇠를 갖고 있으니 누구나 이를 판독하고 적용할수 있다.

후기

다시 패딩턴역으로 돌아왔다. 이번에는 브랜디도 없다. 사람들에게 뛰어들 일도 새치기할 일도 없으니 말이다. 그냥 맛있는 차 한 잔과 비스킷만으로 족하다. 이것이 영국인다움 프로젝트를 축하하는 겸 손하고 적절한 방법인 듯하다.

나는 지금 업무를 보지 않고 그냥 보통 사람처럼 옥스퍼드로 가 는 기차를 기다리는 중이지만, 나도 모르게 이 기차역 카페에서 카 운터를 관찰하기 제일 좋은 장소를 골라 앉았음을 깨달았다. '그냥 버릇이지 뭐'라고 생각하기로 했다. 참여관찰조사란 당신의 전 생애 를 잡아먹는 일이다. 그냥 기차 여행을 할 때도, 퍼브에서 한잔 할 때 도, 상점 옆을 걸어갈 때도, 어떤 집 옆을 지나더라도, 죄다 정보 수 집이나 가설 실험의 기회이다. 당신은 집에서 텔레비전을 볼 때나 라디오를 들을 때도 망할 놈의 영국인다움에 관한 메모를 계속할 수 밖에 없다.

원고는 이제 다 썼고 노트북은 집에 두고 왔다(나는 지금 냅킨에 적고 있다). 그러나 보라! 조금 전에 택시를 타고 오면서도 내 손등에 택시 기사가 한 말을 끄적거리지 않았던가? 나는 약간 지워진 약어들을 물끄러미 지켜보고 있다. "이렇게 비가 쏟아지는데도 가뭄 경보를 듣고 있자니 참! 하긴 항상 그렇지, 뭐!"라나 뭐라나. 아, 이건 내가 모은 날씨 엄살·불평에 보탤 기막힌 건이다. 정말 유용한 정보다. 케이트! 이건 정말 쓰레기 같은 정보다. 너는 지금 영국인다움의 암호를 풀었고 영국인의 정체성 위기를 푸는 데 약간 도움을 주었다. 그만 좀 봐둬라. 이제는 그 강박관념 같은 줄서기 관찰과 완두콩 세기와 허튼 날씨 이야기를 그만 적고 네 인생을 찾아라!

맞는 이야기다. 정말. 이제 충분하고, 그동안 할 만큼 했다.

그런데 잠깐만! 저게 뭐야? 아이를 유모차에 태운 여자가 잘못된 방향에서 커피숍 카운터에 접근하는 것이 아닌가? 이미 세 명이나 줄을 서서 기다리고 있는데. 저 여인은 새치기를 하려는 걸까? 아니면 그냥 줄을 설까 말까 결정하기 전에 샌드위치와 도넛을 보려는 건가? 아직 확실치 않다. 그러나 새치기 시도로는 너무 뻔뻔한 것 같은데? 이 상황은 애매모호함이 좀 부족해 보인다. 줄 선 사람들은 이미 피해망상의 무언극에 바쁘다. 의심스러운 곁눈질을 힐긋힐긋 하고, 헛기침을 하며, 앞으로 조금씩 당겨 서로 간격을 좁힌다. 오! 그 중 둘은 이제 눈길까지 주고받는다(그러나 둘은 함께 줄 서 있는데, 서로 아는 사이인가 모르는 사이인가? 난 왜 거기에 관심을 쏟지 않았지?). 그 중 하나가 한숨을 크게 쉬었다. 유모차를 미는 여자가 눈치를 챌까? 그래! 눈치를 챘다. 줄 뒤쪽을 향해 돌아섰다. 그러나 약간 상처를 받은 듯하다. 그녀는 절대 새치기를 할 생각이 없었다. 그냥 무슨 샌드위치가 있는지 보려 했을 뿐이다. 줄 선 사람들은 이제 아래를 내려다보고 눈을 마주치려 하지 않는다. 아하! 그녀는 결백했어. 나는 처음부터 알았지! 이젠, 눈길을 주고받던 둘이 아는 사이인지 아닌지가 매우 중요하다. 명백한 새치기 시도에 직면해 모르는 사람끼리 눈길을 교환하게 된 건가? 가만 보자, 둘이서 주문을 같이 하나, 안 하나. 앗! 내 기차가 도착한다고 방송하네! 저기에서 지금 기막힌 줄 서기 드라마가 벌어지고 있는데, 기차가 난생처음으로 정시에 도착한다네! 세상일이 항상 그렇지, 뭐! 에잇, 다음 기차를 탈까?

개정판 후기

나는 당연히 기차를 놓쳤다. 그래도 어느 정도 얻은 게 있었다. 눈살을 찌푸린 두 사람은 서로 모르는 사이였다. 그들은 각자 따로 앉아 주문을 했다. 그런데도 새치기 시도를 목격하자마자 낯선 두 사람은 찰나에 서로 눈을 쳐다보았다. 나는 이를 냅킨에 조심스럽게 기록했다. 그리고 마지못해서 줄서기, 날씨 이야기 사례 수집하기, '미안합니다'라고 말한 횟수 세기… 계속해서 그렇게 했다.

옮긴이의 말

세상에 베스트셀러 책은 수도 없이 많다. 그러나 장기간 계속 팔리는, 소위 스테디셀러 책은 흔하지 않다. 『영국인 발견』은 영국에서 십여 년간 검증된 스테디셀러다. 2004년에 발간되어 13년이 지난 지금도 영국 서점에는 이 책이 베스트셀러 진열대에 버젓이 진열되어 있다. 흥미 위주의 통속 소설도 아닌 문화심리학 책이, 심지어 400쪽에 달하는 묵직한 책이 영국에서만 50만 권 이상 팔렸다. 그만큼 영국인들이 봐도 자신들을 놀랍도록 잘 분석한 책이라는 말이다.

한국어판 역시 600쪽이나 되는 두꺼운 인문서임에도 꾸준히 관심을 받았다. 영국인과 함께 사는 교포나 영국인과 협상하는 관료, 그리고 영국인과 비즈니스를 하는 사업 관계자 들이 보면 참 좋겠다는 소박한 생각에 감히 번역을 했는데, 이후 출판사의 말을 들으니 '한국의 지식인이란 지식인은 다 읽었다'고 할 정도로 크게 사랑을 받았다고 한다. 몸 둘 바를 모르겠다.

이번 개정증보판은 그동안 바뀐 영국 사회 환경을 반영해 무려

100여 곳을 수정, 보완했다. 이에 따라 한국어판도 150쪽 가까이 늘어났다. 그만큼 시대에 발맞춰 알차게 보완했다는 말이다. 비록 목침만 한 두께가 되긴 했지만 증보판도 변함없이 독자들의 사랑을 받으리라 자신한다.

외국인들이 우리를 어떻게 생각하는지, 우리는 언제나 궁금해한다. 그래서 외국인이 쓴 한국인과 한국에 관한 책이 상당한 인기를 끈다. 한국에 온 외국인들에게도 습관처럼 '한국의 인상이 어떠냐'는 질문을 하곤 한다. 그러나 나는 영국에 오래 사는 동안 영국인들에게서 그런 질문을 받아본 기억이 없다. 영국인은 외국인이 자기네를 어떻게 보는지 별로 궁금해하지 않더라는 말이다. 흡사 '감히 우리에 대해 뭐라고 해?'라는 식의 오불관언 吾不關焉이 느껴질 정도다. 그래서인지 외국인이 쓴 영국인에 관한 책도 별로 본 적이 없다. 영국에 하도 오래 살아서 이제는 외국인이라고 하기에도 헷갈리는 미국인 빌 브라이슨의 영국 시리즈가 거의 전부일 정도다. 그러나 영국인이 '영국'에 관해 쓴 책은 아주 많다. 각종 박물지 博物誌를 비롯해 전국 방방곡곡에 관한 별별 책들이 서점 한쪽을 온통 차지한다. 참으로 놀랍게도 이런 책을 읽는 독자 대다수가 관광객이나 외국인이 아니라 영국인이다. 영국인은 영국에 대해 정말 관심이 많은 것이다.

그런데 의문이 들었다. 영국인은 '영국'에 대해서는 이렇게 관심이 많은데, 왜 영국인 본인들에 대해서는 관심이 없을까? '영국인'을 이야기하는 책은 왜 제대로 된 것이 없을까?

그래서 책을 쓰고 싶어졌다. 물론 케이트 폭스만큼 깊이를 갖기는 어렵겠지만 최소한 한국인의 눈으로 본 영국인 인상기를 쓰려고 했다. 그렇게 자료를 모으던 중에 나는 이 책을 발견하고 '휴우!' 하고 안도했다. '감히 외국인이 영국인도 못 하는 영국인 분석을 해?'라고 질책당할지도 모르는 실수를 저지르지 않게 해준 것이다. 그래서 이 책이 정말 고맙다. 이 책을 번역한 뒤로 비로소 영국 사회 전반에 관한 이야기를 두 권의 저서로 펴낸 지금에야 『영국인 발견』을 만난 것이 대단한 행운이었다는 사실을 새록새록 깨닫는다. 왜냐고? 영국에 관한 나의 모든 글은 이 책으로부터 시작되었다고 해도 과언이 아니기 때문이다. 굳이 내가 쓰지 않아도, 여러 해에 걸쳐 평소 품고 있던 의문에 이 책은 모든 답을 해주었다. 그래서 영국인을 알고자 하는 사람, 영국인에 화가 난 사람, 영국인을 사랑하는 사람, 영국인과 살게 된 사람 그리고 마지막으로 영국인과 뭔가를 하려는 모든 사람이 반드시 이 책을 읽어야 한다고 감히 주장한다.

2017년 5월
권석하

참고 문헌

Appadurai, Arjun(1988): *The Social Life of Things*. Cambridge, Cambridge University Press

Aslet, Clive(1997): *Anyone for England? A Search for British Identity*. London, Little, Brown

Austen, Jane(1815): *Emma*. London, The Folio Society, 1975

Austen, Jane(1813): *Pride and Prejudice*. London, The Folio Society, 1975

Baggini, Julian(2008): *Welcome to Everytown*. London, Granta

Barnes, Julian(1998): *England, England*. London, Jonathan Cape

Bennett, Alan(1978): *The Old Country*. London, Faber&Faber

Bond, R.W.(ed.)(1902): *The Complete Works of John Lyly*. Oxford, OUP

Bourdieu, P.(1986): 'The forms of capital'. In J. Richardson(ed.) *Handbook of Theory and Research for the Sociology of Education*. New York, Greenwood

Boswell, James(1791): *The Life of Samuel Johnson*. London, Penguin, 2008

Breward, C, Conekin, B&Cox, C(eds.)(2002): *The Englishness of English Dress*. Oxford, Berg

Bryson, Bill(1995): *Notes from a Small Island*. London, Doubleday

Brown, P and Levinson, S.C.(2000): *Politeness: Some Universals in Language Usage*. Cambridge, Cambridge University Press

Collett, P and Furnham, A(eds.)(1995): *Social Psychology at Work*. London, Routledge

Collyer, Peter(2002): *Rain Later, Good*. Bradford on Avon, Thomas Reed

Cooper, Jilly(1979): *Class: A View from Middle England*. London, Methuen

Crick, Bernard(ed.)(2001): *Citizens: Towards a Citizenship Culture*. Oxford, Blackwell Publishers

Crick, Bernard(ed.)(1991): *National Identities: The Constitution of the United Kingdom*

Daudy, Philippe(1992): *Les Anglais: Portrait of a People*. London, Headline

De Muralt, B.L.(1725): *Lettres sur les Anglais*. Zurich

De Toqueville, Alexis(1958): *Journeys to England and Ireland.* London, Faber&Faber

Douglas, Mary(1966): *Purity and Danger: An Analysis of Concepts of Pollution and Taboo.* London, Routledge, 2002

Dunbar, Robin(1996): *Grooming, Gossip and the Evolution of Language.* London, Faber&Faber

Durkheim, Emile(1912): *The Elementary Forms of Religious Life.* Oxford, Oxford University Press, 2008

Easthope, Antony(1998): *Englishness and National Culture.* London, Routledge

Fox, Anne(2010): *Drink and Duty: Alcohol Use and the British Army*(unpublished Ph.D. thesis, Imperial College, University of London)

Fox, Kate(1999): *The Racing Tribe: Portrait of a British Subculture.* New Brunswick, Transaction

Fox, Robin(1991): *Encounter with Anthropology.* New Brunswick, Transaction

Fox, Robin(1980): *The Red Lamp of Incest.* New York, Penguin

Goffman, Erving(1961): *Asylums.* Anchor Books

Goodrum, Alison(2005): *The National Fabric: Fashion, Britishness, Globalization.* Oxford, Berg

Gorer, Geoffrey(1955): *Exploring English Character.* London, Cresset Press

Griffith, Phoebe et al(2011): *Charm Offensive: Cultivating Civility in 21st Century Britain.* London, The Young Foundation

Heath, D.B.(1991): 'Alcohol studies and anthropology'. In D.J. Pittman and H.R. White(eds.), *Society, Culture and Drinking Patterns Reexamined: Alcohol, Culture and Social Control Monograph Series.* New Brunswick, Rutgers Center for Alcohol Studies.

Hockey, John(2006): *Squaddies: Portrait of a Subculture.* Liverpool, Liverpool University Press

Hodkinson, Paul(2002): *Goth: Identity, Style and Subculture.* Oxford, Berg

Jacobs, Eric and Worcester, Robert(1990): *We British.* London, Weidenfeld and Nicholson

Jonson, Ben(1641): *Discoveries.* (ed.) G.B. Harrison. New York: Barnes&Noble, 1966

Kron, R.(1901): *The Little Londoner: A Concise Account of the Life and Ways of the English.* Karlsruhe, J. Bielefelds Verlag, 1905

Kumar, Krishan(2003): *The Making of English National Identity.* Cambridge, CUP

Levi-Strauss, Claude(1955): *The Structural Study of Myth.* Structural Anthropology. Basic Books, 1963

Marsh, Peter et al(1978): *The Rules of Disorder*. London, Routledge

Marshall Thomas, Elizabeth(1960): *The Harmless People*. London, Secker&Warburg

McDonald-Walker, Suzanne(2000): *Bikers: Culture, Politics and Power*. Oxford, Berg

Mikes, George(1984): *How to be a Brit*. London, Penguin

Miller, Daniel(1998): *A Theory of Shopping*. Cambridge, Polity Press

Miller, Daniel(2009): *Stuff*. Cambridge, Polity Press

Miller, Geoffrey(2000): *The Mating Mind*. London, Heinemann

Mitford, Nancy(ed.)(1956): *Noblesse Oblige*. London, Hamish Hamilton

Morgan, John(1999): *Debrett's New Guide to Etiquette&Modern Manners*. London, Headline

Mount, Harry(2012): *How England Made the English*. London, Penguin

Murdock, G.P.(1945): "The Common Denominator of Cultures," in Ralph Linton(ed.), *The Science of Man in the World Crisis*. New York, Columbia

Noon, M.&Delbridge, R.(1993): *News from behind my hand: Gossip in organizations*. Organization Studies, 14

Orwell, George(1970): *Collected Essays, Journalism and Letters 2*. London, Penguin

Paxman, Jeremy(1998): *The English: A Portrait of a People*. London, Michael Joseph

Pevsner, Nikolaus(1956): *The Englishness of English Art*. London, Architectural Press

Priestley, J.B.(1976): *English Humour*. London, William Heinemann

Quest-Ritson, Charles(2001): *The English Garden: A Social History*. London, Penguin

Reiner, G.J.(1931): *The English: Are They Human?* London, Williams&Norgate

Richardson, Paul(2001): *Cornucopia: A Gastronomic Tour of Britain*. London, Abacus

Rooms, Nigel(2011): *The Faith of the English*. London, SPCK

Shaw, George Bernard(1916): *Pygmalion*. London, Penguin, 1998

Storry, Mike and Childs, Peter(eds.)(1997): *British Cultural Identities*. London, Routledge

Scruton, Roger(2000): *England: An Elegy*. London, Chatto&Windus

Turner, Victor(1969): *The Ritual Process: Structure and Anti-Structure*. Chicago, AldineTransaction, 1995

Van Gennep, Arnold(1960): *Rites of Passage*. London, Routledge

Wilde, Oscar(1891): *The Picture of Dorian Gray*. London, Penguin Classics, 2003

Young, Michael(1958): *The Rise of the Meritocracy*. New Brunswick, Transaction 1994

Young, Michael(2001): 'Down with Meritocracy' The Guardian 29 / 6 / 2001

찾아보기